KB102486

이성과 감성

Sense and Sensibility

by Jane Austen

1811

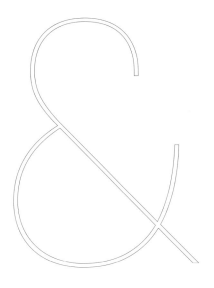

Sense

&

Sensibility

이성과 감성

제인 오스틴

송제훈 옮김

연암서가

옮긴이 **송제훈**

서울에서 태어나 한양대학교 영어교육학과를 졸업하고, 현재 서울 불암고등학교에서 학생들을 가르치고 있다. 한 개인의 삶과 정신의 성장이 기록된 책을 읽으며 이와 관련된 책을 꾸준히 옮기고 있다. 『유년기와 사회』, 『간디의 진리』, 『아버지의 손』, 『러셀 베이커 자서전: 성장』, 『옥토버 스카이』, 『만만한 노엄 촘스키』, 『만만한 하워드 진』, 『인생의 아홉 단계』, 『읽어도 도대체 무슨 소린지』 등을 번역했다.

이성과 감성

2021년 9월 15일 제1판 1쇄 인쇄
2021년 9월 20일 제1판 1쇄 발행

지은이 | 제인 오스틴
옮긴이 | 송제훈
펴낸이 | 권오상
펴낸곳 | 연암서가

등 록 | 2007년 10월 8일(제396-2007-00107호)
주 소 | 경기도 고양시 일산서구 호수로 896, 402-1101
전 화 | 031-907-3010
팩 스 | 031-912-3012
이메일 | yeonamseoga@naver.com
ISBN 979-11-6087-085-5 03840
값 15,000원

옮긴이의 글

2017년은 영어권 문학계와 독자들에게 제인 오스틴 서거 200주년으로 기억되었다. 같은 해 영국중앙은행(Bank of England)은 새로운 도안의 10파운드권 지폐를 발행하면서 제인 오스틴의 초상화를 넣었는데 이는 윌리엄 셰익스피어와 찰스 디킨스에 이어 작가로는 세 번째였다. 각국의 지폐 도안에 그 나라를 대표하는 인물이 등장한다는 점을 생각하면 그녀가 오늘날 영국인들에게 얼마나 큰 사랑을 받고 있는지 알 수 있는 대목이다.

『이성과 감성』은 그녀의 이름을 대중에게 처음으로 알린 작품으로, 후속작에서 다양하게 변주될 그녀만의 독특한 주제와 문체의 원형을 볼 수 있다는 점에서 주목할 만하다. 그런데 결혼을 신분 상승의 도구로 여기는 당대의 물질주의적 결혼관을 풍자했다거나 젊은 연인들의 복잡하고 섬세한 심리를 잘 그려냈다는 평가만으로는 어딘가 부족하고 심심하다는 느낌이 든다. 마치 무표정한 스탠드업 코미디언처럼 시치미를 뚝 떼고 독자들에게 이야기를 건네는 제인 오스틴의 능청스러움을 재발견한다거나, 성차별이 구조화된 사회에서 당당하게 자기 목소리를 내는 여성 캐릭터들을 통해 여성주의의 태동을 예감하는 것이야말로 이 작품을 읽는 독자들의 또 다른 즐거움이 아닐까 한다.

제인 오스틴의 소설에 등장하는 젊은 여성들은 여러 가지 어려움에 부딪히면서도 진정한 사랑과 자아를 찾아가지만, 그렇다고 결점이나 모순이 없는 완벽한 인물로 그려지지는 않는다. 어쩌면 그녀의 작품이 21

세기에 들어와서도 영화와 TV 드라마로 끊임없이 제작되고 다른 많은 작품에 영감을 주는 이유도 그녀가 창조한 인물들의 입체적인 특징 때문인지도 모른다. 『브리짓 존스의 일기』를 쓴 소설가 헬렌 필딩은 자신의 작품이 "『오만과 편견』에 대한 오마주"라고 밝힌 바 있다. 『제인 오스틴 북클럽』의 작가 캐런 조이 파울러는 제인 오스틴을 "문학의 록스타"라고 칭송한다. 『해리 포터』의 작가 J. K. 롤링은 제인 오스틴을 가리켜 "모든 작가가 꿈꾸는 별과 같은 존재"라고 일컫는다. 제인 오스틴의 영향력을 고백하는 작가들은 헤아릴 수 없이 많으며, 평범한 독자들의 일상 가까이에서도 그녀의 영향력은 쉽게 발견된다. 국내에서도 독자 여러분이 있는 곳에서 그리 멀지 않은 어딘가에서 제인 오스틴 독서 모임은 오늘도 열리고 있을 것이다.

사후 200년이 지난 제인 오스틴의 소설 속 인물들은 현대 사회에 그대로 옮겨놓아도 별로 어색하지 않다. 이는 사랑과 결혼, 부와 계층의 차이에서 비롯되는 갈등, 이성과 분별력의 미덕, 시련의 극복과 내적 성숙 같은 요소들이 오늘날에도 여전히 유의미한 문학적 소재이기 때문이며 이를 작품에 담아낸 제인 오스틴이 시대를 초월하는 현대성을 가지고 있었기에 가능한 일일 것이다. 제인 오스틴의 소설을 광적으로 좋아하는 이들을 제인아이트(Janeite)라고 부르는데, 개중에는 제인 오스틴이 말년을 보낸 초턴 하우스의 복원에 1,000만 달러를 내놓은 이도 있다. 생전에 많은 작품을 남기지 않았음에도 이런 놀라운 팬덤이 존재할 수 있는 까닭은 21세기의 독자들이 여전히 그녀의 작품에서 매력을 발견하고 있기 때문일 것이다. 『이성과 감성』에 등장하는 제닝스 부인이라면 아마 이렇게 말하지 않을까. "아무렴, J. K. 롤링은 『에마』를 스무 번도 넘게 읽었다잖아. 그게 다 이유가 있어서 그런 거라오."

차례

1

1

대시우드 가문은 서식스(Sussex)에 터를 잡고 오랫동안 살아왔다. 그들은 넓은 땅을 가지고 있었고 소유지의 한가운데에 있는 놀런드 파크(Norland Park, '파크'는 주로 영국 시골의 저택에 딸린 넓은 정원을 가리키며 흔히 저택 자체를 일컫기도 한다-옮긴이)에서 여러 대에 걸쳐 주위의 좋은 평판을 받으며 살았다. 세월이 흘러 어느 독신 남성이 이 모든 재산을 소유하고 있었는데, 그는 고령이 되도록 저택의 안살림을 누이에게 맡기고 그녀를 벗 삼아 지냈다. 하지만 그보다 10년 앞서 누이가 세상을 떠나자 그의 저택에 큰 변화가 생겼다. 그는 누이의 빈자리를 채우기 위해 놀런드 땅의 법적 상속인인 조카 헨리 대시우드의 가족을 저택으로 불러들였다. 조카 내외와 그들의 아이들에 둘러싸여 노신사는 안락한 나날을 보냈다. 조카 가족을 향한 그의 애정은 날로 커졌다. 이익을 바라지 않고 온 마음으로 그의 뜻을 받드는 헨리 대시우드 부부의 한결같은 보살핌에 노신사는 그의 나이에 얻을 수 있는 모든 안락함을 누렸고, 아이들의 생기발랄함은 그에게 큰 즐거움을 더해 주었다.

헨리 대시우드는 첫 번째 결혼에서 아들을 하나 얻었고 재혼한 아내와 딸 셋을 낳아 키우고 있었다. 견실하고 번듯한 그의 아들은 친모의 재산으로 풍족하게 살았고 성년이 되어 친모의 막대한 재산 중 절반을 증여받았다. 얼마 후 결혼을 통해 그는 더 많은 부를 쌓았다. 그런 까닭에 놀런드 땅의 상속이 그에게는 그다지 중요한 일이 아니었다. 하지만 그의 누이들은 사정이 달랐다. 아버지가 상속받을 몫을 제외하면 그들 자신에게는 재산이라 할 만한 것이 거의 없었다. 어머니 역시 재산이 전혀 없었고, 아버지 역시 처분 가능한 재산은 7천 파운드에 불과했다. 전처의 나머지 재산은 이미 아들의 몫으로 정해진 까닭에 그는 생존해 있는 동안 그녀의 재산에서 발생하는 수익에 대해서만 권리를 행사할 수 있었다.

유언장이라는 것이 대개 그렇듯이 노신사가 세상을 떠난 후 낭독된 유언장은 만족스러운 한편 실망스럽기도 했다. 그는 조카에게 재산을 물려주지 않을 정도로 불공정하거나 몰인정한 사람은 아니었으나 대신 유산의 가치를 상당 부분 훼손시키는 조건을 달아 놓았다. 헨리 대시우드가 유산을 기대한 것은 자기 자신이나 전처소생의 아들을 위해서라기보다 아내와 딸들을 위해서였다. 그런데 그가 가장 아꼈으며 누구보다도 유산이 절실했던 아내와 딸들을 위해 상속된 토지나 산림을 처분할 권리는 그에게 주어지지 않았다. 유산의 최종적인 소유권은 아들과 그 아들의 네 살짜리 아들에게 돌아갔다. 모든 재산이 부모를 따라 이따금 놀런드에 놀러 오던 그 아이의 몫이 된 것이다. 두세 살 난 아이에게 특별하다고 할 수 없는 불완전한 발음과 생떼, 깜찍한 잔꾀와 시끄럽게 뛰어다니는 모습에 노신사는 마음을 빼앗겼다. 그에게는 여러 해 동안 조카와 그의 딸들에게 받은 극진한 보살핌보다 이 아이에 대한 애착의 가치가 더 컸다. 그렇다고 그들을 박대할 생각은 없었기에 그는 조카의 세 딸에게 각각 1천 파운드를 남겨 주었다.

처음에는 헨리 대시우드도 크게 실망했다. 하지만 그는 밝고 낙천적인 성격의 소유자였다. 그는 충분히 오래 살 수 있었고 소유지에서는 이미 많은 소출이 나오는 데다 당장이라도 생산량을 늘릴 수 있었기 때문에 알뜰하게만 생활하면 상당한 돈을 모으는 것이 가능해 보였다. 그러나 들어올 때는 그렇게 더디기만 하던 재산은 고작 12개월만 그의 것이었다. 그는 삼촌보다 그리 오래 살지 못했고, 미망인과 딸들에게 남겨진 재산은 노신사로부터 받은 유산을 포함하여 1만 파운드가 전부였다.

병세가 위중해지자 헨리 대시우드는 아들을 불러들인 뒤 절박한 심정으로 남아 있는 힘을 모두 짜내 의붓어머니와 누이들을 보살펴 달라는 당부를 남겼다.

아들 존 대시우드는 남은 가족들에게 그다지 애착이 없었다. 하지만 그런 순간 그런 성격의 당부에 마음이 움직인 그는 남은 가족들이 편안하게 살 수 있도록 할 수 있는 일을 다 하겠다고 약속했다. 아버지는 아들의 약속에 마음을 놓았고, 존 대시우드는 곧 가족들을 위해 자신이 할 수 있는 일이 어느 정도가 되어야 하는지 따져 보기 시작했다.

다소 차갑고 이기적인 사람을 가리켜 성격이 나쁘다고 하지 않는 한, 그는 성격이 나쁘지 않았다. 오히려 그는 일반적인 예법을 잘 지키는 까닭에 주위의 인정을 받는 편이었다. 그는 이른 나이에 결혼했고 아내를 사랑했다. 그런데 그의 아내는 그보다 속이 더 좁고 이기적인 사람이었다. 만일 그가 더 상냥한 여자를 만나 결혼했다면 그는 더 존경받고 더 상냥한 사람이 되었을지도 모른다.

아버지의 병석에서 약속했을 때 그는 누이동생들에게 1천 파운드씩을 나눠주리라 마음먹었다. 그 정도는 그가 충분히 감당할 수 있는 액수였다. 그는 친모의 나머지 재산도 물려받게 되어 있는 데다 현재의 수입에 매년 4천 파운드씩 추가로 들어올 돈까지 따져 보면 그 정도의 인심은 충분히 쓸 수 있었다. '그래, 3천 파운드 떼어 주자. 그 정도면 후한 거지. 누이들도 그 돈이면 편하게 지낼 수 있을 거야. 3천 파운드! 적은 돈은 아니지만 그렇다고 부담스러운 액수도 아니니까.' 그는 며칠 동안 이 문제로 고민을 거듭하다가 마침내 마음을 굳혔다.

헨리 대시우드의 장례식이 끝나기가 무섭게 존의 아내가 아무런 예고도 없이 어린 아들과 하인들을 데리고 저택에 도착했다. 누구도 그녀가 온 것에 대해 왈가왈부할 수 없었다. 그 저택은 헨리 대시우드가 숨을 거둔 그 순간부터 존의 소유였기 때문이다. 그런 까닭에 더더욱 무례하다고 할 그녀의 행동은 대시우드 부인에게 무척 불쾌하게 여겨질 수밖에 없었다. 명예심이 강하고 낭만적인 관대함을 지닌 대시우드 부인은 이런 식의 무례에 그 대상이 누구이든 차가운 혐오를 느끼는 사람이었다. 존의 아내는 이전에도 남편의 가족에게서 사랑받은 적이 없었지만, 배려가 필요한 사람들에게 그녀가 얼마나 안하무인으로 행동할 수 있는지는 누구도 그때까지 알지 못했다.

대시우드 부인은 그 행동의 무례함을 너무나 예리하게 느꼈고 며느리에게 너무나 강한 혐오를 느낀 나머지 당장이라도 저택을 떠나고 싶었다. 하지만 그렇게 떠나는 것이 적절한지 살펴야 한다는 맏딸의 간청을 듣고는 세 딸을 위해서라도 존과 의절하는 상황이 일어나지 않도록 저택에 남기로 했다.

맏딸 엘리너의 조언은 어머니에게 영향력이 있었다. 비록 열아홉 살밖에 되지 않았지만 엘리너는 어머니의 조언자 역할을 하기에 충분한 이해심과 판단력을 지니고 있었고, 신중하지 못한 행동으로 이어질 수 있는 대시우드 부인의 조급증을 누그러뜨려 가족 모두의 이익을 지켜내곤 했다. 그녀는 훌륭한 성품을 지니고 있었다. 성격은 다정다감하고 감정은 풍부했지만 그런 감정들을 다스리는 법 또한 알고 있었다. 이는 그녀의 어머니도 습득하지 못했으며 바로 손아래의 동생은 아예 익히기를 거부한 지혜였다.

둘째 딸 마리앤의 재능은 여러 면에서 언니 못지않았다. 그녀 역시 분별력 있고 영리했는데, 다만 모든 일에 열정이 지나쳐 슬픔이나 기쁨을 잘 추스르지 못했다. 신중함이 부족하다는 점을 제외하면 너그럽고 상냥하며 유쾌한 그녀의 성격은 어머니와 비슷했다.

엘리너는 동생의 지나치게 감성적인 면을 걱정했지만, 대시우드 부인은 둘째 딸의 그런 면을 높이 평가했다. 대시우드 부인과 마리앤은 장례를 마친 뒤 극심한 고통 속에서 오히려 서로의 아픔을 들쑤셨다. 두 사람은 그들을 압도한 슬픔과 괴로움을 일부러 들춰내서 그것을 거듭 되살려냈다. 그들은 스스로 슬픔의 포로가 되어 가능한 한 더 비참한 감정에 빠지려 했고 어떤 위안도 받아들이기를 거부했다. 엘리너도 슬프기는 마찬가지였지만 그녀는 고통에 맞서 싸웠다. 그녀는 오빠와 이후의 일에 관해 상의했고 예의를 갖춰 올케를 맞이했으며 어머니가 잘 견딜 수 있도록 힘을 북돋아 드렸다.

막내 마거릿은 명랑하고 마음이 고운 소녀였다. 그녀는 벌써 마리앤의 낭만적인 기질을 많이 흡수하고 있었지만 그만한 분별력을 갖고 있지는 못했다. 열세 살의 마거릿이 두 언니와 대등할 수는 없었다.

2

이제 존의 아내가 놀런드의 안주인 자리를 차지했고 대시우드 부인과 세 딸은 손님의 처지로 전락했다. 그렇지만 새 안주인은 그들을 정중하게 대했고 그녀의 남편 역시 가족 이외의 사람들에게 베풀 수 있는 최고의 친절로 그들을 대했다. 그는 그들에게 자기 집처럼 편히 지내라고 당부했다. 대시우드 부인으로서도 집을 새로 구할 때까지는 저택에 머무는 것 말고는 달리 방법이 없었기 때문에 그의 청을 받아들였다.

즐거웠던 과거를 떠올리게 해주는 것이 주위에 가득한 곳에 그대로 머무는 것은 대시우드 부인의 기질에 잘 맞았다. 즐거울 때는 그녀보다 더 즐거운 이가 없었고, 미래의 행복을 꿈꾸는 것 자체가 큰 행복인 시절에는 그녀보다 더 행복한 사람도 없었다. 하지만 그녀의 기쁨 속에 어떤 불순물도 섞이지 않은 것처럼 그녀의 슬픔에는 어떤 위로도 끼어들 수 없었다.

존의 아내는 남편이 누이들을 위해 하려는 일에 전혀 동의할 수 없었다. 귀한 아들의 몫에서 3천 파운드를 떼어낸다는 것은 그들의 아이를 끔찍한 가난으로 내모는 행동이었다. 그녀는 남편에게 이 문제를 다시 생각해 보라고 말했다. 도대체 아버지라는 사람이 하나밖에 없는 아들에게서 그 많은 돈을 빼앗는 행동을 어떻게 설명할 수 있단 말인가. 더군다나 대시우드가의 딸들은 남편과 피가 반만 섞였을 뿐 친동생도 아니고 그녀의 생각으로는 아무 관계도 아닌데 무슨 권리로 그렇게 많은 돈을 기대한단 말인가. 원래 이복형제끼리는 애착 따위가 처음부터 존재할 수 없는 법인데 남편은 왜 자기 돈을 다 퍼주면서 그 자신과 어린 해리의 신세를 망치려 드는 것인가.

"남은 가족들을 보살펴달라는 건 아버지의 마지막 부탁이었잖소." 남편이 대답했다.

"아버님은 그때 정신이 혼미하셔서 본인이 무슨 말을 하는지도 모르셨을 거예요. 제정신이셨다면 당신한테 아들의 재산 절반을 내놓으라고 말씀하셨을 리가 없잖아요."

"패니, 아버지께서는 특별히 얼마라고 액수를 말씀하지는 않으셨소. 다만 식구들을 도와주되 당신 생전에 하시던 것처럼 돌봐달라고 부탁하셨을 뿐이지. 아버지도 참, 이런 일은 그냥 나한테 맡겨 두시면 좋았을걸. 설마 내가 식구들을 외면하기라도 할까. 그런데 아버지께서 약속을 원하시니 당시에는 그렇게 약속할 수밖에. 어쨌거나 약속은 지켜야지. 언젠가 식구들이 놀런드를 떠나 새집으로 이사할 때는 뭔가 해 드리긴 해야지."

"그래요, 뭔가 해 드리자고요. 그렇지만 그게 꼭 3천 파운드이어야 할 필요는 없잖아요. 생각해 보세요. 돈이란 건 일단 나가면 절대로 돌아오는 법이 없어요. 당신 누이들이 결혼하고 나면 그 돈은 영영 사라지는 거라고요. 그 돈을 불쌍한 우리 아들이 돌려받을 수만 있다면-"

"아, 생각해 보니 그렇네." 존은 사뭇 심각한 어조로 말했다. "그러면 이야기가 달라지지. 훗날 해리가 그렇게 많은 돈이 나간 것을 아쉬워할 때가 올지도 모르니까. 아이가 나중에 자기 식구들을 거느리게 되면 그 돈이 아쉬울 수도 있겠어."

"틀림없이 그럴 거예요."

"그러면 액수를 반으로 줄이는 게 모두를 위해 좋겠소. 각자 5백 파운드만 받아도 누이들에겐 엄청난 액수니까."

"정말 잘 생각하셨어요. 세상에 어떤 오빠가 여동생들에게, 설령 진짜 여동생이라고 해도 그렇지, 그 절반만큼이라도 해주겠어요? 당신은 정말 인정이 많은 사람이에요."

"인색해지고 싶은 생각은 없소." 그가 대답했다. "이런 일에는 부족한 것보다는 넘치는 게 나은 법이니까. 적어도 내가 식구들에게 할 도리를 하지 않았다고 생각할 사람은 없을 테고, 식구들도 그보다 더 많은 걸 바랄 수는 없겠지."

"그런데 그 사람들이 얼마를 기대하고 있는지는 아무도 몰라요." 패니가 말했다. "그들의 기대는 우리가 알 바 아니고 문제는 당신의 여력이 얼마나 되느냐는 거예요."

"5백 파운드씩 주는 정도는 괜찮을 것 같소. 사실 내가 보태주지 않아도 어머니만 돌아가시면 각자 3천 파운드 이상은 챙길 테니까 그 정도면 젊은 여자들에겐 충분한 재산이지."

"그렇다니까요. 그래서 사실은 누이들에게 더 보태줄 필요가 있나 싶어요. 그때 가면 1만 파운드를 셋이 나눠가질 거 아니에요. 결혼하면 다들 잘 살 거고, 설령 결혼을 안 해도 1만 파운드에서 나오는 이자만 가지고도 다들 편히 살 수 있다니까요."

"듣고 보니 그렇네. 그러면 누이들에게 뭘 해주고 말고 할 게 아니라 누이들의 어머니한테 뭘 해 드리는 게 낫겠소. 살아계시는 동안 연금처럼 말이오. 그분이나 누이들 모두 그편을 더 낫게 생각할 거요. 1년에 1백 파운드 정도면 다들 편안하게 지낼 수 있을 테니까."

하지만 그의 아내는 이 계획에도 동의하지 않았다.

"물론 한 번에 1천5백 파운드가 나가는 것보다는 낫겠죠." 그녀가 말했다. "그런데 대시우드 부인이 15년을 사시면 우리가 완전히 손해 보는 거라고요."

"15년? 패니, 그분은 앞으로 그 절반도 사시기 힘들어요."

"알아요. 하지만 사람은 연금이랍시고 받는 게 있으면 여간해선 죽지를 않아요. 게다가 그분은 워낙 건강하신 데다 이제 겨우 마흔(당시 귀족 계급 여성의 평균 수명이 41.8세로 추정된다는 점을 고려하면 패니의 속내가 드러나는 대목이다-옮긴이)이시잖아요. 연금은 잘 생각해봐야 해요. 매년 지급 시기는 돌아오고 중간에 지급을 멈출 수는 없어요. 당신은 지금 스스로 무슨 일을 하고 있는지 모른다고요. 나는 연금이라는 게 얼마나 골치 아픈 건지 잘 알아요. 어머니께서 아버지의 유언 때문에 일을 그만둔 늙은 하인 세 명에게 연금을 주느라 엄청나게 고생하시는 모습을 봤거든요. 1년에 두 번 연금을 주는데 그걸 일일이 전해 주는 것도 보통 성가신 일이 아니었어요. 그중 한 사람은 죽었다는 소식이 들렸는데, 나중에 보니까 사실이 아니더라고요. 어머니는 정말 연금이라면 지긋지긋해하셨어요. 계속해서 돈을 퍼줘야 하니 수중에 들어오는 돈이 온전히 자기 돈이 아니라고까지 하셨어요. 아버지가 너무하셨던 거예요. 그런 유언을 남기지 않으셨으면 아무런 제약 없이 어머니가 그 돈을 쓰실 수 있었을 거 아니에요. 그래서 나는 연금이라면 진절머리가 나요. 앞으로 누군가에게 연금을 지급하는 일에 얽매이고 싶은 생각도 전혀 없고요."

"매년 그런 식으로 돈이 빠져나간다면 확실히 기분이 안 좋겠네." 존이 말했다. "장모님 말씀대로 그런 재산이라면 자기 재산 같지도 않을 거요. 그만한 액수를 정기적으로 지급해야 하는 부담을 질 생각은 없소. 그랬다가는 금전적으로 어려워질지도 모르니까."

"맞아요. 그리고 연금을 줘봤자 고맙다는 소리도 못 들어요. 그 사람들은 당신이 주는 연금을 당연한 것으로 생각할 텐데 감사한 마음이 들겠어요? 내가 당신이라면 뭘 해주든 그때그때 알아서 해주겠어요. 매년 뭘 준다는 식으로 자신을 옭아매지는 않을 거라고요. 나중에는 우리가 쓸 돈에서 1백 파운드, 아니 50파운드라도 꼬박꼬박 떼어내는 게 불편해질 수도 있다니까요."

"당신 말이 맞네. 여보, 연금은 그냥 없었던 얘기로 합시다. 매년 일정한 액수를 주는 것보다는 가끔 얼마라도 보태주는 게 훨씬 큰 도움이 될 것 같소. 보장된 수입이 있으면 괜히 씀씀이만 커지고 그러다 보면 일 년이 지나도 재산은 한 푼도 늘지 않을 거요. 이렇게 하는 게 제일 좋겠소. 이따금 50파운드 정도를 선물처럼 드리는 거지. 그러면 식구들은 돈 걱정을 덜 것이고 나는 아버지와의 약속을 지키는 게 되고."

"그런데 솔직히 말해서 당신 아버지도 남은 가족들에게 당신이 돈을 줘야 한다고 생각하지는 않으셨을 거예요. 그저 무리하지 않는 선에서 가족들을 도우라는 뜻이셨겠죠. 이를테면 이사 갈 아담한 집을 알아봐 준다거나 이삿짐 옮기는 걸 도와주는 정도, 그리고 낚시나 사냥을 해서 잡은 걸 가끔 선물로 보내드리는 정도만 기대하셨을 거라고요. 그 이상은 생각하지 않으셨을 거라는 데 내 목숨을 걸 수도 있어요. 그 이상을 생각하셨다면 그거야말로 정말 이상하고 터무니없는 거죠. 여보, 생각해보세요. 대시우드 부인과 딸들이 가지고 있는 7천 파운드의 이자만 가지고도 그 사람들이 얼마나 편안하게 살 수 있는지 말이에요. 게다가 그 아가씨들한테 각자 1천 파운드가 있으니까 거기에서 나오는 이자도 1년에 50파운드는 될 것이고, 당연히 그 돈은 생활비에 보태겠죠. 그러면 전부 합쳐서 1년에 5백 파운드는 된다는 얘긴데 여자 넷이 살면서 그 정도면 전혀 부족할 게 없어요. 돈이 들 일이 없다니까요. 마차가 있나, 말이 있나, 하인도 없고 찾아오는 손님도 없는데 돈 들 일이 뭐가 있겠어요? 정말 사는 데 아무 걱정이 없겠네요. 1년에 5백 파운드라고요! 그 돈의 절반이나 쓸 수 있을까 모르겠어요. 그런데도 당신은 돈을 더 보태줄 생각을 하고 있으니 어처구니가 없네요. 오히려 그 사람들이 당신한테 뭐라도 보태줄 여유가 있겠어요.”

“아, 정말 그렇네.” 존 대시우드가 말했다. “당신 말이 전적으로 옳소. 아버지의 뜻도 당신이 말한 것 이상은 아니었을 거요. 이제 확실히 알겠소. 당신 말대로 도움과 친절을 베풀어서 아버지에게 약속한 바를 지키도록 하죠. 나중에 이사 갈 때 성심껏 도와드리고 그때 가서 세간이나 좀 장만해 드리면 되겠네요.”

“그래요.” 존의 아내가 말했다. “그런데 한 가지 생각해 볼 게 있어요. 당신 식구들이 놀런드에 들어올 때 스탠힐에서 사용하던 가구는 다 처분했지만, 도자기와 접시, 식탁보 같은 것들은 전부 가지고 와서 지금은 어머님 차지가 되었잖아요. 그러니 집만 새로 구하면 세간은 거의 완벽하게 갖춰진 셈이에요.”

“그것도 확실히 중요한 고려 사항이네. 사실 그게 다 값나가는 유산이니 말이야. 접시 중에는 우리가 이곳에서 사용했으면 하는 것들도 있던데.”

“맞아요. 아침 식사에 사용하는 식기는 우리 것보다 두 배는 훌륭해요. 당신 식구들이 어떤 집에 들어가 살게 될지 모르겠지만, 그곳에 두기가 아까울 정도로 훌륭해요. 하지만 어쩌겠어요. 당신 아버지는 그 사람들만 생각하신걸요. 내가 이 말은 꼭 해야겠어요. 당신은 아버지한테 특별히 고마워할 일도 없고 그분의 소원을 들어드려야 할 이유도 없어요. 할 수만 있었다면 아마 그분은 이 세상 전부를 그 사람들한테 남겨 주셨을 거라는 건 당신도 알잖아요.”

이 말은 반박하기 어려웠다. 그때까지 결정을 주저하던 그는 이 말에 마음을 정했다. 그는 부친의 미망인과 자녀들을 위해 아내가 얘기한 정도 이상의 친절을 베푸는 것이, 잘못된 일이라고까지는 할 수 없어도 전적으로 불필요하다는 결론에 도달했다.

3

대시우드 부인은 놀런드에서 여러 달을 더 머물렀다. 이사할 마음이 없어서가 아니었다. 정든 저택을 구석구석 둘러볼 때마다 북받치던 감정이 어느덧 가라앉으면서 그녀는 기운을 차리기 시작했다. 우울한 기억으로 괴로움을 키우는 대신 다른 일에 마음을 쓸 여유가 생기자 그녀는 하루빨리 그곳을 떠나겠다는 생각에 놀런드 인근에서 새로운 거처를 열심히 알아보기도 했다. 정든 놀런드에서 멀리 떨어진 곳으로 갈 수는 없었다. 하지만 그녀가 원하는 안락함과 맏딸의 신중함을 모두 만족시키는 집을 찾기는 쉽지 않았다. 어머니의 마음에 들 만한 집이 여러 채 있었지만 엘리너는 그들의 수입을 고려할 때 그 집들이 지나치게 크다고 생각했다.

대시우드 부인은 존의 엄숙한 약속이 남편에게 마지막 위안이 되었음을 알고 있었다. 남편이 아들의 약속을 믿었던 것처럼 그녀도 그 약속을 전적으로 믿었다. 그녀 혼자라면 7천 파운드에 훨씬 못 미치는 돈으로도 얼마든지 여유롭게 살 수 있겠지만 딸들을 생각할 때 그 약속은 아주 마음 든든한 것이었다. 딸들의 이복 오빠를 생각하면 마음이 흐뭇했다. 그녀는 존을 인정머리 없다고 생각하며 그의 장점을 부당하게 평가했던 자신을 책망했다. 자신과 딸들을 대하는 친절한 태도에서 그가 그들의 행복을 소중히 여기고 있음을 확신한 그녀는 이후 오랫동안 그의 너그러움을 굳게 믿었다.

며느리를 처음 알게 되었을 때부터 느낀 경멸감은 같이 지낸 반년 동안 그녀의 성격을 더 잘 알게 되면서 훨씬 커졌다. 특별한 상황 때문에 딸들이 놀런드에 계속 머무는 것이 좋겠다고 생각하지 않았다면, 대시우드 부인의 남다른 예의와 모성애를 고려할 때 그녀가 존의 아내와 반년 동안 한집에서 사는 것은 불가능했을 것이다.

그 특별한 상황이란, 신사적이고 친절한 청년 에드워드와 맏딸 엘리너 사이에 애정이 싹트게 되었다는 것이다. 새 안주인의 남동생인 에드워드는, 누나가 놀런드에 자리를 잡은 직후부터 그곳에서 줄곧 함께 지내고 있었다.

딸 가진 어머니들 가운데에는 에드워드 페라스의 부친이 막대한 재산을 남기고 사망했기 때문에 금전적인 이유로 그와 교제하도록 딸을 부추기는 이들도 있었을 것이고, 반대로 그 모든 재산이 장차 에드워드의 모친이 남길 유언에 따라 어찌 될지 모른다는 신중한 판단하에 교제를 말리는 이도 있었을 것이다. 하지만 대시우드 부인은 그 어느 쪽도 아니었다. 그가 다정다감하고 딸에게 호감을 보이고 있을 뿐만 아니라 엘리너 역시 그의 호감에 응답하고 있다는 사실만으로 충분했다. 서로 닮은 기질에 끌리는 남녀가 집안의 재산 차이 때문에 헤어진다는 것은 대시우드 부인의 신념에 어긋나는 일이었다. 게다가 일단 엘리너를 알게 된 사람이 그녀의 장점을 몰라볼 수 있다는 것은 그녀로서는 이해가 안 되는 일이었다.

에드워드 페라스가 그들에게 호감을 준 것은 그의 용모나 말투 때문이 아니었다. 그는 잘생기지도 않았고 태도는 어느 정도 가까워진 이후에야 친근함을 느낄 수 있었다. 그는 숙기가 없어서 자신을 온전히 내보이지도 못했다. 하지만 타고난 수줍음이 걷히면 솔직하고 따뜻한 마음씨가 그의 행동에 그대로 드러났다. 그는 분별력이 뛰어났고 그가 받은 교육은 그런 분별력을 더욱 키워 주었다. 그의 어머니와 누나는 그들 자신이 뭘 원하는지도 모르면서 그저 막연하게 에드워드가 성공하기를 바랐다. 하지만 그는 능력이나 기질상 그들의 기대에 부응할 수 없었다. 그들은 어떤 식으로든 그가 출세하기만을 원했다. 그의 어머니는 아들이 정치에 관심을 가지고 의회에 진출하거나 저명인사들과 교류하기를 희망했다. 그 점은 누나 패니도 마찬가지였다. 그런 대단한 소망이 이루어지기 전이라도 만일 바루슈(barouche, 말 두 필이 끄는 4인승 4륜 마차로 상당한 지위의 상징이었다-옮긴이)를 끌고 다니는 모습을 보여 주기만 했어도 에드워드는 누나의 갈망을 달랠 수 있었을 것이다. 하지만 그는 저명인사나 바루슈 따위에는 관심이 없었다. 그가 바라는 것은 안락한 가정과 조용한 사생활이 전부였다. 그런 점에서 그에게 전도유망한 남동생이 하나 있다는 사실은 그나마 다행이었다.

에드워드가 대시우드 부인의 관심을 받게 된 것은 그가 저택에 머문 지 몇 주가 지난 뒤였다. 큰 상심에 빠져 있던 부인은 처음 몇 주 동안은 주변을 살필 여유가 없었기 때문이다. 그녀의 눈에 에드워드는 조용하고 신중한 사람이었고, 바로 그 점이 부인의 마음에 들었다. 에드워드는 눈치 없이 떠들어대며 그녀의 마음을 어지럽히는 일이 없었다. 어느 날 엘리너가 에드워드와 그의 누나가 어떻게 다른지 얘기하는 것을 듣고서야 부인은 처음으로 그를 주목하며 호감을 느끼게 되었다. 그가 부인의 마음에 든 가장 큰 이유는, 그가 누나와 매우 다르다는 사실이었다.

"그럼 됐다." 부인이 말했다. "패니와 딴판이라면 그걸로 충분해. 그건 성격이 아주 좋다는 뜻이니까. 나는 벌써 그 젊은이에게 애정이 생기는구나."

"그 사람을 좀 더 알게 되면 좋아하시게 될 거예요." 엘리너가 밀했다.

"좋아하게 될 거라고?" 대시우드 부인이 미소를 띠며 대답했다. "그게 애정보다 못한 감정을 말하는 것이라면 나는 그럴 생각이 없구나."

"그 사람을 존경하게 되실 수도 있고요."

"애정과 존경을 구분할 수 있다는 말은 처음 들어보겠네."

대시우드 부인은 에드워드와 친해지기 위해 노력했다. 그녀의 살가운 태도가 곧 그의 수줍음을 사라지게 했다. 부인은 그의 장점들을 빠르게 알아챘다. 딸에 대한 그의 호감을 확신했기 때문에 그를 이해하는 게 더 쉬웠을지도 모르지만, 그녀는 과연 그의 됨됨이에 안도했다. 심지어 그녀가 생각하던 젊은이의 이상적인 태도와 정반대인 그의 과묵함마저도 그의 따뜻한 마음과 자상한 성격을 알게 된 다음에는 전혀 따분하게 느껴지지 않았다.

엘리너를 대하는 그의 태도에서 사랑의 징후를 읽자마자 대시우드 부인은 그들의 진지한 관계를 확신하며 결혼이 곧 성사될 것으로 기대했다.

"마리앤, 아마도 몇 달 안에 네 언니가 가정을 꾸리게 될 것 같구나. 우리는 엘리너가 보고 싶겠지만 그 애는 행복하겠지."

"엄마, 언니 없이 우리는 어떻게 살아요?"

"엘리너가 결혼한다고 영이별하는 것도 아니잖니. 지척에 살면서 매일 만나게 될 거야. 네겐 오빠가 생기는 거잖아. 자상한 진짜 오빠 말이야. 에드워드는 심성이 정말 바른 청년 같더구나. 그런데 마리앤, 어째 네 표정이 어둡구나. 언니의 선택이 마음에 안 들어?"

"아마도요." 마리앤이 말했다. "좀 의외였어요. 에드워드는 정말 좋은 사람이고 저도 그분을 무척 좋아하긴 해요. 그런데 젊은 남자다운 뭔가가 부족하다고 할까, 외모가 딱히 돋보이는 것도 아니고 언니가 이래서 반했겠구나 싶은 그런 구석도 없어요. 눈에서 지성과 덕성이 반짝반짝 빛나는 것도 아니고, 딱히 예술적 취향이 있는 것 같지도 않아요. 음악에는 관심이 없어 보이고, 언니가 그린 그림을 칭찬하기는 해도 작품의 가치를 이해하면서 칭찬하는 것 같지는 않아요. 언니가 그림을 그리고 있을 때 자주 관심을 보이기는 해도 사실 그림에 대해 아무것도 모른다는 건 분명해요. 그림을 보는 안목이 있어서가 아니라 그냥 연인이니까 칭찬하는 거죠. 내가 언니라면 그 두 가지가 합쳐져야 만족할 수 있을 거예요. 나라면 모든 면에서 취향이 일치하는 사람이 아니라면 결코 행복해질 수 없을 것 같아요. 연인이라면 내 모든 감정에 공감할 수 있어야 해요. 같은 책, 같은 음악에 똑같이 매료되어야 하죠. 엄마, 어젯밤에 에드워드가 책을 낭독하는데, 세상에 어쩌면 그렇게 감정이 없고 따분하던지! 언니가 진짜 딱했어요. 그런데 언니는 그런 게 안 느껴지는지 차분하게 그걸 다 듣고 있더라고요. 나는 그 자리에 앉아 있는 것조차 힘들었거든요. 평소에 내가 열광하는 시구절을 어쩌면 그렇게 끔찍할 정도로 차분하고 무심하게 읽을 수 있죠?"

"나는 그때 에드워드가 간결하고 우아한 산문을 읽었더라면 자기 능력을 제대로 보여 주었을 거라는 생각이 들더라. 그런데 네가 굳이 쿠퍼의 시집을 떠안겼잖니?"

"엄마, 쿠퍼의 시에도 감정이 살아나지 않는 사람이라면 무슨 할 말이 더 있겠어요? 물론 취향의 차이는 인정해야겠죠. 언니는 나랑 다르니까 그런 건 다 무시하고 그분과 행복하게 살 수 있겠죠. 하지만 만일 내가 언니였다면 그렇게 감정 없는 시 낭독을 듣는 순간 마음이 무너져 내렸을 거예요. 엄마, 나는 세상을 알면 알수록 진정으로 사랑하는 사람을 못 만날 것 같다는 생각이 들어요. 내가 바라는 게 너무 많으니까요. 내 이상형은 에드워드의 모든 장점에 매력적인 외모와 품위까지 갖춘 사람이어야 해요."

"얘야, 넌 아직 열일곱 살도 안 됐잖니. 그런 행복의 꿈을 접기에는 너무 일러. 네가 엄마보다 불운할 이유가 어디 있겠니? 마리앤, 엄마와 너의 운명이 한 가지는 달랐으면 좋겠구나."

4

"정말 딱해." 마리앤이 말했다. "에드워드가 그림을 전혀 볼 줄 몰라서 말이야."

"그림을 볼 줄 모른다니?" 엘리너가 되물었다. "왜 그렇게 생각해? 그 사람은 그림을 직접 그리지는 않지만 다른 사람의 그림을 감상하는 건 아주 좋아해. 그리고 소질을 키울 기회가 없었을 뿐이지 타고난 미적 감각은 전혀 부족하지 않아. 배우기만 했으면 그리는 것에도 능했을 거야. 자신의 판단에 조심스러워서 어떤 그림을 보고도 자기 의견을 잘 내놓지 않지만, 품위를 지키면서도 꾸밈없는 심미안을 타고났고 그게 정확할 때가 많아."

마리앤은 언니의 기분을 상하게 하고 싶지 않았기 때문에 더 아무 말도 하지 않았다. 하지만 언니가 칭찬하는 그의 미적 감각이라는 것은 자신이 생각하는 황홀한 희열로서의 심미안과는 너무 거리가 멀었다. 마리앤은 언니의 착각에 속으로는 웃었지만, 에드워드를 맹목적으로 감싸는 언니의 그런 모습을 존중했다.

"마리앤," 엘리너가 말을 이었다. "네가 여러 면에서 그 사람이 부족하다고 생각하지 않았으면 좋겠어. 물론 네가 그분을 따뜻하게 대하는 것을 보면 네가 그렇게 생각하는 것 같지는 않아. 네 생각이 정말 그렇다면 친절하게 대할 수도 없을 테니까."

마리앤은 무슨 말을 해야 할지 몰랐다. 어떤 이유로든 언니의 기분을 상하게 하고 싶진 않았지만 그렇다고 자기 생각과 다른 얘기를 할 수는 없었다. 마침내 마리앤이 말했다.

"언니, 내가 그분의 장점에 대해 언니만큼 칭찬하지 않더라도 기분 나쁘게 생각하지는 마. 나는 그분의 성향이나 취향에 대해 언니만큼 세세히 알 기회가 없었어. 다만 그분의 선량함과 분별력에 대해서는 누구보다도 높이 평가해. 또 아주 존경할 만하고 따뜻한 분이라고 생각해."

"그분의 가장 절친한 벗들이라도 그런 칭찬을 들으면 흡족해하겠구나." 엘리너가 미소를 띠며 말했다. "그보다 더 따뜻한 칭찬은 없을 것 같아."

마리앤은 언니가 무척 만족해하는 모습에 기분이 좋았다.

"마음을 터놓고 이야기할 정도로 가까워지면," 엘리너가 말을 이었다. "그 사람이 현명하고 따뜻하다는 사실은 조금도 의심할 수 없게 될 거야. 내성적인 성격 때문에 말이 없어서 그렇지 지적으로나 도덕적으로 훌륭한 사람이야. 너도 그 사람의 진가를 충분히 알고 있겠지만, 네 말대로 그 사람의 세세한 성향에 대해서는 나만큼 잘 알지 못할 거야. 어머니가 심적으로 온전히 너에게 의지하시는 동안 나는 그 사람과 함께 시간을 보내면서 많은 것을 알게 되었어. 그의 감정을 읽었고 문학에 대한 그의 생각과 취향도 들어봤어. 전체적으로 박식하고 책 읽기를 좋아할 뿐만 아니라 풍부한 상상력과 공정하고 정확한 관찰력에 섬세하고 순수한 취향을 모두 갖춘 사람이라고 해야 할 것 같아. 알게 될수록 모든 면에서 재능도 더 잘 보이고 태도와 외모도 그래. 처음에 볼 때는 분명히 인상적이지는 않아. 외모도 빼어나다고 하기는 어렵지. 그런데 몇 번 만나다 보면 남달리 선한 눈매와 항상 온화한 표정이 눈에 들어와. 지금은 잘 알게 되어서 그런지 그가 정말 잘생겼다는 생각도 들어. 적어도 잘생긴 편인 것 같기는 해. 네가 보기엔 어때, 마리앤?"

"지금은 아니지만 나도 곧 그렇게 생각하게 되겠지. 언니가 나에게 그분을 형부로 받아들이라고 하면 나도 그분의 외모에서 단점을 찾지 못하게 될 거야. 지금 내가 그분의 마음씨에서 흠을 찾지 못하는 것처럼."

엘리너는 에드워드에 관해 이야기하면서 자신이 조금 들떠 있었던 것을 후회했다. 그녀는 자신의 마음속에 에드워드가 크게 자리 잡고 있음을 느끼고 있었다. 그리고 그런 감정이 일방적인 게 아니라고 믿었다. 하지만 두 사람 사이의 애정을 동생이 확신하기 위해서는 더 큰 확실성이 있어야 했다. 동생과 어머니에게 흔히 추측은 믿음으로, 이뤄질 수 없는 것에 대한 바람은 현실의 희망으로, 그리고 희망은 기대로 쉽게 바뀐다는 사실을 엘리너는 잘 알고 있었다. 그녀는 동생에게 자신의 감정을 솔직하게 이야기하려고 했다.

"내가 그 사람을 아주 높이 평가하고 매우 존경하며 좋아한다는 사실을 부정하지는 않아." 엘리너가 말했다.

"존경한다고? 좋아한다고?" 마리앤이 목소리를 높였다. "언니는 어쩌면 그렇게 차가워? 아니, 차갑다는 말로는 부족해. 다른 표현을 쓰는 게 그렇게 부끄러운 일이야? 그런 단어를 한 번만 다시 쓰면 나는 이 방에서 바로 나가버릴 거야."

엘리너는 동생의 반응에 웃음을 참을 수 없었다. "미안해. 내 감정을 차분하게 표현했을 뿐 너를 언짢게 할 생각은 없었어. 하지만 내 감정이 말로 표현한 것보다 더 강렬하다는 건 믿어도 돼. 요컨대 내 감정은 그 사람의 훌륭한 점이나, 그 역시 나를 좋아한다는 느낌이나 바람 같은 것을 조심스럽게 정당화할 수 있는 딱 그 정도야. 그 이상이라고 믿지는 마. 나는 그 사람이 나에게 어떤 감정을 품고 있는지 확신이 없어. 가끔은 나에 대한 그의 감정에 의심이 들 때도 있어. 그러니 그의 감정을 정확히 알기 전까지 내 감정을 과장하지 않으려는 것을 이상하게 생각하지 않았으면 해. 마음으로는 그의 감정을 거의 의심하지 않아. 하지만 그의 의향이 어떤지와는 별개로 먼저 생각해봐야 할 것들이 있어. 그는 중요한 결정을 혼자 내릴 수 있는 처지가 아니야. 그의 어머니가 어떤 분이신지 우리로서는 알 방법이 없지만, 가끔 패니가 들려주는 얘기를 들어보면 그다지 호감이 가는 분은 아니야. 그리고 에드워드 자신도, 가진 것이 없고 지위도 높지 않은 여자와 결혼하겠다고 하면 얼마나 많은 어려움에 부딪히게 될지 모르지 않을 거야."

마리앤은 어머니와 자신의 상상이 너무 앞서갔음을 깨달았다.

"언니, 아직 결혼을 약속한 건 아니구나!" 마리앤이 말했다. "어쨌든 약혼은 기정사실이나 다름없을 테고, 설령 결혼이 조금 늦어진다고 해도 두 가지 좋은 점은 있어. 나로서는 언니가 빨리 떠나지 않아서 좋고, 에드워드는 언니가 가장 좋아하는 취미에 대해 미적 감각을 키울 기회가 있어서 좋은 거지. 그건 앞으로 언니의 행복을 위해서라도 꼭 필요한 일이야. 그분이 언니의 천재성에 자극을 받아서 그림을 직접 배우겠다고 하면 얼마나 좋겠어!"

엘리너는 동생에게 자신의 속마음을 이야기했다. 그녀 자신은 동생이 믿는 것처럼 에드워드와의 관계가 순조로운 상태라고 생각할 수 없었다. 이따금 에드워드가 보이는 무기력한 모습은, 그것이 무관심을 의미하는 것은 아닐지리도 거의 미덥지 못하다고 할 만했다. 그가 그녀의 호감에 확신을 갖지 못했기 때문이라면, 약간 불안한 정도라면 모를까 그렇게 자주 침울해질 수는 없는 일이었다. 어쩌면 그가 아무 걱정 없이 사랑에 빠질 수 없었던 진짜 이유는 어머니의 그늘을 벗어나지 못하고 있는 자신의 처지 때문인지도 몰랐다. 에드워드의 어머니는 아들에게 집에서 편안함을 느끼게 해주지도 않았고, 출세를 위한 그녀의 계획을 따르지 않는 이상 아들이 가정을 꾸리는 것도 허락하지 않았다. 이런 사실을 알고 있는 엘리너로서는 이 문제를 쉽게 생각할 수 없었다. 그녀는 자신에 대한 에드워드의 호감이 반드시 어머니와 마리앤이 확신하는 결과로 이어질 것으로 생각하지는 않았다. 아니, 그와 더 많은 시간을 보낼수록 그의 본심은 더 의심스러워졌다. 가끔은 그의 호감이 우정 그 이상이 아니라고 믿게 되는 고통스러운 순간들도 있었다.

하지만 그들의 관계가 어디까지 용인되든 일단 이를 알게 된 에드워드의 누나를 불편하게, 동시에 (훨씬 천박하게도) 무례하게 만들기에는 충분했다. 그녀는 이 일을 꼬투리 삼아, 자신의 남동생은 엄청난 유산을 상속할 가능성이 있고, 친정어머니는 두 아들을 명문가의 딸과 결혼시키겠다고 다짐하고 있으니 동생을 유혹하려는 처녀들은 조심해야 할 것이라는 노골적인 언사로 대시우드 부인을 모욕했다. 대시우드 부인은 그런 말을 못 들은 척할 수도, 차분히 받아들일 수도 없었다. 부인은 패니에게 경멸적인 대답을 던지고 즉시 방을 나와버렸다. 그녀는 갑작스러운 이사에 어떤 불편이나 비용이 따른다고 해도 사랑하는 딸 엘리너가 그런 말을 더 듣도록 단 일주일도 지체할 생각이 없었다.

때마침 대시우드 부인 앞으로 한 가지 제안이 담긴 편지가 배달되었다. 지위와 재산을 갖춘 그녀의 먼 친척이 데번셔에서 자신이 소유한 작은 별장을 좋은 조건으로 빌려주겠다는 것이었다. 친필로 쓰인 편지엔 진심으로 친절을 베풀려는 마음이 가득했다. 그는 그녀가 새로운 거처를 찾고 있다는 사실을 알고 있었고, 비록 그가 제공하려는 주택이 작은 코티지(cottage, 부유층의 수수한 시골 별장으로 대개 1층에 널찍한 공간이 있고 2층에 5개 내외의 작은 침실이 있었다-옮긴이)에 불과하지만 그래도 마음에 든다면 그녀가 필요하다고 생각하는 모든 것을 준비해 놓겠다고 약속했다. 그는 그 집과 정원을 자세히 묘사한 뒤, 그곳이 손을 좀 보면 지낼만하겠는지 같은 교구에 있는 자신의 저택인 바턴 파크에 딸들과 함께 와서 직접 살펴볼 것을 청했다. 그는 진심으로 그들을 환영하는 것 같았고, 그의 편지에서 엿보이는 친절함은 그녀에게 기쁨을 주기에 충분했다. 더 가까운 관계라 할 수 있는 의붓아들의 아내가 보인 냉정하고 쌀쌀맞은 행동에 고통받고 있던 시기에 그 기쁨은 더욱 컸다. 더 생각하거나 알아볼 것도 없었다. 그녀는 편지를 읽는 동안 이미 마음을 정했다. 불과 몇 시간 전까지만 해도 바턴이 서식스에서 먼 데번셔에 있다는 사실은 다른 모든 장점을 덮어버릴 단점이었지만 이제는 그것이 가장 큰 장점이 되었다. 놀런드에서 가까운 곳을 포기한다는 것은 이제 불행이 아니라 오히려 바라는 일이 되었다. 의붓아들의 아내에게 계속 의지해야 하는 비참함에 비하면 그것은 축복이었다. 그런 여자가 안주인 자리를 차지하고 있는 곳에 머무느니 차라리 정든 저택을 영영 떠나는 편이 덜 고통스러운 일이었다. 그녀는 즉시 존 미들턴 경에게 친절에 감사하며 그 제안을 받아들이겠다는 답장을 썼다. 답장을 보내기 전에 그녀는 서둘러 두 통의 편지를 딸들에게 보여 주며 동의를 구했다.

엘리너는 함께 지내는 사람들과 계속 부딪치느니 놀런드에서 조금 떨어진 곳에 새로 정착하는 편이 현명하다고 줄곧 생각하고 있었다. 그런 까닭에 데번셔로 이사하려는 어머니의 뜻에 반대할 이유는 없었다. 존경의 설명대로라면 집의 규모도 아담하고 집세도 무척 싼 편이었기 때문에 더더욱 반대할 이유가 없었다. 비록 자신에게는 선뜻 내키는 계획이 아니었지만, 그리고 그녀가 원하는 것보다 더 먼 곳으로 떠나야 했지만, 그녀는 어머니가 제안을 수락하는 답장을 보내는 것을 말리지 않았다.

5

편지를 부치자마자 대시우드 부인은 의붓아들 내외에게 집을 새로 구했으며 준비가 끝나는 대로 더는 폐를 끼치지 않겠다고 당당하게 말했다. 부부는 놀랐다. 패니는 아무 말도 하지 않았지만, 그녀의 남편은 예의상 이사할 집이 놀런드에서 그리 멀지 않기를 바란다고 말했다. 대시우드 부인은 데번셔로 간다고 대답하며 무척 흡족해했다. 곁에 있던 에드워드는 이 말을 듣자마자 놀라움과 걱정이 가득한 목소리로 되물었는데 그가 그런 반응을 보인 까닭은 설명이 필요하지 않았다. "데번셔요? 정말 그리로 가십니까? 그렇게나 멀리요? 데번셔 어디쯤이요?" 부인은 집의 위치를 설명했다. 엑서터에서 북쪽으로 4마일 떨어진 곳이었다.

"변변찮은 코티지에 불과하지만," 그녀가 말을 이었다. "손님과 친구들이 많이 찾아와 준다면 좋겠네. 방을 한두 칸 늘리는 건 어려운 일이 아니니 먼 걸음을 해서 찾아오는 친구들이 묵어가는 데 불편함이 없도록 할 생각이네."

그녀는 존 대시우드 부부에게 바턴을 방문해 달라는 초대의 말을 친절하게 건넸고 에드워드에게는 한층 각별한 애정을 담아 초대의 뜻을 전했다. 패니와 마지막으로 나눈 대화는 대시우드 부인이 놀런드를 가능한 한 빨리 떠나야겠다고 결심한 계기가 되었지만 정작 그 대화에서 패니가 의도한 바는 대시우드 부인의 생각에 아무런 영향도 미치지 못했다. 에드워드와 엘리너를 갈라놓는 것은 결코 그녀가 바라는 바가 아니었다. 대시우드 부인은 패니가 보는 앞에서 그녀의 남동생을 특별히 초대함으로써 결혼에 반대하는 그녀를 자신이 얼마나 우습게 여기는지 보여 주고 싶었다.

존은 놀런드에서 너무 멀리 떨어진 곳에 집을 구한 탓에 이사를 돕지 못해 유감이라는 말만 되풀이했다. 그는 이 일로 양심의 가책을 받았는데, 아버지에게 한 약속의 이행을 줄이고 줄인 마당에 이제 그마저도 지키지 못하게 되었기 때문이다. 침구, 그릇, 도자기, 책 그리고 마리앤의 멋진 피아노가 포함된 짐이 먼저 보내졌다. 존의 아내는 이삿짐이 나가는 모습을 지켜보며 한숨을 쉬었다. 자신들과 비교해 수입이 보잘것없는 대시우드 부인이 여전히 탐나는 세간들을 가지고 있다는 사실이 못마땅한 것이었다.

대시우드 부인은 가구가 잘 비치되어 있어서 바로 몸만 들어가도 되는 그 집을 12개월 동안 빌리기로 했다. 계약에는 아무런 어려움이 없었다. 그녀는 재산을 처분하고 데번셔에서 계속 일할 하인을 정하기 위해 놀런드에 조금 더 머물렀다. 그녀는 마음먹은 일은 재빨리 처리하는 성격이라 그 일도 곧 마무리되었다. 남편이 남긴 말(馬)들은 그가 사망한 직후 처분했지만, 그녀는 딸들의 편의를 위해 마차는 남겨두고 싶었다.

하지만 맏딸의 진지한 조언에 따라 대시우드 부인은 자기 뜻을 꺾고 마차를 이참에 팔기로 했다. 놀런드에서 줄곧 일해온 하인의 수를 여자 둘, 남자 하나로 줄이기로 한 것도 엘리너의 판단이었다.

　남녀 하인 한 명씩이 데번셔로 먼저 가서 안주인을 맞이할 준비를 했다. 대시우드 부인은 존 경의 아내인 미들턴 부인과 모르는 사이였기 때문에 바턴 파크를 방문하는 대신 곧장 코티지로 향하고 싶었고, 그 집에 대한 존 경의 설명을 그대로 믿은 까닭에 미리 집을 살펴보고 싶은 호기심도 들지 않았다. 패니는 좀 더 머물다 떠나라는 형식적인 권유로 자신의 속마음을 숨기려 했지만, 대시우드 부인은 자신이 떠난다는 사실에 만족스러운 기색이 완연한 패니 때문이라도 하루빨리 놀런드를 떠나고 싶었다. 만일 존이 아버지와의 약속을 지키고자 했다면 이때가 적기였다. 네 모녀가 저택을 떠나는 이때가 바로 놀런드에 처음 도착한 이후 그가 미루고 있던 약속을 이행하기에 가장 적합한 시기였다. 그러나 대시우드 부인은 이내 그런 희망을 버렸다. 존은 반년간 그들을 놀런드에서 부양한 것이 자신이 그들에게 해줄 수 있는 전부였음을 은연중에 드러냈다. 그는 생활비가 점점 많이 들고 있다느니, 어느 정도 사회적 지위가 있는 사람은 돈 쓸데가 끝없이 생긴다느니 하는 소리를 자주 한 탓, 남들에게 도움을 주기는커녕 그 자신이 도움을 받아야 하는 사람처럼 보이기까지 했다.

　존 미들턴 경의 편지가 도착한 날로부터 몇 주가 채 되지 않아 새집의 단장이 모두 끝나 대시우드 부인과 딸들은 드디어 새집을 향해 출발하게 되었다.

　그토록 정든 곳을 떠나며 그들 모녀는 많은 눈물을 흘렸다. "아, 사랑하는 놀런드!" 그곳에서 보낸 마지막 날 저녁, 집 앞을 혼자 거닐며 마리앤이 말했다. "얼마나 지나야 네가 그리워지지 않을까? 얼마나 지나야 다른 곳에서 집의 포근함을 느끼게 될까? 아, 행복이 깃든 집이여! 다시는 보지 못할 너를 지금 이곳에서 바라보는 나의 아픔을 알겠니? 너희, 정든 나무들아! 너희는 늘 그대로겠지. 우리가 떠나도 잎은 시들지 않고, 우리가 바라보지 않아도 가지는 여전히 바람에 흔들릴 거야. 그래, 너희는 그대로일 거야. 너희가 우리에게 준 기쁨과 낙심도 모르고, 너희의 그늘을 거닐던 사람들에게 무슨 일이 생겼는지도 모르겠지. 이제 이곳에서 누가 너희로부터 즐거움을 얻을까?"

6

처음에는 우울한 기분 탓에 데번서로 가는 먼 길은 지루하고 불편하기만 했다. 그러나 목적지가 가까워지며 앞으로 그들이 살아갈 지방의 모습이 눈에 들어오자 우울한 기분은 가라앉았고, 바턴 밸리에 들어설 무렵에는 그곳의 풍경이 모두의 마음을 들뜨게 했다. 비옥한 땅과 울창한 숲 그리고 넓은 목초지가 차례로 나타났다. 1마일 이상 구불구불한 길이 이어진 끝에 그들은 집에 도착했다. 아담한 쪽문이 그들을 작은 녹색 정원이 있는 앞뜰로 맞아들였다.

주택으로서 바턴 코티지는 조금 작기는 해도 안락하고 실속이 있었다. 하지만 코티지로는 흠이 있었다. 건물의 비례와 균형이 너무 잘 맞은 데다(단순함과 자연과의 조화를 추구한 낭만주의의 영향으로 비례와 균형은 오히려 코티지의 흠이었다-옮긴이) 지붕에는 기와가 얹어져 있었고 창의 덧문은 녹색이 아니었으며 덩굴이 외벽을 덮고 있지 않았기 때문이다. 집

안에 들어서면 좁은 통로를 따라 뒤뜰이 곧바로 연결되었다. 출입문 양쪽에는 16제곱피트 면적의 응접실이 하나씩 있었고, 그 안쪽으로 조리실과 계단이 있었다. 그리고 네 개의 침실과 두 개의 다락방이 나머지 공간을 채우고 있었다. 건물은 지은 지 오래되지 않았고 수리도 잘 되어 있었지만 놀런드의 저택과 비교해 보면 정말 작고 초라했다! 하지만 집에 들어서면서 놀런드의 기억으로 흘린 눈물은 이내 사라졌다. 식구들 각자는 그들을 반갑게 맞이하는 하인들의 모습에 힘을 냈고, 서로를 위해서라도 밝은 표정을 지으려 애썼다. 9월 초순의 화창한 날이었다. 날씨가 좋은 날 처음 본 이 집은 그들의 마음에 쏙 들었으며, 이때의 인상은 오래도록 변하지 않았다.

집의 위치도 좋았다. 집 바로 뒤에는 높은 언덕들이 솟아 있었다. 언덕으로 이어지는 지형에는 탁 트인 구릉지도 있었고 경작지와 숲도 있었다. 이 언덕들 가운데 자리를 잡은 바턴 마을의 전경이 코티지의 창문으로 들어왔다. 집 앞으로 펼쳐지는 전망은 더 트여 있어서 골짜기 전체와 그 너머의 풍경까지 시야에 들어왔다. 골짜기는 그 너머에서 끊어졌다가 가장 가파른 두 개의 언덕 사이로 다시 뻗어나가며 새로운 방향에서 새로운 이름을 얻었다.

대시우드 부인은 집의 크기와 구조에 대체로 만족했다. 이전의 생활 방식이 있다 보니 새집에서도 여기저기 손볼 곳은 있었지만 뭔가를 더 하고 고치는 것은 그녀에게 즐거움이었다. 그즈음 그녀에게는 코티지의 방들을 우아하게 꾸미는 데 필요한 돈도 충분히 있었다. "우리 가족이 살기에 확실히 집이 좁긴 하구나." 그녀가 말했다. "하지만 집을 고치기에 올해는 때를 놓친 것 같으니 당분간은 그냥 지내다가 봄에 돈이 충분히 모이면, 아마 그렇게 될 테니, 그때 가서 수리를 생각해 보자꾸나. 손님들을 맞기에는 따로 두 개가 있는 응접실이 좁으니 아예 응접실 하나와 복도를 트고 다른 응접실 일부도 합친 다음 그쪽의 나머지 공간을 출입구로 만들면 어떨까 한다. 이 출입구에 새로 꾸민 응접실과 위층의 침실 겸 다락방까지 갖추면 코티지가 제법 말쑥해질 거다. 계단이 좀 세련됐으면 좋겠지만 모든 걸 다 바랄 수는 없겠지. 그래도 계단의 폭을 넓히는 건 어렵지 않을 것 같다. 봄에 여윳돈이 얼마나 되는지 보고 거기에 맞춰서 수리를 계획해 보자."

평생 절약이라곤 해본 적이 없는 이 여성이 연 5백 파운드의 수입에서 아낀 돈으로 집을 수리할 수 있을 때까지 그들 가족은 일단 그 상태에 만족하기로 했다. 그들은 각자 중요한 물건들을 챙기고 책과 다른 소지품의 자리를 찾아 주면서 분주하게 집을 정돈했다. 마리앤의 피아노도 자리를 잡았고 엘리너의 그림들은 응접실 벽에 걸렸다.

이튿날 아침 식사 직후에 집주인이 그들을 갑작스럽게 방문했다. 바턴에 온 그들에게 환영의 뜻을 전하면서 당장 부족한 것이 있으면 자신의 집과 정원에서 내주겠다는 뜻을 밝히기 위함이었다. 존 미들턴 경은 잘생긴 외모에 나이는 마흔 살 정도 되어 보였다. 그는 오래전 스탠힐을 방문한 적이 있었지만, 당시 어렸던 자매들은 그를 기억하지 못했다. 그는 표정이 무척 밝았고 태도 역시 편지에서 느껴졌던 것만큼 친절했다. 그는 그들의 도착을 진심으로 기뻐하며 그들이 편안하게 지내기를 진정으로 바라는 듯했다. 그는 자신의 가족과 친하게 지내기를 바란다며 새 집이 완전히 정리될 때까지 바턴 파크에서 매일 저녁 식사를 같이하자고 청했는데, 그의 간청은 정중함을 넘어 집요할 정도였지만 진심이 우러나는 태도 덕분에 불쾌감을 주지는 않았다. 그의 친절은 말로 그치지 않았다. 그가 떠난 지 한 시간도 채 되지 않아 채소와 과일이 담긴 커다란 바구니가 도착했다. 뒤이어 저녁 무렵 그는 사냥에서 얻은 고기를 선물로 보냈다. 그는 우체국을 통해 보내거나 받는 모든 우편물 심부름을 자청했으며 매일 신문을 보내주는 수고도 마다하지 않았다.

미들턴 부인은 남편을 통해 폐가 되지 않을 때 인사차 방문하고 싶다는 뜻을 공손하게 전해 왔다. 대시우드 부인 역시 정중하게 초대의 뜻을 전했고, 이튿날 미들턴 부인이 그들을 방문했다.

그들 가족은 바턴에서 그들이 누리는 안락함의 많은 부분을 좌우할 이 인물을 무척 만나고 싶었고, 직접 대면한 부인의 우아한 외모는 그들 모두에게 호감을 주었다. 미들턴 부인은 많아야 스물예닐곱 살 정도로밖에 보이지 않았다. 그녀는 큰 키와 빼어난 미모에 단아한 자태를 지니고 있었다. 그녀의 태도에는 남편에게 부족한 고상함이 있었다. 다만 남편의 소탈함과 온화함을 조금 나눠 가졌더라면 그녀의 태도는 훨씬 나았을 것 같았다. 가족들이 그녀에게 처음에 느낀 열렬한 찬탄은 그녀가 긴 시간을 머물면서 조금씩 식었다. 그녀는 완벽할 정도로 우아했지만, 말수가 적고 차가웠으며 틀에 박힌 질문이나 대답을 제외하고는 먼저 말을 꺼내는 법이 없었다.

하지만 존 경이 워낙 말이 많은 데다 미들턴 부인이 현명하게도 여섯 살 먹은 귀여운 맏아들을 데리고 온 덕분에 대화는 끊기지 않았다. 아이가 곁에 있다는 것은 여자들의 이야깃거리가 떨어질 때 언제든 돌아갈 화제가 있음을 의미했다. 그들은 미들턴 부인에게 아이의 이름과 나이를 물어보았고 아이의 귀여운 생김새를 칭찬했으며 아이에게 이것저것 질문을 던지기도 했다. 그러면 어머니에게 매달려 고개를 파묻고 있는 아이를 대신해서 미들턴 부인이 질문에 답하며 집에서 그렇게 시끄럽던 아이가 사람들 앞에서는 왜 이렇게 부끄럼을 타는지 모르겠다고 이야기하는 식이었다. 낯선 자리에는 대화의 방편으로 아이를 꼭 데리고 가야 하는 법이다. 이날의 방문에서도 아이가 아버지와 어머니 중 누구를 더 닮았는지, 특이 어디가 닮았는지 이야기하는 데만 10분이 지나갔다. 당연한 일이지만 모두 생각이 달랐고 다른 사람의 의견을 반박하며 대화가 이어졌기 때문이다.

대시우드 부인과 딸들은 집주인 부부가 집에 두고 온 다른 아이들에 대해서도 곧 토론을 벌여야 했다. 다음 날 바턴 파크에 와서 만찬을 함께 하겠다는 약속을 받아내기 전에는 자리에서 일어나지 않겠다고 존 경이 고집을 부렸기 때문이다.

7

바턴 파크는 코티지에서 약 반 마일 떨어진 곳에 있었다. 대시우드 부인과 세 딸은 코티지로 처음 오던 날 그 근처를 지났지만 그들의 집에서는 언덕에 가려 저택이 보이지 않았다. 저택은 크고 아름다웠다. 미들턴 부부는 손님 접대와 고상한 일상이 절반씩 어우러진 삶을 살고 있었다. 전자는 존 경의 만족을 위한 것이었고, 후자는 미들턴 부인을 만족시키는 것이었다. 저택에는 손님이 머물지 않는 날이 거의 없었고 근방에서 그들처럼 다양한 부류의 사람들과 어울리는 집안은 없었다. 이는 두 사람 모두의 행복을 위해 꼭 필요했다. 행동과 기질은 달랐지만, 재능과 취향이 부족하다는 점에서 두 사람은 닮아 있었다. 사람들과의 교제를 제외하면 그들의 활동은 매우 좁은 범위로 제한되었다. 존 경은 사냥을 좋아했고, 미들턴 부인은 어머니의 역할에 만족했다. 남편은 사냥감을 쫓으며 총을 쏘았고 아내는 아이들을 어르고 달랬다. 이것이 그들의 유일한 재능이었다. 미들턴 부인이 아이들을 응석받이로 키우는 특권을 1년 내내 누렸다면, 존 경이 그만의 활동을 즐길 시간은 그 절반에 불과했다. 하지만 저택 안팎의 끊임없는 모임은 천성과 교육의 부족함을 메워주었고, 그것은 존 경에게는 활력을, 그의 아내에게는 교양을 뽐낼 기회를 주었다.

미들턴 부인은 근사하게 차린 만찬과 잘 꾸며놓은 저택을 자랑으로 여겼다. 이와 같은 허영은 저택의 모든 모임에서 그녀가 얻는 가장 큰 즐거움이었다. 이에 반해 존 경이 사교에서 얻는 즐거움은 훨씬 실제적이었다. 그는 자신의 저택에 다 들이지도 못할 만큼 많은 사람을 불러들였으며 모임이 시끌벅적할수록 더 좋아했다. 그는 인근의 젊은 남녀들에게 축복 같은 존재였다. 여름에는 줄곧 차가운 햄과 닭고기를 즐기는 야외 파티를 열었고, 겨울에는 열다섯 살(무도회에 참석할 수 있는 가장 어린 나이는 15세였다-옮긴이)의 채워지지 않는 갈망에서 벗어난 젊은 숙녀들을 위해 끊임없이 개인 무도회를 열었기 때문이다.

이 지역으로 새로운 가족이 이주해 들어오는 것이 그에게는 늘 기쁨이었다. 특히 자신의 주선으로 바턴 코티지에 살게 된 이 가족은 모든 면에서 그를 매료시켰다. 대시우드가의 딸들은 젊고 예쁘며 꾸밈이 없었다. 그것만으로도 그에게는 충분한 호평의 이유가 되었다. 꾸밈이 없는 소박함은 예쁜 아가씨가 외모만큼이나 매력적인 마음씨를 갖기 위해 꼭 필요한 것이었다. 친절한 성정을 타고난 그는 형편이 이전보다 안 좋아진 이들에게 편의를 베푸는 것에서 행복감을 느꼈다. 그런 이유로 친척들에게 호의를 베풀면서 그는 무척 행복했다. 사냥을 좋아하는 그로서는 자신의 코티지에 여성들로만 구성된 가족을 들이게 되었다는 사실도 만족스러웠다. 그는 자신처럼 사냥을 좋아하는 남자들을 존중했지만, 거처를 제공하면서까지 그들의 취미를 부추기고 싶은 생각은 없었기 때문이다.

존 경은 대시우드 부인과 딸들을 저택 현관에서 맞이하며 바턴 파크를 방문한 그들을 진심으로 환영했다. 그들을 응접실로 안내하면서 그는 전날 대화를 나누며 걱정했던 것처럼 아가씨들을 맞이할 멋진 청년들을 구하지 못해 미안하다고 말했다. 그러면서 자신을 제외하고 신사가 한 명 더 있기는 한데, 그의 절친한 친구인 그 신사는 그리 젊지도, 쾌활한 성격도 아니라고 덧붙였다. 그는 이번 모임이 조촐한 점을 양해해 달라면서 다시는 이런 일이 없을 거라고 약속했다. 그날 아침 그는 모임의 참석자를 늘려 볼 생각으로 여러 집을 찾아다녔지만 마침 달이 밝은 날이었기 때문에 다들 선약(옥외 조명이 없던 시절 사람들은 달이 밝은 날 저녁 약속을 잡았다–옮긴이)이 있었다. 다행히 미들턴 부인의 어머니가 직전에 바턴에 도착했는데 워낙 밝고 쾌활한 그녀의 성격 덕분에 그는 걱정했던 것보다 손님들이 덜 지루해하기를 바랐다. 대시우드 부인뿐만 아니라 딸들도 모르는 사람 두 명이 모임에 함께한다는 사실에 만족했고 그 이상은 바라지도 않았다.

미들턴 부인의 어머니 제닝스 부인은 사근사근하고 쾌활한 성격에 말이 정말 많고 늘 들떠 있는, 그러나 속된 면도 조금 있는 뚱뚱한 노부인이었다. 만찬 중에도 그녀의 농담과 웃음은 끊이지 않았다. 그녀는 연인과 남편을 주제로 익살스러운 이야기를 늘어놓았고 대시우드 집안의 딸들이 서식스의 누군가에게 마음을 주고 떠나오지 않았기를 바란다면서 이 말에 얼굴이 빨개진 사람이 있다며 깔깔거렸다. 마음이 불편해진 마리앤은 시선을 돌려 언니가 이런 무례를 어떻게 견디는지 지켜보았는데,

엘리너로서는 동생의 그런 눈빛이 제닝스 부인의 진부한 농담보다 더 고통스러웠다.

존 경과 미들턴 부인이 부부로서, 그리고 제닝스 부인과 미들턴 부인이 모녀로서 별로 닮지 않았듯이 존 경과 브랜던 대령도 닮은 점이 많아서 친구가 된 것 같지는 않았다. 브랜던 대령은 말수가 적고 진지했다. 서른다섯이라는 나이 때문에 그는 마리앤과 마거릿의 눈에는 영락없는 노총각이었지만 외모가 못 봐줄 정도는 아니었고, 딱히 미남이라 할 수는 없어도 살아있는 눈빛과 신사다운 품격을 지닌 사람이었다.

이 모임에서 대시우드 일가와 어울리는 면모를 지닌 사람은 없었다. 하지만 그날따라 미들턴 부인의 태도가 유난히 건조하고 냉랭했던 탓에 브랜던 대령의 근엄함이나, 존 경과 그의 장모가 웃고 떠드는 소리가 오히려 재미있기까지 했다. 미들턴 부인은 만찬이 끝나고 네 명의 아이들이 소란스럽게 등장한 뒤에야 생기를 찾는 것 같았다. 아이들은 그녀를 서로 잡아당기다가 옷을 찢는가 하면 자신들과 관계없는 대화는 전부 중단시키고 말았다.

만찬을 마친 뒤 좌중에 마리앤의 음악적 재능이 알려지면서 그녀는 연주와 노래를 요청받았다. 잠겨있던 피아노가 열리고 모두는 마리앤의 노래를 들을 준비를 했다. 노래 솜씨가 빼어난 마리앤은 악보에서 대표적인 곡을 신청받아 연주와 함께 노래를 불렀다. 피아노 위의 악보는 미들턴 부인이 결혼할 때 가져온 이후 줄곧 그 자리에 놓여 있는 것 같았다. 그녀의 어머니는 딸이 예전에는 피아노를 무척 잘 쳤다고 했고, 그녀 자신은 여전히 음악을 좋아함에도 결혼과 동시에 음악을 포기할 수밖에 없었다고 말했다.

마리앤의 연주는 많은 박수를 받았다. 존 경은 한 곡이 끝날 때마다 소리 높여 찬사를 늘어놓았지만, 곡이 연주되는 동안에는 큰 소리로 사람들과 이야기를 주고받기 바빴다. 미들턴 부인은 여러 차례 남편에게 눈치를 주면서, 어떻게 음악을 듣는 사람이 잠시라도 집중력을 잃을 수 있는지 의아하다는 표정을 지었다. 그러면서 그녀는 마리앤에게 어떤 곡을 신청했는데 그 곡은 마리앤이 직전에 부른 곡이었다. 브랜던 대령만이 유일하게 호들갑을 떨지 않고 그녀의 연주와 노래를 감상했다. 그는 찬사 대신 경청하는 태도를 보였으며, 그녀는 그 점에서 대령에게 존경심을 느꼈다. 그것은 염치도, 예술적 취향도 없는 사람들은 그녀로부터 얻지 못하는 것이었다. 브랜던 대령이 음악에서 얻는 즐거움은 마리앤이 인정하는 예술적 희열에는 미치지 못했지만 다른 사람들의 끔찍한 무감각에 비하면 존중할 만했다. 마리앤은 서른다섯 살이 된 남자라면 강렬한 감정과 섬세한 감상 능력을 잃었다고 해도 이상할 게 없다고 생각했다. 그녀는 대령이 나이가 많다는 사실을 인간적으로 충분히 이해하려 했다.

8

제닝스 부인은 남편이 생전에 설정해둔 미망인 재산권 덕분에 연금을 풍족하게 받고 있었다. 두 딸을 모두 남부럽지 않게 출가시킨 그녀는 이제 세상의 모든 미혼 남녀를 맺어주는 것 이외에는 다른 할 일이 없었다. 그녀는 이 목표를 이루기 위해 능력과 열성을 쏟아 부었고 자신이 알고 있는 처녀와 총각을 맺어줄 기회를 놓치는 법이 없었다. 젊은 남녀 사이에 싹트는 애정을 그녀는 놀랄 만큼 빨리 눈치챘으며, 아가씨들에게 남자를 사로잡는 그들의 매력이 뭔지 넌지시 말해 줌으로써 그들을 당황하게 혹은 으쓱하게 만들어 주기를 좋아했다. 제닝스 부인은 이런 눈치로 바턴에 도착한 지 일마 지나지 않아 브랜던 대령이 마리앤 대시우드를 좋아하고 있다고 단언했다. 그들이 처음 만난 저녁, 제닝스 부인은 노래를 부르는 마리앤을 숨죽여 바라보는 브랜던 대령의 모습이 심상치 않다고 느꼈다. 대시우드 부인의 초대로 미들턴 부부와 일행이 바턴 코티지를 답방했을 때 한 번 더 노래를 부른 마리앤을 바라보는 대령의 모습에서 그 사실은 분명해졌다. 그녀는 틀림없다고 확신했다. 부유한 남자와 아리따운 아가씨라면 완벽한 짝이었다. 제닝스 부인은 사위를 통해 브랜던 대령을 처음 알게 된 이후 그에게 좋은 짝을 맺어주려고 안달을 했다. 예쁜 처녀에게 좋은 신랑감을 찾아 주려고 안달하기도 마찬가지였다.

당장 그녀 자신에게도 좋은 점이 있었다. 두 사람에게 끊임없이 짓궂은 농담을 할 수 있었기 때문이다. 그녀는 바턴 파크에서는 대령을 놀렸고, 코티지에서는 마리앤을 놀렸다. 대령은 제닝스 부인의 농담이 자신을 향하는 한 이를 철저히 무시했다. 하지만 마리앤은 처음에는 그 농담을 이해하지 못하다가 자신이 농담의 대상임을 깨달은 뒤에는 어이가 없어서 웃어야 할지 아니면 그런 무례함을 따지고 들어야 할지 몰랐다. 제닝스 부인이 대령의 적지 않은 나이와 노총각의 적적함을 농담거리로 삼았기 때문이다.

대시우드 부인은 자기보다 다섯 살 적은 남자를 한창나이의 딸이 생각하는 것처럼 늙었다고 여기지는 않았기 때문에 제닝스 부인이 그의 나이를 가지고 일부러 놀리는 것은 아니라고 생각했다.

"하지만 엄마, 나쁜 의도로 그런 것은 아니라 해도 그런 농담이 얼토당토않다는 걸 부정하실 수는 없잖아요. 브랜던 대령님이 제닝스 부인보다야 나이가 적지만 저에겐 아버지뻘이라고요. 설령 사랑에 빠질 만한 활력이 있다고 해도 그런 종류의 감정은 이미 사라진 지 오래일 거예요. 정말 어이가 없어요. 나이 들고 병이 들어서도 이런데, 남자들은 도대체 몇 살이 되어야 그런 농담에서 벗어날 수 있는 거죠?"

"병이 들다니?" 엘리너가 되물었다. "브랜던 대령님이 병에 걸리셨다는 얘기야? 그분의 나이가 너에게 많아 보일 수 있다는 건 이해해. 하지만 건강한 분을 그런 식으로 얘기해서는 안 돼."

"언니, 그분이 류머티즘 때문에 아프다고 하는 얘기 못 들었어? 나이 들면 가장 흔한 병이 류머티즘이야."

"얘야," 대시우드 부인이 웃으며 말했다. "그런 식이라면 엄마가 나이 드는 것도 너에겐 공포겠구나. 내가 마흔이 되도록 살아있는 게 기적 같겠어."

"엄마, 그런 뜻이 아니라는 거 아시잖아요. 브랜던 대령님이 노환으로 죽을까 봐 그분의 친구들이 걱정할 정도는 아니라는 건 저도 알아요. 아마 그분은 20년은 더 사시겠죠. 하지만 서른다섯은 이미 결혼과는 멀어진 나이에요."

"서른다섯과 열일곱 살의 남녀라면 결혼을 생각하지 않는 게 나을지도 모르지." 엘리너가 말했다. "하지만 상대가 스물일곱 살의 여성이라면 브랜던 대령님의 나이가 서른다섯이라는 이유로 결혼을 반대할 이유는 없을 거야."

"여자 나이가 스물일곱이면," 마리앤이 잠시 생각하다가 말했다. "사랑을 느끼거나 누군가에게 사랑을 불러일으킨다는 건 포기해야지. 만일 집이 불편하거나 가진 게 없는 여자라면 끼니 걱정 안 하는 누군가의 아내라는 지위를 얻어 간병인 역할이라도 감수하면서 살 수 있겠지. 그분이 그런 여자와 결혼한다고 해도 잘못된 건 하나도 없어. 각자 자신의 편의를 위한 계약인데 누가 뭐라 하겠어. 하지만 내 눈에 그건 결혼도 아니고 아무것도 아니야. 그저 상대를 이용해서 이익을 얻으려는 거래일 뿐이지."

"너로서는 이해하기 어렵겠지만," 엘리너가 대답했다. "스물일곱 살의 여자도 서른다섯 살의 남자에게 사랑에 가까운 감정을 느끼고 그를 매력적인 동반자로 여길 수 있어. 어제처럼 춥고 습한 날에 브랜던 대령님이 한쪽 어깨에 류머티즘 통증이 조금 있다고 지나가는 말처럼 얘기한 걸 가지고 그분이 아내와 함께 병실에 내내 갇혀서 지내게 될 것처럼 얘기해서는 곤란해."

"하지만 그분이 플란넬 조끼 얘기하는 거 못 들었어?" 마리앤이 말했다. "나는 플란넬 조끼라고 하면 통증, 경련, 류머티즘, 노인들의 온갖 잔병 같은 것들밖에 생각이 안 나."

"얘, 만일 그분이 심한 열병을 앓고 있었다면 너는 지금의 절반만큼도 그분을 업신여기지 않았을걸. 솔직히 말해봐. 마리앤, 너는 열병으로 발그레해진 뺨과 움푹 들어간 눈과 빨라진 맥박 같은 것에는 마음이 끌리잖아?"

잠시 후 엘리너가 방을 나간 뒤 마리앤이 말했다. "엄마, 병 얘기가 나와서 말인데요, 에드워드 페라스 씨가 몸이 안 좋은 게 틀림없어요. 우리가 여기 온 지 2주가 다 되도록 여태 찾아오지 않았잖아요. 정말 아프지 않고서야 이렇게 늦을 이유가 없어요. 그분이 놀런드에 붙들려 있을 다른 이유가 뭐가 있겠어요?"

"너는 에드워드가 그렇게 빨리 올 것으로 생각했니?" 대시우드 부인이 말했다. "난 그렇게 생각하지 않았다. 오히려 불안한 마음이 들더라.

내가 바턴에 찾아오라고 몇 번 말했을 때 그다지 반기는 기색도 없고 초대를 흔쾌히 받아들이지도 않았거든. 엘리너는 에드워드가 오기를 기다리고 있지?"

"제가 말을 꺼낸 적은 없지만, 당연히 기다리고 있겠죠."

"그렇다면 네가 착각하고 있는 거야. 어제 내가 빈 침실에 있는 벽난로 받침을 바꿔야겠다고 했더니 네 언니는 당분간 그 방에 묵을 손님이 없으니 서두를 필요가 없다고 하더구나."

"이상하네. 그게 무슨 뜻일까요? 서로에 대한 두 사람의 태도는 이해하기가 힘들어요. 두 사람은 마지막 인사를 나눌 때도 얼마나 침착하고 차분했는지 몰라요. 마지막으로 자리를 함께한 저녁에 두 사람이 나눈 대화는 또 얼마나 따분했는데요. 에드워드는 언니와 저에게 작별 인사를 건넬 때 태도가 다르지도 않았어요. 그냥 오빠가 여동생들한테 인사하는 것 같았다고요. 우리가 떠나던 아침에 제가 일부러 자리를 두 번이나 피해줬는데도 그때마다 에드워드는 아무 이유 없이 저를 따라 방에서 나오더라니까요. 언니도 마찬가지예요. 놀런드와 사랑하는 사람을 떠나면서 저만큼 울지도 않았잖아요. 지금도 아무렇지 않은 듯 지내고요. 언니도 낙담하거나 우울할 때가 있기는 한 걸까요? 사람들과 어울리는 걸 피하고 싶을 때는 있는지, 사람들과 어울리면서 들뜨거나 시무룩한 모습을 보이고 싶을 때는 있는지 모르겠어요."

9

대시우드 일가는 그럭저럭 바턴에서 안정을 찾았다. 그들은 집과 정원 그리고 주변의 모든 것에 익숙해졌고, 놀런드 시절 즐거움의 절반을 차지했던 일상의 소일거리에서도 아버지의 죽음 이후 잠시 잃었던 즐거움을 되찾았다. 그들이 바턴에 도착한 이후 존 경은 2주 동안 매일 그들을 찾아왔는데 집에서 일이라는 것을 해본 적이 없는 그로서는 이들 가족이 항상 각자의 일에 매달려 있는 모습에 놀라움을 감출 수 없었다.

바턴 파크에서 오는 사람들을 제외하면 방문객은 많지 않았다. 존 경은 대시우드 부인에게 사람들과 좀 더 어울려야 한다며 언제든 자신의 마차를 사용할 것을 권했지만, 독립적인 성격의 대시우드 부인은 딸들을 위해 사교 모임에 나갈 뜻이 있었음에도 걸어서 갈 수 있는 거리가 아니면 어느 곳도 방문하려 하지 않았다. 하지만 그런 기준에 맞는 집은 거의 없었고 그나마 가까운 집들도 모두 교류가 가능한 것은 아니었다. 어느 이른 아침, 세 자매는 바턴에서 앨런햄 쪽으로 뻗어있는 좁고 구불구불한 골짜기를 따라 산책에 나섰다가 집에서 1마일 반쯤 떨어진 곳에서 놀런드의 옛집을 떠올리게 하는 고풍스러운 저택을 발견했다. 그들은 상상력을 불러일으키는 그 저택에 대해 알아보았고, 성격 좋은 어느 노부인이 그 저택의 주인이며 다만 너무 연로한 탓에 집 밖으로 나오는 일이 없다는 사실을 알게 되었다.

그들의 집 주변에는 아름다운 산책로가 많았다. 코티지의 거의 모든 창문에서 올려다보이는 높은 고원은 정상의 신선한 공기를 마셔보라고 그들을 초대하는 것만 같았다. 아래쪽 골짜기의 산책로가 진흙탕으로 변할 때 그 고원은 좋은 대안이 되었다. 기억할 만한 어느 날 아침, 이틀 동안 내린 비로 집에만 있었던 마리앤과 마거릿은 답답함을 더는 참지 못하고 소나기가 쏟아질 것 같은 하늘 저편 살짝 비치는 햇살에 이끌려 언덕을 향해 출발했다. 마리앤은 고원을 뒤덮은 먹구름이 걷히고 해가 곧 나온다고 큰소리를 쳤지만, 어머니와 언니는 연필과 책을 내려놓고 산책을 따라나설 만큼 좋은 날씨는 아니라고 생각했다. 그래서 마리앤과 마거릿만 집을 나섰다.

그들은 먹구름 사이로 파란 하늘이 살짝 비칠 때마다 자신들의 판단이 옳았다고 기뻐하며 가벼운 발걸음으로 언덕을 올랐다. 그들은 남서쪽에서 불어오는 강한 바람을 얼굴에 맞으며 어머니와 큰언니가 이 즐거움을 나누지 못하는 것을 아쉬워했다.

"이런 행복이 또 있을까?" 마리앤이 말했다. "마거릿, 적어도 두 시간은 걷다가 들어가자."

마거릿도 동의했고 두 사람은 바람을 안고 계속 걸었다. 바람을 맞으며 즐거운 마음으로 20분쯤 더 걸었을까, 갑자기 머리 위로 먹구름이 몰려오더니 세찬 빗방울이 그들의 얼굴을 때리기 시작했다. 당황스럽고 아쉬웠지만 비를 피할 곳이 주위에 없었기 때문에 그들은 집으로 돌아갈 수밖에 없었다. 그래도 아쉬움을 달래줄 한 가지 위안거리는 갑작스러운 폭우를 핑계 삼아 정원으로 들어서는 쪽문까지 길게 이어지는 언덕의 가파른 경사면을 최대한 빠른 속도로 뛰어 내려갈 수 있다는 것이었다.

그들은 달리기 시작했다. 그런데 앞서 내달리던 마리앤이 발을 헛디디며 넘어졌고, 내리막에서 속도를 줄이지 못한 마거릿은 언덕 아래에 도달해서야 겨우 멈춰 섰다.

이 일이 일어났을 때, 마침 총을 든 어떤 남자가 사냥개 두 마리를 데리고 마리앤으로부터 불과 몇 야드 떨어진 곳을 지나고 있었다. 그는 총을 내려놓고 그녀를 돕기 위해 달려왔다. 마리앤은 땅바닥에서 몸을 일으키기는 했지만 넘어지면서 발을 접질린 탓에 혼자 일어설 수 없었다. 그 신사는 도움을 주려 했지만, 그녀가 숙녀다움을 의식하며 그 상황에서 꼭 필요한 도움을 거부하고 있음을 눈치채고는 더 지체하지 않고 그녀를 번쩍 안아서 언덕을 내려왔다. 그는 정원을 가로질러 마거릿이 열어놓은 현관문을 거쳐 집 안으로 곧장 그녀를 옮겼다. 그는 마거릿이 막 도착해 있는 응접실 의자에 마리앤을 조심스럽게 내려놓았다.

엘리너와 어머니는 그들이 들어오는 모습에 깜짝 놀라 자리에서 일어났다. 속으로 그의 외모에 놀라고 감탄하며 두 모녀가 그에게서 눈을 떼지 못하는 사이 그는 자초지종을 설명하며 허락도 없이 집에 들어온 것에 대해 사과했다. 솔직하고 품위 있는 태도와 그의 목소리와 표정에서 나오는 매력은 그의 남다른 외모를 더욱 돋보이게 했다. 설령 그가 늙고 못생기고 매력이 없었다고 해도 딸에게 베푼 배려에 대시우드 부인은 감사와 친절을 아끼지 않았을 것이다. 하지만 그의 젊음과 외모와 품위는 그녀를 감동하게 한 그 행동을 더욱 빛나게 했다.

부인은 그에게 거듭 감사를 표하며 손님을 대할 때 늘 그랬듯이 상냥한 태도로 자리에 앉을 것을 청했다. 하지만 그는 옷이 흙투성이라며 사양했다. 대시우드 부인이 고마운 분의 이름이라도 알고 싶다고 하자, 그는 자신의 이름은 윌러비이며 현재 앨런햄에 머물고 있는데 다음 날 방문해서 대시우드 양의 안부를 물을 영광을 허락해 달라고 청했다. 그런 영광이 기꺼이 허락되자 그는 폭우를 뚫고 집을 나섰는데 이 모습이 그의 존재를 더욱더 흥미롭게 했다.

그의 남자다운 외모와 남다른 품위는 즉시 찬탄의 대상이 되었다. 그의 정중한 말과 태도를 흉내 내며 마리앤을 놀리는 동안에도 그의 외모 때문에 분위기는 들떠 있었다. 마리앤은 그의 얼굴을 식구들만큼 잘 살피지 못했는데, 이는 그가 그녀를 안아 드는 순간 당혹스러움으로 얼굴이 빨개져서 집에 도착한 이후에도 차마 그를 쳐다볼 수 없었기 때문이다. 하지만 그런 그녀도 다른 식구들의 찬탄에 끼어들 수 있을 정도로는 그를 훔쳐보았고 언제나 그랬듯이 그녀의 찬사는 열렬했다. 그의 외모와 분위기는 평소 마리앤이 상상 속 이야기의 남자 주인공으로 그리던 모습과 똑같았다. 격식을 따지지 않고 그녀를 곧바로 집으로 옮긴 행동은 신속한 판단력을 보여 주는 것이었는데, 마리앤에게는 그 점이 더할 나위 없이 매력적이었다. 그에 관한 모든 게 흥미로웠다. 이름은 세련됐고 거처는 그들이 좋아하는 마을에 있었다. 마리앤은 남자들의 옷 중에서 사냥 재킷을 가장 맵시 있는 것으로 생각하게 되었다. 그녀의 상상은 분주했고 기억은 행복했다. 접질린 발목의 통증은 느껴지지도 않았다.

그날 날씨가 개어 외출이 가능해지자 존 경이 그들을 찾아왔다. 마리앤의 사고 소식을 들은 존 경은 앨런햄에 사는 윌러비라는 신사를 아느냐는 질문을 받았다.

"윌러비!" 존 경이 소리쳤다. "그 친구가 왔답니까? 그거 정말 반가운 소식이군요. 내일 찾아가서 목요일 만찬에 오라고 초대해야겠는데요."

"그 사람을 아시는가 봐요." 대시우드 부인이 말했다.

"알다마다요. 매년 이곳을 찾는 친구죠."

"어떤 사람입니까?"

"그만한 청년은 찾기 힘들죠. 제가 보증합니다. 사냥 솜씨가 대단하고 잉글랜드를 통틀어 말도 가장 대담하게 타는 남자일 겁니다."

"그게 그분에 대해 아시는 전부에요?" 마리앤이 역정을 내며 말했다. "가까운 사람들을 대하는 예법은 어떤가요? 어떤 일을 하시는 분이죠? 잘하는 일은요? 특별한 재능은요?"

존 경은 약간 어리둥절했다.

"솔직히 그런 것까지 알지는 못합니다. 하지만 그 친구 쾌활하고 성격은 좋습니다. 그리고 제가 지금껏 본 사냥개 중에서 가장 멋있는 검은색 암컷 포인터를 가지고 있죠. 오늘 그 사냥개를 데리고 나왔던가요?"

하지만 마리앤은 윌러비 씨의 사냥개가 무슨 색이었는지 말해 줄 수 없었고, 존 경 역시 윌러비의 마음이 어떤 색을 띠고 있는지 마리앤에게 설명할 수 없었다.

"그렇다면 윌러비 씨는 어떤 분이신가요?" 이번에는 엘리너가 물었다. "어디 출신이고 앨런햄에 집은 있으신가요?"

이 점에 대해서라면 존 경은 확실한 정보를 들려줄 수 있었다. 윌러비는 앨런햄에 집을 가지고 있지 않았고, 친척인 노부인을 방문할 때만 앨런햄 코트에 머무는데 그는 장차 그 노부인의 재산을 물려받기로 되어 있었다. "아무렴요, 그 친구는 꼭 잡아야 합니다, 대시우드 양. 정말입니다. 서머싯셔에 땅도 좀 가지고 있답니다. 제가 대시우드 양이라면 언덕에서 동생이 좀 굴렀다고 그런 총각을 양보하지는 않을 겁니다. 마리앤 양(미혼인 맏딸은 성으로, 둘째 딸부터는 이름으로 호칭하는 것이 관례였다-옮긴이) 혼자서 남자들을 다 차지할 수는 없잖습니까? 잘못하다간 브랜던이 질투할 텐데 말입니다."

"저는 말이죠," 대시우드 부인이 상냥하게 미소를 지으며 말했다. "방금 말씀하신 것처럼 저의 딸들이 그분을 잡겠다고 폐를 끼치는 일은 없을 것으로 믿습니다. 저는 좋은 혼처를 찾으려고 딸들을 키운 게 아닙니다. 남자분들은 저희와 함께 있을 땐 마음을 푹 놓으셔도 돼요. 부자는 영원히 부자로 남아 있을 테니까요. 어쨌든 말씀을 들어보니 그 청년이 괜찮은 사람이고, 알고 지내도 나쁘지 않을 것 같으니 다행입니다."

"그만한 청년은 찾기 힘들죠." 존 경은 같은 말을 반복했다. "지난 성탄절에 파크에서 작은 무도회를 열었는데, 그 친구가 저녁 8시부터 다음 날 새벽 4시까지 한 번도 쉬지 않고 춤을 추더라고요."

"정말요?" 마리앤이 눈을 반짝거리며 물었다. "끝까지 우아함과 활기를 잃지 않던가요?"

"그럼요. 그러더니 8시에 벌떡 일어나서 사냥을 나가지 뭡니까."

"제가 좋아하는 모습이 바로 그런 거예요. 젊은 남자라면 당연히 그래야 해요. 어떤 일을 하든 그 일을 하는 동안에는 절제나 피곤함을 잊고 열정만 있어야 한다고요."

"아, 일이 어떻게 돌아가는지 이제 알겠네요." 존 경이 말했다. "마리앤 양께서는 윌러비를 낚는 대신에 불쌍한 브랜던은 쳐다보지도 않으실 작정이군요."

"그건 제가 정말 싫어하는 표현이에요." 마리앤이 흥분해서 말했다. "저는 사람들이 말을 재미있게 한답시고 흔히 쓰는 표현들이 정말 혐오스러워요. 그중에서도 누굴 '낚는다'라거나 '정복한다'라는 표현이 제일 끔찍해요. 너무 저속하고 천박해요. 그런 표현이 처음 만들어졌을 때는 기발하다고 생각했을지 모르지만, 시간이 흘러 이제는 참신함도 없네요."

존 경은 마리앤의 면박을 제대로 이해하지 못했지만 마치 이해했다는 듯이 껄껄 웃으며 대답했다.

"그럼요. 마리앤 양이라면 어느 쪽이든 정복할 수 있을 겁니다. 안 그래도 가슴앓이하고 있던 브랜던만 불쌍하게 됐네요. 언덕에서 구르고 발목을 삐고 뭘 어쩌고 해도 사실 브랜던이야말로 낚을 만한 가치가 있는데 말이죠."

10

마거릿이 의미의 정확성보다는 우아한 어감만 고려하여 '마리앤의 수호자'라고 명명한 윌러비가 다음 날 이른 아침 마리앤의 안부를 묻기 위해 코티지를 방문했다.

대시우드 부인은 의례적인 정중함 이상의 따뜻함으로 그를 맞았다. 존 경한테 들은 이야기도 있었지만, 무엇보다 그녀 자신의 마음에서 감사함이 우러났기 때문이다. 윌러비 역시 우연히 알게 된 이 가정에서 분별력과 품위, 서로에 대한 애정과 화목함을 느꼈으며 단 한 번의 만남으로 가족들 한 사람 한 사람의 매력을 확실히 알 수 있었다.

대시우드 양은 고운 피부와 균형 잡힌 이목구비를 가진 미인이었다. 그런데 마리앤은 언니보다 더 곱고 예뻤다. 그녀는 평균 체형의 언니와 달리 큰 키 덕분에 몸매도 더 도드라졌다. 그녀는 정말로 아름다웠기 때문에 누군가 그녀를 가리켜 아름답다고 할 때, 그것은 젊은 아가씨들에게 흔히 보내는 예의상의 찬사처럼 진실을 짓밟는 것이 아니었다. 그녀의 옅은 갈색 피부는 투명하고 윤이 났으며 이목구비는 흠잡을 데가 없었다. 그녀의 미소는 달콤하고 매력적이었으며, 바라만 보아도 기분이 좋아지는 까만 눈동자에는 생기와 활력이 넘쳤다. 그녀가 처음에 윌러비에게 이 눈빛을 보여 주지 못한 것은 그의 도움을 받았던 전날의 기억으로 부끄러움을 느꼈기 때문이다. 하지만 그런 순간은 곧 지나고 그녀는 정신을 가다듬었다. 완벽한 예의범절에 솔직함과 쾌활함이 더해진 이 신사의 모습을 바라보면서, 그리고 무엇보다 그가 음악과 춤을 열렬히 좋아한다는 사실을 알게 되면서 그녀는 내내 공감의 표정을 지으며 그가 돌아가기 전까지 남은 시간의 대화를 거의 독점하다시피 했다.

마리앤을 대화에 끌어들이려면 그녀가 좋아하는 오락거리를 언급하기만 하면 되었다. 그런 화제가 나오면 그녀는 가만히 있지를 못했고, 수줍음이나 신중함을 잊고 대화에 참여했다. 그들은 둘 다 춤과 음악을 좋아한다는 사실과 이와 관련된 모든 판단에 대체로 의견이 일치한다는 사실을 깨달았다. 이에 고무된 그녀는 그의 생각을 좀 더 알고 싶어 책에 관한 주제로 질문을 이어갔다. 그녀가 좋아하는 작가들의 이름이 열거되었고 그들의 작품에 대한 열광적인 설명이 뒤따랐다. 이전에 그 작품들에 대해 아무리 관심이 없었다고 해도 이 순간 그 작품들의 옹호자로 전향하지 않는다면 그 어떤 스물다섯 살의 남자라도 감수성이 없는 사람으로 몰릴 수밖에 없는 분위기였다. 그들의 취향은 놀라울 정도로 비슷했다. 두 사람은 같은 책, 같은 구절을 숭배했고, 그녀의 강력한 주장과 반짝이는 눈동자 앞에서 의견의 차이나 이견은 이내 사라졌다. 그는 그녀의 결론을 순순히 따랐고, 그녀의 열정은 고스란히 그에게 전염되었다. 그가 돌아가기 훨씬 전부터 그들은 이미 오랜 친구처럼 친근하게 이야기를 나누게 되었다.

"얘, 마리앤," 그가 떠나자마자 엘리너가 말했다. "한 번의 만남에 정말 많은 걸 해냈구나. 거의 모든 중요한 문제들에 대해 윌러비 씨의 생각을 확인했으니까. 쿠퍼와 스콧을 어떻게 생각하는지도 들었고, 그들의 작품을 제대로 평가하고 있다는 것도 확인했잖아. 포프를 지나치게 높이 평가하지 않는다는 것도. 그런데 모든 화제를 그렇게 한 번에 다 쏟아내면 앞으로 두고두고 할 얘기가 남아 있겠니? 네가 좋아하는 화제는 곧 떨어질 텐데 말이야. 다음에 만나면 회화의 아름다움을 얘기할 것이고, 그다음엔 그의 결혼관을 들어보겠지. 그러고 나면 더 할 얘기가 없겠는데?"

"언니," 마리앤이 소리쳤다. "나를 뭐로 보고 그렇게 얘기해? 내 생각이 그렇게 빈약한 것 같아? 언니가 무슨 말 하려는 건지는 알아. 내가 너무 편하게 얘기했고 너무 쾌활했고 너무 솔직했다는 거잖아. 여자가 다 소곳해야 한다는 고리타분한 관념을 지키지 못한 거지. 생기 없는 표정으로 얌전하게 내숭을 떨고 있어야 했는데 내가 너무 솔직하고 꾸밈이 없었던 거야. 날씨와 도로 사정을 얘기하면서 10분에 한 번씩만 입을 뗐으면 이런 비난을 받지는 않았겠지."

"얘야," 그녀의 어머니가 말했다. "언니의 말에 기분 나빠하지 마라. 그냥 농담으로 한 말이잖니. 우리의 새 친구와 네가 즐겁게 대화하는 것을 언니가 방해하려고 하면 내가 나서서 혼을 내주마." 이 말에 마리앤은 누그러졌다.

윌러비 역시 마리앤과의 교제에서 즐거움을 얻는 것이 분명했다. 그는 마리앤과 가까워지고 싶은 마음을 숨기지 않았다. 그는 매일 찾아왔다. 처음에는 마리앤의 병문안이 핑계였다. 하지만 하루하루 더 따뜻해지는 환대는 마리앤의 발목이 완전히 낫기도 전에 그런 핑계를 불필요한 것으로 만들었다. 마리앤은 여러 날 동안 집에만 있으면서도 이번처럼 지루함을 몰랐던 적은 처음이었다. 윌러비는 유능하고 활력과 상상력이 넘치며 솔직하고 다정다감한 태도를 지닌 젊은이였다. 그는 마리앤이 끌릴 만한 모든 것을 갖추고 있었다. 외모는 매력적이었으며, 그의 타고난 열정은 마리앤을 본보기 삼아 더욱 커졌는데 마리앤은 그 무엇보다 이 점에 큰 호감을 느꼈다.

그와의 교제는 마리앤에게 점차 큰 즐거움이 되었다. 그들은 함께 책을 읽고 대화를 나누고 노래를 불렀다. 그의 음악적 재능은 상당했다. 그의 낭독에는 에드워드에게 찾아볼 수 없었던 감정과 활력이 느껴졌다.

마리앤과 대시우드 부인에게 그는 흠이 없는 사람이었다. 엘리너 역시 그를 비난할 만한 점을 찾지는 못했지만, 주변 사람들이나 상황을 살피지 않고 무슨 일에든 자기 생각을 거침없이 이야기하는 태도에는 마음이 쓰였다. 마리앤은 서로 그런 성향조차 닮았다고 기뻐했지만, 다른 사람들을 쉽게 판단하고 자신의 마음이 가는 곳에만 신경을 쓰느라 다른 사람들을 배려하지 못하는 모습, 그리고 예법을 가벼이 여기는 모습에서 그가 보이는 부주의함을 엘리너는 아무렇지 않게 넘길 수 없었다.

마리앤은 고작 열여섯 살 반의 나이에 이상적인 남자를 만날 수 없을 것 같다고 자포자기했던 자신이 얼마나 성급하고 터무니없었는지 깨달았다. 윌러비는 불행과 행복이 교차하던 시기에 그녀 자신을 애정으로 감싸주리라 상상으로 그리던 바로 그 사람이었다. 이런 점에서 그의 행동은 자신에게 그럴 만한 능력뿐만 아니라 진심으로 그럴 의지도 있음을 보여 주기에 충분했다.

그녀의 어머니 역시 그가 나중에 받을 유산에 대한 고려는 조금도 없이 주말이 되기 전에 이미 그들의 결혼을 바라고 기대하게 되었다. 그녀는 속으로 에드워드와 윌러비를 사위로 얻게 된 것을 자축했다.

브랜던 대령이 마리앤을 좋아한다는 사실을 주변 사람들은 처음부터 눈치챘지만, 엘리너는 모두의 관심이 사라질 즈음에야 이를 알게 되었다. 사람들의 관심은 운이 더 좋은 그의 경쟁자에게 이미 넘어가 있었다. 특별한 감정이 생기기도 전에 쏟아졌던 농담은 정작 그의 감정이 놀림을 받아야 할 정도로 깊어졌을 때는 사라지고 말았다. 엘리너는 제닝스 부인이 농담처럼 이야기하던 대령의 감정이 실제로 동생을 향하고 있다는 사실을 받아들이지 않을 수 없었다. 기질이 대체로 비슷한 윌러비가 마리앤의 마음을 먼저 얻었을지는 모르지만, 브랜던 대령에게는 그녀와 자신의 성격이 정반대라는 사실이 그녀를 향한 애정에 걸림돌이 되지 않았다. 엘리너는 그 점이 염려스러웠다. 나이 서른다섯의 내성적인 남자가 패기 넘치는 스물다섯 살의 청년에 맞서서 무슨 희망을 품을 수 있을까? 그렇다고 그와 동생이 잘되기를 바랄 수도 없는 상황에서 엘리너는 그가 체념하기를 바랄 뿐이었다. 그녀는 그가 좋은 사람이라고 생각했다. 무뚝뚝하고 말수가 적었음에도 그녀는 그를 관심 있게 지켜보았다. 그는 무뚝뚝하지만 온화한 성품을 지니고 있었다. 말수가 적은 것은 타고난 성격이 침울해서라기보다는 어떤 정신적 억압의 결과로 보였다. 예전에 그가 겪은 상처와 좌절에 대해 존 경이 슬쩍 흘린 얘기를 토대로 그녀는 그가 불운했다고 생각했고, 그런 그를 연민과 존중으로 대했다.

어쩌면 윌러비와 마리앤에게 그가 무시를 당했기 때문에 그에게 연민과 존중을 더 느꼈는지도 모른다. 두 사람은 활력과 젊음이 없다는 이유로 그를 싫어했고 그의 장점을 과소평가하기로 작정한 것 같았다.

"브랜던 대령은 말이죠," 어느 날 함께 이야기를 나누던 중 윌러비가 말했다. "모두가 칭찬하지만, 아무도 좋아하지 않는 부류에요. 모두가 만날 때는 반가워하지만, 나중에는 얘기를 나눈 사실조차 기억에 남지 않는 그런 사람이죠."

"제 생각도 같아요." 마리앤이 말했다.

"그렇게 장담하지는 마세요." 엘리너가 말했다. "두 사람 다 틀렸으니까요. 파크에 있는 분들 모두가 그분을 높이 평가하고 있고, 저도 항상 그분과 대화를 나눌 기회를 찾는 사람이니까요."

"당신이 후견인이 되어 주시니," 윌러비가 대답했다. "그분에게는 확실히 큰 힘이 되겠군요. 하지만 나머지 분들로부터 높은 평가를 받는다는 건 그 자체로 모욕 아닌가요? 미들턴 부인이나 제닝스 부인 같은 여자들로부터 인정받는다는 사실이 다른 사람들에게는 오히려 무시를 받을 일인데 누가 그런 수모를 감당하겠습니까?"

"미들턴 부인과 제닝스 부인의 칭찬에 부족한 부분이 있다면 당신이나 마리앤 같은 사람들의 모욕이 그걸 채워주겠네요. 그분들이 분별력이 없다면 두 사람의 편견과 부당함도 그에 못지않으니 그분들의 칭찬이 모욕이라면 두 사람의 비난은 분명히 칭찬이겠어요."

"당신이 후원하는 사람을 위해 이처럼 무례해지시기도 하는군요."

"후원이요? 좋아요, 제가 후원하는 그분은 분별력이 있는 분이에요. 그리고 그런 분별력은 언제나 매력적이죠. 마리앤, 그건 서른에서 마흔 사이의 남자라고 해도 마찬가지야. 그분은 보고 들은 것이 많고 외국 생활 경험도 있어. 책을 많이 읽고 생각도 깊으셔. 다양한 주제에 대해 많은 정보를 들려줄 수 있는 능력도 있고, 내가 질문하면 늘 공손하고 친절하게 대답해 주시는 그런 분이야."

"그러니까," 마리앤이 경멸조로 말했다. "그분께서 언니에게 동인도는 날씨가 덥고 모기가 많다는 그런 얘기를 해주셨나 보네."

"내가 그런 질문을 했다면 기꺼이 그렇게 대답해 주셨겠지. 하지만 그 정도는 나도 이미 알고 있어."

"어쩌면," 윌러비가 말했다. "그분의 관찰력이 동인도에서 큰돈을 번 영국인이나 금화, 가마 같은 소재로까지 확대되었을 수도 있겠죠."

"그분의 관찰력은 당신이 방금 얘기한 것들보다 훨씬 멀리 뻗어있다고 감히 말씀드리고 싶네요. 이렇게까지 그분을 싫어하는 이유가 뭐죠?"

"싫어하는 게 아닙니다. 오히려 저는 그분을 아주 존경할 만한 분이라고 생각하고 있습니다. 모두에게 좋은 평가를 받는데 누구에게도 주목받지 못하는 분, 쓸 수 있는 것보다 많은 돈을 가지신 분, 남아도는 시간을 어떻게 써야 할지 모르시는 분, 그리고 매년 새 코트를 두 벌씩 장만하시는 분이니 말이죠."

"거기에 덧붙이면," 마리앤이 목소리를 높였다. "그분은 특별한 재능도, 취향도, 활력도 없어. 이해력이 뛰어나지도 않고, 감정의 열렬함이나 목소리의 표현력도 없어."

"그분의 결점을 있는 대로 다 끄집어낼 작정이구나." 엘리너가 말했다. "그분을 깎아내리려는 너의 상상력이 너무 대단해서 내가 그분께 할 수 있는 칭찬은 상대적으로 차갑고 밋밋하게 들리겠지. 그래도 내가 확실히 말할 수 있는 것은 브랜던 대령님이 현명하고 교양과 학식이 있으며 공손한 태도와 따뜻한 마음을 지닌 분이시라는 거야."

"대시우드 양," 윌러비가 큰 소리로 말했다. "저에게 너무 야박하시네요. 지금 이성으로 저를 무장 해제시키고 제 의지에 반하는 것을 믿게 하려고 그러시는 것 같은데, 그런 일은 없을 겁니다. 대시우드 양이 교묘한 만큼이나 저도 고집이 세다는 걸 아시게 될 겁니다. 제가 브랜던 대령을 싫어하는 결정적인 이유는 세 가지입니다. 한번은 맑은 날씨를 기대하고 있는 저에게 그 사람은 비가 올 거라고 얘기했고, 제 마차의 차대가 너무 높다고 지적을 한 일도 있습니다. 게다가 저의 갈색 암말을 사라고 권유했을 때 들은 척도 하지 않았습니다. 당신이 만족하실 수 있다면, 다른 면에서는 그의 성격이 나무랄 데가 없다고 기꺼이 말씀드리지요. 이렇게 불편한 고백을 드렸으니, 그에 대한 보답으로 제가 그를 마음껏 싫어할 특권만은 빼앗지 않으셨으면 합니다."

11

대시우드 부인과 세 딸은 처음 데번셔에 왔을 때만 해도 수많은 약속에 이처럼 시간을 빼앗기고 잦은 초대와 계속되는 손님맞이로 차분하게 뭔가에 집중할 여유조차 없을 거라고는 상상도 하지 못했다. 하지만 그것은 현실이 되었다. 마리앤이 회복될 즈음 존 경이 이전부터 준비해온 모임들이 옥내외에서 열리기 시작했다. 파크에서는 무도회가 열렸고, 소나기가 잦은 10월의 날씨가 허락하는 범위 내에서 뱃놀이도 펼쳐졌다. 윌러비는 이 모든 모임에 참석했는데, 이런 종류의 모임에서 자연스럽게 생겨난 편안함과 친숙함은 대시우드 일가와 더욱 가까워지는 기회가 되었다. 그는 마리앤의 빼어난 면모를 확인하며 그녀에게 열렬한 찬사를 바칠 기회를 얻었고, 자신을 향한 그녀의 행동에서 분명한 애정을 확인했다.

엘리너는 두 사람의 애정에 놀라지 않았다. 다만 감정을 너무 공공연하게 드러내지 않기를 바라며 마리앤에게 절제의 미덕을 가지라고 한두 번 충고했을 뿐이다. 하지만 마리앤은 부끄러운 일을 하지 않았으니 숨길 것도 없다고 반박했다. 그녀는 감정을 억누르는 것은 결코 칭찬받을 일이 아니며, 그것은 불필요한 노력일 뿐만 아니라 상투적이고 그릇된 관념에 대한 이성의 수치스러운 복종으로 여겨진다고 말했다. 윌러비도 생각이 같았고, 그들의 생각은 행동으로 그대로 드러났다.

윌러비가 곁에 있을 때 다른 모든 사람은 마리앤의 관심 밖이었다. 그가 하는 모든 일이 옳았다. 그가 하는 모든 말이 훌륭했다. 모임의 마지막 순서로 저녁에 카드놀이를 하면 그는 다른 사람들을 속여서라도 마리앤에게 좋은 패가 돌아가게 했다. 두 사람은 밤에 무도회에서 춤을 출 때

파트너를 바꾸지 않고 줄곧 붙어 있으려 했고, 어쩔 수 없이 파트너를 바꿔야 할 때는 서로 멀리 떨어지지 않으려 애를 쓰며 다른 사람에게는 한마디의 말도 건네지 않았다. 그런 행동은 다른 사람들의 비웃음을 샀지만, 그들은 그런 비웃음에도 부끄러워하거나 화를 내지 않았다.

대시우드 부인은 그들의 감정에 공감하며 지나치게 솔직한 그들의 감정 표현을 제지하지 않았다. 그녀에게는 그것이 젊고 열정적인 마음에 깃든 강렬한 애정의 자연스러운 결과로 여겨졌다.

마리앤에게는 행복의 계절이었다. 그녀의 마음은 온통 윌러비를 향했고, 바턴에 살게 된 덕분에 그와 만날 수 있었다는 생각에 놀런드에 대한 그리움도 이전에는 불가능하리라 생각했을 만큼 약해졌다.

엘리너의 행복감은 그리 크지 않았다. 마음은 편치 않았고 사람들과 어울리면서도 온전히 즐길 수 없었다. 놀런드에 남겨진 이를 대신할 말벗도, 놀런드를 향한 그리움을 덜어줄 사람도 없었다. 미들턴 부인이나 제닝스 부인은 그녀가 기대하는 대화 상대가 되어 주지 못했다. 쉬지 않고 떠드는 제닝스 부인은 처음 만난 날부터 엘리너를 살갑게 대하며 자기의 얘기를 들어줄 사람으로 그녀를 꼭 붙들어 두었다. 엘리너는 제닝스 부인의 인생사를 이미 서너 번은 들은 까닭에, 만일 그녀의 기억력이 부인의 이야기를 전부 따라갈 수만 있었다면 제닝스 씨가 세상을 떠나기 직전의 병세가 어떠했고 그가 숨을 거두기 몇 분 전 아내에게 무슨 얘기를 했는지 줄줄 읊을 수 있었을 것이다. 미들턴 부인은 그녀의 어머니보다 말수가 적다는 점에서 대하기가 편했다. 미들턴 부인의 차분함은 단지 예법일 뿐 분별력과는 아무 상관이 없다는 것을 알아차리는 데는 대단한 관찰력이 필요하지 않았다. 그녀가 어머니와 남편을 대하는 태도는 손님들을 대할 때와 다르지 않았다. 그녀는 사람들과 친밀해지려고 노력하지 않았다. 그녀가 하는 얘기는 전날 한 얘기와 다르지 않았다. 기분도 늘 똑같아서 무표정이 한결같았다. 그녀는 모든 것이 세련되게 준비되어 있고 첫째와 둘째 아이가 함께 있을 수만 있다면 남편이 주최하는 모임을 굳이 반대하지 않았지만, 집에 가만히 있을 때보다 딱히 모임을 더 즐기는 것도 아니었다. 대화에서 그녀의 존재가 드러나는 일이 거의 없었기 때문에 사람들은 곁에서 성가시게 구는 아이들을 그녀가 챙길 때나 새삼 그녀의 존재를 인식했다.

엘리너는 새로 알게 된 사람들 가운데 능력을 존중할 만하고 우정을 나누고 싶으며 함께 있는 것이 즐거운 사람은 브랜던 대령이 유일하다고 생각했다. 윌러비는 고려할 바가 아니었다. 그는 엘리너의 찬사와 관심을 한 몸에 받았음에도 오로지 마리앤에게 모든 관심이 쏠려 있는 까닭에, 별로 마음에 들지 않는 어떤 사람이라도 대화 상대로는 그보다 나았다. 안된 일이지만 브랜던 대령은 마리앤만 바라볼 수 있는 처지가 아니었다. 하지만 마리앤의 철저한 무관심에도 엘리너와 나누는 대화는 그에게 큰 위로가 되었다.

브랜던 대령에게 실연의 상처가 있다고 추측할 만한 이유가 있었기 때문에 그를 향한 엘리너의 연민은 점점 커졌다. 엘리너의 추측은 어느 날 저녁 파크에서 그가 무심코 내뱉은 말에서 비롯되었다. 사람들이 춤을 추는 동안 두 사람은 같이 앉아 있었다. 몇 분 동안 아무 말 없이 마리앤을 바라보고 있던 그가 희미한 미소를 띠며 말했다. "동생분은 두 번째 사랑 같은 건 받아들이지 않으실 것 같습니다."

"네," 엘리너가 대답했다. "동생의 머릿속엔 단 한 번의 운명적인 사랑밖에 없는 것 같아요."

"어쩌면 두 번째 사랑 같은 건 아예 존재하지 않는다고 생각하실지도 모르겠습니다."

"그런 것 같아요. 그런데 저희 아버지만 해도 재혼하신 분인데 어떻게 그런 점은 살피지 않는지 모르겠네요. 하지만 몇 년 지나면 마리앤도 상식과 경험의 토대 위에서 이성적으로 생각하는 법을 배우겠지요. 그때가 되면 지금보다는 동생의 생각을 이해하고 설명하는 게 더 쉬워질 거예요."

"아마 그렇게 되겠죠." 그가 대답했다. "하지만 젊은 시절의 편견에는 뭔가 매력적인 면이 있어서 그걸 버리고 보편적인 통념을 받아들이는 모습은 어쩐지 안쓰러워 보이기도 합니다."

"그 점은 동의할 수 없어요." 엘리너가 말했다. "마리앤의 감정에는 다른 사람들을 불편하게 하는 면이 있어요. 그건 열정이 지나쳐서라든가 세상을 몰라서 그렇다는 핑계로 넘길 수 있는 게 아니에요. 그 애는 예법을 완전히 무시하는 경향이 있답니다. 마리앤 자신을 위해서라도 세상을 좀 더 잘 알았으면 하는 게 제 바람이에요."

잠시 침묵이 흐른 뒤 그가 다시 말을 이었다. "두 번째 사랑에 대한 동생분의 거부는 상황에 따라 달라지기도 합니까? 아니면 어떤 경우든 똑같이 죄악시됩니까? 상대방이 변심했거나 상황이 어그러진 경우에도 첫 번째 선택에서 좌절을 겪은 사람은 평생 새로운 인연을 포기해야 하는 겁니까?"

"저도 동생의 생각을 자세히 알지는 못해요. 하지만 동생이 두 번째 사랑을 인정할 수 있다고 말하는 걸 들어본 적은 없어요."

"그런 생각도 변하기 마련입니다." 그가 말했다. "어떤 변화가, 완전한 감정의 변화가 일어나면, 아니, 아닙니다. 그렇게 되길 바라서는 안 되죠. 청춘의 낭만과 고상함을 어쩔 수 없이 포기할 때, 흔히 통속적이고 위험한 생각들이 그 자리를 차지하곤 하죠. 이건 경험에서 말씀드리는 겁니다. 한때 동생분과 기질이나 성격도 비슷하고, 생각하고 판단하는 방식도 비슷했던 사람을 알고 지냈습니다. 하지만 어쩔 수 없는 상황 때문에, 계속되는 불행한 상황들 때문에," 여기에서 그는 갑자기 말을 멈췄다. 그는 자신이 너무 많은 걸 얘기했다고 생각하는 것 같았다. 어쩌면 아무렇지 않게 지나칠 수도 있는 순간이었지만, 대령의 표정은 엘리너의 머릿속에 온갖 상상을 불러일으켰다. 대령이 그 여성에 관해서는 얘기하고 싶지 않다는 인상만 주지 않았더라도 엘리너는 그 얘기를 흘려들었을지도 모른다. 하지만 그러지 않았기에 그의 감정과 쓰라린 옛사랑의 기억을 연결하는 데에는 대단한 상상력이 필요하지 않았다. 엘리너는 더 알려고 하지 않았다. 하지만 마리앤이었다면 그 정도에서 멈추지 않았을 것이다. 그녀의 풍부한 상상력은 한 편의 이야기를 순식간에 지어냈을 것이고, 그 처절한 사랑의 이야기에서 모든 일은 가장 슬프게 구성되었을 것이다.

12

다음 날 아침 산책을 하면서 마리앤은 언니에게 한 가지 소식을 전했다. 엘리너는 마리앤이 신중하지 못하고 생각이 깊지 못하다는 것을 전부터 알고 있었지만, 신중함과 생각의 결핍을 확실하게 증명하는 그 소식에는 놀라지 않을 수 없었다. 마리앤이 한껏 들떠서 전한 소식은, 윌러비가 그녀에게 말을 한 필 선물하기로 했다는 것이었다. 그 말은 서머싯셔의 사유지에서 윌러비가 직접 키운 것으로 여성이 타기에 알맞다고 했다. 말을 보유하는 것은 어머니의 계획에 없던 일이고, 설령 어머니가 마음을 바꿔 선물을 받는다고 해도 하인이 탈 말과 그 말을 타고 따라다 닐 하인을 구해야 하며, 마구간도 새로 지어야 하는데, 이런 것들에 대한 고려 없이 마리앤은 덜컥 선물을 받기로 하고는 그 소식을 기쁜 마음으로 언니에게 전하는 것이었다.

"곧 마부를 서머싯셔로 보내서 말을 몰고 오게 할 거래." 마리앤이 덧붙였다. "말이 도착하면 우리는 날마다 승마를 할 거야. 언니도 타게 해줄게. 언니, 말을 타고 저 언덕을 신나게 달린다고 상상해봐!"

마리앤은 더없이 행복한 꿈에 잠겨 불편한 진실을 이해하려 하지 않았고 한동안은 그런 사실들을 외면했다. 마리앤은 하인을 한 명 더 둔다고 해서 큰 비용이 들지는 않으며 어머니도 반대하지 않을 거라고 확신했다. 그리고 하인에게는 파크에서 아무 말이나 빌려 타게 하고, 마구간도 작은 헛간 정도면 충분할 거라고 했다. 엘리너는 잘 알지 못하는, 적어도 만난 지 얼마 안 된 사람으로부터 그런 선물을 받는 것이 온당한지 의문을 제기했는데, 마리앤은 그 말을 참을 수 없었다.

"언니가 뭔가 착각하고 있어." 마리앤이 발끈해서 말했다. "언니는 내가 윌러비를 잘 모른다고 생각하는 것 같은데, 오랫동안 알고 지낸 건 아니지만 나는 언니와 엄마 다음으로 이 세상 누구보다도 윌러비를 잘 안다고 생각해. 만난 시간이나 횟수가 중요한 게 아니야. 중요한 건 성격이라고. 어떤 사람들은 서로를 아는 데 7년도 부족하겠지만, 그게 7일이면 충분한 사람들도 있어. 윌러비가 아니라 놀런드의 존 오빠에게서 말을 선물 받았다면 나는 그게 더 온당치 못하다고 생각해. 오랫동안 같이 살았지만 오빠에 대해서는 아는 게 거의 없으니까. 하지만 윌러비에 대해서는 이미 충분히 알고 있어."

엘리너는 동생의 기질을 잘 알았기 때문에 그 문제를 더는 건드리지 않는 게 현명하겠다고 생각했다. 그렇게 민감한 문제에서 반대에 부딪히면 동생은 더더욱 자기 의견을 고집할 것이 분명했다. 하지만 어머니에 대한 애정에 호소하면서, 만일 (아마 그렇게 될 텐데) 마음 약한 어머니가 어쩔 수 없이 동의하여 가계 지출이 늘어난다면 그로 인한 어려움은 모두 어머니의 몫이 될 거라고 이야기하자 마리앤도 곧 누그러졌다. 마리앤은 공연히 그 얘기를 꺼내서 어머니가 분별없는 친절을 베푸는 일이 없도록 할 것이며, 다음에 윌러비를 만나면 그 제안을 거절하겠다고 약속했다.

마리앤은 약속을 지켰다. 바로 그날 윌러비가 코티지를 방문했을 때, 엘리너는 동생이 풀이 죽은 목소리로 아쉽게도 선물을 받을 수 없게 되었다고 말하는 것을 들었다. 그녀의 마음이 바뀐 이유를 듣고는 윌러비도 더 권할 수가 없었다. 하지만 그가 여전히 그 일에 신경을 쓰고 있다는 사실은 분명했다. 그는 자신의 심경을 말한 뒤 낮은 목소리로 덧붙였다. "하지만 마리앤, 당장 탈 수 없다고 해도 그 말은 여전히 당신의 것입니다. 당신이 달라고 할 때까지 제가 가지고 있을 뿐입니다. 언젠가 당신이 바턴을 떠나 당신만의 가정을 꾸리는 날, 퀸 맵(Queen Mab, 아일랜드와 잉글랜드 민화에 등장하는 요정으로 잠든 사람들이 꿈을 꾸도록 만든다. 말의 이름을 '퀸 맵'으로 지은 것은 윌러비의 낭만적 기질을 보여준다–옮긴이)이 당신을 맞이할 것입니다."

엘리너는 이 모든 얘기를 옆에서 들었다. 전체적인 내용과 표현하는 방식 그리고 별다른 존칭 없이 동생의 이름을 부르는 것에서, 엘리너는 너무나 확고하고 의미심장한 친밀함이 두 사람 사이에 완벽하게 자리를 잡았음을 직감했다. 그 순간부터 엘리너는 두 사람이 결혼을 약속했으리라는 것을 조금도 의심하지 않았다. 다만 그토록 감정 표현이 솔직한 사람들이 주위에서 눈치챌 때까지 그런 사실을 직접 밝히지 않고 있다는 점이 놀라울 뿐이었다.

다음 날 마거릿이 들려준 이야기는 그 사실을 더욱 분명히 해주었다. 전날 저녁 윌러비가 찾아왔을 때 마거릿은 응접실에 남아 두 사람을 잠시 살필 기회가 있었다. 마거릿은 아주 의미심장한 표정으로 전날 자기가 본 것을 큰언니에게 이야기했다.

"언니!" 마거릿이 소리쳤다. "내가 작은언니의 비밀을 알고 있어. 작은언니가 윌러비 씨와 곧 결혼할 것 같아."

"마거릿, 두 사람이 하이 처치 언덕에서 처음 만난 날부터 너는 매일 같은 얘기를 했어. 두 사람이 만난 지 일주일도 안 되었을 때 너는 마리앤이 윌러비 씨의 세밀화를 목에 걸고 다닌다고 했지만, 그건 종조부님의 세밀화였잖니."

"하지만 이번엔 진짜야. 곧 결혼할 게 확실해. 윌러비 씨가 작은언니의 머리카락을 가지고 있어."

"마거릿, 그것도 잘 살펴보면 종조부님의 머리카락일지 몰라."

"정말 작은언니의 머리카락이 맞아. 윌러비 씨가 작은언니의 머리카락을 자르는 걸 내가 직접 봤다니까. 어제저녁 엄마랑 언니가 차를 마시고 응접실에서 나가자마자 둘이 뭐라고 속닥속닥하는데 윌러비 씨가 작은언니한테 뭘 부탁하는 것 같았어. 그러더니 윌러비 씨가 가위를 들고 작은언니의 허리까지 내려오는 긴 머리카락을 조금 잘랐어. 그러고는 그 머리카락에 입을 맞추더니 하얀 종이에 싸서 지갑에 넣었어."

마거릿의 이야기에 근거와 세부적인 내용이 있었기 때문에 엘리너도 믿지 않을 수 없었다. 아니라고 부정할 생각도 없었다. 모든 상황이 자신이 직접 보고 들은 것과 완벽하게 일치했기 때문이다.

마거릿의 영리함이 언제나 큰언니의 마음에 드는 쪽으로 발휘된 것은 아니었다. 어느 날 저녁 바턴 파크에서 제닝스 부인이 마거릿에게 큰언니가 특별히 마음에 두고 있는 사람의 이름을 아느냐고 집요하게 물었다. 제닝스 부인은 궁금해서 안달이 날 지경이었는데 이때 마거릿이 큰언니를 쳐다보며 이렇게 말했다. "말하면 안 되는데. 언니, 말해도 돼?"

이 말에 모두가 웃음을 터뜨렸고, 엘리너 역시 웃어넘기려고 했다. 하지만 아무렇지 않은 척하면서도 마음은 아팠다. 자신은 떠올리는 것조차 고통스러운 그 사람의 이름을 마거릿이 생각하고 있을 테고, 이제 그 이름이 제닝스 부인의 농담거리가 되는 상황을 견뎌야 하는 것이었다.

마리앤은 그런 언니가 안쓰러웠다. 하지만 마리앤이 얼굴을 붉히며 마거릿에게 화를 낸 것은 도움은커녕 오히려 해가 되었다.

"마거릿, 네가 어떤 추측을 하는지 모르겠지만 그걸 사람들한테 말할 권리가 너에겐 없다는 걸 기억했으면 좋겠어."

"나는 추측한 게 아니야." 마거릿이 대꾸했다. "그 얘기를 해준 건 언니잖아."

이 말에 사람들의 웃음소리는 더 커졌고, 그들은 아는 내용을 마저 얘기해 보라고 마거릿을 부추겼다.

"오, 그렇군요. 마거릿 양, 우리에게도 알려줘요." 제닝스 부인이 말했다. "그 신사분의 이름이 뭘까?"

"말씀드릴 수 없어요. 하지만 그분의 이름은 확실히 알고 있고, 어디에 사시는지도 알아요."

"그렇지, 그렇지, 우리도 거기가 어딘지는 짐작할 수 있거든. 틀림없이 놀런드의 그분 집에 있겠지. 혹시 교구 부목사님이신가?"

"아니에요. 그분은 직업이 없거든요."

"마거릿!" 마리앤이 화가 나서 말했다. "이건 네가 다 지어낸 얘기잖아. 그런 사람은 존재하지도 않아."

"그럼 그분이 최근에 돌아가셨어? 전에는 분명히 그런 분이 존재했고 F로 시작하는 이름도 있잖아."

바로 그 순간 느닷없이 "비가 정말 많이 내리네요."라고 끼어든 미들턴 부인에게 엘리너는 고마움을 느꼈다. 물론 그녀가 이처럼 이야기 중간에 끼어든 것은 엘리너를 위해서라기보다는 그런 고상하지 못한 농담을 주고받으며 즐거워하는 남편과 어머니의 모습을 보고 싶지 않았기 때문이다. 하지만 항상 다른 사람의 감정을 배려하는 브랜던 대령은 미들턴 부인이 꺼낸 말을 놓치지 않고 비를 화제 삼아 그녀와 이야기를 주고받았다. 윌러비는 피아노 덮개를 열고 마리앤에게 연주를 부탁했다. 이렇게 여러 사람의 노력으로 그 화제는 더 진전되지 못했다. 하지만 엘리너는 갑자기 나온 그 이야기에 놀란 마음을 쉽게 진정시키지 못했다.

그날 저녁, 파크에 모인 사람들은 다음 날 바턴에서 12마일 떨어진 근사한 장소로 나들이를 하기로 했다. 브랜던 대령의 매형이 소유한 그 사유지는 당시 외국에 체류 중인 소유주가 엄격한 지시를 내려둔 탓에 브랜던 대령과의 친분이 아니라면 아무나 들어갈 수 없는 곳이었다. 존 경은 그곳에 있는 정원의 아름다움을 극찬했다. 존 경은 지난 10년간 매년 여름 적어도 두 번씩은 모임을 만들어 그곳을 방문했기 때문에 그의 평가는 믿을 만했다. 그곳에는 아름다운 호수도 있어서 그들은 오전에 뱃놀이를 즐기며 시간을 보내기로 했다. 차가운 음식과 무개 마차를 준비하기로 했고, 즐거운 나들이를 위해 여느 때처럼 필요한 모든 것이 준비되었다.

일행 중 일부는 쌀쌀해진 날씨와 직전 2주간 매일 비가 왔다는 점을 고려하여 이 계획이 다소 무모하다고 생각했다. 감기에 걸린 대시우드 부인은 엘리너의 조언을 받아들여 집에 머무르기로 했다.

13

위트웰 나들이 계획은 엘리너의 기대와 전혀 다르게 전개되었다. 그녀는 비에 온몸이 젖어 오들오들 떨며 녹초가 될 각오를 했지만, 상황은 더 안 좋게 흘러갔다. 출발조차 못 하게 된 것이다.

일행은 오전 10시에 파크에 모여 아침 식사를 할 예정이었다. 밤새 비가 내렸지만 구름이 흩어지고 해가 잠깐씩 나오면서 아침에는 날씨가 꽤 괜찮았다. 모든 이는 들뜬 마음으로 설령 일정이 불편하고 고되더라도 기꺼이 감수할 생각이었다.

그들이 아침 식사를 하고 있었을 때 하인이 편지 몇 통을 가지고 들어왔다. 그중에는 브랜던 대령 앞으로 온 것도 있었다. 그는 편지 봉투에 적힌 주소를 보자마자 낯빛이 창백해지더니 곧장 방에서 나갔다.

"브랜던에게 무슨 일이 생겼나?" 존 경이 말했다.

아무도 답을 할 수 없었다.

"나쁜 소식이 아니어야 할 텐데요." 미들턴 부인이 말했다. "식사 도중에 저렇게 급하게 자리에서 일어나신 걸 보면 뭔가 심상치 않은 일이 생긴 게 틀림없어요."

5분쯤 지나 그가 돌아왔다.

"나쁜 소식이 아니길 바랍니다, 대령." 그가 방에 들어오자 제닝스 부인이 말했다.

"별일 아닙니다, 부인. 감사합니다."

"아비뇽에서 온 소식인가? 누이의 건강이 나빠졌다는 소식이 아니어야 할 텐데."

"아닙니다. 런던에서 온 겁니다. 그냥 업무와 관련된 편지일 뿐입니다."

"업무상 받은 편지라면서 왜 필체만 보고도 그리 당황하셨을까? 대령, 둘러대봤자 나한텐 안 통하니까 어디 솔직하게 얘기 좀 해봐요."

"어머니," 미들턴 부인이 말했다. "그만 좀 하세요."

"그러면 혹시 사촌 패니가 결혼을 한다는 소식인가?" 딸의 질책은 들은 척도 하지 않고 제닝스 부인이 말했다.

"아닙니다. 그런 소식 아닙니다."

"뭐, 그렇다면 누구한테서 온 건지 알겠네. 대령, 그분은 잘 지내시죠?"

"누굴 말씀하시는 건지요?" 그가 얼굴을 약간 붉히며 말했다.

"아, 알면서 왜 이러실까?"

"정말 죄송하게 됐습니다, 부인." 그가 미들턴 부인을 보며 말했다. "하필 오늘 이런 편지를 받게 되었네요. 런던에서 급한 호출이 와서 바로 출발해야 할 것 같습니다"

"런던이라고?" 제닝스 부인이 소리쳤다. "이 계절에 런던에서 무슨 일을 본다고?"

"저도 무척 아쉽습니다." 그가 말을 이었다. "이렇게 좋은 분들을 두고 떠나야 하니 말입니다. 무엇보다 위트웰에 들어가시려면 제가 있어야 할 텐데 그게 걱정입니다."

그들 모두에게 뜻밖의 상황이었다.

"그러면 관리인에게 쪽지라도 하나 써주시면 그걸로 되지 않을까요, 브랜던 씨?" 마리앤이 간절한 표정으로 말했다.

그는 고개를 가로저었다.

"이보게, 우리는 무슨 일이 있어도 오늘 위트웰에 가야 하네." 존 경이 말했다. "이렇게 코앞에 닥쳐서 일정을 미루는 법이 어딨는가? 브랜던, 자네 오늘은 절대 출발할 수 없네. 내 말 듣게."

"나도 그럴 수 있다면 좋겠네. 하지만 출발을 하루 늦추는 건 내 재량으로 할 수 있는 일이 아닐세."

"이처럼 급하게 가야 하는 업무가 뭔지 알려 주면 출발을 늦춰도 되는지 안 되는지 우리가 알 수 있지 않을까?" 제닝스 부인이 말했다.

"고작 여섯 시간 차이 아닙니까?" 윌러비가 말했다. "위트웰에 다녀와서 출발하셔도 말입니다."

"단 한 시간도 지체할 수 없습니다."

이때 엘리너는 윌러비가 낮은 목소리로 마리앤에게 하는 말을 들었다. "즐거운 모임을 견디지 못하는 사람들이 있죠. 브랜던도 그런 부류에요. 감기라도 걸릴까 걱정이 되어 모임에서 빠지려고 저런 속임수를 쓰는 겁니다. 저 편지도 자기가 직접 쓴 것이라는 데에 50기니 걸겠습니다."

"맞아요." 마리앤이 대답했다.

"자네는 일단 결심하면 아무리 설득해도 마음을 바꾸지 않지. 그건 내가 익히 알고 있네." 존 경이 말했다. "하지만 자네도 한번 생각해 보게. 여기 뉴턴의 캐리가에서 오신 숙녀 두 분과, 코티지에서부터 걸어오신 대시우드가 숙녀 세 분이 계시고, 윌러비 씨는 평소보다 두 시간이나 일찍 일어나서 이렇게 와 있지 않은가? 다들 위트웰에 가려고 말이야."

브랜던 대령은 실망한 일행에게 거듭 유감의 뜻을 밝혔지만, 동시에 런던행은 불가피하다고 잘라 말했다.

"그럼 자네 언제 돌아오는가?"

"대령님이 런던에서 일을 마치시는 대로 바턴에서 다시 뵐 수 있기를 바랍니다." 미들턴 부인이 남편의 말에 덧붙였다. "위트웰 나들이는 대령님께서 돌아오실 때까지 미뤄야겠네요."

"그렇게 말씀해 주시니 고맙습니다. 하지만 상황이 불확실해서 언제 돌아올 수 있을지 확답을 드리지는 못하겠습니다."

"무슨 소린가? 반드시 돌아와야지." 존 경이 소리쳤다. "이번 주말까지 돌아오지 않으면 내가 런던까지 쫓아가겠네."

"그러면 되겠네." 제닝스 부인이 말했다. "자네가 가서 대령의 업무가 뭔지 알아보면 되겠어."

"다른 사람의 사생활을 캐고 싶지는 않습니다. 아마 밝히기에 부끄러운 일이 있나 보죠."

하인이 들어와 대령이 타고 갈 말이 준비되었다고 알렸다.

"자네 설마 런던까지 말을 타고 가려는 건 아니겠지?" 존 경이 물었다.

"호니턴까지 간 다음 그곳에서 역마차를 탈 생각이네."

"뭐, 이왕 가기로 했으니 좋은 여행이 되길 바라네. 지금이라도 마음을 바꾸면 더 좋겠지만."

"내 마음대로 결정할 수 있는 일이 아닐세."

그는 모두에게 작별 인사를 고한 뒤 엘리너에게 말했다.

"대시우드 양, 이번 겨울에 당신과 동생분들을 런던에서 뵐 기회가 있을까요?"

"아쉽지만 그건 어려울 것 같습니다."

"그렇다면 제 바람보다 오랜 작별을 고해야겠군요."

그는 마리앤에게는 고개만 살짝 숙이고 아무 말도 건네지 않았다.

"이봐요, 대령," 제닝스 부인이 말했다. "떠나기 전에 무슨 일로 가는지 얘기 좀 해보시구려."

그는 제닝스 부인에게 인사를 한 뒤 배웅차 따라나서는 존 경과 함께 방에서 나갔다.

그때까지 예의상 참고 있던 불평과 탄식이 여기저기서 터져 나왔고, 여러 사람이 약속이 깨진 것에 대해 짜증을 냈다.

"그 업무라는 게 뭔지 짐작이 가네." 제닝스 부인이 거드름을 피우며 말했다.

"정말이요, 부인?" 거의 모든 이가 동시에 물었다.

"그럼요. 윌리엄스 양에 관한 일이지 뭐겠어요?"

"윌리엄스 양이 누군데요?" 마리앤이 물었다.

"아니, 윌리엄스 양이 누군지 모른다고? 분명히 들어본 적이 있으실 텐데. 윌리엄스 양은 대령과 혈연관계라오. 아주 가까운 혈연관계. 여기 있는 어린 숙녀들이 놀랄까 봐 얼마나 가까운 관계인지는 내가 차마 말을 못 하겠네." 그러더니 목소리를 조금 낮춰서 엘리너에게 말했다. "대령의 사생아라오."

"설마요!"

"그렇다니까. 아버지와 딸이 얼굴도 아주 판박이라오. 대령이 재산도 전부 그 아이에게 물려줄걸."

배웅을 마치고 돌아온 존 경은 이 불행한 사태를 한탄하는 사람들의 목소리에 적극적으로 동조했다. 하지만 이왕 한자리에 모였으니 모두가 즐길 수 있는 일을 찾아보자는 생각에, 약간의 논의를 거쳐 진정한 즐거움은 위트웰에 있겠지만 아쉬운 대로 마차를 타고 시골길을 달리며 마음을 달래는 것으로 의견을 모았다. 곧 마차들이 준비되었다. 윌러비의 마차가 가장 먼저 준비되었고, 마차에 오르는 마리앤의 표정은 더할 수 없이 행복해 보였다. 두 사람이 탄 마차는 파크를 빠른 속도로 빠져나갔고 이내 시야에서 완전히 사라졌다. 그들은 다른 사람들이 모두 돌아온 뒤에야 파크에 모습을 드러냈다. 두 사람은 만족스럽게 나들이를 마친 표정이었지만, 자기들은 먼저 오솔길로 들어섰는데 다른 마차들이 초원 쪽으로 향할 줄은 몰랐다고 말을 흐렸다.

저녁에는 무도회를 열어서 모든 사람이 하루를 온전히 즐기기로 했다. 캐리가에서 몇 사람이 더 참석하여 만찬장에는 거의 스무 명이 자리를 함께했고, 존 경은 흡족한 마음으로 이를 지켜보았다. 윌러비는 평소처럼 대시우드가의 큰딸과 둘째 딸 사이에 앉았다. 제닝스 부인은 엘리너의 오른쪽에 앉았다. 자리에 앉기가 무섭게 제닝스 부인은 엘리너와 윌러비의 뒤쪽으로 몸을 젖혀서 마리앤을 향해 큰 소리로 말했다. "그렇게 잔꾀를 부려도 오전에 어디 있었는지 나는 다 알지."

얼굴이 빨개진 채 마리앤이 대답했다. "어디 있었다니요, 그게 무슨 말씀이신지?"

"저희는 이륜마차를 타고 돌아다녔습니다." 윌러비가 말했다. "아시잖아요?"

"그럼, 그럼, 경솔 씨. 아주 잘 알다마다요. 두 사람이 어디에 있었는지 내가 알아봤거든. 마리앤 양, 앞으로 살게 될 집이 마음에 들던가요? 그

저택이 꽤 크지. 나중에 내가 찾아갈 때는 새 가구로 집을 단장해 놓고 있길 바랄게요. 6년 전에 마지막으로 갔을 때 보니까 가구를 다 바꿔야 겠더라고."

마리앤은 당황해서 고개를 돌렸고 제닝스 부인은 깔깔대고 웃었다. 제닝스 부인은 하녀를 보내 윌러비의 마부로부터 그들이 앨런햄에 가서 정원을 거닐고 집 여기저기를 둘러보며 시간을 보냈다는 사실을 알아낸 것이었다.

엘리너는 이 사실을 믿을 수 없었다. 스미스 부인이 엄연히 있는데 그녀와 일면식도 없는 마리앤에게 저택에 들어가자고 윌러비가 제안했을 리도 없고, 설령 그런 제안을 받았다 해도 마리앤이 동의했을 리 없었기 때문이다.

정찬을 마치고 나오자마자 엘리너는 마리앤에게 그것이 사실인지 물었고, 제닝스 부인이 들려준 모든 상황이 사실임을 확인하고는 매우 놀랐다. 오히려 마리앤은 언니가 그 사실을 의심하는 것에 화를 냈다.

"왜 우리가 거기에 가지 않았고 저택을 보지 않았다고 생각하는 거야? 언니도 그 집에 들어가 보고 싶다고 자주 얘기했잖아?"

"그래, 마리앤. 그렇지만 나라면 스미스 부인께서 저택에 계실 때, 그것도 윌러비 씨와 단둘이 들어가지는 않았을 거야."

"하지만 윌러비 씨는 그 저택을 보여 줄 권리가 있는 사람이야. 게다가 이륜마차를 타고 갔기 때문에 다른 사람은 같이 갈 수도 없었어. 나는 그저 어느 때보다 즐거운 아침을 보냈을 뿐이라고."

"어떤 일이 즐거웠다고 해서 그것이 항상 적절한 건 아니야." 엘리너가 말했다.

"아니, 정반대야. 그것처럼 강력한 증거는 없어. 내가 한 일에 조금이라도 부적절한 면이 있었다면 그때 바로 알아챘겠지. 우리는 잘못된 행동을 하면 그것을 느끼고, 그런 양심의 가책이 있을 때는 즐거움도 누리지 못하니까."

"하지만, 마리앤, 오늘 아침 일로 민망한 얘기를 들었는데도 네 행동을 돌아볼 생각이 없는 거니?"

"제닝스 부인의 민망한 얘기가 내 행동이 부적절했다는 것의 증거라면 우리는 매 순간 잘못을 저지르고 있는 거겠네. 나는 제닝스 부인의 칭찬도 관심 없고 비난도 신경 안 써. 나는 스미스 부인의 저택을 둘러보고 정원을 거닌 게 잘못이라고 생각하지 않아. 그 저택은 언젠가는 윌러비 씨의 소유가 될 것이고, 그렇게 되면 …."

"마리앤, 그 저택이 언젠가 네 소유가 된다고 해도 네 행동이 정당화되는 건 아니야."

이 말이 암시하는 바에 마리앤은 얼굴이 붉어졌지만, 동시에 흐뭇한 표정을 감추지 못했다. 10분 남짓 골똘히 생각에 잠겨있던 마리앤이 다시 언니에게 와서 밝은 표정으로 말했다. "언니, 앨런햄에 가기 전에 내가 신중하지 못했던 건 사실이야. 하지만 윌러비 씨가 그곳을 너무 보여주고 싶어 했거든. 그런데 그 저택 정말 멋지더라. 위층에 아주 예쁜 거실이 있는데, 크기도 알맞고 가구만 새로 들이면 정말 근사할 것 같아. 거실이 위층 구석에 있는데 창이 양쪽으로 나 있어서 한쪽 창으로는 저택 뒤편의 볼링용 잔디밭과 그 너머 아름다운 숲이 보이고, 다른 쪽 창으로는 교회와 마을이 보여. 그 뒤로 우리가 늘 감탄하던 깎아지른 언덕도 보이고. 그런데 거실 자체는 볼품이 없는 게 가구가 워낙 낡아서 그런 것 같아. 윌러비 말로는 2백 파운드만 들이면 잉글랜드에서 가장 쾌적한 여름용 거실을 꾸밀 수 있을 거래."

다른 사람들의 방해를 받지 않고 엘리너가 계속 들어주었다면 마리앤은 기꺼이 저택의 모든 방을 자세히 묘사했을 것이다.

14

제닝스 부인은 브랜던 대령이 별다른 설명도 없이 급하게 파크를 떠난 이유가 사흘이 지나도록 여전히 궁금했다. 그녀는 주변 사람들의 소소한 일 하나하나에 호기심과 궁금증이 있는 사람이었다. 그녀는 이유를 이리저리 추측하면서 뭔가 나쁜 일이 생긴 게 틀림없다고 확신했다. 그녀는 대령에게 닥칠 수 있는 온갖 불행을 상상하고는 그가 절대로 그 불행에서 헤어나오지 못할 거라는 결론을 내렸다.

"아주 곤란한 일이 생긴 거야, 틀림없어." 그녀가 말했다. "얼굴에 딱 쓰여 있었잖아. 가엾은 사람, 재정 상태가 나빠진 건 아닌지 몰라. 델라퍼드 땅에서 연간 2천 파운드 이상은 안 나오는데 형이 남겨 놓은 돈 문제가 아주 복잡하거든. 금전 문제로 불려갔을 거야. 달리 뭐가 있겠어? 정말 그런 건지 궁금하네. 무슨 일인지 알 수 있으면 좀 좋아? 혹시 윌리엄스 양한테 무슨 문제가 생겼나? 말이 나와서 말인데, 내가 그 이름을 언급하자마자 대령의 표정이 싹 변했거든. 윌리엄스 양이 아픈 거네. 그렇게밖에 설명이 안 돼. 맞아, 그 애가 자주 아픈 것 같았어. 윌리엄스 양의 문제가 확실하네. 대령이 지금 재정적으로 곤란할 이유가 없지. 워낙 신중한 사람이니 토지 문제도 이미 해결했을걸. 그럼 도대체 문제가 뭐야? 아비뇽에 있는 누이의 병세가 나빠져서 불려갔나? 그렇게 급하게 출발한 걸 보면 그게 맞을 수도 있지. 여하튼 대령에게 아무 일이 없었으면 좋겠네. 좋은 신붓감도 생겼으면 좋겠고."

궁금증에서 시작된 제닝스 부인의 추측은 금세 다른 추측으로 바뀌었고, 그 모든 추측이 나름 그럴듯하게 들렸다. 엘리너 역시 브랜던 대령에게 아무 일이 없기를 진심으로 바랐지만, 그가 왜 그렇게 갑자기 떠났는지 제닝스 부인만큼 신경이 쓰이지는 않았다. 경악하거나 온갖 추측을 늘어놓을 만큼 그 일이 중요하게 여겨지지도 않았을뿐더러 그녀가 궁금해하는 문제는 따로 있었기 때문이다. 모든 사람의 관심이 자신들에게 쏠리고 있음을 알면서도 동생과 윌러비는 사람들의 관심사에 대해 이상할 정도로 침묵을 지켰다. 두 사람의 성향에 어울리지 않는 이런 침묵은 날이 갈수록 더 이상하게 느껴졌다. 서로를 향한 태도는 분명히 그들 사이에 이미 결정이 내려졌음을 보여 주고 있는데 왜 어머니와 자신에게는 알리지 않는지 엘리너는 이해할 수가 없었다.

그들이 당장 결혼할 능력이 되지 않는다는 것은 엘리너도 쉽게 이해할 수 있었다. 경제적으로 독립했다고는 해도 윌러비가 부유하다고 믿을 근거는 없었다. 존 경에 따르면 그의 소유지에서 나오는 수입은 연간 6백 또는 7백 파운드 정도인데, 그의 씀씀이는 수입보다 훨씬 컸다. 윌러비 자신도 종종 돈이 없다는 불평을 늘어놓곤 했다. 하지만 숨기려 해도 숨겨지지 않는 그들의 약혼에 대해 비밀을 유지하는 까닭은 여전히 설명할 길이 없었다. 평소 그들의 생각이나 행동과 완전히 상반되는 그러한 태도에 때로는 그들이 정말 약혼한 것인지 의심도 생겼지만, 이런 의심으로 마리앤에게 직접 물어보기도 어려웠다.

윌러비가 이들 가족에게 가지고 있는 애정은 그의 행동에 분명히 드러났다. 마리앤을 대할 때는 오로지 연인만이 마음으로 전할 수 있는 각별한 부드러움이 있었고, 다른 가족들에게는 아들이자 오라비 같은 다정함이 묻어났다. 그는 코티지를 자기 집처럼 여기고 좋아하는 것 같았다. 그는 앨런햄보다 코티지에서 더 많은 시간을 보냈는데, 파크에서 모임이 없는 날은 다른 일로 오전을 보내다가도 거의 매번 코티지를 찾아 마리앤 곁에서 그날의 남은 시간을 보냈다. 물론 그가 가장 아끼는 포인터도 그녀의 발치를 떠나지 않았다.

브랜던 대령이 떠난 지 일주일쯤 지난 어느 날 저녁, 윌러비는 주위의 모든 사물에 대해 평소보다 더 큰 애착이 생긴 것 같았다. 대시우드 부인이 봄에 코티지를 수리할 계획을 우연히 언급하자, 그는 자신에게는 완벽해 보이는 이 정든 공간을 조금이라도 고치는 것에 강하게 반대했다.

"뭐라고요?" 그가 소리쳤다. "이렇게 예쁜 집을 고치신다고요? 안 됩니다. 저는 결코 동의할 수 없습니다. 제 감정을 존중하신다면 이 벽에 벽돌 한 장 없는 것도, 단 1인치를 늘이는 것도 안 됩니다."

"그런 일은 없을 테니 그렇게 놀라지 마세요." 엘리너가 말했다. "어머니는 그럴 만한 돈도 없으시니까요."

"그렇다면 다행입니다." 그가 말했다. "돈을 더 나은 데 쓰지 않으실 거라면 앞으로도 늘 돈이 없으셨으면 좋겠네요."

"고맙네, 윌러비. 세상에서 가장 근사하게 집을 고칠 수 있다 해도 자네나 내가 좋아하는 다른 사람들이 이곳이 좋다고 하면 그런 마음을 저버리면서까지 집을 고치지는 않겠네. 걱정하지 마시게. 봄에 돈을 정산하고 얼마가 남을지는 모르겠지만 자네의 마음을 상하게 하면서 돈을 쓰느니 차라리 그냥 쌓아놓고 있겠네. 그런데 정말 마음에 안 드는 구석이 하나도 없을 만큼 이 집이 좋은가?"

"그렇습니다." 그가 말했다. "흠잡을 데가 하나도 없습니다. 아니, 그 이상이죠. 이곳은 행복을 얻을 수 있는 유일한 양식의 건축물입니다. 만일 제가 부자라면 당장 쿰 마그나에 있는 저의 집을 허물고 이 코티지의 도면으로 똑같은 집을 지을 겁니다."

"어둡고 좁은 계단과 연기가 차는 부엌까지도 똑같이 말이죠." 엘리너가 말했다.

"네." 그가 사뭇 진지한 어조로 말했다. "이 집에 있는 모든 것을 똑같이요. 편한 것이든 불편한 것이든 어느 것도 달라지지 않게 말입니다. 그렇게 해야, 오로지 그렇게 해야 이곳에서처럼 쿰 마그나에서도 제가 행복할 수 있을 겁니다."

"제 생각이지만," 엘리너가 말했다. "지금은 더 좋은 방과 더 넓은 계단조차 단점으로 여기실지 몰라도 시간이 지나면 당신 집도 흠잡을 데가 없다는 걸 아시게 될 거예요."

"어떤 조건만 갖춰진다면," 윌러비가 말했다. "분명히 그 집도 저에게 소중해질 겁니다. 그래도 제 마음은 늘 이곳에 머물 겁니다. 다른 곳에서 찾을 수 없는 뭔가가 이곳에 있으니까요."

대시우드 부인은 흐뭇한 표정으로 마리앤을 바라보았다. 마리앤의 아름다운 두 눈은 윌러비를 응시하고 있었고, 그녀의 의미심장한 표정은 그녀가 그의 말을 정확하게 이해하고 있음을 보여 주었다.

"작년 이맘때 앨런햄에 머물면서 얼마나 빌었는지 모릅니다." 그가 덧붙였다. "바턴 코티지에 누군가 살았으면 좋겠다고 말이죠. 근처를 지날 때마다 이 위치에 감탄했고 아무도 살지 않는다는 사실이 그저 안타깝기만 했습니다. 그때만 해도 이번에 앨런햄에 도착해서 스미스 부인으로부터 바턴 코티지에 사람이 들어와 살게 되었다는 소식을 듣게 될 거라 상상이나 했겠습니까? 그 얘기를 전해 듣는 순간 기분 좋은 관심이 생겨났는데, 그건 제가 맛볼 행복을 예감한 것이라고밖에 설명할 수 없겠지요. 안 그래요, 마리앤?" 그는 잠시 목소리를 낮춰 마리앤에게 말을 건넨 뒤 다시 원래의 어조로 말을 이었다. "그런데도 이 집을 망가뜨리실 겁니까, 대시우드 부인? 좀 더 낫게 고쳐보겠다는 생각이 오히려 이 집의 소박함을 없애버릴 겁니다. 이 소중한 응접실은 우리가 처음 만나 줄곧 행복한 시간을 보낸 곳인데 부인께서는 이곳을 한낱 평범한 현관으로 고쳐서 사람들이 무심하게 통과하는 공간으로 전락시키려는 겁니다. 세상의 그 어떤 아름다운 방도 주지 못할 편의와 안락함을 제공해준 이곳을 말입니다."

대시우드 부인은 그런 식의 개조는 하지 않겠다고 거듭 약속했다.

"부인은 정말 좋은 분이십니다." 그가 따뜻하게 대답했다. "그렇게 약속해주시니 마음이 놓입니다. 그런데 한 가지만 더 약속해주시면 제가 너무나 행복할 것 같습니다. 이 집뿐만 아니라 부인과 따님들도 영원히 변치 않을 거라고 말씀해 주십시오. 그리고 부인의 친절함 덕분에 이곳의 모든 것이 저에게 소중해졌으니 앞으로도 늘 그 친절함으로 저를 대해 주시겠다는 말씀도요."

대시우드 부인은 기꺼이 그러겠다고 약속했다. 그날 저녁 윌러비의 행동에는 애착과 행복감이 가득했다.

"내일 저녁 식사 시간에 오겠나?" 그가 떠날 때 대시우드 부인이 말했다. "아침에 미들턴 부인을 만나러 파크에 갈 예정이라 오전에 오라고는 못 하겠네."

그는 오후 4시에 오겠다고 약속했다.

15

다음 날 대시우드 부인은 두 딸과 함께 미들턴 부인을 방문했다. 마리 앤은 집에서 할 일이 있다며 동행하지 않았다. 그녀의 어머니는 아마도 식구들이 없을 때 윌러비가 찾아오기로 전날 약속했으리라 짐작하며 마리앤이 집에 남는 것을 이해했다.

파크에서 돌아왔을 때 윌러비의 이륜마차와 하인이 코티지 앞에서 기다리고 있는 모습을 보고 대시우드 부인은 자신의 짐작이 맞았다고 생각했다. 거기까지는 그녀의 예상이 맞았다. 하지만 집 안에 들어섰을 때 그녀는 전혀 예상하지 못한 광경을 목격했다. 마리앤이 손수건으로 눈물을 훔치며 응접실에서 뛰어나와 그들이 들어서는 것도 알아채지 못한 채 2층으로 뛰어 올라가는 것이었다. 그들은 깜짝 놀라 방금 마리앤이 뛰쳐나온 응접실로 들어갔고, 그곳에서 윌러비가 등을 돌린 채 벽난로 선반에 몸을 기대고 있는 모습을 보았다. 그들이 들어오는 소리에 그가 몸을 돌렸다. 그의 표정은 마리앤을 짓누른 그 감정에 그 역시 짓눌려 있음을 보여 주었다.

"마리앤에게 무슨 일이 있었는가?" 대시우드 부인이 말했다. "저 애가 어디 아픈 거야?"

"그렇지 않기를 바랍니다." 그가 애써 밝은 표정을 지으며 대답했다. "어쩌면 아파야 할 사람은 지금 크게 낙담하고 있는 저인지도 모르겠습니다."

"낙담이라니?"

"제가 약속을 지킬 수 없게 되었기 때문입니다. 스미스 부인께서 오늘 아침, 가난하고 힘없는 친척에게 부자가 행사하는 특권으로 저에게 해야 할 일이 있으니 런던에 가라고 하셨습니다. 조금 전 스미스 부인의 말씀에 따라 앨런햄을 떠나 이렇게라도 힘을 좀 얻을까 해서 여러분에게 마지막 인사를 드리러 왔습니다."

"런던에? 오늘?"

"네, 바로 출발해야 합니다."

"정말 유감스러운 일이네. 하지만 스미스 부인의 말씀을 따라야겠지. 부인께서 부탁하신 일로 우리를 너무 오래 떠나 있지는 않기를 바라네."

그가 얼굴을 붉히며 대답했다. "친절한 말씀에 감사 드립니다. 하지만 데번셔로 곧바로 돌아올 수 있을지는 모르겠습니다. 스미스 부인 댁에는 1년에 한 번만 방문하니까요."

"이 근방에 아는 사람이 스미스 부인만 있는 게 아니고, 자네를 맞아줄 곳이 앨런햄에만 있는 게 아닌데 그게 무슨 소린가, 윌러비. 우리 집에 와서 지내도 되지 않겠는가?"

그의 얼굴이 더욱 붉어졌다. 그는 바닥에 시선을 고정한 채 겨우 이렇게 대답할 뿐이었다. "그동안 저에게 과분한 친절을 베풀어주셨습니다."

대시우드 부인은 놀라서 엘리너를 쳐다보았다. 엘리너도 똑같이 놀랐다. 잠시 침묵이 흘렀다. 대시우드 부인이 먼저 말을 꺼냈다.

"이보게, 윌러비. 바턴 코티지는 언제나 자네를 환영한다는 것만 알아두게. 그리고 이곳으로 바로 돌아오라고 강요하지는 않겠네. 스미스 부인이 그것을 어떻게 생각하실지는 자네만 판단할 수 있을 테니까. 자네의 마음을 의심하지 않듯이 이 문제에 대해서는 자네의 판단력도 의심하지 않겠네."

"현재로서는 제가 해야 할 일이," 윌러비가 당황한 표정으로 대답했다. "일의 성격이 좀, 뭐라 말씀드리기가 어렵습니다."

그가 말을 멈췄다. 대시우드 부인은 너무 놀라서 말을 잇지 못했다. 또다시 침묵이 흘렀다. 이번에는 윌러비가 침묵을 깼다. 그는 희미한 미소를 지으며 말했다. "이런 식으로 미적거리는 건 어리석은 짓입니다. 이제는 함께 있어도 즐겁지 않은 분들 곁에서 저 자신을 더 괴롭히고 싶지 않습니다."

그는 황급히 작별 인사를 남기고 응접실에서 나갔다. 그가 마차에 오르는 모습이 보였고, 잠시 후 마차는 시야에서 사라졌다.

대시우드 부인은 할 말을 잃었다. 그녀는 이 갑작스러운 이별이 가져다준 근심과 불안을 감당하지 못하고 곧바로 밖으로 나갔다.

엘리너의 불안도 어머니 못지않았다. 그녀는 걱정과 의심으로 방금 일어난 일을 생각했다. 그들에게 작별을 고할 때 윌러비가 보인 태도, 당황한 모습, 억지로 지은 밝은 표정, 그리고 무엇보다도 어머니의 초대를 흔쾌히 받아들이지 않고 주저하던 모습과 너무나 연인답지 않은, 너무나 그답지 않은 머뭇거림이 마음을 불안하게 했다. 처음부터 그에게 진지한 의향이 없었던 건 아닌지 문득 의심이 들었다가 다음 순간에는 그와 동생 사이에 유감스러운 언쟁이 있었으리라는 생각도 들었다. 응접실에서 뛰쳐나갈 때 고통으로 일그러져 있던 마리앤의 표정은 심각한 언쟁 때문이라는 설명이 가장 그럴듯했다. 하지만 윌러비에 대한 마리앤의 애정을 생각해 보면 그들 사이에 말다툼이 벌어진다는 것 자체가 불가능한 일 같기도 했다.

그들이 헤어지게 된 구체적인 이유가 무엇이든 동생이 고통받고 있다는 사실만은 의심의 여지가 없었다. 슬픔을 위안 삼고 마치 자신의 의무인 양 그 슬픔을 키우고 있을 동생을 생각하며 그녀는 큰 연민을 느꼈다.

반 시간쯤 지나 어머니가 돌아왔다. 눈은 충혈되어 있었지만, 표정은 침울해 보이지 않았다.

"우리 윌러비가 지금쯤 바턴에서 몇 마일은 갔겠지." 바느질감을 들고 자리에 앉으며 그녀가 말했다. "가는 길에 마음이 얼마나 무거울까?"

"너무 이상해요. 어쩌면 그렇게 갑자기 떠날 수 있죠? 정말 한순간이었잖아요. 어젯밤 함께 있을 때만 해도 그토록 행복하고 유쾌하고 다정했던 사람이 10분 만에 작별 인사를 하고 돌아올 기약도 없이 떠나다니요! 말 못 할 사정이 있는 게 틀림없어요. 말하는 거나 행동하는 게 평소와 달랐잖아요. 어머니도 그 차이를 분명히 느끼셨을 거예요. 무슨 일이었을까요? 두 사람이 다툰 걸까요? 그러지 않았다면 왜 어머니의 초대를 흔쾌히 받아들이지 않았을까요?"

"그게 본심은 아니었을 거다. 그건 분명해. 초대를 받아들일 수 있는 상황이 아니었겠지. 처음에는 이상하게 보이던 일들이 곰곰이 생각해 보니 완벽하게 설명이 되는 것 같구나."

"정말이요?"

"그래. 나는 매우 만족스러운 설명을 찾아냈단다. 하지만 엘리너, 뭐든 의심하기를 좋아하는 네게는 충분한 설명이 되지 않을 거라는 걸 안다. 그렇다고 이러쿵저러쿵하면서 나까지 의심하게 만들지는 말아다오. 내 생각에는 윌러비가 마리앤을 마음에 두고 있다는 사실을 눈치챈 스미스 부인이 그것을 탐탁지 않게 여기신 것 같아. (아마 윌러비를 위한 다른 계획이 있으실 테니) 그래서 그를 멀리 보내기로 한 거야. 런던에서 할 일을 맡긴 것도 윌러비를 멀리 보내기 위한 핑계에 불과한 거지. 내 추측은 그래. 그런데 윌러비는 스미스 부인이 두 사람의 결합을 반대한다는 사실을 알고 있으니 마리앤과 약혼했다는 얘기를 감히 꺼낼 수 없었을 것이고, 경제적으로 스미스 부인의 눈치를 봐야 하는 상황에서 부인의 뜻을 따라 한동안 데번셔에서 떠나 있을 수밖에 없다고 생각했겠지. 너는 그럴 수도, 안 그럴 수도 있다고 말하겠지만, 이번 일을 이만큼 만족스럽게 설명할 다른 방법이 없다면 공연히 트집이나 잡는 얘기는 하지 마라. 엘리너, 할 얘기 있니?"

"아니요. 제가 할 얘기를 다 예상해서 말씀하셨잖아요."

"그 말은 그럴 수도, 아닐 수도 있다고 생각한다는 얘기구나. 아, 엘리너, 네 생각을 정말 어떻게 이해해야 하니? 너는 좋은 쪽보다는 나쁜 쪽을 믿으려 하고 있어. 가엾은 윌러비를 옹호하기보다 어떻게든 잘못을 들춰내려 하고 마리앤의 고통을 끄집어내려고 하는 거야. 우리에게 작별 인사를 할 때 평소보다 살갑지 않았다는 이유로 너는 윌러비가 비난받을 일을 했을 거라고 단정하고 있어. 하지만 낙담한 사람이 부주의로, 혹은 우울한 마음에 그랬을 수도 있다고 이해할 수는 없겠니? 확실하지 않다고 해서 가능성조차 인정하지 못하겠다는 거야? 윌러비는 사랑할 이유는 많고 나쁘게 생각할 이유는 없는 사람인데 그 정도도 못 해주겠어? 당분간은 비밀에 부치는 게 불가피하겠지만 누구도 반박할 수 없는 동기가 있었을 가능성도 있잖아? 도대체 뭐가 미심쩍은 거니?"

"저도 뭐라고 확실하게 말씀드리긴 어려워요. 하지만 조금 전에 우리가 목격한 것처럼 그렇게 갑자기 사람이 달라졌다면 그건 뭔가 좋지 않은 일이 있었기 때문이라고 의심할 수밖에 없어요. 물론 그에게 그럴 만한 이유가 있었을 거라고 이해해야 한다는 어머니 말씀은 옳아요. 저도 사람들을 평가할 때 공정해지고 싶어요. 윌러비의 그런 행동에는 분명히 그럴 만한 이유가 있었을 것이고, 저도 그렇기를 바라요. 하지만 그 이유를 그 자리에서 밝히는 게 좀 더 윌러비다웠을 거예요. 비밀을 지켜야 하는 상황이었다고 해도 다른 사람도 아닌 그가 그런 모습을 보였다는 건 여전히 이해되지 않아요."

"하지만 평소와 다르게 행동할 수밖에 없는 상황이라면 평소와 행동이 다르다고 비난할 수는 없는 일이지. 그래도 내가 윌러비를 옹호하며 한 얘기가 타당하다는 건 인정하는 거니? 그렇다면 다행이고. 윌러비에게 무죄가 선고된 거니까."

"완전히는 아니에요. 두 사람이 약혼했다는 사실을 (정말로 약혼했다면요) 스미스 부인에게 숨기는 것은 그럴 만해요. 그리고 그런 경우라면 지금으로서는 데번셔를 떠나 있는 게 합당하겠죠. 하지만 우리한테까지 숨길 이유는 없잖아요."

"우리한테 숨기다니! 얘야, 너는 윌러비와 마리앤이 자기들이 약혼했다는 사실을 떠들고 다니지 않았다고 탓하는 거니? 정말 이상하구나. 두 사람이 경솔하다고 매일 눈치를 주던 네가?"

"저는 두 사람이 사랑한다는 증거가 아니라," 엘리너가 말했다. "약혼했다는 증거를 확인하고 싶을 뿐이에요."

"내게는 두 가지 증거가 다 충분해 보이는구나."

"두 사람 모두 어머니께 이 문제에 대해 한마디 말도 없었잖아요."

"행동으로 그렇게 분명히 드러나는데 말이 꼭 필요하니? 적어도 지난 2주 동안 윌러비가 마리앤이나 우리에게 보인 행동을 보면 마리앤을 장래의 아내로 여기고 있고, 우리를 가족처럼 여기고 있다는 건 분명히 드러나지 않았니? 윌러비와 우리는 서로 완벽하게 이해했잖아? 표정도 그렇고 정중하고 깍듯한 태도도 그렇고, 그런 게 다 나의 승낙을 청하는 건데 두 사람의 약혼을 의심하는 게 말이 돼? 너는 어떻게 그런 생각을 할 수 있니? 네 동생의 사랑을 확신하고 있을 윌러비가 그 애를 떠나면서, 그것도 몇 달이 될지도 모를 이별을 하면서 자신의 마음을 고백하지도 않고, 서로의 믿음을 확인하지도 않고 헤어진다는 게 가능하다고 생각하는 거야?"

"한 가지만 제외하면," 엘리너가 대답했다. "모든 정황이 약혼 쪽으로 기울어 있다는 건 저도 인정해요. 그런데 그 한 가지가 바로 두 사람의 침묵이에요. 저에게는 그 한 가지가 나머지 모두를 압도하는 것처럼 느껴져요."

"정말 이상하구나! 이제까지 둘 사이의 그 모든 일을 보고도 어떤 관계인지 의심이 든다면 너는 정말 윌러비를 형편없는 사람으로 생각했다는 얘기구나. 그럼 윌러비가 그동안 네 동생에게 한 행동이 전부 연기였다는 거야? 윌러비가 마리앤에게 마음이 없었다고 생각하는 거야?"

"아뇨, 그렇게 생각하지는 않아요. 그는 마리앤을 사랑하는 것 같아요. 아니, 사랑한다고 확신해요."

"그것참 이상한 종류의 사랑이구나. 사람이 그렇게 무심하게 아무런 기약도 없이 떠났는데 말이다."

"어머니, 저도 이 문제를 단정적으로 생각한 적은 없어요. 물론 줄곧 미심쩍게 생각했다는 건 인정해요. 하지만 의심은 조금씩 걷히고 있고 곧 완전히 사라질 것 같아요. 둘이 서신을 교환하는 모습을 볼 수만 있어도 모든 걱정이 사라질 거예요."

"대단한 양보로구나. 너는 두 사람이 교회 제대 앞에 서는 걸 봐야 진짜 결혼하나 보다 할 거야. 너도 참 어지간하다. 하지만 나는 그런 증거 없어도 된다. 내 생각에는 의심할 만한 게 전혀 없어. 일부러 숨기는 것도 없었고, 모든 게 스스럼없고 솔직했어. 너도 동생의 소망을 의심하지는 않겠지. 그렇다면 네가 의심하는 사람은 윌러비라는 얘긴데, 왜지? 윌러비는 명예심과 생각이 있는 사람이야. 일관성이 없어서 불안한 면이라도 있었니? 부정직하기라도 해?"

"아니었으면 좋겠어요. 아니라고 믿고요." 엘리너가 말했다. "저도 윌러비를 좋아해요. 정말 좋아해요. 그리고 저도 그 사람의 진심을 의심하는 게 어머니 못지않게 고통스러워요. 저도 의도적으로 의심한 건 아니고 앞으로 의심을 키우지도 않을 거예요. 솔직히 말씀드리면 오늘 아침 윌러비의 태도 변화에 정말 놀랐어요. 말하는 것도 평소답지 않았고, 어머니의 호의에 진정성 있는 반응을 보이지도 않았으니까요. 하지만 어머니의 추측처럼 이 모든 일이 윌러비가 처해 있는 상황 때문이라고 설명할 수도 있겠죠. 작별 인사를 들은 마리앤이 괴로워하며 뛰쳐나가는 것을 본 데다, 스미스 부인의 심기를 건드릴까 봐 이곳에 속히 돌아오고 싶은 유혹은 참아야 하는데, 어머니의 초대를 거절하고 당분간 멀리 떠나겠다는 말로 우리 가족에게 자신이 비열하고 의심스러운 인물로 비칠 거라는 생각이 들었다면 정말 당혹스럽고 심란했겠죠. 그런 상황이라면 자신의 어려움을 솔직하게 털어놓는 것이 더 명예롭고 그의 성격에도 맞는 행동이었겠지만, 제 생각과 다르다거나 제가 옳다고 믿는 것에서 벗어난 행동을 했다고 해서 편협한 근거로 이러쿵저러쿵하지는 않을게요."

"네가 제대로 이야기하고 있구나. 윌러비는 의심을 살 만한 사람이 아니야. 오래 알고 지낸 건 아니지만, 그래도 이 지역에서는 아는 사람들도 많고 지금까지 그에 대해서 나쁘게 얘기하는 사람도 없었잖니? 만약 윌러비가 스스로 결심해서 당장 결혼할 수 있는 상황이라면 이유를 제대로 밝히지 않고 떠나는 게 이상했겠지. 하지만 지금은 그게 아니잖니. 결혼이 언제 성사될지 불확실한 상황인데 약혼 관계라고 순조로울 리는 없겠지. 그러니 가능한 한 비밀로 해두는 것이 낫겠다고 생각했을 거야."

마거릿이 들어오면서 대화는 중단되었다. 엘리너는 어머니의 말을 곱 씹으며 여러 가능성을 인정했고 어머니의 설명이 모두 타당하기를 바랐 다.

마리앤은 저녁 식사 시간이 되어서야 나타나 한마디 말도 없이 식탁 에 자리를 잡고 앉았다. 충혈된 눈은 부어 있었다. 그녀는 여전히 눈물을 간신히 참고 있는 것 같았다. 그녀는 모두의 시선을 피했고 먹지도 말하 지도 못했다. 잠시 후 어머니가 측은한 마음으로 말없이 손을 잡아 주자 간신히 참고 있던 눈물을 쏟으며 그녀는 방에서 나갔다.

이 지독한 우울함은 저녁 내내 계속되었다. 스스로 추스르려는 의지 가 없었기 때문에 그녀는 완전히 힘을 잃고 있었다. 윌러비와 관련된 아 주 사소한 이야기에도 그녀는 무너졌다. 가족들은 그녀의 마음을 달래기 위해 애를 썼지만, 어떤 주제로 말을 꺼내든 그녀의 감정이 윌러비를 연 상하는 것까지 막을 수는 없었다.

16

그날 윌러비와 헤어진 뒤 밤에 조금이라도 잠을 잘 수 있었다면 마리 앤은 자신을 용서할 수 없었을 것이다. 그리고 밤에 누웠을 때보다 다음 날 아침 일어나서 더 초췌하지 않았다면 가족들 보기에 민망하다고 생 각했을 것이다. 하지만 그녀의 감성은 평정심을 수치로 여겼기 때문에 그녀가 평정을 찾을 위험은 없었다. 그녀는 눈물로 밤을 꼬박 지새우고 두통과 함께 침대를 빠져나왔다. 그녀는 말을 할 수 없었고 음식을 입에 대고 싶은 생각도 없었다. 그런 모습을 지켜보는 어머니와 자매들은 마음이 아팠지만, 그녀는 어떠한 위로도 받으려 하지 않았다. 그녀의 감성은 참으로 완강했다.

아침 식사가 끝나고 그녀는 혼자 집을 나와 앨런햄 주변을 걸으며 즐거웠던 날들을 추억하고 정반대의 현실에 눈물을 흘리며 오전을 보냈다.

그녀는 그날 저녁에도 여전히 비탄에 잠겨있었다. 그녀는 윌러비에게 들려주던 곡들과 두 사람의 목소리가 하나로 어우러지던 모든 선율을 연주했다. 그리고 그가 필사해준 악보의 마디마디를 바라보며 더 이상의 슬픔이 내려앉을 수 없을 만큼 무거운 마음으로 피아노 앞에 우두커니 앉아 있었다. 슬픔의 자양분이 매일 이렇게 채워졌다. 그녀는 몇 시간씩 피아노 앞에서 노래하다 울기를 반복했고 노래는 이따금 울음으로 끊기곤 했다. 음악뿐만 아니라 책에서도 그녀는 과거와 대비되는 현재의 비참함에 탐닉했다. 그녀는 두 사람이 함께 읽던 책 이외에는 아무것도 펼치지 않았다.

그토록 격렬한 고통도 영원할 수는 없었기에 며칠이 지나자 고통은 좀 더 잔잔한 우울함으로 가라앉았다. 하지만 그녀가 매일 반복하는 쓸쓸한 산책과 고요한 회상은 이따금 생생한 슬픔을 불러일으켰다.

윌러비에게서는 편지가 오지 않았고, 마리앤 역시 편지를 기대하는 것 같지 않았다. 어머니로서는 뜻밖이었고 엘리너는 다시 불안해졌다. 하지만 대시우드 부인은 언제든 그럴듯한 이유를, 적어도 스스로 위안이 되는 이유를 찾아낼 수 있었다.

"엘리너, 우리 집으로 배달되는 편지와 우리가 부치는 편지를 존 경이 들고 우체국을 오간다는 사실을 기억해야 해." 대시우드 부인이 말했다. "우리는 윌러비가 약혼을 비밀에 부치려 한다는 것을 알고 있잖니. 하지만 둘이 주고받는 편지가 존 경의 손을 거치게 된다면 비밀이 유지될 수 없다는 걸 알아야지."

엘리너는 이 말에 일리가 있음을 부정할 수 없었다. 그러면서도 두 사람의 침묵을 충분히 설명해 줄 동기를 찾으려 애썼다. 상황이 어떻게 돌아가는지 알아내고 모든 의심을 즉시 사라지게 할 방법이 없는 것은 아니었다. 그녀는 너무나 직접적이고 너무나 단순하며 너무나 적절하다고 생각되는 그 방법을 어머니에게 제시하지 않을 수 없었다.

"마리앤에게 직접 물어보시면 되잖아요?" 엘리너가 말했다. "윌러비와 약혼을 했는지 안 했는지 말이에요. 어머니께서, 자상하고 너그러운 어머니께서 물어보시면 마리앤도 마음이 상하지 않을 거예요. 그건 마리앤에 대한 어머니의 사랑에서 자연스럽게 나오는 질문일 테니까요. 마리앤은 속마음을 곧잘 얘기하잖아요. 특히 어머니께는요."

"그런 질문이라면 할 생각이 전혀 없다. 혹시라도 둘이 약혼하지 않았다면 그게 얼마나 고통스러운 질문일지 생각해 보렴. 그건 못 할 짓이야. 아무에게도 밝히고 싶지 않은 얘기를 억지로 다그쳐서 하게 만들면 그 애는 두 번 다시 속마음을 이야기하지 않을 거야. 그 애는 내가 잘 알아. 때가 되면 나에게 그간의 사정을 다 털어놓을 거다. 나는 누구에게든 비밀을 털어놓으라고 강요할 생각이 없고, 자식에게는 더더욱 그렇다. 자식 된 도리 때문에 거부하기가 힘들 테니까."

엘리너는 마리앤의 나이를 고려할 때 어머니가 동생을 지나치게 어른처럼 여긴다고 생각했다. 그녀는 어머니를 좀 더 설득해 보았지만 아무 소용이 없었다. 평범한 상식과 평범한 신중함과 평범한 부모 역할은 대시우드 부인의 낭만적인 기질에 모두 묻히고 말았다.

가족 모두는 며칠 동안 마리앤 앞에서 윌러비의 이름을 꺼내지 않았다. 존 경과 제닝스 부인은 그리 세심한 편이 아니었으니, 그들의 농담은 고통의 시간에 새로운 고통을 안기기도 했다. 그러던 어느 날 저녁, 읽다가 만 셰익스피어의 책이 우연히 손에 잡히자 대시우드 부인이 말했다.

"마리앤,『햄릿』을 다 읽지 못하고 우리 윌러비가 떠났구나. 윌러비가 돌아올 때까지 이 책을 잘 놔두었다가 …. 그런데 그러려면 몇 달이 걸리겠구나."

"몇 달이라뇨!" 마리앤이 소리쳤다. "몇 주도 안 걸릴 거예요."

대시우드 부인은 자신이 내뱉은 말을 후회했지만 엘리너는 오히려 기뻤다. 그러한 반응을 통해 마리앤이 여전히 윌러비를 신뢰하고 있으며 그의 의도를 알고 있다는 사실이 분명히 드러났기 때문이다.

윌러비가 떠난 지 일주일쯤 지난 어느 날 아침, 마리앤은 혼자 다니지 말고 함께 걷자는 자매들의 설득에 못 이겨 그들과 함께 산책에 나섰다. 그때까지만 해도 마리앤은 산책을 할 때 누구와도 동행하지 않으려 했다. 언니와 동생이 초원을 향하면 그녀는 슬며시 오솔길로 빠졌고, 집을 나서기 전 자매들이 골짜기 쪽으로 가자고 얘기를 나누면 그녀는 어느새 언덕을 올라 그들이 출발할 때쯤에는 이미 모습을 감췄다. 하지만 계속 혼자 있어서는 안 된다고 설득하는 언니의 노력에 마리앤은 결국 고집을 꺾었다. 그들은 골짜기를 따라 걸으며 아무 말도 하지 않았다. 마리앤이 아직 마음을 추스르지 못한 데다 엘리너도 한 가지를 얻은 것에 만족하여 더는 바라지 않았다. 숲이 우거져 있지만 가지런하고 시야가 트여 있는 골짜기 초입 너머로 그들이 처음 바턴에 올 때 지나온 길이 길게 뻗어있었다. 그곳에 이르러 그들은 걸음을 멈추고 코티지에서는 멀게만 보이던 주변의 경치를 둘러보았다. 그때까지는 산책길에 한 번도 와보지 않은 곳이었다.

그때 멀리 보이는 풍경에서 무언가 움직이는 물체가 보였다. 어떤 남자가 말을 타고 그들이 있는 쪽으로 달려오고 있었다. 잠시 후 말을 탄 사람이 어떤 신사임을 식별할 수 있었고, 그 순간 마리앤이 기뻐 뛰며 소리를 질렀다.

"윌러비야! 그가 분명해!" 앞으로 뛰어나가려는 마리앤에게 엘리너가 소리쳤다.

"마리앤, 네가 잘못 본 것 같아. 윌러비가 아니야. 키가 그렇게 크지 않고 체형도 달라."

"아니야." 마리앤이 소리쳤다. "윌러비가 맞아. 체형이 그 사람이야. 외투도, 말도 그 사람의 것이 맞아. 이렇게 금방 돌아올 줄 알았어."

마리앤이 빠른 걸음으로 앞서 걷자 엘리너는 그 남자가 윌러비가 아님을 거의 확신하고 마리앤을 붙잡기 위해 쫓아갔다. 이내 그들과 신사와의 거리가 30야드로 좁혀졌다. 그를 다시 본 마리앤은 가슴이 무너져 내리는 것 같았다. 몸을 획 돌려 되돌아오는 마리앤을 향해 엘리너는 그 자리에 있으라고 소리쳤다. 동시에 윌러비의 목소리만큼 익숙한 제3의 목소리도 그녀에게 멈추라고 소리쳤다. 다시 뒤를 돌아본 마리앤이 발견한 사람은 에드워드 페라스였다.

그는 그 순간 윌러비가 아니어도 용서받을 수 있는 유일한 사람이었다. 마리앤을 미소 짓게 할 유일한 사람은 윌러비였지만 그래도 그녀는 눈물을 훔치며 그에게 미소를 보냈다. 언니의 행복감을 나누며 그녀는 잠시나마 자신의 실망감을 잊었다.

그는 그들을 방문하러 바턴에 가는 길이었다. 그는 다른 말을 타고 따라온 하인에게 말고삐를 넘기고 그들과 함께 바턴으로 돌아가는 길을 함께 걸었다.

두 자매는 그를 진심으로 환영했다. 특히 마리앤은 언니보다도 더 그를 환대했다. 사실 마리앤이 보기에 에드워드와 언니의 재회는 놀런드에서 두 사람이 보여 주던 이해하기 힘든 서먹함의 연장이었다. 이런 상황에서 연인에게 기대되는 표정이나 표현도 그에게는 없었다. 그는 어찌할 바를 몰랐고 뜻밖의 재회에도 들뜨거나 기쁜 것 같지 않았으며 질문에 대답하는 경우를 제외하고는 말도 거의 하지 않았다. 엘리너를 향한 특별한 애정의 표시도 없었다. 마리앤은 이런 모습이 그저 놀라울 뿐이었다. 그녀는 에드워드에게 거의 반감을 느낄 정도였고, 그런 감정은 그녀의 모든 감정이 그러했듯이 자연스럽게 윌러비에 대한 생각으로 이어졌다. 장차 동서지간이 될 수 있는 윌러비와 에드워드의 태도는 너무나 대조되었다.

놀라움과 반가움으로 안부 인사가 오간 뒤 마리앤이 에드워드에게 런던에서 바로 오는 길이냐고 물었다. 아니었다. 그는 2주간 데번셔에 머무르고 있었다.

"2주요?" 마리앤이 되물었다. 그렇게 오랫동안 같은 지역에 있으면서 더 일찍 언니를 보러 오지 않았다는 사실이 놀라울 뿐이었다.

그는 다소 난처한 표정으로 플리머스 근처에서 몇몇 친구들과 지냈다고 덧붙였다.

"최근에 서식스에는 가 보셨어요?" 엘리너가 물었다.

"한 달쯤 전에 놀런드에 있었습니다."

"그립고도 그리운 놀런드는 어떻던가요?" 마리앤이 물었다.

"그립고도 그리운 놀런드는," 엘리너가 말했다. "매년 이맘때의 모습과 비슷하겠지. 숲과 산책로에는 낙엽이 수북이 쌓여 있을 거야."

"아," 마리앤이 외쳤다. "낙엽이 흩날리는 모습은 정말 황홀했어! 산책길에 낙엽이 바람에 날려 소나기처럼 후드득 주위에 떨어지는 모습을 보고 있으면 기분이 얼마나 좋았는지 몰라! 낙엽과 가을과 공기가 어우러져서 빚어내는 감정은 또 어땠고! 이제는 그곳의 낙엽을 감상해줄 사람도 없을 거야. 그저 성가신 것으로 여기며 서둘러 쓸어서 눈에 보이지 않는 곳으로 치워버리기 바쁘겠지."

"모든 사람이 너처럼 낙엽을 좋아하는 건 아니야." 엘리너가 말했다.

"알아. 내 감정을 공유하는 사람은 많지 않고 이해하는 사람도 드물어. 가끔 그런 사람이 있지만." 이렇게 말하면서 마리앤은 잠시 상념에 잠겼다. 그러나 이내 생각을 가다듬고, "에드워드, 여기가 바턴 밸리에요." 하며 그의 관심을 주변 경치로 돌렸다. "저쪽을 보세요. 가슴이 절로 설레지 않아요? 저 언덕들 좀 보세요. 저렇게 멋진 언덕을 보신 적이 있어요? 그 왼쪽으로 숲과 농장 사이에 바턴 파크가 있는데, 저 앞에서 저택의 한쪽 끝이 보일 거예요. 그리고 저기, 가장 먼 쪽에 우뚝 솟아 있는 언덕 아래에 우리가 사는 코티지가 있어요."

"풍경이 아름답네요." 그가 대답했다. "그런데 이쪽 낮은 지대는 겨울에 눈이 오면 진창이 되겠는데요."

"이런 풍경을 눈앞에 두고 어떻게 진창을 떠올리고 그래요?"

"왜냐하면," 그가 미소를 지으며 대답했다. "눈앞에 있는 풍경 사이로 진창이 된 오솔길이 보이거든요."

"정말 특이해." 마리앤은 발걸음을 옮기며 혼잣말을 했다.

"이웃분들은 친절하신가요? 존 미들턴 경 내외분은 상냥하시고요?"

"아니요, 전혀요." 마리앤이 대답했다. "저희가 터를 잘못 잡은 것 같아요."

"마리앤, 무슨 말을 그렇게 하니?" 엘리너가 말했다. "어쩌면 그렇게 터무니없는 얘기를 해? 페라스 씨, 그분들은 아주 훌륭한 분들이에요. 저희에게 아주 친절하게 대해 주시고요. 마리앤, 그분들 덕분에 우리가 얼마나 즐거운 순간들을 보냈는지 잊었니?"

"안 잊었지." 마리앤이 낮은 목소리로 말했다. "얼마나 괴로운 순간들을 보냈는지도."

엘리너는 그 말을 못 들은 체하고 그들을 찾아온 손님에게 관심을 돌렸다. 그녀는 그들이 사는 코티지와 그곳의 시설 등에 대해 이야기했고, 그에게 질문과 대답을 끌어내면서 어떻게든 그와 대화 비슷한 것을 해보려고 애썼다. 하지만 그의 서먹하고 과묵한 태도는 그녀를 당혹스럽게 했다. 그녀는 섭섭한 마음이 들었고 반쯤은 화도 났다. 그러나 현재보다는 과거를 떠올리며 그를 대하기로 했고, 분하거나 불쾌한 내색 없이 먼 인척간의 당연한 도리에 따라 그를 대했다.

17

내시우드 부인은 그를 보고 그저 잠깐 놀랄 뿐이었다. 그가 바턴에 온 것은 지극히 당연한 일이라고 생각했기 때문이다. 그러므로 놀람은 잠시였고 기쁨과 애정의 표현은 길었다. 그는 부인으로부터 더없이 따뜻한 환대를 받는데, 내성적이고 차분하며 과묵한 성격의 그도 그런 환대에는 버티지 못했다. 그의 태도는 집에 들어서기 전부터 부드러워지기 시작했고 마음을 사로잡는 대시우드 부인의 환대에 완전히 압도되었다. 그녀의 딸들과 사랑에 빠진 남자라면 그녀를 좋아하지 않을 수 없었다. 엘리너는 그가 본연의 모습을 되찾는 것 같아 기뻤다. 그들 모두에 대한 애정이 되살아나는 것 같았고, 그들의 행복을 기원하는 마음도 다시 느껴졌다. 그러나 활기는 없었다. 그는 그들의 집을 칭찬했고 주변 경관에 감탄했으며 배려심과 친절을 보여 주었으나, 여전히 활기는 없었다. 가족들 모두가 그것을 느꼈고, 대시우드 부인은 그것이 자녀의 뜻을 존중할 줄 모르는 그의 어머니 때문이라고 생각했다. 그녀는 모든 이기적인 부모들에 분개하며 식탁에 앉았다.

"페라스 부인께서는 요즘 자네에게 어떤 기대를 하고 계시는가?" 저녁 식사를 마치고 모두 난롯가에 둘러앉아 있을 때 그녀가 물었다. "여전히 자네는 원치 않는 위대한 웅변가가 되어야 하나?"

"아닙니다. 제가 공직에는 관심이 없을뿐더러 재능도 없다는 사실을 이제 어머니도 아시지 않을까 합니다."

"그러면 어떻게 명성을 쌓을 생각인가? 자네 가족들을 만족시키려면 유명인사가 되어야 할 텐데 말일세. 돈을 잘 쓰는 것도 아니고 낯선 사람들과는 잘 어울리지 못하는 데다 직업도 없고 뭐 하나 확실한 게 없으니 정말 힘들겠네."

"그런 것들에는 관심이 없습니다. 유명인사가 되고 싶은 생각도 없고, 제가 그렇게 될 가능성이 없다고 믿을 이유도 충분합니다. 다행이죠. 천재나 웅변가는 억지로 시킨다고 되는 게 아니니까요."

"자네가 야망이 없는 사람이라는 건 내가 잘 알지. 자네의 소망은 소박하니까."

"세상 사람들 대부분의 소박한 소망과 다르지 않습니다. 그저 다른 사람들만큼 행복해지길 바랄 뿐입니다. 다만 다들 그렇듯이 저도 저만의 방식으로 행복해졌으면 합니다. 출세가 저에게 행복을 가져다주지는 않을 겁니다."

"만일 그렇다면 그게 이상한 거죠." 마리앤이 말했다. "부나 지위가 행복과 무슨 상관이 있겠어요?"

"지위는 상관이 없겠지만," 엘리너가 말했다. "부는 상관이 있어."

"언니, 부끄러운 줄 알아야지." 마리앤이 말했다. "다른 것에서 행복을 얻을 수 없는 사람이나 돈에서 행복을 찾는 거야. 부는 한 개인에게 적당한 생활 수준을 보장해주는 것 이외의 진정한 행복을 줄 수는 없어."

"어쩌면 우리는 같은 얘기를 하고 있는지도 몰라." 엘리너가 미소를 지으며 말했다. "네가 말한 생활 수준과 내가 얘기한 부는 거의 같은 거야. 세상 사람들이 얘기하듯 그게 없으면 물질적인 편의를 누리며 살 수 없다는 사실에 우리 둘의 생각이 같은 거니까. 다만 네 생각이 나보다 더 고상하다고나 할까. 그런데 네가 생각하는 적당한 생활 수준은 어느 정도인 거니?"

"연간 1천8백에서 2천 파운드 정도. 그 이상은 아니야."

엘리너가 웃음을 터뜨렸다. "연간 2천 파운드라고? 내가 생각하는 부는 1천 파운드 정도야. 내가 이럴 줄 알았다니까."

"2천 파운드면 그냥 평범한 수입이야." 마리앤이 말했다. "그보다 적으면 한 가족을 제대로 부양할 수가 없어. 내 요구가 과도하다고 생각하지는 않아. 적당한 수의 하인과 마차 한 대나 두 대, 그리고 사냥용 말 몇 필을 두려면 그보다 적은 액수를 가지고는 힘들어."

마리앤은 다시 한번 미소를 지었다. 마리앤은 훗날 쿰 마그나에서 쓸 비용을 이토록 정확하게 설명하는 것이었다.

"사냥용 말이요?" 에드워드가 되물었다. "사냥용 말이 왜 필요하죠? 모든 사람이 사냥을 즐기는 것도 아닌데."

얼굴이 빨개진 채로 마리앤이 대답했다. "하지만 사람들 대부분은 사냥을 즐긴다고요."

"나는 소원이 있는데," 마거릿이 갑자기 엉뚱한 얘기를 꺼냈다. "누가 우리 가족 모두에게 큰돈을 줬으면 좋겠어."

"아, 정말 그랬으면 좋겠다." 마리앤이 눈을 반짝이며 그런 가상의 행복에 뺨이 발그레해져서 말했다.

"그 소원에는 우리의 마음이 일치하는 것 같네." 엘리너가 말했다. "당장은 가진 게 없지만 말이야."

"아, 정말 그렇게 된다면," 마리앤이 말했다. "얼마나 좋을까? 그 돈으로 뭘 하지?"

마리앤은 그 문제에 관해서라면 망설일 게 없을 것 같았다.

"혼자서 큰돈을 어떻게 써야 할지 나는 고민이 되겠구나." 대시우드 부인이 말했다. "딸들이 내 도움 없이도 부자가 된다면 말이야."

"어머니는 집을 수리하셔야죠." 엘리너가 말했다. "그러면 어머니의 문제는 해결되겠네요."

"만일 그런 일이 생긴다면 런던에 엄청난 주문이 들어가겠군요." 에드워드가 말했다. "책, 악보, 판화를 파는 상점들은 대목을 맞을 겁니다. 대시우드 양은 괜찮은 판화가 새로 나오면 보내달라고 사전 주문을 넣을 것이고, 마리앤은 그 섬세한 영혼을 제가 익히 알고 있으니 아마 런던에서 구할 수 있는 악보로는 성이 차지 않을 겁니다. 책도 주문하겠군요. 톰슨, 쿠퍼, 스콧, 이들의 시집을 사고 또 사겠죠. 시를 제대로 이해하지 못하는 사람들의 손에 그 책들이 들어가지 않게 마지막 한 부까지 다 사들일지도 모릅니다. 뒤틀린 고목을 어떻게 예찬하는지 말해 주는 책도 전부 다 사들이시겠죠. 그렇지 않나요, 마리앤? 제가 주제넘었다면 용서하십시오. 다만 예전 우리 사이의 논쟁을 제가 잊지 않고 있다는 걸 말씀드리고 싶었습니다."

"저는 예전 일들을 떠올리길 좋아해요. 그게 우울한 일이든 즐거운 일이든 상관없어요. 그러니 예전 일을 언급했다고 해서 저는 기분 나쁘지 않아요. 제가 돈을 어떻게 쓸 건지 아주 잘 맞히셨네요, 일부는 말이죠. 분명히 악보와 책을 사는 데 돈을 쓰기는 할 거예요."

"재산의 상당 부분은 작가들과 그들의 상속인을 후원하는 데 쓰시겠죠."

"아뇨, 에드워드. 다른 데 쓸 거예요."

"그럼 '인생에서 두 번째 사랑은 없다'라는 당신의 좌우명을 가장 잘 변론한 사람에게 상금으로 주시겠죠. 그 생각은 변하지 않으셨죠?"

"물론이죠. 제 나이가 되면 생각이라는 게 그리 쉽게 바뀌지 않아요. 그 생각을 바꿔야겠다고 느끼게 해주는 것을 보거나 듣지도 못했고요."

"마리앤의 생각은 확고해요." 엘리너가 말했다. "조금도 변하지 않았죠."

"그런데 전보다 조금 침울해진 것처럼 보입니다."

"아뇨, 에드워드." 마리앤이 말했다. "저에게 그런 식으로 뒤집어씌우지 마세요. 말씀하시는 분도 그리 쾌활하시지는 않잖아요."

"왜 그렇게 생각하시죠?" 그가 한숨을 쉬며 대답했다. "제 성격이야 원래부터 쾌활함과는 거리가 멀었으니까요."

"마리앤의 성격도 쾌활함과 거리가 멀긴 마찬가지예요." 엘리너가 말했다. "마리앤이 생기가 넘친다고 보기는 어려워요. 무슨 일이든 열심히 하고 의욕이 넘치기는 하죠. 때로는 활발하게 말도 많이 하고요. 하지만 정말 생기가 넘치는 경우는 많지 않아요."

"방금 하신 말씀이 맞을 겁니다." 그가 대답했다. "그런데 어찌 된 일인지 저는 늘 마리앤이 생기가 넘친다고 생각했습니다."

"저도 그런 실수를 자주 저질러요." 엘리너가 말했다. "이런저런 측면에서 상대를 실제보다 더 유쾌하거나 침울한 사람으로, 혹은 영리하거나 우둔한 사람으로 상상하면서 크게 오해를 하는 거죠. 그런 착각이 왜, 어디에서 비롯되는지는 따져 보지도 않고 말이에요. 스스로 차분히 생각하고 판단하는 시간을 갖지 않고 그냥 사람들이 그들 자신에 대해 혹은 다른 사람들에 대해 하는 얘기를 곧이곧대로 믿는 거죠."

"언니, 나는 다른 사람들의 의견을 전적으로 따르는 것이 올바른 것인 줄 알았어." 마리앤이 말했다. "우리의 생각은 그저 다른 사람들의 판단에 종속되어야 한다고 말이야. 그게 언니의 원칙이었던 것으로 아는데."

"아니야, 마리앤. 절대로 그렇지 않아. 내 원칙은 자기의 생각을 남에게 종속시키라는 게 아니야. 내가 너에게 바꾸라고 권고한 건 행동이었어. 내가 말한 의미를 혼동해서는 안 돼. 너에게 주변 사람들을 대할 때 예의를 좀 더 갖추라고 말한 건 인정해. 하지만 내가 다른 사람들의 생각을 그대로 받아들이라거나 중요한 문제에서 그들의 판단을 따르라고 충고한 적이 있었니?"

"보편적인 예법에 대한 당신의 방식을 동생분이 받아들이도록 설득하는 데 아직 성공하지 못하셨나 봅니다." 에드워드가 엘리너에게 말했다. "아무 진전이 없으셨는지요?"

"오히려 반대예요." 엘리너가 복잡한 감정이 드러나는 표정으로 마리앤을 바라보며 대답했다.

"이 문제에서," 그가 말을 이었다. "제 판단은 당신과 같지만, 저의 행동은 동생분과 훨씬 가까울 것 같습니다. 저는 다른 사람들을 불쾌하게 할 의도가 전혀 없음에도 바보 같을 정도로 내성적인 성격 탓에 종종 배려가 부족한 사람으로 보일 때가 있습니다. 저는 그저 어색함 때문에 사람들과 거리를 두는 것인데 말이죠. 그래서 저는 신분이 낮은 사람들과 어울리도록 타고난 게 아닌가 생각할 때가 있습니다. 처음 보는 상류층 사람들과 함께 있으면 편하지 않거든요."

"마리앤은 배려심의 부족이 내성적인 성격 때문이라고 평계를 대기도 힘들어요." 엘리너가 말했다.

"동생분은 자신의 가치를 너무나 잘 알기 때문에 일부러 수줍은 척할 필요가 없는 겁니다. 수줍음은 어쨌든 열등감에서 나오는 것이니까요. 제가 완벽하게 자연스럽고 기품있게 행동한다는 자신감이 있으면 저도 낯을 가리지 않을지도 모릅니다."

"그래도 여전히 속내를 숨기실 거잖아요." 마리앤이 말했다. "그게 더 나쁜 거예요."

에드워드는 흠칫 놀랐다. "속내를 숨기다니요? 제가 속내를 숨긴다고요, 마리앤?"

"그럼요, 아주 많이요."

"이해할 수가 없네요." 그가 뺨이 발그레해진 채 대답했다. "속내를 숨기다니요. 어떻게 말입니까? 이거 참, 뭐라고 말씀드려야 할지. 뭘 보고 그런 생각을 하시는 거죠?"

엘리너는 그의 감정적 반응에 놀랐지만 애써 웃어 보이며 그에게 말했다. "그게 무슨 말인지 이해하실 만큼은 제 동생을 아시지 않나요? 마리앤은 자기만큼 빨리 말하지 않거나 자기가 감탄하는 것에 대해 자기만큼 열광적으로 찬사를 보내지 않는 사람에게는 속내를 숨긴다고 하잖아요."

에드워드는 아무 대답도 하지 않았다. 그는 다시금 무거운 표정으로 생각에 잠겨 한동안 아무 말도 하지 않고 앉아 있었다.

18

엘리너는 풀이 죽은 그의 모습에 마음이 편치 않았다. 그의 방문이 그녀에게 가져다준 행복감은 크지 않았고, 그 역시 이번 방문에서 큰 즐거움을 얻는 것 같지 않았다. 그의 기분이 좋지 않다는 것은 분명했다. 그녀는 한때 자신이 불러일으켰다고 확신한 그 애정을 그가 여전히 간직한 채 자신을 특별하게 여기고 있음을 확인하고 싶었다. 하지만 이제는 그에게 그런 애정이 남아 있는지조차 불확실해 보였다. 그는 어느 순간에는 무언가를 암시하는 듯한 생기 있는 표정을 짓다가도 다음 순간에는 앞서 지은 표정과 모순되는 어색한 태도를 보이는 것이었다.

다음 날 아침 그는 다른 식구들이 내려오기 전에 엘리너와 마리앤이 있는 응접실에 들어왔다. 늘 두 사람의 행복을 응원한 마리앤은 곧 그들만 남겨두고 자리를 피했다. 하지만 계단을 절반도 올라가기 전에 응접실 문이 열리는 소리가 들렸고, 뒤를 돌아보자 뜻밖에도 에드워드가 응접실 밖으로 나오는 모습이 보였다.

"마을에 말을 맡겨놓았는데 가서 좀 살펴보려고요." 그가 말했다. "식사 준비도 아직 안 되었고 해서요. 곧 돌아오겠습니다."

≈

에드워드는 돌아와서 주변 경관을 새삼 칭송했다. 그는 마을로 걸어가는 길에 골짜기를 자세히 살펴보았고, 코티지보다 높은 지대에서 마을 전체를 내려다보니 전망이 훌륭했다고 전했다. 이것은 확실히 마리앤의 관심을 끌 수 있는 주제였으므로 그녀는 그곳의 풍경에 대한 자신만의 예찬을 펼친 뒤 그에게 무엇이 특별히 인상적이었는지 자세히 묻기 시작했다. 그러자 에드워드가 그녀의 말을 가로막으며 말했다. "마리앤, 저에게 너무 많은 걸 물으시면 안 됩니다. 제가 회화에 대해 아는 게 없다는 걸 아시잖아요. 세부적인 것까지 이야기하면 저의 무지와 부족한 미적 감각 때문에 실망만 하시게 될 겁니다. 깎아지른 듯한 언덕이라고 해야 할 것을 저는 경사가 심하다고 할 것이고, 울퉁불퉁한 바위투성이의 지형을 그냥 독특하고 거칠다고만 하겠죠. 또 부드럽고 뿌연 대기 사이로 어렴풋이 보이는 물체는 너무 멀어서 안 보인다고만 할 겁니다. 그러니 제가 있는 그대로 드릴 수 있는 찬사에 만족하셔야 합니다. 저는 이곳의 풍경이 아주 아름답다고 생각합니다. 언덕은 가파르고 숲에는 좋은 목재가 가득한 것 같습니다. 골짜기에는 풍요로운 목초지와 아기자기한 농가가 여기저기 흩어져 있어 편안하고 아늑해 보입니다. 제가 생각하는 이상적인 시골 풍경과 정확하게 일치합니다. 아름다움과 효용성을 겸비하고 있으니까요. 그리고 당신이 칭송하는 이상으로 회화적인 아름다움도 갖추고 있다고 감히 말씀드릴 수 있겠습니다. 바위와 절벽과 잿빛 이끼와 덤불이 가득한 것은 알겠는데 어쩐지 저에게는 별 감흥이 없었습니다. 제가 회화적 아름다움에 대해 아는 게 없어서요."

"안타깝지만 그건 사실인 것 같네요." 마리앤이 말했다. "하지만 그걸 굳이 언급하실 필요가 있으세요?"

"내 생각에," 엘리너가 말했다. "페라스 씨는 하나의 허식을 피하려다 다른 허식에 빠지신 것 같아. 사람들이 자연의 아름다움을 실제 느끼는 것보다 과장해서 칭송하는 탓에 그런 허식에 염증을 느끼고 자신은 실제보다 더 무심한 척, 알아보지 못하는 척하시는 거지. 워낙 철저한 분이시다 보니 자신만의 허식이 생긴 거라고나 할까."

"풍경을 예찬하는 표현들이 한낱 상투어가 되고 있다는 건 사실이야." 마리앤이 말했다. "풍경을 감상하고 묘사할 때 모두가 회화적 아름다움을 최초로 정의한 사람을 그대로 따라 하려고 하니까. 나는 모든 종류의 상투적인 표현이 싫어. 그래서 나는 의미를 잃어버린 낡고 진부한 표현 이외에 달리 풍경을 묘사할 적당한 말이 떠오르지 않을 때는 그냥 내 감정을 속으로만 간직하려고 해."

"아름다운 풍경을 보며 마리앤 양이 즐거움을 느꼈다고 하면 그건 진정으로 그렇게 느낀 거라고 저는 믿습니다." 에드워드가 말했다. "다만 당신의 언니가 받아들여야 할 사실이 있습니다. 저 역시 제가 느꼈다고 말씀드리는 것 이상을 느끼지는 않았다는 겁니다. 저도 아름다운 풍경을 좋아합니다. 하지만 회화적 아름다움의 원리를 따지며 좋아하는 건 아닙니다. 저는 구부러지고 뒤틀리고 말라버린 나무를 좋아하지 않습니다. 나뭇잎이 무성한 키가 크고 곧게 뻗은 나무를 좋아하죠. 다 쓰러져가는 오두막도 별로 좋아하지 않습니다. 가시가 많은 꽃이나 엉겅퀴, 히스 같은 꽃도 좋아하지 않고요. 저는 망루보다 아늑한 농가가 더 좋고, 세상에서 가장 화려하게 차려입은 도적들보다 깔끔하고 평화로운 마을의 평범한 사람들이 더 좋습니다."

마리앤은 놀란 눈으로 에드워드를, 애처로운 눈으로 언니를 바라보았다. 엘리너는 웃기만 했다.

그 화제는 더 이어지지 않았고, 마리앤은 조용히 생각에 잠겨 있었다. 그때 뭔가가 그녀의 시선을 끌었다. 그녀의 옆자리에 앉아 있던 에드워드가 대시우드 부인으로부터 찻잔을 받아들 때 그의 손이 그녀의 앞으로 지나갔고, 이때 그의 손가락에 끼워진 반지가 눈에 들어온 것이었다. 머리카락 수십 올을 꼬아서 가운데에 넣은 반지였다.

"처음 보는 반지네요, 에드워드." 마리앤이 말했다. "그건 누님의 머리카락인가요? 전에 머리카락을 주겠다고 약속하시는 걸 들은 기억이 나요. 그런데 누님의 머리카락 색깔은 더 짙었던 것 같은데."

마리앤은 머릿속에 드는 생각을 별 뜻 없이 내뱉었다. 하지만 이 말에 에드워드의 표정이 일그러지는 모습을 보면서 그녀는 자신의 경솔함을 탓하며 에드워드 못지않은 고통을 느꼈다. 에드워드가 빨갛게 달아오른 얼굴로 엘리너를 힐끔 쳐다보며 말했다. "네, 누님이 잘라준 머리카락입니다. 주위의 빛에 따라서 색깔이 조금씩 다르게 보이는 것이겠죠."

에드워드와 눈이 마주친 엘리너는 뭔가를 눈치챈 것 같았다. 그녀는 마리앤만큼이나 즉각적으로 그 머리카락이 자신의 것이라고 확신했다. 다만 두 사람의 결론에서 유일한 차이는 마리앤은 그것이 언니가 직접 건넨 선물이라고 생각했지만, 엘리너는 그가 몰래 가져갔거나 자신이 모르는 다른 수를 써서 가져갔다고 생각했다는 것이다. 하지만 그것을 무례한 행동으로 간주하고 싶지 않았기 때문에 그녀는 짐짓 모르는 척 다른 화제를 꺼내면서 속으로는 기회를 봐서 그것이 자신의 머리카락 색깔과 같은지 확인하리라 마음먹었다.

에드워드는 한참을 안절부절못하더니 나중에는 망연자실한 상태가 되었다. 오전 내내 그의 표정은 어두웠다. 마리앤은 자신이 내뱉은 말 때문에 자책하지 않을 수 없었다. 하지만 언니가 그 말에 크게 상심하지 않았다는 사실을 알았더라면 그녀는 훨씬 빨리 자신을 용서했을 것이다.

한낮이 되기 전에 코티지에 신사가 한 분 방문했다는 얘기를 들은 존 경과 제닝스 부인이 그 손님을 보러 찾아왔다. 존 경은 장모의 도움으로 이내 그 신사의 성이 F로 시작한다는 사실을 주목했다. 이것은 일편단심인 엘리너를 두고두고 놀려댈 수 있는 농담거리가 될 수 있었지만, 에드워드와 초면인 까닭에 그 농담이 곧바로 나오지는 않았다. 엘리너는 그들의 의미심장한 표정을 보면서 마거릿이 흘려준 얘기를 토대로 그들이 얼마나 많은 사실을 간파했는지 짐작할 수 있었다.

존 경은 코티지를 방문할 때마다 당일 저녁 파크의 다과 모임이나 다음 날 정찬 자리에 대시우드 일가를 초대했다. 이번에는 손님을 제대로 대접하기 위해 두 모임에 모두 그들이 와주기를 청했다. 존 경은 손님을 즐겁게 해주는 것을 자신의 의무처럼 여겼다.

"오늘 저녁에는 꼭 저희와 함께 차를 드셔야 합니다." 그가 말했다. "오늘은 저희 가족밖에 없거든요. 그리고 내일은 반드시 정찬을 함께하셔야 합니다. 다른 손님들도 많이 오기로 되어 있으니까요."

제닝스 부인도 꼭 그래야 한다고 거들었다. "혹시 압니까, 덕분에 무도회가 열릴지?" 그녀가 말했다. "그러면 마리앤 양도 좋아하겠네."

"무도회요?" 마리앤이 말했다. "무슨 말씀이세요? 누가 춤을 춘다고요?"

"누가 추다니? 이 집의 숙녀분들도 있고 캐리가와 휘터커가에서도 오는데. 이런! 누구라고 이름을 말할 수는 없지만, 그 사람 하나 없다고 춤출 사람이 아무도 없다고 생각하시나 보네!"

"저도 정말 아쉽습니다." 존 경이 말했다. "윌러비가 함께할 수 있다면 얼마나 좋겠습니까?"

마리앤이 얼굴을 붉히기도 했거니와 자신이 모르는 사람의 이름에 에드워드는 궁금증이 생겼다. "윌러비가 누구죠?" 옆에 앉아 있는 대시우드 양에게 그가 낮은 목소리로 물었다.

그녀는 짤막하게 대답해 주었다. 마리앤의 표정은 더 많은 답을 해주었다. 에드워드는 그제야 다른 사람들이 한 말의 의미뿐만 아니라 그때까지 이해할 수 없었던 마리앤의 말뜻도 파악할 수 있었다. 손님들이 떠난 뒤 그는 곧바로 마리앤에게 다가가 속삭였다. "제가 추측한 게 있는데 말씀드려도 될까요?"

"무슨 말씀이신데요?"

"말씀드려도 되냐고요?"

"그러세요."

"그렇다면 말이죠, 윌러비 씨는 사냥을 즐기시는 분 같은데요."

마리앤은 놀라고 당황했지만, 시치미를 뚝 떼는 그의 태도에 웃음이 절로 나왔다. 그녀는 잠시 침묵하다가 말했다.

"에드워드, 그걸 어떻게? 하지만 때가 되면 … 틀림없이 그 사람이 마음에 드실 거예요."

"당연히 그러겠죠." 그는 이렇게 대답하면서 그녀의 진지한 태도에 조금 놀랐다. 윌러비 씨와 마리앤 사이에 실제로 있었는지 알 수 없는 일을 가지고 사람들이 그저 짓궂은 농담을 하는 것으로 여기지 않았다면 그는 감히 그런 언급을 하지 않았을 것이기 때문이다.

19

에드워드는 코티지에서 일주일을 머물렀다. 대시우드 부인은 그에게 더 머물러 있으라고 간곡하게 청했지만, 그는 마치 고행에 나서는 사람처럼 벗들과 함께하는 즐거움이 최고조에 달했을 때 떠나야겠다고 마음을 굳힌 것 같았다. 마지막 이삼일 동안 그의 기분은 여전히 불안정해 보였지만 그래도 많이 나아져 있었다. 그는 코티지와 주변을 점점 더 좋아하게 되었고, 떠난다고 말할 때마다 한숨을 쉬었다. 그는 어디로 가야 할지 모르지만 그래도 길을 떠나야 한다고 했다. 그에게는 일주일이 이처럼 빨리 지나간 적이 없었다. 그는 거듭 그런 말과 심경의 변화를 보여주는 다른 말도 했지만, 그의 행동은 그가 하는 말과 일치하지 않았다. 놀런드에는 아무런 낙이 없고 런던 생활은 지긋지긋하다고 하면서도 그는 여전히 놀런드나 런던으로 가야 한다는 것이었다. 그들의 친절을 무엇보다 소중히 여겼고 그들과 함께하는 시간이 가장 행복하다고 했지만, 그는 시간에 쫓기는 것도 아니면서 그들 모두와 자신의 바람을 뒤로하고 굳이 떠나겠다고 했다.

엘리너는 그의 이런 행동 모두가 그의 어머니 때문이라고 생각했다. 그녀는 그의 어머니가 어떤 성품을 지니고 있는지 잘 알지 못하는 것을 다행으로 여겼다. 그녀의 아들이 보이는 이상한 행동을 모두 그녀의 탓으로 돌리면 되었기 때문이다.

자신을 대하는 그의 불분명한 태도가 실망스럽고 때로는 못마땅하기도 했지만, 그녀는 그의 행동을 기꺼이 이해하고 너그럽게 받아들이려 했다. 그것은 어머니의 성화 때문에 윌러비에게는 어쩔 수 없이 취한 태도였다. 에드워드에게 활기와 여유 그리고 일관성이 부족한 것은 경제적으로 독립하지 못한 탓이 컸고 그가 어머니의 성향과 의도를 잘 알고 있기 때문이기도 했다. 마찬가지로 그가 오래 머물지 못하는 것도, 떠나겠다는 결심이 확고한 것도 어머니에게 족쇄가 채워진 채 어쩔 수 없이 순응해야 했기 때문이다. 자신의 의지보다 의무가, 자신보다 부모가 우선인 마땅찮은 관습이 모든 것의 원인이었다. 엘리너는 언제쯤 이런 고충과 대립이 사라질지, 언제쯤 페라스 부인이 달라지고 그녀의 아들이 행복해지게 될지 궁금했다. 하지만 당장은 그런 헛된 기대를 접고 그의 애정을 다시 확인하게 되었다는 사실에서, 바턴에 머무는 동안 그의 표정과 말에서 비친 애정의 표식을 하나하나 기억하는 것에서, 그리고 그의 손가락에 끼워져 있는 그 흐뭇한 애정의 징표에서 마음의 위안을 찾아야 했다.

"내 생각은 이렇다네." 마지막 날, 아침 식사를 하는 자리에서 대시우드 부인이 말했다. "자네가 상당한 시간을 할애하고 앞으로의 계획이나 행동에 신경을 쓸 수밖에 없는 확실한 직업을 갖게 된다면 지금보다 행복해질 거라고 말일세. 물론 그렇게 되면 벗들에게는 불편함이 생기겠지. 이전처럼 많은 시간을 함께 보내지 못할 테니까. 그래도 (미소를 지으며) 적어도 자네에게는 한 가지 분명한 이점이 있을 거야. 벗들에게 작별을 고할 때 어디로 가야 할지는 알 수 있을 테니까."

"저도 부인께서 염려하시는 점을 오랫동안 생각해 왔습니다." 그가 대답했다. "의무감이나 소속감을 느낄 수 있는 일이나 경제적 독립을 가져다줄 직업을 찾지 못한 것은 예전에도 그랬고 지금도 그렇지만 앞으로도 저에게는 불행한 일이 될 겁니다. 하지만 유감스럽게도, 저나 친구들의 까다로움 때문에 저는 지금처럼 게으르고 무기력한 사람이 되고 말았습니다. 우리는 어떤 직업을 선택해야 할지 고민했지만, 의견의 일치를 보지 못했죠. 저는 늘 성직을 선호했고 지금도 그렇습니다. 하지만 가족들은 그걸 탐탁하게 여기지 않았습니다. 가족들은 저에게 육군 장교가 될 것을 권했습니다. 하지만 그건 저에게 너무나 힘든 선택이었습니다. 법률 분야도 괜찮다고 추천을 받았습니다. 템플에 변호사 사무실을 마련한 젊은이들이 사교계에 근사한 차림으로 나타나고 세련된 마차를 타고 거리를 누비는 모습이 멋있었으니까요. 가족들은 찬성했지만 저는 조금 알아본 정도로도 법률 쪽으로는 성격이 맞지 않았습니다. 해군도 상류사회에서 인기가 있었지만, 그 얘기가 나왔을 때 이미 저는 나이

(당시 해군 장교가 되기 위해서는 13세에 왕립해군사관학교에 입교하여 4년간 교육을 받아야 했다-옮긴이)가 많았습니다. 결국에는 붉은 제복을 입든 안 입든 화려하고 부유한 삶을 누릴 수 있는데 굳이 직업을 가져야 할까 하는 생각이 들었고, 그러다 보니 아무것도 안 하고 사는 게 가장 유익하고 훌륭하다고 선언하게 된 겁니다. 대개 열여덟 살의 청년들은 아무것도 하지 말자는 친구들의 유혹을 물리치면서까지 바쁘게 사는 삶에 열광하지 않죠. 그렇게 해서 저는 옥스퍼드에 입학했고 이후 이렇게 빈둥거리는 사람으로 살게 된 겁니다."

"그런 생활의 결말을 추측해 보았는데," 대시우드 부인이 말했다. "자네가 지금까지는 여유로운 삶에서 행복을 얻지 못했으니 나중에는 콜루멜라(리처드 그레이브스가 쓴 소설의 주인공으로 대학에서 은퇴한 뒤 시골에서 생활하며 무료함과 우울함을 달래기 위해 아들들에게 다양한 교육과 훈련을 시킨다-옮긴이)처럼 아들들에게 다양한 취미와 기능과 직업을 가르치며 살게 되지 않을까 싶네."

"제 아이들은," 그가 진지한 어조로 말했다. "최대한 저와 다르게 키울 겁니다. 감정이나 행동이나 환경이나 모든 면에서 말입니다."

"이런, 에드워드, 사람이 의기소침해 있다 보면 그런 생각도 드는 법이네. 마음이 무거울 때는 자신을 닮지 않은 모든 사람이 다 행복해 보이지. 하지만 교양과 신분이 어떻든 누구나 벗들과 헤어지는 것은 고통스러운 일일세. 그래도 자네는 행복하다는 걸 알아야 하네. 조금만 더 인내하면 되니까. 아니, 좀 더 근사하게 희망이라고 부르는 게 좋겠네. 때가 되면 자네가 그토록 희망하는 독립을 모친께서 허락해 주시지 않겠나. 아들이 불평불만으로 청춘을 낭비하지 않도록 지켜 주는 일은 그분의 의무이자, 조만간 그분의 행복이 될 것이네. 몇 개월 지나면 좋은 일이 있지 않겠나?"

"그러면," 에드워드가 말했다. "앞으로 수십 개월 동안 좋은 일이 생기는지 지켜보겠습니다."

대시우드 부인은 감지하지 못했지만, 비관적인 마음이 표출된 이 말은 곧 이어진 작별에서 모두의 마음을 더 아프게 했고 특히 엘리너의 마음을 불편하게 한 까닭에 이를 가라앉히는 데에는 상당한 노력과 시간이 필요했다. 하지만 그녀는 마음을 다잡으며 그가 떠난다는 이유로 가족들보다 더 힘들어하는 모습을 보이지 않겠다고 다짐했다. 그래서 이와 유사한 상황에서 마리앤이 택한 방법, 즉 침묵과 고독과 무위를 추구함으로써 자신의 슬픔을 더 키우고 고착시키는 방법을 취하지 않았다. 두 자매는 목표뿐만 아니라 수단도 서로 달랐지만, 목적을 달성하는 데 그들 각자의 수단은 나름 적절했다.

엘리너는 그가 떠나자마자 이젤 앞에 앉아 온종일 그림에 몰두했고, 그의 이름을 일부러 언급하지는 않았지만 애써 언급을 피하려고 하지도 않았다. 그녀는 평소와 똑같이 가족의 일상사에 신경을 쓰는 것 같았다. 이런 행동은 그녀의 슬픔을 덜어 주지는 못하더라도 적어도 그 슬픔을 불필요하게 키우지는 않았고, 덕분에 그녀의 어머니와 동생들은 그녀에 대한 걱정을 덜 수 있었다.

이와 같은 엘리너의 행동을 마리앤은 미덕으로 여기지 않았다. 그와 정반대였던 자신의 행동을 잘못으로 여기지 않았음은 물론이다. 그녀는 자제력이라는 문제를 아주 쉽게 이해했다. 애정이 강렬할 때는 생겨날수가 없고, 애정이 뜨뜻미지근하면 쓸모가 없는 게 자제력이었다. 언니의 감정이 덤덤하다는 것은 마리앤으로서는 인정하기 민망하지만 부정할 수 없는 사실이었다. 반면에 그런 언니를 여전히 사랑하고 존경함으로써 그녀는 자신의 감정이 얼마나 강한지 확실하게 증명했다.

가족들로부터 자신을 고립시키거나 그들을 피해 혼자 집 밖으로 돌지 않고도, 혹은 상념에 잠겨 뜬눈으로 밤을 지새우지 않고도 엘리너는 에드워드와 그의 행동에 대해 충분히 생각해 볼 여유가 있었다. 애착, 연민, 인정, 원망 그리고 의심으로 때와 기분에 따라 그녀의 생각은 변했다. 어머니와 동생들이 집에 없을 때는 물론이고 그들이 집에서 각자의 일에 몰두하고 있을 때 그녀는 혼자 있는 것이나 다름이 없었다. 그럴 때면 생각은 다른 데 묶이지 않았다. 오로지 관심의 대상인 한 사람의 과거와 미래가 그녀 앞에 펼쳐지며 그녀의 모든 관심과 기억과 회상과 상상을 불러일으켰다.

에드워드가 떠나고 얼마 지나지 않은 어느 날 아침, 이런 상념에 빠진 채 이젤 앞에 앉아 있던 그녀는 방문객들의 소리에 정신을 차렸다. 마침 그녀는 1층에 혼자 있었다. 집 앞 잔디밭으로 들어서는 작은 쪽문이 닫히는 소리에 창밖을 내다보니 한 무리의 사람들이 현관으로 걸어오고 있었다. 존 경과 미들턴 부인 그리고 제닝스 부인이 보였고 처음 보는 신사와 숙녀의 모습도 보였다. 그녀는 창가에 앉아 있었는데 존 경은 그녀를 발견하자마자 현관문에 노크하는 격식은 나머지 일행에게 맡긴 채 창문 앞으로 다가와 할 얘기가 있으니 창문을 열어 보라고 말했다. 현관문과 창문 사이의 거리는 한쪽에서 하는 얘기가 다른 쪽에서 들릴 만큼 가까웠다.

"새로운 손님을 두 분 모시고 왔는데," 그가 말했다. "어때, 마음에 드십니까?"

"저분들이 들으시겠어요."

"들으면 어때요, 파머 씨 부부는 괜찮아요. 이쪽으로 와서 한번 봐요,

샬럿이 얼마나 미인인지."

엘리너는 그런 실례를 범하지 않고도 잠시 후면 그녀를 볼 수 있다고 생각했기 때문에 그의 제안을 정중히 거절했다.

"마리앤은 어디 있을까? 우리가 온다고 도망을 가셨나? 저기 피아노가 열려 있네."

"아마 산책하고 있을 거예요."

얘기가 하고 싶어 문이 열리도록 기다리지 못하고 제닝스 부인이 창문 쪽으로 다가오며 큰 소리로 인사를 건넸다. "잘 지내셨나? 대시우드 부인도 안녕하시지? 동생분들은 다 어딜 갔을까? 이런, 혼자 있었나 보네. 그럼 손님이 찾아와서 반갑겠구먼. 내 이럴 줄 알고 둘째 딸과 사위를 데리고 왔거든. 얘들이 어쩌나 갑자기 찾아왔던지, 어젯밤 차를 마시고 있는데 밖에서 마차 소리가 들리더라고. 그런데 얘들이 왔을 거라고는 생각도 못 하고 브랜던 대령이 왔나 보다 그랬지. 그래서 사위한테도 마차 소리를 들었는데 아무래도 브랜던 대령이 돌아온 것 같다고 그러는데-"

엘리너는 제닝스 부인의 말을 끝까지 듣지 못하고 다른 손님들을 맞기 위해 돌아설 수밖에 없었다. 미들턴 부인이 엘리너에게 초면인 두 사람을 소개했다. 때마침 대시우드 부인과 마거릿이 아래층으로 내려왔다. 그들은 응접실에서 서로 마주 보고 앉았고, 제닝스 부인은 존 경과 뒤따라 들어오며 창가에서 하던 얘기를 마저 하고 있었다.

파머 부인은 미들턴 부인보다 몇 살 어린 동생이었는데, 그녀는 모든 면에서 언니와 달랐다. 그녀는 키가 작고 통통했으며 예쁜 얼굴에 더없이 유쾌한 성격을 지니고 있었다. 언니만큼 자태가 우아하지는 않았지만, 훨씬 호감을 주는 인상이었다. 그녀는 코티지에 도착해서 돌아갈 때까지 큰소리로 웃을 때를 제외하고는 줄곧 입가에 미소를 머금고 있었다. 그녀의 남편은 스물대여섯 살 정도의 점잖은 신사였다. 그는 아내보다 상류층의 분위기가 나고 식견이 있어 보였지만 사람들과의 교제를 즐기는 것 같지는 않았다. 그는 뻣뻣한 태도로 방에 들어와 숙녀들에게 가볍게 인사를 건네고는 말없이 응접실을 눈으로 훑은 다음 탁자에 놓여 있던 신문을 집어 들고 돌아갈 때까지 계속 신문만 읽었다.

남편과 달리 파머 부인은, 천성인 듯 한결같이 밝고 공손한 모습을 보였다. 그녀는 응접실과 실내 장식을 한참 칭찬한 후에야 자리에 앉았다.

"어쩜, 응접실이 정말 아늑하네요. 이렇게 예쁜 거실은 처음 봐요. 엄마, 지난번에 왔을 때보다 얼마나 좋아졌는지 좀 보세요! 대시우드 부인, 정말 예쁘게 꾸며놓으셨네요. 언니, 어쩌면 이렇게 모든 게 마음에 쏙 들까? 우리 집도 이랬으면 좋겠어. 그렇지 않아요, 여보?"

파머 씨는 묵묵부답으로 신문에서 눈을 떼지 않았다.

"남편은 제 말은 들은 척도 안 한다니까요." 그녀가 웃으면서 말했다. "가끔 저래요. 정말 웃기죠."

다른 사람의 무뚝뚝함을 위트로 해석하는 모습에 대시우드 부인은 의아한 표정으로 두 사람을 쳐다보았다.

그사이 제닝스 부인은 전날 밤 둘째 딸과 사위가 불쑥 찾아와서 깜짝 놀랐다는 얘기를 쉬지 않고 늘어놓았다. 파머 부인은 그 장면을 떠올리며 깔깔 웃었고, 존 경도 예고 없는 그들의 방문이 유쾌하고 반가웠다는 얘기를 두어 번 반복했다.

"딸아이와 사위가 와서 얼마나 기뻤는지 몰라요." 제닝스 부인은 엘리너와 응접실의 양쪽 끝에 떨어져 앉아 있었음에도 아무도 들어선 안 된다는 듯이 몸을 엘리너 쪽으로 기울이며 낮은 목소리로 말을 이었다.

"하지만 나는 애들이 그 먼 길을 뭐 하러 그리 서둘러 왔나 싶더라고. 볼일이 있어서 런던에도 들렀다지 뭐야. 그게 말이지 (의미심장한 표정으로 딸을 가리키며) 저 애는 지금 그래서는 안 될 몸이거든. 오늘 아침만 해도 집에서 그냥 쉬라고 했는데 굳이 따라오겠다고 고집을 피우더라고. 이 댁 식구들을 너무 보고 싶다고 말이야."

파머 부인은 웃으면서 자기는 괜찮다고 말했다.

"2월에 출산할 예정이라오." 제닝스 부인이 덧붙였다.

미들턴 부인은 이런 대화를 더는 들어줄 수 없다는 듯이 일부러 제부에게 신문에 무슨 새로운 소식이 났느냐고 물었다.

"아뇨, 별거 없습니다." 그는 시큰둥하게 대답하고 계속 신문을 읽었다.

"저기 마리앤이 오는군요." 존 경이 소리쳤다. "여보게, 파머, 이제 엄청나게 예쁜 아가씨를 보게 될 걸세."

그는 곧 복도로 나가서 직접 문을 열고 그녀를 맞았다. 제닝스 부인은 그녀가 들어오자마자 다짜고짜 앨런햄에 갔다 오는 길이냐고 물었다. 파머 부인은 그 질문의 뜻을 아는 듯 크게 웃었고, 파머 씨는 응접실로 들어서는 그녀를 잠시 쳐다보고는 이내 신문에 눈을 돌렸다. 파머 부인의 눈은 이제 벽에 걸려 있는 그림들에 꽂혔다. 그녀는 자리에서 일어나 그림들을 살펴보았다.

"어쩜 이렇게 아름다울까요! 아, 정말 근사해요. 엄마, 여기 좀 보세요. 너무 매력적이에요. 영원히 질리지 않고 바라볼 수 있을 것 같아요." 그렇게 말하면서 그녀는 다시 자리에 앉았고, 이내 방 안에 그런 물건이 있었는지조차 잊은 듯했다.

미들턴 부인이 그만 돌아가려고 일어서자 파머 씨도 신문을 내려놓고 일어나 기지개를 켜면서 주위를 둘러보았다.

"여보, 잘 잤어요?" 그의 아내가 웃으며 말했다.

그는 대답 대신 응접실을 다시 한번 훑어보면서 천장이 너무 낮고 기울어져 있다고 시큰둥하게 말했다. 그러고는 가벼운 인사를 건네고 일행과 함께 떠났다.

존 경은 떠나기 전에 다음 날 파크에 모여 함께 시간을 보내자고 청했다. 대시우드 부인은 코티지에서 정찬을 함께한 횟수만큼만 파크에서 정찬을 하겠다고 다짐을 한 까닭에 자신은 가지 않겠다는 뜻을 분명히 밝혔고 대신 딸들에게는 좋을 대로 하라고 했다. 하지만 딸들 역시 파머 씨 부부와의 정찬에 특별한 호기심이나 기대가 없었기 때문에 날씨가 좋지 않을 것 같다는 핑계로 초대를 사양했다. 그러나 존 경은 마차를 보낼 테니 반드시 와야 한다고 고집을 부렸다. 미들턴 부인 역시 대시우드 부인에게는 강권하지 않았지만, 딸들에게는 꼭 와달라고 청했다. 그들 가족만의 모임이 되는 것을 피하려는 듯 제닝스 부인과 파머 부인까지 나서서 끈질기게 청하는 바람에 젊은 숙녀들은 결국 뜻을 굽히지 않을 수 없었다.

"도대체 우리를 왜 부르냐고?" 그들이 떠나자마자 마리앤이 말했다. "이 코티지의 집세가 싸다고 해도 거기에 붙는 조건은 진짜 까다롭네. 파크나 우리 집에 손님이 올 때마다 식사를 함께해야 하니까."

"초대가 부쩍 잦아지긴 했지만 몇 주 전이나 다름없이 그분들은 우리에게 정중하고 친절해서." 엘리너가 말했다. "만일 그분들과의 모임이 따분하고 재미가 없어졌다면 그건 그분들이 변해서가 아니야. 다른 뭔가가 달라졌기 때문이겠지."

20

다음 날 세 자매가 파크의 응접실 한쪽 문으로 들어서자 반대쪽 문에서 파머 부인이 전날과 다름없이 쾌활한 표정으로 달려 나왔다. 그녀는 더없이 다정한 태도로 그들의 손을 붙잡고 다시 만난 반가움을 표현했다.

"다시 뵙게 되어서 정말 기뻐요." 그녀가 엘리너와 마리앤 사이에 앉으며 말했다. "날씨가 안 좋아서 못 오시면 어쩌나 걱정했답니다. 저희가 내일 떠나거든요. 다음 주에 웨스턴가에서 손님들이 방문하기로 하셔서요. 사실 이곳에도 갑작스럽게 온 거예요. 저는 마차가 이곳에 거의 도착할 때까지 아무것도 모르고 있었는데 남편이 그제야 능청스럽게 바턴에 같이 가겠느냐고 묻는 거예요. 정말 웃기는 사람이라니까요. 도대체 저한테 미리 말해 주는 게 없어요. 이곳에 좀 더 오래 머물지 못해서 정말 아쉬워요. 하지만 런던에서 곧 다시 뵐 수 있기를 바랄게요."

자매는 그런 기대를 접게 해야 했다.

"런던에 안 오신다고요!" 파머 부인이 소리쳤다. "그러면 제가 섭섭하죠. 런던에 오시면 제가 하노버 광장에 있는 우리 집 바로 옆집을 구해드릴 수 있어요. 세상에서 가장 근사한 집이죠. 꼭 오셔야 해요. 제가 해산하기 전까지는 기쁜 마음으로 샤프롱(chaperon, 사교 모임에 나가는 젊은 여성과 동행하는 보호자-옮긴이)이 되어 드릴게요. 대시우드 부인께서 사교 모임에 가시는 걸 좋아하지 않으신다면 말이죠."

자매는 감사를 표했지만, 그녀의 청을 모두 거절할 수밖에 없었다.

"아, 나의 사랑!" 파머 부인이 마침 응접실로 들어서는 남편에게 소리쳤다. "이번 겨울에 런던에 오시라고 당신이 대시우드가 숙녀분들을 좀 설득해 보세요.”

하지만 그녀의 사랑은 아무 대답도 없이 숙녀들에게 고개만 살짝 숙인 뒤 날씨에 대해 불평하기 시작했다.

“징글징글하네.” 그가 말했다. “이런 날씨에는 무슨 일을 하기도 그렇고 사람을 만나기도 그렇고 짜증만 난다니까. 실내에 있으나 밖에 나가나 비 때문에 할 게 없으니 말이야. 옆에 있는 사람들까지 다 거치적거리는데, 도대체 존 경은 무슨 생각으로 실내에 당구대 하나 갖다 놓지 않은 거야? 오락거리라는 걸 아는 사람이 이렇게도 없나? 존 경도 날씨만큼이나 답답하네.”

존 경 내외와 제닝스 부인도 이내 자리를 함께했다.

“마리앤 양, 오늘은 평소처럼 앨런햄으로 산책을 하지 못했겠군요.”

마리앤은 굳은 표정으로 아무 말도 하지 않았다.

“우리끼리 있는데 그렇게 새침 떼지 않아도 돼요.” 파머 부인이 말했다. “여기 있는 사람은 다 알거든요. 저는 마리앤 양의 안목에 감탄했어요. 그분이 참 잘생기셨잖아요. 저희가 사는 곳이 그분 댁에서 별로 멀지 않아요. 10마일도 채 되지 않을 거예요.”

“30마일은 되겠네.” 그녀의 남편이 말했다.

“아, 그런가, 그래도 별로 차이가 없네요. 그분 댁에 가 본 적은 없지만, 사람들 말로는 집이 아담하고 예쁘대요.”

“내 평생 그렇게 볼품없는 집은 본 적이 없어.” 파머 씨가 말했다.

마리앤은 아무 말도 하지 않았지만, 그녀의 표정은 이들의 대화에 관심이 있음을 보여 주고 있었다.

“그 집이 그렇게 못 봐줄 정도인가요?” 파머 부인이 말했다. “그럼 제가 다른 집과 착각을 했나 봐요.”

식탁에 모두 자리를 잡고 앉자 존 경은 모인 사람이 여덟 명밖에 되지 않는다며 아쉬워했다.

"여보," 존 경이 부인에게 말했다. "모인 분들이 이렇게 적으니 속이 많이 상하네요. 길버트가에 연락을 좀 하지 그랬소?"

"제가 말씀드리지 않았나요? 길버트가와 마지막 정찬을 이곳에서 했기 때문에 안 된다고요. (정찬 초대는 두 가문이 주고받는 것이 예법이었다-옮긴이)"

"이보게, 존 경." 제닝스 부인이 말했다. "자네와 나는 그런 격식을 따지는 게 안 어울려."

"그러면 교양 없는 사람이 되시는 겁니다." 파머 씨가 말했다.

"여보, 당신은 아무한테나 말대꾸네요." 그의 아내가 여느 때처럼 웃으며 말했다. "당신이 아주 무례하게 굴고 있다는 건 아시죠?"

"당신 어머니께 교양 없는 사람이 될 수 있다고 말씀드린 게 아무한테나 말대꾸하는 건가?"

"됐네. 내 흉은 얼마든지 봐도 되네." 성격 좋은 노부인이 말했다. "자네가 내 딸 샬럿을 데리고 갔으니 돌려보낼 수는 없겠지. 그러니 칼자루를 쥔 건 자네가 아니라 나야."

샬럿은 남편이 자기를 어찌할 수 없다는 생각에 깔깔 웃었다. 그러면서 남편이 아무리 삐딱하게 굴어도 미우나 고우나 자기와 함께 살아야 하니 개의치 않겠다고 의기양양하게 말했다. 이 세상 누구도 파머 부인보다 성격이 좋고 행복해질 준비가 된 사람은 없었다. 남편의 의도적인 무관심과 오만함과 불평도 그녀에게는 아무런 상처가 되지 않았다. 심지어 남편이 질책하거나 흉을 봐도 그녀는 재미있어했다.

"파머 씨 정말 웃기는 사람이죠?" 그녀가 엘리너에게 귓속말을 했다.

"모든 게 다 불만이라니까요."

그를 지켜본 엘리너는 그가 겉으로는 그래도 정말 성격이 나쁘거나 제멋대로인 사람은 아니라고 생각했다. 많은 남자가 그렇듯이 그 역시 어쩌다 미모에 눈이 멀어 뒤늦게 자신이 어리석은 여성의 남편이 되었다는 것을 깨닫고는 심술궂은 성격이 되었는지도 모를 일이었다. 하지만 그런 실수는 워낙 흔한 일이라 분별 있는 남자라면 그 때문에 오래 괴로워하지 않는다는 것을 그녀는 알고 있었다. 그녀는 그가 모든 사람을 함부로 대하고 눈앞에 있는 모든 것에 독설을 퍼붓는 것은 남들 눈에 띄고 싶은 마음이 있기 때문이라고 생각했다. 그것은 남들보다 우월해지고 싶은 욕망 같은 것이었다. 그런 욕망은 너무나 흔해서 놀랄 일도 아니었다. 하지만 그런 방식은 무례함에서 모든 이를 능가하는 데 성공할지는 몰라도 아내를 제외하면 누구도 곁에 붙들어 놓을 수 없을 것 같았다.

"참, 대시우드 양!" 잠시 후 파머 부인이 말했다. "대시우드 양과 동생분께 부탁드릴 게 있어요. 이번 성탄절을 클리블랜드에서 함께 보내지 않으시겠어요? 부탁이에요. 그렇게 하세요. 웨스턴가 가족분들이 와 계실 때 오세요. 그러면 제가 얼마나 행복할지 상상도 못 하실 거예요. 정말 기쁠 거예요." 그러면서 그녀는 남편에게 말했다. "여보, 당신도 대시우드가 숙녀분들이 클리블랜드에 오셨으면 하죠?"

"그럼." 그가 빈정대듯 말했다. "내가 이분들을 초대하려고 데번셔에 온 거잖아?"

"그럼 됐네요." 그의 아내가 말했다. "그것 봐요. 파머 씨도 두 분이 오시길 바라잖아요. 그러니 거절하시면 안 돼요."

자매는 그녀의 초대를 분명하고 단호하게 거절했다.

"아니에요. 꼭 오셔야 하고, 오시게 될 거예요. 정말 마음에 드실 거라고 제가 장담해요. 웨스턴가 가족분들도 같이 머무실 거예요. 정말 즐거울 거예요. 클리블랜드가 얼마나 좋은지 두 분은 상상도 못 하실걸요. 더군다나 파머 씨가 선거유세로 지역 곳곳을 다니고 있어서 요즘 저희는 들떠 있답니다. 처음 보는 분들을 모시고 만찬도 자주 하는데 그게 얼마나 근사한지 몰라요. 하지만 남편이 측은하기도 해요. 모든 사람이 자기를 좋아하도록 만드는 일이 좀 피곤하겠어요?"

그런 책무의 고단함에 동의하면서 엘리너는 불편한 마음을 내색하지 않으려 애썼다.

"정말 기쁠 거예요." 샬럿이 말했다. "남편이 의회에 등원하게 된다면 말이에요. 저는 아마 웃음을 참지 못할 것 같아요. 그의 이름 앞에 M.P.(Member of Parliament, 하원 의원-옮긴이)가 붙어 있는 편지가 배달되면 너무 웃길 것 같아요. 그런데 있잖아요, 남편이 뭐라고 하는지 아세요? 제가 보내는 편지에는 무료 송달 서명(우표가 비쌌던 당시에 의원에게는 편지를 무료로 발송할 수 있는 특권이 있었는데, 가족이 이 특권을 편법으로 공유하는 경우가 있었다-옮긴이)을 절대로 해주지 않겠다는 거예요. 저한테 그렇게 얘기하셨죠, 파머 씨?"

파머 씨는 듣는 시늉도 하지 않았다.

"남편은 편지 쓰는 걸 싫어해요." 그녀가 말을 이었다. "끔찍하게 싫대요."

"나는 그렇게 분별없는 말을 한 적이 없어." 그가 말했다. "당신 마음대로 내뱉는 얘기를 나한테 뒤집어씌우지(palm, 자신의 성 Palmer와 비슷하게 발음되는 단어를 의도적으로 사용하고 있다-옮긴이) 마."

"보세요. 저렇게 익살맞다니까요. 항상 저런 식이에요. 어떨 때는 반나절을 같이 있어도 저에게 한마디 하지 않고 있다가 갑자기 웃기는 얘기를 툭 내뱉어요. 맥락도 없이 말이죠.”

응접실로 자리를 옮기면서 그녀는 별안간 엘리너에게 파머 씨가 무척 호감이 가는 사람 같지 않으냐고 물었다.

“그럼요.” 엘리너가 말했다. “정말 좋은 분 같으세요.”

“그렇게 생각하신다니 기뻐요. 그러실 줄 알았어요. 파머 씨도 대시우드 양과 동생분들을 무척 좋아해요. 그래서 클리블랜드에 오시지 않는다면 파머 씨도 실망이 클 거예요. 왜 대시우드 양이 저희의 초대를 한사코 거절하시는지 모르겠어요.”

엘리너는 거듭 거절의 뜻을 밝힐 수밖에 없었고, 화제를 바꿈으로써 그녀의 청을 물리쳤다. 엘리너는 윌러비에 대해 단편적으로 알고 있는 존 경 내외보다 그와 같은 지역에 사는 파머 부인이 그에 관해 더 많은 얘기를 들려줄 수 있으리라 생각했다. 그녀는 윌러비의 훌륭한 점을 확인해줄 수 있는 사람이라면 누구의 얘기든 들어서 마리앤의 두려움을 없애주고 싶었다. 그녀는 클리블랜드에서 윌러비를 자주 마주치는지, 그와 잘 알고 지내는 사이인지부터 물었다.

“그럼요, 잘 알다마다요.” 파머 부인이 대답했다. “실제로 대화를 나눠 본 적은 없지만, 런던에서는 자주 마주쳤어요. 어쩌다 보니 그분이 앨런햄에 머무시는 동안은 제가 바턴에 온 적이 없었네요. 엄마가 전에 그분을 이곳에서 한번 보셨다는데, 저는 그때 웨이머스의 삼촌 댁에 있었거든요. 서머싯셔에서 마주칠 기회는 많이 있었는데, 안타깝게도 같은 시기에 머문 적이 없었어요. 그분은 쿰 마그나에는 거의 머무시는 것 같지 않지만, 설령 그곳에 머무신다고 해도 파머 씨가 그분을 찾아가는 일은 없을 것 같아요. 두 분이 정파가 다른 데다가 쿰 마그나까지는 꽤 멀거든요. 그분에 대해 왜 물어보시는지 저는 잘 알고 있답니다. 동생분이 그분과 결혼하시잖아요. 정말 기뻐요. 그렇게 되면 동생분이 제 이웃이 되겠네요."

"제가 확실하게 말씀드릴 수 있는 것은," 엘리너가 대답했다. "그 결혼을 예상하는 근거가 있으시다면 부인께서는 저보다 많은 걸 알고 계신다는 거예요."

"모르는 척하지 마세요. 사람들이 다 그렇게 얘기하고 있다는 걸 알고 계시잖아요. 저는 런던에 들렀다가 그 얘기를 들었어요."

"그럴 리가요!"

"맹세코 제가 분명히 들었어요. 월요일 오전 런던을 떠나기 전에 본드가에서 브랜던 대령님을 만났는데, 그분이 직접 말씀해 주셨어요."

"정말 의외네요. 브랜던 대령님이 부인께 그런 얘기를 하셨다니요! 분명히 잘못 들으셨을 거예요. 제가 아는 브랜던 대령님은 설령 사실이라고 해도 그런 소식을 아무 관련도 없는 분께 전하실 분이 아니에요."

"하지만 그게 사실인걸요. 어떻게 된 일인지 들어보세요. 저희가 거리에서 우연히 대령님과 마주쳤는데, 그분이 가시던 길을 멈추고 저희와 함께 걸으셨어요. 그래서 형부와 언니 얘기도 하고 다른 얘기도 하다가 제가 그분께 그랬어요. '대령님, 바턴 코티지에 새로운 가족이 들어왔다고 들었어요. 그 댁 따님들이 아주 예쁘고 그중 한 아가씨가 쿰 마그나의 윌러비 씨와 결혼을 한다고 엄마가 편지로 알려 주셨는데 그게 사실인가요? 얼마 전까지 데번셔에 계셨으니까 당연히 알고 계시겠죠?'라고 말이에요."

"그랬더니 뭐라고 하시던가요?"

"아, 별다른 말씀은 안 하셨어요. 하지만 그렇게 알고 계시는 것처럼 보였어요. 그래서 그때부터 저는 확신했죠. 얼마나 기쁜 일이에요! 결혼식은 언제예요?"

"브랜던 씨는 안녕하시던가요?"

"아, 그럼요. 그리고 대시우드 양 칭찬을 얼마나 하시던지 좋은 얘기밖에 안 하시던데요."

"대령님께서 칭찬하셨다니 기분이 좋네요. 참 좋은 분이신 것 같아요. 친절함도 남다르시고요."

"저도 그렇게 생각해요. 참 매력적인 분이신데 너무 과묵하셔서 아쉬워요. 그분도 예전에 대시우드 양의 동생분을 좋아했다고 엄마한테 들었어요. 정말 그렇다면 그건 동생분에 대한 대단한 찬사예요. 누구와도 쉽게 사랑에 빠지는 분이 아니거든요."

"부인이 사시는 서머싯셔에서 윌러비 씨는 잘 알려진 분인가요?" 엘리너가 물었다.

"그럼요. 아주 잘 알려진 분이시죠. 쿰 마그나가 너무 멀어서 직접 아는 분들은 많지 않지만, 다들 윌러비 씨가 정말 좋은 분이라고 생각하고 있어요. 어딜 가든 윌러비 씨만큼 사람들이 반기는 분은 없을 거예요. 동생분께 그렇게 전하셔도 돼요. 제가 확실히 말씀드릴 수 있는데, 그런 분을 얻었다는 건 동생분께 대단한 행운이에요. 마리앤 양을 얻은 윌러비 씨는 더 큰 행운을 잡은 것이겠지만요. 워낙 미인이신 데다 성격도 좋으시니까 어떤 남자라도 마리앤 양에게는 부족하죠. 하지만 저는 동생분의 미모가 대시우드 양보다 뛰어나다고 생각하지는 않아요. 정말이에요. 두 분 다 정말 예쁘신 것 같아요. 파머 씨도 그렇게 생각하고 있는 게 분명한데, 어젯밤에 우리가 아무리 얘기해도 그렇다고 인정하지 않더라고요."

파머 부인이 윌러비에 대해 들려준 얘기에 그리 주목할 만한 부분은 없었다. 하지만 그를 좋게 평가하는 얘기라면 아무리 사소한 것이라도 그녀에게는 반가웠다.

"이렇게 알게 되어서 무척 기뻐요." 샬럿이 말을 이었다. "늘 좋은 친구로 지냈으면 좋겠어요. 제가 대시우드 양을 얼마나 만나보고 싶었는지 상상도 못 하실 거예요. 코티지에 들어와 사시게 되어 정말 기뻐요. 그런 데가 또 어디 있겠어요! 동생분이 결혼하시게 된 것도 너무 기쁘고요! 대시우드 양도 쿰 마그나에 자주 들르셨으면 좋겠어요. 다들 예쁜 곳이라고 해요."

"브랜던 대령님과는 알고 지내신 지 오래됐죠?"

"그럼요. 오래됐죠. 언니가 결혼한 이후로 쭉 알고 지냈으니까요. 그분은 존 경의 둘도 없는 친구세요." 그녀가 낮은 목소리로 덧붙였다. "할 수만 있었다면 그분은 저와 결혼하고 싶으셨을 거예요. 존 경과 미들턴 부인도 그러길 바랐거든요. 하지만 엄마는 저에게 맞는 짝이 아니라고 생각하셨어요. 엄마만 아니었다면 존 경이 대령님한테 말을 꺼내 봤을 거고, 아마 우리는 바로 결혼했을 거예요."

"브랜던 대령님도 존 경과 부인의 어머니께서 그런 말씀을 주고받는 걸 알고 계셨나요? 대령님이 부인께 직접 애정을 고백하지는 않으셨어요?"

"그럴 리가요! 하지만 엄마가 반대하지만 않으셨어도 대령님도 틀림없이 좋아하셨을 거예요. 그때까지 그분은 저를 두 번밖에 보지 못하셨어요. 제가 아직 학교에 다니고 있었거든요. 하지만 저는 지금이 훨씬 행복하답니다. 파머 씨는 제가 딱 좋아하는 부류의 남자이니까요."

21

파머 씨 부부는 다음 날 클리블랜드로 돌아갔고, 바턴에는 다시 두 가족만 남아 서로 유일한 왕래의 대상이 되었다. 하지만 이것도 오래가지 않았다. 엘리너가 마지막 방문객들을 머리에서 채 지우기도 전에, 그리고 아무 이유 없이 행복한 샬럿과 훌륭한 자질을 지니고도 객쩍게 행동하는 파머 씨 그리고 그들 사이에 존재하는 묘한 부조화에 대해 의아함이 채 가시기도 전에, 존 경과 제닝스 부인은 그새 왕성한 사교적 열정으로 엘리너가 만나 관찰해야 할 새 인물들을 구해놓았다.

존 경과 제닝스 부인은 어느 날 엑서터에 갔다가 그곳에서 우연히 젊은 숙녀 두 명을 만났다. 제닝스 부인은 두 사람이 자신의 먼 친척임을 알아냈고, 이는 존 경에게 엑서터에서 예정된 일정을 마치자마자 그들을 바턴 파크에 초대할 충분한 이유가 되었다. 그런 초대에 엑서터에서의 일정은 뒷전이 되었고, 미들턴 부인은 존 경이 도착해서 전하는 이야기에 경악하지 않을 수 없었다. 그녀는 한 번도 만난 적이 없는, 예법이나 품위를 제대로 갖추고 있는지 확인할 방법도 없는 아가씨 두 명을 손님으로 맞아야 하는 것이었다. 남편과 어머니가 아무 걱정하지 말라고 큰 소리를 쳤지만 그들의 확언은 믿을 게 못 되었다. 두 아가씨가 친척이라는 사실이 더 난감했다. 그런 딸을 달래려고 그들이 상류계급인지 아닌지 신경 쓰지 말고 친척끼리 서로 이해하자는 제닝스 부인의 말은 그녀를 더욱 당혹스럽게 했다. 그렇다고 그들을 오지 말라고 할 수도 없었기 때문에, 미들턴 부인은 교양 있는 여자답게 이를 받아들이고 하루에 대여섯 차례 이 일에 대해 남편을 가볍게 책망하는 것으로 만족했다.

젊은 숙녀들이 도착했다. 겉으로 보기에 그들은 예법을 모르거나 격이 떨어지지는 않았다. 그들은 맵시 있는 차림과 정중한 태도를 보여 주었다. 저택에 감탄했고 가구에 매료되었으며 아이들과 잘 놀아준 덕에 그들이 파크에 도착한 지 한 시간도 지나지 않아 미들턴 부인은 그들에게 호감을 품게 되었다. 매우 호감이 가는 아가씨들이라는 평가는 그녀로서는 열렬한 찬사나 다름없었다. 이런 대단한 찬사에 자신감을 얻은 존 경은 즉시 코티지로 달려가 대시우드 자매에게 세상에서 가장 사랑스러운 스틸가 자매가 파크에 와 있다고 전했다. 하지만 그런 칭찬에서 알아낼 수 있는 것은 별로 없었다. 존 경이 말하는, 세상에서 가장 사랑스러운 아가씨는 잉글랜드 어디를 가나 있었고 그들의 몸매와 이목구비와 성격과 분별력이 제각각이라는 사실을 엘리너는 잘 알고 있었다. 존 경은 대시우드가 식구들 모두 당장 파크로 가서 손님들을 만나보기를 원했다. 그처럼 인정 많고 호의적인 사람이 또 있을까! 그는 아무리 먼 친척도 혼자만 알고 있으면 고통을 느끼는 사람이었다.

"어서들 갑시다." 그가 말했다. "어서요. 꼭 가셔야 해요. 그 아가씨들이 마음에 꼭 들 거라고 장담합니다. 루시는 예쁜데다 성격도 좋고 상냥해요. 오래 알고 지낸 사람처럼 애들은 벌써 루시에게 매달려서 난리입니다. 그리고 그 아가씨들이 이 댁 숙녀분들을 무척 보고 싶어 합니다. 세상에서 가장 아름다운 아가씨들이 여기 산다는 얘기를 엑서터에서부터 들었다기에 제가 그건 틀림없는 사실이라고, 아니, 그 이상이라고 했죠. 다들 가서 직접 만나보면 정말 마음에 들 겁니다. 마차에 아이들 줄 장난감을 잔뜩 싣고 온 손님들인데, 어떻게 안 가실 수가 있습니까? 우리는 친척 간이고, 그 손님들은 제 아내의 친척이니까 이리저리 따지면 그 숙녀분들과도 다 친척인 겁니다."

하지만 존 경은 끝내 그들을 설득하지 못했다. 대신 하루 이틀 안에 파

131

크를 방문하겠다는 다짐을 받아냈다. 그는 그들의 시큰둥한 반응에 의아해하며 발걸음을 돌렸고, 스틸 자매가 그들에게 호감을 보였다고 코티지에서 떠든 것처럼 집에 돌아와서는 그들이 스틸 자매에게 호감을 보였다고 떠벌렸다.

그들은 약속대로 파크를 방문하여 젊은 숙녀들을 소개받았는데, 나이가 서른 가까이 된 언니는 생기 없는 눈빛에 평범한 외모를 지니고 있었다. 그러나 동생은 많아야 스무두어 살 정도 되어 보이는 상당한 미인이었다. 또렷한 이목구비, 영민해 보이는 눈매 그리고 세련된 분위기가 그녀에게 우아함이나 품위를 주지는 못했지만 그래도 외모를 돋보이게는 했다. 두 사람은 예법을 깍듯이 지켰다. 그들이 미들턴 부인의 마음에 들기 위해 줄곧 주의를 기울이는 모습을 보며 엘리너는 그들이 어느 정도는 분별이 있음을 알았다. 그들은 아이들에게 감탄사를 연발했다. 외모를 칭찬했고 아이들의 관심을 받으려 애썼으며 그들의 변덕을 받아주었다. 이처럼 귀찮게 매달리는 아이들의 요구를 받아주는 데 많은 시간을 쏟으면서도 그들은 미들턴 부인이 어쩌다 뭔가를 하고 있으면 그게 무엇이든 짬짬이 찬사를 보냈다. 전날 부인이 입은 드레스의 우아함이 그들의 눈을 한없이 즐겁게 했다면 새로운 드레스의 본을 뜨는 데도 많은 시간을 보냈다. 다른 사람이 좋아하는 것을 이용해 환심을 사려는 이들에게, 자식을 끔찍이 아끼는 어머니들이 자녀에 대한 칭찬을 탐욕스럽게 구하며 그만큼 쉽게 속아 넘어가는 존재라는 사실은 다행스럽기 그지없는 일이다. 그런 어머니들의 욕망은 터무니없이 많은 것을 요구하지만 뭐든 쉽게 믿어버리기도 한다. 자신의 자녀들을 향한 스틸 자매의 과도한 애정과 인내심에도 미들턴 부인은 전혀 놀라움이나 불신을 갖지 않았다. 그녀는 먼 친척 아가씨들이 감내하는 아이들의 무례한 행동과 짓궂은 장난을 어머니로서 그저 흐뭇하게 지켜보았다. 아이들이 그들의 머리띠를 풀어버리고 귀밑 머리카락을 잡아당기고 바느질 가방을 뒤져 칼과 가위를 들고 도망가도 어머니는 그것이 서로 재미있게 즐기는 놀이라는 사실을 조금도 의심하지 않았다. 오히려 엘리너와 마리앤이 여기에 끼지 않고 옆에서 차분히 앉아 있는 것이 신기할 따름이었다.

"존이 오늘따라 기분이 좋은가 보네요." 아이가 스틸 양의 손수건을 집어서 창밖으로 던지자 그녀가 말했다. "아, 정말 장난꾸러기 같으니."

곧이어 둘째 아들이 스틸 양의 손가락을 세게 꼬집자 그녀가 다정하게 말했다. "윌리엄의 장난기는 못 말린다니까요."

"우리 귀염둥이 애나마리아가 엄마한테 왔네." 내내 소란을 피우다가 겨우 2분 전에야 얌전해진 세 살배기 여자아이를 안으며 그녀가 말했다. "얘는 늘 온순하고 조용해요. 이렇게 얌전한 아이는 없을 거예요."

하지만 불행하게도 부인이 아이를 안고 있는 동안 그녀의 머리 장식에 달린 핀이 아이의 목을 살짝 긁었고, 그러자 이 얌전함의 표본은 시끄러운 소리를 낸다고 알려진 어떤 생물체보다도 더 격하게 비명을 질러댔다. 당연히 어머니는 크게 당황했지만, 스틸 자매보다 더 놀란 것은 아니었다. 세 여인은 이 위급 상황에서 어린 수난자의 고통을 경감시켜 주기 위해 애정 어린 마음으로 할 수 있는 모든 것을 다 했다. 어머니는 아이를 무릎에 앉힌 채 연신 입을 맞췄고 자매 중 한 사람은 무릎을 꿇고 아이의 상처에 라벤더 수(水)를 들이부었으며 다른 한 사람은 아이의 입에 사탕을 물렸다. 눈물에 그런 보상이 주어지자 이 영악한 아이는 울음을 그칠 생각을 하지 않았다. 아이는 여전히 악을 쓰며 울어댔고 오빠들이 자기를 만지려고 한다며 발길질을 했다. 모두가 아이에게 달라붙어도 아무 소용이 없던 참에 다행히 미들턴 부인이 바로 전주에 비슷한 일이 있었을 때 멍이 든 관자놀이에 마멀레이드를 발라서 효과가 있었음을 떠올렸다. 이 불운한 상처에 똑같은 방법을 써볼까 한다는 어머니의 말에 꼬마 숙녀의 비명이 잦아들자 이 치료법이 거부당하지 않겠다는 희망이 생겼다. 아이는 어머니의 품에 안겨 이 특효약을 찾아 방에서 나갔고, 두 사내아이도 제발 방에 남아 있으라는 어머니의 부탁에도 기어이 따라나섰다. 젊은 숙녀 네 사람은 몇 시간 사이 처음으로 조용해진 방에 남게 되었다.

"정말 안쓰럽네요." 그들이 나가자마자 스틸 양이 말했다. "잘못했으면 큰일 날 뻔했어요."

"큰일이 났을 것 같지는 않아요." 마리앤이 말했다. "완전히 다른 상황이었으면 모를까, 사실 전혀 놀랄 일도 아닌데 공연히 소란을 피운 거 아닌가요."

"미들턴 부인은 정말 다정다감하신 분이에요." 루시 스틸이 말했다.

마리앤은 아무 말도 하지 않았다. 그녀는 아무리 사소한 일에라도 마음에 없는 말은 할 수 없었다. 그래서 예의상 거짓말을 하는 의무는 항상 엘리너의 몫이었다. 그녀는 그런 상황이 닥치면 최선을 다했고, 이번에도 루시 양에는 훨씬 못 미치겠지만 미들턴 부인에 대해 자신이 느끼는 것보다 더 호의적으로 이야기했다.

"존 경도 그래요." 스틸 양이 말했다. "정말 매력적인 분이세요."

대시우드 양은 다시 한번 갈채가 아닌 간결한 칭찬으로 화답했다. 그녀는 존 경이 성격이 좋고 친절한 분이라고 말했다.

"정말 매력적인 가족이에요. 이렇게 훌륭한 아이들은 본 적이 없어요. 저는 벌써 이 아이들에게 푹 빠졌답니다. 원래 아이들을 보면 정신을 못차릴 정도로 좋아하든요."

"제가 오전 내내 보았는데 그러신 것 같았어요."엘리너가 미소를 지으며 말했다.

"제가 보기에,"루시가 말했다. "대시우드 양은 이 댁 아이들이 응석받이로 키워졌다고 생각하시는 것 같더군요. 도가 좀 지나친 면도 있겠지만 미들턴 부인에게는 그게 자연스러운 거예요. 저도 생기 넘치는 아이들의 모습이 보기 좋지, 고분고분하고 차분한 아이들은 오히려 못 봐주겠더라고요."

"솔직히 말씀드리면,"엘리너가 대답했다. "바턴 파크에 와 있는 동안 고분고분하고 차분한 아이들이 싫다는 생각은 안 들었어요."

이 말이 끝나고 잠시 침묵이 흘렀다. 먼저 침묵을 깬 사람은 스틸 양이었다. 대화를 무척 좋아하는 것으로 보이는 그녀가 갑자기 이런 말을 했다. "대시우드 양, 데번셔는 마음에 드세요? 서식스를 떠나기가 무척 아쉬우셨을 것 같은데."

질문이 너무 스스럼없어서, 적어도 질문하는 태도가 너무 스스럼없어서 다소 놀란 엘리너는 그렇다고 대답했다.

"놀런드가 참 아름다운 곳이죠?"스틸 양이 물었다.

"존 경으로부터 그곳을 칭찬하는 얘기를 많이 들었거든요."루시가 말했다. 그녀는 언니가 너무 거리낌 없이 말한 것에 대해 변명이 필요하다고 생각한 것 같았다.

"그곳에 가 본 사람이라면 누구라도 감탄할 수밖에 없을 거예요."엘리너가 대답했다. "우리 가족만큼 그곳의 아름다움을 높이 평가하는 사람들은 없겠지만요."

"거기에 근사한 남자들도 많았죠? 이 주변에는 그런 남자가 별로 없는 것 같아요. 멋진 남자는 많으면 많을수록 좋은 거죠."

"데번셔에 서식스만큼 젊고 품위 있는 신사분들이 왜 없겠어?" 언니 때문에 부끄러운 듯 루시가 말했다.

"내 말은 데번셔에 멋진 남자가 없다는 게 아니야. 엑서터에 가면 당연히 멋진 남자들이 많이 있겠지. 하지만 놀런드는 어떤지 내가 어떻게 알아? 예전처럼 멋진 남자들을 많이 볼 수 없으면 대시우드가의 숙녀분들이 바턴에서 지내시기 따분할까 봐 걱정돼서 그러는 거지. 너처럼 젊은 아가씨들은 멋진 남자가 있든 없든 관심이 없을지도 모르지만 나는 멋지게 차려입고 정중하게 행동하는 남자들이 좋다고 생각해. 지저분하고 성질이 고약한 남자는 질색이야. 그 왜, 엑서터의 로즈 씨라고 똑똑하고 멋진 남자 있잖아, 심슨 씨의 서기로 일하는 사람 말이야. 그 남자를 아침에 한번 봐야 해. 눈 뜨고 못 봐준다니까. 대시우드 양, 그쪽 오빠도 결혼하기 전에 꽤 매력적이었을 것 같아요. 엄청난 부자였으니까 말이죠."

"글쎄요." 엘리너가 대답했다. "뭐라고 말씀드려야 할지요. 말씀하신 단어의 의미를 정확하게 이해하지 못해서요. 하지만 이 말씀은 드릴 수 있습니다. 오빠가 결혼 전에 매력적이었다면 지금도 그래요. 예전과 달라진 게 조금도 없으니까요."

"어머, 세상에! 결혼한 남자를 매력적이라고 생각하는 사람이 어디 있어요? 기혼남들은 다른 데 신경을 써야 하는데요."

"언니, 제발!" 동생이 소리쳤다. "남자 얘기 말고는 그렇게 할 얘기가 없어? 대시우드 양은 언니 머릿속에 남자 생각만 가득한 줄 알겠어." 그러고는 화제를 바꿔 그녀는 저택과 가구를 칭찬하기 시작했다.

이 정도만으로도 스틸 자매가 어떤 사람들인지 알기에는 충분했다. 천박하고 거리낌 없으며 우매한 언니는 칭찬할 만한 구석이 없었으며,

동생은 미모와 영민함을 지니고 있었지만 진정한 품위와 솔직함이 부족했다. 엘리너는 저택을 나서면서 그들에 관해 더 알고 싶다는 생각이 들지 않았다.

스틸 자매는 달랐다. 그들은 존 미들턴 경과 그의 가족, 그리고 그의 친척들 모두에게 바칠 찬사를 엑서터에서부터 준비했으며, 이제 그들의 아름다운 친척들에게도 준비한 찬사를 아낌없이 늘어놓았다. 그들은 그렇게 아름답고 우아하며 교양 있고 상냥한 아가씨들은 처음 본다며 더 친해지고 싶은 마음이 간절하다고 했다. 엘리너는 그들과 더 친해지는 것이 피할 수 없는 일임을 깨달았다. 전적으로 스틸 자매의 편인 존 경이 만만찮은 그녀들의 뜻을 꺾지는 못할 것이므로 그런 종류의 친밀함은 어쩔 수 없이 감내해야 할 일이 되었다. 그 친밀함이란 매일 같은 방에서 그들과 한두 시간을 함께 보내는 것을 뜻했다. 존 경은 그들을 위해 더 할 수 있는 일이 없었다. 무엇이 더 필요한지도 몰랐다. 그에게는 함께 있는 것이 곧 친해지는 것이었으므로, 자신이 만남을 계속 주선하기만 하면 그들이 친구가 될 것임을 조금도 의심하지 않았다.

존 경으로서는 그들이 허물없는 사이가 되게 하려고 스틸 자매에게 자기 친척들의 처지에 관해 그가 알고 있거나 추측한 이야기를 민감한 부분까지 세세히 들려주었으니 자신이 할 일은 다 한 셈이었다. 그런 까닭에 엘리너는 그들과 두 번째 만난 자리에서 그쪽 언니로부터 마리앤이 바턴에 온 뒤에 아주 괜찮은 남자의 마음을 정복하는 행운을 누리게 되어 기쁘다는 말까지 들어야 했다.

"확실히 젊은 나이에 결혼하는 게 좋아요." 그녀가 말했다. "듣기로는 외모가 출중한 꽤 괜찮은 남자라면서요. 대시우드 양에게도 하루빨리 그런 행운이 있기를 바랄게요. 이미 숨겨둔 사람이 있는지도 모르지만요."

엘리너는 존 경이 에드워드를 향한 그녀의 마음을 넘겨짚고 떠벌릴 때 마리앤에 관해 이야기할 때보다 더 조심했으리라고 생각하지 않았다. 사실 존 경은 두 사람 중에서 좀 더 새롭고 넘겨짚을 여지가 많은 엘리너에 관한 농담을 더 좋아했다. 에드워드가 다녀간 이후 존 경은 함께 만찬을 할 때마다 그녀의 애정을 위하여 건배를 제안하면서 유난스럽게 고개를 끄덕이고 윙크를 해대는 통에 모든 사람이 주목할 수밖에 없었다. 마찬가지로 F라는 글자는 수없이 많은 농담에 등장한 까닭에, 엘리너 앞에서 그 글자는 진작부터 알파벳 가운데 가장 재미있는 것으로 통했다.

그녀가 예상한 대로 스틸 자매도 이 농담에 끼어들었고 그들 중 언니는 이 글자가 암시하는 신사의 이름을 무척 알고 싶어 했다. 종종 무례하게 표출된 이 궁금증은 대시우드 일가에 관해 꼬치꼬치 캐묻기 좋아하는 그녀의 호기심에 비추어 지극히 작은 부분에 불과했다. 하지만 존 경은 자신이 불러일으킨 호기심을 내심 즐기면서도 그것을 오래 내버려 두지는 않았다. 스틸 양이 그 이름을 알고 싶어 하는 것만큼이나 그도 그 이름을 발설하고 싶었기 때문이다.

"그 사람 성은 페라스예요." 귓속말이었지만 그 말은 누구나 들을 수 있었다. "비밀이니까 다른 사람에게 말하면 안 돼요."

"페라스라고요!" 스틸 양이 소리쳤다. "페라스 씨가 그 주인공이었군요! 세상에! 대시우드 양 올케의 동생이잖아요? 정말 좋은 사람이죠. 저도 그분을 잘 알아요."

"언니, 무슨 소리 하는 거야?" 언니가 하는 모든 말에 트집을 잡는 루시가 말했다. "외삼촌 댁에서 한두 번 만난 걸 가지고 잘 아는 것처럼 얘기해서는 안 되지."

엘리너는 놀란 마음에 그녀의 말에 주의를 기울였다. '이 외삼촌이라는 분은 누구지? 어디에 사시는 분일까? 이 자매는 에드워드를 어떻게 알게 된 걸까?' 그녀는 대화에 끼어들지 않으면서도 이야기가 계속 이어지기를 간절히 바랐다. 하지만 대화는 더 이어지지 않았고, 그녀는 사소한 정보를 더 캐내려는 호기심이나 그것을 떠벌리는 성향이 제닝스 부인에게 너무나 부족하다는 생각을 처음으로 하게 되었다. 에드워드에 관해 이야기하는 스틸 양의 태도도 그녀의 궁금증을 키웠다. 그녀의 태도에서 뭔가 뻬딱한, 에드워드에게 불리한 뭔가를 알고 있거나 알고 있다고 스스로 생각하는 듯한 낌새가 보였기 때문이다. 하지만 그녀의 궁금증은 물거품이 되었다. 페라스 씨의 이름이 넌지시 암시되었을 때도, 심지어 존 경이 그의 이름을 대놓고 말했을 때도 스틸 양은 더 관심을 보이지 않았다.

22

다른 사람의 무례함, 저속함, 재능의 부족, 심지어 취향의 차이까지도 견디지 못하는 성격의 마리앤은 그 시기에 자신의 마음이 편치 않았기 때문에 스틸 자매와의 교류를 즐기거나 그들에게 곁을 주고 싶은 생각이 전혀 없었다. 그녀의 싸늘한 태도는 그녀와 가까워지려는 스틸 자매의 노력을 차단했고, 엘리너는 이것이 스틸 자매가 자신에게 더 살가운 이유라고 생각했다. 이는 그들의 태도에서 분명히 드러났는데, 특히 루시는 기회만 생기면 그녀에게 말을 붙이거나 자신의 속마음을 털어놓으며 친분을 쌓으려고 노력했다.

루시는 천성적으로 영리했다. 그녀가 하는 말은 종종 일리가 있었고 재치가 엿보이기도 했다. 엘리너도 그녀가 반 시간 정도를 함께하기에는 좋은 말벗이라고 생각했다. 하지만 그녀는 타고난 능력이 있음에도 교육을 제대로 받지 못해 지식과 교양이 부족했다. 스스로 돋보이려고 줄곧 애를 써도 지적 발달의 결핍이나 일반적인 식견의 부족을 감출 수는 없었다. 교육을 제대로 받았다면 꽤 훌륭하게 다듬어졌을 법한 그녀의 방치된 재능에 엘리너는 연민을 느꼈다. 하지만 파크에서 그녀의 과장된 친절과 아첨이 드러낸 진솔함의 결핍에는 그다지 좋은 감정이 들지 않았다. 불성실하고 무지한데다 배움의 부족으로 동등한 상대로 대화를 나누기 어려운 사람에게서, 그리고 다른 사람들을 대하는 태도로 판단컨대 엘리너 자신에게 보이는 관심과 존중도 기실 아무 의미가 없음을 느끼게 하는 사람에게서 지속적인 편안함을 얻을 수는 없었다.

"제 질문이 이상하게 들리실지 모르지만," 어느 날 파크에서 코티지로 함께 걸어가는 길에 루시가 말했다. "혹시 올케 되시는 분의 어머니, 그러니까 페라스 부인을 개인적으로 아세요?"

그 질문이 정말 이상하게 들렸기 때문에 엘리너의 표정에 의아함이 그대로 드러났다. 그녀는 페라스 부인을 한 번도 만난 적이 없다고 대답했다.

"설마요!" 루시가 말했다. "뜻밖이네요. 놀런드에 계실 때 그분을 가끔 보셨을 거라고 생각했거든요. 그렇다면 그분이 어떤 분인지 말씀해 주실 수도 없겠네요."

"네." 엘리너가 대답했다. 그녀는 에드워드의 어머니에 대한 자신의 속마음을 드러내지 않으려 했고, 상대의 무례한 호기심을 충족시켜 주고 싶은 생각도 없었다. "그분에 대해서는 아는 게 없어요."

"이런 식으로 그분에 관해 묻는 걸 이상하게 생각하시겠죠." 루시가 엘리너를 조심스럽게 살피며 말했다. "하지만 그럴 만한 이유가 있어요. 말씀드릴 수 있으면 좋겠지만, 제가 무례한 의도로 물어본 건 아니라는 것만은 알아주셨으면 해요."

엘리너는 예의를 갖춰 대답했고, 두 사람은 몇 분 동안 아무 말 없이 걸었다. 침묵을 깬 사람은 루시였다. 그녀는 잠시 머뭇거리다가 다시 그 얘기를 꺼냈다.

"대시우드 양께서 저를 무례하고 호기심이 지나친 사람으로 생각하신다면 저는 무척 속이 상할 거예요. 당신처럼 저를 좋게 생각해 주시는 분에게 그런 오해를 받으니 무슨 짓이라도 할 수 있을 것 같아요. 저는 대시우드 양이라면 전적으로 신뢰할 수 있어요. 지금 제가 처한 곤란한 상황에서 무엇을 해야 할지 조언해 주실 수 있다면 정말 기쁠 텐데, 그런 폐를 끼쳐드릴 일은 없을 것 같네요. 페라스 부인을 모르신다니 아쉬울 뿐이에요."

"그분을 알지 못해 저도 아쉬워요." 엘리너가 말했다. "그분에 대한 제 생각을 말씀드릴 수 있다면 도움이 되실 텐데 말이죠. 그런데 루시 양이 그쪽 집안과 관계가 있으시다는 건 전혀 몰랐어요. 그래서 솔직히 말씀드리면, 그분에 대해 진지하게 물어보셔서 조금 놀라기는 했답니다."

"그러실 거예요. 그러신 게 당연하죠. 하지만 제가 모든 걸 말씀드리면 그리 놀라시지 않을 거예요. 지금으로서는 페라스 부인과 저는 아무 관계도 아니에요. 하지만 언젠가 특별한 관계가 될 날이 올 거예요. 그날이 얼마나 빨리 올지는 그분께 달려 있지만, 그분과 저는 매우 가까운 인척이 될 수 있을 거예요."

그녀는 이렇게 말하면서 짐짓 부끄러운 듯 시선을 떨구며 엘리너의 반응을 곁눈질로 살폈다.

"세상에!" 엘리너가 소리쳤다. "로버트 페라스 씨와 잘 아는 사이라는 말씀이신가요? 그렇다면 그분과?" 엘리너는 그녀와 동서가 될 수 있다는 사실이 그다지 기쁘지는 않았다.

"아뇨." 루시가 대답했다. "로버트 페라스 씨가 아니에요. 그분은 한 번도 뵌 적이 없어요. 그분이 아니라," 그녀는 엘리너에게 시선을 고정하며 말했다. "그분의 형이에요."

그 순간 엘리너가 무슨 생각을 할 수 있었을까? 그 말을 믿을 수 없다는 생각이 들지 않았다면 그녀는 놀라기보다 오히려 고통스러웠을 것이다. 그녀는 놀란 마음을 감추며 루시를 향해 몸을 돌렸다. 그녀는 루시가 그런 말을 한 이유나 의도를 짐작할 수 없었다. 비록 안색은 변했지만, 그녀는 그것이 사실일 리가 없다고 생각했기 때문에 히스테리 발작이나 기절할 위험을 걱정하지는 않았다.

"놀라실 만도 해요." 루시가 말을 이었다. "그런 생각은 전혀 해보시지 않았을 테니까요. 그 사람은 대시우드 양이나 가족분들께 그런 기색을 내비치지 않았을 거예요. 누구에게도 말해서는 안 될 저희 두 사람만의 비밀이니까요. 저도 이 순간까지 그 비밀을 지켰고요. 제 가족 중에도 이 사실을 아는 사람은 저의 언니밖에 없어요. 그리고 대시우드 양이 비밀을 지키실 거라는 믿음이 없었다면 저도 이런 얘기를 꺼내지 않았을 거예요. 페라스 부인에 대해 그런 질문을 던졌으니 제가 이상하게 보였겠죠. 그래서 설명을 좀 해드려야겠다는 생각이 들었답니다. 페라스 씨도 제가 대시우드 양께 이 얘기를 했다고 해서 불쾌하게 생각하지는 않을 거예요. 당신의 가족을 세상에서 가장 귀하게 여기고 당신이나 동생분들을 친누이처럼 생각하는 사람이라는 걸 제가 잘 아니까요." 그녀는 여기에서 말을 멈췄다.

엘리너는 잠시 침묵했다. 처음에는 자신이 들은 이야기에 너무 놀라서 아무 말도 할 수 없었다. 하지만 억지로 그리고 조심스럽게 그녀는 입을 열었다. 놀라움과 근심을 감추며 그녀는 침착하게 말했다. "약혼 관계가 오래되었는지 여쭤봐도 될까요?"

"4년 되었어요."

"4년이라고요!"

"네."

엘리너는 큰 충격을 받았지만, 여전히 그 사실을 믿을 수가 없었다.

"며칠 전까지만 해도 저는 두 분이 서로 아는 사이라는 것도 몰랐어요." 엘리너가 말했다.

"하지만 우리 두 사람이 서로 알고 지낸 지는 오래되었는걸요. 그가 저희 외삼촌의 집에서 오랫동안 생활했거든요."

"외삼촌이요?"

"네, 프랫 씨라고 해요. 그가 프랫 씨에 대해 얘기하는 걸 들어보신 적이 없나요?"

"들어본 것 같아요." 엘리너는 애써 기운을 내어 대답했다. 마음에서 뭔가가 북받쳐 올랐다.

"플리머스 근처 롱스테이플에 있는 외삼촌의 집에서 그는 4년 동안 개인교습을 받았어요. 우리는 그곳에서 처음 만났죠. 언니와 제가 외삼촌 댁을 자주 찾아갔거든요. 우리가 약혼한 곳도 그 집이에요. 그가 공부를 마치고 1년이 지난 뒤였죠. 그 후로도 그는 언제나 우리와 함께 있었어요. 짐작하시겠지만 저는 그의 어머니께서 승낙하지 않는 약혼은 정말 하고 싶지 않았어요. 그렇지만 그때 저는 너무 어렸고 그를 진심으로 사랑했기 때문에 신중했어야만 하는 상황에서 그러지를 못했죠. 저만큼 그를 잘 아시지는 못하겠지만, 대시우드 양, 어느 정도는 알고 지내셨으니 여성이라면 그가 진정으로 사랑하고 싶은 남자라는 것은 느끼셨겠죠."

"물론이죠." 엘리너는 자신이 무슨 말을 하는지도 모르고 대답했다. 하지만 잠시 생각을 가다듬은 뒤 에드워드의 신의와 사랑, 그리고 상대가 거짓말을 하고 있다는 확신을 떠올리며 이렇게 덧붙였다. "에드워드 페라스 씨와 약혼하셨다니 정말 놀라지 않을 수가 없네요. 그런데 실례입니다만 사람이나 이름을 착각하신 게 틀림없어요. 우리가 얘기하는 페라스 씨는 같은 사람이 아닐 거예요."

"다른 사람일 리가 없죠." 루시가 미소를 지으며 말했다. "저는 파크 거리에 사시는 페라스 부인의 장남이자 당신의 올케인 존 대시우드 부인의 동생인 에드워드 페라스 씨 얘기를 하고 있으니까요. 저의 모든 행복이 그 사람에게 달려 있는데 제가 그의 이름을 잘못 알고 있다고 생각하지는 않으시겠죠."

"이상한 일이군요." 엘리너가 고통스러운 당혹감을 느끼며 대답했다. "그분이 당신의 이름을 언급할 법도 했는데 말이죠."

"그렇지 않아요. 우리가 처한 상황을 생각해 보면 이상할 게 없어요. 우리는 비밀을 지키기 위해 무척 주의를 기울였거든요. 대시우드 양은 저나 제 가족을 모르시니까 그가 굳이 제 이름을 언급할 필요도 없었겠죠. 그리고 그는 자기 누나가 눈치를 챌까 봐 무척 걱정했는데 그것도 제 이름을 언급하지 않은 충분한 이유가 될 거예요."

엘리너는 할 말을 잃었다. 그러나 확신이 무너졌음에도 그녀의 자제력은 무너지지 않았다.

"4년 동안 약혼 관계였다고요." 그녀가 차분한 목소리로 말했다.

"네. 우리가 얼마나 더 기다려야 할지는 신만이 아시겠죠. 가엾은 에드워드! 그런 상황 때문에 그는 큰 상심에 빠져 있어요." 그러고는 주머니에서 작은 세밀화를 꺼내며 말했다. "혹시라도 착각의 여지가 없게 이 얼굴을 한번 봐주세요. 실제 모습과 똑같지는 않겠지만 그래도 누구를 그린 것인지는 분명히 알아보실 수 있을 거예요. 저는 3년 넘게 이것을 가지고 다녔어요."

루시는 그것을 엘리너의 손에 쥐여 주었다. 그림을 본 순간, 너무 성급한 판단을 내리는 것이 두려웠고 여전히 상대의 거짓말을 확인하고 싶다는 바람도 있었지만, 그것이 에드워드의 얼굴이라는 사실만은 의심할 수가 없었다. 그녀는 그림과 실제 얼굴이 닮았음을 인정하고는 받아들기가 무섭게 그것을 돌려주었다.

"정말 안타깝게도 저의 초상화를 주지는 못했어요." 루시가 말을 이었다. "그가 늘 갖고 싶어 했는데 말이죠. 그래서 기회가 되는대로 준비하려고 해요."

"그러셔야죠." 엘리너가 차분하게 말했다. 그들은 아무 말 없이 조금 더 걸었다. 루시가 먼저 입을 열었다.

"대시우드 양이 비밀을 꼭 지켜주실 거라고 믿어요. 이 비밀이 그의 어머니 귀에 들어가지 않도록 하는 것이 저희에게 얼마나 중요한지 잘 아실 테니까요. 아마 그분은 절대로 허락하지 않으실 거예요. 저는 가진 재산도 없는데 그분은 굉장히 도도하신 것 같거든요."

"제가 먼저 비밀을 알아내려고 한 것은 아니지만," 엘리너가 말했다. "저를 믿으셔도 돼요. 당신의 비밀은 꼭 지키도록 하지요. 하지만 처음부터 이 대화가 과연 필요했는지 제가 의아하게 생각하는 것은 이해해 주세요. 제가 아는 것이 비밀을 지키는 데 도움이 안 된다는 것은 당신도 아셨을 테니까요."

이렇게 말하면서 엘리너는 루시의 표정을 유심히 살폈다. 그녀의 표정에서 뭔가를 알아낼 수 있기를, 그녀가 한 이야기의 대부분이 거짓이기를 바랐지만, 루시의 표정에는 변화가 없었다.

"사실 이런 이야기를 털어놓으면 제가 지나치게 친밀하게 군다고 생각하실까 봐 걱정했어요." 그녀가 말했다. "물론 대시우드 양을 안 지는 얼마 되지 않았죠. 하지만 당신과 가족분들에 관해서는 오랫동안 들어왔어요. 그래서 처음 뵈었을 때부터 오랜 친구 같다는 느낌이 들었어요. 더군다나 제가 에드워드의 어머니에 관해 물어보기까지 했으니 뭔가 설명을 해드려야겠다고 생각했죠. 불행하게도 저는 조언을 청할 사람이 없기도 했고요. 언니가 유일하게 이 일을 알고 있지만, 언니는 판단력이 전혀 없어요. 사실 비밀을 흘릴까 봐 늘 걱정을 해야 하니 언니는 저에게 도움은커녕 오히려 해를 끼치는 사람이라고 해야겠죠. 대시우드 양도 알아채셨겠지만, 언니는 입을 다무는 법을 몰라요. 얼마 전 존 경이 에드워드의 이름을 언급했을 때 혹시라도 언니가 떠들어댈까 봐 정말이지 조마조마했답니다. 이 모든 일로 제가 얼마나 마음을 졸여야 하는지 상상도 못 하실 거예요. 지난 4년 동안 에드워드로 인해 온갖 고통을 겪고도 제가 살아있다는 게 신기할 정도예요. 모든 것이 불안하고 불확실한 데다, 서로 만나기도 쉽지 않아서 1년에 두 번 볼까 말까 해요. 제 마음이 무너져 내리지 않은 것이 놀라울 뿐이죠."

그녀가 손수건을 꺼내 들었다. 하지만 엘리너는 동정심을 느낄 수 없었다.

"가끔은 말이죠." 루시가 눈물을 훔치며 말을 이었다. "아예 없었던 일로 해버리는 게 우리 두 사람 모두를 위해 낫지 않을까 하는 생각도 들어요." 그녀는 엘리너를 응시하며 말을 이었다. "하지만 저에게는 그럴 만한 결단력도 없어요. 그를 불행하게 만든다는 생각에 차마 그럴 수가 없는 거예요. 제가 그런 말을 꺼내는 것만으로도 그는 불행해질 거예요. 저도 마찬가지고요. 너무나 소중한 사람이라 차마 그럴 수가 없어요. 이런 상황에서 당신은 어떤 조언을 해주시겠어요? 대시우드 양, 당신이라면 어떻게 하시겠어요?"

"죄송하지만," 갑작스러운 질문에 엘리너가 놀라서 대답했다. "그런 상황에 대해서라면 제가 말씀드릴 게 없습니다. 스스로 판단하셔야죠."

"분명히," 두 사람 사이에 잠시 침묵이 흐른 뒤 루시가 말을 이었다. "그의 어머니께서도 언젠가는 받아들이시겠죠. 하지만 불쌍한 에드워드는 완전히 낙담하고 있어요. 그가 바턴에 왔을 때 기운이 없어 보이지 않았나요? 롱스테이플에서 우리와 함께 있다가 바턴으로 떠날 때 무척 힘들어했거든요. 그래서 대시우드 양이 혹시라도 그가 아프다고 생각하실까 봐 저는 걱정했어요."

"그렇다면 그분이 바턴에 오기 전에 당신의 외삼촌 댁에 있었다는 말씀이신가요?"

"아! 그럼요. 2주 동안 우리와 함께 지냈는걸요. 그가 런던에서 온 줄 아셨어요?"

"아뇨." 모든 새로운 정황이 루시의 말에 신빙성을 더해 주는 것을 느끼며 엘리너가 대답했다. "플리머스 근처에서 친구들과 지내다가 오는 길이라고 말씀하시긴 했어요." 그녀는 그 친구들에 관해 그가 별말이 없고 그들의 이름조차 언급하지 않아 의아하게 생각했던 기억이 떠올랐다.

"그가 무척 기운 없어 보이지는 않던가요?"

"사실 그랬어요. 특히 막 도착했을 때 그랬죠."

"제가 부디 기운을 차리라고 신신당부했거든요. 무슨 일이 있나 하고 대시우드 양의 가족분들이 걱정하실 것 같아서요. 하지만 우리와 2주밖에 같이 지내지 못한 데다 제가 무척 슬퍼하는 모습을 보고는 너무 우울해하더라고요. 너무 가여웠어요. 지금도 그런 것 같아 걱정돼요. 편지 내용이 우울하거든요. 엑서터에서 떠나기 직전에 저에게 보낸 편지가 있어요." 그녀는 주머니에서 편지를 꺼내 아무렇지 않은 듯 엘리너에게 주소를 보여 주며 말했다. "필체를 알아보실 거예요. 정말 글씨가 예쁘죠. 하지만 평소보다는 못해요. 아마 편지지를 가득 채우느라 피곤했나 봐요."

엘리너는 그의 필체를 알아보았고 더는 의심할 수 없었다. 세밀화는 우연히 손에 넣은 것이라고, 에드워드로부터 선물로 받은 게 아니라고 애써 믿어볼 수 있었지만, 두 사람 사이에 편지가 오간다는 것은 약혼한 사람들 사이에나 가능하며 오로지 그런 관계에서만 허용되는 일이었다. 짧은 순간 동안 그녀는 온몸에서 기운이 빠져나가는 것을 느꼈다. 가슴은 무너졌고 서 있기조차 힘들었다. 하지만 그녀는 감정에 짓눌리지 않으려 결연하게 버텼고 신속하게, 그리고 일단은 완전하게 마음을 다잡았다.

"편지를 주고받는 것만이," 루시가 편지를 도로 주머니에 넣으며 말했다. "이렇게 오랫동안 떨어져 있는 우리에게는 유일한 위안이랍니다. 아, 그의 초상화도 저에게는 또 하나의 위안거리죠. 그런데 가엾은 에드워드는 그것마저 없어요. 제 초상화라도 있으면 견디기가 훨씬 쉬울 거라고 그랬거든요. 그래서 지난번에 그가 롱스테이플에 왔을 때 제가 반지에 저의 머리카락을 넣어 주었어요. 그것만으로도 위안이 된다고 했지만 그게 초상화만 하겠어요. 어쩌면 대시우드 양도 그 반지를 보셨을 수 있겠네요."

"네, 봤어요." 엘리너는 그때까지 한 번도 느껴 보지 못한 격한 감정과 고통을 애써 감추며 침착하게 대답했다. 그저 굴욕스럽고 충격적이며 혼란스러울 뿐이었다.

다행히도 거의 코티지에 도착한 덕분에 대화는 더 이어지지 않았다. 스틸 자매는 잠시 앉아 있다가 파크로 돌아갔고, 엘리너는 그제야 생각을 정리하며 마음껏 비참해질 수 있었다.

2

23

엘리너가 루시의 진실성을 아무리 신뢰하지 않는다고 해도 그런 어리석은 거짓말을 지어낼 이유가 전혀 없는 이번 일만큼은 의심하는 것이 불가능했다. 엘리너는 진지하게 생각을 거듭한 끝에 루시의 주장을 더는 의심하지 않았고, 의심할 수도 없었다. 그녀 자신의 소망을 제외한 모든 측면의 개연성과 증거들이 루시의 주장을 뒷받침하고 있었다. 프랫 씨의 집에서 그들이 서로를 알게 된 기회가 나머지 일들의 토대가 되었다는 것은 분명하고도 두려운 사실이었다. 에드워드가 플리머스 인근을 방문했다는 사실과 우울했던 그의 마음 상태, 불확실하게 전망하던 미래, 그녀를 대하던 불확실한 태도 그리고 스틸 자매가 놀런드와 그들의 가족 관계에 대해 놀라울 정도로 잘 알고 있다는 점, 초상화, 편지, 반지, 이 모든 것들이 증거를 이루며 혹시라도 그를 부당하게 비난하는 것은 아닐까 걱정하는 마음을 잠재워 버렸고, 그녀 자신이 그에게 모멸을 당했다는 것은 그 어떤 애정으로도 덮을 수 없는 확실한 사실이 되고 말았다. 그런 행동에 대한 분노와 바보같이 속아 넘어간 자신에 대한 울분으로 얼마간 그녀는 자기연민에 빠져 있었다. 하지만 이내 생각해봐야 할, 따져봐야 할 다른 것들이 떠올랐다. 에드워드가 자신을 의도적으로 속였을까? 마음에도 없는 호감을 내비쳤다는 말인가? 루시와의 약혼이 진심에서 우러나온 것일까? 아니, 그럴 리가 없었다. 한때는 그랬을지 몰라도 지금도 그럴 것이라고는 믿을 수 없었다. 그의 애정은 온전히 그녀만의 것이었다. 그것만은 착각일 리가 없었다. 그녀의 어머니, 동생들, 올케 모두가 놀런드에서 그녀에 대한 그의 호감을 알아채고 있었다. 그것은 그녀의 허영심이 낳은 착각이 아니었다. 그는 분명히 그녀를 사랑했다. 이런 확신에 그녀의 마음이 얼마나 진정되었는지 모른다! 그를 어찌 용서하지 않을 수 있겠는가! 그녀를 향한 마음이 용인될 수 없음을 느낀 뒤에도 그가 놀런드에 계속 머문 것은 비난할 만한, 크게 비난할 만한 행동이었다. 그 점에서는 그는 옹호받을 수 없었다. 하지만 그녀에게 상처를 주었다면, 그 자신은 얼마나 더 큰 상처를 받았겠는가! 그녀가 가련한 처지였다면 그는 절망적인 상황이었을 것이다. 그의 경솔함은 그녀를 잠시 비참하게 만들었지만, 그 자신은 다른 모든 기회를 박탈당한 것이나 다름없었다. 시간이 흐르면 그녀는 평정을 되찾겠지만, 과연 그 자신은 무엇을 기대할 수 있겠는가? 그가 루시 스틸과 그럭저럭 행복하게 살 수 있을까? 그녀에 대한 애정은 제쳐두고라도, 그토록 고결하고 섬세하며 교양 있는 사람이 루시처럼 무지하고 교활하며 이기적인 아내로부터 행복을 얻을 수 있을까?

열아홉 살의 어수룩한 청춘은 그녀의 외모와 상냥함에 눈이 멀어 다른 것은 보지 못했을 것이다. 하지만 이후 4년이라는 시간은, 이성적으로 생활했다면 분별의 힘이 크게 자랐을 그 시간은, 그가 눈을 떠서 그녀의 부족한 소양을 발견하게 했을 것이다. 한편 그녀는 저열한 무리와 어울리고 경박한 일들에 몰두하며 그 시기를 보낸 탓에 한때 그녀의 아름다움을 더 빛나게 했을 소박함마저 잃고 말았을 것이다.

설령 그가 엘리너와 결혼하겠다고 해도 어머니로 인해 겪을 어려움이 만만치 않을 텐데 엘리너보다 집안도 확실히 보잘것없고 경제적으로도 열등한 여자가 약혼 상대라면 그 어려움은 얼마나 더 크겠는가. 사실 루시에게서 이미 마음이 멀어진 그에게 그런 상황을 견디는 것은 그리 힘든 일이 아니었을지도 모른다. 그러나 가족의 반대와 냉대에서 오히려 위안을 얻어야 하는 사람이라면 그 마음이 어찌 우울하지 않을 수 있겠는가!

이런 생각들이 연이어 고통스럽게 떠오르는 가운데 그녀는 자신보다 그를 위해 눈물을 흘렸다. 자신이 현재의 불행을 겪어야 할 그 어떤 일도 하지 않았다는 확신과 에드워드가 존중을 잃어야 할 그 어떤 일도 하지 않았다는 믿음 때문에 그녀는 엄청난 충격에서 헤어나오지 못하고 있던 그 순간에도 어머니와 동생들이 이 사실을 눈치채지 못하도록 자신의 마음을 다잡아야 한다고 생각했다. 그녀가 자신의 이런 기대에 훌륭히 부응한 덕분에 더없이 소중한 희망이 모두 사라지는 고통을 겪은 지 두 시간이 지나 식사를 하는 자리에서 가족 중 누구도 겉모습만으로는 엘리너가 사랑하는 사람과 그녀를 영원히 갈라놓을 장애물로 남몰래 비통해하고 있음을 알아채지 못했다. 마리앤 역시 그녀가 온 마음을 사로잡았다고 믿고 있던 한 남자와 그의 완벽함을 떠올리며 집 근처를 지나가는 모든 마차에 신경을 곤두세운 채 그가 나타나기만을 기다리고 있다는 것을 누구도 알아채지 못했다.

엘리너는 루시가 들려준 비밀을 어머니와 마리앤에게 감춰야 했기 때문에 늘 그것에 신경을 쓰면서도 그로 인해 괴로움이 더 커지지는 않았다. 오히려 식구들마저 고통스럽게 할 이야기를 전하지 않아도 되고 그들이 에드워드를 비난하는 소리를 듣지 않아도 된다는 것이 그녀에게는 위안이 되었다. 그녀를 사랑하는 식구들은 에드워드를 비난할 것이고 그것은 그녀가 감내할 수 없는 일이었기 때문이다.

식구들과 의논하거나 대화를 나눈다고 해도 도움은커녕 그들의 동정과 슬픔이 그녀에게 고통만 더해 줄 것이고, 그들의 평소 모습으로 판단컨대 그녀의 자제력에 힘을 실어줄 리도 없었다. 그녀는 혼자일 때 더 강했다. 그리고 뛰어난 분별력에 힘입어 그녀는 그토록 통렬하고 생생한 슬픔 속에서도 단단하고 쾌활한 모습을 유지할 수 있었다. 이 문제에 대해 루시와 처음 이야기를 나눈 후 큰 고통을 겪었지만, 이내 그녀는 다시 한번 루시와 대화를 해봐야겠다는 생각이 들었다. 여기에는 여러 가지 이유가 있었다. 그들의 약혼에 대해 다시 한번 구체적으로 듣고 싶었고, 에드워드에 대한 루시의 감정과 그를 사랑한다는 고백에 진심이 담겨 있는지 확실히 알고 싶었다. 특히 그 문제를 다시 꺼내 담담하게 이야기를 나눔으로써 자신은 친구로서 관심이 있을 뿐 다른 의도는 없다는 것을 루시에게 확인시켜 주고 싶었다. 오전에 대화를 나눴을 때 자기도 모르게 동요하는 모습을 보인 탓에 루시에게 의심의 여지를 남긴 것 같다는 걱정이 들었기 때문이다. 루시는 그녀를 질투하고 있을 소지가 다분했다. 에드워드가 항상 엘리너 자신을 칭찬하더라는 그녀의 말을 제쳐두고라도 알게 된 지 얼마 되지도 않은 그녀가 그토록 중요한 비밀을 굳이 털어놓았다는 사실에서 그것은 분명히 알 수 있었다. 존 경이 농담처럼 떠벌린 얘기도 그녀에게 얼마간 영향을 미친 게 틀림없었다. 그러나 실제로 엘리너 자신이 여전히 에드워드의 사랑을 확신하고 있다는 것 이외에 루시의 질투를 설명할 다른 이유는 없었다. 그녀가 비밀을 털어놓았다는 것 자체가 질투의 증거였다. 에드워드를 차지할 우월한 지위가 자신에게 있음을 알리며 앞으로 그를 피하라고 얘기하려는 게 아니었다면 그 비밀을 털어놓을 다른 이유가 있었겠는가? 엘리너는 연적의 의도를 쉽게 알아차렸고, 철저하게 명예와 정직의 원칙에 따라 에드워드에 대한 자신의 감정을 억누르고 가능한 한 그를 보지 않으리라고 다짐했다. 그러나 루시에게 자신이 전혀 상처받지 않았음을 확실히 보여 주고 싶다는 마음마저 부정할 수는 없었다. 그리고 이미 들은 것보다 더 고통스러운 이야기가 나오지는 않을 테니 구체적인 이야기를 다시 들어도 충분히 견딜 수 있으리라 생각했다.

하지만 그럴 기회가 금방 찾아오지는 않았다. 루시 역시 그런 때를 이용하고 싶었지만, 날씨가 좋은 날이 별로 없어서 함께 산책이라도 하며 다른 사람들을 따돌릴 기회를 찾기가 어려웠다. 적어도 이틀에 한 번 파크나 코티지에서, 물론 주로 파크에서 저녁 시간에 만나기는 했지만, 그곳의 모임은 대화가 목적이 아니었다. 존 경이나 미들턴 부인은 그런 생각을 해본 적이 없었기 때문에 특정한 주제를 가지고 나누는 대화는 물론이고 일반적인 담소를 나눌 기회조차 거의 없었다. 그들의 모임은 오로지 같이 먹고 마시고 웃으며 카드놀이나 이야기 만들기(consequences, 한 사람이 적은 이야기의 한 부분을 다음 사람이 이어서 적고, 이런 식으로 좌중의 모든 사람이 같이 완성한 이야기를 마지막에 낭독하는 놀이-옮긴이) 혹은 시끌벅적한 다른 놀이를 즐기기 위함이었다.

이런 종류의 모임이 한두 차례 있었지만 엘리너와 루시가 단둘이 대화를 나눌 기회는 없었다. 그러던 어느 날 아침 존 경이 코티지에 찾아와 그날 오찬을 미들턴 부인과 함께해달라고 청했다. 자신은 엑서터에 있는 모임에 참석해야 하는데, 그렇게 되면 장모와 스틸 자매밖에 없어서 미들턴 부인이 꽤 심심할 거라는 얘기였다. 엘리너는 존 경이 좌중을 한데 모아 시끄럽게 주도하는 모임보다는 미들턴 부인이 차분하고 교양 있게 주도하는 모임에서 자신이 기대하는 빈틈을 찾을 수 있으리라는 생각에 흔쾌히 초대를 받아들였다. 마거릿도 어머니의 허락으로 함께 가기로 했고, 늘 파크의 모임을 달가워하지 않던 마리앤 역시 모든 오락거리를 멀리하며 혼자만 있으려는 딸을 계속 지켜볼 수 없었던 어머니의 설득으로 동행하기로 했다.

젊은 숙녀들의 방문으로 미들턴 부인은 그녀를 위협하던 끔찍한 고립에서 벗어났다. 엘리너가 예상한 대로 모임의 분위기는 무미건조해서 새로운 생각이나 표현은 나오지 않았고, 오찬을 하는 동안 나눈 대화는 그보다 더 재미없는 대화를 찾기가 어려울 정도였다. 응접실에서는 아이들도 함께 있었기 때문에 엘리너는 아이들이 그곳에 있는 동안에는 루시의 주의를 끌려는 시도조차 하지 않았다. 찻잔이 모두 치워지자 아이들도 물러났다. 이어서 카드놀이를 위해 탁자가 차려졌다. 엘리너는 파크에서 대화의 시간을 찾을 수 있으리라 기대한 것이 잘못이었다고 생각했다. 그들은 모두 일어나 라운드 게임(편을 짜지 않고 각자 경쟁하는 게임-옮긴이)을 준비했다.

"다행이에요." 미들턴 부인이 루시에게 말했다. "루시 양이 우리 애나 마리아의 바구니를 오늘 저녁에 마무리하지 않아도 되어서요. 촛불 아래서 필리그리(filigree, 금속 가닥을 구부리거나 잘라서 금속 표면에 붙이는 세공 기법을 뜻하며, 이 기법에 따라 종이를 접거나 말아서 공예품을 장식하기도 했다-옮긴이) 작업을 하면 눈이 상하니까요. 내일 우리 귀염둥이 꼬마 아가씨가 실망하면 다른 것으로 보상을 해줘야죠. 그러면 아이도 괜찮아질 거예요."

이 정도 눈치를 주는 것만으로 충분했다. 루시는 바로 부인의 말뜻을 알아차리고 대답했다. "정말 오해세요, 미들턴 부인. 안 그래도 제가 빠져도 게임이 되는지 살피는 중이었거든요. 사실 진작에 필리그리를 시작하려고 했어요. 무슨 일이 있어도 그 꼬마 천사를 실망하게 할 수는 없죠. 혹시라도 제가 꼭 끼어야 한다면 저녁 식사를 마치고라도 바구니를 마무리할 생각이었어요."

"정말 마음씨가 고우시네요. 그러다 눈이 상하시면 안 되니까 작업용 촛불이 더 필요하시면 종을 울려 주시겠어요? 내일 바구니가 완성되어 있지 않으면 우리 귀여운 딸아이의 실망이 이만저만이 아닐 거예요. 저는 안 될 거라고 분명히 일렀는데도 아이는 다 되어 있을 거라고 기대할 게 분명하거든요."

루시는 작업용 탁자를 재빨리 자기 쪽으로 끌어당겨서 밝은 표정으로 자리를 잡았는데, 그것은 마치 버릇없는 아이를 위해 필리그리 바구니를 만드는 것보다 더 신나는 일은 없다는 듯한 태도였다.

미들턴 부인은 세 판 승부의 카지노 게임을 제안했다. 아무도 반대하지 않았지만 마리앤은 여느 때처럼 통상적인 예법을 무시하고 이렇게 말했다. "부인, 죄송하지만 저는 빼주시겠어요? 제가 카드놀이를 싫어하는 걸 아시잖아요. 저는 피아노를 칠게요. 지난번에 조율한 뒤로 피아노에 손을 대본 적이 없어서요." 그러더니 더는 격식을 차리지 않고 피아노 쪽으로 몸을 돌렸다.

미들턴 부인은 자신은 저토록 무례하게 굴어본 적이 없다는 사실에 감사하는 것 같았다.

"부인, 마리앤은 피아노에서 오래 떨어져 있지를 못하나 봐요." 엘리너가 동생의 무례를 무마하려 애썼다. "그럴 만도 해요. 저렇게 조율이 잘된 피아노 소리를 저는 들어본 적이 없어요."

이제 나머지 다섯 명이 카드를 뽑아야 했다.

"어쩌면," 엘리너가 말을 이었다. "저도 빠져서 종이라도 옆에서 말아 드리면 루시 양에게 도움이 되지 않을까 해요. 바구니 작업이 워낙 손이 갈 데가 많아서 루시 양 혼자서는 오늘 저녁에 마무리하지 못할 거예요. 저도 그 일을 워낙 좋아해서요, 루시 양만 허락하시면 저도 거들게요."

"대시우드 양께서 도와주신다면 저야 고맙죠." 루시가 말했다. "생각 했던 것보다 품이 많이 들 것 같아요. 귀여운 애나마리아가 실망하면 큰 일이죠."

"그럼요! 정말 그건 큰일이죠." 스틸 양이 말했다. "정말 귀여운 아이 잖아요. 얼마나 예쁜지 모르겠어요."

"정말 친절하시네요." 미들턴 부인이 엘리너에게 말했다. "바구니 만 드는 일을 좋아하신다니 이번 세 판은 빠지셔도 괜찮겠죠? 물론 같이 끼 어서 하셔도 되고요."

엘리너는 첫 번째 제안을 기꺼이 선택했다. 마리앤이라면 절대로 하 지 않았을 겸손한 말 몇 마디로 그녀는 자신의 목적을 달성했을 뿐만 아 니라 미들턴 부인의 마음을 기쁘게 하기까지 했다. 루시는 재빨리 엘리 너에게 자리를 만들어 주었고, 이 아름다운 두 연적은 같은 탁자 앞에 나 란히 앉아 공동의 작업을 시작했다. 마리앤은 피아노 앞에서 그녀만의 음악과 생각에 깊이 몰입하여 자기 이외에 그 방에 다른 사람들이 있다 는 사실조차 잊고 있었다. 그 피아노가 다행히 그들과 아주 가까이 있었 기 때문에, 대시우드 양은 음악 소리의 보호를 받으며 카드놀이 탁자까 지 그들의 대화가 들릴 위험 없이 마음에 담아둔 얘기를 다시 꺼내도 되 리라 판단했다.

24

단호하지만 조심스러운 어조로 엘리너가 이야기를 시작했다.

"만일 제가 그 일에 대해 더 이야기할 의향이나 관심이 없다면 당신이 저에게 보여 주신 신뢰를 받을 자격이 없을 거예요. 그래서 이 이야기를 다시 꺼내는 것에 대해 굳이 변명은 하지 않겠습니다."

"고마워요." 루시가 다정하게 말했다. "안 그래도 조금 껄끄러운 마음이 있었는데 이제 안심이에요. 월요일에 제가 드린 말씀 때문에 불편해하지 않으셨나 내심 걱정했거든요."

"불편하다니요! 왜 그런 생각을 하셨어요?" 엘리너가 말했다. "혹시 제가 그런 생각을 하시게 만들었다면 그건 결코 제가 의도한 게 아니에요. 저를 믿어 주셔서 영광이고 기쁘기까지 했으니까요. 루시 양이 다른 동기가 있어서 그런 말씀을 하신 게 아니잖아요?"

"하지만," 루시가 의미심장한 눈빛으로 말했다. "대시우드 양의 태도가 냉담하고 불쾌한 듯 보여서 제 마음이 아주 불편했답니다. 저에게 화가 나신 게 분명하다고 생각했어요. 저의 일로 공연히 폐를 끼쳐드린 것 같아 그날 이후 줄곧 자책하고 있었답니다. 그런데 그게 저 혼자만의 생각이었고 실제로 저를 탓하지 않으셨다니 정말 기뻐요. 늘 머릿속을 맴도는 생각을 대시우드 양께 털어놓고 제가 얼마나 큰 위안을 받았는지 알게 되신다면 다른 것들은 다 너그럽게 이해해 주실 수 있을 거예요."

"당신의 상황을 저에게 털어놓으신 것이 얼마나 큰 위안이 되셨을지 이해가 됩니다. 그것 때문에 후회하실 일은 없을 테니 마음 놓으세요. 지금 상황이 너무 좋지 않고 주변 환경이 온통 어려움뿐이니 이럴 때일수록 서로의 애정이 필요하실 거예요. 저는 페라스 씨가 어머니께 전적으로 의존하고 계신 것으로 알고 있어요."

"그가 가진 것이라고는 2천 파운드가 전부예요. 그걸 가지고 결혼한다는 것은 바보짓이죠. 저는 더 많은 재산이 있다고 해도 그런 건 얼마든지 포기할 수 있어요. 저는 적은 수입으로 살아가는 데 익숙해져 있고 그를 위해서라면 어떤 가난도 헤쳐나갈 수 있으니까요. 하지만 그가 어머니의 마음에 드는 여자와 결혼한다면 막대한 재산을 받을 수 있을 텐데 저 때문에 그것을 포기하게 하고 싶지는 않아요. 사랑하는 사람에게 그런 이기적인 짓은 할 수 없죠. 우리는 기다려야 해요. 어쩌면 몇 년이 될 수도 있겠죠. 다른 남자들이라면 이런 상황을 두려워할 거예요. 하지만 그 어떤 것도 에드워드의 변함없는 애정을 앗아가지는 못할 거라는 걸 저는 알아요."

"그런 믿음이 당신에게는 전부나 다름없을 거예요. 분명 그분도 같은 믿음으로 버티고 계시겠죠. 약혼 기간이 4년이나 되었다면 어떤 사람들은 서로의 애정이 식기도 할 거예요. 두 분도 자칫 서로의 애정이 식기라도 했다면 루시 양의 처지가 딱하게 될 뻔했어요."

이 말에 루시가 그녀를 올려다보았다. 엘리너는 자신의 말이 미심쩍게 느껴지지 않도록 표정에 주의했다.

"저에 대한 에드워드의 사랑은," 루시가 말했다. "우리가 약혼한 그 순간부터 오랫동안, 아주 오랫동안 떨어져 있으면서 혹독한 시험을 받아왔어요. 그리고 그 시험을 너무나 잘 견뎠기 때문에 지금 와서 그의 사랑을 의심한다면 저는 결코 용서받지 못할 거예요. 이 점에서는 처음부터 단한 순간도 그가 저를 불안하게 만든 적이 없다는 건 분명히 말씀드릴 수있어요."

엘리너는 그 말에 미소를 지어야 할지 한숨을 쉬어야 할지 알 수 없었다.

루시가 말을 이었다. "저는 원래 질투심이 많은 성격이에요. 우리는 신분도 다르고 그가 저보다 만나는 사람들도 훨씬 많은 데다 계속 떨어져서 생활하다 보니 저에게 의심이 생길 수도 있었을 거예요. 우리가 만났을 때 저를 대하는 그의 행동이 조금이라도 변했거나, 알 수 없는 이유로 우울해한다거나, 특별히 어떤 숙녀에 관한 이야기를 많이 한다거나, 롱스테이플에 머물면서 어떤 식으로든 전보다 덜 행복해 보인다면 제가 바로 알아차렸겠죠. 제가 특별히 관찰력이 뛰어나거나 눈치가 빠르지는 않지만, 그런 일이 있었다면 모르고 넘어갔을 리는 없어요."

'말은 참 예쁘게 하지만,' 엘리너는 생각했다. '우리 두 사람 다 그게 사실이 아니라는 걸 알잖아요.'

"그렇다면," 잠시 침묵이 흐른 뒤 엘리너가 물었다. "당신의 계획은 뭔가요? 페라스 부인이 세상을 떠나시는 우울한 결말을 기다리는 것 말고는 다른 계획이 없나요? 그분의 아드님도 어머니께 진실을 밝히고 잠시 노여움을 사는 것보다 당신과 함께 몇 년이 될지도 모를 이런 기다림을 감내하기로 작정하신 건가요?"

"그게 잠시라고 확신할 수만 있다면 얼마나 좋겠어요! 하지만 페라스 부인은 워낙 완고하고 자존심이 강한 분이라 그런 얘기를 들으시면 그 자리에서 펄쩍펄쩍 뛰시면서 아마 모든 재산을 로버트 앞으로 돌려놓으실 거예요. 그런 생각이 들면 에드워드를 위해서라도 성급한 행동을 주저하게 되는 거예요."

"당신 자신을 위해서이기도 해요. 그렇지 않다면 당신은 정말이지 사심이 없는 분이신 거죠."

루시는 엘리너를 다시 한번 쳐다보고는 침묵을 지켰다.

"로버트 페라스 씨는 만나본 적이 있으세요?"

"아뇨, 본 적은 없어요. 하지만 형과는 아주 딴판일 것 같아요. 멍청하고 겉멋만 들었겠죠."

"겉멋이 들었다고?" 마침 마리앤의 피아노 소리가 잠깐 멈춘 사이 마지막 몇 마디를 주워들은 스틸 양이 그 말을 되뇌었다. "아, 저기 두 사람이 자기네 애인 얘기를 하고 있나 보네요."

"아니야." 루시가 소리쳤다. "언니가 잘못 들은 거야. 우리가 좋아하는 남자들은 겉멋만 들지 않았다고."

"아무렴, 대시우드 양의 애인은 그런 남자가 아니라는 걸 내가 잘 알지." 제닝스 부인이 깔깔거리며 말했다. "그렇게 겸손하고 행동이 반듯한 청년은 본 적이 없거든. 그런데 루시 양은 워낙 내숭스러워서 좋아하는 남자가 누군지 알 수가 없단 말이야."

"아," 스틸 양이 좌중을 의미심장한 눈빛으로 둘러보며 말했다. "루시의 애인도 대시우드 양의 애인만큼이나 겸손하고 행동이 반듯하답니다."

엘리너는 자기도 모르게 얼굴이 빨개졌다. 루시는 입술을 꽉 깨물고 화가 난 표정으로 언니를 바라보았다. 잠시 침묵이 흘렀다. 마리앤이 다시 화려한 독주곡을 연주하며 강력한 보호막을 제공하자 루시가 침묵을 깨고 나지막한 목소리로 말했다.

"솔직히 말씀드리면 최근에 이 문제에 관해 한 가지 계획이 떠올랐어요. 사실 당신도 관련되어 있어서 그 비밀을 말씀드리지 않을 수 없겠네요. 에드워드를 줄곧 봐오셨으니 아시겠지만, 그는 다른 어떤 직업보다도 성직을 선호해요. 제 계획은 일단 가능한 한 빨리 그가 성직자가 되는 건데, 그와의 우정을 생각해서나 저에게 호의를 베푸신다는 마음으로 대시우드 양께서 연줄이 있는 존 대시우드 씨를 설득해서 놀런드 교구 자리를 얻을 수 있도록 도와주셨으면 해요. 놀런드 교구가 꽤 괜찮은 곳으로 알고 있는데, 지금 그 자리에 계시는 분이 그리 오래 사시지 못할 거라고 하더군요. 그 자리 정도면 우리가 결혼하기에 충분할 것 같고, 나머지는 시간과 운에 맡겨야겠죠."

"페라스 씨에 대한 존경과 우정을 보여 드릴 수 있다면 저는 무슨 일이든 기쁜 마음으로 할 거예요." 엘리너가 대답했다. "하지만 이 일에는 제 연줄이 전혀 필요치 않다는 걸 아시잖아요? 페라스 씨는 존 대시우드 부인의 동생인데, 존 대시우드 씨가 모른 척하실 리 없죠."

"하지만 존 대시우드 부인은 에드워드가 성직자가 되는 걸 그리 반기지 않으세요."

"그렇다면 제 연줄도 별 도움이 되지 않을 거예요."

두 사람은 다시 한참을 침묵했다. 마침내 루시가 깊은 한숨을 내쉬며 말했다.

"그럼 이 약혼을 깨고 모든 걸 없었던 일로 하는 게 가장 현명한 방법일 것 같아요. 온 사방에 어려움뿐이니 당분간은 우리 두 사람 모두 힘든 시간을 보내겠지만 결국에는 행복을 되찾게 되겠죠. 혹시 제게 조언해 주실 게 있나요, 대시우드 양?"

"아뇨." 엘리너는 요동치는 감정을 감추며 살짝 미소를 지어 대답했다. "이런 문제에 관해서라면 저는 드릴 말씀이 없어요. 당신의 소망과 일치하지 않다면 제 의견이라는 게 아무 의미도 없다는 걸 잘 아시잖아요."

"저를 잘 모르시는군요." 루시가 진지하게 대답했다. "저는 누구보다도 당신의 판단을 중요하게 여기고 있어요. 만일 당신이 '에드워드 페라스 씨와 헤어지시는 게 두 분의 행복을 위하는 길이라고 조언해드리고 싶어요.'라고 말씀하신다면 저는 당장이라도 그렇게 할 거예요."

엘리너는 에드워드의 아내가 될 사람이 보여 주는 가식에 얼굴을 붉히며 대답했다. "그렇게 칭찬해 주시니 설령 제 의견이 있어도 말씀드리기가 더 두려워지네요. 제 영향력이 지나치게 커질 테니까요. 이 일과 무관한 사람이 그토록 애틋한 두 사람을 갈라놓을 권한을 갖는다는 건 터무니없는 일이죠."

"대시우드 양이 무관한 사람이니까," 루시는 약간 언짢은 표정을 지으며 또박또박 강조하듯 말했다. "당신의 판단이 저에게 그런 무게를 지니는 것이겠죠. 어떤 식으로든 당신의 감정으로 인해 편견이 생긴다면, 저에게 그런 의견은 아무 가치도 없을 거예요."

엘리너는 편안하고 솔직한 분위기에 서로 적절치 않은 얘기까지 꺼내는 일이 없도록 더는 대꾸하지 않는 것이 현명하겠다고 생각했다. 그러면서 속으로 이 문제를 두 번 다시 언급하지 않겠다고 다짐했다. 아무 대답도 하지 않는 엘리너와 루시 사이에 침묵이 흘렀다. 그리고 이번에도 침묵을 먼저 깬 사람은 루시였다.

"이번 겨울을 런던에서 보내실 건가요, 대시우드 양?" 루시가 의례적인 태도로 물었다.

"아니요."

"아쉽네요." 루시가 눈을 반짝이며 말했다. "런던에서 뵙게 되면 정말 기쁠 텐데요. 하지만 그렇게 말씀하셔도 결국에는 가시게 되겠죠. 존 대시우드 씨 내외분이 틀림없이 초대하실 테니까요."

"설령 초대를 받는다고 해도 제 마음대로 결정할 수 있는 일이 아니라서요."

"정말 애석하네요! 런던에서 뵙기를 기대했는데. 언니와 저는 1월 말에 런던에 있는 친척댁에 가기로 했어요. 지난 몇 년간 계속 오라고 성화셨거든요. 하지만 제가 런던에 가는 목적은 오로지 에드워드를 만나기 위해서예요. 그이는 2월에 런던에 오기로 예정되어 있어요. 그게 아니라면 저도 굳이 런던에 갈 이유가 없죠. 런던을 별로 좋아하지 않아서요."

세 판 승부의 첫 번째 게임이 끝나면서 엘리너는 카드놀이 탁자로 불려갔고, 두 숙녀의 밀담은 그렇게 끝이 났다. 상대에 대한 불편한 감정을 누그러뜨릴 말이 어느 쪽에서도 나오지 않았기 때문에 두 사람은 망설임 없이 대화를 접었다. 에드워드가 장차 아내가 될 사람에게 아무런 애정도 없을 뿐만 아니라 결혼 생활에서 어느 정도라도 행복해질 가능성이 보이지 않는다는 사실만 확인한 채 엘리너는 우울한 마음으로 탁자 앞에 앉았다. 여자 쪽의 애정에 진심이 있다면 모를까, 남자의 마음이 떠난 줄 알면서도 그녀는 오로지 자신의 이해관계에 따라 그를 약혼에 묶어두고 있는 것이었다.

엘리너는 이후 같은 화제를 두 번 다시 입에 올리지 않았다. 반면 루시는 틈만 나면 그 이야기를 다시 꺼냈고, 에드워드에게 편지라도 받은 날에는 어김없이 비밀을 공유하는 이 친구에게 자신이 얼마나 행복한지 이야기했다. 그때마다 엘리너는 차분하고 조심스럽게 대응했고 예의에 벗어나지 않는 한 될 수 있는 대로 빨리 대화를 끝냈다. 그런 이야기는 루시가 마음대로 떠들어댈 자격도 없거니와 자신에게도 위험하다고 느꼈기 때문이다.

스틸 자매가 바턴 파크에 머무는 기간은 처음 초대받을 때 예정됐던 것보다 훨씬 길어졌다. 이곳에서 그들에 대한 호감은 점점 커져서 그들은 없어서는 안 될 존재가 되었고, 존 경은 그들이 떠나겠다고 해도 들으려 하지 않았다. 스틸 자매 역시 주말이 될 때마다 오래전부터 엑서터에 잡혀 있는 선약이 있어서 돌아가야 한다고 아우성을 쳤지만, 매번 설득에 못 이기는 척 거의 두 달이나 파크에 머물렀다. 그들은 평상시의 무도회나 만찬보다 훨씬 중요한 성탄절이 될 때까지 파크에 머물게 되었다.

25

제닝스 부인은 일 년 중 상당 기간을 자식들과 친지의 집에서 보냈지만, 그렇다고 자신의 집이 없는 것은 아니었다. 그녀의 남편은 런던에서 격이 조금 떨어지는 지역의 성공한 상인이었는데, 그의 사후에 부인은 포트먼 광장 근처에 있는 저택에서 매년 겨울을 보냈다. 1월이 다가오면서 자신의 집으로 돌아가기로 한 그녀는 어느 날 대시우드가의 두 자매에게 자기와 함께 그곳으로 가자고 불쑥 청했다. 그 솔깃한 제안에 생기가 돌아온 마리앤의 표정을 미처 살피지 못한 채 엘리너는 동생도 당연히 자신과 생각이 같을 거라 여기며 초대의 뜻은 고맙지만 사양하겠다는 뜻을 밝혔다. 연중 그 시기에는 어머니 곁을 떠나지 않겠다는 것이 이유였다. 제닝스 부인은 엘리너의 거절에 놀라며 설득을 거듭했다.

"이런! 두 사람이 집에 없어도 어머니는 잘 지내실 텐데 제발 나랑 같이 갑시다. 나는 벌써 그렇게 하기로 마음을 정했고, 평소와 다르게 뭘 특별히 준비하지도 않을 테니 행여 폐가 되지 않을까 걱정하지들 말고. 베티를 역마차로 먼저 보내면 우리 셋은 내 마차(chaise, 3인승 마차로 자매가 동행하면 부인의 하녀인 베티는 탈 자리가 없다-옮긴이)로 편하게 갈 수 있다오. 혹시 런던에 가서 나랑 같이 다니기 싫다면, 뭐 그야 어쩔 수 없으니 그때는 내 두 딸 중에서 마음이 맞는 애랑 같이 다니구려. 런던에 가겠다고 하면 어머니도 반대하지 않으실걸. 내가 애들 시집보내는 데 워낙 운이 따랐던 사람이라 오히려 딸들을 맡기기에 내가 적임자라고 생각하시겠지. 런던에서 내가 두 사람 중 하나라도 좋은 혼처를 찾아 주지 못한다면 그건 내 탓이 아닐 거라오. 내가 젊은 총각들한테 두 사람 얘기를 잘해줄 테니 나만 믿어요."

"제 생각에는," 존 경이 말했다. "언니만 가겠다고 하면 마리앤 양은 반대할 것 같지 않은데요. 대시우드 양이 원치 않는다고 해서 마리앤 양까지 즐거움을 누리지 못한다면 그건 말이 안 되죠. 그러니 바턴이 지켜우시면 대시우드 양에게는 아무 말도 하지 마시고 그냥 두 분만 런던으로 가버리세요."

"글쎄," 제닝스 부인이 말했다. "대시우드 양이 가든 말든 나야 마리앤 양과 둘이서만 가도 너무 좋지. 다만 사람은 많으면 많을수록 좋은 게 아닌가. 그리고 자매가 같이 있어야 마음이 더 편하지. 내가 지켜보면 둘이서 속닥속닥 몰래 내 흉도 보고 그래야 하니까. 하지만 둘이 같이 가지 못한다면 나는 언니든 동생이든 한 사람은 꼭 데리고 가야겠네. 아이고, 지난해 겨울까지는 늘 샬럿이라도 곁에 있었지, 무슨 재주로 이 겨울을 혼자 나겠나. 그럼, 마리앤 양, 우리 둘이 가는 걸로 해요. 대시우드 양이 언제든 마음을 바꾼다면 더할 나위 없이 좋고."

"감사합니다, 부인. 정말 감사해요." 마리앤이 흥분한 목소리로 말했다. "이렇게 초대해 주신 것에 대해 감사하는 마음을 영원히 간직할게요. 초대를 받아들일 수만 있다면 저는 정말 기쁠 거예요. 더 기쁠 수 없을 만큼 기쁠 거예요. 하지만 어머니를, 가장 소중하고 자애로우신 저의 어머니를 생각하면 언니의 말이 옳아요. 우리가 곁에 없어서 어머니가 조금이라도 덜 행복하고 덜 편안하시다면, 아, 그건 안 될 말이에요. 저는 어떤 유혹이 있어도 어머니 곁을 떠날 수 없어요. 그래서는 안 돼요. 갈등해서도 안 돼요."

제닝스 부인은 딸들이 없어도 대시우드 부인은 아주 잘 지내실 거라고 거듭 장담했다. 그제야 동생의 속마음을 헤아린 엘리너는, 동생이 다른 일에는 다 무관심하면서도 윌러비와 다시 함께 있고 싶은 열망만은 강렬하다는 것을 깨닫고 제닝스 부인의 제안에 더는 반대하지 않고 그저 어머니의 결정을 따르기로 했다. 하지만 마리앤을 위해서라도 찬성할 수 없고 그녀 자신 역시 피해야 할 이유가 분명한 이 방문을 막기 위해 그녀가 아무리 노력해도 어머니가 그녀의 뜻을 받아들일 것이라 기대하기는 어려웠다. 어머니는 마리앤이 원하는 것이라면 그것이 무엇이든 힘을 실어주곤 했다. 이미 마리앤과 윌러비의 관계에 문제가 생긴 것 같다는 그녀의 생각을 받아들이지 않은 어머니에게 신중한 행동을 청한다고 해서 통할 것 같지는 않았다. 그녀는 자신이 런던에 가기를 꺼리는 이유도 차마 설명할 수 없었다. 성격이 까다로운데다 제닝스 부인의 습성을 너무나 잘 알아 이를 항상 혐오하던 마리앤이 오로지 한 가지 목적을 위해 그런 모든 불편을 무시하기로 했다는 것은, 그리고 그녀의 예민한 감정에 큰 상처가 될 어떤 일도 무시하기로 했다는 것은 그 목적이 그녀에게 갖는 중요성을 보여 주는 강력하고도 완전한 증거였다. 엘리너는 이전에 벌어진 일들과는 별개로 앞으로 일어날 일들을 목격할 준비가 되어 있지 않았다.

이 초대에 관한 이야기를 듣자마자 런던 나들이가 두 딸 모두에게 큰 즐거움이 되리라 생각한 대시우드 부인은 마리앤이 그녀에게 애정과 관심을 쏟으면서도 마음은 온통 런던에 가 있음을 간파하고는 자기 때문에 초대를 거절해서는 안 된다고 말했다. 그녀는 두 딸 모두에게 초대에 응하라고 하면서, 여느 때처럼 밝은 목소리로 서로 떨어져 있는 동안 그들 모두에게 생길 수 있는 많은 이점을 나열하기 시작했다.

"정말 마음에 드는 계획이구나." 그녀가 말했다. "내가 딱 바라던 거야. 마거릿과 나도 너희 둘만큼이나 이번 기회에 얻는 게 많을 거다. 너희들이 존 경 내외분과 떠나고 나면 우리는 책과 음악을 벗 삼아 조용하고 행복한 시간을 보내게 될 거야. 너희가 돌아오면 마거릿이 훌쩍 성장한 모습을 보게 될걸. 안 그래도 너희 침실을 조금 고쳐볼까 했는데 이제 아무런 불편함 없이 계획을 실행할 수 있겠구나. 너희는 런던에 꼭 가야 한다. 너희 나이에는 런던의 관습과 오락거리를 접해봐야 해. 엄마같이 따뜻하게 돌봐 주실 분이 곁에 계시니 나는 조금도 걱정이 안 되는구나. 그리고 런던에 가면 아마 너희 오빠도 만나게 될 텐데, 너희 오빠나 올케 중 누가 잘못했든 간에 돌아가신 너희 아버지를 봐서라도 나는 너희가 서로 남남처럼 지내는 건 그냥 보고 있을 수가 없단다."

"평소처럼 저희를 먼저 생각하시느라," 엘리너가 말했다. "이번 계획의 장애물들을 하나하나 치우고 계시지만, 제 생각에는 쉽게 물리칠 수 없는 한 가지 반대의 이유가 여전히 남아 있어요."

마리앤의 표정이 무거워졌다.

"우리 신중한 엘리너가 또 무슨 말을 하려는 걸까?" 대시우드 부인이 말했다. "무슨 대단한 장애물을 꺼내 놓으려고? 여행 경비에 관한 얘기라면 듣고 싶지 않다."

"제가 말씀드리려는 반대의 이유는 이거예요. 제닝스 부인은 좋은 분이시기는 한데, 그분과 함께하는 사교 모임이 저희에게 즐거움을 주는 것도 아니고 그분의 후견을 받아서 저희에게 위신이 생기는 것도 아니라는 거죠."

"그 말은 맞다." 어머니가 대답했다. "하지만 다른 사람들이 아닌 부인만 동행하는 사교 모임이라면 그다지 중요한 자리가 아닐 거야. 중요한 자리에는 미들턴 부인과 함께 가면 될 것 아니니."

"제닝스 부인이 마음에 안 든다는 이유로 언니가 꽁무니를 빼도," 마리앤이 말했다. "적어도 저까지 초대를 거절할 필요는 없을 것 같아요. 저는 그런 거리낌은 전혀 없어요. 그리고 저는 어떤 불쾌한 일이 벌어져도 아무렇지 않게 참아낼 자신이 있어요."

제닝스 부인에게 최소한의 예의라도 갖추라고 그렇게 잔소리를 해도 듣지 않던 마리앤이 부인의 언행이야 어떻든 신경 쓰지 않겠다는 모습을 보이자 엘리너는 미소가 절로 나왔다. 그녀는 동생이 끝내 가겠다고 고집하면 자신도 동행하겠다고 마음먹었다. 마리앤 혼자서 상황을 판단하게 내버려 둘 수도 없었거니와, 집에서 안락한 시간을 보낼 제닝스 부인을 오로지 마리앤의 자비심에만 맡겨 두는 것도 적절치 않다고 생각했기 때문이다. 그녀가 마음속으로 이런 결심을 좀 더 쉽게 하게 된 데에는, 에드워드 페라스가 2월에 런던에 도착할 예정이라는 루시의 말을 고려하더라도 그들의 런던 체류는 일정을 억지로 단축하는 일 없이도 그 전에 끝날 것이라는 점이 중요한 역할을 했다.

"나는 너희 둘 다 보낼 거다." 대시우드 부인이 말했다. "이런 일에 반대한다는 건 말도 안 돼. 런던에 가면, 특히 둘이 함께 가면 재미있는 일이 많이 있을 거야. 엘리너도 즐길 거리를 좀 찾아보겠다고 마음을 고쳐먹으면 온 사방에 그런 게 보일 거다. 올케네 식구들과 좀 더 친해져서 즐거움을 얻는 것도 가능할 테고."

엘리너는 모든 진실이 드러났을 때의 충격을 줄이기 위해 에드워드와 자신의 관계에 대한 어머니의 믿음을 흔들 기회를 찾고자 했다. 그래서 비록 성공할 것이라는 기대는 거의 하지 않았지만, 그 계획을 실행에 옮기기 시작했다. 그녀는 가능한 한 차분하게 말했다. "저는 에드워드 페라스 씨를 좋아하니까 만나면 늘 반갑긴 하죠. 하지만 그의 다른 가족들에 대해서라면, 그분들이 저를 알든 모르든 저는 아무 관심이 없어요."

대시우드 부인은 아무 말 없이 미소만 지었다. 마리앤이 놀라서 쳐다보았고, 엘리너는 차라리 입을 다무는 편이 나았겠다고 생각했다.

이야기는 오래 이어지지 않았고 초대를 전적으로 받아들이자는 결정이 내려졌다. 이 소식을 전해 들은 제닝스 부인은 크게 기뻐하며 그들을 따뜻하게 보살피겠노라고 거듭 확언했다. 이 소식에 반색한 사람은 제닝스 부인뿐만이 아니었다. 존 경도 기뻐했는데, 혼자 있는 것이 가장 큰 걱정인 사람에게 런던에서 함께 머물 사람을 둘이나 더 확보했다는 것은 대단한 일이었다. 미들턴 부인조차 몸소 기뻐하는 수고를 아끼지 않았는데 이는 평소의 그녀답지 않은 모습이었다. 스틸 자매는, 특히 루시는 평생 이보다 더 기쁜 소식을 들어본 적이 없는 사람처럼 보였다.

자기 의사와는 정반대로 일이 흘러갔지만 엘리너는 스스로 염려했던 것보다 거부감을 덜 느끼며 그 결정을 받아들였다. 그녀 자신이 런던에 가고 안 가고는 이제 중요한 문제가 아니었다. 이 계획에 너무나 만족스러워하는 어머니의 모습을 보면서, 그리고 표정과 목소리와 행동에서 평소의 생기를 완전히 되찾았을 뿐만 아니라 오히려 이전보다 더 쾌활해진 동생의 모습을 보면서 그녀는 그 원인에 불만을 가질 수 없었고 그 결과도 더는 의심할 수 없었다.

마리앤의 기쁨은 단순한 행복감 정도가 아니었다. 그녀는 한껏 들떠 당장이라도 떠나고 싶어 안달했다. 그나마 어머니의 곁을 떠나고 싶지 않다는 생각이 유일하게 그녀의 들뜬 마음을 가라앉혀주었다. 이 때문에 이별의 순간이 되자 그녀에게 엄청난 슬픔이 밀려왔다. 어머니의 고통도 마리앤 못지않았고, 그것이 영이별이 아니라고 생각하는 사람은 엘리너밖에 없는 것 같았다.

그들은 1월 첫 주에 출발했다. 미들턴 가족은 일주일 후에 따라오기로 했다. 파크에 계속 머물고 있던 스틸 자매는 미들턴 가족이 출발할 때 그곳을 떠나기로 했다.

26

엘리너는 자신이 제닝스 부인의 손님이 되어 그녀의 보호를 받으며 함께 마차를 타고 런던에 가고 있다는 사실이 얼떨떨했다. 부인과 알고 지낸 기간은 너무나 짧았고 나이와 기질은 너무나 달랐으며, 불과 며칠 전까지만 해도 그녀에게는 이 계획에 반대할 수많은 이유가 있지 않았던가! 하지만 이 모든 반대는 마리앤과 어머니가 공유하는 저 행복한 젊음의 열정에 의해 모두 극복되거나 무시되었다. 엘리너는 이따금 윌러비의 변심을 의심하기도 했지만, 마리앤의 온 영혼을 채우며 그 눈에서 빛을 발하고 있는 황홀한 기대감을 지켜보면서 정작 자신의 기대는 얼마나 헛된지, 그리고 자신의 마음은 얼마나 쓸쓸한지 생각하지 않을 수 없었다. 그녀는 자신에게도 마리앤처럼 힘을 낼 동기가 있고 희망의 가능성이 있다면 마리앤이 겪는 애달픔 정도는 기쁘게 받아들일 수 있으리라 생각했다. 이제 조금만, 아주 조금만 있으면 윌러비가 무슨 생각을 하

173

는지 알 수 있을 것이었다. 그는 이미 런던에 와 있을 공산이 컸다. 마리앤이 한시바삐 출발하고 싶어 안달한 것도 런던에서 그를 만날 수 있다고 믿었기 때문일 것이다. 엘리너는 그곳에서 그를 직접 만나 관찰하고 다른 사람들의 이야기를 들어보면서 그의 성격을 새롭게 파악하는 한편 동생을 대하는 그의 태도를 유심히 지켜보면서 그가 어떤 사람인지 그리고 그의 의중이 무엇인지 확인하리라 마음먹었다. 만일 관찰의 결과가 부정적이라면 그녀는 어떻게든 동생이 눈을 뜨도록 만들 생각이었다. 반대의 경우라면 그녀의 노력은 다른 성격을 띠게 될 것이었다. 그녀는 동생과 자신을 비교하는 이기적인 마음을 버려야 했고, 동생의 행복을 기쁜 마음으로 바라보지 못하도록 가로막는 모든 아쉬움을 떨쳐내야 하는 것이었다.

　사흘 동안 이어진 여정(바턴에서 런던의 거리는 160km 정도에 불과하지만, 당시의 열악한 도로 사정과 낮이 짧은 겨울임을 고려하면 여정에 사흘이 걸린 것은 자연스럽다-옮긴이)에서 마리앤이 보인 행동은 앞으로 제닝스 부인에게 과연 그녀가 얼마나 상냥하고 싹싹해질 수 있을지를 보여 주는 확실한 표본이었다. 그녀는 여정 내내 조용히 앉아 골똘히 생각에 잠겨 있었고 어쩌다 그림 같은 풍경이 시야에 들어오면 언니에게만 들릴 만큼 나지막하게 기쁨의 감탄사를 내뱉었을 뿐 말문을 여는 일이 없었다. 동생의 이런 행동을 대신 보상하기 위해 엘리너는 예절을 담당하는 역할을 자임하며 제닝스 부인을 극진하게 떠받들었다. 그녀는 함께 이야기를 주고받았고 함께 웃었으며 제닝스 부인의 말에 최대한 귀를 기울였다. 제닝스 부인 역시 자매를 더할 나위 없이 친절하게 대했고 그들이 편안하고 즐겁게 지낼 수 있도록 매사에 배려를 아끼지 않았다. 다만 여정 중에 묵은 여인숙에서 그들이 메뉴를 직접 고르도록 설득하는 데 실패했을 뿐만 아니라 그들이 대구보다는 연어를, 튀긴 송아지 고기보다는 삶은 닭고기를 더 좋아한다는 말을 실토하게 하지 못해 마음이 불편했을 따름이다. 그들은 사흘째 되는 날 오후 3시경 긴 여정 끝에 런던에 도착했다. 갑갑한 마차에서 벗어나 그들은 가뿐한 마음으로 따뜻한 벽난로의 호사를 누릴 준비를 했다.

저택의 외관은 훌륭했고 내부도 우아하게 꾸며져 있었다. 젊은 숙녀들은 곧바로 안락한 방으로 안내되어 여장을 풀었다. 결혼 전 샬럿이 쓰던 그 방의 벽난로 선반 위에는 그녀가 색색의 명주실로 수놓은 풍경화가 걸려 있었다. 그것은 그녀가 런던의 명문 학교를 7년간 다닌 것이 쓸모가 있었음을 보여 주는 증거였다.

그들이 도착한 후 만찬이 준비되기까지는 적어도 두 시간이 남아 있었기 때문에 엘리너는 그사이 어머니께 편지를 쓰기로 마음먹고 자리에 앉았다. 곧 마리앤도 편지를 쓰려고 자리에 앉았다. 엘리너가 말했다. "마리앤, 집에 보내는 편지는 내가 먼저 쓸 테니까 너는 하루나 이틀 뒤에 쓰는 게 어때?"

"집에 보내는 거 아니야." 마리앤이 더는 묻지 말라는 듯 짧게 대답했다. 엘리너는 아무 말도 하지 않았다. 그렇다면 그 편지는 윌러비에게 쓰는 것이 틀림없다는 생각이 머리를 스쳤다. 이어지는 결론은, 아무리 비밀스럽게 행동하려 해도 두 사람이 약혼했다는 것만은 확실하다는 사실이었다. 완전히 만족스럽지는 않지만 그래도 이런 확신이 위안이 되었고 덕분에 편지를 쓰는 그녀의 손놀림도 가벼워졌다. 마리앤은 분량상 쪽지에 가까운 짧은 편지를 몇 분 만에 다 썼다. 그녀는 서둘러 편지지를 접어 넣어 봉한 다음 주소를 적었다. 엘리너는 수신인 성명에서 대문자 W를 얼핏 본 것 같았다. 마리앤은 주소를 적자마자 종을 울렸고, 이에 응답한 하인에게 페니 우편소(two-penny post, 주로 런던 시내에서 편지나 가벼운 소포를 배송하는 서비스로 대개 4시간 이내에 수신인에게 도착했다-옮긴이)에 가서 편지를 부쳐달라고 부탁했다. 이렇게 해서 즉시 편지가 부쳐졌다.

마리앤은 몹시 들떠 있었지만, 엘리너는 안절부절못하는 동생의 모습에 마음이 편치 않았다. 저녁이 되면서 그녀의 조바심은 점점 커졌다. 그녀는 저녁 식사 시간에 음식을 거의 입에 대지 못했고, 응접실로 자리를 옮긴 후에도 밖에서 지나가는 모든 마차 소리에 초조하게 귀를 기울이는 것 같았다.

제닝스 부인이 방에서 할 일이 많아 밖의 상황을 보지 못하고 있다는 사실이 엘리너로서는 다행스러웠다. 찻잔이 준비되었고, 마리앤은 이미 이웃집 출입문의 노크 소리에 한 차례 이상 실망을 맛보고 있었다. 그때 다른 집이라고는 착각할 수 없을 만큼 노크 소리가 크게 들렸다. 엘리너는 윌러비가 온 것이 틀림없다고 생각했고, 마리앤은 자리에서 일어나 응접실 문 쪽으로 다가갔다. 밖은 조용했다. 그녀는 더 참지 못하고 문을 열고 계단 쪽으로 몇 걸음 다가가 30초쯤 귀를 기울이더니 그의 목소리를 들었다고 확신한 듯 흥분된 표정으로 돌아왔다. 그녀는 환희에 들떠 소리를 지르지 않을 수 없었다. "언니, 윌러비야! 그 사람이야!" 그녀는 응접실에 막 들어서는 사람의 품속으로 거의 뛰어들 뻔했는데, 그는 브랜던 대령이었다.

마리앤은 평정을 유지하기에는 너무 큰 충격을 받아 곧바로 응접실을 빠져나갔다. 실망하기는 엘리너도 마찬가지였지만, 평소에 브랜던 대령을 존경하던 그녀는 그를 따뜻하게 맞아들였다. 마리앤을 그토록 좋아하는 사람이, 그와 마주치자마자 슬픔과 실망감을 내비치며 돌아서는 그녀의 모습을 바라봐야만 하는 상황이 엘리너는 안타깝기만 했다. 대령도 마리앤의 반응에서 상황을 눈치챈 것 같았다. 심지어 그는 응접실에서 나가는 마리앤을 놀람과 걱정으로 바라보느라 엘리너에게 예의를 갖추는 것도 잊은 듯했다.

"동생분이 어디 편찮으신지요?"

엘리너는 그렇다는 곤혹스러운 대답과 함께 두통과 무기력과 과로 같은 이유를 나열하며 동생의 행동에 그럴싸한 온갖 이유를 갖다 붙였다.

그는 온 신경을 집중해서 그녀의 말에 귀를 기울였으나 이내 마음을 가라앉힌 듯 더는 그 일을 언급하지 않았다. 그는 런던에서 만나게 되어 반갑다면서 여정은 어땠는지, 그리고 바턴에 있는 나머지 식구들은 잘 지냈는지를 물었다.

이런 식의 차분한 대화가 이어졌으나 두 사람 모두 관심이나 열의는 없이 생각은 다른 데 가 있었다. 엘리너는 윌러비가 런던에 와 있는지 묻고 싶은 마음이 간절했지만, 공연히 연적에 관한 질문으로 대령에게 고통을 주고 싶지는 않았다. 그녀는 무슨 말이든 해볼 양으로 마지막으로 만난 이후 그가 줄곧 런던에 있었는지를 물었다. "네." 그가 조금 당황하며 대답했다. "거의 그랬습니다. 델라퍼드에 며칠씩 한두 차례 다녀오기는 했는데 바턴에 돌아갈 수 있는 상황은 아니었습니다."

엘리너는 그의 말과 태도에서 불현듯 그가 바턴을 떠났을 때의 상황과 제닝스 부인이 그가 떠난 후 안달하며 의심을 하던 기억을 떠올렸다. 그녀는 괜한 질문으로 그 일에 대해 의도하지 않은 호기심을 내비친 것 같아 걱정스러운 마음이 들었다.

곧 제닝스 부인이 들어왔다. "오셨구려, 대령!" 그녀가 여느 때처럼 유쾌한 호들갑을 떨며 말했다. "이렇게 만나니 정말 반갑네요. 바로 나와

보지 못해 미안해요. 집을 비운 지 워낙 오래되어서 이것저것 정리할 게 좀 많아야 말이지. 아시다시피 잠깐만 집을 떠났다가 돌아와도 자질구레한 일들이 산더미처럼 쌓인다니까. 카트라이트에게 시킬 일도 있었고, 아이고, 저녁 식사 마친 이후로 내가 꿀벌처럼 바빴다니까. 그나저나, 대령, 오늘 내가 런던에 온 줄은 어떻게 아셨답니까?"

"파머 씨 댁에서 들었습니다. 그곳에서 저녁 식사를 했거든요."

"오호, 그랬군요. 다들 어떻게 지내던가요? 샬럿은 잘 있죠? 지금쯤이면 몸이 꽤 불었겠네."

"파머 부인께서는 아주 좋아 보이셨습니다. 내일 이리로 오시겠다고 저에게 전해달라 하셨습니다."

"아무렴, 그래야지. 나도 내일은 오겠거니 했어요. 자, 대령, 내가 젊은 숙녀 두 분을 모시고 오지 않았겠어요. 이런, 지금은 한 사람밖에 안 보이네. 다른 숙녀분도 어딘가에 있겠지. 대령의 친구 마리앤 양도 내가 모시고 왔거든. 나쁘지 않은 소식이죠? 대령과 윌러비가 마리앤 양을 사이에 두고 뭘 하려는 건지는 모르겠지만, 아무렴, 젊고 예쁘다는 건 좋은 거지. 아이고, 나도 젊은 시절이 있었지만 사실 예쁘지는 않았다오. 외모는 복을 타고나야 하거든. 그래도 남편 하나는 잘 얻었지. 세상에서 제일가는 미인이라도 더 좋은 남편을 얻었을까. 아이고, 불쌍한 양반! 세상 버린 지 벌써 8년이 넘었네. 그런데, 대령, 우리와 헤어지고 그동안 어디에 가 계셨소? 일은 잘돼 갑니까? 자, 자, 우리 사이에 비밀은 없는 걸로 합시다."

그는 여느 때처럼 그녀의 질문에 차분하게 답했지만, 어떤 대답도 그녀를 만족시키지는 못했다. 엘리너가 차를 준비하면서 마리앤도 어쩔 수 없이 응접실로 돌아와야 했다.

그녀가 들어온 뒤 브랜던 대령은 더 깊은 생각에 잠겨 말문을 닫았고, 제닝스 부인의 거듭된 설득에도 그는 더 오래 머물지 않았다. 그날 저녁 방문객은 더 없었고, 두 자매는 일찍 잠자리에 들었다.

　다음 날 아침 마리앤은 생기를 되찾은 듯 한결 밝은 표정이었다. 그녀는 전날 저녁의 실망을 잊고 그날 있을 일에 대한 기대에 부푼 모습이었다. 조찬을 마친 지 얼마 되지 않아 파머 부인의 마차가 집 앞에 도착했고, 잠시 후 그녀가 웃으며 응접실에 들어섰다. 그녀는 그들 모두를 다시 만나게 되어 무척 기쁘다며, 어머니가 더 반가운지 아니면 대시우드 자매가 더 반가운지 가리기가 힘들다고 말했다. 그녀는 줄곧 예상은 했지만, 대시우드 자매가 실제로 런던에 오게 되어 놀랐다면서 그들이 오지 않았다면 절대로 용서하지 않았을 것이고 다른 한편으로 자신의 초대는 거절하면서 어머니의 초대에는 응했다는 사실에 화가 난다고 말했다.

　"파머 씨도 두 분을 만나면 정말 기뻐할 거예요." 그녀가 말했다. "두 분이 엄마와 함께 오신다는 얘기를 듣더니 그이가 뭐라고 했는지 아세요? 갑자기 기억이 안 나는데 아무튼 굉장히 웃기는 말을 했어요."

　제닝스 부인이 편안한 잡담이라고 부르는, 바꿔 말해 그녀가 지인들에 관해 온갖 이야기를 늘어놓고 딸은 아무 이유도 없이 까르르 웃어대는 것으로 한두 시간을 보낸 뒤, 파머 부인은 오전에 상점을 몇 군데 들를 일이 있으니 모두 같이 가자고 제안했다. 제닝스 부인과 엘리너는 마침 사야 할 물건이 있어서 흔쾌히 동의했고, 마리앤은 처음에는 거절했으나 권유에 못 이겨 같이 가기로 했다.

　그들이 가는 곳마다 마리앤은 주위를 두리번거리는 기색이 역력했다. 특히 일행의 볼일이 몰려 있던 본드가에서 그녀는 끊임없이 뭔가를 찾는 듯했다. 어느 상점에 들어가든 그녀의 마음은 일행의 흥미와 관심을 끄는 물건이나 그녀의 눈앞에 있는 모든 것에서 멀리 떨어져 있었다. 어디를 가도 안절부절못하고 뭔가 못마땅한 듯한 그녀에게 언니는 그들이 함께 사용할 물건을 고르면서도 의견을 물을 수 없었다. 그녀는 어느 것에서도 즐거움을 얻지 못했다. 그녀는 제닝스 부인의 저택으로 서둘러 돌아가고 싶었고, 예쁘거나 비싸거나 새로운 물건이 눈에 띄면 전부 사들일 것처럼 흥분하다가도 정작 결정을 못 내리고 주저하며 시간만 보내는 파머 부인에게 치미는 짜증을 간신히 억누르고 있을 뿐이었다.

그들은 정오가 되기 전에 저택으로 돌아왔다. 저택에 도착하자마자 마리앤은 급하게 계단을 올라갔고, 뒤따라간 엘리너는 동생이 슬픈 표정으로 탁자에서 돌아서는 모습을 보았다. 윌러비가 다녀가지 않은 것이었다.

"우리가 나간 뒤에 내게 온 편지 없었어?" 짐 꾸러미를 들고 따라 들어오는 하인에게 마리앤이 물었다. 없었다는 대답이 돌아왔다. "확실해?" 그녀가 다시 물었다. "편지나 쪽지를 들고 찾아온 하인이나 심부름꾼이 하나도 없었단 말이지?"

하인은 없었다고 대답했다.

"정말 이상해." 그녀는 실망한 목소리로 나지막이 말하며 창문 쪽으로 몸을 돌렸다.

'정말 이상하긴 해.' 속으로 같은 말을 하며 엘리너는 동생을 걱정했다. '그가 런던에 없다고 생각했다면 마리앤이 급하게 편지를 썼을 리가 없어. 그랬다면 쿰 마그나로 편지를 썼겠지. 만일 그가 런던에 있는데도 찾아오거나 답장을 보내지 않았다면 그건 정말 이상한 일이야. 아, 어머니, 저렇게 어린 딸이 제대로 알지도 못하는 남자와 이렇게 불확실한, 이렇게 비밀스러운 약혼을 이어가도록 내버려 두신 건 정말 잘못하신 거

예요. 제가 나서서라도 물어보고 싶지만, 그런 간섭을 마리앤이 어떻게 받아들일는지요.'

그녀는 잠시 고민한 뒤, 이처럼 께름칙한 상황이 여러 날 더 이어지면 이 문제를 좀 더 심각하게 살펴볼 필요성을 어머니께 강력하게 말씀드려야겠다고 마음먹었다.

파머 부인은 아침에 그녀의 어머니와 절친한 두 명의 노부인을 만나 그들을 오찬에 초대했는데, 그들과 함께 점심 식사를 마친 그녀는 차를 마시자마자 저녁 약속을 위해 곧바로 떠났다. 엘리너는 제닝스 부인과 두 명의 노부인을 위해 휘스트(whist, 두 명씩 편을 나눠 진행되는 카드놀이-옮긴이) 탁자에 자리를 함께해야 했다. 카드놀이를 배우려 한 적이 없는 마리앤은 이번에도 끼지 않았고 덕분에 자기 시간을 마음껏 가질 수 있었다. 하지만 그녀는 기대감으로 들떠 있다가 실망감으로 고통스러워한 그 저녁 시간을 언니보다 더 즐겁게 보낸 것도 아니었다. 그녀는 집어 든 책을 몇 분도 읽지 못하고 치워버렸다. 그러고는 줄곧 방 안을 왔다 갔다 하면서 노크 소리가 들리기를 기대하며 창가에 다가가 걸음을 멈추고는 귀를 쫑긋 세우고 있었다.

27

"이렇게 춥지 않은 날이 계속된다면," 다음 날 아침 조찬을 위해 모인 자리에서 제닝스 부인이 말했다. "존 경이 다음 주에 바턴을 떠나서 이곳에 오고 싶은 생각이 들지 않겠어. 사냥을 좋아하는 사람들은 그 즐거움을 하루라도 놓치는 게 슬픈 일이거든. 딱하게 됐어, 정말 딱해. 그 사람들한테는 세상에 사냥보다 중요한 일이 없는데 말이야."

"그렇군요." 날씨를 살피기 위해 창가로 다가가는 마리앤의 목소리에 생기가 넘쳤다. "그 생각을 미처 못했어요. 사냥을 좋아하는 분들은 이렇게 날씨가 좋으면 시골에 그대로 머물러 있을 거라는 걸요."

그녀는 이런 다행스러운 생각에 쾌활함을 되찾았다. "그분들에게는 정말 날씨가 매력적이겠어요." 그녀는 행복한 표정으로 식탁에 앉으며 말을 이었다. "그분들은 이런 날씨가 얼마나 좋겠어요! 그런데," (다시 조바심을 내며) "이런 날씨가 계속 이어질 수는 없잖아요. 이맘때는 원래 비가 며칠 내리면 따뜻한 날씨를 더 기대할 수 없으니까요. 곧 추위가 닥칠 거예요, 아주 심하게. 이렇게 포근한 날씨가 오래 이어지는 게 이상하잖아요. 하루나 이틀 더 갈까. 어쩌면 오늘 밤부터 모든 게 꽁꽁 얼어버릴지도 몰라요."

"어쨌든 다음 주말에는 존 경과 미들턴 부인을 이곳에서 뵐 수 있겠네요." 엘리너는 제닝스 부인이 자신처럼 동생의 속마음을 읽지 못하도록 화제를 돌렸다.

"아무렴, 확실하지. 우리 큰딸은 항상 자기 계획대로 움직인다오."

'그렇다면,' 엘리너는 속으로 추측했다. '오늘 중 마리앤은 쿰 마그나로 편지를 보내겠지.'

엘리너는 주의를 기울여 살폈지만 마리앤이 언니의 눈을 피해 편지를 써서 부쳤다면 몰라도 이를 확인할 수는 없었다. 사실이 어떻든, 그리고 이런 상황이 썩 만족스럽지도 않았지만, 활기를 되찾은 듯한 동생의 모습에 엘리너의 마음도 그리 불편하지만은 않았다. 마리앤은 기운을 차렸고 포근한 날씨에 행복해했으며 날씨가 다시 추워질 것이라는 기대에 더더욱 행복해 보였다.

제닝스 부인은 지인들에게 카드를 보내 자신이 런던에 돌아왔음을 알리는 데 그날 오전을 보냈고, 그러는 동안 마리앤은 풍향을 관찰하고 하늘을 쳐다보며 날씨가 어떻게 변할지 상상하기에 바빴다.

"언니, 아침보다 좀 추워진 것 같지 않아? 날씨가 확 달라진 느낌이야. 머프(muff, 모피를 원통 모양으로 두른 방한용품으로 양쪽에서 손을 넣게 되어 있다-옮긴이)에 손을 넣고 있어도 따뜻한 줄 모르겠어. 어제는 안 그랬거든. 구름이 흩어지고 해가 곧 나올 것 같아. 오후에는 맑은 하늘을 볼 수 있겠어."

엘리너는 그런 동생의 모습에 풀렸던 마음이 다시 아팠다. 하지만 마리앤은 꿋꿋하게 매일 밤 벽난로의 환한 불꽃에서, 아침이면 대기의 상태에서 날씨가 다시 추워질 것이라는 확실한 조짐을 찾았다.

대시우드 자매는 그들에게 한결같은 친절을 베푸는 제닝스 부인의 행동에 아무 불만이 없었듯이 부인의 생활 방식이나 그녀의 지인들에게도 불만을 가질 이유가 없었다. 제닝스 부인은 틀에 얽매이지 않는 방식으로 집안일을 처리했고, 미들턴 부인이 못마땅하게 여기는 구시가의 몇몇 친구들과 교분을 나누는 것을 제외하고는 공연히 소개해서 젊은 손님들의 감정을 불편하게 할 만한 사람들은 아예 방문하지도 않았다. 이 점에서 특히 예상했던 것보다 마음 편히 지내게 된 것에 만족한 엘리너는 부인의 저택이나 다른 집에서나 카드놀이가 전부인 저녁 모임에서 즐거움을 찾기 어려웠음에도 기꺼이 자리를 함께했다.

브랜던 대령은 거의 매일 초대를 받아 그들과 함께 시간을 보냈다. 그는 마리앤을 보기 위해 찾아왔지만 대화 상대는 언제나 엘리너였다. 그녀는 그와의 대화에서 큰 즐거움을 얻었지만, 동시에 동생을 향한 변치 않는 그의 마음이 걱정스럽기도 했다. 그녀는 그의 애정이 점점 강해지는 것이 두려웠다. 이따금 마리앤을 바라보는 그의 간절한 눈빛은 그녀를 슬프게 했다. 확실히 바턴에서 만났을 때보다 그의 기분은 가라앉아 있었다.

그들이 도착하고 일주일쯤 지났을 때 윌러비도 런던에 와 있음이 확실해졌다. 그들이 아침에 마차를 타고 바람을 쐬다 돌아왔을 때 탁자 위에 그의 카드(card, 방문한 집의 주인이 부재중일 때 자신의 방문을 알리거나 사교 모임에서 자신을 소개하는 목적으로 사용된 일종의 명함-옮긴이)가 놓여 있었다.

"어머, 세상에!" 마리앤이 소리쳤다. "우리가 나간 사이에 그가 왔었나 봐."

그가 런던에 있다는 반가운 사실을 확인한 엘리너가 조심스럽게 말했다. "분명히 내일 다시 올 거야." 하지만 마리앤은 언니의 말이 들리지도 않는 듯, 제닝스 부인이 들어오자 얼른 그 소중한 카드를 챙겨서 자리를 피했다.

이 일로 엘리너는 한결 기분이 좋아졌지만, 그녀의 동생은 전보다 더 안절부절못하고 있었다. 그 일이 있고 난 후 마리앤은 잠시도 평정을 찾지 못했다. 하루 중 어느 순간에 그를 보게 될지 모른다는 기대감에 그녀는 아무것도 할 수 없었다. 이튿날 아침 다른 사람들이 모두 외출할 때도 그녀는 한사코 남아 있으려 했다.

엘리너의 머릿속은 온통 그들이 외출한 사이 버클리가에서 벌어질지도 모를 일에 관한 생각으로 가득 찼다. 하지만 돌아와서 살핀 동생의 모습은 윌러비가 다시 방문하지 않았음을 말해 주고 있었다. 그때 하인이 응접실에 들어와 쪽지 하나를 탁자 위에 올려놓았다.

"나한테 온 거야?" 마리앤이 황급히 탁자로 다가가며 물었다.

"아닙니다, 아가씨. 주인마님께 온 겁니다."

그러나 마리앤은 믿지 못하겠다는 듯 바로 쪽지를 집어 들었다.

"제닝스 부인께 온 게 맞네. 아, 짜증 나!"

"너 편지를 기다리는구나?" 가만히 있을 수가 없어 엘리너가 물었다.

"응. 조금, 많이는 아니고."

짧은 침묵이 흘렀다. "너, 나를 못 믿는구나, 마리앤."

"아니, 내가 왜 언니한테 이런 소리를 들어야 해? 언니야말로 아무도 믿지 않잖아."

"내가?" 엘리너가 얼떨떨하게 되물었다. "마리앤, 나는 할 얘기가 없는 거야."

"나도 마찬가지야." 마리앤이 강한 어조로 말했다. "그럼 우리 둘 다 똑같네. 서로 굳이 할 얘기가 없는 거야. 언니는 얘기할 게 없고, 나는 숨기는 게 없으니까."

엘리너는 속에 있는 이야기를 털어놓지 않는다는 동생의 비난이 괴로웠다. 그런 상황에서 그녀는 마리앤에게 솔직하게 말해 보라고 다그칠 방법을 알지 못했다.

잠시 후 제닝스 부인이 들어와 쪽지를 집어 들고 큰 소리로 읽었다. 미들턴 부인이 보낸 쪽지에는 그들이 전날 밤 콘듀이트가에 도착했으며 다음 날 저녁에 어머니와 아가씨들을 초대하고 싶다는 내용이 담겨 있었다. 존 경은 일이 있어서, 그리고 자신은 감기에 심하게 걸려서 버클리가로 오지 못한다는 것이었다. 초대는 수락되었다. 그런 방문에는 두 자매가 함께 가는 것이 미들턴 부인에 대한 통상적인 예의였고, 엘리너는 약속 시간이 다 되어서야 동생을 겨우 설득할 수 있었다. 아직 윌러비의 그림자도 보지 못한 마리앤은 굳이 외출해서 즐거움을 얻을 생각도 없었거니와, 자신이 없을 때 그가 찾아올 수도 있었기 때문에 그런 위험을 감수하고 싶지 않았던 것이다.

그날 저녁 엘리너는 장소가 달라진다고 해서 사람의 기질까지 달라지는 것은 아님을 깨달았다. 존 경은 런던에 도착하기가 무섭게 스무 명에 가까운 젊은이들을 불러 모아 무도회를 열었다. 하지만 미들턴 부인은 이를 마뜩잖게 여겼다. 시골에서는 즉흥적으로 무도회를 개최하는 것이 얼마든지 가능했다. 그러나 고상하다는 평판이 훨씬 중요하고 그것을 얻기도 힘든 런던에서 몇 명의 처녀를 만족시키겠답시고 고작 두 대의 바이올린과 작은 접대용 식탁에 변변찮은 음식을 준비해 놓고 여덟아홉 쌍의 남녀를 불러 무도회를 연다는 소문이 퍼지기라도 한다면 그것은 너무나 큰 위험을 감수해야 하는 일이었기 때문이다.

파머 씨 부부도 무도회에 참석했다. 자매는 런던에 온 이후 파머 씨를 처음 만나는 자리였다. 하지만 그는 장모에게 신경을 쓰는 것처럼 보이지 않으려고 아예 가까이 다가오지도 않았기 때문에 그들이 들어오는 것을 보고도 아는 내색을 하지 않았다. 그는 마치 모르는 사람들을 대하듯(언행이 다소 경박한 제닝스 부인의 일행에게 곧바로 친밀감을 드러내지 않는 모습에서 당시 신분이 높은 사람들이 얼마나 주위의 시선과 평판을 의식했는지 알 수 있다–옮긴이) 그들을 힐끗 쳐다본 뒤 무도회장 건너편에서 제닝스 부인에게만 고개를 까딱했다. 마리앤은 입장하면서 주위를 한 번 둘러보았다. 그것으로 충분했다. 그는 그곳에 없었다. 사람들과 어울려 즐거움을 얻을 생각이 없었던 그녀는 바로 자리에 앉았다. 한 시간쯤 지나 파머 씨가 대시우드 자매에게 천천히 다가와 런던에서 만나게 되어 놀랐다고 말했다. 브랜던 대령이 자매가 런던에 왔다는 소식을 들은 곳이 그의 집이었고, 그들이 온다는 소식에 굉장히 웃기는 말을 내뱉었다는 사람이 그 자신이었는데 말이다.

"두 분 다 데번셔에 계신 줄 알았습니다." 그가 말했다.

"그러셨어요?" 엘리너가 대답했다.

"언제 집으로 돌아가십니까?"

"잘 모르겠어요." 그들의 대화는 이렇게 끝났다.

마리앤은 그날 저녁처럼 춤추기 싫은 적이 없었고, 춤을 추고 나서 그렇게 피곤한 적도 없었다. 버클리가에 돌아와서도 그녀는 그런 불평을 늘어놓았다.

"맞아, 맞아." 제닝스 부인이 말했다. "그 이유를 모르는 사람이 어디 있겠어. 아무개가 그 자리에 있었더라면 우리 마리앤 양도 전혀 피곤하지 않았을 텐데. 솔직히 말해서 초대를 받아놓고도 사람을 만나러 오지 않으면 쓰나."

"초대를 받았다고요?" 마리앤이 소리쳤다.

"우리 큰딸이 그러던걸. 오늘 아침에 존 경이 길에서 우연히 그 사람을 만난 것 같다고." 마리앤은 입을 다물었지만 크게 상처를 받은 표정이었다. 엘리너는 상황이 여기에까지 이른 이상 동생의 고통을 덜어 주기 위해 더는 기다리지 않고 다음 날 어머니께 편지를 쓰기로 마음먹었다. 그녀는 어머니가 마리앤의 건강을 염려하게 만들어서라도 오랫동안 미뤄온 질문을 하게 만들 생각이었다. 이튿날 아침, 식사를 마치고 마리앤이 다시 편지를 쓰고 있는 모습을 보면서 엘리너는 그런 생각을 더욱 굳혔다. 동생이 다른 누군가에게 편지를 쓸 리가 없었기 때문이다.

그날 정오 무렵 제닝스 부인은 볼일이 있어 혼자 외출했고, 엘리너는 곧바로 편지를 쓰기 시작했다. 그사이 초조함에 손에 잡히는 일은 없고 불안함에 대화를 나누지도 못하는 마리앤은 이쪽 창문과 저쪽 창문 사이를 왔다 갔다 하거나 벽난로 옆에 앉아 우울한 상념에 빠져 있었다. 엘리너는 그동안 일어난 일을 모두 적고 월러비의 마음이 변한 것 같다는 의심을 전하며 마리앤과 월러비가 실제로 어떤 관계인지 마리앤에게 설명을 요구해야 한다고 어머니께 간곡히 청했다.

엘리너가 편지를 다 쓰자마자 밖에서 손님의 방문을 알리는 노크 소리가 들렸다. 이어 브랜던 대령이 왔다고 하인이 전했다. 이미 창가에서 그를 본 마리앤은 누구도 만나고 싶지 않아 그가 들어오기 전에 응접실을 빠져나갔다. 그는 평소보다 더 심각한 표정이었고 마치 그녀에게 특별히 할 얘기가 있는 것처럼 대시우드 양 혼자 있어서 다행이라고 했지만, 한참을 아무 말 없이 앉아 있기만 했다. 엘리너는 그가 동생과 관련하여 무슨 말을 할 것으로 믿고 그가 입을 떼기를 초조하게 기다렸다. 그녀가 그런 확신을 가진 것은 이번이 처음이 아니었다. 전에도 그는 마리앤에 대해 뭔가를 이야기하거나 물어보려 할 때면 "동생분이 오늘 몸이 안 좋으신가 봅니다."라거나 "동생분이 기운이 없어 보입니다."라는 말로 분위기를 살폈기 때문이다. 몇 분간의 침묵을 깨고 그가 조금 떨리는 목소리로 그녀에게 제부가 생긴 것을 언제 축하하면 되겠냐고 물었다. 준비된 대답이 없는 그런 질문에 엘리너는 무슨 말이냐고 되묻는 단순하고 일반적인 방법을 택할 수밖에 없었다. 그가 애써 미소를 지으며 대답했다. "동생분과 월러비 씨의 약혼 소식은 이미 다 알려져 있습니다."

"이미 알려져 있다니 그럴 리가 있나요." 엘리너가 대답했다. "가족들도 모르는 일인데요."

그가 놀란 표정으로 말했다. "죄송합니다. 제 질문이 무례했던 것 같습니다. 두 분이 공개적으로 서신을 주고받는다고 하고, 어딜 가든 사람들이 두 분의 결혼을 이야기하기에 저는 아직 비밀에 부쳐져 있는 일이라는 생각을 하지 못했습니다."

"어떻게 그런 일이 있을 수가 있죠? 누가 그런 소리를 하던가요?"

"여러 사람이 그러더군요. 그중에는 대시우드 양이 전혀 모르는 사람도 있고, 아주 가까운 분들도 있습니다. 제닝스 부인, 파머 부인, 미들턴 부부 같은 분들이죠. 그렇지만 사람의 마음이라는 게 믿고 싶지 않은 일에 대해서는 어떻게든 의심할 거리를 찾아내는 법이라, 저도 조금 전에 문을 열어준 하인의 손에 들려 있는 편지를 우연히 보지 않았다면 여전히 믿으려 하지 않았을 겁니다. 동생분의 필체로 윌러비 씨에게 보내는 편지더군요. 사실 여부를 알아보러 왔다가 질문도 드리기 전에 진실을 알게 된 셈입니다. 모든 게 확정된 상태인가요? 혹시라도 일이…, 아닙니다. 제겐 아무런 권리도 없고 성공할 가능성도 없는데 제가 쓸데없는 얘기를 늘어놓고 있네요. 죄송합니다, 대시우드 양. 하지만 저로서는 뭘 어떻게 해야 할지 모르겠고 그저 당신의 분별력을 의지할 뿐입니다. 부디 모든 게 확정되었다고, 그리고 저의 감정을 덮는 일만 남았다고, 그게 가능할지는 모르겠지만, 그렇다고 말씀해 주십시오."

동생에 대한 그의 사랑을 직접 고백한 이 말은 엘리너의 마음에 깊은 연민을 일으켰다. 그녀는 아무 말도 할 수 없었고, 마음을 가다듬고 나서도 어떤 대답이 가장 적절할지 갈등했다. 윌러비와 동생의 관계가 실제로 어떤 상태인지 그녀 자신도 거의 알지 못하는 까닭에 이를 설명하려면 너무 적게 얘기하거나 너무 많은 걸 이야기하게 될 것 같았다. 하지만 윌러비를 향한 마리앤의 애정은 그 결말이 어떻든 브랜던 대령에게는 실낱같은 희망도 남겨 주지 않을 것임이 분명했고, 동시에 동생의 처신이 비난받지 않도록 지켜주고 싶다는 마음에 그녀는 잠시 고민한 뒤 자신이 알거나 믿고 있는 것 이상을 이야기하는 것이 가장 분별 있는 배려라고 생각했다. 그래서 그들이 어떤 관계인지 직접 들은 바는 없지만, 자신은 서로를 향한 두 사람의 애정을 의심하지 않으며 그들이 편지를 주고받는다는 사실에도 놀라지 않았다고 말했다.

그는 조용히 그녀의 말을 경청했고, 그녀의 말이 끝나자 형언하기 힘든 감정이 묻어나는 목소리로, "동생분께서 누구보다도 행복하시길 기원합니다. 그리고 윌러비 씨도 동생분에게 부족함이 없는 사람이 되기 위해 노력하길 빌겠습니다."라고 말하고는 자리에서 일어나 작별 인사를 건네고 저택을 나섰다.

대화를 마치고도 엘리너는 불안함이 달래지는 편안한 느낌을 얻지 못했다. 마음에는 브랜던 대령의 불행에 대한 우울한 인상만 남았지만, 그것이 사라지기를 바랄 수도 없었다. 그의 불행을 굳히게 될 바로 그 일이 여전히 불안했기 때문이다.

28

그날 이후 사나흘이 지나도록 엘리너가 어머니께 편지를 보낸 것을 후회하게 만들 일은 일어나지 않았다. 윌러비가 찾아오지도, 그의 편지가 도착하지도 않았기 때문이다. 그 사나흘이 거의 지나가던 날, 그들은 미들턴 부인과 함께 어느 파티에 참석하기로 되어 있었다. 제닝스 부인은 둘째 딸의 몸 상태 때문에 동행하지 않기로 했다. 기력을 잃어 외모에는 신경도 쓰지 않은 채 마리앤은 파티에 가든 저택에 남든 다를 게 없다는 듯 기대감이나 즐거움이 사라진 표정으로 무심하게 외출을 기다렸다. 그녀는 차를 마신 뒤 미들턴 부인이 도착할 때까지 자세를 바꾸지도 않고 언니의 존재조차 잊은 채 혼자만의 상념에 빠져 응접실 벽난로 옆에 가만히 앉아 있었다. 이윽고 미들턴 부인이 밖에 도착했음을 알리는 하인의 목소리에 그녀는 누가 오기로 했다는 사실조차 잊은 듯 흠칫 놀랐다.

그들은 제시간에 목적지에 도착했고, 그들보다 먼저 도착한 마차의 행렬이 빠지자마자 타고 온 마차에서 내려 계단을 올라갔다. 아래층 계단까지 들릴 만큼 그들의 이름이 크게 호명되는 소리를 들으며 그들은 휘황찬란한 불빛과 북적대는 참석자들로 인해 열기가 후끈한 연회장에 들어섰다. 그들은 연회를 개최한 저택의 안주인에게 무릎을 굽혀 인사를 건넨 뒤, 그들로 인해 열기와 불편이 한층 더해졌을 법한 무리 속으로 섞여 들어갔다. 별다른 대화를 나누거나 딱히 뭔가를 하지 않으면서 얼마간 시간을 보낸 뒤 미들턴 부인은 카드놀이 탁자에 합석했고, 연회장을 돌아다닐 기분이 아니었던 마리앤은 언니와 함께 탁자에서 멀지 않은 곳에서 운 좋게 빈 의자를 발견하고 자리를 잡았다.

엘리너가 몇 야드 거리에서 상류층의 분위기가 물씬 풍기는 젊은 여성과 진지하게 대화를 나누며 서 있는 윌러비를 발견한 것은 그 직후였다. 그녀와 곧 눈이 마주친 그는 고개를 숙여 인사를 건넸지만 말을 건네거나 가까이 다가오려 하지 않았다. 마리앤을 보지 못했을 리가 없는데도 그는 그 숙녀와 대화를 이어갔다. 엘리너는 자기도 모르게 몸을 돌려 마리앤이 그를 보았는지 살폈다. 그 순간 마리앤도 그를 발견했다. 그녀는 기쁨으로 환해진 얼굴로 만일 언니가 붙잡지 않았다면 그에게 그대로 달려갈 뻔했다.

"세상에!" 그녀가 소리쳤다. "저기 있어. 그 사람이 저기 있다고. 아, 왜 나를 안 보는 거지? 언니, 왜 못 가게 해?"

"제발, 제발, 침착해." 엘리너가 말했다. "여기 있는 모든 사람에게 네 감정을 알릴 필요는 없잖아. 아직 너를 못 봤을 거야."

하지만 엘리너 자신도 그렇게 믿지는 않았고, 마리앤으로서는 그런 상황에 침착해진다는 것이 능력 밖의 일일 뿐만 아니라 그녀 자신이 원하는 바도 아니었다. 마리앤은 애를 태우며 앉아 있었고 이는 그녀의 표정에 고스란히 드러났다.

드디어 그가 몸을 돌려 두 사람을 바라보았다. 마리앤은 자리에서 벌떡 일어나 애정 어린 목소리로 그의 이름을 부르며 그를 향해 손을 내밀었다. 그가 다가왔다. 그는 마치 마리앤의 시선을 피하고 싶은 듯, 그녀의 몸짓을 외면하기로 작정한 듯, 그녀가 아닌 엘리너에게 대시우드 부인의 안부와 런던에 온 지 얼마나 되었는지를 뭔가에 쫓기듯 물었다. 엘리너는 그의 태도에 평정을 잃고 단 한 마디도 답하지 못했다. 그러나 동생의 감정은 곧바로 표출되었다. 그녀는 얼굴이 벌겋게 달아오른 채 격한 감정이 담긴 목소리로 소리쳤다. "맙소사! 윌러비, 이게 뭐예요? 제 편지를 하나도 못 받으셨나요? 저와 악수도 하지 않을 거예요?"

이쯤 해서는 그도 악수를 피할 수 없었으나, 그는 그녀의 손을 잡는 것이 고통스러운 듯 잡은 손을 금세 놓았다. 그러는 동안 그는 평정을 유지하려고 안간힘을 쓰는 기색이 역력했다. 엘리너는 그의 표정이 점차 차분하게 변하는 것을 지켜보았다. 잠시 후 그가 침착하게 말했다.

"지난 화요일에 버클리가를 방문했는데, 아쉽게도 두 분과 제닝스 부인이 안 계셨습니다. 제가 카드를 놓고 왔는데 보셨기를 바랍니다."

"하지만 제가 보낸 편지는요? 못 받으셨어요?" 마리앤이 극도로 불안해하며 소리쳤다. "뭔가 잘못된 게 틀림없어요. 끔찍하게 잘못된 거예요. 도대체 어떻게 된 거예요? 얘기해 봐요, 윌러비. 제발 얘기해 보세요. 뭐가 잘못된 거예요?"

그는 아무 말도 하지 않았고, 낯빛이 변하며 다시 당황하는 기색이었다. 하지만 조금 전까지 이야기를 나누던 젊은 숙녀와 눈이 마주치자 정신을 차려야겠다고 생각한 듯, "네, 런던에 도착하셨다고 보내주신 소식은 잘 받았습니다. 친절에 감사 드립니다."라고 말하고는 고개를 살짝 숙인 뒤 황급히 돌아서서 그 숙녀에게 돌아갔다.

얼굴이 하얗게 질린 마리앤은 서 있을 힘조차 없었다. 그녀는 의자에 털썩 주저앉았고, 엘리너는 동생이 기절이라도 할까 봐 라벤더 수로 입술을 축여 기운을 북돋우며 남들이 보지 못하도록 그녀의 앞을 가로막고 있었다.

"언니, 가서 그를 억지로라도 이리 데리고 와." 그녀는 말할 기운을 차리자마자 말했다. "가서 내가 꼭 할 말이 있다고 전해. 내가 직접 보고 얘기해야겠어. 가만히 있을 수가 없어. 해명을 듣기 전에는 마음이 가라앉지 않을 것 같아. 끔찍한 오해가 있었던 거야. 어서 데리고 오라니까."

"그럴 수는 없어. 마리앤, 기다려야 해. 이런 장소에서 해명을 들을 수는 없어. 내일까지만 기다려 보자."

그녀는 마리앤이 그를 쫓아가려는 것은 간신히 막을 수 있었지만, 사람들이 없는 곳에서 제대로 이야기할 수 있을 때까지 적어도 남들의 눈에 동요하는 모습을 보이지 말고 차분히 기다리라고 설득하는 것은 불가능했다. 마리앤이 잠긴 목소리로 연신 비참한 심경을 토로했기 때문이다. 잠시 뒤 엘리너는 윌러비가 계단으로 향하는 문을 통해 연회장을 빠져나가는 모습을 보았다. 그녀는 마리앤에게 그가 갔다고 전하며 어차피 그와 당장은 이야기를 나눌 수 없게 되었다는 말로 동생을 진정시키려 했다. 마리앤은 언니에게 너무나 비참해서 그곳에 한순간도 더 머무를 수 없으니 미들턴 부인에게 부탁해서 그만 돌아가자고 말했다.

미들턴 부인은 세 판 승부의 카지노 게임을 하는 중이었지만, 마리앤의 몸이 안 좋아 집에 가기를 원한다는 말을 듣자 잠시도 망설이지 않고 카드를 친구에게 넘기고는 마차가 준비되자마자 바로 출발하는 예의를 보여 주었다. 마리앤은 버클리가로 돌아가는 동안 고요한 고통 속에서 입을 굳게 다물었고, 너무나 참담한 마음에 눈물조차 나오지 않았다. 다행히 제닝스 부인이 아직 집에 돌아오지 않아 그들은 곧장 방으로 올라갈 수 있었고, 마리앤은 녹각정(hartshorn, 사슴의 뿔에서 채취한 탄산암모늄 성분의 각성제-옮긴이)으로 기력을 조금 되찾았다. 그녀는 곧 옷을 갈아입고 침대에 누웠고, 엘리너는 혼자 있기를 원하는 것 같은 동생을 남겨두고 방에서 나왔다. 엘리너는 제닝스 부인이 돌아오기를 기다리며 그동안 일어난 일들을 천천히 되짚어봤다.

월러비와 마리앤 사이에 모종의 언약이 있었다는 사실에는 의심의 여지가 없었다. 그리고 월러비가 권태를 느끼고 있다는 사실도 분명해 보였다. 마리앤은 여전히 믿음을 내려놓지 않았을 수도 있지만, 엘리너는 그런 행동을 실수나 오해의 탓으로 돌릴 수 없었다. 그것은 완전한 변심일 뿐이었다! 그녀가 월러비의 당황한 모습을 보지 못했다면 그녀의 분노는 훨씬 더 컸을 것이다. 그런 모습은 그가 자신의 잘못을 의식하고 있다는 증거였고, 그 때문에 엘리너는 그가 처음부터 진지한 마음 없이 동생의 애정을 가지고 장난을 친 파렴치한이라고 믿을 수는 없었다. 떨어져 지내는 동안 애정이 식었을 수도 있고 자신의 편의를 위해 그가 마음을 바꿨을 수도 있지만, 한때 그런 애정이 존재했다는 사실만큼은 의심할 수 없었다.

엘리너는 그토록 불행한 조우가 동생에게 안겨다 주었을 아픔과 앞으로 닥쳐올 훨씬 가혹한 고통이 더없이 걱정스러울 뿐이었다. 동생에 비하면 그녀의 처지는 나은 편이었다. 앞으로 에드워드와 헤어지게 되더라도 그를 존중하는 마음을 변함없이 간직할 수 있는 한 그녀는 힘을 낼 수 있을 것 같았기 때문이다. 그러나 마리앤에게는 윌러비와의 최종적인 결별에서, 곧 닥쳐올 봉합될 수 없는 파국에서, 그러한 불행을 더욱 쓰라리게 만드는 모든 상황이 겹쳐져서 그녀를 더욱 비참하게 만들 것 같았다.

29

이튿날 하녀가 방에 불을 지피기도 전에, 태양이 차갑고 어두운 1월의 아침을 이길 힘을 아직 얻지 못한 이른 시각에 마리앤은 옷을 반쯤 걸친 채 어스름의 희미한 빛이라도 얻기 위해 넓은 창턱에 무릎을 꿇고 앉아 그치지 않고 흐르는 눈물이 허락하는 한 가장 빠른 속도로 편지를 쓰고 있었다. 흐느껴 우는 소리에 잠에서 깬 엘리너는 잠시 아무 말 없이 동생을 지켜본 뒤 부드러운 어조로 조심스럽게 말했다.

"마리앤, 뭐 좀 물어봐도 되겠니?"

"아니," 마리앤이 대답했다. "아무것도 묻지 마. 곧 모든 걸 알게 될 거야."

이 말을 시작할 때의 필사적인 침착함은 말을 마치자마자 사라지고 마리앤은 다시 조금 전의 격렬한 고통에 휩싸였다. 몇 분이 지나서야 그녀는 다시 편지를 쓸 수 있었는데, 중간중간 솟구치는 슬픔 때문에 펜을 멈추는 모습은 그녀가 윌러비에게 마지막 편지를 쓰고 있음을 분명히 보여 주고 있었다.

엘리너는 그런 동생을 조용히 지켜볼 뿐이었다. 극도로 신경이 곤두서 있는 마리앤이 아무 말도 하지 말아 달라고 간청하지 않았다면 엘리너는 어떻게든 그녀를 달래고 진정시키려고 애를 썼을 것이다. 그런 상황에서는 한 자리에 같이 머물지 않는 편이 두 사람 모두에게 더 나았다. 옷을 챙겨 입은 뒤에도 안절부절못하며 방에 가만히 있을 수 없었던 마리앤은 혼자 있기를 원하면서도 한곳에 계속 머물지도 못해 아침 식사 때가 될 때까지 사람들의 눈을 피해 저택 이곳저곳을 서성거렸다.

아침 식사 때 그녀는 아무것도 먹지 않았고 먹으려 하지도 않았다. 엘리너는 동생을 동정하며 다독이거나 챙기려 하지 않았다. 그녀는 오로지 제닝스 부인의 관심이 자신에게 쏠리도록 애썼을 뿐이다.

하루 세 번의 식사 중 제닝스 부인은 아침 식사 시간을 가장 좋아했기 때문에 식사가 끝날 때까지 상당한 시간이 걸렸고, 이후 그들이 뜨개질감을 가지고 탁자에 막 둘러앉으려 할 때 마리앤 앞으로 한 통의 편지가 배달되었다. 하인에게서 편지를 받아든 마리앤은 백지장처럼 하얘진 낯빛으로 곧바로 응접실 밖으로 나가버렸다. 그 모습을 본 엘리너는 마치 편지에 적힌 주소를 직접 보기라도 한 것처럼 그 편지가 윌러비에게서 온 것이 틀림없다고 확신했다. 그녀는 가슴이 울렁거려 똑바로 서 있기조차 힘들었고, 온몸을 떠는 자신의 모습을 제닝스 부인의 눈이 놓칠 리 없다고 생각했다. 하지만 이 성격 좋은 부인은 마리앤이 윌러비의 편지를 받았다는 사실에만 주목했을 뿐이다. 좋은 농담거리를 얻은 부인은 깔깔 웃으며 편지의 내용이 마리앤의 마음에 들었으면 좋겠다고 능청스럽게 말했다. 그녀는 무릎 담요에 사용할 소모사의 길이를 재는 데 정신이 팔려 엘리너의 괴로워하는 표정을 살피지 못했고, 마리앤이 응접실에서 나가자 태평스럽게 말을 이었다.

"내 평생 저렇게 지독하게 사랑에 빠진 아가씨는 본 적이 없다니까. 내 딸아이들도 정신을 못 차릴 때가 있었지만 마리앤 양에 비하면 아무것도 아니었지. 마리앤 양은 완전히 딴사람 같거든. 내가 진심으로 하는 얘긴데, 그 총각이 마리앤 양을 더는 기다리게 하지 않았으면 좋겠구려. 저렇게 초췌하고 쓸쓸해 보이니 여간 딱한 게 아니야. 그래, 결혼식은 언제 한대요?"

엘리너는 이때처럼 말하기가 싫은 적이 없었지만, 어떻게든 대답을 할 수밖에 없어 억지로 미소를 지으며 말했다. "부인께서는 정말로 제 동생이 윌러비 씨와 약혼했다고 생각하시는 건 아니죠? 저는 여태 농담으로 하시는 말씀이려니 했는데, 이렇게 진지하게 물어보시니 그게 아니셨나 봐요. 외람된 말씀이지만 앞으로는 그런 오해를 거두어 주셨으면 해요. 두 사람이 결혼한다는 소식이 들리면 제가 오히려 놀랄 거예요."

"이런, 이런, 대시우드 양! 그렇게 말하면 안 되지. 두 사람이 처음 만난 순간부터 서로에게 홀딱 반했고 곧 결혼한다는 사실을 모르는 사람이 어디 있다고 그래? 데번셔에 있을 때 두 사람이 온종일 딱 붙어 지내는 걸 내가 못 본 것도 아니고. 게다가 대시우드 양의 동생이 결혼식 예복을 살 생각으로 나를 따라 런던까지 왔다는 걸 아무렴 내가 모를까. 이렇게 잡아떼도 안 통한다오. 대시우드 양이 시치미를 뚝 떼면 다른 사람들이 모를 것 같지만 천만의 말씀이지. 런던에 그 소문이 쫙 퍼진 게 언제 적 일인데. 나는 사람들을 만나면 그 얘기밖에 안 한다오. 샬럿도 그렇고"

"정말로 잘못 알고 계신 거예요, 부인." 엘리너가 정색을 하며 말했다. "그런 소문을 퍼뜨리시는 건 정말 잘못하고 계신 거예요. 지금은 제 말을 믿지 않으시겠지만, 곧 부인께서 잘못 알고 계셨다는 걸 아시게 될 거예요."

제닝스 부인은 다시 깔깔 웃었지만, 엘리너는 더 말할 기분도 아니었고 윌러비의 편지 내용이 궁금하기도 해서 서둘러 방으로 올라갔다. 문을 열자 침대에 엎드려 숨이 넘어갈 듯 흐느끼고 있는 마리앤의 모습이 보였다. 편지 한 통이 그녀의 손에 쥐어져 있었고 다른 두세 통의 편지도 곁에 놓여 있었다. 엘리너는 아무 말 없이 다가가 침대에 걸터앉은 채 동생의 손을 잡고 몇 차례 입을 맞추다가 결국 자신도 눈물을 터뜨리고 말았다. 처음에는 그녀도 마리앤 못지않게 격하게 울었다. 마리앤은 목이 메어 말을 할 수 없었지만, 언니의 행동에서 애틋함을 느낀 듯했다. 그렇게 잠시 고통의 시간을 함께 보낸 뒤 마리앤은 언니의 손에 편지를 모두 쥐여 주고는 손수건으로 얼굴을 덮은 채 거의 절규하듯 울었다. 이를 바라보는 마음은 아팠지만, 그런 슬픔이 언젠가는 겪어야 할 일이었음을 아는 엘리너는 동생의 격렬한 고통이 어느 정도 잦아질 때까지 조용히 지켜보았고, 이어 윌러비의 편지로 눈을 돌렸다. 편지는 이렇게 쓰여 있었다.

본드가, 1월

마리앤 양께,

방금 당신의 편지를 받는 영광을 얻어 누리며 깊은 감사의 말씀을 드리는 바입니다. 어젯밤 저의 행동에서 당신이 받아들이기 힘든 부분이 있었는지 주의 깊게 되짚어보고 있습니다. 제가 어떤 점에서 당신의 마음을 상하게 했는지 알 수는 없지만, 그게 무엇이든 전혀 본의가 아니었으니 용서해 주시기 바랍니다. 데번셔에서 당신의 가족과 맺은 친분을 회상하면 언제나 감사와 기쁨을 느낍니다. 설령 제가 실수한 점이 있었거나 제 행동에 오해가 있으셨다고 해도 좋았던 기억만은 깨지지 않으리라 믿습니다. 저는 당신의 모든 가족분께 깊은 존경의 마음을 가지고 있습니다만, 불행히도 제가 느낀 감정이나 말하고자 한 의도 이상의 믿음을 불러일으켰다면 그런 존경의 마음을 고백하는 데 좀 더 신중하지 못했던 저 자신을 탓해야겠습니다. 제가 다른 의도를 가졌을 리 없다는 것은, 제 애정의 언약이 이미 오래전에 다른 분께 바쳐졌고 몇 주 후면 그 언약이 실현될 것이라는 점을 헤아리신다면 충분히 이해하시리라 믿습니다. 대단히 애석한 일이지만, 저에게 보내주신 편지를 돌려달라는 당신의 명령을 따르고자 하며 저에게 기꺼이 내어주신 머리카락도 함께 돌려드립니다.

당신의 가장 충실하고 비천한 종,
존 윌러비

대시우드 양이 이런 편지를 읽고 얼마나 분노했을지는 상상하고도 남음이 있을 것이다. 그녀는 편지를 읽기 전부터 그의 변심에 대한 고백과 영원한 이별의 결심이 쓰여 있으리라 짐작은 했지만, 결별을 선언하는 편지가 그런 글귀로 채워지리라고는 생각하지 못했다. 아울러 그가 명예와 배려로부터 그렇게 멀어질 수 있으리라고는, 신사라면 당연히 지켜야 할 예법을 저버리고 그토록 무례하고 잔인한 편지를 보낼 수 있으리라고는 상상도 하지 못했다. 그는 마리앤과의 관계로부터 자유로워지고 싶은 바람만 밝혔을 뿐 유감의 표현조차 없이 믿음을 저버린 것을 인정하지도 않았고 특별한 감정이 있었다는 사실도 부정했다. 그의 편지는 한 줄 한 줄이 모욕이었고 글을 쓴 이가 얼마나 뻔뻔하고 극악무도한지 보여 줄 뿐이었다.

엘리너는 경악과 분노로 잠시 숨을 고르다 다시 편지를 펼쳐서 읽고 또 읽었다. 하지만 읽으면 읽을수록 그에 대한 혐오만 커졌다. 그를 용서할 수 없다는 감정이 너무 커서, 그들의 파혼은 마리앤에게 아쉬운 손실이 아니라 치유할 수 없는 최악의 불행과 파렴치한 남자와 평생 맺어지는 운명에서 벗어나는 가장 실제적인 구원이며 더없이 소중한 축복이라고 생각했지만, 마리앤에게 더 큰 상처가 될까 봐 차마 입 밖으로 그런 말을 내뱉을 수는 없었다.

편지의 내용과 이런 편지를 쓸 수 있는 사악한 인격에 대해, 그리고 이일과는 아무 상관이 없으나 그녀의 마음속에 이 모든 일과 연결되는 전혀 다른 한 남자의 전혀 다른 인격에 대해 진지하게 생각하느라 그녀는 그 순간에도 동생이 겪고 있을 슬픔과 아직 읽지 않은 세 통의 편지가 무릎 위에 놓여 있다는 사실을 잊고 있었고, 자신이 그 방에 들어온 뒤 시간이 얼마나 지났는지도 완전히 잊고 있었다. 그래서 저택 앞에 마차가 멈춰 서는 소리에 이렇게 이른 시각에 누가 왔나 싶어 창밖을 내다보았을 때 오후 1시에 오기로 되어 있는 제닝스 부인의 마차가 도착했음을 확인하고는 깜짝 놀라지 않을 수 없었다. 당장은 마리앤을 달랠 수 있으리라는 희망을 품을 수 없었지만, 그녀를 혼자 내버려 두지 않겠다고 다짐한 엘리너는 서둘러 제닝스 부인에게 가서 동생의 몸 상태가 좋지 않아 함께 갈 수 없게 되었다고 양해를 구했다. 제닝스 부인은 마리앤의 몸 상태를 자상하게 걱정해 주며 흔쾌히 엘리너의 뜻을 받아들였고, 엘리너는 부인을 배웅한 뒤 마리앤에게 돌아왔다. 마침 침대에서 일어나려다가 바닥에 쓰러질 뻔한 마리앤을 엘리너는 가까스로 붙잡았다. 여러 날째 낮에는 식욕을 잃고 밤에는 잠을 청하지 못해 제대로 쉬지도 먹지도 못한 마리앤이 현기증을 일으킨 것이었다. 그녀의 정신을 지탱해 주던 열병 같은 불안마저 사라지자 그 결과로 찾아온 것은 극심한 두통과 위장 장애 그리고 현기증이었다. 엘리너가 급히 가져다준 포도주 한 잔에 조금 안정을 찾은 마리앤은 그제야 언니의 친절에 고마움을 표현할 수 있었다.

"언니가 불쌍해. 내가 언니를 너무 힘들게 하는 것 같아."

"나는 그저," 언니가 대답했다. "네 마음이 조금이라도 편해지기를 바랄 뿐이야."

어떤 말을 들어도 그랬겠지만, 이 말에 울컥해진 마리앤은 고통스러운 마음에 "언니, 난 너무 비참해!"라고 소리칠 수 있었을 뿐 말을 더 잇지 못하고 흐느끼기만 했다.

엘리너는 가눌 수 없는 동생의 슬픔을 지켜보고만 있을 수 없었다.

"기운을 차려려 해, 마리앤." 엘리너가 소리쳤다. "너 자신과 너를 사랑하는 사람들을 모두 죽일 생각이 아니라면 말이야. 어머니를 생각해. 네가 이렇게 괴로워하면 어머니는 얼마나 고통스러우시겠니. 어머니를 위해서라도 기운을 차려야 해."

"그렇게 안 돼. 그렇게 안 된다고." 마리앤이 울부짖었다. "그냥 날 내버려 둬. 나 때문에 언니가 힘들면 그냥 내버려 두면 되잖아. 나를 그냥 잊어버려. 이렇게 나를 괴롭히지 말란 말이야. 슬픔이 뭔지 알지도 못하는 사람들은 기운 내라는 말을 쉽게 내뱉는다고. 언니처럼 행복에 겨운 사람은 내가 겪는 고통을 몰라."

"마리앤, 나더러 행복하다고 했니? 네가 내 속마음을 들여다볼 수 있다면 그런 말을 못 할 거야. 네가 이렇게 힘들어하는 모습을 지켜보면서 내가 정말 행복할 수 있다고 믿는 거니?"

"미안해. 나를 용서해 줘." 마리앤은 언니의 목을 끌어안았다. "언니가 나 때문에 안타까워하는 건 알아. 언니 마음이 어떤지도 알아. 하지만 언니는, 언니는 행복하잖아. 에드워드가 언니를 사랑하잖아. 그런 행복이 어떻게 없어질 수 있어?"

"없어질 수 있어. 없어질 수 있다고."

"아니야, 아니야, 아니야." 마리앤이 격하게 소리쳤다. "에드워드는 언니를 사랑해. 오직 언니만을 사랑해. 언니가 슬퍼할 일은 없을 거야."

"네가 계속 이런 모습을 보인다면 나는 기뻐할 일도 없을 거야."

"앞으로 나의 다른 모습은 보지 못할 거야. 내 고통은 어떤 식으로도 사라지지 않을 테니까."

"그렇게 말하지 마, 마리앤. 너에게 위로가 되는 게 아무것도 없어? 네게 친구가 없어? 상실감이 크다고 해서 위로의 여지도 없다는 거야? 지금은 힘들겠지만, 그가 어떤 사람인지 더 늦게 알았다면 그 고통이 어땠을지 생각해 봐. 그가 약혼 상태를 몇 달 또 몇 달 끌다가 나중에야 끝내자고 했으면 어땠을 것 같아? 비참한 믿음이 하루하루 이어지면서 네 고통만 더 커졌을 거야."

"약혼이라니?" 마리앤이 소리쳤다. "약혼 같은 건 없었어."

"약혼이 없었다고!"

"없었어. 그 사람은 언니가 생각하는 것처럼 그렇게 비열하지 않아. 그 사람이 나와의 약속을 깬 건 아니야."

"하지만 너를 사랑한다고 말했잖아."

"응, 아니, 그러니까 확실하게 말한 적은 없어. 매일 그런 암시를 하기는 했지만, 말로 확실하게 표현한 적은 없어. 가끔은 그렇게 말한 것 같고 느껴질 때도 있었지만 실제로 그런 적은 없었어."

"그런데도 그 사람한테 편지를 쓴 거야?"

"그래. 그동안의 관계를 생각하면 그게 잘못됐어? 나 더는 얘기 못 하겠어."

엘리너도 더는 말을 하지 않고 조금 전보다 그 내용이 더 궁금해진 나머지 세 통의 편지로 관심을 돌렸다. 동생이 런던에 도착하자마자 그에게 보낸 첫 번째 편지는 다음과 같이 쓰여 있었다.

버클리가, 1월

이 편지를 받으면 당신이 얼마나 놀랄까요. 제가 런던에 와 있다는 사실을 알면 그냥 놀라는 정도가 아니겠죠. 제닝스 부인과 함께이긴 하지만, 이곳에 올 기회는 저에게 거부할 수 없는 유혹이었어요. 당신이 이 편지를 제때 받아서 오늘 밤이라도 이곳에 올 수 있으면 좋겠지만, 큰 기대는 하지 않을게요. 어쨌든 내일은 기다려도 되겠죠. 그럼 이만. 안녕.

M. D.

그녀의 두 번째 편지는 미들턴 부부의 집에서 열린 무도회의 다음 날 아침에 쓰인 것으로 내용은 이러했다.

그저께 당신을 만나지 못해 얼마나 실망했는지, 그리고 편지를 보낸지 일주일이 넘도록 아직 답장을 받지 못해 얼마나 당혹스러운지 말로 다 표현하지 못하겠어요. 당신에게서 소식이 오기를, 무엇보다 당신을 직접 만나게 되기를 매 순간 기다리고 있어요. 부디 가능한 한 빨리 이곳을 다시 찾아와 왜 저를 이토록 오래 기다리게 했는지 이유를 말해 주세요. 우리는 보통 오후 1시에는 외출해서 집에 없으니 다음에는 좀 더 일찍 오도록 하세요. 어젯밤에는 미들턴 부인 댁에서 무도회가 열렸답니다. 당신이 초대받았다는 얘기가 있던데 사실이 아니죠? 당신이 초대를 받고도 오지 않은 게 사실이라면 우리가 헤어진 이후 당신이 정말로 변한 것이겠죠. 하지만 저는 그럴 리 없다고 믿을래요. 그게 사실이 아니라는 얘기를 곧 당신에게서 직접 들었으면 해요.

M. D.

그녀의 마지막 편지는 이러했다.

어젯밤 당신의 행동에 제가 어떤 상상을 해야 할까요? 그 일에 대해 당신의 해명을 요구합니다. 그동안 오래 헤어져 있었던 만큼 저는 당신과 기쁜 마음으로 재회할 준비가 되어 있었고, 바턴에서 나눈 친분으로 우리가 스스럼없이 다시 만날 수 있으리라 기대했습니다. 하지만 말 그대로 저는 퇴짜를 맞았죠. 모욕이라고밖에 할 수 없는 그런 행동의 이유를 찾으려 애쓰면서 지난 밤을 비참한 심정으로 보냈습니다. 당신이 왜 그런 행동을 했는지 합당한 이유를 찾을 수는 없었지만, 당신이 그 일을 해명할 수 있다면 저는 들을 준비가 되어 있습니다. 어쩌면 저에 관해 잘못된 이야기나 의도적인 거짓말을 듣고 저를 좋지 않게 생각하시는 건 아닌지 모르겠습니다. 어떤 상황인지 말씀해 주세요. 당신이 왜 그런 행동을 했는지 설명해 주신다면 저는 받아들일 수 있고, 당신도 그래야 의무를 다했다고 할 수 있습니다. 제가 당신을 나쁘게 생각해야 한다면 정말 슬프겠지만, 제가 정말 그래야 한다면, 당신이 우리가 지금까지 믿어왔던 사람이 아니고 우리에게 보인 호의가 진심이 아니었으며 저에게 한 행동이 그저 기만에 불과했다면, 속히 그렇다고 말씀해 주세요. 지금 저의 마음은 이러지도 저러지도 못하는 끔찍한 상태에 놓여 있습니다. 당신에게 아무 잘못이 없었음을 확인하고 싶지만, 어느 쪽이든 확실한 사실이 밝혀진다면 제가 겪고 있는 고통은 줄어들 겁니다. 만일 당신의 감정이 예전과 같지 않다면 제가 보낸 편지들과 당신이 가지고 있는 저의 머리카락을 돌려주셨으면 합니다.

M. D.

마리앤이 애정과 신뢰가 가득 담긴 이 편지들을 보내고도 그런 답장밖에 받지 못했다는 사실을 엘리너는 윌러비를 위해서라도 믿고 싶지 않았다. 하지만 그를 탓하는 마음 때문에 동생이 그 편지들을 보낸 것 자체가 부적절했다는 사실을 잊지는 않았다. 아무것도 확실하지 않은 상황에서 상대가 청하지도 않은 애정의 증표들을 무모하게 건넸다가 결국 더없이 곤란한 상황을 겪게 된 동생의 경솔함에 엘리너는 마음이 아플 뿐이었다. 언니가 편지를 다 읽은 것을 보고 마리앤은 그 편지들에는 같은 상황이었다면 누구라도 쓸 법한 내용 이외에 다른 것은 없다고 말했다.

"나는 마음속으로," 마리앤이 덧붙였다. "마치 엄격한 법적 서약으로 묶인 것처럼 우리가 엄숙하게 맺어져 있다고 느꼈어."

"그랬겠지." 엘리너가 말했다. "하지만 불행하게도 그는 그렇게 느끼지 않았던 거야."

"언니, 그 사람도 그렇게 느꼈어. 몇 주가 지나고 또 몇 주가 지나도록 그렇게 느꼈다는 걸 나는 알아. 무엇이 그의 마음을 변하게 했든, (나를 겨냥한 가장 사악한 마법만이 그럴 수 있었겠지만) 내 영혼이 더 바랄 수 없을 만큼 한때 그에게 나는 소중한 존재였어. 이토록 쉽게 돌려받은 이 머리카락도 그가 간절히 애원했기 때문에 준 거야. 그때 그의 표정과 태도가 어땠는지, 그의 목소리가 어땠는지 언니가 직접 보고 들었어야 해. 바턴에서 우리가 마지막으로 함께 있었던 저녁 기억나? 이튿날 아침 우리가 헤어지던 때는? 다시 만날 때까지 몇 주가 걸릴지도 모른다면서 그가 괴로워하던 모습을 내가 어떻게 잊을 수 있겠어?"

잠시 그녀는 말을 잇지 못했다. 그러나 이런 격정이 잦아들자 그녀는 좀 더 단호한 어조로 덧붙였다.

"언니, 나는 잔인하게 이용당했어. 하지만 나를 이용한 건 윌러비가 아니야."

"윌러비가 아니면 누구지? 그가 누군가의 부추김이라도 받았다는 거야?"

"온 세상의 부추김을 받았겠지, 그가 원한 게 아니라. 그의 본성이 그토록 잔인해질 수 있다고 믿느니 차라리 내가 아는 모든 사람이 공모해서 내 험담을 그에게 했다고 믿겠어. 언니와 엄마와 에드워드를 제외하면 그가 편지에서 언급한 그 여자-그게 누구든 간에-혹은 누구라도 내 험담을 지어낼 만큼 잔인할 수 있겠지. 세 사람과 윌러비를 제외하면 악한 의도가 의심되지 않는 사람이 아무도 없어. 하지만 그의 마음은 내가 누구보다도 잘 알아."

엘리너는 언쟁을 벌이고 싶지 않아 그저 이렇게 대답했다. "그토록 가증스러운 너의 적이 누구이든 간에, 너의 결백과 선의가 얼마나 고귀한

지 보여줘서 그들의 사악한 승리를 무산시켜야 해. 그런 악의에 대항하는 힘은 높고 이성적인 자부심에 있으니까."

"아니야, 아니야." 마리앤이 소리쳤다. "나처럼 비참한 사람에게 자부심 같은 건 없어. 내가 비참하다는 사실을 남들이 알든 말든 상관없어. 온 세상이 이런 내 처지를 보고 승리를 만끽하라고 하지. 언니, 고통을 겪어 보지 못한 사람은 얼마든지 자부심과 자존심을 지킬 수 있어. 모욕도 견디고 자신이 당한 치욕을 되돌려 줄 수도 있겠지. 하지만 난 그렇게 못 해. 나는 이 비참함을 고스란히 느껴야 해. 비참해져야 한다고. 다들 이런 내 모습을 마음껏 즐기라고 해."

"하지만 어머니와 나를 봐서라도,"

"나도 그러고 싶어, 나 자신보다 두 사람을 위해 그러고 싶다고. 하지만 나는 이렇게 비참한데 겉으로 행복한 척을 하라니, 아, 나한테 그런 걸 요구할 수는 없어."

두 사람 사이에 다시 침묵이 흘렀다. 엘리너는 생각에 잠겨 벽난로에서 창가로, 다시 창가에서 벽난로로 방 안을 맴돌았지만, 벽난로의 온기도 느낄 수 없었고 창밖의 풍경도 눈에 들어오지 않았다. 마리앤은 침대 발치에 앉아 가느다란 침대 기둥에 머리를 기댄 채 윌러비의 편지를 다시 집어 들고는 한 문장 한 문장을 몸서리치며 읽어내려갔다.

"참을 수가 없어! 아, 윌러비, 윌러비, 당신이 어떻게 이런 편지를! 잔인해, 너무 잔인해. 절대로 용서할 수 없어. 언니, 나에 관해 무슨 험담을 들었든 믿음을 저버리면 안 되는 거잖아? 나한테 얘기를 해서 누명을 벗을 기회를 줘야 하는 거잖아? '저에게 (편지의 이 구절을 되풀이해서 읽으며) 기꺼이 내어주신 머리카락'이라니, 용서할 수 없어. 윌러비, 이 구절을 쓸 때 당신의 심장은 어디 있었나요? 아, 이렇게 잔인하고 무례할 수가 있다니! 언니, 그를 용서할 수 있어?"

"아니, 마리앤. 용서 못 해."

"그런데 그 여자가 어떤 계략을 꾸몄는지, 얼마나 오래 계획하고 얼마나 치밀하게 일을 꾸몄는지 알 수 없잖아. 누굴까? 어떤 여자일까? 그가 아는 여자들 가운데 젊고 매력적이라고 얘기하던 사람이 있었던가? 아니야, 없었어. 없었어. 그는 나에 관한 얘기만 했어."

또 한 번의 침묵이 흘렀다. 마리앤은 어지러운 마음을 진정시키지 못하고 이렇게 말했다.

"언니, 나는 집으로 돌아가야 해. 가서 엄마를 위로해드려야 해. 우리 내일 출발할 수 있을까?"

"내일?"

"그래. 내가 여기에 있을 이유가 없어. 나는 오로지 윌러비 때문에 온 거야. 이제 누가 나를 신경이나 쓰겠어? 누가 나를 좋게 보겠어?"

"내일 출발하는 건 불가능해. 우리가 그동안 제닝스 부인에게 신세를 진 게 있는데, 최소한의 예의만 차린다고 해도 이렇게 급하게 떠날 수는 없어."

"그러면 하루나 이틀 더 있을게. 하지만 더 오래는 못 있겠어. 사람들이 이것저것 캐묻고 한마디씩 내뱉는 걸 참으면서 여기에 머물 수는 없어. 미들턴 부부와 파머 부부가 나를 불쌍하게 바라보는 걸 어떻게 참아? 미들턴 부인 같은 여자한테 동정을 받는다고 생각해 봐! 아, 그는 이 상황을 보고 뭐라고 할까?"

엘리너는 마리앤에게 다시 누워 있을 것을 권했고, 마리앤은 언니의 말을 따랐다. 하지만 어떤 자세도 편하지 않았다. 몸과 마음의 잦아들지 않는 고통 속에서 그녀는 자세를 이리저리 바꿔봤지만 흥분 상태는 더욱 심해졌고, 엘리너가 그녀를 침대에 계속 누워 있도록 하기조차 쉽지 않았다. 엘리너는 다른 사람의 도움을 청해야 하는 것은 아닌지 잠시 걱정했지만, 동생을 간신히 달래 마시게 한 라벤더 수가 효과가 있었다. 마리앤은 제닝스 부인이 돌아올 때까지 조금도 뒤척이지 않고 조용히 침대 위에 누워 있었다.

30

제닝스 부인은 집에 돌아오자마자 곧바로 그들의 방으로 올라왔다. 그녀는 노크에 대답할 틈도 주지 않고 걱정이 가득한 표정으로 문을 열고 들어왔다.

"몸은 좀 어때요?" 그녀가 무척 안쓰러워하는 목소리로 마리앤에게 말했다. 마리앤은 아무런 대꾸도 하지 않고 고개를 돌렸다.

"동생은 좀 어때요, 대시우드 양? 아이고, 불쌍해라! 정말 안 좋아 보이네. 그럴 만도 하지. 아닌 게 아니라 그게 사실입디다. 그 변변치 않은 인간이 곧 결혼한다는 얘기를 듣고 내가 어쩌나 성질이 나던지. 30분 전에 테일러 부인한테서 들었는데, 그레이 양의 절친한 친구가 그러더라는 거예요. 그러니 내가 믿지 않을 수가 있나. 그 말을 듣자마자 바닥에 그냥 주저앉을 뻔했다니까. 그래서 내가 그랬지. 만일 그게 사실이라면 그 인간은 내가 아끼는 젊은 숙녀에게 정말 몹쓸 짓을 한 것이고, 본인도 결혼해서 마누라 때문에 속을 태우게 되기를 내가 온 마음으로 빌 거라고 말이에요. 내가 그냥 앞으로도 계속 그렇게 말하고 다니려고. 남자들이란 도대체 왜 그 모양인지 알다가도 모르겠다니까. 내가 그 인간을 다시 만나면 정신이 번쩍 들도록 혼쭐을 내주려고. 마리앤 양, 그래도 한 가지 위안 삼을 건 있잖아요. 세상에 쓸만한 남자는 그 인간 말고도 많다는 거지. 마리앤 양은 얼굴이 예쁘니 남자들이 줄을 서지 않겠어요. 아이고, 불쌍해라! 내가 더는 방해하지 않으리다. 지금은 그냥 실컷 우는 게 나아요. 그리고 툭툭 털고 일어나야지. 다행히 오늘 밤에 패리가와 샌더슨가 가족들을 초대했으니 그때 기분 전환 좀 하시구려."

그녀는 이렇게 말하고는 마치 발소리 때문에 젊은 벗들의 아픔이 커지기라도 할 것처럼 살금살금 까치발로 방에서 나갔다.

마리앤은 제닝스 부인과 저녁 식사를 함께하겠다는 말로 언니를 놀라게 했다. 엘리너의 만류에도 마리앤은 "아니, 내려갈 거야. 잘 견딜 수 있어. 그래야 사람들의 입방아에도 덜 오르내리지."라고 말했다. 엘리너는 마리앤이 과연 식사를 끝까지 할 수 있을지 걱정이 되었지만, 그런 동기로나마 마음을 추스른 것이 반가워 더는 대꾸하지 않았다. 그녀는 마리앤이 여전히 침대에 누워 있는 동안 동생의 옷매무새를 최대한 고쳐주며 호출이 오는 대로 동생을 부축하여 내려갈 준비를 했다.

여전히 처연한 모습이었지만 마리앤은 엘리너가 예상했던 것보다 음식도 잘 먹고 한결 차분해져 있었다. 무슨 말이든 하려고 했거나, 좋은 의도와 달리 분별력이 부족한 제닝스 부인의 관심을 마리앤이 어느 정도 의식했더라면 그런 차분함은 유지되지 않았을 것이다. 하지만 그녀는 말을 한마디도 하지 않았고, 다른 데 정신이 팔려 눈앞에서 벌어지는 어떤 일도 알아차리지 못했다.

엘리너는 제닝스 부인의 여과 없는 감정 표현이 종종 곤혹스럽고 때로는 우스꽝스럽게 느껴지기도 했지만, 부인의 친절함에 담긴 진심을 인정했기 때문에 동생을 대신하여 예의와 감사를 표했다. 자매의 마음씨 좋은 벗은 마리앤의 침울한 모습에 그녀의 슬픔을 덜어 주지 못하는 것을 자신의 탓인 양 느꼈다. 그래서 오랜만에 찾아온 집에서 마지막 날을 보내는 자녀에게 온갖 애정을 쏟아붓는 부모의 마음으로 마리앤을 대했다. 그녀는 벽난로 옆의 가장 좋은 자리를 마리앤에게 내주었고 맛있는 음식을 하나하나 권했으며 그날 벌어진 모든 일을 조잘거리며 마리앤을 재미있게 해주려 했다. 동생의 슬픈 표정에서 그런 들뜬 시도가 부질없었음을 알아차리지 못했다면, 온갖 종류의 사탕과 올리브와 벽난로의 온기로 실연의 아픔을 치유하려고 하는 제닝스 부인의 노력에서 엘리너는 즐거움을 얻었을 것이다. 하지만 이 모든 것이 반복되면서 불편함을 의식한 마리앤은 그 자리에 더 머물 수 없었다. 그녀는 고통스러운 듯 외마디 신음과 함께 언니에게 따라오지 말라는 손짓을 보이고는 서둘러 자리를 떠났다.

"불쌍해서 어쩌나!" 그녀가 나가자마자 제닝스 부인이 말했다. "딱해서 보고 있을 수가 없네. 포도주라도 다 마시고 갔으면 좋으련만! 말린 체리도 안 먹었네! 아이고, 아무것도 소용이 없나 봐. 뭘 좋아하는지 알기라도 하면 내가 온 런던을 다 뒤져서라도 가져오게 할 텐데. 참 이상한 일이야. 저렇게 예쁜 아가씨를 그리도 모질게 대하는 남자가 있다니 말이야. 하기야 두 아가씨를 저울질하다가 한쪽은 돈이 많고 다른 한쪽은 무일푼에 가까우니, 아이고 하느님, 예쁜 거고 뭐고 다 필요 없다 이거네."

"그러면 그 숙녀분 말이에요, 그레이 양이라고 하신 것 같은데, 아주 부유한가요?"

"5만 파운드나 가지고 있답디다. 그 아가씨를 본 적이 있어요? 사람들 말로는 똑똑하고 세련된 아가씨라는데 그리 예쁘지는 않다고 그럽디다.

내가 그 아가씨의 친척 중에 비디 헨쇼라는 여자를 아는데, 그 여자도 대단한 부자와 결혼했거든. 그런데 거기는 두 집안이 모두 부자였으니 얘기가 다르지. 세상에, 5만 파운드라고! 궁하면 통한다더니, 사람들 말로는 그 인간이 거의 파산지경이라는데 그도 그럴 것이 거들먹거리면서 마차 끌고 다니고 사냥용 말 타고 다닐 때부터 내가 알아봤다니까. 뭐, 이런 말 해봐야 소용없는 일이겠지만, 젊은 남자가 예쁜 아가씨를 만나 사랑을 나누고 결혼을 약속했으면 아무리 자기가 가난해지고 돈 많은 여자가 나타났다고 해도 약속을 내팽개치고 도망가면 안 되지. 그런 형편이면 먼저 말을 팔고 집을 세 놓고 하인들을 내보내서 일을 수습할 생각부터 해야지. 내가 장담하는데, 마리앤 양이라면 상황이 나아질 때까지 충분히 기다릴 준비가 되어 있었을걸. 그런데 요즘 젊은 사내들한테는 그런 게 안 통하는지 도대체 욕심을 버리는 법이 없다니까."

"그레이 양이 어떤 사람인지는 아세요? 심성은 곱다고 하던가요?"

"딱히 나쁜 말은 듣지 못한 게, 사실 전에는 그 아가씨에 관한 얘기 자체를 거의 들어보지 못했거든. 그런데 오늘 아침에 테일러 부인이 그러더라고. 예전에 워커 양한테 들었다면서, 그레이 양이 결혼하면 엘리슨 씨 내외도 혹을 떼는 기분일 거라나. 엘리슨 부인과 그레이 양이 그렇게 사이가 안 좋았다면서."

"엘리슨 씨 내외가 누군데요?"

"그레이 양의 후견인이지. 그런데 이제 그레이 양도 성인이 되었으니 뭐든 자기가 결정할 수 있게 된 거야. 그 잘난 결정을 해서 이 사달이 났지만. 그나저나," 부인은 잠시 멈췄다가 다시 말을 이었다. "이 불쌍한 아가씨가 방에 가서 혼자 신세 한탄하고 있는 건 아닌지 모르겠네. 어떻게 위로해 줄 게 없을까? 가엾기도 해라. 혼자 내버려 두는 건 너무 잔인한 것 같은데, 이따가 손님들이 오면 기분이 조금 좋아지려나. 무슨 놀이를 하면 좋을까? 휘스트는 싫어한다는 걸 내가 알고. 마리앤 양이 좋아하는 라운드 게임이 없을까?"

"부인, 이렇게까지 친절을 베푸시지 않아도 돼요. 아마 마리앤은 오늘 저녁 방에서 다시 안 나올 거예요. 제가 가서 일찍 자라고 얘기하려고요. 지금은 좀 쉬어야 할 거예요."

"그렇게 하시구려. 아까 식사를 제대로 못 했으니 먹고 싶은 음식이 있으면 말하라고 해요. 좀 들고 자라고 하시구려. 아이고, 한두 주 동안 어쩐지 얼굴이 핼쑥하고 기운이 없어 보인다 했더니 이 일이 머리에서 떠나지 않아서 그랬던 거네. 그러다가 오늘 도착한 편지에 모든 게 끝난 게야. 딱하기도 해라. 내 전 재산을 걸고 말하는데, 내가 그걸 진작 알았더라면 그런 농담을 처음부터 하지 않았지. 그때는 이런 일이 있을 줄 짐작이나 했나? 나는 그저 흔한 연애편지인 줄로만 알았지. 젊은 사람들은 그렇게 놀려도 좋아하니까. 아이고, 존 경과 우리 딸아이들이 이 소식을 들으면 얼마나 걱정을 할까! 아까 집에 오는 길에 정신이 있었으면 콘듀이트가에 들러서 이야기해 주었을 텐데. 뭐, 내일 어차피 만나니까."

"파머 부인이나 존 경께 제 동생이 있는 자리에서 윌러비 씨의 이름이나 이 일을 언급하는 일이 없도록 주의를 시키실 필요는 없을 것 같아요. 다들 성품이 훌륭하시니, 제 동생이 있는 자리에서 이 일에 대해 아는 기색을 내비치는 게 얼마나 잔인한 일인지 말씀드리지 않아도 잘 아실 거예요. 부인께서도 충분히 헤아리시겠지만, 저로서도 이 일이 더는 언급되지 않는 게 덜 부담스러울 것 같아요."

"아무렴, 그 마음을 충분히 헤아리다마다. 마리앤 양도 그렇지만 대시우드 양도 그런 얘기를 듣는 게 얼마나 끔찍하겠어요. 세상없어도 내 입으로 그 얘기를 하는 일은 없을 거라오. 아까 식사하는 자리에서도 봤겠지만 나는 이 일에 대해 한마디도 안 한다니까. 존 경이나 딸아이들도 다들 생각이 깊고 배려심이 많아서 내가 슬쩍 일러두면 알아서들 할 거예요. 내가 미리 일러두리다. 이런 일에 대해서는 입을 다물수록 좋고 그래야 더 빨리 사람들의 머리에서 사라진다는 게 내 생각이라오. 이런 일을 자꾸 떠들어대서 좋을 게 있겠어요?"

"이번 일에는 해롭기만 하겠죠. 다른 경우들도 마찬가지겠지만 이번 일은 특히 더 그래요. 당사자들을 위해서라도 이 일이 남의 입에 오르내리는 건 적절하지 않은 것 같아요. 윌러비 씨를 위해 이 말씀은 꼭 드려야 할 것 같은데요, 그분은 확실한 언약 같은 것을 깬 일이 없어요."

"아이고, 그 인간을 두둔하는 척은 하지 마시구려. 확실한 언약을 깬 일이 없다니! 마리앤 양을 앨런햄 저택에 데리고 가서 나중에 같이 살 방까지 다 정했다는데!"

엘리너는 동생을 위해 더는 말할 수 없었고, 윌러비를 위해서라도 더 많은 얘기를 하게 되지 않기를 바랐다. 진실을 끄집어내면 마리앤도 많은 것을 잃겠지만 윌러비 역시 얻을 게 없었기 때문이다. 잠시 침묵이 흐른 뒤 제닝스 부인이 예의 유쾌한 기질로 다시 이야기를 쏟아냈다.

"그나저나 우는 사람이 있으면 웃는 사람도 있다더니 그 말이 딱 맞네. 이게 브랜던 대령에게는 잘된 일이거든. 결국 대령이 마리앤 양을 차지하겠네. 아무렴, 두 사람이 세례자 요한 축일(6월 24일-옮긴이)까지 결혼을 하나 안 하나 두고 보시구려. 아이고, 대령이 이 소식을 들으면 좋아 죽을 거야. 대령도 오늘 밤에 올 수 있으면 좋겠네. 동생한테도 이쪽이 더 나은 짝이지. 연간 수입이 2천 파운드인데 빚이나 공제되는 돈도 없으니까. 아이고, 그런데 사생아가 있었지. 내가 그 애를 깜빡했네. 하지만 큰

214

돈 안 들이고 그 애를 어디 도제로 보내면 되니까 뭐 문제 될 게 있나. 델라퍼드 저택은 근사한 곳이라오. 내가 장담하는데, 근사하고 고풍스럽다는 말이 딱 들어맞는 곳이지. 안에는 편의시설이 잘 갖춰져 있고, 담에 둘러싸인 정원에는 그 지역에서 제일 좋은 과실수가 가득한데 한쪽 구석에 있는 오디나무가 참 예뻤지. 아이고, 그곳에 샬럿과 함께 딱 한 번 가봤는데 음식을 얼마나 많이 먹었는지 몰라. 거기에 가면 비둘기장에, 양어장도 몇 군데나 있고 예쁜 수로도 파 놓아서, 한 마디로 바라는 건 다 있는 것 같더라니까. 어디 그뿐인가, 교회도 가깝고 지척에 유료 도로가 있어서 심심할 틈이 없지. 저택 뒤에는 주목으로 만든 오래된 정자가 있는데 거기에 앉아 있으면 지나가는 마차들이 다 보인다오. 아, 정말 근사한 곳이지! 푸줏간도 아주 가깝고, 교구 목사관은 엎어지면 코 닿을 데에 있다니까. 내 생각에는 바턴 파크보다 천 배는 더 예쁘지 않나 싶어요. 바턴 파크에서는 고기를 사려면 하인을 3마일 떨어진 푸줏간까지 보내야 하고, 이웃이라고 해야 대시우드 양의 어머니밖에 더 있나. 그럼 이제 대령을 슬슬 부추겨봐야겠네. 새로 양고기 목심을 먹으면 먼저 먹은 고기는 생각나지 않는 법이거든. 마리앤 양의 머리에서 윌러비를 지울 수만 있다면 좋겠는데 말이야."

"네, 그럴 수만 있다면 브랜던 대령님과는 상관없이 우리는 잘 지낼 수 있을 거예요." 엘리너는 이렇게 말하고는 자리에서 일어나 마리앤을 살피러 갔다. 예상한 대로 마리앤은 어두운 방에서 작은 불씨만 남아 있는 벽난로 쪽으로 몸을 숙인 채 조용히 비탄에 빠져 있었다.

"날 그냥 내버려 둬." 마리앤은 돌아보지도 않고 말했다.

"그럴게," 엘리너가 말했다. "네가 침대에 눕는다면." 마리앤은 괴로움으로 뒤틀린 마음에 처음에는 언니의 말을 들으려 하지 않았다. 하지만 언니의 부드럽고 간곡한 설득에 이내 마음을 누그러뜨리고 그대로 따랐다. 엘리너는 마리앤이 지끈거리는 머리를 베개에 누이고 조용히 잠에 빠져드는 모습을 보고는 방에서 나왔다.

그녀가 응접실에 돌아가 잠시 숨을 돌리고 있었을 때 가득 채워진 포도주잔을 손에 들고 제닝스 부인이 들어왔다.

"이것 좀 봐요." 그녀가 응접실에 들어오며 말했다. "집에 최고급 콘스탄시아 포도주가 있다는 게 갑자기 생각났다오. 지금까지 맛본 것 중 이게 최고더라고. 그래서 동생 좀 갖다주라고 한 잔 가져왔지. 아이고, 죽은 남편이 생각나네. 그 양반이 이걸 아주 좋아했지. 고질적인 급성 위통이 도질 때마다 이게 어떤 약보다도 잘 듣는다고 그랬거든. 자, 얼른 동생한테 갖다주시구려."

"부인의 친절에 뭐라고 감사를 드려야 할지 모르겠어요." 전혀 다른 증상에 포도주를 권하는 부인에게 엘리너가 미소를 지으며 말했다. "그런데 방금 마리앤이 침대에 눕는 것을 보고 나왔거든요. 지금쯤은 아마 잠이 들었을 거예요. 지금은 푹 자는 게 가장 좋을 것 같은데, 부인께서 허락하신다면 포도주는 제가 마실게요."

제닝스 부인은 5분 더 일찍 오지 못한 것을 아쉬워하며 엘리너의 절충안을 받아들였다. 엘리너는 포도주를 거의 다 들이켜면서 그것이 급성 위통에 효과가 있는지는 모르겠지만 상처받은 마음을 치유하는 힘이 있는지 자신이 시험해 보는 것도 괜찮겠다고 생각했다.

그들이 차를 마시고 있는 동안 브랜던 대령이 도착했다. 응접실을 둘러보는 그의 태도에서, 마리앤이 그 자리에 있을 거라 그가 기대하지도, 바라지도 않았음을 엘리너는 눈치챌 수 있었다. 요컨대 그는 마리앤이 그 자리에 없는 이유를 알고 있는 듯했다. 제닝스 부인의 생각은 엘리너와 달랐다. 그녀는 탁자 맞은편에 앉아 있던 엘리너의 곁으로 다가가 귓속말을 했다. "대령의 표정이 여전히 침통한 걸 보니 아직 아무것도 모르나 봐. 이야기해 주시구려."

잠시 후 대령이 그녀 쪽으로 의자를 당겨 앉으며 동생의 안부를 물었다. 엘리너는 그의 표정에서 그가 이미 모든 것을 알고 있음을 확실히 느낄 수 있었다.

"마리앤의 몸 상태가 좋지 않아요." 그녀가 말했다. "온종일 몸이 안 좋아서 일찍 자도록 했어요."

"그렇다면," 그가 머뭇거리며 말했다. "오늘 아침에 제가 들은 이야기가, 처음에는 말도 안 된다고 생각했는데, 그 얘기가 사실인가 봅니다."

"무슨 이야기를 들으셨는데요?"

"제가 아는 어느 신사분이, 그러니까 약혼한 것으로 제가 알고 있는 어느 신사분이, 이거 뭐라고 말씀을 드려야 할지 난감하군요. 이미 알고 계신다면, 당연히 아셔야 하는 건데, 제가 말씀드리지 않는 게 좋겠습니다."

"하시려는 말씀이," 엘리너는 애써 침착한 태도로 말했다. "윌러비 씨와 그레이 양의 결혼에 관한 것이라면, 네, 저희도 알고 있어요. 오늘은 모든 사람에게 다 알려지는 날인가 봐요. 저희도 오늘 아침에야 그 사실을 알게 되었으니까요. 윌러비 씨는 정말 알 수 없는 분이네요. 대령님께서는 그 얘기를 어디에서 들으셨나요?"

"팰맬 가의 문구점에 일이 있어서 갔다가 들었습니다. 문구점 안에서 마차를 기다리는 숙녀 두 분이 계셨는데, 그중 한 분이 다른 분에게 누군가의 결혼에 관해 이야기하시더군요. 그분이 주위를 전혀 의식하지 않는 목소리로 이야기를 해서 말소리가 제 귀에도 들렸습니다. 그런데 얘기중에 윌러비, 존 윌러비라는 이름이 자꾸 나와서 주의를 기울이다 보니, 그와 그레이 양의 결혼이 확정되었고 그러므로 그것은 이제 비밀이 아니며 몇 주 뒤로 결혼식 날짜가 잡혔으니 이런저런 준비를 서둘러야 한다는 이야기가 이어지더군요. 무엇보다도 결혼식이 끝나면 신랑의 집이 있는 서머싯셔의 쿰 마그나로 갈 예정이라는 대목에서 그 신사분이 누군지 확실히 알 수 있었습니다. 그 얘기를 듣고 얼마나 놀랐는지 모릅니다. 그때의 제 심정은 뭐라 설명할 수가 없을 것 같습니다. 그분들이 나가고 나서 알아봤더니, 그 얘기를 하신 분은 엘리슨 부인이라고, 그레이 양의 후견인이라고 하더군요."

"사실이에요. 그레이 양이 5만 파운드를 가지고 있다는 얘기도 들으셨나요? 거기에서 이유를 찾아야 할지도 모르니까요."

"그럴 수도 있겠죠. 하지만 윌러비 씨라면 충분히, 적어도 제 생각에는," 그는 잠시 말을 멈췄다. 이어 그 자신도 확신이 없는 듯한 목소리로 덧붙였다. "그러면 동생분은, 마리앤 양은 지금 어떤?"

"무척 고통스러워하고 있어요. 저는 그 고통이 빨리 지나가기를 바랄 뿐이고요. 고통이 내내 극심했고 지금도 마찬가지예요. 어제까지만 해도 동생은 그분을 의심하지 않았던 것 같아요. 어쩌면 지금도 똑같을지 모르죠. 하지만 저는 그분이 동생을 진심으로 좋아했던 게 아니라고 거의 확신해요. 줄곧 속이고 있었던 거죠. 어떤 면에서는 냉혹한 사람 같기도 해요."

"아," 브랜던 대령이 탄식했다. "그랬군요. 하지만 동생분의 생각은, 방금 그렇게 말씀하신 것 같은데, 동생분의 생각은 대시우드 양과 다르다는 말씀이시죠?"

"제 동생의 성격을 아시잖아요. 할 수만 있다면 여전히 그분을 감싸려고 들지도 몰라요."

그는 아무 대답도 하지 않았다. 잠시 후 찻잔이 치워지고 카드놀이가 준비되면서 그들의 대화는 중단될 수밖에 없었다. 그들의 대화를 흥미롭게 살피고 있던 제닝스 부인은, 대시우드 양의 설명을 다 듣고 나면 곧바로 젊음과 희망과 행복감으로 브랜던 대령의 표정이 활짝 필 것으로 기대했다. 하지만 그녀는 평소보다 더 침통한 표정으로 생각에 잠겨 있는 대령의 모습을 저녁 내내 의아하게 지켜보아야 했다.

31

마리앤은 스스로 예상했던 것보다는 더 잘 잤지만, 아침에 눈을 뜨며 느낀 고통은 전날 밤에 눈을 감으며 느낀 것과 다르지 않았다.

엘리너는 동생이 속마음을 있는 그대로 표현하도록 도왔다. 아침 식사가 준비될 때까지 그들은 똑같은 이야기를 몇 번이고 반복했는데, 엘리너는 변함없는 믿음과 애정으로 조언을 했고 마리앤은 이전과 마찬가지로 격렬한 감정과 시시각각으로 변하는 생각을 쏟아냈다. 마리앤은 윌러비도 자신만큼 불행하고 아무 잘못이 없다고 하다가도 이내 그를 옹호하는 것이 불가능하다는 사실에 절망했다. 어느 순간에는 세상 사람들의 이목에 철저히 무관심한 태도를 보이다가 금세 그런 시선을 피해 영원히 은둔하겠다고 했고, 다음 순간에는 온 힘을 다해 맞설 수 있다고 말하는 것이었다. 그녀도 한 가지만큼은 일관성이 있었는데, 그것은 가능하다면 제닝스 부인과 함께 있는 자리를 피하고 그런 자리가 불가피할 때는 입을 굳게 다물겠다는 것이었다. 그녀는 제닝스 부인이 연민을 가지고 자신의 슬픔을 함께할 수 있다는 사실을 믿지 않았다.

"아냐, 아냐, 그렇지 않다니까." 마리앤이 소리쳤다. "그분은 감정이라는 게 없어. 친절을 베풀지만 그게 공감은 아니야. 성격이 좋다지만 그게 자상함은 아니라고. 부인은 오로지 사람들과 쑥덕거릴 이야깃거리를 원할 뿐이야. 지금은 내가 그걸 제공해주니까 나를 좋아하는 거라고."

엘리너는 굳이 이 말이 아니더라도, 예민한 성격에 섬세한 감수성과 세련되고 우아한 태도를 극히 중시하는 동생이 종종 다른 사람들을 부당하게 평가할 때가 있다는 것을 잘 알고 있었다. 세상에 똑똑하고 훌륭한 사람들이 절반이 넘는다고 가정하면, 마리앤도 그들처럼 뛰어난 능력과 훌륭한 기질을 가지고 있었다. 하지만 그들 모두가 이성적이고 공정하지만은 않듯 마리앤도 그들과 다르지 않았다. 그녀는 다른 사람들이 자신과 똑같이 생각하고 느끼기를 기대했으며, 다른 사람들의 행동이 자신에게 미치는 직접적인 영향에 따라 그들의 동기를 판단했다. 자매가 아침 식사를 마치고 방에 돌아와 있을 때 마리앤이 제닝스 부인을 더 깎아내릴 일이 벌어졌다. 제닝스 부인은 순전히 선의로 한 일이었지만 마리앤 자신의 그러한 결점으로 인해 그녀는 또 다른 고통을 겪어야 했다.

편지 한 통을 내밀며 자신이 위안거리를 가지고 왔다는 생각으로 만면에 환한 미소를 머금은 부인이 방에 들어서면서 말했다.

"내가 우리 마리앤 양에게 큰 도움이 될 걸 가지고 왔다오."

더 들을 것도 없었다. 그 순간 마리앤의 상상력은 애정과 뉘우침으로 가득한, 그동안 있었던 모든 일을 만족스럽고도 설득력 있게 설명하는 윌러비의 편지를 눈앞에 그렸다. 이어서 윌러비가 방에 뛰어 들어와 그녀의 발아래 무릎을 꿇고 무언의 눈빛으로 편지의 내용을 확인해주는 모습이 그려졌다. 그러나 이 한순간의 상상은 다음 순간 무너졌다. 어머니의 필체가, 그때까지 늘 반갑기만 했던 그 필체가 눈앞에 있었다. 단순한 희망 그 이상의 황홀감 뒤에 따라온 극도의 실망감에 마리앤은 그때까지 고통이라고는 한 번도 겪어보지 못한 사람처럼 큰 고통을 느꼈다.

마리앤의 수사(修辭)가 가장 정교한 순간이었다고 해도 제닝스 부인의 잔인함을 표현할 말은 찾기 힘들었을 것이다. 그녀는 격한 감정에서 흘러내리는 눈물로 부인을 원망할 수밖에 없었다. 하지만 상대는 그러한 원망은 아랑곳없이 거듭 동정의 말을 건네며, 편지가 위로를 얻는 데 도움이 되었으면 한다는 말을 남기고 물러났다. 어느 정도 진정된 후에 편지를 읽었음에도 마리앤은 거기에서 아무런 위로도 얻을 수 없었다. 윌러비에 관한 얘기가 편지를 가득 메우고 있었다. 어머니는 여전히 그들의 약혼을 확신했고 윌러비의 마음이 변하지 않았을 것임을 굳게 믿었다. 다만 엘리너의 간청에 못 이겨 조금 더 솔직하게 이야기를 해보라고 부탁할 뿐이었다. 어머니의 편지에는 딸과 윌러비를 향한 애정과 두 사람의 행복한 앞날에 대한 확신이 가득해서, 마리앤은 편지를 읽는 내내 괴로움에 흐느껴 울었다.

집으로 속히 돌아가야겠다는 마음이 되살아났다. 그 어느 때보다도 어머니가 소중하게 느껴졌다. 윌러비에 대한 어머니의 잘못된 믿음 때문에 어머니에 대한 마음은 더욱 애틋해졌고 집으로 돌아가야겠다는 마음은 더욱 간절해졌다. 엘리너는 마리앤이 런던에 머무는 것이 나을지 아니면 바턴에 돌아가는 것이 나을지 혼자 판단하기가 어려워 어머니의 의향을 확인할 수 있을 때까지 기다려 보자는 말밖에 할 수 없었다. 그리고 한참을 설득한 후에 어머니의 뜻을 확인할 때까지 기다리겠다는 동생의 동의를 얻어냈다.

제닝스 부인은 평소보다 일찍 집을 나섰다. 미들턴 부부와 파머 부부가 자신만큼 비통하지 않다는 사실에 마음이 편치 않았기 때문이다. 그녀는 동행하겠다는 엘리너의 제안을 단칼에 거절하고 오전이 다 지나도록 돌아오지 않았다. 엘리너는 자신이 전할 소식이 어머니에게 안길 고통을 헤아리며, 그리고 어머니가 마리앤에게 보낸 편지에서 드러났듯이 앞서 자신이 어머니께 부친 편지가 아무런 효과도 없었음을 떠올리며 무거운 마음으로 자리에 앉아 어머니에게 다시 편지를 썼다. 그녀는 이 편지에서 그때까지 일어난 일들을 상세히 전하고 앞으로 어떻게 해야 할지 알려달라고 청했다. 마리앤은 제닝스 부인이 외출하자 응접실에 들어와 언니가 편지를 쓰고 있는 탁자 옆에 앉았다. 그녀는 편지지 위로 언니의 펜이 움직이는 것을 지켜보며 언니가 그런 어려운 일을 감당해야 한다는 사실에 마음이 아팠고, 그 편지가 어머니에게 끼칠 영향을 생각하며 더더욱 마음이 아팠다.

이렇게 15분가량이 지났을까, 갑작스러운 작은 소음도 견디지 못할 만큼 신경이 예민해져 있던 마리앤은 누군가 문을 두드리는 소리에 소스라치게 놀랐다.

"누구지," 엘리너가 말했다. "이렇게 이른 시각에? 이제 겨우 조용히 있겠다 싶었는데."

마리앤이 창가로 다가갔다.

"브랜던 대령이야!" 그녀가 짜증을 내며 말했다. "저분은 도대체 왜 우리를 가만히 내버려 두지 않는 거야."

"들어오시지는 않을 거야. 제닝스 부인이 안 계시니까."

"그야 모르지." 그녀가 방으로 돌아가며 말했다. "시간이 남아도는 사람은 남의 시간이 귀한 줄 모르니까."

마리앤의 추측은 부당하고 잘못된 생각에 근거했지만, 결과적으로는 맞았다. 브랜던 대령이 정말 집 안에 들어왔기 때문이다. 하지만 엘리너는 그가 마리앤을 걱정해서 찾아왔음을 확신했고, 불안하고 침울한 그의 표정과 동생의 안부를 묻는 태도에서 그런 걱정을 읽었기 때문에 그를 경시하는 동생이 못마땅했다.

"본드가에서 우연히 제닝스 부인을 만났습니다." 인사를 건넨 후 그가 말했다. "부인께서 찾아가 보라고 하시더군요. 대시우드 양 혼자 계실 줄 알고, 사실 그러기를 바라면서 이렇게 용기를 내어 왔습니다. 그러기를 바랐다는 얘기는, 그러니까 그러기를 바란 유일한 이유는, 제 생각에 위로를, 아니, 위로가 아니라 동생분이 마음을 확실히 접는 데 도움이 될 사실을 전해드리기 위해서입니다. 제가 드리려는 말씀은 동생분과 대시우드 양 그리고 두 분의 어머니를 진정으로 염려해서이지 다른 뜻은 전혀 없습니다. 그저 도움이 되기를 바라는 마음에, 제가 잘못된 행동을 하는 것이라고는 생각하지 않습니다만, 제가 이 말씀을 드리는 것이 과연 옳은지 확신하기까지 혹시라도 제가 잘못을 저지르는 것은 아닌지 두려워하며 정말 많은 시간을 고민했습니다." 그는 말을 멈췄다.

"무슨 말씀이신지 알겠어요." 엘리너가 말했다. "윌러비 씨에 관해 뭔가 하실 말씀이 있는 거죠? 그가 어떤 사람인지 확실하게 밝혀 줄 얘기 말이에요. 그런 말씀이라면 해주시는 게 마리앤에게는 최고의 우정을 베푸시는 거예요. 그런 목적으로 말씀하시는 거라면 저는 감사하고, 동생도 언젠가는 그럴 거예요. 부디 말씀해 주세요."

"알겠습니다. 간단히 말씀드리면, 제가 지난 10월에 바턴을 떠났을 때, 아니, 이렇게 말씀드리면 상황을 이해하지 못하시겠군요. 그 이전으로 거슬러 올라가야겠습니다. 대시우드 양, 제가 설명을 제대로 못 한다고 생각하시겠지만, 어디에서부터 시작해야 할지 몰라서요. 먼저 저에 관한 이야기부터 시작해야겠습니다. 짧게 말씀드리죠. 이런 얘기는," 그가 무거운 한숨을 내쉬었다. "길게 늘어놓고 싶은 마음도 없으니까요."

그는 회상에 잠긴 듯 잠시 말을 멈추었다가 다시 한번 한숨을 쉬고는 말을 이었다.

"바턴 파크에서 무도회가 열린 날 저녁에 저와 대화를 나누신 일이 있는데, 대단한 얘기를 주고받은 건 아니라 아마 기억하지 못하실 겁니다. 그때 제가 오래전 알고 지낸 어느 숙녀분과 마리앤 양이 약간 닮았다고 말씀드렸죠."

"네, 그러셨어요." 엘리너가 말했다. "기억하고 있어요." 엘리너의 반응에 표정이 밝아지며 그가 말을 이었다.

"불확실하고 주관적인 기억에 스스로 속는 게 아니라면, 두 사람은 외모뿐만 아니라 기질도 많이 닮았습니다. 열정도, 상상력과 활력도 똑같습니다. 그 숙녀분은 저의 가까운 친척이었는데, 어릴 때 고아가 되는 바람에 저의 부친께서 후견인이 되셨습니다. 우리는 나이가 거의 비슷해서 어렸을 때부터 같이 놀면서 자랐습니다. 저는 한순간도 일라이자를 사랑하지 않은 적이 없었습니다(역사적으로 유럽에서는 근친혼이 드물지 않았다-옮긴이). 쓸쓸하고 어두운 지금의 제 모습을 보시면 믿기 어려우실 정도로 그녀에 대한 저의 사랑은 커가면서 더욱 깊어졌습니다. 저에 대한 그녀의 애정도 윌러비 씨를 향한 동생분의 애정만큼이나 뜨거웠다고 생각합니다. 다만 그녀의 사랑도 이유는 다르지만, 동생분 못지않게 불행했습니다. 열일곱 살이 되었을 때 저는 그녀를 영원히 잃고 말았습니다. 그녀가 결혼을, 자신의 의지와 무관하게 저의 형과 결혼을 하게 된 것입니다. 그녀에게는 상당한 유산이 있었는데, 당시 우리 가족은 소유한 땅의 상당 부분을 저당 잡힌 상태였습니다. 이것이 그녀의 친척이자 후견인이었던 분이 그런 결정을 내리게 된 배경이었다고밖에 말씀드리지 못하겠습니다. 저의 형은 그녀와 결혼할 자격이 없는 사람이었고, 그녀를 사랑하지도 않았습니다. 저는 그녀가 저를 생각해서라도 어려운 상황을 잘 견뎌 주기를 바랐고, 실제로 한동안은 그녀도 잘 버텼습니다. 하지만 형의 박대를 받는 비참한 상황을 견디다 못해 결국 그녀도 무너지고 말았습니다. 그녀는 저에게 약속하기를 그 어떤 것도, 아니, 제가 너무 두서없이 이야기하고 있군요, 중간에 어떤 일이 있었는지 말씀드리지 않았으니. 우리는 함께 스코틀랜드로 도망을 가기로 했습니다. 그런데 출발을 몇 시간 앞두고 그녀의 하녀가 우리를 배신한 것인지 아니면 우둔해서 그랬는지 우리의 계획을 누설했습니다. 저는 멀리 떨어진 친척 집으로 쫓겨났고, 제 부친의 목적이 달성될 때까지 그녀는 자유를 박탈당한 채 사람들을 만나거나 어딘가에서 위안을 찾는 것도 허락되지 않았습니다. 그녀의 강인함을 굳게 믿으면서도 제가 받은 충격은 컸습니다. 그래도 그녀의 결혼 생활이 행복하기만 했다면, 저도 그때는 어린 나이였으니 몇 달이 지나면 현실에 타협했을 것이고 적어도 지금까지 그 일을 비통한 심정으로 돌아보고 있지는 않을 겁니다. 그런데 상황은 제가 바라던 것처럼 흘러가지 않았습니다. 형은 그녀에게 아무런 관심이 없었습니다. 형은 엉뚱한 데서 쾌락을 찾았고 처음부터 그녀를 모질게 대했습니다. 그녀처럼 어리고 발랄하고 세상 물정 모르는 사람에게 이 모든 일의 결과는 너무나도 자명했습니다. 처음에는 그녀도 체념하고 자신의 비참한 처지를 운명으로 받아들였습니다. 어쩌면 그녀가 저에 대한 기억을 씻어낼 때까지 목숨을 부지하지 않았더라면 그게 더 나았을지도 모릅니다. 하지만 남편의 박대는 그녀의 부정(不貞)을 부추겼고, 조언해 주거나 말리는 친구도 주변에 없었으니 (저의 부친께서는 두 사람이 결혼하고 몇 개월 만에 돌아가셨고, 저는 당시 동인도에서 복무 중이었습니다) 그녀가 타락의 길로 들어선 것은 놀랄 일도 아니었습니다. 제가 이곳에 남아 있었더라면…. 저는 몇 년간 그녀의 눈앞에서 사라져 주는 것이 그들의 행복을 위하는 길이라 생각하며 동인도에 가 있었습니다. 하지만 그녀의 결혼이 저에게 주었던 충격은," 그는 떨리는 목소리로 말을 이었다. "그로부터 2년 후 그녀의 이혼 소식을 들었을 때의 충격에 비하면 아무것도 아니었습니다. 저의 인생에 어둠이 드리워진 것도 그때부터였고, 지금도 그때 겪은 일을 되돌아보면…."

그는 말을 더 잇지 못하고 자리에서 벌떡 일어나 몇 분간 응접실 안을 서성였다. 엘리너는 그의 이야기에, 무엇보다 그의 고통에 깊은 연민이 일어 아무 말도 할 수 없었다. 자신의 아픔을 헤아려주는 그녀의 모습을 보고 그는 감사와 존경의 뜻을 담아 그녀의 손에 가볍게 입을 맞추었다. 그는 몇 분 더 침묵 속에서 마음을 가다듬은 뒤 평정을 되찾고 이야기를 계속했다.

"저는 그녀의 이혼 소식을 접한 뒤 거의 3년이 지나 귀국했습니다. 도착하자마자 제일 먼저 한 일은 물론 그녀를 찾는 것이었습니다. 그녀를 찾는 일은 서글프기도 했거니와 성과도 없었습니다. 그녀를 유혹한 첫 번째 남자를 찾아냈는데, 그 이후의 행방은 찾을 길이 없었고 정황상 그녀는 이 남자를 떠나 더 깊은 죄악의 길로 들어선 것이 분명해 보였습니다. 그녀가 제 형으로부터 받는 생활비는 풍요로운 생활은커녕 생계를 유지하기에도 부족했습니다. 그녀는 그나마 생활비를 받을 권리조차 몇 달 전 다른 사람에게 넘기고 말았습니다. 저의 형은 아마도 그녀의 낭비벽과 그로 인한 곤경 때문에 당장 쓸 돈을 마련할 목적으로 그 권리를 처분한 것 같다고 태연하게 말하더군요. 귀국한 지 6개월이 지나 결국 그녀를 찾았습니다. 예전에 제 하인으로 있다가 이후 남에게 빌린 돈을 갚지 못해 채무자 구류 시설에 갇혀 있는 사람이 있었는데 옛정을 생각해서 그를 면회하러 갔습니다. 그런데 그곳에, 그 구류 시설에 그녀가 있었던 겁니다. 너무 많이 변해버린, 세파에 찌들고 시든 모습으로 말이죠. 제가 한때 사랑했던 눈부시게 아름답고 건강한 소녀가 그렇게 어둡고 병약한 모습으로 제 눈앞에 있다는 사실을 믿을 수 없었습니다. 그 모습을 지켜보는 제 마음이…. 제가 이런 이야기를 자세히 들려 드리면서까지 대시우드 양의 마음을 아프게 할 권리는 없는데, 이미 많은 고통을 드린 것 같네요. 그녀는 한눈에 보아도 폐결핵 말기임을 알 수 있었는데, 그래요, 그런 상황에서는 오히려 그게 큰 위로가 되었습니다. 삶은 그녀에게 아무것도 해줄 게 없었고 그저 죽음을 더 잘 준비할 약간의 시간만 허락했을 뿐입니다. 그런 시간을 얻은 그녀에게 저는 편안한 거처를 마련해 주었고 간병인을 구해 주었습니다. 그녀가 마지막 날들을 보내는 동안 저는 매일 그녀를 찾아갔고 그녀의 임종을 지켰습니다."

그는 마음을 추스르기 위해 다시 말을 멈췄다. 그의 친구가 맞은 가련한 운명에 엘리너는 안타까움의 탄식을 내뱉었다.

"가없고 불명예스러운 저의 친척과 마리앤 양이 닮았다고 생각하는 것에 대해 동생분이 기분 나빠하지 않으셨으면 합니다." 그가 말했다. "두 사람의 운명은 절대로 같을 수 없습니다. 한 사람의 타고난 고운 기질이 좀 더 견고한 반려자의, 좀 더 행복한 결혼 생활의 보호를 받았더라면, 앞으로 대시우드 양께서 보게 되실 다른 한 사람의 모습과 같아질 수도 있었을 겁니다. 그런데 제가 공연한 이야기를 늘어놓아서 대시우드 양을 괴롭힌 것 같습니다. 아, 대시우드 양, 이 이야기를, 14년 동안 가슴에 묻어 놓았던 이 이야기를 어떻게 꺼내야 할지 두렵습니다. 좀 더 차분하게, 간결하게 말씀드리겠습니다. 그녀는 하나밖에 없는 자식을 저에게 맡겼습니다. 첫 번째 불륜에서 얻은 세 살짜리 여자아이였죠. 그녀는 그 아이를 무척 사랑해서 늘 곁에 두었습니다. 그 아이는 제게 맡겨진 소중한 존재였고, 여건이 허락했다면 저는 그 아이를 직접 키웠을 겁니다. 하지만 제게는 가족도, 집도 없었습니다. 그래서 어린 일라이자를 기숙학교에 보낸 것입니다. 저는 시간이 날 때마다 아이를 보러 학교에 찾아갔고, 형이 죽은 뒤에는 (5년 전의 일이고 이후 형의 재산이 저에게 넘어왔습니다) 일라이자도 저를 보러 델라퍼드에 자주 왔습니다. 저는 사람들에게 그 애가 먼 친척이라고 둘러댔지만, 다들 훨씬 가까운 사이로 의심해 왔다는 것은 저도 잘 알고 있습니다. 3년 전 (그 애가 막 열네 살이 되었을 때입니다) 저는 아이를 학교에서 데리고 나와, 도싯셔에 사는 평판 좋은 부인에게 맡겼습니다. 비슷한 또래의 여자아이 네다섯 명을 돌보고 있는 분이었죠. 두 해 동안 아이의 상황은 모든 면에서 만족스러웠습니다. 그러다 지난 2월, 거의 1년 전쯤, 아이가 갑자기 사라졌습니다. 아버지 병간호를 위해 바스에 가는 친구가 있다면서 자기도 같이 가고 싶다고 조르기에 허락을 했는데 그게 경솔한 짓이 되고 말았습니다. 아이 친구의 아버지는 훌륭한 분이셨고, 저는 아이의 친구도 좋게 보고 있었습니다. 그런데 생각보다 나쁜 아이였죠. 제가 일라이자를 찾아 나섰을 때도 그 친구는 모든 걸 알고 있는 게 분명한데도 고집스럽게 비밀을 지킨답시고 입을 다문 채 아무런 단서도 저에게 주지 않았습니다. 그 아버지라는 사람도 선량하기는 했지만, 눈치는 빠르지 않았는지 정말로 아무것도 모르는 것 같았습니다. 아이들이 온 시내를 쏘다니며 아무 사람이나 만나고 돌아다니는 동안 그분은 건강 문제로 집 안에만 있었던 겁니다. 그분은 저에게 딸은 그 일과 아무런 상관이 없다고 말했고 실제로 그렇게 믿고 있었습니다. 결국 아이가 사라졌다는 사실 이외에는 아무것도 알아낼 수 없었습니다. 그 후 여덟 달 동안의 일은 대시우드 양의 상상에 맡기겠습니다, 제가 무슨 생각을 했고 뭘 걱정했으며 결국 어떤 고통을 겪게 되었는지."

"설마," 엘리너가 소리쳤다. "설마, 윌러비가!"

"이후 아이의 소식을 처음으로 듣게 된 것은," 그가 말을 이었다. "지난 10월 아이가 직접 써 보낸 편지를 통해서였습니다. 델라퍼드로 간 편지가 바턴에 있던 저에게 전달된 것이죠. 우리가 위트웰에 나들이를 가기로 한 바로 그날 아침 그 편지를 받았습니다. 이것이 그날 제가 급하게 바턴을 떠난 이유입니다. 모든 분이 저를 이상하게 생각하셨을 것이고, 몇몇 분에게는 큰 실례를 범한 줄 압니다. 나들이 계획을 무산시키는 결례를 저질렀다고 저에게 비난의 눈길을 보낸 윌러비 씨는 자기 때문에 비참한 처지에 놓인 아이를 구하기 위해 제가 그렇게 떠났다는 사실을 상상도 하지 못했을 겁니다. 설령 그가 알았다고 한들 무슨 소용이 있었겠습니까? 미소를 짓는 동생분 앞에서 그 사람이 덜 유쾌하거나 덜 행복했을까요? 아닙니다. 다른 사람에게 연민을 느낄 수 있다면 절대 하지 못했을 일을 그 사람은 이미 저질렀습니다. 그는 어리고 순진한 소녀를 유혹하고는 극도의 고통 속에 내버려 두었습니다. 머물 곳도, 도와줄 사람도, 친구도 없고, 그의 주소조차 모르는 소녀를 말입니다. 일라이자를 떠나면서 돌아오겠다는 약속은 했다더군요. 하지만 그는 돌아오지 않았고 편지를 보내거나 도움을 주지도 않았습니다."

"어쩌면 그럴 수가 있죠!" 엘리너가 소리쳤다.

"이제 그가 어떤 사람인지 아셨을 겁니다. 사치스럽고 난잡한, 아니, 그 둘을 합친 것보다 더 못하죠. 저는 이 사실을 줄곧 알고 있었으니, 여전히 그를 좋아하는 동생분을 지켜보면서, 그리고 그와의 결혼이 확실해지는 상황에서 제 심정이 어땠을지 생각해 보십시오. 지난주에 제가 여기에서 대시우드 양을 뵈었을 때, 저는 진실을 확인하고 싶었습니다. 확인한 다음 어떻게 해야 할지는 여전히 몰랐지만 말입니다. 그날 제 행동이 이상해 보였을 겁니다. 하지만 이제는 제가 왜 그랬는지 이해하시겠죠. 모두가 속고 있는 것을 지켜보면서, 그런 동생분을 지켜보면서, 제가 뭘 할 수 있었겠습니까? 제가 개입한다고 해서 상황이 바뀔 것 같지도 않았습니다. 속으로는 동생분의 영향으로 그 사람이 바뀔지도 모른다는 생각이 들기도 했습니다. 하지만 이제 동생분에게까지 이런 파렴치한 짓을 저질렀으니 처음부터 그에게 무슨 속셈이 있었는지 어찌 알겠습니까? 하지만 그의 속셈이 무엇이었든 간에, 동생분이 저의 가엾은 일라이자를 생각해 보신다면, 그 아이가 얼마나 비참하고 절망적인 처지에 놓여 있는지 떠올려 보신다면 언젠가 지금의 상황을 감사하게 여기실 날이 올 겁니다. 지금도 일라이자는 동생분만큼이나 그에 대한 연정을 품은 채, 동시에 평생 따라다닐 후회를 가슴에 품은 채 고통받고 있습니다. 분명히 이런 비교가 동생분에게는 도움이 될 겁니다. 자신의 고통은 아무것도 아니라고 여기시게 될 테니까요. 동생분이 겪는 고통은 품행이 나빠서 생긴 일도 아니고 수치가 될 일도 아닙니다. 오히려 이 일로 인해 주위의 사람들도 동생분에게 더 든든한 벗이 되어 줄 겁니다. 동생분의 아픔을 염려하는 마음과 그 아픔을 이겨내는 동생분에 대한 존경심으로 벗들의 애착은 더욱 커질 겁니다. 하지만 저의 이야기를 동생분께 전하실 때는 신중하셔야 합니다. 무엇이 가장 효과적일지는 대시우드 양께서 가장 잘 아시겠죠. 이 얘기가 도움이 되고 동생분의 슬픔을 덜어드릴 수 있을 거라고 제가 마음 깊은 곳으로부터 믿지 않았다면, 저의 불행한 가족사까지 꺼내면서, 저 자신을 높이려고 남을 깎아내리는 것처럼 보일 수도 있는 이야기를 늘어놓으면서 당신을 괴롭히지는 않았을 겁니다."

그가 이야기를 마치자 엘리너는 진심으로 감사를 표했고, 그가 들려준 이야기를 전하면 마리앤에게 큰 도움이 될 것이라고 덧붙였다.

"무엇보다 저를 고통스럽게 한 것은," 엘리너가 말했다. "마리앤이 그에게는 아무런 잘못이 없다고 믿으려 한다는 것이었어요. 그가 형편없는 사람임을 확인하는 것보다 그를 옹호하려는 마음 때문에 동생은 더 힘들었을 거예요. 당장은 고통이 크겠지만 마리앤도 곧 마음이 편해질 거예요." 그녀는 잠시 말을 멈췄다가 다시 입을 뗐다. "혹시 바턴을 떠나신 뒤로 윌러비 씨를 보신 적이 있나요?"

"네." 그가 무거운 표정으로 대답했다. "한 번 봤습니다. 어차피 한 번은 봐야 끝나는 일이었으니까요."

엘리너는 그의 태도에 놀라 조심스럽게 물었다.

"네? 그렇다면 그를 만난 목적이…?"

"다른 목적으로 그를 만날 까닭은 없었습니다. 일라이자는 마지못해 저에게 애인의 이름을 털어놓았습니다. 저보다 2주 늦게 그가 런던에 도착했을 때, 그는 자신을 지키기 위해, 저는 그를 응징하기 위해 결투를 약속하고 만났습니다. 둘 다 크게 다치지 않았기 때문에 사람들에게 알려지지는 않았죠."

엘리너는 그렇게 할 필요까지 있었을까 하는 생각에 한숨이 나왔지만, 남자이자 군인인 그에게 그런 행동을 탓하고 싶지는 않았다.

"그렇게," 짧은 침묵에 이어 그가 말했다. "엄마와 딸의 불행한 운명이 비슷해지고 말았습니다. 저 역시 맡겨진 책임을 제대로 이행하지 못했고요."

"그 아가씨는 아직 런던에 있나요?"

"아닙니다. 해산이 임박했을 때 그 애를 찾았기 때문에 산후조리를 마칠 때까지 기다렸다가 산모와 아기를 함께 시골로 내려보냈습니다. 지금은 그곳에 머물고 있습니다."

잠시 후 그는 자기 때문에 엘리너가 동생 곁을 비우고 있다는 생각에 자리에서 일어났다. 그녀는 다시 한번 감사를 표했고, 연민과 존경의 마음을 가득 안고 그를 떠나보냈다.

32

대시우드 양이 곧바로 이 대화의 내용을 전달했을 때 동생의 반응은 언니가 기대했던 것과 완전히 일치하지는 않았다. 그렇다고 마리앤이 그 이야기를 조금이라도 의심하는 것 같지는 않았다. 그녀는 덤덤하고 차분하게 이야기를 들었고, 반박하거나 윌러비를 옹호하려 하지도 않았다. 그녀의 눈물은 그를 옹호하는 것이 불가능하다는 것을 보여 주는 듯했다. 이런 반응에서 엘리너는 동생이 윌러비의 악행을 분명히 깨달았음을 확신했고, 이후 다시 찾아온 브랜던 대령을 피하지 않고 연민과 존경의 감정으로 그에게 말을 건네는가 하면 전처럼 극심한 감정 기복을 겪지 않는 동생의 모습에서 자신이 전한 이야기의 효과를 확인할 수 있었다. 그렇지만 동생의 표정에서 불행의 그늘이 엷어진 것은 아니었다. 실제로 마리앤은 마음을 가라앉혔지만, 그녀의 마음이 가라앉은 곳에는 우울한 낙담이 자리를 잡고 있었다. 윌러비의 사랑을 잃은 것보다 그의 진심을 잃었다는 사실이 그녀의 마음을 더 무겁게 짓눌렀다. 그가 윌리엄스 양을 유혹한 뒤 버렸다는 사실, 그 가엾은 소녀의 비참한 상황, 그리고 자신을 향한 그의 속셈은 무엇이었을까 하는 의심이 정신을 잠식한 까닭에 그녀는 언니에게조차 자신의 심정을 털어놓을 수 없었다. 동생이 침묵 속에서 고뇌하는 모습은 그녀가 속마음을 숨김없이 털어놓을 때보다 엘리너의 마음을 더 고통스럽게 했다.

대시우드 부인이 엘리너의 편지를 받고 쓴 답장은 딸들이 이미 느끼고 말한 것들을 되풀이하는 것에 지나지 않았다. 대시우드 부인이 느낀 실망과 고통은 마리앤보다도 컸고, 그녀가 표출한 분노는 엘리너보다도 컸다. 잇달아 부친 장문의 편지에서 부인은 자신의 고통과 생각을 전했고, 마리앤에 대한 깊은 염려와 함께 이 괴로움을 꿋꿋하게 이겨낼 것을 당부했다. 어머니가 꿋꿋함을 언급했다는 사실은 마리앤의 고통이 어떠했는지를 보여 주는 것이었다. 그런 슬픔의 근원에는 굴욕감과 수치심이 있었겠지만, 부인은 딸만큼은 거기에 빠지지 않기를 바랐다.

대시우드 부인은 상처 입은 딸을 곁에 두고 싶은 마음을 억누르고, 마리앤이 당분간은 어디가 되었든 바턴이 아닌 곳에 머무는 편이 좋겠다고 생각했다. 바턴에서는 눈에 보이는 모든 것이 윌러비에 대한 강렬하고 고통스러운 기억을 되살아나게 할 것이었기 때문이다. 부인은 딸들에게, 애초에 확실히 정해진 바는 없었지만 모든 사람이 적어도 5~6주를 예상하던 런던 체류 기간을 절대로 단축하지 말라고 당부했다. 부인은 바턴에서는 경험하기 어려운 다양한 활동과 볼거리와 사교의 기회를 런던에서는 불가피하게 접할 것이고, 그러다 보면 당장은 거부하겠지만 마리앤도 흥미나 즐거움을 주는 것에 마음이 끌릴 수 있지 않을까 기대했다.

어머니는 딸이 바턴이 아닌 런던에 머문다고 해도 윌러비를 다시 마주칠 위험은 적을 것으로 생각했다. 딸의 벗이라 할 만한 사람들은 그와의 교제를 끊을 것이었기 때문이다. 딸의 벗들이라면 두 사람이 마주칠 기회를 만들지 않을 것이고, 설령 마주친다고 해도 손 놓고 바라보고 있지만은 않을 것이며, 우연히 만날 가능성으로 따지면 한적한 바턴보다 북적거리는 런던이 더 낮을 것이었다. 오히려 바턴에 있다 보면 그가 결혼식을 마치고 앨런햄을 방문할 때 딸의 눈에 띌 수도 있는 노릇이었다. 부인은 처음에는 그럴 가능성이 있다고 생각하다가 나중에는 틀림없이 그렇게 될 거라고 믿었다.

대시우드 부인이 딸들이 런던에 더 머물기를 바란 데에는 한 가지 이유가 더 있었다. 의붓아들로부터 그들 내외가 2월 중순 이전에 런던을 방문할 예정이라는 편지를 받은 부인은 딸들이 가끔이라도 오빠를 만나는 것이 좋겠다고 생각했다.

마리앤은 어머니의 의견을 따르겠다고 이미 약속했기 때문에 순순히 따르기는 했지만, 이는 그녀가 원하거나 기대했던 것이 아니었을 뿐만 아니라 잘못된 근거에 의한 완전히 그릇된 결정으로 여겨지기까지 했다. 그녀는 런던에 더 머물게 됨으로써 유일하게 그녀의 비참함을 덜어 줄 수 있는 어머니의 위로를 받지 못하게 되었고, 그녀를 잠시도 마음 편히 놔두지 않는 사람들 틈에 그대로 놓이게 되었기 때문이다.

그래도 마리앤은 자신에게는 안된 일이지만 언니에게는 잘된 일이라는 생각을 위안으로 삼았다. 반면에 언니는 런던 체류가 길어질수록 에드워드를 피하는 것이 어려워질 것이기 때문에 자신으로서는 반길 일이 아니지만 당장 데번셔로 돌아가기보다 런던에 머무는 편이 마리앤에게는 잘된 일이라 생각하며 이를 위안거리로 삼았다.

동생 앞에서 윌러비의 이름이 언급되는 일이 없도록 신경을 쓴 엘리너의 노력은 헛되지 않았다. 마리앤은 그런 사실을 눈치채지 못했지만, 그녀는 매번 언니의 덕을 톡톡히 보았다. 제닝스 부인이나 존 경, 심지어 파머 부인조차 그녀 앞에서 그에 관한 이야기를 꺼내지 않았다. 엘리너는 자신에게도 그들이 같은 자제력을 보여 주길 바랐지만, 그것은 불가능한 일이었다. 그녀는 그들이 쏟아내는 분노를 매일 들어줄 수밖에 없었다.

존 경은 상상조차 할 수 없는 일이라고 했다. "그 친구 정말 좋게 봤는데, 성격도 그렇게 좋은 친구가 말입니다. 잉글랜드에서 말을 가장 대담하게 타는 친구라고 믿었는데, 어떻게 그런 짓을! 앞으로는 그놈이 지옥에나 떨어지라고 빌 겁니다. 그리고 우연히 마주치더라도 말 한마디 섞지 않을 겁니다. 절대로요. 바턴의 덤불 속에서 사냥감이 나타나기를 두 시간 동안 같이 기다리더라도 절대로 말을 걸지 않을 겁니다. 짐승 같은 놈! 주인을 속이는 사냥개 같은 놈! 지난번에 만났을 때 저에게 폴리가 낳은 강아지를 한 마리 주겠다고 했는데 그것도 저는 안 받을 겁니다!"

파머 부인도 똑같이 화가 나 있었다. 그녀는 그와의 친분을 당장 끊겠다고 하더니 애초에 그와 친분이 없었던 게 다행이라고 했다. 그녀는 쿰마그나가 클리블랜드에서 가깝지 않으면 좋겠다고 했으나, 두 지역은 왕래하기에 거리가 너무 멀었다. 그가 너무나 혐오스러워서 그의 이름을 두 번 다시 입에 올리지 않겠다고 다짐한 그녀는 이내 그가 얼마나 몹쓸 인간인지 만나는 사람 모두에게 말해 줄 거라고 했다.

파머 부인에게 남아 있는 모든 연민은, 다가오는 결혼식의 세세한 정보를 힘닿는 대로 알아내서 그것을 엘리너에게 전하는 데에서 드러났다. 그녀는 어느 마차 제작소에서 새 마차를 만들고 있는지, 어느 화가가 윌러비 씨의 초상화를 그렸는지, 그리고 어느 상점에서 그레이 양의 예복을 볼 수 있는지 자세히 들려주었다.

다른 사람들의 호들갑스러운 친절에 마음이 무거워진 엘리너에게 미들턴 부인의 조용하고 정중한 무관심은 안도감을 주었다. 주변 사람들 가운데 적어도 한 사람은 이 일에 관심을 보이지 않는다는 사실이, 적어도 한 사람은 그녀를 만나서도 그 일에 대해 호기심을 보이거나 동생의 건강 상태를 묻지 않는다는 사실이 그녀에게는 큰 위로가 되었다.

가끔은 상황에 따라 어떤 사람의 자질이 실제보다 좋게 평가될 때가 있다. 엘리너는 호들갑스러운 위로에 시달리면서 친절함보다 정중함이 더 필요할 때가 있음을 느꼈다.

미들턴 부인은 하루에 한 번, 혹은 이 화제가 사람들의 입에 자주 오르내리는 날에는 두 번, "정말 충격적이군요!"라고 말함으로써 이 일에 대한 자신의 감정을 표현했다. 이처럼 한결같으면서도 점잖은 감정 표현을 통해 그녀는 대시우드 자매를 무덤덤하게 대할 수 있었으며, 곧 그 일을 전혀 염두에 두지 않고 자매를 마주할 수 있었다. 이렇게 같은 성(性)의 존엄을 드높이고 다른 성의 잘못을 단호히 질책했으니, 그녀는 이제 편안한 마음으로 사교 모임에 다시 눈을 돌려도 되겠다고 생각했고, (존 경의 생각은 달랐지만) 윌러비 부인이 품위와 재산을 겸비한 여성인 만큼 결혼식이 끝나는 대로 찾아가 카드를 남기고 와야겠다고 마음먹었다.

엘리너에게 브랜던 대령의 사려 깊고 조심스러운 질문은 불편하게 여겨지지 않았다. 그는 낙담한 마리앤을 도우려는 우정과 열의를 보여 줌으로써 그녀의 동생에 관해 격의 없이 의논할 수 있는 특권을 얻었고, 덕분에 대시우드 양은 늘 그와 마음을 터놓고 대화를 나눴다. 과거의 슬픔과 현재의 치욕을 고통스럽게 드러낸 그는 값진 보상을 얻기도 했다. 이따금 마리앤이 연민 어린 눈빛으로 그를 바라보았고, (자주 있는 일은 아니었지만) 그에게 어쩔 수 없이 말을 건네야 하거나 자발적으로 말을 건넬 때의 목소리가 전보다 한결 부드러워진 것이었다. 이런 변화는 그에게 자신의 노력으로 호의를 얻게 되었다는 확신을 주었고, 엘리너에게는 그런 호의가 앞으로 더욱 커질 것이라는 희망을 주었다. 하지만 이런 사정을 전혀 모르고 있던 제닝스 부인은 브랜던 대령의 표정이 전처럼 심각하기만 하니 그에게 청혼하라고 권유할 수도, 자신에게 맡겨달라고 설득할 수도 없었다. 그렇게 이틀이 지나자, 그녀는 세례자 요한 축일은 어렵겠고 성 미카엘 대천사 축일(9월 29일-옮긴이)은 되어야 결혼식이 가능할 것으로 생각했고, 일주일이 지나면서는 아예 결혼 자체가 어렵겠다고 판단했다. 오히려 대령과 엘리너가 잘 통하는 모습을 지켜보면서 오디나무와 수로와 주목으로 만든 정자의 영광은 모두 엘리너의 차지가 되겠다고 생각했다. 한동안 제닝스 부인은 페라스 씨에 대해서는 아예 생각조차 하지 않게 되었다.

윌러비의 편지를 받고 2주가 지난 2월 초 어느 날, 엘리너는 그가 결혼했다는 소식을 알리는 고통스러운 역할을 떠맡았다. 그녀는 결혼식이 끝나는 대로 그 소식이 자신에게 전달되도록 미리 손을 써두었다. 동생이 아침마다 자세히 읽는 신문에서 그 소식을 알게 되기를 원치 않았기 때문이다.

마리앤은 언니가 전하는 그 소식을 담담하게 받아들였다. 그녀는 아무 말도 하지 않았고 처음에는 눈물을 보이지도 않았다. 하지만 잠시 후 그녀는 결국 눈물을 쏟았고, 그의 결혼 계획을 처음 들었을 때만큼이나 비참한 기분에 싸여 하루를 보냈다.

윌러비 부부는 결혼식이 끝나자마자 런던을 떠났다. 이제 그들과 마주칠 위험이 사라지면서 엘리너는 그동안 집 밖을 나서지 않은 동생에게 외출을 권유해 보기로 했다.

그즈음 홀본에 있는 바틀릿츠 빌딩스의 친척 집에 와 있던 스틸 자매가 콘듀이트가와 버클리가에 사는 좀 더 신분이 높은 친척들을 방문하여 그들로부터 따뜻한 환대를 받았다.

엘리너만이 그들을 다시 만나게 된 것이 유감이었다. 그들의 존재는 여느 때처럼 고통이었고, 그녀는 자신이 아직도 런던에 있다는 사실에 기쁨을 주체하지 못하는 루시를 어떻게 대해야 할지 몰랐다.

"여전히 이곳에 계시지 않았다면 정말 실망했을 거예요." 루시가 첫 단어에 힘을 주며 말했다. "하지만 결국 이렇게 될 줄 알았어요. 저는 대시우드 양이 한동안은 런던에 계실 거라고 거의 확신했어요. 바턴에서 말씀하셨을 때만 해도 런던에 한 달 이상 머물지 않을 거라고 하셨지만 저는 일단 런던에 오신 다음에는 생각이 바뀌실 줄 알았거든요. 오라버니 내외분이 런던에 오신다는데 그전에 떠나신다면 그렇게 섭섭한 일이 또 어디 있겠어요. 이제는 서둘러 떠나는 일은 없으시겠네요. 대시우드 양이 스스로 내뱉은 말을 지키지 않아서 정말 기뻐요."

엘리너는 그녀의 의중을 완벽하게 이해했지만, 이를 내색하지 않기 위해 자제심을 있는 대로 발휘해야 했다.

"그나저나," 제닝스 부인이 말했다. "먼 길을 어떻게들 오셨나?"

"역마차를 타지 않았고요." 스틸 양이 반색하며 대답했다. "전세 마차를 타고 왔답니다. 아주 멋진 남자분이 동행하셨어요. 데이비스 박사님이라는 분이신데, 런던에 오신다기에 저희도 같이 오면 좋겠다고 생각했죠. 그분은 정말 신사답게 행동하셨어요. 저희보다 10실링인가 12실링을 더 내셨거든요."

"오," 제닝스 부인이 말했다. "그거 아주 신사답네. 틀림없이 미혼이었겠네."

"그만 하세요." 스틸 양이 우쭐하며 선웃음을 쳤다. "다들 박사님을 두고 저를 놀리시는데, 정말이지 왜들 그러시는지 모르겠어요. 친척들도 제가 그분을 정복했다고 그러던데, 저는 그분에 대해 별로 생각하지 않고 있거든요. 얼마 전에 제 사촌도 그분이 길을 건너서 집 쪽으로 오는 모습을 보더니, '저기 네 애인이 온다, 낸시.' 그러는 거예요. 세상에, 애인이라니! 그래서 저는 누구 얘기를 하는 건지 모르겠고, 박사님은 내 애인이 아니라고 말해줬죠."

"그럼, 그럼. 어련하시겠어. 그런데 그런 얘기는 안 통하지. 그 박사라는 사람이 배필감이겠네."

"정말 아니라니까요." 그녀가 펄쩍 뛰며 대답했다. "혹시 그런 얘기가 들리거든 아니라고 말씀 좀 해주세요."

그렇게는 못 하겠다는 제닝스 부인의 반응에 스틸 양은 더없이 만족스럽고 행복했다.

"오라버니 내외분이 런던에 오시면 그 댁에 가서 지내시겠네요, 대시우드 양." 가시 돋친 말을 잠시 멈추고 있던 루시가 공격을 재개했다.

"아뇨, 그럴 생각은 없어요."

"그러실 거라는 거 알아요."

엘리너는 더 반박함으로써 상대의 비위를 맞춰줄 생각이 없었다.

"두 따님과 이렇게나 오래 떨어져 있으면서도 대시우드 부인께서 잘 지내신다니 정말 대단하시네요."

"오래는 무슨?" 제닝스 부인이 끼어들었다. "도착한 지 얼마 되지도 않았는데."

루시는 입을 다물었다.

"동생분을 같이 뵐 수 없어서 유감이에요, 대시우드 양." 스틸 양이 말했다. "몸이 좋지 않으시다니 걱정이에요."

"걱정해 주셔서 감사합니다. 제 동생도 두 분을 뵙지 못해서 무척 아쉬울 거예요. 최근에 두통이 너무 심해져서 사람들과 어울리거나 대화를 나누는 게 힘들어요."

"어머, 어쩜 좋아요. 하지만 루시와 저처럼 오랜 친구들이라면 보려고 하지 않으실까요? 저희가 아무 얘기도 하지 않을게요."

엘리너는 정중하게 그 제안을 거절했다. 그러면서 동생이 이미 침대에 누웠거나 실내복 차림이어서 그들을 만나러 내려올 수 없을 거라고 했다.

"아, 그러면 저희가 가서 동생분을 뵈어도 돼요."

엘리너는 이 무례함에 마음이 불편해지기 시작했으나, 루시가 매섭게 언니를 질책한 덕분에 굳이 화를 참을 필요는 없었다. 이전에도 자주 그랬듯이, 이런 질책은 자매 중 한 사람의 태도를 그다지 상냥하게 보이도록 하지는 않았지만 다른 한 사람의 태도를 통제하는 데에는 효과가 있었다.

33

한동안 거부하던 마리앤도 결국 언니의 설득에 못 이겨 어느 날 아침 반 시간 정도 언니와 제닝스 부인을 따라 외출을 하기로 동의했다. 하지만 그녀는 다른 집을 방문하지 않고 새크빌가에 있는 그레이 보석상에만 들르는 것을 조건으로 달았다. 엘리너는 그레이 보석상에서 어머니의 오래된 보석 몇 점을 교환하려고 전부터 흥정을 벌이고 있었다.

그들이 보석상 앞에 이르렀을 때 제닝스 부인은 새크빌가에 사는 지인을 떠올리고는 그녀를 방문해야겠다고 생각했다. 부인은 그레이 보석상에 딱히 용무가 없었기 때문에 젊은 벗들이 일을 보는 사이 지인의 집에 들렀다가 돌아오기로 했다.

대시우드 자매가 계단을 올라갔을 때 보석상 안에는 먼저 온 손님들로 인해 그들을 응대할 점원이 없었다. 자매는 차례가 가장 빨리 올 것 같은 창구 끝에 앉아 기다릴 수밖에 없었다. 그쪽 창구에는 신사 한 명이 서 있었는데, 엘리너는 내심 그가 예의상 용무를 빨리 끝내주기를 기대했다. 하지만 그의 까다로운 안목과 섬세한 취향은 예의를 능가했다. 그는 이쑤시개 보관함을 고르고 있었는데, 마음에 드는 크기와 모양과 장식을 찾기 위해 진열장에 있는 모든 이쑤시개 보관함을 하나하나 살펴보며 점원과 대화를 하는 동안 그는 두 숙녀를 위아래로 몇 차례 훑듯이 바라볼 뿐 15분이 넘도록 그들을 달리 배려해 주지는 않았다. 비록 옷은 근사하게 빼입었지만, 그의 시선과 표정에서 엘리너는 타고난 천박함의 인상만 강하게 받았을 뿐이다.

마리앤은 눈앞에서 벌어지는 모든 일에 무관심했기 때문에, 그들의 외모를 대놓고 훑는 무례함이나 그의 앞에 놓인 이쑤시개 보관함 하나하나에 온갖 트집을 잡는 오만한 태도를 의식하지 못했고 덕분에 그에게 경멸이나 분노를 느낄 필요도 없었다. 그녀는 보석상에 있는 동안에도 침실에서처럼 혼자만의 생각에 깊이 빠져 있었다.

마침내 그가 주문할 이쑤시개 보관함이 결정되었다. 그 신사는 상아와 금과 진주로 장식된 그 보관함 없이 자신이 살아갈 수 있는 최종 시한을 점원에게 일러준 뒤, 한껏 여유를 부리며 장갑을 꼈다. 그는 대시우드

241

자매에게 자신을 우러러보라는 듯한 시선을 힐끗 던지며, 오만함과 부자연스러운 무관심이 섞인 행복한 표정으로 걸어 나갔다.

엘리너는 지체하지 않고 용무를 꺼냈다. 잠시 후 일이 거의 끝날 즈음 또 다른 신사 하나가 그녀의 곁으로 다가왔다. 엘리너는 무심코 시선을 돌렸다가 그 신사가 오빠임을 발견하고는 깜짝 놀랐다.

그들은 그레이 보석상에서 남들이 보기에 알맞은 정도의 반가움을 표시했다. 존 대시우드는 동생들을 다시 만난 것이 싫지 않은 듯했고, 그런 오빠의 반응에 자매도 마음이 놓였다. 그는 정중하고 따뜻하게 대시우드 부인의 안부를 물었다.

엘리너는 오빠와 올케가 이틀 전에 런던에 도착했다는 사실을 알게 되었다.

"사실 어제 너희들을 찾아가려고 했는데," 그가 말했다. "여의치가 않았어. 엑서터 익스체인지(Exeter Exchange, 관광명소로 인기가 있었던 런던 북부의 실내 동물원-옮긴이)에 해리를 데리고 가서 야생동물들을 보여 줘야 했거든. 그리고 나서는 장모님 댁에서 시간을 보냈는데, 해리가 그곳에 있는 것을 너무 좋아하더구나. 오늘 아침에도 30분만 여유가 있었으면 찾아가려고 했는데, 런던에 오면 원래 할 일이 많잖아. 여기는 패니의 도장을 주문하려고 들른 거야. 내일은 틀림없이 버클리가를 방문해서 제닝스 부인이라는 분을 뵈려고 한다. 재산이 아주 많은 분이라고 들었다. 미들턴 부부도 꼭 소개해 주었으면 한다. 새어머니의 친척 되시는 분들이니 당연히 나도 예의를 갖춰야지. 새로 이사한 곳에서 그분들이 훌륭한 이웃이 되어주셨다고 들었다."

"정말 훌륭한 분들이세요. 저희가 편히 지낼 수 있도록 사소한 것 하나하나까지 세심하고 친절하게 챙겨주신답니다."

"그 말을 들으니 기쁘다. 정말 기쁘다. 그런데 당연히 그렇게 해주셔야지. 그분들은 재산도 많은 데다 너희들과는 친척 사이라면서, 너희들이 편안하게 지낼 수 있도록 예의와 편의를 베푸는 게 당연한 거지. 여하튼 이제 아무 부족함 없이 아담한 코티지에서 잘 지내고 있겠구나. 처남이 그곳에 다녀와서는 이제까지 자기가 본 코티지 중에서 가장 완벽한 곳이라면서 다들 만족스럽게 지낸다는 소식을 전하더라. 그 얘기를 듣고 우리 부부도 정말 기뻤다."

엘리너는 오빠의 말을 듣고 있기가 조금 민망하던 차에, 하인이 다가와 제닝스 부인이 밖에서 기다리고 있다고 전해준 덕분에 오빠의 말에 대답할 필요가 없어진 것을 다행으로 여겼다.

대시우드 씨는 그들과 함께 계단을 내려가 마차 앞에서 제닝스 부인을 소개받았고, 부인에게 다음 날 방문하고 싶다는 뜻을 밝힌 뒤 종종걸음으로 사라졌다.

그의 방문은 예정대로 이루어졌다. 그는 자매의 올케가 함께 오지 않은 것에 대해 사과했다. "아내가 장모님 곁에서 이것저것 살펴드리느라 외출할 짬이 잘 나지 않습니다." 그러나 제닝스 부인은 다들 친척이거나 그 비슷한 사이인 만큼 격식 따위는 차리지 않아도 되고, 조만간 자신이 대시우드 자매와 함께 존 대시우드 부인을 방문하겠다고 말했다. 그는 차분하지만 완벽할 정도로 자상하게 동생들을 대했고, 제닝스 부인에게도 깍듯한 예의를 보였다. 그리고 자신보다 조금 늦게 도착한 브랜던 대령을 바라보는 그의 호기심 어린 눈빛은 마치 예의를 갖추는 것보다 그가 부자인지 알아내는 게 우선이라고 말하는 듯했다.

그들과 함께 30분가량을 보낸 뒤, 그는 엘리너에게 마차 대신 도보로 같이 콘듀이트가에 가서 존 경과 미들턴 부인을 소개해 달라고 부탁했다. 날씨가 아주 좋았기 때문에 그녀는 흔쾌히 동의했다. 밖으로 나오자마자 그의 질문이 시작되었다.

"브랜던 대령은 어떤 사람이야? 재산은 많아?"

"네, 도싯셔에 꽤 많은 재산을 가지고 계세요."

"잘됐구나. 그 사람 아주 신사다워 보이더라. 네가 남부럽지 않게 안정적으로 정착할 수 있게 된 걸 축하해야겠다."

"축하요? 무슨 말씀을 하시는 거예요?"

"그 사람은 너를 좋아해. 내가 유심히 지켜봤는데, 틀림없다. 그 사람 소득은 얼마나 돼?"

"연 2천 파운드 정도로 알고 있어요."

"연 2천이라," 그는 대단한 아량이라도 베푸는 듯이 덧붙였다. "엘리너, 이건 순전히 너를 위해서인데, 그 두 배가 되었으면 내가 소원이 없겠다."

"네, 저를 위하는 마음은 알겠어요." 엘리너가 대답했다. "하지만 확신하건대, 브랜던 대령님은 저와 결혼하실 생각이 전혀 없으세요."

"엘리너, 그건 네가 잘못 알고 있는 거야. 아주 잘못 알고 있는 거라고. 네가 조금만 노력하면 그를 잡을 수 있어. 당장은 그도 마음을 정하기 힘들 거야. 네가 가진 재산이 없으니 망설여지겠지. 주위의 반대도 있을 테고. 하지만 숙녀들이 곧잘 하듯이 조금만 신경을 써서 자극을 주면 대령도 넘어올 거다. 네가 시도도 안 해볼 이유는 없잖아. 네가 전에 다른 사람을 만났다고 해서, 그러니까 내 말은, 그런 관계는 말이지, 애초에 이루어질 수가 없는 거잖아. 반대가 좀 심해야 말이지. 너도 그 정도는 분별할 수 있겠지. 너에겐 브랜던 대령이 딱 맞아. 그가 너와 너의 가족들에게 호감을 느끼게끔 나도 깍듯이 예의를 갖추도록 하마. 이건 모두를 만족

244

시킬 결혼이야. 한마디로 이건 말이지," 그는 중요한 얘기라도 하려는 듯 목소리를 낮춰 말했다. "모든 이해 당사자가 환영할 만한 일이라고." 그러더니 속마음을 들킨 듯 그는 이렇게 덧붙였다. "그러니까 내 말은, 주위 사람 모두가 네가 잘 정착하기를 진심으로 바란다는 거야. 특히 패니는 누구보다도 너를 마음으로부터 응원하고 있어. 장모님도 마찬가지이시고. 참 좋은 분이시라 이 소식을 들으면 무척 기뻐하실 거다. 일전에 그런 말씀을 하시기도 했고."

엘리너는 아무런 대꾸도 하지 않았다.

"정말 대단한 일이 되겠어." 그가 말을 이었다. "재미있을 것 같기도 하고. 패니는 남동생을, 나는 여동생을 동시에 결혼시킨다면 말이야. 가능성이 없는 것도 아니지."

"에드워드 페라스 씨가," 엘리너는 작정한 듯 물었다. "결혼하시나요?"

"아직 확실하지는 않지만, 얘기가 오가고 있어. 처남이 워낙 훌륭하신 어머니를 두었잖아. 페라스 부인이 얼마나 후한 분이신지, 그 혼사가 성사되면 처남에게 매년 1천 파운드를 주시겠다고 하더라. 상대는 돌아가신 모턴 경의 외동딸 모턴 양인데, 재산이 3만 파운드라고 들었다. 양쪽 모두에게 아주 바람직한 결혼이니, 조만간 성사될 거라고 본다. 어머니가 자식에게 매년 1천 파운드를 준다는 건 대단한 일이잖아. 아무 대가 없이 그냥 주는 거니까. 하지만 워낙 고결한 분이시니 그러고도 남지. 그분이 얼마나 후한 분이신지, 이런 일도 있었단다. 엊그제 우리가 런던에 막 도착했을 때, 당장 우리 수중에 돈이 없다는 걸 아시고는 패니에게 2백 파운드를 주시는 거야. 정말 감사했지. 런던에 머무르는 동안에는 아무래도 지출이 커지니까."

그는 공감과 연민을 기대하며 잠시 말을 멈췄다. 엘리너는 마지못해 대답했다.

"런던에 있으나 시골에 있으나 돈을 써야 할 데가 많으시겠죠. 하지만 수입도 많으시잖아요."

"사람들이 생각하는 것만큼 그렇게 많지는 않아. 하지만 불평은 하지 않겠다. 수입이 적다고 할 수는 없으니까. 그리고 앞으로는 사정이 더 나아지기를 바라고 있다. 놀런드의 공유지에 울타리를 설치해서 소유권을 확보하는 작업이 진행 중인데 여기에 들어가는 돈이 만만치 않아. 그리고 최근 반년 사이에 땅을 조금 사들이기도 했다. 이스트 킹엄이라고, 깁슨 씨가 살던 곳인데 너도 기억할 거다. 내 땅과 바로 붙어 있는 데다가 여러모로 괜찮은 땅이라 사야겠다고 줄곧 생각해 왔는데, 그 땅이 다른 사람의 손에 넘어가게 내버려 두었더라면 나 자신에게 부끄러웠을 거다. 남자라면 자기 자신을 위해 돈을 써야 할 때가 있잖아. 거기에 꽤 많은 돈이 들어갔다."

"실제 가치보다 더 많은 돈을 주고 샀다는 뜻인가요?"

"아니, 그렇진 않아. 바로 다음 날에 되팔았어도 내가 준 돈보다 더 많은 돈을 받을 수 있었을 거다. 하지만 토지 매입 비용 때문에 하마터면 낭패를 볼 뻔했지. 땅을 살 당시에 보유한 주식 가격이 하락한 상태였기 때문에 은행 계좌에 여윳돈이 없었더라면 손해를 보고 주식을 다 팔아야 할 뻔했거든."

엘리너는 엷은 미소만 지었다.

"놀런드에 처음 들어갈 때도 큰돈을 쓰는 게 불가피했지. 너도 알겠지만, 돌아가신 아버지께서 놀런드에 있던 스탠힐 시절의 값나가는 물건들을 모두 어머니의 몫으로 남기셨잖아. 그래도 나는 불평할 생각이 전혀 없다. 그분의 재산이니 그분의 뜻대로 처분하는 건 당연한 거지. 하지만 그 때문에 우리는 살림이 빠져나간 자리를 채우기 위해 많은 돈을 들여서 리넨이며 자기 그릇 같은 것들을 전부 새로 사야만 했어. 그런 비용이 들어갔으니 우리가 부유함과는 얼마나 거리가 먼지, 그리고 페라스 부인의 호의에 우리가 얼마나 기뻤을지 너도 짐작할 수 있을 거다."

"짐작하고말고요." 엘리너가 말했다. "페라스 부인의 너그러운 호의 덕분에 형편이 좀 나아지길 바랄게요."

"한두 해만 지나면 그렇게 될 거다." 그가 진지하게 대답했다. "하지만 아직은 할 일이 많아. 패니의 온실에는 돌 하나도 들여놓지 못했고, 화원은 아직 계획만 세워두고 있는 형편이니까."

"온실은 어디에 지으시려고요?"

"집 뒤에 있는 둔덕에 지으려고. 터를 만들려면 오래된 호두나무들을 모두 잘라내야 할 것 같아. 온실이 완성되면 어느 방향에서 보더라도 아주 좋은 풍경이 나올 거다. 온실 앞쪽으로 화원이 경사면을 따라 조성되면 그것도 꽤 예쁠 거야. 비탈 여기저기에 있던 오래된 가시나무들은 이미 다 뽑아버렸어."

엘리너는 안타까움과 비난을 속으로 삭이며, 마리앤이 그 자리에 있지 않아 분노를 나누지 않아도 되는 것이 감사할 따름이었다.

이제 자신이 얼마나 가난한지 충분히 증명했으니 다음에 그레이 보석상에 들르더라도 동생들에게 귀걸이 따위를 사 줄 필요성이 없어졌다는 생각에 그는 한결 가벼운 마음으로 제닝스 부인 같은 좋은 지인을 둔 엘리너에게 축하의 말을 건네기 시작했다.

"알아 두면 정말 큰 도움이 될 분 같더라. 저택이나 생활 수준을 보니까 수입이 꽤 많은 것 같던데, 그런 분과 가까이 지내는 건 지금까지도 큰 도움이 되었겠지만, 앞으로도 이로운 게 많을 거다. 너희 둘을 런던에 초대한 것도 그분이 너희를 좋아하니까 가능한 일이었고 아마 나중에 돌아가실 때도 너희를 챙기실 거다. 유산이 꽤 될 것 같더라."

"그분에게 재산이 많은 것 같지는 않아요. 돌아가신 부군께서 설정해 두신 재산권으로 연금을 받으시는 게 전부이고 그것도 나중에는 자녀분들께 돌아갈 거예요."

"그분이 자기 수입을 다 쓰신다고 생각하면 안 되지. 분별이 있는 사람이라면 그렇게 살지 않아. 모아 두신 돈은 나중에 자기 뜻대로 처분할 수 있을 거다."

"그런 돈이 있다면 저희가 아닌 따님들에게 물려주실 거라는 생각은 안 드세요?"

"그분의 따님들이야 결혼을 잘했잖아. 그러니 뭘 더 챙겨주려고 하시겠어. 너희를 이렇게 잘 대해 주시는 건 나중에 너희가 챙길 수 있는 몫에 대해 일종의 권리 같은 걸 부여하신 거라고 본다. 양심이 있는 사람이라면 다 그렇게 해. 그분이 너희한테 얼마나 친절한지 보면 알 수 있잖아. 그런 행동이 너희에게 어떤 기대를 불러일으킬지 그분도 모르시진 않을 거다."

"저희는 그런 기대를 전혀 갖고 있지 않아요. 저희가 풍요롭게 살았으면 하는 오빠의 마음은 알겠는데 그건 억측이에요."

"글쎄," 그는 생각을 정리하며 말을 이었다. "사람 일이라는 게 뜻대로 되는 게 없지. 그건 그렇고, 마리앤에게 무슨 일이라도 있는 거냐? 안색도 안 좋고 많이 야위었던데, 어디 아픈 거야?"

"몸이 좋지 않아요. 몇 주 동안 신경과민을 앓았어요."

"그것참 안됐구나. 그 나이에 어디가 아프거나 그러면 꽃이 시들 듯 영영 젊음을 잃어버리고 마는데, 마리앤에겐 좋은 시절이 너무 빨리 지나갔구나. 지난 9월에 봤을 때만 해도 정말 예뻤거든. 그 애의 외모에는 남자들을 사로잡는 뭔가 특별한 게 있잖아. 패니는 늘 마리앤이 너보다 더 일찍 더 좋은 남자를 만나서 결혼할 거라고 말하곤 했는데, 그건 네 올케가 너를 싫어해서가 아니라 그냥 그런 생각이 들었다고 하더라. 그런데 아무래도 그 예상이 틀릴 것 같구나. 지금으로서는 마리앤이 연 수입 5백이나 6백 파운드 정도 되는 남자를 만나기도 어려울 것 같아. 내가 장담하는데, 너는 동생보다 더 좋은 신랑감을 구할 거다. 도싯셔라고 했지? 도싯셔 쪽은 내가 잘 모르지만, 앞으로 잘 알게 되면 좋겠다. 기쁜 마음으로 찾아갈 사람들이야 많겠지만, 나는 네가 우리 내외를 가장 먼저 초대해 줄 거라고 믿는다."

엘리너는 브랜던 대령과의 결혼은 가능성이 전혀 없는 일이라고 차분히 설명했지만, 그는 너무나 큰 즐거움을 주는 그 기대를 포기하지 않았다. 그는 그 신사와 친분을 맺고 이 결혼을 성사시키기 위해 최대한 관심을 기울이겠다고 마음먹었다. 그는 동생들에게 아무것도 해주지 못한 것에 대해 어느 정도 양심의 가책을 느끼고 있었기 때문에 다른 사람들이라도 그 몫을 해주길 바랐다. 그에게 브랜던 대령의 청혼이나 제닝스 부인의 유산은 자신의 무심함을 씻어낼 가장 쉬운 속죄의 수단이었다.

다행히 미들턴 부인이 집에 있었고, 존 경도 그들이 자리에서 일어나기 전에 집에 도착했다. 양쪽에서 예의를 갖춘 말들이 오갔다. 존 경은 누구라도 좋아할 준비가 된 사람이었기 때문에 비록 대시우드 씨가 말(馬)에 대해 아는 건 많지 않았지만 그를 좋은 사람으로 여겼다. 미들턴 부인은 그의 겉모습에서 상류층의 분위기를 충분히 확인하고는 친분을 맺어도 괜찮겠다고 생각했다. 대시우드 씨는 두 사람에게 충분히 만족하며 방문을 마쳤다.

"패니에게 좋은 소식을 전할 수 있을 것 같다." 엘리너와 함께 돌아가는 길에 그가 말했다. "미들턴 부인은 대단히 우아한 여성이시네! 페니도 그분을 만나면 틀림없이 좋아할 거다. 제닝스 부인도 딸만큼 우아하지는 않지만, 예의를 아시는 분 같더라. 이제 네 올케가 그분을 방문하는 걸 주저하지 않아도 되겠어. 사실 당연한 일이기도 한데 그게 마음에 좀 걸렸거든. 우리는 제닝스 부인이 미망인이라는 것과 그분의 남편이 천한 방법으로 돈을 벌었다는 것밖에 모르고 있었지. 그래서 패니와 페라스 부인은 제닝스 부인이나 그 집 딸들이 어울릴 만한 부류가 아니겠거니 생각했던 거야. 이제는 그분들에 대해 아주 만족스러운 이야기를 전할 수 있게 됐어."

34

존 대시우드 부인은 남편의 판단력을 굳게 믿었기 때문에 바로 다음 날 제닝스 부인과 그녀의 딸을 차례로 방문했다. 남편의 판단력에 대한 그녀의 믿음은, 시누이들이 신세를 지고 있는 제닝스 부인이 알고 지낼 만한 가치가 있는 사람이며 미들턴 부인으로 말하자면 세상에서 가장 매력적인 여성들 가운데 하나라는 점을 확인함으로써 충분히 보상을 받았다.

미들턴 부인 역시 대시우드 부인이 마음에 들었다. 두 사람은 차갑고 자기중심적인 성격의 공통점에 서로 끌렸으며, 따분하게 예법을 따지는 태도나 전반적인 이해력의 부족에서도 서로 닮아 있었다.

하지만 미들턴 부인이 호평한 존 대시우드 부인의 태도가 제닝스 부인의 마음에는 들지 않았다. 그녀의 눈에 비친 대시우드 부인은 시누이들을 만났는데도 반가워하거나 말 한마디 붙이지 않는 오만하고 쌀쌀맞은 여자에 불과했다. 실제로 대시우드 부인은 버클리가에서 보낸 15분 가운데 적어도 7분 30초 동안은 입을 꾹 다물고 앉아 있었다.

엘리너는 물어보지 않으리라 마음먹고 있었지만, 에드워드가 런던에 있는지 몹시 궁금했다. 하지만 패니는 남동생과 모턴 양의 결혼이 확정되었다고 발표할 수 있을 때까지, 혹은 브랜던 대령에 대한 남편의 기대가 실현될 때까지는 엘리너 앞에서 에드워드의 이름을 꺼낼 생각이 없었다. 그녀는 두 사람이 여전히 서로를 마음에 두고 있다고 믿었기 때문에 매사에 말과 행동을 조심해야 그들을 확실히 갈라놓을 수 있다고 생각했다. 하지만 그녀가 알려주려 하지 않은 정보는 엉뚱한 데서 흘러나왔다. 루시가 엘리너를 찾아와, 에드워드가 대시우드 부부와 함께 런던에 와 있는데도 그를 만날 수 없다며 하소연한 것이었다. 그녀는 가족들이 알게 될까 봐 에드워드가 자신을 찾아오지 못하고 있으며, 보고 싶은 마음을 편지로 대신하고 있다고 말했다.

얼마 후 에드워드는 직접 버클리가에 두 차례나 들러 자신이 런던에 와 있음을 알렸다. 그들이 오전 외출을 마치고 돌아왔을 때 탁자 위에 그의 카드가 놓여 있었던 것이다. 엘리너는 그가 찾아와서 기뻤다. 그리고 서로 마주치지 않아서 더 기뻤다.

대시우드 부부는 미들턴 부부가 어찌나 마음에 들었던지 평소 베푸는 데 익숙하지 않은 성격에도 그들을 위해 뭔가를 베풀기로 했으니, 바로 정찬 초대였다. 그래서 알게 된 지 얼마 되지도 않은 그들을 할리가로 초대했다. 대시우드 부부는 석 달 동안 머물 계획으로 할리가의 어느 고급 저택을 빌려놓고 있었다. 대시우드 자매와 제닝스 부인도 이 자리에 초대를 받았고 브랜던 대령 역시 초대를 받았는데, 대시우드 자매가 있는 곳이라면 어디든 마다하지 않는 그인지라 자신도 초대받았다는 사실을 조금 의아하게 생각하면서도 기쁜 마음으로 이를 받아들였다. 그 자리에는 페라스 부인도 오기로 되어 있었는데, 그녀의 두 아들도 같이 오는지는 알 길이 없었다. 하지만 페라스 부인을 만난다는 기대만으로도 엘리너는 이 모임에 큰 흥미를 느꼈다. 엘리너는 에드워드의 어머니를 만나더라도 더는 긴장할 필요가 없었고 그녀가 자신을 어떻게 생각할지 전혀 신경 쓰지 않아도 되었지만, 페라스 부인을 만나보고 싶다는 바람과 그녀가 어떤 사람인지 알고 싶은 호기심은 예전과 다름없이 강렬했다.

스틸 자매도 그 자리에 참석할 거라는 사실을 곧 알게 되면서 이 모임에 대한 엘리너의 흥미는 더욱 커졌다.

비록 루시는 고상함과 거리가 멀고 그녀의 언니는 기본적인 예의조차 부족했지만, 미들턴 부인의 호감을 사기 위한 그들의 부단한 노력 덕분에, 미들턴 부인은 존 경만큼이나 기꺼이 그들을 콘듀이트가로 초대해서 일주일 이상을 머물게 했다. 그런데 그들이 초대를 받아 콘듀이트가에 머물기 시작했을 때는 마침 대시우드 부부의 정찬이 열리기 며칠 전이었다.

그들은 존 대시우드 부인의 남동생을 수년간 가르친 신사의 조카라는 이유만으로 대시우드 부부의 초대를 받지는 못했을 것이다. 하지만 미들턴 부인의 손님으로서는 환영받을 수 있었다. 루시는 오래전부터 대시우드 부부와 친분을 쌓고 싶었고, 그들의 성격이나 자신이 그들 사이에서 겪을지도 모를 어려움을 좀 더 가까이에서 알아보고 싶었으며, 또한 그들에게 잘 보일 기회를 간절히 원했기 때문에 존 대시우드 부인의 초대장을 받고는 뛸 듯이 기뻐했다.

초대장이 엘리너에게 미친 영향은 전혀 달랐다. 그녀는 페라스 부인이 초대를 받았다면 틀림없이 어머니와 함께 사는 에드워드도 누나가 마련한 그 모임에 초대를 받았을 것으로 생각했다. 그 모든 일이 일어난 후 처음으로, 그것도 루시와 함께하는 자리에서 그를 만나야 하는 상황을 과연 견딜 수 있을지 그녀는 자신이 없었다.

이런 염려는 이성에 근거한 것도, 사실에 근거한 것도 아니었다. 하지만 이런 불안이 해소된 것은 그녀가 냉정을 되찾아서가 아니라 루시의 의도하지 않은 친절 덕분이었다. 루시는 에드워드가 화요일에 할리가에 나타나지 않을 것이라는 소식을 전함으로써 자신이 엘리너에게 큰 실망감을 안겨 주었다고 믿었다. 더 나아가 에드워드가 오지 않기로 한 것은, 한자리에 있으면 자신에 대한 사랑을 도무지 감출 길이 없기 때문이라고 말함으로써 엘리너에게 더 큰 고통을 안기려고 했다.

이 무시무시한 노부인 앞에 두 아가씨가 소개될 중요한 화요일이 밝았다.

"저를 불쌍히 여겨주세요, 대시우드 양!" 함께 계단을 오르며 루시가 말했다. 미들턴 부부가 제닝스 부인에 이어 바로 도착했기 때문에 그들 모두는 동시에 하인의 안내를 받았다. "여기에서 저를 딱하게 여겨줄 사람은 당신밖에 없어요. 너무 떨려서 서 있기조차 힘들어요. 아, 어쩜 좋죠, 이제 곧 제 모든 행복을 좌우하실 분을, 제 시어머니가 되실 분을 만나게 된다고요!"

엘리너는 그녀에게 그들이 곧 만나게 될 사람이 그녀보다는 모턴 양의 시어머니가 될 가능성이 크다고 말해 줌으로써 그녀의 불안을 즉시 가라앉혀줄 수도 있었다. 하지만 그렇게 말하는 대신에 그녀에게 진심으로 딱한 마음이 든다는 말을 전했다. 루시는 실제로 불안하기도 했지만, 적어도 엘리너에게는 질투의 대상이 되기를 바랐기 때문에 그런 담담한 반응에 적잖이 놀랐다.

작고 마른 체구의 페라스 부인은 꼿꼿하다 못해 딱딱한 자세에, 표정은 심각하다 못해 심술궂어 보이기까지 했다. 안색은 창백했고, 또렷하지 않은 이목구비에서는 아름다움도, 표정도 찾아볼 수 없었다. 다행히 찡그린 미간에 강한 오만함과 심술이 드러나 있어, 평범한 인상이라는 불명예는 피할 수 있었다. 그녀는 말수가 적은 편이었는데, 이는 다른 사람들과는 달리 생각하는 만큼만 말을 했기 때문이다. 그리고 그 몇 마디 안 되는 말 중에서도 대시우드 양에게 돌아오는 몫은 한 마디도 없었다. 페라스 부인은 미워하기로 작정한 듯한 눈빛으로 엘리너를 바라보았다.

엘리너는 페라스 부인의 그런 행동에 의기소침해질 이유가 없었다. 몇 달 전이었다면 엘리너도 큰 상처를 받았겠지만, 이제 페라스 부인에게는 엘리너를 괴롭힐 힘이 없었다. 부인이 스틸 자매에게는 전혀 다른 태도를 보인 데에는 엘리너에게 굴욕을 안기려는 의도가 있었겠지만 엘리너로서는 그런 태도가 도리어 흥미롭게 여겨졌다. 그들 모녀가 다른 사람도 아닌 루시에게, 엘리너 자신이 알고 있는 것만큼만 알았다면 그들이 굴욕을 안기려고 안달을 했을 바로 그 사람에게 그토록 각별한 친절을 베푸는 모습에 엘리너는 조용히 웃음을 지을 수밖에 없었지만, 정작 그녀 자신은 그들 모녀의 감정을 상하게 할 아무런 힘도 없이 그들의 노골적인 무시를 받으며 자리를 지켜야 했다. 하지만 엉뚱한 사람을 향한 그런 친절에 웃음이 나오면서도, 엘리너는 그런 친절의 바탕에 깔린 그들의 옹졸한 어리석음과 그런 친절을 지속시키기 위해 애쓰는 스틸 자매의 모습을 지켜보면서 그들 네 사람을 철저히 경멸하지 않을 수 없었다.

루시는 그들의 특별한 대우에 황홀할 지경이었고, 스틸 양은 완벽한 행복을 누리기 위해 누군가 데이비스 박사를 언급하며 그녀를 놀려주기만을 바랐다.

만찬은 성대했고 하인들도 많았다. 모든 것이 안주인의 과시욕과 이를 뒷받침하는 남편의 재력을 보여 주었다. 놀런드 땅의 개량과 확장에 큰 비용이 들어가고 있고, 그 땅의 소유주가 한때 몇천 파운드를 손해 보며 주식을 매도할 뻔했다는 이야기에서 암시된 그런 빈곤의 징후는 어디에서도 찾아볼 수 없었다. 빈곤이 있었다면 대화의 빈곤이 있었을 뿐이고, 그 결핍의 정도는 상당했다. 존 대시우드는 들어줄 만한 말은 거의 하지 않았고, 그의 아내는 더 심했다. 하지만 이것은 특별히 수치스러운 일이 아니었다. 손님들 대부분이 그들과 비슷했기 때문이다. 그들은 원래부터 그랬든 아니면 그나마 나아진 것이든, 서로 유쾌한 대화 상대가 되기에는 분별력, 고매함, 활력 또는 차분함 가운데 하나 혹은 그 이상이 결핍되어 있었다.

숙녀들이 만찬을 마치고 응접실로 자리를 옮겼을 때 이러한 결핍은 더욱 분명해졌다. 만찬을 하는 동안에는 신사들이 정치나 공유지의 소유권 확보 문제, 말 길들이기 같은 다양한 화제를 꺼냈는데 이제는 이마저도 없어졌기 때문이다. 커피가 들어올 때까지 숙녀들은 오로지 한 가지 화제에만 매달렸는데, 그것은 같은 또래인 해리 대시우드와 미들턴 부인의 둘째 아들 윌리엄 중에서 누가 더 키가 크냐는 것이었다.

두 아이가 모두 그 자리에 있었다면 직접 키를 재보는 것으로 쉽게 결론이 날 수 있었겠지만, 그곳에는 해리만 있었기 때문에 양쪽으로 갈린 의견은 모두 일방적인 주장에 불과했다. 그들은 저마다 자신의 의견이 옳다고 여기며 몇 번이고 같은 얘기를 되풀이할 권리를 가지고 있었다.

양쪽으로 나뉜 의견은 이러했다.

두 어머니는 각자 속으로는 자기 아들이 더 크다고 믿었지만, 예의상 상대방의 편을 들었다.

두 할머니는 각자 손자를 편드는 마음도 덜하지 않았거니와 진지함은 더욱 커서 똑같이 자기 손자가 더 크다는 주장을 펼쳤다.

루시는 어느 한쪽만 만족시키고 싶은 생각이 없었기 때문에, 두 아이 모두 나이에 비해 키가 무척 큰 편이며 둘의 키에는 차이가 전혀 없는 것 같다고 말했다. 스틸 양은 더 그럴싸한 말솜씨로 양쪽 모두의 편을 들어 주었다.

엘리너는 윌리엄의 편을 들어서 페라스 부인과 패니의 심기를 더욱 불편하게 만든 까닭에 더 말을 꺼내 그들의 화를 돋울 필요성을 느끼지 못했다. 마리앤은 그녀의 의견을 구하는 질문에 자신은 그런 걸 생각해 본 적이 없어서 딱히 의견도 없다고 말함으로써 그들 모두의 기분을 상하게 했다.

엘리너는 놀런드를 떠나기 전에 올케를 위해 예쁜 그림 두 점을 그려 주었는데, 그것이 접이식 액자에 끼워져 응접실을 장식하고 있었다. 존 대시우드는 다른 신사들을 따라 응접실에 들어서다가 이 액자를 발견하고는 그것을 브랜던 대령에게 호기롭게 건네며 감상평을 부탁했다.

"제 첫째 여동생이 그린 겁니다. 안목이 있는 분이시니 틀림없이 마음에 드실 겁니다. 제 동생의 그림들을 전에도 보신 적이 있는지는 모르겠습니다만, 보시는 분마다 잘 그린다는 평들을 해주십니다."

대단한 안목이 있는 듯한 허세에는 거리를 두었지만, 대령은 그 그림에 열렬한 찬사를 보냈다. 물론 그는 대시우드 양의 그림이라면 어느 것에라도 그랬을 것이다. 다른 사람들도 호기심이 발동하여 그림을 돌아가며 감상했다. 페라스 부인은 그것이 엘리너의 그림인 줄 모르고 자기에게도 보여달라고 청했다. 후한 감상평을 내놓은 미들턴 부인으로부터 그림을 넘겨받아 어머니에게 건네면서 패니는 그것이 대시우드 양이 그린 것임을 친절하게 알려주었다.

"흠," 페라스 부인이 말했다. "아주 예쁘군요." 그녀는 그림을 제대로 살피지도 않고 다시 딸에게 넘겨주었다.

패니는 어머니의 반응이 무례하다고 생각했는지 얼굴을 살짝 붉히며 이내 이렇게 말했다.

"정말 예쁘지 않아요, 어머니?" 하지만 그러고는 자신이 너무 친절하게 상대를 치켜세워 주었다는 생각이 들었는지 곧 한마디를 덧붙였다.

"모턴 양의 그림과 어쩐지 화풍이 비슷하다는 생각이 들지 않으세요, 어머니? 모턴 양이 그림을 정말 예쁘게 그리잖아요. 지난번에 그린 풍경화도 얼마나 아름다웠어요!"

"정말 아름다웠지. 그 아가씨는 못 하는 게 없잖니."

마리앤은 그런 반응을 참을 수 없었다. 안 그래도 페라스 부인의 태도가 무척 불편하던 차에, 그들이 내뱉는 말의 의도는 전혀 알아차리지 못했음에도 언니를 우습게 만들면서 알지도 못하는 사람을 칭찬하는 것에 부아가 치밀어 쏘아붙이듯 말했다.

"참 별스러운 칭찬을 다 들어 보겠네요. 모턴 양이라는 사람이 우리와 무슨 상관이죠? 여기 계신 분들이 그분을 알아요? 누가 관심이나 있대요? 우리는 제 언니에 대해 이야기하고 있어요."

그녀는 이렇게 말하면서 그 그림이 마땅히 받아야 할 찬사를 돌려주기 위해 올케의 손에서 액자를 낚아챘다.

페라스 부인은 몹시 화가 치민 듯했고, 몸을 더욱 꼿꼿이 세우더니 매섭게 되받아쳤다. "모턴 양은 모턴 경의 따님이십니다."

패니 역시 몹시 화가 난 것 같았고, 그녀의 남편은 동생의 무례함이 경악스러울 따름이었다. 엘리너는 마리앤을 자극한 상황보다 동생이 그런 반응을 보인 것에 더 마음이 아팠다. 하지만 마리앤을 응시하고 있던 대령의 눈에는 그런 그녀의 모습에서 언니가 무시당하는 것을 가만히 참지 못하는 따뜻한 마음만 보였다.

마리앤의 감정은 거기서 멈추지 않았다. 자신도 상처를 받으며 고통스럽게 배웠거니와, 언니를 대하는 페라스 부인의 차갑고 무례한 태도는 앞으로 언니에게 닥칠 어려움과 고통을 예고하는 것 같았다. 일순간 북받쳐 오르는 감정에 마리앤은 언니에게 다가가 한쪽 팔로 언니의 목을 감싸고 한쪽 뺨을 언니의 뺨에 갖다 대며 낮고 간절한 목소리로 속삭였다.

"언니, 저 사람들 신경 쓰지 마. 저 사람들 때문에 언니가 불행해지면 안 돼."

그녀는 말을 더 잇지 못했다. 그녀는 감정을 주체하지 못하고 언니의 어깨에 얼굴을 묻고 울음을 터뜨렸다. 사람들의 눈이 휘둥그레졌고 거의 모든 이가 그녀를 걱정스럽게 바라보았다. 브랜던 대령은 자기도 모르게 자리에서 일어나 그들에게 다가갔다. 제닝스 부인은 무엇 때문인지 다 안다는 듯 "아이고, 불쌍한 것!" 하며 마리앤에게 약용 소금을 건넸다. 존 경은 마리앤에게 정신적 고통을 안긴 남자에게 새삼 치미는 화를 참지 못하고 즉시 루시 스틸 양에게 다가가 그 충격적인 사건에 대한 설명을 낮은 목소리로 간략하게 전해주었다.

잠시 후 마리앤이 마음을 가라앉히면서 소동은 끝이 났다. 그녀는 다른 사람들과 함께 자리를 지켰지만, 앞서 일어난 일의 영향에서 저녁 내내 벗어나지 못했다.

"불쌍한 마리앤!" 그녀의 오빠가 브랜던 대령의 주의를 끌게 되자마자 낮은 목소리로 말했다. "마리앤은 언니만큼 건강하지 않습니다. 신경이 예민해서 언니와는 기질이 다르죠. 한때 아름다웠던 젊은 여성이 자신의 매력을 잃고 나면 견디기가 어려울 겁니다. 대령께서는 어떻게 생각하실지 모르겠지만, 몇 달 전만 해도 마리앤은 참 예뻤습니다. 엘리너 못지않았죠. 지금은 보시다시피 지난 일이 되었습니다만."

35

페라스 부인을 한번 만나 봤으면 하는 엘리너의 호기심은 충족되었다. 그녀는 부인을 만난 뒤 가족 간의 인연이 더 이어지는 것이 바람직하지 않겠다는 결론을 내렸다. 그녀는 부인의 오만함과 비열함 그리고 자신을 향한 완고한 편견을 충분히 보았기 때문에, 설령 에드워드가 자유로운 몸이었다고 해도 그와 자신의 약혼을 혼란에 빠뜨리고 결혼을 방해했을 법한 온갖 장애물을 헤아릴 수 있었다. 오히려 페라스 부인이 만든 장애물로 인해 받았을 고통을 더 큰 장애물 덕분에 피할 수 있게 되었다는 사실과 부인의 변덕에 휘둘리거나 그녀의 마음에 들기 위해 마음을 졸이지 않아도 된다는 사실은 엘리너 자신을 위해서는 감사한 일이었다. 어쩌면 에드워드가 루시에게 발목이 잡혀 있다는 사실이 기뻐할 일은 아니더라도, 만일 루시가 조금만 더 호감이 가는 여성이었다면 엘리너 자신도 기뻐해야 할 것 같았다.

페라스 부인의 친절에 루시가 그토록 기고만장해진 것이 엘리너로서는 의아할 따름이었다. 루시는 단지 엘리너가 아니었기 때문에 받은 친절을 자신에 대한 찬사로 받아들였고, 자신의 정체가 밝혀지지 않았기 때문에 받은 호의에서 희망을 발견할 정도로 욕망과 허영심에 눈이 멀어 있었다. 루시가 페라스 부인의 호의를 진심으로 믿고 있다는 사실은 그녀의 눈빛에서도 드러났거니와, 이튿날 그녀의 입을 통해서도 분명히 확인되었다. 그녀는 엘리너와 독대하여 자신이 얼마나 행복한지 이야기할 수 있기를 기대하며, 미들턴 부인에게 자신을 버클리가에 내려 달라고 특별히 부탁했다.

그녀의 기대는 운 좋게 들어맞았다. 그녀가 도착하고 얼마 지나지 않아 파머 부인에게서 온 전갈을 받고 제닝스 부인이 저택을 나섰기 때문이다.

"친한 벗으로서," 둘만 남게 되자 루시가 말했다. "제가 얼마나 행복한지 말씀드리러 왔어요. 어제 저를 대하는 페라스 부인의 태도만큼 기분 좋은 일이 또 어디 있겠어요? 정말 다정다감하셨죠. 제가 그분을 뵙는 걸 얼마나 두려워했는지 잘 아시잖아요. 그런데 처음 인사를 드리는 순간부터 그토록 잘 대해 주시니, 마치 제가 정말 마음에 든다고 말씀하시는 것 같았어요. 그렇지 않았나요? 대시우드 양도 보셨잖아요? 그런 생각이 들지 않으셨어요?"

"확실히 당신에게 친절하셨죠."

"친절이요? 그게 다예요? 제 눈에는 훨씬 많은 게 보이던데요. 그런 친절은 오직 저에게만 보이셨잖아요. 도도하거나 거만하지도 않으시고, 그건 올케분도 마찬가지였죠. 어쩌면 그렇게 부드럽고 상냥하시던지!"

엘리너는 화제를 돌리고 싶었지만, 루시는 자신이 행복한 이유를 엘리너도 인정하게 만들고 싶었다. 엘리너는 어쩔 수 없이 대화를 이어가야 했다.

"그분들이 당신의 약혼 사실을 알고서도 그러셨다면," 엘리너가 말했다. "그보다 더 기분 좋은 일은 없었겠죠. 하지만 실제로는 그렇지 않으니,"

"그렇게 말씀하실 줄 알았어요." 루시가 재빨리 대답했다. "하지만 페라스 부인께서 제가 마음에 들지도 않는데 그렇게 행동하실 이유는 없잖아요. 중요한 건 저를 마음에 들어 하셨다는 거예요. 대시우드 양께서 뭐라고 말씀하시든 저의 행복한 기분이 사라지지는 않을 거예요. 저는 모든 일이 잘 풀릴 거라고 믿어요. 전에는 걱정이 많았는데 이제 아무런 어려움도 없을 거예요. 페라스 부인은 정말 매력적인 분이시고, 올케 되시는 분도 마찬가지예요. 두 분 다 정말 너무 좋으세요! 올케분이 그렇게나 좋으신데 대시우드 양이 그분에 관한 얘기를 한 번도 안 하셨다는 게 놀랍네요."

엘리너는 대꾸할 말이 없었고 굳이 대꾸하려 하지도 않았다.

"어디 편찮으신 데라도 있으세요, 대시우드 양? 기분이 안 좋아 보이세요. 말씀도 별로 안 하시고. 아, 몸이 안 좋으시군요."

"몸 상태는 아주 좋아요."

"그렇다면 정말 다행이에요. 하지만 조금 전까지만 해도 그렇게 보이지 않았거든요. 대시우드 양이 편찮으시면 제 마음이 아플 것 같아요. 세상에서 저에게 가장 큰 위로가 되어주신 분이니까요. 대시우드 양의 우정이 없었다면 제가 여기까지 어떻게 올 수 있었을지 모르겠어요."

엘리너는 친절하게 답한다고 나름 애를 썼지만 제대로 했는지는 알 수 없었다. 하지만 루시는 만족했는지 이내 이렇게 대답했다.

"저는 대시우드 양이 저에게 보여 주시는 호의가 진심이라고 믿어요. 그건 에드워드의 사랑 다음으로 저에게 가장 큰 위안이기도 해요. 에드워드가 딱할 뿐이죠. 하지만 좋은 일도 있어요. 앞으로는 서로 만날 수 있게 되었으니까요. 그것도 자주 말이에요. 미들턴 부인이 대시우드 양의 올케분을 무척 마음에 들어 해서 할리가에 자주 들르실 것 같은데, 에드워드는 자기 시간의 절반을 누님댁에서 보내고 있잖아요. 게다가 미들턴 부인과 페라스 부인도 왕래가 있을 것 같고요. 페라스 부인과 올케분께서 친절하게도 저를 언제든 환영하신다고 여러 번 말씀하셨거든요. 정말 좋은 분들이세요! 혹시 올케분께 제가 그분을 어떻게 생각하는지 전하시게 되거든 제가 그분을 정말 높이 평가하더라고 말씀해 주세요."

엘리너는 자기가 올케에게 그런 말을 전할 거라는 기대감을 주려 하지 않았다. 루시가 말을 이었다.

"만일 페라스 부인께서 저를 마음에 들어 하지 않으셨다면 제가 바로 알아차렸을 거예요. 그분이 형식적인 예의만 보여 주셨다면, 그러니까 말을 걸지 않았다든가 저를 호의적인 눈빛으로 바라봐 주지 않으셨다면, 저는 그런 냉대에 좌절해서 모든 걸 포기하고 말았을 거예요. 그걸 어떻게 견디겠어요. 저는 그분이 싫은 건 확실히 싫다고 하시는 분이라는 걸 알아요."

이렇게나 겸허한 환희에 엘리너는 대답할 기회를 얻지 못했다. 문이 열리면서 하인이 페라스 씨의 도착을 알렸고, 곧이어 에드워드가 들어섰기 때문이다.

너무나 어색한 순간이었다. 각자의 표정에 그런 어색함이 고스란히 드러났다. 그들 모두 당황한 기색이 역력했다. 에드워드는 응접실에 들어오고 싶은 마음만큼이나 도로 나가버리고 싶은 마음이 든 것 같았다. 그들 모두가 가장 피하고 싶었던 상황이 가장 불편한 형태로 닥친 것이었다. 세 사람이 한자리에 있게 되었을 뿐만 아니라 다른 사람들 틈으로 피할 방법도 없었다. 숙녀들이 먼저 평정을 되찾았다. 여전히 비밀을 지키는 모습을 보여야 했던 루시가 먼저 나서지는 못했다. 그녀는 그에게 애정이 담긴 눈빛만 보냈을 뿐 짧은 인사를 건넨 뒤 아무 말도 하지 않았다.

하지만 엘리너는 감당해야 할 일이 더 많았고, 그와 자신을 위해서라도 그 일을 잘 감당해 내고 싶었다. 그녀는 마음을 다잡은 뒤 거의 자연스럽고 스스럼없는 표정과 태도로 그를 맞이했다. 한 번 더 애쓰고 노력하면서 그녀의 표정과 태도는 더욱 나아졌다. 비록 루시가 곁에 있었고 자신에 대한 그의 부당한 처사가 떠오르기도 했지만, 그녀는 그에게 반가운 마음으로 인사를 건넸다. 그리고 일전에 그가 버클리가를 찾아왔을 때 외출 중이라 만나지 못해 아쉬웠다는 말도 전했다. 그녀는 루시의 시선이 자신에게 꽂혀 있음을 의식하면서도 친구이자 먼 친척이기도 한 그에게 마땅히 베풀어야 할 친절과 배려를 두려움 없이 보여 주었다.

그녀의 태도에 어느 정도 마음이 편해진 에드워드가 자리에 앉았다. 하지만 그는 여전히 두 숙녀에 비해 곤혹스러운 표정이었다. 남성이 그런 모습을 보이는 것은 흔치 않은 일이었지만, 상황을 보면 그럴 만도 했다. 그의 마음은 루시만큼 느긋하지 않았고, 그의 양심은 엘리너만큼 편하지도 않았기 때문이다.

루시는 다른 두 사람의 마음을 편하게 해주는 데 아무 관심이 없다는 듯 새침한 표정으로 입을 굳게 다물고 있었다. 어색한 침묵을 깨는 것은 오로지 엘리너의 몫이었다. 그녀는 바턴에 있는 어머니의 건강이라든가 그들이 런던에 오게 된 일 등 에드워드가 물어보아야 마땅함에도 묻지 않은 소식들을 먼저 이야기해야 했다.

그녀의 노력은 거기서 멈추지 않았다. 그녀는 의연하게도 두 사람만의 시간을 위해 마리앤을 불러오겠다는 핑계로 자리를 잠시 피해줘야겠다고 생각했다. 그녀는 그런 생각을 아주 너그러운 방식으로 실행에 옮겼다. 동생의 방을 향하기 전에 가장 고결한 인내심으로 층계참에서 일부러 몇 분을 지체했기 때문이다. 하지만 에드워드가 도착했다는 소식이 마리앤에게 전해지자, 그의 환희(raptures, 에드워드의 실제 감정이라기보다는, 당대의 낭만적 관습에 따라 오랜만에 연인을 만난 남성이 마땅히 느껴야 하는 감정을 표현한 것이다-옮긴이)는 끝이 났다. 마리앤이 곧장 응접실로 달려왔기 때문이다. 그를 만난 마리앤의 기쁨은 평소 그녀의 다른 감정들과 다르지 않았다. 그 자체로도 강렬했거니와 표현 또한 강렬했다. 그녀는 그가 맞잡을 수 있도록 손을 내밀었고, 목소리에는 처제다운 애정이 담겨 있었다.

"에드워드!" 그녀가 소리쳤다. "이렇게 행복한 순간이 또 있을까요! 그동안 있었던 일들이 다 보상받는 기분이에요!"

에드워드는 그녀의 환대에 걸맞게 화답하고 싶었지만, 지켜보는 시선들 때문에 실제로 느끼는 감정의 절반도 표현하지 못했다. 그들은 다시 자리에 앉았고 잠시 아무도 말이 없었다. 마리앤은 애정 어린 눈길로 에드워드와 엘리너를 번갈아 가며 바라보았고, 루시라는 반갑지 않은 존재 때문에 두 사람이 마음껏 기쁨을 표현하지 못하는 것을 아쉬워했다. 에드워드가 먼저 말문을 열었다. 그는 마리앤의 초췌해진 모습에 런던이 편하지 않았는지 걱정하는 마음을 표현했다.

"아, 제 걱정은 하지 않으셔도 돼요." 마리앤은 씩씩하게 대답했지만 두 눈에는 눈물이 글썽거렸다. "제 건강은 걱정하지 마세요. 보시다시피 언니가 잘 지내고 있잖아요. 그러면 된 거죠."

이것은 에드워드와 언니의 마음을 모르고 한 말이었고, 루시의 호감을 살 만한 말도 아니었다. 루시는 결코 온화하다고 할 수 없는 표정으로 마리앤을 바라보았다.

"런던이 마음에 드세요?" 화제를 돌렸으면 하는 마음으로 에드워드가 물었다.

"전혀요. 즐거운 일이 많을 거라고 기대는 하고 있지만, 아직 그런 게 보이지 않네요. 에드워드, 당신을 만난 것이 런던에서 얻은 유일한 위안이에요. 아, 정말 감사한 일이에요. 당신은 하나도 변한 게 없어요."

그녀가 잠시 말을 멈췄다. 아무도 말이 없었다.

"언니," 그녀가 곧 말을 이었다. "바턴에 돌아갈 때 에드워드에게 동행해 달라고 해야겠어. 아마 한 주나 두 주 안에는 출발해야겠지. 에드워드도 마다하지 않을 것 같은데."

당황한 에드워드가 뭐라고 중얼거렸지만, 그것을 알아들은 사람은 아무도 없었고 심지어 그 자신도 무슨 말을 하는지 몰랐다. 하지만 마리앤은 그가 동요하는 이유를 자기 마음대로 넘겨짚고 아주 만족스러운 표정으로 다른 이야기를 꺼냈다.

"에드워드, 우리는 어제 할리가에서 하루를 보냈는데요, 정말 지루했어요. 끔찍할 정도로 지루했죠. 거기에서 어떤 일이 있었는지 들려 드리고 싶은데, 이 자리에서는 안 되겠네요."

이 훌륭한 신중함 덕분에, 그녀는 그들 모두에게 가까운 사람들이 어느 때보다도 불쾌하게 느껴졌으며 특히 그의 어머니가 혐오스러웠다는 얘기를 나중으로 미룰 수 있었다.

"그런데 그 자리에 왜 안 계셨어요, 에드워드? 왜 안 오셨어요?"

"다른 약속이 있어서요."

"다른 약속이요? 어떤 약속이었기에 우리 같은 벗들을 만나는 자리에 못 오셨어요?"

"그런데, 마리앤 양," 그녀에게 복수하고 싶었던 루시가 쏘아붙이듯 말했다. "당신은 중요한 약속이든 사소한 약속이든 젊은 남자들은 자기들이 내키지 않으면 약속(engagement, 루시는 '약속'과 '약혼'이라는 중의적 의미가 있는 단어로 마리앤의 약점을 공격하고 있다-옮긴이)을 지키지 않는다고 생각하시나 봐요."

이 말에 엘리너는 몹시 화가 났지만, 마리앤은 그 말의 속뜻을 알아차리지 못한 듯 차분하게 대답했다.

"그렇지 않아요. 진지하게 말씀드리는 건데, 저는 에드워드가 할리가에 오지 않은 것은 순전히 선약에 대한 도리를 지키기 위해서였다고 믿어요. 저는 이분이 세상에서 가장 섬세한 양심을 지니셨고, 아무리 사소한 것이라도, 설령 자신의 이익이나 즐거움에 반한다고 해도 약속은 꼭 지키신다고 믿어요. 이분만큼 다른 사람들에게 상처를 주거나 기대를 저버리는 일을 두려워하고 이기적인 행동과 거리가 먼 사람을 저는 본 적이 없어요. 에드워드, 저는 있는 그대로 말씀드리는 거예요. 네? 칭찬을 듣지 않으시겠다는 거예요? 그렇다면 당신은 제 친구가 아니에요. 저의 사랑과 존경을 받는 사람이라면 누구나 저의 공개적인 찬사를 들어야만 하니까요."

하지만 이 상황에서 그녀의 칭찬은 그것을 듣고 있는 세 사람 중 두 사람의 감정에 특히 안 맞았고, 에드워드에게도 결코 달갑게 들리지 않았기 때문에 그는 곧바로 자리에서 일어났다.

"벌써 가시게요?" 마리앤이 말했다. "에드워드, 이러시는 법이 어딨어요!"

266

그녀는 그를 한쪽으로 살짝 잡아끌면서 루시가 그리 오래 머물지 않을 거라고 속삭였다. 하지만 이런 고무적인 말에도 그는 고집을 꺾지 않았다. 그가 두 시간을 머물렀다고 해도 그보다 더 오래 남아 있었을 법한 루시 역시 곧 자리에서 일어났다.

"저 아가씨는 왜 이렇게 자주 오는 거야?" 루시가 떠나자 마리앤이 말했다. "제발 좀 가줬으면 하는 눈치를 왜 못 채는 거야? 에드워드가 얼마나 답답했을까!"

"왜 그래? 우리는 다 그의 친구이고, 루시는 그중에서도 그와 가장 오래 아는 사이잖아. 페라스 씨가 우리는 물론이고 그녀를 보고 싶어 하는 건 당연한 일이야."

마리앤은 언니를 물끄러미 바라보더니 이렇게 말했다. "있잖아, 언니, 나는 이런 식의 대화가 정말 싫어. 아마 내가 반박해 주기를 바라면서 그런 말을 하는가 본데, 내가 보기에는 그게 맞는 것 같은데, 내가 절대로 그럴 사람이 아니라는 걸 기억해 줬으면 좋겠어. 언니도 속으로는 다른 생각을 하겠지만, 나는 스스로 믿지 않는 걸 얘기할 생각이 없어."

마리앤은 그렇게 말하고는 응접실 밖으로 나가버렸다. 엘리너는 동생을 따라가서 더 이야기할 생각이 없었다. 루시에게 비밀을 지키겠다고 약속한 마당에 마리앤이 이 상황을 이해하도록 설명할 방법이 없었기 때문이다. 이처럼 계속되는 오해의 결과가 아무리 고통스럽더라도 그녀는 그것을 감수할 수밖에 없었다. 그녀는 마리앤의 잘못된 찬사를 들어야 하는 괴로움이나, 조금 전의 만남에서 되풀이된 고통에 에드워드나 그녀 자신이 자주 노출되지 않기만을 바랄 뿐이었다. 그렇게 바랄 이유는 충분했다.

36

며칠 후 토머스 파머 향사(Esquire, 귀족은 아니지만 부를 축적한 신흥 계급인 젠트리(Gentry)의 남자에게 붙여진 호칭. 제인 오스틴의 작품에는 젠트리 계급에 속하는 인물들이 많이 등장한다-옮긴이)의 부인이 장차 상속자가 될 아들을 순산했다는 소식이 여러 신문에 실렸다. 적어도 이 사실을 이미 알고 있던 가까운 이들에게는 매우 흥미롭고 기쁜 소식이었다.

제닝스 부인을 무척 행복하게 한 이 일은 일시적으로 그녀의 일과를 바꿔 놓았고, 마찬가지로 그녀의 젊은 벗들에게도 영향을 미쳤다. 제닝스 부인은 출산한 딸과 가능한 한 오랜 시간을 보내기 위해 매일 아침 옷을 차려입자마자 딸의 집에 갔다가 저녁 늦게야 돌아왔기 때문이다. 대시우드 자매는 미들턴 부부의 각별한 요청으로 매일 콘듀이트가에서 시간을 보내야 했다. 그들로서는 오전만이라도 제닝스 부인의 저택에 머무는 것이 편했지만, 모든 이의 바람을 거스를 수는 없는 일이었다. 이렇게 해서 그들의 시간은 미들턴 부인과 스틸 자매에게 양도되었는데, 그렇다고 그들이 요란한 초대에 걸맞은 대접을 받은 것도 아니었다.

그들은 미들턴 부인의 호감을 얻기에는 분별력이 너무 뛰어났고, 미들턴 부인의 관심을 독차지하고 싶은 스틸 자매에게는 자신들의 영역을 침범한 질투의 대상이 되었다. 미들턴 부인은 엘리너와 마리앤에게 더할수 없이 정중한 태도를 보였지만 사실은 그들을 좋아하지 않았다. 그녀 자신이나 아이들에게 듣기 좋은 말을 하는 법이 없는 두 자매가 과연 마음씨가 고운 사람들인지 믿을 수가 없었기 때문이다. 아울러 책 읽기를 좋아하는 자매가 냉소적일 거라는 생각도 들었다. 냉소적이라는 말의 정확한 의미는 그녀 자신도 몰랐지만, 그런 건 중요하지 않았다. 그것은 사람들이 누군가를 비난할 때 흔히 쓰는 말이었기 때문이다.

그들의 존재는 미들턴 부인과 루시 모두에게 속박이었다. 한 사람은 빈둥거리기가 어려웠고 다른 한 사람은 하고 싶은 일을 할 수 없었다. 미들턴 부인은 아무 일도 하지 않는 모습을 보이는 것이 부끄러웠고, 루시는 평소에 눈치 안 보고 하던 아첨이 그들의 경멸을 받지는 않을까 두려웠다. 세 사람 중에서 그나마 그들의 존재에 가장 덜 영향을 받은 사람은 스틸 양이었다. 대시우드 자매가 마음만 먹었다면 그녀로부터 환영받는 것은 어렵지 않은 일이었다. 대시우드 자매 중 누구라도 마리앤과 윌러비 사이에 있었던 일을 그녀에게 자세히 들려주었다면, 그들이 도착한 이후 벽난로 옆의 가장 좋은 자리를 내줘야 했던 스틸 양은 그런 희생이 충분히 보상받았다고 생각했을 것이다. 하지만 그런 회유책은 주어지지 않았다. 그녀는 엘리너에게 동생의 일이 유감이라는 말을 종종 건넸고 마리앤에게는 매력적인 남자들의 변심에 관해 한두 번 말을 흘려 보았지만, 전자에게서는 무관심한 모습을, 후자로부터는 혐오의 표정만 보았을 뿐 아무런 소득도 얻지 못했다. 스틸 양을 친구로 만들고자 했다면 그리 큰 노력이 필요하지 않았을 것이다. 그저 데이비스 박사에 관한 이야기를 꺼내기만 해도 될 일이었다. 하지만 다른 이들과 마찬가지로 그들도 그녀의 소망을 들어주고 싶은 생각이 별로 없었기 때문에, 존 경이 식사 초대를 받아 외출이라도 한 날이면 그녀는 아무런 놀림도 받지 못한 채 자신이 먼저 그 얘기를 꺼낼 수밖에 없었다.

제닝스 부인은 이런 질투와 불만을 전혀 눈치채지 못한 채 젊은 숙녀들이 함께 시간을 보내게 되어 다행이라고 생각했다. 그녀는 매일 밤 저택에 돌아와서 젊은 벗들에게 어리석은 늙은이와 오래 떨어져 있게 되었으니 축하한다고 말했다. 그녀는 때로는 존 경의 집에서, 때로는 자신의 집에서 그들 모두와 어울리며 활기가 넘치는 모습을 보여 주었다. 그녀는 샬럿의 빠른 회복은 모두 자신의 각별한 보살핌 때문이라며 딸의 상태에 대해 언제든 구구절절 설명할 준비가 되어 있었는데, 거기에 호기심을 보이는 이는 스틸 양밖에 없었다. 제닝스 부인도 심란한 일은 한 가지가 있었는데, 그녀는 매일 그것에 대해 불평을 늘어놓았다. 파머 씨가 그의 성(姓)에서는 흔하되 아버지답고는 할 수 없는 의견, 즉 모든 아기는 똑같아 보인다는 의견을 고수한다는 것이었다. 그녀의 눈에는 아기가 양가 친척들 한 사람 한 사람을 고루 빼닮았는데 아기의 아버지만 그렇게 생각하지 않는 것이었다. 옆에서 아무리 이야기해도 그는 자신의 아기가 다른 아기들과 똑같지 않다는 사실을 믿으려 하지 않았고, 심지어는 그의 아기가 세상에서 가장 잘생겼다는 간단한 사실조차 인정하려 하지 않았다.

이쯤에서 존 대시우드 부인에게 일어난 한 가지 불운에 관해 이야기하지 않을 수가 없다. 두 시누이가 제닝스 부인과 함께 할리가를 처음 방문한 그 날, 마침 그녀의 지인 하나도 그녀를 방문했다. 그 자체로는 그녀에게 해가 될 일이 없었다. 하지만 사람들이 마음대로 상상력을 발휘하여 누군가에 대해 잘못된 판단을 내리거나 겉모습만 보고 뭔가를 믿어버리면 그런 오해에 다른 누군가의 행복은 흔들릴 수 있다. 그날 마지막으로 도착한 그 부인은 사실과 개연성보다 상상력이 앞선 나머지, 대시우드 자매의 성(姓)만 듣고 그들이 대시우드 씨의 친동생이며 그들이 친오빠의 집에 와 있다고 단정했다. 그래서 그녀는 하루 이틀 뒤 자기 집에서 열리는 조촐한 음악회에 대시우드 부부뿐만 아니라 그의 누이들도 초대했다. 그로 인해 존 대시우드 부인은 시누이들에게 자신의 마차를 보내야 하는 큰 불편을 겪어야 했을 뿐만 아니라, 설상가상으로 그들을 자상하게 대하는 척해야 하는 불쾌한 일까지 감당해야 했다. 게다가 이후에도 그들과 함께 외출해야 하는 일이 생기지 말라는 법도 없었다. 사실 그녀에게는 언제든 마음만 먹으면 시누이들을 낙담시킬 힘이 있었다. 하지만 그 정도로는 성이 차지 않았다. 무릇 사람은 스스로 잘못인 줄 아는 행동을 고수하다 보면, 다른 사람들이 더 나은 행동을 기대하는 것에도 기분이 나빠지는 법이다.

마리앤은 매일 외출하는 것에 점차 익숙해져서 이제는 무덤덤한 기분으로 밖을 나가게 되었다. 그녀는 저녁마다 약속된 모임에 가기 위해 기계적으로 준비를 했다. 하지만 어떤 모임에서도 즐거움을 기대하지는 않았고, 문을 나서는 순간까지 어디를 가는지도 모르고 따라가는 경우가 많았다.

옷차림이나 외모에 완전히 관심을 잃은 마리앤이 몸치장에 기울이는 관심은 치장을 마치자마자 스틸 양과 마주쳐서 처음 5분 동안 받는 관심의 절반에도 미치지 못했다. 스틸 양의 빈틈없는 관찰력과 다방면에 걸친 호기심을 피할 방법은 어디에도 없었다. 그녀는 모든 것을 살피고 모든 것을 물었다. 그녀는 마리앤이 입은 옷 한 점 한 점의 가격을 모두 알아내야 직성이 풀렸고 마리앤의 드레스가 모두 몇 벌인지를 옷의 주인보다 더 잘 알았으며 일주일에 세탁비가 얼마나 드는지 그리고 매년 몸치장에 드는 비용이 얼마나 되는지 모두 알아내려 했다. 이런 세밀한 조사는 대개 칭찬으로 마무리되었는데, 자기 딴에는 인심을 베푼다고 내뱉는 그 말이 마리앤에게는 가장 무례하게 여겨졌다. 드레스의 가격과 구입처, 구두의 색깔, 머리 모양에 대한 조사가 모두 끝나면 그녀의 입에서 "정말이지 너무 예뻐서 남자들을 숱하게 정복하시게 될 거예요."라는 말이 나올 것임을 알고 있었기 때문이다.

이날도 그런 격려를 뒤로 하고 마리앤은 오빠의 마차로 다가갔다. 그들은 마차가 문 앞에 도착한 지 5분도 되지 않아 탈 준비가 되어 있었는데, 이렇게 시간을 엄수하는 것도 올케의 마음에는 들지 않았다. 그녀는 지인의 집에 먼저 도착해서 내심 시누이들이 꾸물거리다가 그녀 자신이나 마부를 불편하게 해주기를 바라고 있었다.

모임에는 특별하다 할 것이 없었다. 여느 음악회와 마찬가지로 연주를 제대로 감상할 수 있는 안목을 지닌 사람이 많았고, 그럴 안목이 없는 사람은 더 많았다. 연주자들 역시 그들 자신이나 가까운 사람들의 평가를 따르자면 아마추어로서는 잉글랜드 최고의 연주 실력을 보유하고 있었다.

엘리너는 음악적 소양이 깊지 않았고 그런 척하려는 생각도 없었기 때문에 기회가 있을 때마다 그랜드 피아노에서 다른 데로 시선을 돌렸다. 그녀는 하프나 첼로에도 시선을 고정하지 못했고 눈길이 가는 대로 여기저기를 둘러보았다. 그러던 중 한 무리의 청년들 가운데 그레이 보석상에서 이쑤시개 보관함에 대해 점원에게 일장 연설을 하던 그 남자가 눈에 들어왔다. 곧 그 남자도 그녀를 알아봤고 그런 뒤에는 그녀의 오빠와 친근하게 이야기를 나누기도 했다. 그녀가 오빠에게 그가 누구인지 물어봐야겠다고 마음먹었을 때, 그 두 사람이 그녀 쪽으로 다가왔다. 대시우드 씨는 그녀에게 로버트 페라스 씨를 소개해 주었다.

그는 건들거리는 태도로 고개를 삐딱하게 숙이며 인사를 건넸는데, 그런 모습만으로도 그가 일전에 루시가 묘사한 대로 겉멋만 잔뜩 들어 있다는 사실을 알 수 있었다. 그녀는 에드워드를 향한 자신의 애정이 그의 미덕 때문이 아닌 그의 가족들에게서 본 모습 때문이었다면 차라리 행복했으리라 생각했다. 그랬더라면 그의 어머니와 누나가 보여 준 고약한 성격에 더해 그의 동생이 보인 인사법이 확실한 마침표를 찍을 수 있었을 것이다. 그녀는 형제가 어쩌면 그렇게 다를 수 있는지 놀라면서도, 한 사람의 오만한 경박함 때문에 다른 한 사람의 겸손함과 인품에 대한 사랑을 저버릴 수는 없었다. 그들 형제가 왜 다른지는 15분 남짓 대화를 나누는 동안 그 자신에 의해 설명되었다. 그는 형에 대해 이야기하면서 형이 신분이 높은 사람들과 어울리는 데 너무나 서투르다는 점을 통탄했고, 나름 공정하고 너그럽게 그 원인을 형의 타고난 결점이 아니라 개인교습으로 교육을 받았다는 사실에서 찾았다. 그는 자신은 특별하거나 탁월한 재능을 타고나지는 않았지만, 부유층의 자제들이 다니는 사립학교에서 교육을 받은 덕분에 상류사회에 누구보다도 잘 어울리게 되었다고 말했다.

"제가 단언하는데 말이죠," 그가 말을 이었다. "이유가 다른 데 있는 게 아니에요. 그래서 어머니께서 그것 때문에 속상해하실 때마다 저는 이렇게 말씀드리죠. '어머니, 그냥 마음을 비우세요. 이미 지나간 일이잖아요. 그리고 그건 어머니가 자초하신 일이에요. 그러게 왜 어머니가 생각하시는 대로 하시지 공연히 친척분의 말을 듣고 그렇게 중요한 시기에 형에게 개인교습을 시키셨어요? 그때 형을 프랫 씨에게 보내지 않고 그냥 저처럼 웨스트민스터에 보내셨으면 이런 일도 없었을 거라고요.' 이 문제에 대한 저의 생각은 늘 이렇고, 어머니께서도 지금은 본인의 잘못을 완전히 깨달으셨어요."

엘리너는 그의 의견을 반박하고 싶은 생각이 없었다. 상류층이 다니는 사립학교의 이점에 대한 그녀의 생각이 어떻든, 에드워드가 프랫 씨의 집에 머물렀다는 사실 자체가 흡족하지 않았기 때문이다.

"데번셔에 사신다고 들은 것 같은데." 그가 화제를 돌렸다. "돌리시 인근의 코티지에 사신다고요."

엘리너는 코티지의 위치를 바로잡아 주었지만, 그는 데번셔에 살면서 돌리시(Dawlish, 데번셔 남부의 해변 휴양지-옮긴이) 인근이 아닌 다른 곳에 거주한다는 사실이 이해되지 않는다는 표정이었다. 그는 위치가 어떻든 그들이 거주하는 가옥 형태에 대해 열렬한 찬사를 늘어놓았다.

"저는 코티지가 참 좋더라고요." 그가 말했다. "코티지에는 뭔가 안락하고 우아한 게 있잖아요. 여윳돈이 생기면 저는 런던에서 가까운 곳에 땅을 조금 사서 코티지를 지을 겁니다. 그러면 아무 때나 마차를 타고 가서 친구들을 불러들일 수 있잖아요. 저는 주위에 집을 짓겠다는 사람이 있으면 항상 코티지를 지으라고 조언해요. 일전에 제 친구 코틀랜드 경이 저에게 조언을 구하려고 찾아와서는 보노미(Ignatius Bonomi, 더럼 성과 램튼 성 등 여러 기념비적인 건축물을 설계한 건축가-옮긴이)가 그린 설계도 세 장을 펼쳐 놓더라고요. 그중 제일 나은 도면을 골라 달라면서요. 저는 설계도면 세 장을 전부 벽난로에 집어 던지면서 말했죠. '이보게, 코틀랜드, 이 중에서 고르려 하지 말고 코티지를 지어 보게나.' 제 짐작으로는 그 친구가 결국 그렇게 할 것 같습니다."

그가 말을 이었다. "어떤 사람들은 코티지에는 사람들이 들어갈 공간이 없다고 생각하는데, 그건 완전히 잘못 알고 있는 거죠. 저번 달에 제가 다트퍼드 근처에 사는 엘리엇이라는 친구의 집에 갔었는데. 친구의 아내가 무도회를 열었으면 하더라고요. '그게 가능할까요? 페라스 씨, 어떻게 하면 좋을지 말씀 좀 해주세요. 이 코티지에는 남녀 열 쌍이 들어갈 공간이 없어요. 저녁 식사는 어디에서 해요?' 그렇게 묻길래, 저는 아무 문제가 없다는 걸 바로 알아차리고 이렇게 대답했죠. '부인, 걱정 안 하서도 됩니다. 정찬실에는 열여덟 쌍도 충분히 들어가요. 카드 탁자를 응접실에 놓고, 차와 다과는 서재를 열어서 거기에 준비하세요. 저녁 식사는 홀에 차리시면 됩니다.' 그랬더니 엘리엇 부인도 제 의견이 마음에 든다고 하시는 겁니다. 우리가 직접 정찬실의 크기를 재봤는데 열여덟 쌍이 딱 들어가겠더라고요. 그래서 제 계획(로버트의 계획은 일반적인 코티지의 구조와 규모로는 불가능하다-옮긴이)에 따라 일이 착착 준비되었죠. 사실 이런 식으로 일을 처리하는 방법만 알면 코티지에서도 넓은 저택 못지않은 안락함을 누릴 수 있는 겁니다."

엘리너는 조용히 그의 말에 동의했다. 논리적으로 반박할 만한 가치도 없다고 생각했기 때문이다.

존 대시우드 역시 음악에 별로 흥미가 없었기 때문에 그는 어느 한 가지에 집중하지 못하고 속으로 이런저런 생각을 하고 있었다. 그러다 갑자기 떠오른 생각이 있었고, 그는 집에 도착하자마자 아내에게 그 생각에 관해 이야기했다. 두 자매가 그의 손님으로 와 있는 것으로 데니슨 부인이 착각하고 있고, 어차피 제닝스 부인도 집을 자주 비우고 있으니, 이참에 정말로 동생들을 집에 초대하는 게 어떻겠느냐는 것이었다. 크게 비용이나 불편함이 따르는 일도 아닌 데다가, 그 정도의 호의만 베풀어도 그의 섬세한 양심은 돌아가신 부친과의 약속에서 완전히 해방될 수 있을 것 같았다. 하지만 패니는 그의 제안에 펄쩍 뛰었다.

"어떻게 그럴 수가 있어요?" 그녀가 말했다. "그건 미들턴 부인에 대한 예의가 아니죠. 당신 동생들은 매일 미들턴 부인과 시간을 보내고 있잖아요. 안 그랬으면 저도 당연히 초대하고 싶죠. 오늘 저녁에 같이 외출한 것만 봐도 알 수 있겠지만, 저는 언제든 당신 동생들을 잘 보살필 준비가 되어 있어요. 하지만 어떻게 미들턴 부인의 손님을 우리가 데려올 수 있겠어요?"

그녀의 남편은 아내가 예의를 생각할 뿐 심하게 반대하는 것은 아니라고 생각했다. "콘듀이트가에서 벌써 일주일이나 그렇게 시간을 보냈으니, 미들턴 부인도 이제 동생들이 우리처럼 가까운 사람들과 함께 지내겠다고 한들 언짢아하실 것 같지는 않소."

패니는 잠시 숨을 고르더니 다시 힘을 주어 말했다.

"여보, 저도 초대하고 싶은 마음이야 간절하죠. 그런데 마침 스틸 자매에게 우리 집에 와서 며칠 지내라고 초대하려던 참이었거든요. 행실도 바르고 착한 아가씨들이잖아요. 게다가 예전에 그 아가씨들의 친척분이 에드워드를 그렇게 잘 대해 주셨는데, 우리도 할 도리를 해야죠. 당신 동생들이야 나중에 초대해도 되지만 스틸 자매는 런던에 다시 올 일이 없을지도 몰라요. 당신도 그 아가씨들이 오면 좋아할 거예요. 사실 지금도 좋아하잖아요. 우리 어머니도 그 아가씨들을 마음에 들어 하시고요. 해리도 그 아가씨들을 얼마나 잘 따르는지 몰라요."

대시우드 씨는 아내의 말에 수긍했다. 그는 스틸 자매를 초대해야 할 필요성을 느꼈고, 동생들은 이듬해에 초대하기로 다짐함으로써 양심의 가책도 덜 수 있었다. 한편으로는 이듬해에 엘리너가 브랜던 대령의 아내가 되어 런던에 오게 되면 마리앤은 언니의 집으로 가게 될 테니 그들을 초대할 필요가 아예 없어질 수 있겠다는 생각도 들었다.

패니는 위기에서 벗어날 수 있어서 기뻤고, 이를 가능케 한 자신의 재치에 뿌듯해하며 이튿날 아침 루시에게 미들턴 부인의 양해를 얻어 며칠 동안 언니와 함께 할리가에 와서 지내라고 편지를 썼다. 이 제안은 루시를 너무나 행복하게 했다. 이는 대시우드 부인이 자신을 위해 힘을 써주겠다는, 자신의 모든 희망을 품어주고 모든 기대를 뒷받침해주는 것이나 다름없었다. 에드워드와 그의 가족들이 있는 곳에서 함께 지낼 수 있다는 것은 그 어떤 것보다도 그녀에게 유리한 기회였기 때문에 이 초대는 그녀의 마음을 한껏 부풀게 했다. 이는 아무리 감사해도 부족하고 아무리 서둘러도 만족할 수 없는 기회 중의 기회였다. 그때까지만 해도 그녀가 미들턴 부인의 저택에 머무는 기한은 정해져 있지 않았지만, 이제는 원래부터 이틀 후에는 떠날 예정이었던 것처럼 여겨졌다.

루시가 그 편지를 받고 10분도 채 지나지 않아 그것을 엘리너에게 보여 주었을 때, 엘리너는 루시의 기대가 이루어질 수도 있겠다는 생각을 처음으로 하게 되었다. 알게 된 지 얼마 되지도 않은 루시에게 그처럼 각별한 친절을 베푼다는 것은 그녀를 향한 호의가 단순히 엘리너 자신에 대한 악의 때문만은 아닌 것처럼 보였기 때문이다. 시간이 지나고 처신만 잘한다면 루시는 그녀가 원하는 것을 실제로 얻을지도 모를 일이었다. 이미 루시의 아첨은 미들턴 부인의 오만함을 정복했고, 존 대시우드 부인의 닫힌 마음마저 파고들었으니 그 결과는 더 큰 가능성을 열어줄 수도 있었다.

스틸 자매는 할리가로 거처를 옮겼다. 그들이 그곳에서 끼치는 영향력에 관해 전해 들으면서 엘리너의 그런 예상은 더욱 굳어졌다. 할리가를 몇 차례 방문한 존 경은 돌아와서 그들이 얼마나 극진한 환대를 받고 있는지 자세히 전해주었다. 대시우드 부인은 평생 스틸 자매만큼 마음에 드는 아가씨들을 본 적이 없다면서, 그들에게 어느 망명자가 만든 바늘겨레를 선물했고 루시를 성을 빼고 이름으로만 불렀으며 과연 그들과 헤어질 수 있을지 모르겠다는 말까지 했다는 것이었다.

3

37

출산 후 2주가 지나면서 파머 부인이 기력을 거의 회복하자 그녀의 어머니는 딸에게 시간을 온전히 쏟아야 할 필요를 느끼지 못했다. 제닝스 부인은 하루에 한두 차례 딸의 집을 잠시 들르는 것으로 만족하고 다시 자신의 집과 원래의 일상으로 돌아왔다. 대시우드 자매도 기꺼이 이전의 생활로 돌아갈 준비가 되어 있었다.

그들이 버클리가의 일상으로 돌아온 지 사나흘쯤 되던 날 아침, 제닝스 부인은 여느 때처럼 파머 부인에게 들렀다가 돌아왔다. 응접실에 혼자 앉아 있던 엘리너는 제닝스 부인이 무슨 중요한 일이라도 있는 것처럼 부리나케 뛰어 들어오는 모습을 보며 뭔가 놀라운 소식을 듣게 될 것이라 짐작했다. 아니나 다를까 부인이 곧바로 쏟아내기 시작한 이야기는 그녀의 짐작이 옳았음을 증명해 주었다.

"아이고, 대시우드 양, 그 소식 들었어요?"

"무슨 소식이요?"

"살다 보니 별일을 다 보겠다니까! 내가 차근차근 얘기해 줄 테니 들어봐요. 오늘 내가 사위네 집에 갔더니 샬럿이 아기 때문에 안절부절못하고 있더라고. 아기가 아픈 것 같다면서 말이지. 아기가 울고 보채고 온몸에 두드러기가 나 있었거든. 그래서 내가 들여다보고 그랬지. '아이고, 애야, 이건 젖니가 나려고 그러는 거다.' 보모가 똑같이 얘기해도 샬럿은 마음이 안 놓이는지 기어이 도너번 씨를 부르러 사람을 보냈는데, 마침 도너번 씨가 할리가에 왕진을 마치고 돌아오던 길이라 곧장 우리에게 왔다오. 뭐, 의사라고 다른 소리를 할 리가 있나. 아기를 보자마자 젖니가 나느라고 발진이 생긴 거라고 그러지. 샬럿도 그제야 마음을 놓았고, 그렇게 도너번 씨가 왕진을 마치고 막 나가려고 할 때, 갑자기 왜 그런 생각이 들었는지 모르겠지만 여하튼 뭐 새로운 소식이 없냐고 물어보고 싶은 생각이 들더라고. 그런데 도너번 씨가 뭔가 아는 게 있는 듯한 표정으로 실실 웃더니 금세 심각한 표정을 짓지 뭐야. 그러고는 '부인댁에 와 있는 아가씨들이 행여 올케 되시는 분의 몸 상태가 안 좋다는 소식을 들으시기 전에 제가 미리 말씀드리는 게 좋겠습니다. 걱정하실 정도는 아닙니다. 대시우드 부인은 괜찮으실 겁니다.'라고 나한테 귓속말을 하는 게 아니겠어."

"네? 올케언니가 아프다고요?"

"내가 딱 그렇게 말했다니까. '아이고, 대시우드 부인이 아프다고요?'라고 했거든. 그랬더니 이야기가 술술 나옵디다. 내가 들은 걸 간추려서 얘기할 테니 들어봐요. 에드워드 페라스 씨라고, 내가 대시우드 양을 놀리느라고 들먹이던 그 청년이, (일이 이렇게 되고 보니 두 사람이 아무 관계도 아니라는 게 천만다행이네) 글쎄, 그 에드워드 페라스 씨가 1년 넘게 루시와 약혼 관계였다지 뭐야. 게다가 낸시 말고는 그 일을 아무도 몰랐다네. 그런 일이 가능할 거라고 누가 생각이나 했겠어. 그런데 두 사람이 서로

281

좋아하는 거야 그럴 수 있다고 쳐도 약혼까지 했는데 아무도 수상한 낌 새를 알아채지 못했다니, 그거야말로 이상한 일이지! 그 둘이 같이 있는 걸 내가 못 봤으니 그랬지, 만일 내가 봤으면 바로 알아차렸을 텐데 말이 야. 여하튼, 둘은 페라스 부인이 무서워서 그동안 그 사실을 꼭꼭 숨겼고, 그 바람에 페라스 씨의 모친이나 누나 내외는 조금도 의심하지 않았던 게야. 그런데 오늘 아침에 낸시가, 알잖아, 그 아가씨가 악의는 없는데 머리가 좀 안 돌아가잖아, 그만 입방정을 떨면서 그 얘기를 터뜨렸나 봐. 낸시 제 딴에는, '그래, 다들 루시를 이렇게 좋아하니 이 얘기를 하더라도 별문제 없을 거야'하고 생각했겠지. 그러고는 대시우드 양의 올케한테 간 게지. 올케는 곧 무슨 일이 터질지도 모르고 카펫을 손질하고 있었다 나 봐. 내가 이름은 잊었는데, 어느 귀족의 따님이랑 에드워드를 어떻게 맺어줄까 하고 불과 5분 전까지 남편과 얘기를 나누고 있었다는데 말이 야. 그러니 그 얘기를 듣고는 허영심과 자존심이 센 대시우드 양 올케가 얼마나 큰 충격을 받았겠어. 그 자리에서 히스테리를 일으키면서 어찌나 비명을 질러댔는지, 남편이 아래층 옷방에서 시골에 있는 집사에게 편지 를 쓸 준비를 하고 있었는데 거기까지 비명이 들렸다나 봐. 그래서 대시 우드 씨가 바로 뛰어 올라갔는데, 마침 그때 아무것도 모르고 루시가 딱 들어왔으니 그만 험한 꼴을 당하게 된 게야. 딱하기도 하지. 정말 안됐어. 그 애가 너무 험한 꼴을 당했더라고. 대시우드 양의 올케가 불같이 화를 내면서 어찌나 몰아세웠던지 루시가 거의 기절할 지경이었다고 하더라 고. 낸시는 옆에서 무릎을 꿇은 채 통곡하지, 대시우드 씨는 안절부절못 하면서 어떡하면 좋으냐고 그러지, 대시우드 부인이 그 둘을 당장 쫓아 내겠다고 길길이 날뛰니까 이번에는 대시우드 양의 오빠가 무릎을 꿇고 옷가지라도 챙길 시간은 줘야 하지 않겠냐고 설득했답디다. 그 말을 듣고 부인이 다시 히스테리를 일으키니까 대시우드 씨는 이러다 큰일 나겠다 싶어서 의사를 불렀고, 도너번 씨가 왕진갔다가 그 소동을 보게 된 거라오. 불쌍한 우리 친척 아가씨들을 태우고 갈 마차가 집 앞에 대기하고 있었는데, 도너번 씨가 왕진 마치고 나오면서 보니까 막 마차에 오르는 참이었다나 봐. 도너번 씨 말로는, 불쌍한 루시는 제대로 걷지도 못했고 낸시도 상태가 비슷했다고 그럽디다. 분명히 말하지만 나는 대시우드 양의 올케가 그런 행동을 했다는 것을 참을 수도 없고, 진심으로 바라는데 올케가 뭐라고 하든 그 둘이 맺어졌으면 좋겠어. 아이고, 불쌍한 에드워드 씨가 이 이야기를 들으면 얼마나 속이 상할까! 자기 애인이 그런 모욕을 당했으니 말이야! 에드워드 씨가 루시를 끔찍이 생각한다던데, 그런 얘기를 듣고도 화가 안 나면 그게 이상한 거지. 도너번 씨도 나와 생각이 같더라고. 둘이서 한참 그 얘기를 나눴거든. 그 소식을 들으면 페라스 부인도 히스테리를 일으켜서 왕진을 청할 게 뻔하니 도너번 씨는 그 길로 다시 할리가로 향했다오. 그 아가씨들이 떠나자마자 대시우드 양의 올케가 사람을 보내서 자기 모친을 모셔오게 했나 봐. 그러거나 말거나 내 알 바는 아니지. 그 두 모녀는 동정하고 싶은 생각이 없어. 나는 사람들이 돈과 지위 때문에 그렇게 야단법석을 떠는 게 이해가 안 돼. 에드워드 씨가 루시와 결혼하면 안 된다는 법이라도 있나. 페라스 부인이라면 아들을 넉넉하게 도와줄 능력도 되고, 루시가 무일푼이라고는 해도 누구보다도 알뜰하게 살림을 할 줄 아는데 말이야. 내가 장담하는데, 페라스 부인이 아들에게 매년 5백 파운드만 내줘도 루시는 8백 파운드를 가지고 사는 사람들처럼 살림을 야무지게 할 거야. 아이고, 두 사람이 대시우드 양이 사는 그런 코티지라도 한 채 가지고 하녀 둘과 하인 둘을 데리고 조촐하게 살 수만 있으면 좀 좋아. 하녀를 구해야 한다면 내가 도와줄 수도 있지. 우리 집에서 일하는 베티의 여동생이 하는 일 없이 놀고 있으니까 그 집에 들어가면 딱 맞겠네."

여기에서 제닝스 부인은 잠시 말을 멈췄다. 이야기를 듣는 동안 생각을 정리할 시간이 충분히 있었던 엘리너는 그런 이야기에 자연스럽게 나올 법한 반응을 보였다. 그녀는 이 일에 특별히 관심을 보인다는 의심을 받지 않았고, (그즈음 그녀가 바라던 대로) 제닝스 부인이 자신과 에드워드를 더는 연결하지 않게 되어 다행이라고 생각했다. 무엇보다도 그 자리에 마리앤이 없었던 까닭에 그녀는 당황하지 않고 이야기할 수 있었고 이 일에 관련된 모든 사람의 행동에 대해 치우침 없이 판단할 수 있었다.

엘리너는 이 일에서 어떤 결말을 기대하는지 자신의 마음을 알 수 없었다. 하지만 그 결말이 에드워드와 루시의 결혼이 아닌 다른 것이 될 수도 있다는 생각만큼은 떨쳐내려 애를 썼다. 페라스 부인이 어떤 말과 행동을 할지 예상은 되었지만, 엘리너는 부인이 실제로 어떤 반응을 보일지 궁금했다. 그리고 에드워드가 어떻게 처신할지는 더더욱 궁금했다. 엘리너는 그에게 큰 연민을 느꼈다. 루시에게도 조금이나마 연민을 느끼기 위해서는 상당한 노력이 필요했다. 그러나 나머지 사람들에 대해서는 일말의 연민도 들지 않았다.

제닝스 부인이 이 이야기를 줄곧 입에 올릴 것이 분명했기 때문에, 엘리너는 마리앤에게 마음의 준비를 시킬 필요가 있다고 생각했다. 그녀는 마리앤이 헛된 기대를 버리고 진실을 마주할 수 있게 해야 했다. 그래서 다른 사람들에게서 무슨 얘기를 듣든 언니에 대한 걱정이나 에드워드에 대한 분노를 드러내지 않게 해야 했다.

엘리너에게 이것은 고통스러운 일이었다. 그녀는 동생의 큰 위안거리를 없었던 일로 해야 했다. 동생의 마음속에 좋은 사람으로 자리하고 있는 에드워드를 영영 무너뜨릴 이야기를 해야 했으며, 언니가 자신과 비슷한 상황에 놓여 있다고 생각할 동생이 지난 일을 돌이키며 다시 낙담에 빠지게 해야 했다. 하지만 아무리 달갑지 않아도 해야만 하는 일이었다. 엘리너는 서둘러서 그 일을 했다.

그녀는 자신의 감정을 구구절절 늘어놓거나 자신이 큰 고통을 겪고 있는 것처럼 이야기하고 싶지 않았다. 그저 에드워드의 약혼에 관해 처음 알게 된 이후 자신이 견지한 자제심이 이런 상황에서 도움이 된다는 것을 마리앤에게 넌지시 전하고 싶었을 뿐이다. 그녀의 이야기는 간결하고 명료했다. 감정이 완전히 배제될 수는 없었지만, 극심한 동요나 격렬한 슬픔은 동반되지 않았다. 그것은 오히려 듣는 쪽의 몫이었다. 마리앤은 경악했고 많이 울었다. 엘리너는 자신이 고통을 겪고 있음에도 다른 사람을 위로해야 했다. 자신은 아무렇지 않다며 동생을 안심시켜야 했고, 에드워드는 다만 신중하지 못했을 뿐 아무 잘못이 없다고 그를 적극적으로 옹호해야 했다.

그러나 마리앤은 한동안 어떤 사실도 믿으려 하지 않았다. 그녀에게 에드워드는 제2의 윌러비처럼 느껴졌다. 한편 언니의 말이 사실이라면, 에드워드를 진정으로 사랑했다는 언니가 어떻게 자신보다도 감정의 동요가 없을 수 있단 말인가! 루시 스틸에 관해서라면, 전혀 호감이 가지 않는 성격에 분별 있는 남자의 마음을 얻을 만한 능력도 없는 그녀를 에드워드가 한때 좋아했다는 사실을 처음에는 믿을 수 없었고 나중에는 용서할 수가 없었다. 심지어 그런 만남이 시작될 수 있다는 사실조차 인정할 수 없었다. 엘리너는 인간에 대한 깊은 이해가 생기면 그런 일이 있을 수도 있음을 마리앤도 언젠가 알게 되리라 생각했다.

엘리너는 에드워드와 루시가 약혼했다는 사실과 그들의 관계가 얼마나 오래되었는지만 겨우 이야기했을 뿐 더 나아가지 못했다. 마리앤의 감정이 격앙된 탓에 차분하게 이야기를 이어갈 수 없었기 때문이다. 엘리너는 우선 동생의 슬픔을 달래고 충격을 덜어주며 분노를 가라앉히는 일밖에 할 수 없었다. 잠시 후 마음을 추스른 마리앤이 질문을 던지면서 이야기는 이어질 수 있었다.

"언니는 이 사실을 안 지 얼마나 됐어? 에드워드가 언니에게 편지로 털어놓은 거야?"

"4개월 됐어. 작년 11월, 루시가 바턴 파크에 왔을 때 비밀로 해달라며 약혼 사실을 이야기해 줬어."

이 말에 마리앤은 할 말을 잃고 그저 놀란 표정만 지었다. 잠시 후 그녀가 소리쳤다.

"4개월! 이 사실을 4개월 동안 알고 있었다고?"

엘리너는 그렇다고 대답했다.

"이게 뭐야, 내가 힘들까 봐 곁을 지키는 동안에도 언니는 마음에 이런 짐을 지고 있었다는 거잖아. 그런데도 나는 언니는 행복하지 않으냐고 몰아세웠고!"

"그때는 내 상황이 어떻다는 것을 네가 알아서 좋을 게 없었잖아."

"언니, 4개월이라고!" 마리앤이 다시 소리쳤다. "어쩌면 그렇게 태연하고, 그렇게 밝은 표정으로 버틸 수가 있었어?"

"나는 할 도리를 하고 있다고 생각했어. 루시에게 비밀을 지키겠다고 약속을 했으니, 그 사실을 아무에게도 말하지 않는 게 도리였어. 그리고 내 힘으로 어떻게 할 수 없는 일이니 공연히 얘기해서 가족과 주위 사람들이 걱정하지 않게 하는 것도 당연한 도리였고."

마리앤은 놀란 마음을 진정하지 못했다.

"너와 어머니에게는 털어놓고 싶다는 생각을 종종 했어." 엘리너가 말을 이었다. "실제로 한두 차례 그러려고 마음을 먹기도 했고. 하지만 약속을 깨지 않고는 모든 것을 사실대로 얘기할 방법이 없었어."

"4개월이잖아! 그런데도 언니는 여전히 에드워드를 사랑했고!"

"그래. 하지만 나는 그 사람만 사랑했던 게 아니야. 다른 사람들이 걱정 없이 지내는 것도 나에게는 중요해. 그래서 나의 감정 상태를 사람들이 모르고 지나간 게 다행이라는 생각이 들어. 이제는 그 일에 대해 생각하거나 말하는 것도 별로 힘들지 않아. 그리고 나 때문에 너를 힘들게 하고 싶지도 않아. 나 자신이 이제는 별로 힘들지 않으니까. 나를 버티게 해주는 건 많아. 크게 낙심한 것은 사실이지만 내가 경솔해서 그런 일을 겪게 된 게 아니니까 잘 버틸 수 있었어. 나는 에드워드가 근본적으로 잘못한 일이 없다고 생각해. 그 사람이 행복했으면 좋겠어. 지금 당장은 후회되는 일이 없지 않겠지만 도리를 아는 사람이니까 결국은 도리에 맞게 행동할 거라고 믿어. 루시도 분별이 없는 사람이 아니니 모든 일을 잘 풀어가겠지. 여하튼 오직 한 사람을 변함없이 사랑한다는 것은 매혹적인 일이고 한 사람의 행복이 다른 누군가에게 전적으로 달려 있다는 말도 근사하게 들리기는 하지만, 마리앤, 사람의 일이 꼭 그렇게 되지는 않아. 반드시 그렇게 된다는 건 가능하지도 않고. 에드워드는 루시와 결혼할 거야. 품성이나 이해력이 그래도 보통 이상은 되는 여성이니까 세월이 지나고 결혼 생활에 익숙해지면 에드워드도 자신이 한때 그녀보다 나은 사람을 마음에 품었다는 사실을 잊게 될 거야."

"만일 언니가," 마리앤이 말했다. "세상에서 가장 소중한 것을 잃어도 다른 무언가로 그것을 쉽게 대체할 수 있다고 생각하는 사람이라면, 언니의 굳센 의지나 자제력이라는 것도 그리 대단한 게 아니었네. 그래, 이제 이해가 돼.”

“네가 무슨 말을 하는 건지 알아. 너는 내가 그리 고통스럽지 않았다고 생각하겠지. 마리앤, 지난 넉 달 동안 이 모든 것이 머리에서 떠나지 않는데도 나는 누구에게도 이 얘기를 할 수 없었어. 언젠가 너와 어머니가 이 사실을 알게 되면 무척 괴로워할 것임을 알면서도 미리 마음의 준비조차 시킬 수 없었다고. 나는 그 사실을 그와의 약혼으로 내 모든 기대를 무너뜨린 장본인에게서 들어야 했어. 상대가 의기양양하게 그 사실을 이야기하는 동안 나는 잠자코 듣고만 있어야 했지. 그런데도 그녀가 의심할까 봐 내 마음이 향하고 있는 사람에게 완전히 무관심한 척까지 해야 했어. 한두 번이었다면 모를까, 희망과 환희에 들뜬 그녀의 이야기를 나는 듣고 또 들어야 했어. 에드워드와 영원히 헤어지게 되었다는 것을 분명히 알게 되었는데도 그와의 인연을 깨끗하게 단념할 수 있게 해주는 이야기는 들을 수 없었어. 그가 형편없는 사람이었다든가 그가 나에게 아무 관심이 없더라는 그런 이야기가 들렸더라면 오히려 마음이 편했을 거야. 나는 그의 누나와 어머니의 무례함과 오만함도 견뎌야 했어. 사랑의 유익은 한 번도 누리지 못하고 그 벌만 받은 셈이지. 그리고 너도 알다시피, 이 모든 일이 일어난 시기에 불행했던 사람은 나 혼자가 아니었어. 나도 감정이 있는 사람이라는 걸 네가 헤아릴 수 있다면 나도 몹시 고통스러웠다는 사실을 이제는 이해할 수 있을 거야. 내가 지금 담담하게 그 일을 돌아볼 수 있고 마음이 편해졌다고 말할 수 있는 것도 그동안 힘겹게 노력한 결과야. 그런 건 저절로 얻어지지 않아. 내가 처음부터 마음이 편했던 게 아니라고. 마리앤, 내가 그 비밀을 지키겠다고 약속하지만 않았다면 소중한 사람들에 대한 도리가 아무리 중요하다고 한들 나도 침묵을 지키지 않았을 거야. 정말 고통스럽다고 털어놓았을 거라고.”

마리앤은 언니의 말에 완전히 압도되었다.

“아, 언니!” 그녀가 말했다. “언니 얘기를 들으면서 나 자신을 영원히 미워하게 됐어. 내가 언니에게 얼마나 잔인했는데! 언니는 나에게 유일한 위안이었고 그 모든 괴로움을 함께 견뎌준 사람인데, 나는 언니가 나 때문에 힘들어한다고만 생각했어. 그런데도 나는 언니에게 감사는커녕 기껏 돌려준 건 그런 행동밖에 없었어. 그때는 언니의 훌륭한 점만 돋보여서 나는 그걸 애써 무시하려고 했던 거야.”

엘리너는 이렇게 고백하는 동생을 꼭 안아 주었다. 마리앤이 그런 마음을 가지게 되었기 때문에 엘리너는 동생으로부터 별 어려움 없이 원하는 약속을 얻어낼 수 있었다. 마리앤은 언니의 뜻에 따라 이 일에 관해 누구와 이야기를 나누더라도 상심한 기색을 내비치지 않기로 약속했다. 루시와 마주치더라도 그녀에게 더 커진 반감을 조금도 보이지 않기로 했으며, 우연히라도 에드워드를 만나게 된다면 예전과 다름없이 따뜻하게 대하기로 약속했다. 이것은 대단한 양보였지만, 마리앤은 자신이 언니에게 준 상처를 기억하며 이를 갚기 위해서라면 무엇이든 할 수 있었다.

그녀는 신중하게 처신하겠다는 약속을 훌륭하게 지켰다. 이 일에 대해 제닝스 부인이 무슨 얘기를 하든 무표정하게 듣고만 있을 뿐 한 번도 반박하지 않았고, 세 번씩이나 “네, 부인.”이라고 대답하기까지 했다. 부인이 루시를 칭찬했을 때는 다른 의자로 자리를 옮겼을 뿐이고, 부인이 에드워드의 사랑에 관해 이야기하는 동안에는 목에 가벼운 경련이 일어났을 뿐이다. 이처럼 의연해진 동생의 모습에 엘리너는 자신도 어떤 일이든 감당할 수 있겠다는 자신감을 얻었다.

이튿날 아침 더 큰 시련이 찾아왔다. 그들의 오빠가 몹시 불쾌한 사건이 있었다는 사실과 그의 아내에 관한 소식을 전하고자 사뭇 심각한 표정으로 찾아온 것이었다.

"이미 들어서 알고 있으리라 생각하지만," 그가 자리에 앉자마자 무거운 표정으로 말했다. "어제 우리 집에서 매우 충격적인 사실이 밝혀졌다."

그들은 모두 알고 있다는 표정을 지었다. 무슨 말을 꺼내기가 어려운 순간이었다.

"너희 올케언니는 지금 끔찍한 고통을 겪고 있어." 그가 말을 이었다. "페라스 부인의 상태도 비슷하고. 한마디로 일이 너무나 복잡하고 고통스럽게 꼬인 상황이야. 하지만 우리 중 누구도 이 폭풍에 휩쓸리지 않고 모두 잘 이겨내기를 바라고 있다. 패니가 정말 안쓰러울 뿐이지. 어제 내내 히스테리 상태였는데, 그렇다고 너무 걱정할 필요는 없다. 도너번이 다녀가면서 크게 우려할 만한 상태는 아니라더라. 체질적으로 건강하고 정신력도 강하다고 들었다. 너희 올케는 지금 천사 같은 의연함으로 이 고통을 견뎌내고 있어. 앞으로는 누구도 믿지 못하겠다고 하더라. 그렇게 뒤통수를 맞았으니 그럴 만도 하지. 그토록 친절하게 대하며 믿어 주었는데 은혜를 그만 식으로 갚다니! 너희 올케는 순전히 자비로운 마음에서 그 아가씨들을 집으로 초대한 거였어. 괜찮은 사람들 같고 해가 될 것 같지도 않아서 좋은 말벗이나 되겠다는 생각으로 불러들인 거지. 안 그랬으면 저쪽에 계신 친절한 부인께서 따님의 산후조리를 돕는 동안 우리 내외는 너희 둘을 초대할 생각이었다. 그랬건만 이런 배은망덕이라니! 패니가 그러더구나. '그 아가씨들 말고 당신의 동생들을 초대할 걸 정말 후회가 돼요.'라고 말이다."

여기에서 그는 동생들에게 고맙다는 인사라도 들어 볼까 해서 잠시 말을 멈췄고, 원하던 말을 듣자 이야기를 이어갔다.

"패니로부터 그 소식을 들은 페라스 부인이 얼마나 괴로워하셨는지는 말로 다 표현할 수가 없다. 당신은 아들을 지극히 사랑하는 마음으로 훌륭한 혼처를 다 준비해 놓았는데, 아들은 그사이에 몰래 다른 여자와 약혼을 하고 있었으니! 그런 일이 있을 거라고는 상상도 못 하셨던 거지. 다른 쪽을 경계하셨는지는 몰라도 그쪽은 전혀 의심하지 않으셨거든. 그분이 '그쪽은 완전히 마음을 놓고 있었는데.'라고 말씀하시더구나. 정말 너무나 괴로워하셨지. 그래도 이 일에 어떻게 대처할지 우리와 상의하시고는 에드워드를 불러들이기로 마음을 먹으셨단다. 그래서 처남이 도착했는데, 이후에 벌어진 일을 이야기하려니 마음이 조금 안 좋구나. 파혼을 시킬 작정으로 페라스 부인은 할 수 있는 말씀을 다 하셨고, 너희도 짐작하겠지만 나도 열심히 설득하고 패니도 애원했는데 그게 다 소용이 없더라. 자식의 도리고 가족애고 깡그리 무시되고 말았다. 나는 에드워드가 그렇게 고집이 세고 냉정한지 몰랐다. 모턴 양과 결혼하면 노포크 땅을 물려주겠다고까지 하셨거든. 거기는 토지세가 붙지 않아서 1년에 1천 파운드는 충분히 나오는데 말이야. 사정이 여의치 않게 돌아가자 나중에는 1,200파운드를 만들어 주겠다고까지 하시더라. 하지만 그 알량한 관계를 끝까지 고집한다면 궁핍을 벗어나지 못하게 만들 거라고 하셨지. 수중에 있는 2천 파운드로 평생 살게 할 것이고, 두 번 다시 얼굴을 보지 않을 생각이며, 다른 데서 도움을 얻거나 생계를 위해 직업을 알아보고 있다는 얘기가 들리면 무슨 수를 써서라도 그것이 성사되는 것을 막으시겠다고 말이야."

이 대목에서 마리앤은 화가 치밀어 손뼉을 마주치며 소리쳤다. "맙소사, 어떻게 그럴 수가 있어요?"

"마리앤, 네가 이상하게 생각하는 것도 당연하다." 그녀의 오빠가 대답했다. "그렇게 얘기를 해도 고집을 꺾지 않으니, 네가 놀랄 만도 해."

마리앤은 오빠의 말에 반박하고 싶었지만, 언니에게 한 약속을 떠올리며 참았다.

"아무리 설득해도 소용이 없더라." 그가 말을 이었다. "에드워드는 입을 꾹 다물고 있다가도 할 말은 단호하게 하더구나. 자기한테 뭐라고 하든 파혼만은 할 수 없다고 말이야. 어떤 대가를 치르더라도 지킬 건 지켜야 한다면서."

"그렇다면 말입니다," 제닝스 부인이 더는 침묵을 지키지 못하고 정색하며 끼어들었다. "페라스 씨가 강직한 남자답게 행동했네요. 외람된 말씀이지만, 대시우드 씨, 만일 페라스 씨가 다른 식으로 행동했다면 저는 그 사람을 철면피로 여겼을 겁니다. 루시 스틸이 내 친척이니 나도 대시우드 씨와 마찬가지로 이 일과 관련이 있는 사람입니다만, 나는 세상에 루시만큼 참한 아가씨가 없다고 생각해요. 그 아이만큼 좋은 남편을 얻을 자격이 있는 아가씨도 없을 거란 말입니다."

존 대시우드는 매우 놀랐다. 그는 본래 차분하고 쉽게 흥분하는 성격이 아닌 데다 다른 사람의 기분을 거스르는 것을 좋아하지 않았는데, 특히 재산이 많은 사람에게는 더욱 그러했다. 그는 전혀 불쾌한 기색 없이 대답했다.

"저는 부인의 친척분에게 실례가 될 말씀을 드릴 생각은 전혀 없습니다. 루시 스틸 양은 대단히 훌륭한 자격을 갖춘 젊은 여성이지요. 다만 부인께서도 아시다시피 현재 상황에서 두 사람이 맺어지기는 어렵습니다. 자기 외삼촌의 지도를 받은 청년과 비밀 약혼을 했다는 것도 그렇지만,

그 청년이 페라스 부인처럼 엄청난 재산을 가지신 분의 아드님이라면 이게 보통 일은 아니잖습니까. 부인께서 무척 아끼시는 분의 행동에 대해 제가 뭐라고 따질 생각은 없습니다. 저희도 그 숙녀분의 행복을 진심으로 바랍니다. 전반적으로 볼 때 페라스 부인은 비슷한 상황에 놓인 신중하고 훌륭한 어머니라면 누구라도 했을 법한 행동을 취하셨습니다. 품위와 너그러움도 보여주셨고요. 다만 에드워드가 자기 운명을 두고 제비뽑기를 했는데, 나쁜 걸 뽑은 게 아닌가 하고 저는 걱정을 하는 겁니다."

마리앤도 비슷한 걱정에 한숨을 내쉬었다. 엘리너 역시 합당한 보답을 해 주지도 못할 여성을 위해 어머니의 협박에 맞서고 있는 에드워드의 심정을 헤아리며 마음이 아팠다.

"어쨌든," 제닝스 부인이 말했다. "그 상황은 어떻게 마무리되었나요?"

"유감입니다만, 부인, 심각한 불화로 끝났습니다. 에드워드는 영원히 자기 어머니의 눈 밖에 나고 말았습니다. 그러고 나서 어제 집을 나갔는데, 어디로 갔는지, 아직 런던에 있는지 저도 모릅니다. 알아볼 방법이 없네요."

"젊은이가 딱하게 됐군요." 제닝스 부인이 말했다. "그럼 이제 어떻게 되는 건가요?"

"정말 마음이 아픕니다, 부인. 그렇게 풍족한 미래가 보장되었는데 말입니다! 이보다 더 통탄할 만한 상황은 머릿속에 그려지지 않습니다. 고작 2천 파운드의 이자로 사람이 어떻게 살아가겠습니까? 그렇게 어리석게 굴지만 않았어도 (모턴 양에게 3만 파운드가 있으니까) 매년 2천 5백 파운드가 굴러들어올 텐데 말이죠. 이보다 더 비참한 상황이 있을 것 같지는 않습니다. 주위의 모든 분이 에드워드를 딱하게 여겨주셔야 합니다. 저희는 도울 여력이 없거든요."

"딱해서 어쩌나." 제닝스 부인이 말했다. "그 젊은이가 내 집에서 기거하겠다면 나는 언제든 환영이에요. 혹시라도 만날 일이 있으면 그렇게 말해줘야겠네요. 지금 같아서는 아까운 돈을 써가며 하숙집이나 여관에 들어가 지낸다는 게 말이 안 되지."

엘리너는 에드워드를 향한 그런 친절에 고마운 마음이 들었고, 그 친절의 방식에 절로 미소가 지어졌다.

"식구들이 해주려고 한만큼만 스스로 처신을 했어도," 존 대시우드가 말했다. "지금쯤은 번듯하게 자리를 잡고 무엇 하나 아쉬울 게 없었을 겁니다. 하지만 상황이 이렇게 되고 보니 누구에게도 도움을 받을 수 없게 됐죠. 게다가 지금까지와는 비교도 되지 않을 만큼 가혹한 상황이 에드워드를 기다리고 있는데, 일이 잘 풀렸으면 그의 몫이 될 수 있었던 땅을 장모님께서 차남인 로버트에게 넘기기로 하신 겁니다. 그렇게 마음을 먹으신 것도 어떻게 보면 당연합니다. 오늘 아침에 장모님이 변호사와 그 문제를 상의하고 있는 것을 보고 집에서 나왔습니다."

"그것참," 제닝스 부인이 말했다. "모친께서 그런 식으로 복수를 하시네. 사람마다 생각은 제각각이겠지만, 한 아들이 속을 썩인다고 다른 아들에게 재산을 몽땅 넘기겠다니, 나라면 그렇게는 안 할 거요."

마리앤은 자리에서 일어나 방 안을 천천히 맴돌았다.

"자기 몫이었던 재산이 동생에게 넘어갔는데," 존이 말을 이었다. "어떤 남자가 분통이 터지지 않겠습니까? 에드워드가 정말 안됐습니다."

그는 몇 분 더 이런 식으로 감정을 토로하고는 자리에서 일어났다. 그는 패니의 몸 상태가 심각하지는 않으니 너무 걱정하지 말라고 동생들을 거듭 안심시킨 뒤 떠났다. 남겨진 세 사람은 그 일에 대해, 적어도 페라스 부인과 대시우드 부부 그리고 에드워드의 처신에 대해서만큼은 생각이 같았다.

그가 응접실을 나가자마자 마리앤이 분통을 터뜨렸다. 그녀의 분노에 엘리너도 침묵을 지키기가 어려웠고, 제닝스 부인은 침묵을 지킬 필요가 없었기에 세 사람은 한목소리로 그 일가를 비난했다.

38

제닝스 부인은 에드워드의 행동을 열렬히 칭찬했지만, 그 행동의 진정한 미덕은 오로지 엘리너와 마리앤만 이해할 수 있었다. 그에게는 어머니의 뜻을 굳이 거역해야 할 이유가 없었으며, 가족과 재산을 잃는 대가로 그가 얻는 것은 옳은 일을 했다는 감정 외에는 아무것도 없을 것임을 두 사람은 알고 있었다. 엘리너는 그의 고결함을 확인해서 기뻤고, 마리앤은 그가 받게 된 벌이 안쓰러워 그의 잘못을 모두 용서했다. 모든 사실이 밝혀짐에 따라 자매는 예전처럼 서로 속마음을 털어놓는 사이로 돌아갔지만, 그 일은 두 사람 모두 언급하고 싶은 화제가 아니었다. 엘리너는 원칙적으로 그 이야기를 피하고자 했다. 자신을 향한 에드워드의 마음이 변하지 않았다는 생각을 떨쳐버리고 싶었음에도 그의 애정에 대한 마리앤의 전적인 확신 때문에 자기도 모르게 그런 생각이 조금씩 머릿속에 자리를 잡았기 때문이다. 마리앤도 얼마 지나지 않아 그 화제를 더는 꺼내지 않았는데, 그 얘기를 하다 보면 언니와 자신의 처신이 비교되지 않을 수 없었고, 그러다 보면 늘 자신에 대한 불만이 커졌기 때문이다.

마리앤은 그런 비교의 힘을 느꼈다. 하지만 그 결과는 언니가 바라던 것처럼 현실에서 노력을 기울이는 것이 아니라 지나간 일에 대한 끊임없는 자책으로 괴로워하고 이전에 노력을 기울이지 않았음을 후회하는 것이었다. 이는 그녀에게 통한의 고통만 주었을 뿐, 개심의 희망은 가져다주지 않았다. 그녀는 마음이 너무 약해져서 현실에서의 노력은 불가능하다고 생각했고, 이 때문에 더욱 의기소침해졌다.

그로부터 하루 이틀 동안은 할리가와 바틀릿츠 빌딩스에서 새로운 소식이 들리지 않았다. 그 일에 대해 이미 충분히 알고 있던 제닝스 부인은 새로운 소식을 듣지 않고도 여기저기에 충분히 이야기를 퍼뜨릴 수 있었지만, 친척 아가씨들을 위로차 방문하는 길에 더 자세한 이야기를 물어볼 생각이었다. 하지만 평소보다 많은 손님이 찾아오는 바람에 그들을 곧바로 방문하지는 못했다.

그 일에 관한 소식을 접하고 사흘째 되던 날은 3월 둘째 주였음에도 날씨가 화창했고, 많은 이들이 일요일을 맞아 켄싱턴 공원에 몰려들었다. 제닝스 부인과 엘리너는 그 인파에 합류했지만, 마리앤은 윌러비 부부가 런던에 돌아왔다는 소식을 듣고 혹시라도 그들과 마주칠까 두려워 사람들이 몰리는 장소에 가느니 제닝스 부인의 저택에 머무는 쪽을 택했다.

그들이 공원에 도착한 직후에 제닝스 부인의 가까운 지인이 합류했고, 그녀가 제닝스 부인과의 대화를 독점한 덕분에 혼자 사색에 잠길 기회를 얻은 엘리너는 대화에서 소외된 것이 조금도 섭섭하지 않았다. 공원에는 윌러비 부부도, 에드워드도 보이지 않았고, 한동안은 좋은 쪽으로든 나쁜 쪽으로든 그녀의 관심이 끌리는 사람이 보이지 않았다. 그러다 뜻밖에도 그녀는 스틸 양을 마주치게 되었다. 스틸 양은 다소 창피해하는 듯하면서도 반가운 표정을 지었고, 제닝스 부인의 각별한 친절에 용기를 얻었는지 잠시 일행에게서 벗어나 그들에게 다가왔다. 제닝스 부인은 재빨리 엘리너에게 속삭였다.

"대시우드 양, 가서 죄다 알아봐요. 묻기만 하면 뭐든 술술 다 얘기해 줄 테니까. 보다시피 나는 클라크 부인 곁을 떠날 수 없다오."

하지만 묻기도 전에 스틸 양이 먼저 얘기를 꺼낸 것은 제닝스 부인의 호기심이나 엘리너 자신의 호기심을 위해 다행스러운 일이었다. 엘리너는 스틸 양을 만나지 않았더라면 알 수 없었을 이야기를 듣게 되었다.

"만나서 정말 반가워요." 스틸 양이 스스럼없이 엘리너의 팔짱을 끼며 말했다. "이 세상 누구보다도 대시우드 양을 만나고 싶었거든요." 그러더니 낮은 목소리로 속삭였다. "제닝스 부인도 얘기를 다 들으셨을 텐데 혹시 화가 나지는 않으셨나요?"

"전혀요. 스틸 양에게 화가 나지는 않으셨어요."

"그럼 다행이네요. 미들턴 부인은요? 화 안 나셨어요?"

"그분이 화를 내시는 건 본 적이 없어요."

"그렇다면 정말 다행이네요. 세상에, 정말 말도 마세요. 평생 루시가 그렇게 화를 내는 건 처음 봤어요. 처음에는 두 번 다시 저에게 보닛 장식도 안 해주고 그 어떤 것도 안 해줄 거라고 그랬거든요. 지금은 진정이 돼서 다시 예전처럼 사이좋게 지내고 있어요. 보세요, 이 모자에 달린 리본도 동생이 만들어 준 거예요. 어젯밤에는 깃털도 달아줬어요. 어머, 대시우드 양도 저를 놀리려고 그러시는구나. 하지만 저라고 분홍 리본을 달지 못할 이유가 있나요? 이게 박사님이 제일 좋아하는 색깔이라고 해도 저는 관심 없어요. 우연히 그분이 그렇게 말씀하시는 것을 듣지 않았더라면 제가 그분이 분홍색을 좋아하신다는 걸 어떻게 알았겠어요. 사촌들이 저를 그렇게 놀려댄다니까요. 정말이지 가끔은 사람들 앞에서 시선을 어디에 두어야 할지 모를 지경이라니까요."

그녀는 엉뚱한 얘기를 늘어놓다가 엘리너가 아무 반응을 보이지 않자 재빨리 처음의 화제로 돌아가야겠다고 생각했다.

"그런데 말이죠, 대시우드양," 그녀가 의기양양한 태도로 말했다. "사람들이 자기들 멋대로 페라스 씨가 루시를 버리기로 했다고 떠들어대는 모양인데, 분명히 말씀드리지만 그건 사실이 아니에요. 그런 악의적인 소문이 퍼지고 있다는 게 참으로 안타까워요. 루시는 어떻게 생각할지 모르겠지만, 다른 사람들이 그게 사실인 양 떠들어댈 일은 아니잖아요."

"저는 그런 얘기를 전혀 들어 본 적이 없어요." 엘리너가 말했다.

"아, 그래요? 하지만 제가 알기로는 그런 얘기가 실제로 떠돌고 있고, 그것도 한 사람만 그러는 게 아니더라고요. 고드비 양이 스파크스 양에게 그랬대요. 정신이 나가지 않고서야 페라스 씨가 무일푼인 루시 때문에 재산이 3만 파운드나 되는 모턴 양을 포기할 것 같냐고 말이죠. 이 얘기는 제가 스파크스 양한테서 직접 들은 거예요. 그리고 제 사촌 리처드도 때가 되면 페라스 씨가 도망갈 거라고 그러는 거예요. 에드워드가 사흘이나 우리 앞에 나타나지 않았을 때는 저도 어떻게 생각해야 할지 모르겠더라고요. 저는 루시도 이제 모든 걸 포기했겠거니 하고 생각했거든요. 우리가 대시우드 양의 오빠 댁에서 나온 게 수요일이었는데, 목요일, 금요일, 토요일이 다 지나도록 에드워드는 안 보이지, 그분이 어떻게 지내고 있는지 알 방법은 없지, 그러니 루시가 그분에게 편지를 쓰려다가 마음이 상했는지 그만두더라고요. 그런데 오늘 오전에 우리가 교회에서 막 돌아왔을 때 그분이 찾아온 거예요. 그래서 모든 게 다 밝혀진 거죠. 수요일에 할리가에 불려 가서 어머니와 누님 내외로부터 싫은 소리를 들었는데, 자기는 오직 루시만을 사랑하고 루시 이외에는 누구와도 결혼하지 않겠다고 가족들 앞에서 선언했다는 거예요. 그러고는 정신적으로 너무 시달린 나머지 어머니의 집에서 나오자마자 말을 타고 무작정 시골 어딘가로 향했대요. 그리고 어느 여관에 묵으면서 목요일과 금요일 내내 어떻게 이 상황을 극복할지 고민했나 봐요. 그런데 아무리 고민해도, 이제 자기는 재산도 없고 아무것도 없는데 루시를 계속 붙들고 있는 것이 너무 잔인한 일이 아닌가 하는 생각이 들더래요. 가진 돈이라고는 2천 파운드가 전부이고 돈이 다른 데서 생길 가능성도 없으니 루시로서는 너무 많은 걸 포기해야 한다는 거죠. 그리고 자기 생각대로 서품을 받는다고 해도 기껏해야 부목사 자리를 얻게 될 텐데 거기서 나오는 수입으로 어떻게 생계를 꾸릴 수 있겠느냐는 거예요. 자기는 루시를 더 윤택하게 살도록 해줄 수 없다는 생각을 견딜 수가 없다면서, 만일 그럴 마음이 조금이라도 있다면 자기는 걱정하지 말고 그 자리에서 모든 걸 끝내자고 했어요. 그분이 이런 얘기를 덤덤하게 하는 걸 제가 다 들었어요. 그런데 모든 걸 끝내자고 한 건 전적으로 루시를 위해서이지, 그분 자신을 위한 것은 아니었어요. 루시에게 싫증이 났다거나 모턴 양과 결혼하고 싶다거나 하는, 뭐 그런 비슷한 이야기는 한마디도 없었다고 제가 맹세할 수 있어요. 하지만 루시는 그런 말은 아예 들으려고 하지도 않았어요. 그 자리에서 바로 대답하더라고요. (달콤한 사랑의 표현을 곁들이던데, 아이참, 아시잖아요, 낯간지러워서 그 표현을 그대로 옮기진 못하겠어요) 어쨌든 단도직입적으로 말하기를, 자기는 끝낼 생각이 전혀 없고 푼돈만 있어도 살 수 있으며 가진 게 아무리 없어도 그걸로 만족하겠다, 뭐 그런 얘기를 하더라고요. 그랬더니 그분이 너무 좋아하면서 둘이서 앞으로 어떻게 할 것인지 잠시 대화를 나누더군요. 그래서 일단 서품을 먼저 받고, 생계를 꾸릴 만한 자리를 얻을 때까지는 결혼을 늦추기로 했어요. 그런데 그다음부터는 제가 듣지 못했어요. 사촌이 저를 불러서 가봤더니, 리처드슨 부인이 마차를 타고 도착하셨는데 우리 중 한 사람을 켄싱턴 공원에 데려가겠다고 하신다는 거예요. 그래서 어쩔 수 없이 두 사람이 있는 방에 들어가서 루시에게 갈 거냐고 물어봤죠. 그랬더니 루시는 에드워드와 남아 있겠다고 하더라고요. 그래서 저는 얼른 위층에 가서 실크 스타킹을 신고 리처드슨 씨 내외분과 함께 나왔답니다."

"어쩔 수 없이 방에 들어가셨다는 건 무슨 뜻이죠?" 엘리너가 물었다. "그 방에 같이 계셨던 게 아니에요?"

"에이, 아니죠. 같이 있다뇨, 다른 사람이 있는 데서 누가 사랑을 속삭이겠어요? 아이, 망측해라! 아실 만한 분이 왜 그러세요. (가식적으로 웃으며) 그게 아니라, 두 사람은 응접실 안에 있었고요, 저는 문틈으로 두 사람 얘기를 들은 거죠."

"어떻게," 엘리너가 소리쳤다. "문틈으로 들은 얘기를 저에게 전하실 수가 있죠? 제가 들어서는 안 될 이야기를 들었네요. 제가 미리 알았더라면 당신 자신도 알아서는 안 되는 그런 상세한 대화 내용을 들으려 하지 않았을 거예요. 어떻게 동생분에게 그런 부당한 행동을 하실 수가 있어요?"

"아이참, 뭐 그런 걸 가지고 그러세요. 저는 그냥 문 앞에 서서 대화 소리가 들리길래 들었을 뿐이에요. 그리고 루시라도 저와 똑같았을 거예요. 예전에 마사 샤프와 제가 비밀이 많았던 시절이 있었는데, 그때 루시는 우리가 하는 이야기를 엿들으려고 옷장 안이나 벽난로 가리개 뒤에 숨는 짓도 서슴지 않았다고요."

엘리너는 다른 얘기를 꺼내 보았지만, 스틸 양의 머릿속을 온통 차지하고 있는 생각에서 그녀를 2분도 채 떼어놓을 수 없었다.

"에드워드는 곧 옥스퍼드로 갈 거래요." 그녀가 말했다. "지금은 폴몰가에 임시로 방을 얻었대요. 그분 어머니 마음씨가 정말 고약하지 않아요? 대시우드 양의 오빠와 올케도 그리 친절한 분들은 아니었어요. 하지만 대시우드 양을 앞에 두고 그분들 험담을 하지는 않을래요. 그래도 우리를 내보내면서 마차를 타고 가게 해주셨으니 그건 의외였어요. 저는 그 일이 터지기 하루 이틀 전에 올케분이 우리에게 주셨던 바늘겨레를 돌려 달라고 할까 봐 가슴이 조마조마했는데, 그 얘기는 안 하시더라고요. 그러실까 봐 미리 눈에 안 띄는 곳에 숨겨 두긴 했지만요. 에드워드는 옥스퍼드에 볼일이 있어서 당분간 그곳에 있다가, 돌아오면 주교님을 만나서 서품을 받을 거래요. 어느 교구에 자리를 얻을지 정말 궁금해요. (킥킥 웃으며) 제 사촌들이 이 소식을 들으면 무슨 말을 할지 저는 알아요. 제예상이 틀리면 목숨을 내놓을 수도 있어요. 사촌들은 저에게 박사님한테 편지를 써서 부목사 자리를 부탁해 보라고 할 거예요. 뻔해요. 하지만 저는 그럴 생각이 전혀 없거든요. 저는 사촌들에게 바로 대답할 거예요. '어떻게 그런 생각을 할 수 있어? 박사님께 편지를 쓰라니, 말도 안 돼.' 라고 말이죠."

"그러시군요." 엘리너가 말했다. "만일의 상황에 대비하고 있으면 마음이 편하죠. 대답을 이미 준비해 두셨군요."

스틸 양은 그 얘기를 계속하고 싶었지만, 그녀의 일행이 다가오는 바람에 화제를 바꿀 수밖에 없었다.

"어머, 리처드슨 씨 내외분이 오시네요. 대시우드 양과 할 얘기가 아직 많은데, 제가 저분들을 계속 기다리게 할 수는 없어요. 정말 고상한분들이세요. 리처드 씨는 돈을 엄청나게 버시고 대형 마차도 갖고 계세요. 그리고 보니 제가 시간이 없어서 제닝스 부인과 대화를 나누지 못했네요. 우리한테 화가 나지 않으셔서 정말 기쁘다고 꼭 전해 주세요. 미들턴 부인에게도 똑같이 전해 주시고요. 그리고 대시우드 양과 동생분이 떠난 뒤에 혹시 제닝스 부인께서 말벗이 필요하시다면 저희가 오래 머물러 드릴 수 있다고 말씀드려주세요. 미들턴 부인은 이번 체류 기간에는 저희를 다시 초대할 것 같지 않아서요. 그럼 안녕히 가세요. 마리앤 양이 같이 오지 않으셔서 아쉽네요. 대신 안부 전해 주세요. 아이참, 그 얼룩무늬 모슬린 드레스는 입고 오지 마시지. 찢어지면 어쩌려고 그걸 입고 오셨어요."

엘리너에게 이 말을 남기고 스틸 양은 제닝스 부인에게 황급히 작별 인사를 고한 뒤 리처드슨 부인 일행에게 돌아갔다. 엘리너는 속으로 예상했던 것 이상의 이야기를 듣지는 못했지만, 몇 가지 생각거리를 얻기는 했다. 에드워드와 루시의 결혼은 확정적이되 다만 그 시기가 불확실하다는 것은 예상한 대로였다. 모든 것은 그가 교구 목사직을 얻을 수 있느냐에 달려 있었는데, 당장은 그럴 가능성이 전혀 없어 보였다.

마차에 오르자마자 제닝스 부인은 스틸 양이 전한 이야기를 듣고 싶어 안달이었다. 하지만 엘리너는 애초에 부당한 방법으로 얻어진 정보를 낱낱이 알리고 싶지 않았기 때문에, 루시에게 불리하지 않은 내용에 한정해서 몇 가지 사실만 간략하게 전했다. 그들의 약혼이 유지되고 있으며, 이를 위해 그들이 앞으로 이러저러한 방법을 취하려고 한다는 것이 그녀가 전한 이야기의 전부였다. 이야기를 전해 들은 제닝스 부인이 잠자코 있을 리가 없었다.

"교구 목사직을 얻을 때까지 기다린다고! 아이고, 그럼 결말이 뻔하네. 1년쯤 기다리다가 아무것도 얻지 못하면 그냥 연 50파운드짜리 부목사 자리나 하나 얻어서, 가지고 있는 2천 파운드에서 나오는 이자에 스틸 씨와 프랫 씨가 몇 푼 내놓을 돈을 얹어서 살림을 차리겠지. 그러고는 매년 아이를 낳을 테고, 아이고, 얼마나 궁상맞게 살꼬. 집에 세간을 들일 때 내가 뭐라도 좀 보태 줘야겠네. 전에 내가 하녀 둘에 하인 둘이 있으면 괜찮겠다고 했던가. 아니야, 아니야, 집안일을 혼자 도맡아서 할 튼튼한 하녀 한 명으로 만족해야지. 그러면 베티의 여동생은 안 되겠네."

이튿날 아침 엘리너는 페니 우편으로 배달된 루시의 편지를 받았다. 내용은 다음과 같았다.

바틀릿츠 빌딩스, 3월

이렇게 불쑥 편지를 보내는 저의 무례를 친애하는 대시우드 양께서 너그러이 용서하시길 바랍니다. 하지만 저에 대한 당신의 우정을 생각하면 최근에 많은 어려움을 이겨낸 저와 사랑하는 에드워드의 소식을 전해 드리는 것이 큰 기쁨을 드리는 길이라 믿기에, 사과 대신 바로 본론을 말씀드리지요. 저희는 끔찍한 고통을 겪었지만 감사하게도 지금은 둘 다 잘 지내고 있고, 언제나 그랬듯이 서로의 사랑 속에서 행복하답니다. 저희는 큰 시련과 박해를 겪었지만, 동시에 고마운 분들로부터 큰 힘을 얻기도 했습니다. 그중에서 대시우드 양은 누구보다도 고마운 분이시니, 당신의 크나큰 친절은 제 기억 속에 항상 있을 것입니다. 제가 에드워드에게 당신의 이야기를 많이 했기 때문에 그이도 저와 같은 마음일 거예요. 대시우드 양도 제가 전하는 소식을 들으시면 무척 기뻐하실 거예요. 친애하는 제닝스 부인도 마찬가지이고요. 어제 오후 저는 그이와 행복하게 두 시간을 함께 보냈습니다. 저는 진지하게 고민한 끝에 그이와 헤어지는 것이 저의 도리라 생각하여 그렇게 간청했지만, 그이는 제 말을 들으려 하지도 않았답니다. 저는 그이가 동의하기만 하면 그 자리에서 영영 헤어질 생각이었지만, 그이는 절대로 그럴 수 없다면서 저의 사랑만 얻을 수 있다면 어머니의 노여움은 개의치 않겠다고 했죠. 우리의 앞날이 밝지만은 않지만 그래도 기다릴 겁니다. 가장 좋은 결과를 기대하면서요. 그이가 곧 서품을 받을 텐데, 혹시 대시우드 양께서 교구 목사직의 임명권을 가지고 있는 분을 알고 계신다면 저희를 잊지 말고 그이를 추천해 주시리라 믿습니다. 친애하는 제닝스 부인께서도 존 경이나 파머 씨, 그밖에 도움을 주실 수 있는 모든 분께 저희 얘기를 좋게 해주실 것으로 믿고요. 딱한 저의 언니가 한 행동은 비난받아 마땅하지만 나쁜 의도로 그런 것은 아니니 탓할 생각은 없습니다. 제닝스 부인께서 언제라도 아침나절 이쪽을 지나갈 일이 있으시면 부담 없이 들르시길 바랍니다. 제 사촌들도 부인을 뵙는 것을 자랑스럽게 여길 거예요. 여백이 부족해서 이만 줄이고자 합니다. 제닝스 부인께 깊은 감사와 존경의 마음을 전해 주시고, 존 경과 미들턴 부인 그리고 사랑스러운 아이들을 만나면 안부 꼭 전해 주세요. 마리앤 양에게도 애정을 전합니다.

긴말이 필요 없는 당신의 벗

엘리너는 편지를 다 읽자마자 보낸 이의 진짜 의도라고 생각되는 일을 했다. 그것은 제닝스 부인에게 편지를 건네주는 것이었다. 부인은 흡족한 마음으로 편지를 소리 내어 읽었고 곧바로 칭찬을 쏟아냈다.

"참 잘 쓰네. 어쩌면 글씨를 이렇게 예쁘게 쓸까. 아무렴, 남자가 마음이 떠났으면 보내줘야지. 딱 루시다워. 이 불쌍한 아가씨를 어쩌나. 내가 교구 목사 자리를 얻어줄 능력이 되면 좀 좋아. 나를 친애하는 제닝스 부인이라고 부르는 것 좀 봐. 정말 이렇게 마음씨 고운 아가씨가 어디 있겠어. 그렇지, 이 문장 참 근사하네. 그럼, 그럼. 내가 한번 찾아가야지. 사람들을 이렇게 일일이 다 챙기는 세심함 좀 보게. 아이고, 대시우드 양, 편지 보여줘서 고마워요. 이렇게 예쁘게 쓴 편지는 처음 본다오. 편지를 읽어 보니 새삼 루시가 머리도 좋고 마음씨도 곱다는 걸 알겠구려."

39

대시우드 자매는 이제 두 달 넘게 런던에 있었고, 마리앤은 하루하루 집에 가고 싶은 마음이 간절했다. 그녀는 시골의 공기와 자유 그리고 고요함을 갈망했다. 세상 어딘가에서 평온함을 얻을 수 있다면 그곳은 바턴이었다. 엘리너도 떠나고 싶은 마음은 마리앤 못지않게 간절했으나 이를 즉시 실행에 옮길 생각이 덜했던 것은 긴 여정의 어려움을 의식했기 때문인데, 마리앤은 그 점을 인정하려 하지 않았다. 엘리너는 결국 돌아가는 쪽으로 진지하게 마음을 정하고 자신들의 의향을 제닝스 부인에게 전달했다. 부인은 선의에서 나온 온갖 수사로 이를 만류했는데, 그러던 중 한 가지 계획이 제시되었다. 이 계획을 따른다면 집에 도착하는 것이 몇 주 늦춰지기는 하겠지만 엘리너가 판단하기에는 다른 방법보다 적절해 보였다. 파머 씨 부부는 부활 대축일을 보내기 위해 3월 말에 클리블랜드로 떠날 예정이었는데, 샬럿은 제닝스 부인과 대시우드 자매에게 같이 갔으면 좋겠다는 뜻을 전해왔다. 이러한 친절한 초대의 뜻만으로는 대시우드 양이 아는 섬세한 예법에 부족함이 있었겠지만, 마리앤에게 닥친 불운을 알게 된 이후 태도가 크게 달라진 파머 씨까지 나서서 예를 갖춰 청했기 때문에 그녀는 이 초대를 기꺼이 받아들였다.

하지만 이 소식을 전해 들은 마리앤의 첫 반응은 그리 좋지 않았다.

"클리블랜드라고!" 그녀는 몹시 동요하며 소리쳤다. "안 돼. 클리블랜드에는 못 가."

"네가 잘못 알고 있는 것 같은데," 엘리너가 나지막하게 말했다. "거긴 위치가 달라. 거리상 그곳에서…"

"그래도 서머싯셔잖아. 난 서머싯셔에는 갈 수 없어. 내가 그토록 가고 싶었던…, 안 돼, 언니, 나한테 그곳에 가자고 해서는 안 돼."

엘리너는 그런 감정을 극복해야 한다고 말하기보다는 다른 이유를 들어 동생의 감정을 누그러뜨리려 했다. 그래서 파머 씨 부부의 제안에 응한다면 그토록 보고 싶은 어머니에게 돌아갈 수 있는 때가 확실히 정해지고, 다른 어떤 방법보다도 적절하고(젊은 여성들의 장거리 여행에는 동행하는 보호자가 있어야 했다-옮긴이) 편안하게 갈 수 있는 수단이 제공되며 일정이 지연되는 일도 없을 거라고 설득했다. 클리블랜드에서 몇 마일 떨어지지 않은 브리스틀에서 바턴까지는 비록 먼 길을 걸어야 하지만 한나절이면 충분한 거리이니 하인들이 마중을 나올 수 있을 것이고, 클리블랜드에서 일주일 이상 머물지는 않을 것이기 때문에 3주 안에는 틀림없이 집에 도착할 수 있는 것이었다. 어머니에 대한 애정이 각별했던 마리앤은 언니의 설득으로 자신이 가지고 있던 공연한 걱정을 내려놓았다.

제닝스 부인은 자신의 손님들에게 전혀 싫증이 나지 않았기 때문에 클리블랜드에 갔다가 다시 자신과 함께 돌아오자고 끈덕지게 졸랐다. 엘리너는 그런 배려가 고마웠지만, 계획을 바꾸지는 않았다. 계획된 일정에 대해 어머니의 허락을 얻은 뒤 모든 준비가 착착 진행되었다. 마리앤은 바턴으로 돌아갈 날이 하루하루 가까워지는 것에서 그나마 위안을 얻었다.

"아이고, 대령! 대시우드 자매가 없으면 대령이나 나는 뭘 하고 지낼지 막막하구려." 자매가 떠나기로 한 뒤 처음으로 방문한 대령을 맞아들이며 제닝스 부인이 말했다. "글쎄, 우리 둘째 딸네 집에 있다가 거기서 바로 바턴으로 가겠다고 마음을 굳혔다지 뭡니까. 아이고, 우리는 아마 따분한 고양이 두 마리처럼 서로 쳐다보면서 입만 떡 벌리고 앉아 있겠네."

어쩌면 제닝스 부인은 앞으로 그들에게 닥칠 따분함을 이처럼 생생하게 묘사함으로써 그런 일을 막기 위해 대령이 어떤 제안이라도 하게 만들려는 속셈이 있었는지도 모른다. 만약 그랬다면, 그녀는 곧바로 자신의 목적이 이루어졌다고 생각할 만한 충분한 근거를 얻게 되었다. 부인에게 어떤 그림을 똑같이 그려주기로 한 엘리너가 치수를 좀 더 쉽게 재기 위해 원본을 창가로 옮기자 그녀를 따라간 대령이 의미심장한 표정으로 몇 분간 그녀와 이야기를 나누었기 때문이다. 부인은 그와의 대화가 엘리너에게 미치는 영향을 예리하게 관찰했다. 부인은 남들의 대화를 엿듣는 명예롭지 못한 행동을 할 사람이 아니었고 실제로 그들의 대화를 듣지 않으려고 마리앤이 연주하고 있는 피아노 옆으로 자리를 옮기기까지 했지만, 낯빛이 변한 엘리너가 하려던 일을 멈추고 그의 말에 집중하는 모습을 보지 않을 수는 없었다. 부인이 자신의 바람이 이루어졌다고 더욱 확신하게 된 것은, 다음 곡으로 넘어가기 위해 마리앤의 연주가 잠깐 멈춘 사이 대령의 말 몇 마디가 그녀의 귀에 들렸기 때문이다. 그는 자기 집의 누추함에 대해 용서를 구하는 것 같았다. 이제는 의심의 여지가 없었다. 부인은 그가 왜 그런 말을 하는지 의아했지만, 예의상 그러는 것이려니 하고 넘어갔다. 엘리너의 대답은 들리지 않았지만, 입술 모양으로 봐서는 그 점에 관해서라면 개의치 않겠다고 말하는 것 같았다. 제닝스 부인은 속으로 엘리너의 순수함을 칭찬했다. 이어 그들이 몇 분간 더 나눈 대화는 한 마디도 들리지 않았는데, 마리앤의 연주가 다시 한번 멈춘 덕분에 대령이 차분하게 말하는 것이 운 좋게 들렸다.

"이른 시일 내에는 어렵겠군요."

그리 연인답지 않은 말투에 놀라고 충격을 받은 부인은 "아이고, 뭣 때문에 그리 주저하시는가?"라는 말이 목구멍까지 나오는 것을 간신히 참으며 속으로 생각했다.

'정말 이해가 안 되네. 나이를 더 먹을 때까지 기다릴 필요가 뭐가 있다고.'

하지만 이처럼 미적거리는 대령의 태도에도 그의 반려자가 될 아가씨는 모욕감이나 분노를 느끼는 것 같지 않았다. 곧바로 대화를 마치고 각자 다른 쪽으로 발걸음을 옮기면서 엘리너가 진심을 담은 목소리로 이렇게 말하는 것이 똑똑히 들렸기 때문이다.

"늘 감사하게 생각할 거예요."

제닝스 부인은 엘리너가 감사를 표하는 것으로 이제 그 두 사람이 행복한 결말을 맞게 된 것이 흐뭇했지만 대령이 그런 말을 듣고도 그녀에게 작별을 고할 수 있다는 사실이 의아했다. 그는 엘리너의 말에 대꾸조차 하지 않고 무심한 표정으로 나가버리는 것이었다. 부인은 자신의 오랜 친구가 그토록 뻣뻣하게 청혼하리라고는 생각도 하지 못했다.

그들 사이에 실제로 오간 대화는 이러했다.

"당신의 친구인 페라스 씨께서," 대령이 연민이 가득한 목소리로 말했다. "그분 가족으로부터 부당한 일을 겪으셨다고 들었습니다. 제가 제대로 알고 있다면, 그분이 충분한 자격을 갖춘 숙녀분과 약혼 관계를 유지하려 한다는 이유로 가족들로부터 완전히 버림을 받았다는데, 제가 들은 이야기가 사실입니까? 그런 겁니까?"

엘리너는 그렇다고 대답했다.

"오랫동안 사랑해온 두 사람을," 그가 격한 감정을 드러내며 말했다. "갈라놓는, 아니 갈라놓으려고 하는 그 잔인함이, 그 졸렬한 잔인함이 끔찍할 뿐입니다. 페라스 부인은 자신이 무슨 일을 하고 있는지, 아들을 어떤 궁지로 몰아넣고 있는지 모르는 겁니다. 할리가에서 에드워드 페라스 씨를 두어 번 뵌 적이 있는데, 참 좋은 분 같았습니다. 짧은 만남으로 친해질 수 있는 분은 아니었지만, 그 정도 뵌 것만으로도 잘 되셨으면 좋겠다는 생각이 드는 분이었습니다. 대시우드 양의 친구분이시니 더더욱 그런 마음이 들기도 했고요. 그분이 성직에 뜻이 있다고 들었습니다. 제가 오늘 델라퍼드의 목사직이 공석이라는 소식을 들었는데 혹시 그분이 수락하실 의향이 있으시다면 그 자리를 내드릴 수 있다고 전해 주시겠습니까? (교구 임명권은 해당 지역의 지주에게 있었다-옮긴이) 현재 그분의 사정이 워낙 안 좋으시니, 수락 여부를 여쭙는 게 무의미할 것 같기도 합니다. 좀 더 좋은 자리를 마련해 드리지 못해서 아쉬울 따름입니다. 목사직이기는 한데, 교구의 규모가 작습니다. 전임자의 연 수입도 2백 파운드에 미치지 못한 것으로 알고 있습니다. 앞으로 분명히 나아지기는 하겠지만, 안락한 생활을 할 만한 수입은 안 될 겁니다. 상황은 이러하지만, 그분을 모실 수만 있다면 저로서는 기쁜 일입니다. 부디 그분께 잘 말씀드려주십시오."

설령 대령이 정말로 그녀에게 청혼했다고 해도 엘리너는 이보다 더 놀라지는 않았을 것이다. 불과 이틀 전만 해도 에드워드에게 목사직이 주어질 가능성은 희박해 보였는데, 이제 자리가 마련되어 그의 결혼이 가능해진 것이었다. 더군다나 그 제안을 전달하는 역할이 그 많은 사람 중에 하필이면 그녀에게 맡겨지다니! 제닝스 부인에게 엉뚱한 상상을 낳은 그녀의 감정적 동요는 사실 이런 상황에서 비롯된 것이었다. 자신의 감정에 덜 순수하고 덜 유쾌한 느낌이 섞여 있었음에도, 엘리너는 그런 행동에 담긴 브랜던 대령의 아량과 각별한 우정에 깊은 존경과 감사를 느꼈고 진심을 담아 이를 표현했다. 그녀는 감사의 표현과 함께, 칭찬받아 마땅한 에드워드의 강직한 성품에 관해 이야기했다. 그녀는 대령이 이처럼 기쁜 역할을 다른 사람에게 넘기길 진정으로 원한다면, 자신이 기꺼이 그 역할을 맡겠다고 약속했다. 하지만 동시에 그 역할을 대령 본인만큼 잘 해낼 사람은 없을 거라는 생각을 하지 않을 수 없었다. 요컨대 그녀 자신을 통해 직무를 제안받는 고통을 에드워드에게 주고 싶지 않았기 때문에, 그녀는 가능하다면 그 역할을 피하고 싶었다. 하지만 대령 역시 같은 이유로 이를 마다했고 그녀를 통해 제안을 전달하려는 뜻이 워낙 강해 보였기 때문에, 그녀는 어떤 이유에서든 더는 거부하지 않기로 했다. 그녀가 알기로 에드워드는 아직 런던에 있었고, 다행히 스틸 양으로부터 그의 주소도 들어 알고 있었다. 그녀는 그날 중으로 이 제안을 그에게 알리고자 했다. 브랜던 대령은 그렇게 훌륭하고 호감이 가는 이웃을 얻게 되어 좋은 점들을 나열하기 시작했는데, 이때 목사관이 작고 누추해서 유감이라는 말이 나온 것이었다. 제닝스 부인이 혼자 추측했던 것처럼, 적어도 집의 크기에 관해서라면 엘리너는 개의치 않았다.

"목사관이 작다고 해도," 그녀가 말했다. "그분들께 큰 불편은 없을 거예요. 식구 수나 소득 수준에도 적당한 것 같고요."

페라스 씨가 교구 목사직을 얻으면 다음 순서는 당연히 결혼이라고 여기는 듯한 엘리너의 말에 대령은 놀라지 않을 수 없었다. 페라스 씨 같은 사람이 결혼해서 정착하기에는 델라퍼드의 목사직에서 얻을 수 있는 수입이 턱없이 부족하다고 생각되었기 때문이다. 그래서 그는 이렇게 말했다.

"델라퍼드 교구 목사직으로 얻을 수 있는 수입은 페라스 씨 혼자 생활하기에 불편함이 없을 정도밖에 안 됩니다. 결혼 생활을 할 수 있을 정도는 아닙니다. 제가 임명권을 가진 교구가 이곳밖에 없어 송구스럽습니다. 지금은 마음만큼 크게 도와드리지 못하지만, 나중에라도 저의 힘이 닿는 기회가 생긴다면 성심성의껏 돕겠습니다. 사실 지금 제가 해드리는 일은 아무것도 아닌 것 같군요. 그분에게 가장 중요한, 그분에게 유일한 행복의 목표로 여겨지는 것에는 별 도움이 되지 않을 테니까요. 아무래도 그분의 결혼은 먼일이 될 것 같습니다. 적어도, 이른 시일 내에는 어렵겠군요."

이 마지막 말이 오해를 사서 제닝스 부인의 섬세한 감정을 불편하게 만든 것이었다. 하지만 창가에 서서 브랜던 대령과 이런 대화를 나눈 엘리너가 그와 헤어지면서 건넨 감사 인사나 상당히 흥분한 듯한 그녀의 표정은 청혼을 받았을 때의 일반적인 반응으로 보일 법도 했다.

40

"이봐요, 대시우드 양," 신사가 물러나자마자 뭔가 냄새를 맡은 듯한 미소를 흘리며 제닝스 부인이 말했다. "대령과 무슨 얘기를 나눴는지는 묻지 않으리다. 내가 명예를 걸고 말하는데 두 사람 얘기를 안 들으려고 무척 애를 썼지만, 대령이 뭘 하려는지 알아들을 수 있을 정도는 귀에 들어옵디다. 내 평생 이렇게 기쁜 일이 없었다오. 진심으로 축하해요."

"고맙습니다, 부인." 엘리너가 말했다. "저로서도 정말 기뻐요. 브랜던 대령님이 정말 좋은 분이시라는 걸 새삼 느끼게 되었어요. 이 세상에 대령님처럼 행동하실 수 있는 분은 거의 없을 거예요. 그렇게 따뜻한 마음을 가진 분도 없을 거고요. 제 평생 이보다 더 놀란 적이 없었답니다."

"아이고, 정말 겸손하기도 하지. 나는 조금도 놀라지 않았다오. 결국 이렇게 될 거라고 줄곧 생각하고 있었거든."

"평소 대령님이 인정이 많으신 분이라는 걸 알고 계셨으니 그렇게 생각하셨겠죠. 하지만 그 기회가 이렇게 빨리 찾아올 것이라고는 부인도 생각 못 하셨을 거예요."

"기회라고?" 제닝스 부인이 말했다. "아, 그 얘기라면, 남자들이란 일단 마음을 먹으면 어떤 식으로든 기회를 찾아낸다오. 어쨌거나, 다시 한 번 축하해요. 나더러 행복한 부부 한 쌍을 찾아보라고 하면 어디에서 찾아야 할지 곧 알게 되겠구려."

"델라퍼드에서 찾으시겠죠." 엘리너가 애써 미소를 지으며 말했다.

"아무렴, 두말하면 잔소리지. 그나저나 집이 누추하다는 둥 그런 말이 들리던데, 대령이 왜 그런 말을 하는지 도대체 이해할 수가 없네. 나는 그렇게 좋은 집을 본 적이 없는데 말이야."

"수리가 필요하다고 말씀하시더군요."

"그렇다면 그게 누구 탓이랍디까? 그걸 자기가 고쳐야지, 누구한테 고치라고?"

그때 하인이 들어와 밖에 마차가 대기하고 있다고 전하면서 대화는 중단됐다. 제닝스 부인은 나갈 준비를 하며 이렇게 말했다.

"이걸 어쩌나, 이야기를 절반도 마치지 못했는데 나가봐야겠네. 오늘 저녁에는 우리밖에 없을 테니 그때 얘기하도록 해요. 지금은 정신이 온통 그쪽에 가 있을 테니 같이 나가자는 말을 못 하겠네. 동생한테 얼른 얘기해주고 싶기도 할 테고."

마리앤은 그들의 대화가 시작되기 전에 응접실에서 나간 터였다.

"그럼요, 부인. 마리앤에게도 얘기해야죠. 하지만 다른 사람들에게는 당분간 얘기하지 않으려고요."

"아, 그렇군." 제닝스 부인이 조금 실망한 듯 말했다. "그럼 루시에게도 말하면 안 되겠네. 오늘 홀번에 가볼까 했는데."

"루시에게도 오늘은 얘기하지 않으셨으면 해요. 하루 늦게 알려진다고 큰일이 나는 것도 아니니까요. 제가 페라스 씨에게 편지를 드리기 전에는 누구에게도 얘기해서는 안 된다고 생각해요. 편지는 지금 바로 쓸게요. 그분에게는 한시도 지체하지 않고 알리는 게 중요해요. 서품을 준비하시려면 할 일이 많을 테니까요."

제닝스 부인은 이 말을 듣고 처음에는 그저 어리둥절했다. 페라스 씨에게 그렇게 급하게 편지를 써야 하는 이유를 그녀는 바로 이해할 수 없었다. 하지만 잠시 생각해 보자 그럴듯한 이유가 떠올랐다.

"옳거니, 페라스 씨가 그걸(제닝스 부인은 페라스 씨가 혼배성사를 집전할 거라고 오해하고 있다-옮긴이) 맡기로 했나 보네. 잘됐네, 잘됐어. 아무렴, 미리 서품을 받아둬야지. 벌써 이만큼 일을 진척시켜 놓았다니 이렇게 좋을 데가 있나. 그런데, 대시우드 양, 뭔가 역할이 잘못된 거 아니에요? 편지는 대령이 써야 하는 거 아닌가? 아무렴, 대령이 써야지."

엘리너는 제닝스 부인이 한 말의 앞부분을 이해할 수 없었다. 하지만 딱히 물어볼 가치가 있을 것 같지 않아서 뒷부분에 대해서만 대답했다.

"브랜던 대령님은 다른 사람의 감정을 워낙 세심하게 살피시는 분이라, 당신의 뜻을 누군가 대신 전해 주기를 바라셨어요."

"그래서 대시우드 양이 그걸 떠맡은 게로군. 그것참 별난 세심함을 다 보겠네. 어쨌든 방해는 하지 않으리다. (엘리너가 편지 쓸 준비를 하는 모습을 보며) 자기 일은 자기가 제일 잘 아는 법이니까. 그럼 다녀오리다. 샬럿의 순산 이후로 가장 반가운 소식을 들었구려."

그러면서 부인은 응접실에서 나갔는데, 이내 다시 들어와서는 이렇게 덧붙였다.

"베티의 여동생이 갑자기 생각나서 돌아왔는데, 그 애가 이렇게 훌륭한 안주인을 모시게 된다면 얼마나 좋을까. 그 애가 안주인의 시중을 잘 들지는 모르겠지만, 하녀 역할은 아주 잘할 거라오. 바느질 솜씨도 얼마나 좋은지 몰라. 이런 건 천천히 생각해 보시구려."

"그래야죠, 부인." 엘리너는 대화의 주인공이 되기보다는 혼자 있고 싶은 마음에 부인의 말을 제대로 듣지도 않고 대답했다.

그녀는 오로지 편지글을 어떻게 시작해야 할지, 에드워드에게 자기의 생각을 어떻게 표현해야 할지 고민하고 있었다. 다른 사람에게는 이보다 더 쉬운 일이 없었겠지만, 두 사람 사이의 미묘한 상황 때문에 그녀에게 이 일은 어렵게만 느껴졌다. 너무 길게 쓰는 것도, 너무 짧게 쓰는 것도, 어렵기는 마찬가지여서 그녀는 펜을 든 채 고민만 거듭했다. 바로 그때 에드워드가 응접실에 들어왔다.

그는 작별을 고하는 쪽지를 남기러 들렀다가 집 앞에서 마차에 오르는 제닝스 부인을 만난 것이었다. 부인은 그에게 같이 들어가지 못해서 미안하다며, 대시우드 양이 상의할 일이 있는 것 같으니 어서 들어가 보라고 재촉했다.

엘리너는 편지로 자기 생각을 전하는 것이 아무리 어렵다 해도 직접 말로 전하는 것보다는 나으리라는 생각에 복잡한 마음을 다잡고 있었기 때문에 그의 갑작스러운 등장에 무척 놀라고 당황할 수밖에 없었다. 그가 약혼했다는 사실이 알려진 이후, 그러니까 엘리너도 그 사실을 알고 있다는 것을 그가 알게 된 이후, 두 사람은 처음 마주치는 것이었다. 엘리너는 머릿속에 생각하고 있던 것과 그에게 전할 말을 줄곧 의식했기 때문에 특히 마음이 불편했다. 그 역시 무척 당혹스러운 표정이었다. 두 사람은 금세 사그라질 것 같지 않은 난감함을 느끼며 자리에 앉았다. 그는 응접실에 들어섰을 때 그렇게 불쑥 찾아온 것에 대해 자신이 용서를 구했는지조차 제대로 기억할 수 없었다. 그는 안전한 쪽을 택하기로 하고는 자리를 잡고 뭔가 말을 꺼낼 수 있게 되자마자 사과부터 했다.

"제닝스 부인께서 말씀하시더군요." 그가 말했다. "대시우드 양께서 저에게 하실 말씀이 있을 거라고요. 적어도 저는 그렇게 이해했습니다. 그러지 않았다면 이렇게 들어올 생각을 하지 않았을 겁니다. 하지만 대시우드 양과 동생분을 뵙지 못하고 런던을 떠난다면 그 또한 무척 서운한 일이 되었을 겁니다. 특히 한동안은 제가 런던에 돌아오지 않을 가능성이 커서 조만간 다시 뵐 기회가 있을 것 같지 않습니다. 내일 저는 옥스퍼드로 떠납니다."

"설령 직접 뵐 기회가 없었더라도 가시는 길에 저희는 행운을 빌어 드렸을 거예요." 엘리너는 마음을 가라앉히며 어떻게 해야 할까 걱정하던 일을 빨리 해치우기로 마음먹었다. "제닝스 부인 말씀이 맞아요. 중요한 일로 드릴 말씀이 있어서 안 그래도 편지를 쓰고 있었어요. 제가 아주 기분 좋은 부탁을 받았습니다. (이 말을 하는 동안 평소보다 숨이 조금 가빠지며) 브랜던 대령님께서 10분 전에 여길 다녀가셨는데, 저에게 이런 말씀을 전해달라고 부탁하셨어요. 페라스 씨가 성직에 뜻이 있는 것으로 아신다면서, 델라퍼드 교구의 목사직이 현재 공석이라 그 자리를 기쁜 마음으로 드리고 싶다고요. 다만 높은 수입을 얻을 수 있는 자리가 아니라 아쉽다는 말씀도 하셨습니다. 그토록 훌륭하고 분별 있는 친구를 얻게 되셨으니 축하드려야겠습니다. 그분처럼 저도 페라스 씨 혼자 머무시는 임시 거처가 아니라, 요컨대, 바라시는 모든 행복을 이루실 수 있는 더 나은 수입과 집을 얻으셨으면 얼마나 좋았을까 하는 아쉬움이 있습니다.”

에드워드의 심정이 어땠는지는 그 자신도 말로 표현할 수 없을 정도였기 때문에 다른 사람이 이를 대신 묘사하기란 불가능할 것이다. 기대하지 못했던, 상상조차 하지 못했던 소식에 그는 너무나 놀라 그저 두 마디를 내뱉을 뿐이었다.

“브랜던 대령님이!”

“네.” 최악의 순간이 지나고 어느 정도 마음이 차분해진 엘리너가 말을 이었다. “브랜던 대령님께서는 최근에 있었던 일, 그러니까 페라스 씨가 가족분들로 인해 겪게 된 가혹한 상황에 대해 깊이 염려하시면서 이 제안을 전하도록 부탁하셨어요. 이런 염려는 마리앤과 저는 물론이고 주위의 모든 분도 똑같이 갖고 있다고 생각합니다. 이런 제안은 페라스 씨의 인품에 대한 존경과 이번 일에서 페라스 씨가 보여 주신 행동에 대한 지지의 징표이기도 합니다.”

“브랜던 대령께서 제게 목사직을 주신다고요! 그게 가능한 일입니까?”

“가족분들의 냉대 때문에 뜻하지 않은 곳에서 우정을 발견하시니 이렇게도 놀라시나 봅니다”

"아닙니다." 갑자기 떠오른 생각이 있는 듯 그가 말했다. "이런 우정을 보여 주신 분이 대시우드 양이라면 놀랄 일도 아닙니다. 이 모든 것이 당신 덕분이라는 것을, 당신의 선의 덕분이라는 것을 제가 왜 모르겠습니까. 그게 느껴집니다. 할 수만 있다면 제 마음을 온전히 표현하고 싶지만, 아시다시피 제가 이렇게 말주변이 없습니다."

"그건 잘못 아신 거예요. 분명히 말씀드리지만, 이 일은 전적으로, 적어도 거의 전적으로, 페라스 씨의 미덕과 그걸 알아보신 브랜던 대령님의 통찰력 덕분이에요. 저는 조금도 관여하지 않았어요. 저는 대령님의 의향을 들을 때까지는 목사직이 공석이라는 사실을 모르고 있었으니까요. 대령님께 그런 권한이 있다는 사실조차 몰랐고요. 저와 제 가족의 친구라는 이유로 그분이 이런 호의를 베푸시면서 더 큰 기쁨을 얻으셨는지는 몰라도, 제가 청을 드렸기 때문은 아니니 저에게 고마워하실 필요는 없습니다."

사실대로 말한다면 이번 일이 이루어지는 데 자신의 몫이 일부 있었음을 인정해야 했지만, 그녀는 에드워드에게 자신이 시혜를 베푸는 것처럼 비치기가 싫어 이를 인정하기를 주저했다. 어쩌면 그녀의 이런 태도 때문에 그는 최근에 들기 시작한 의심을 더욱 굳혔는지도 모른다. 엘리너의 말이 끝난 뒤 그는 잠시 깊은 생각에 잠긴 채 앉아 있었다. 마침내 그가 힘겹게 입을 뗐다.

"브랜던 대령님은 정말 훌륭하고 존경스러운 분 같습니다. 그분에 대해 사람들이 그렇게 얘기하는 것을 저도 줄곧 들어왔고, 매형 역시 그분을 높이 평가하더군요. 그분이 현명하고 예법까지 완벽하게 갖춘 신사라는 사실에는 의심의 여지가 없습니다."

"그래요." 엘리너가 대답했다. "두 분이 좀 더 가까워지시면 이제까지

들은 얘기가 모두 사실임을 아시게 될 거예요. (듣기로는 그분의 저택이 목사관과 아주 가깝다고 하니) 이제 두 분이 가까운 이웃이 되시면 그분의 평판이 모두 사실이어야 할 필요가 더 커지겠어요."

에드워드는 아무 대답도 하지 않았다. 하지만 그녀의 시선이 다른 쪽을 향하자, 그는 마치 목사관과 대령의 저택이 더 멀리 떨어져 있기를 바라는 듯, 너무나 심각하고 너무나 간절하며 너무나 슬픈 표정으로 그녀를 바라보았다.

"브랜던 대령님의 거처가 세인트 제임스가에 있다고 들었습니다." 그가 자리에서 일어나며 말했다.

엘리너는 그에게 정확한 주소를 알려주었다.

"대시우드 양께서 받으려 하시지 않는 감사 인사를 그분께 드리려면 서둘러 가봐야겠습니다. 가서 그분이 저를 아주 행복한 사람으로 만들어주셨다고 말씀드려야죠."

엘리너는 그에게 좀 더 머물 것을 청하지 않았고, 그들은 그렇게 헤어졌다. 그녀는 앞으로 무슨 일이 있든 항상 그의 행복을 기원하는 마음은 변치 않을 거라고 말했다. 그도 같은 뜻을 담아 인사를 건네고 싶었지만, 그의 표현력은 그의 진심에 미치지 못했다.

"다시 만날 때는," 그가 나가고 문이 닫히자, 그녀는 나지막이 중얼거렸다. "루시의 남편이 되어 있겠지."

이렇게 픽이나 유쾌한 상상을 하며, 그녀는 자리에 앉아 과거를 돌이켜 그와 주고받은 말들을 떠올리고 그의 모든 감정을 헤아려보려고 했다. 물론 자신의 감정도 떨떠름하게 돌아보았다.

처음 보는 사람들을 만나고 집에 돌아온 제닝스 부인은 평소 같았으면 그들에 관해 할 얘기가 많았겠지만, 이날만큼은 무엇보다도 중요한 비밀이 머릿속에 가득했기 때문에 그녀는 엘리너를 보자마자 곧바로 그 얘기를 시작했다.

"그래, 대시우드 양," 부인이 말했다. "내가 그 젊은이를 안으로 들여 보냈는데, 잘한 거지? 그리 어렵게 오갈 만한 얘기는 아니었을 테고, 그 사람이 그 제안을 꺼리지도 않았을 것 같은데."

"그럼요. 꺼릴 리가 없었죠."

"그래, 준비는 언제쯤 된답디까? 모든 게 거기에 달려 있을 텐데."

"글쎄요," 엘리너가 말했다. "그쪽으로는 제가 아는 게 없어서 시간이 얼마나 걸릴지, 어떤 준비가 필요한지는 짐작하기 어렵지만, 아마 두세 달 정도면 서품을 받지 않을까 해요."

"두세 달이라고!" 제닝스 부인이 소리쳤다. "아이고, 대시우드 양, 어쩌면 이렇게 태평스럽게 얘기하는지 모르겠네. 대령이 두세 달을 기다릴 수 있답디까! 아이고, 나 같으면 못 참아. 페라스 씨 사정을 봐주는 건 좋은데, 그 사람 때문에 두세 달을 기다릴 필요는 없지. 다른 사람을 찾아보면 될 일을. 성직자가 그 사람만 있는 것도 아닌데 말이야."

"부인," 엘리너가 말했다. "지금 무슨 말씀을 하시는 거죠? 브랜던 대령님의 유일한 목적은 페라스 씨에게 도움을 드리려는 거예요."

"아이고, 그러면 대령이 대시우드 양과 결혼하는 이유가 페라스 씨에게 10기니를 주기 위해서라는 말이오?"

이 말이 나오면서 착각은 더 이어질 수 없었다. 곧 이은 엘리너의 설명으로 두 사람은 큰 즐거움을 얻었고, 어느 쪽에도 행복감의 손실은 없었다. 제닝스 부인으로서는 기쁨의 형태만 조금 바뀌었을 뿐 애초의 기대는 그대로 유지할 수 있었기 때문이다.

"그렇지, 목사관이 좀 작기는 하지." 놀람과 안도가 한바탕 지나간 뒤 제닝스 부인이 말했다. "수리도 안 되었을 테고. 어쩐지 이상하다 했어. 내가 알기로 대령의 저택은 1층에만 방이 다섯 개이고, 침대가 전부 합쳐서 열다섯 개나 된다는 얘기를 하녀에게 들은 것 같은데, 그런 집에 사는 사람이 자기 집이 누추하다고 사과를 하니 얼마나 이상했겠어. 그것도 바턴 코티지에서도 잘만 살던 사람한테 말이야. 그러니 속으로 웃긴다고 생각은 했지. 그나저나 대시우드 양, 루시가 들어가기 전에 목사관을 좀 살 만하게 손을 보라고 대령을 구슬려 봅시다."

"하지만 대령님께서는 델라퍼드 교구 목사직으로 얻는 수입은 두 분이 결혼 생활을 영위하기에 충분치 않을 것으로 생각하시는 것 같아요."

"대령이 아무것도 몰라서 그래. 자기가 연 수입이 2천 파운드가 되니까 그보다 적은 수입으로는 결혼도 할 수 없는 줄 아나 보네. 내가 장담하는데, 내가 살아만 있다면 성 미카엘 축일이 되기 전에 목사관을 방문할 거라오. 루시가 거기에 없으면 나도 갈 일이 없겠지만."

엘리너는 뭔가 더 일어날 일들을 기대하며 그들이 마냥 기다리지는 않을 거라는 부인의 의견에 동의했다.

41

에드워드는 브랜던 대령에게 감사를 표한 뒤 행복한 마음으로 루시에게 갔다. 그가 바틀릿츠 빌딩스에 도착했을 때 얼마나 행복해 보였던지 루시는 다음 날 축하 인사를 건네러 다시 방문한 제닝스 부인에게 그가 그토록 활기에 넘치는 모습을 일찍이 본 적이 없다고 말했다.

적어도 루시가 행복해 보이고 활기에 넘치는 것만은 분명했다. 그녀는 성 미카엘 축일이 되기 전에 델라퍼드 교구 목사관에서 두 사람이 편안하게 생활하게 되었으면 좋겠다는 부인의 말에 반색했다. 동시에 에드워드가 엘리너에게 돌리는 공을 못마땅하게 여기기는커녕 그들에 대한 엘리너의 우정에 뜨거운 감사와 찬사를 보냈고 그녀에게 큰 은혜를 입었음을 기꺼이 인정했으며 이후에도 대시우드 양이 그들 두 사람을 위해 기울이는 노력에 대해 자기는 전혀 놀라지 않을 것이라고 공언했다. 대시우드 양이라면 자신이 소중히 여기는 사람들을 위해서 무엇이든 할 사람이라는 얘기였다. 브랜던 대령에 대해서는, 자기는 그를 성인으로 추앙할 준비가 되어 있으며, 다른 모든 세속적인 일에서도 그가 성인으로 인정받기를 바란다고 말했다. 그녀는 그가 십일조로 내는 헌금이 최대한 늘어나기를 바랐고, 그의 저택에서 하인들, 마차, 소, 닭 등을 가능한 한 많이 얻어 쓰리라 마음먹고 있었다.

존 대시우드가 버클리가에 다녀간 지 일주일이 지났다. 엘리너는 그날 이후 올케의 병세에 대해 한 번 물어본 것 이외에 별다른 관심을 기울이지 않았기 때문에 할리가를 한번 방문하는 것이 도리라고 느꼈다. 하지만 이것은 그녀 자신도 그리 내키지 않는 의무였을 뿐만 아니라 주위 사람들의 지지도 받지 못했다. 마리앤은 자기는 가지 않겠다고 단호하게 거절하는 것으로 성이 차지 않았는지 언니가 가는 것까지 적극적으로 말렸다. 제닝스 부인은 엘리너에게 마차는 언제든지 내줄 수 있지만, 그 일이 있고 나서부터 존 대시우드 부인이 너무 싫어진 나머지 그녀의 몰골을 보고 싶은 호기심이나 에드워드의 편을 들어 그녀를 대놓고 모욕하고 싶은 충동조차도 그녀와 한자리에 있고 싶지 않다는 생각보다 강하지는 않았다. 결국 누구보다도 그 방문이 내키지 않고, 누구보다도 곧 대면할 여자를 싫어할 이유가 많은 그녀 혼자서 길을 나섰다.

당분간 방문객을 받지 않는다는 하인의 얘기를 듣고 마차를 돌리려는 순간 때마침 대시우드 씨가 밖으로 나왔다. 그는 엘리너를 보고 무척 반가워하며, 안 그래도 버클리가를 방문하려던 참이었다고 했다. 그는 패니가 무척 반길 거라며 안으로 들어갈 것을 청했다.

그들은 위층으로 올라가 응접실에 들어갔다. 아무도 없었다.

"패니가 아직 방에서 안 나온 모양이야." 그가 말했다. "내가 가보마. 네가 왔다는데 안 보겠다고 할 사람이 아니니까. 절대로 그럴 리가 없지. 이제는 더더욱 그럴 리가, 아니, 그게 아니라 너와 마리앤을 늘 아꼈으니까. 마리앤은 왜 같이 안 오고?"

엘리너는 적당한 핑계를 댔다.

"너만 보는 것도 나쁘지는 않아." 그가 말했다. "너한테 할 얘기가 많았거든. 브랜던 대령의 교구 말인데, 그게 사실이야? 정말 에드워드에게 목사 자리를 준 거야? 어제 그 얘기를 우연히 듣고, 더 자세히 알아보려고 너한테 가려던 참이었거든."

"사실이에요. 브랜던 대령께서 에드워드에게 델라퍼드 교구 목사직을 주셨어요."

"정말? 그렇다면 이거 놀랄 일이네. 친척도 아니고, 잘 아는 사이도 아닌데? 그런 자리가 원래 돈이 좀 되거든. 수입은 얼마나 된다던?"

"연 200파운드 정도라고 들었어요."

"그 정도면 괜찮네. 그만한 자리라면, 전임자가 나이가 많고 병이 들어서 곧 자리가 빌 것으로 예상되었다고 가정하면, 대령이 챙길 수 있는 액수가 1천 4백 파운드는 됐겠어. 그런데 왜 전임자가 죽기 전에 일을 처리해 두지 않았을까? 이제는 그걸 팔 시기를 놓쳤을 거야. (성직 임명권은 증여나 상속, 매매가 가능했지만 일단 공석이 된 직위에 대해서는 많은 제약이 따랐다-옮긴이) 대령처럼 분별 있는 사람이 그렇게 흔히 있는 일을 대비하지 않고 있었다는 게 이상하네. 그러고 보면 사람의 성격이라는 게 원래 모순투성이인가 봐. 아니야, 다시 생각해 보니까 일이 이렇게 된 것 같아. 대령이 임명권을 누군가에게 팔기는 했는데 그 자리를 차지할 사람이 아직 나이가 차지 않아서 에드워드가 그때까지만 임시로 그 자리를 맡게 되었을 거야. 그래, 그래, 그게 확실한 것 같다."

엘리너는 그의 말을 단호하게 반박했다. 그녀는 브랜던 대령의 부탁으로 자신이 그 제안을 직접 전달했기 때문에 임명의 조건을 잘 알고 있다고 말함으로써 그를 굴복시켰다.

"그렇다면 더더욱 놀랄 일이지." 그가 말했다. "도대체 대령의 의도가 뭐야?"

"간단해요. 페라스 씨를 돕겠다는 것이죠."

"그것참, 브랜던 대령의 의도야 뭐가 되었든, 에드워드는 정말 운이 좋네. 하지만 이 일을 네 올케가 있는 자리에서는 언급하지 마라. 내가 그 얘기를 슬쩍 흘려봤더니 그럭저럭 참는 눈치이긴 하다만, 그 얘기를 자꾸 꺼내는 걸 좋아할 것 같지는 않아."

엘리너는 남동생에게 재산이 조금 생겼다고 해서 패니 자신이나 그녀의 아이가 가난해지는 것도 아닌데 그걸 차분하게 받아들이지 못할 이유가 무엇이냐는 말이 목구멍까지 나오는 것을 간신히 참았다.

"페라스 부인은," 그가 아주 중요한 얘기라도 하려는 듯 목소리를 낮춰 말했다. "아직 이 일에 대해 모르고 계셔. 그분께는 가능한 한 이 일을 비밀에 부치는 게 좋을 것 같다. 어차피 그 둘이 결혼하면 다 알게 되시긴 하겠지만."

"왜 그렇게 조심해야 하는 거죠? 물론 아드님에게 생계를 유지할 만한 돈이 생겼다는 소식을 듣고 페라스 부인이 좋아하시지는 않겠죠. 그건 확실해요. 하지만 최근에 당신께서 하신 행동이 있는데 지금 와서 무슨 감정을 느끼시겠어요? 아들과 연을 끊고 영영 내치셨을 뿐만 아니라, 당신의 영향력이 미치는 사람들에게까지 그를 내치게 만드셨잖아요. 그런 행동을 하신 분이 아드님 때문에 슬픔이나 기쁨을 느낄 수 있으시겠어요? 그분은 아드님에게 무슨 일이 일어나건 아무 관심도 없으실 거예요. 자식이 기댈 수 있는 걸 모두 치워버리신 분이라면 여태 근심을 놓지 못할 만큼 약하시지도 않을 거예요."

"아, 엘리너," 존이 말했다. "네 말도 충분히 일리가 있다. 하지만 그건 인간의 본성을 모르고 하는 소리야. 에드워드가 이 불행한 결혼을 실제로 하게 되면, 어머니의 마음은 언제 자기가 아들을 내쳤느냐는 듯 무척 아프실 거야. 그러니 그런 끔찍한 일이 일어나는 것을 앞당기지 않도록 가능한 한 모든 상황을 숨겨야 해. 페라스 부인은 에드워드가 당신의 아들임을 절대로 잊으실 분이 아니야."

"정말 놀랍네요. 지금쯤이면 그런 사실조차 그분의 기억에서 지워져 있을 줄 알았거든요."

"네가 그분을 정말 잘못 알고 있는 거다. 페라스 부인은 세상에서 가장 자상한 어머니셔."

엘리너는 침묵했다.

"이제 우리는," 잠시 후 대시우드 씨가 말했다. "로버트를 모턴 양과 결혼시킬 생각이다."

엘리너는 엄숙하고 결연한 오빠의 어투에 실소를 머금고 애써 차분하게 대답했다.

"그 숙녀분에게는 아무런 선택권이 없나 보죠."

"선택권? 그게 무슨 말이냐?"

"제 얘기는, 오빠의 말을 들어 보면 결혼 상대가 에드워드이든 로버트이든 모턴 양에게는 다를 게 없다는 얘기처럼 들려서요."

"물론이지. 아무 차이가 없지. 이제는 로버트가 장남인 셈이니까. 그게 아니더라도 둘 다 훌륭한 청년이라, 나는 둘 중 어느 쪽이 더 나은지 모르겠다."

엘리너는 말문을 닫았고, 존 역시 잠시 침묵을 지켰다. 그의 숙고는 이렇게 끝났다.

"엘리너, 너에게 한 가지 말해 주고 싶은 게 있는데," 그가 다정하게 그녀의 손을 잡더니 엄숙한 어조로 속삭이듯 말했다. "그래, 말해 버리자. 이 얘기를 들으면 너도 만족할 테니까. 내가 이런 얘기를 하는 건 확실한 근거가 있어서야. 정말 확실한 사람에게서 들은 얘기니까. 그러지 않고서야 이런 얘기를 옮길 리가 없지. 확실하지 않은 얘기를 입 밖에 꺼낸다는 건 잘못된 일이잖아. 하지만 워낙 확실한 사람한테 들은 얘기라, 뭐 그렇다고 페라스 부인에게 직접 들은 것은 아니고 그분 따님이 듣고 나한테 얘기해 준 거지. 간단히 말하자면, 그러니까. 어떤 사람을, 이렇게 말해도 너는 이해할 거야, 어떤 사람을 반대하기는 했지만, 차라리 그 사람이 훨씬 나을 뻔했다고 하시면서, 그렇게 둘이 이어졌더라면 이번에 화가 났던 것의 절반도 속이 상하진 않았을 거라고 하시더래. 페라스 부인이 그런 생각을 하셨다는 것을 알고는 나는 정말 기뻤다. 우리 모두에게 정말 감사한 상황이니까. 그분이 '둘 중 덜 싫은 쪽을 고르라면 비교할 것도 없이 그쪽이 낫다. 지금 같아서는 그쪽이라도 어떻게 해 볼 생각이 들 정도니'라고 말씀하시더래. 하지만 다 부질없는 일이 되었으니, 설령 둘 사이에 좋은 감정이 있었다고 해도 이제는 생각해서도, 언급해서도 안 될 일이야. 절대 안 되지. 다 끝난 일이니까. 그래도 네게 꼭 얘기해 주고 싶었다. 네가 이 얘기를 들으면 얼마나 좋아할지 알고 있었거든. 엘리너, 이제는 너도 아쉬울 게 없잖아. 누구 못지않게 너도 잘 풀리고 있고, 어쩌면 여러모로 훨씬 더 잘된 셈이니까. 브랜던 대령과는 자주 만나고 있지?"

엘리너는 이런 얘기를 들으면서 허영심이 채워지고 자부심이 커지기는커녕 신경이 곤두서고 정신만 산란해졌다. 때마침 로버트 페라스 씨가 들어와서 그런 말에 대꾸할 필요나 그런 얘기를 더 들을 필요가 없어진 것이 엘리너로서는 반가울 따름이었다. 잠시 대화를 나눈 뒤, 존 대시우드는 시누이가 왔다는 얘기를 아직 패니에게 전하지 않았다는 사실을 떠올리고는 그녀를 데리러 응접실을 나섰고, 뒤에 남은 엘리너는 어쩔 수 없이 로버트와 이야기를 나눠야 하는 상황에 놓였다. 그는 무절제한 생활에도 불구하고 형의 고결함 덕분에 어머니의 사랑과 우대를 받게 되었지만 정작 쫓겨난 형에게는 무관심한 채 희희낙락하며 행복한 자기 도취에 빠져 있었다. 그런 모습을 보며 엘리너는 그의 머리와 가슴에 대한 부정적인 평가를 더욱 굳히게 되었다.

둘만 남겨진 지 2분도 채 되지 않아 그가 에드워드에 관해 이야기하기 시작했다. 그 역시 교구 목사직에 관해 들은 까닭에 궁금한 게 많았다. 엘리너는 존에게 말해 준 상세한 내용을 되풀이해 전했는데, 느낌은 달랐으나 그의 반응은 존과 마찬가지로 인상적이었다. 그는 과할 정도로 웃어댔다. 에드워드가 성직자가 되어 초라한 목사관에서 살게 될 거라는 생각이 그에게는 무척 재미있었다. 게다가 에드워드가 중백의를 입은 채 기도문을 낭송하고 존 스미스와 메리 브라운의 결혼 예고(banns, 예정된 결혼에 대해 세 번 연속으로 주일 예배에서 예고하여 그 결혼에 대한 이의 여부를 묻는 절차-옮긴이)를 하는 장면을 상상하자 그에게는 이보다 더 웃기는 일이 없었다.

엘리너는 미동도 하지 않고 조용히 그의 바보 같은 행동이 끝나기를 기다리며 경멸스러운 표정으로 그를 응시했다. 하지만 이 표정은 노골적이지 않았기 때문에 그녀 자신의 불편한 감정을 해소하면서도 그가 이를 알아차리게 하지는 않았다. 그가 허튼소리를 멈추고 정신을 차린 것은 그녀의 질책이 아니라 그 자신의 각성 때문이었다.

"이번 일을 그저 농담거리로 여길 수도 있겠죠." 그것이 정말 재미있어서 한참을 웃었던 그가 마침내 웃음기를 거두며 말했다. "하지만 맹세컨대 이건 정말 심각한 일입니다. 형이 정말 안쓰럽습니다. 형은 이제 완전히 망한 거예요. 제 마음이 진짜 아픕니다. 형은 정말 착하고 이 세상 누구보다도 선량한 사람이라는 걸 제가 알거든요. 대시우드 양은 형을 잘 모르기 때문에 함부로 판단하시면 안 돼요. 형이 진짜 불쌍합니다. 형의 태도가 썩 마음에 드는 건 아닙니다. 하지만 사람이 누구나 똑같은 능력이나 언변을 타고나는 건 아니잖아요. 그저 딱할 뿐이죠. 이제 형의 주위에는 다 낯선 사람들 뿐이잖습니까. 정말 안됐죠. 하지만 저는 맹세컨대 형이 이 나라에서 누구보다도 선량한 마음씨를 갖고 있다고 확신합니다. 제가 분명히 말씀드리지만, 이번 일이 터졌을 때 제 평생 그런 충격은 처음이었습니다. 도저히 믿을 수가 없는 겁니다. 저에게 그 얘기를 처음 해주신 분은 어머니였는데, 저는 이건 단호하게 대응해야 한다는 생각에 이렇게 말씀드렸죠. '존경하는 어머니, 어머니께서 이번 일을 어떻게 처리하시려는지는 모르겠지만, 만일 형이 그 아가씨와 결혼한다면 저는 두 번 다시 형을 보지 않을 겁니다.' 제가 어머니께 곧바로 그렇게 말씀드렸거든요. 제가 받은 충격이 정말 컸으니까요. 형이 정말 딱할 뿐입니다. 형은 완전히 끝났어요. 상류사회와는 이제 영영 멀어진 겁니다. 그런데 제가 어머니께도 말씀드렸지만, 형이 받은 교육을 생각해 보면 이게 사실 예상된 일이었기 때문에 그리 놀랄 일은 아닙니다. 불쌍한 어머니는 정신이 반쯤 나가셨지만요."

"그 숙녀분을 직접 만나보신 적이 있어요?"

"네, 한 번 만났죠. 그 아가씨가 이 집에 머무르고 있었을 때, 제가 잠깐 들렀다가 10분 정도 봤습니다. 그 정도 본 것만으로도 알겠더라고요. 품위나 우아함도 없고 외모조차 봐줄 게 없는 시골뜨기였죠. 제가 똑똑히 기억해요. 형 같은 사람이나 매력을 느낄 그런 부류의 여자였죠. 저는 어머니로부터 그 얘기를 듣자마자, 형을 만나서 결혼을 포기하게 만들겠다고 말씀을 드렸어요. 그런데 안타깝게도 제가 뭔가 해 보기에는 너무 늦었더란 말입니다. 처음에는 제가 그 자리에 없었고, 제가 알았을 때는 이미 일이 벌어진 뒤라 제가 끼어들 방법이 없었어요. 제가 몇 시간만 일찍 알았더라도 뭔가 해결책을 찾아냈을 겁니다. 저는 형에게 단도직입적으로 말했을 거예요. '형이 지금 무슨 짓을 하고 있는지 생각해 봐. 정말 망신스러운 결혼을 하려는 거라고. 가족들이 다 반대하잖아.'라고 말이죠. 그렇게 얘기했다면 방법이 생겼을 거라는 생각을 지울 수가 없네요. 하지만 이젠 늦었죠. 형은 가난뱅이로 살 겁니다. 그건 확실해요. 가난뱅이로 살 수밖에 없어요."

그가 이런 생각을 아주 태연하게 밝히고 있었을 때, 존 대시우드 부인이 들어오면서 대화는 끝이 났다. 엘리너는 그 일이 대시우드 부인에게 미친 영향을 그녀와 대화를 나누지 않고도 확연히 느낄 수 있었다. 응접실에 들어서는 그녀의 표정에 당혹스러움이 비쳤을 뿐만 아니라 자신을 대하는 그녀의 상냥해진 태도에서도 그 영향은 감지되었다. 심지어 그녀는 엘리너와 마리앤을 좀 더 자주 보고 싶었는데 이렇게 빨리 런던을 떠나게 되어 아쉽다고 말하기까지 했다. 그녀와 함께 응접실에 들어온 남편은 그런 아내의 말에 매료되어 그녀를 세상에서 가장 다정하고 우아한 사람으로 여기는 것 같았다.

42

작별 인사를 하기 위해 할리가를 한 번 더 방문했을 때 엘리너는 따로 비용을 들이지 않고 바턴으로 돌아가게 된 것과, 브랜던 대령이 하루나 이틀 뒤에 그들을 따라 클리블랜드로 향하게 된 것에 대해 오빠의 축하를 받았고, 이렇게 해서 런던에서의 오빠와 동생 간의 교류는 끝이 났다. 패니는 혹시 인근을 지나갈 일이 있으면 놀런드에 들르라는 미지근한 초대를 했는데, 그럴 일은 거의 있을 것 같지 않았다. 존은 다른 사람들이 있는 자리에서 얘기한 것은 아니지만 그의 아내보다 좀 더 다정한 태도로 이른 시일 내에 델라퍼드로 찾아가겠다고 말했는데, 이것이 이후의 만남에 대한 유일한 다짐이었다.

세상에서 가장 가고 싶지 않고 가장 머무르고 싶지 않은 델라퍼드로 자신을 보내려고 안달이 난 주위 사람들의 모습에 엘리너는 헛웃음이 나왔다. 그녀의 오빠와 제닝스 부인은 장차 그녀가 살게 될 집이 그곳에 있다고 생각했고, 심지어 루시도 헤어지는 자리에서 델라퍼드에 머무르게 되면 꼭 자신을 방문해 달라고 부탁할 정도였다.

4월 초 어느 날, 꽤 이른 시각에 하노버 광장과 버클리가에서 각각 출발한 일행은 미리 약속한 길에서 만나기로 했다. 샬럿과 아기의 편의를 위해 그들은 여정을 이틀 이상 잡았고, 파머 씨와 브랜던 대령은 좀 더 신속하게 이동하여 그들보다 그리 늦지 않게 클리블랜드에 도착할 예정이었다.

런던에서 지내는 동안 마음이 편한 날이 거의 없었던 마리앤은 오래전부터 떠나기를 희망했음에도, 정작 떠날 때가 되자 윌러비를 향해 마지막까지 붙잡고 있던 믿음과 희망이 영원히 사라진 그 집에 작별을 고하는 것이 새삼 고통스러웠다. 윌러비는 여전히 그곳에 남아 그녀와는 무관한 새로운 약속과 계획으로 분주하게 지낼 것이라는 생각에 그녀의 눈에서 눈물이 쏟아졌다.

런던을 떠나는 엘리너의 마음은 한결 후련했다. 미련 같은 것을 가질 대상도 없었고, 영원한 이별에 단 한 순간이라도 회한을 느껴야 하는 사람도 없었다. 루시의 우정이라는 박해에서 풀려나 기뻤고, 윌러비의 결혼 이후 동생을 그의 눈에 띄지 않는 곳으로 데려가게 되어 감사했다. 그녀는 바턴에서 몇 달 조용히 지내다 보면 마리앤도 마음의 안정을 되찾고 자신 역시 그러하리라는 희망을 품었다.

그들의 여정은 순조로웠다. 그들은 이틀째 되는 날 한때 마리앤의 상상 속에서 소중했으나 이제는 금지 구역이 되어 버린 서머싯셔에 들어섰고 사흘째 아침에는 클리블랜드에 거의 다다르고 있었다.

클리블랜드에 있는 파머 부부의 집은 널찍한 현대식 저택으로 경사진 잔디 위에 자리 잡고 있었다. 광활한 규모의 장원에 미치지는 못했으나 정원은 꽤 넓었다. 비슷한 규모의 웅장한 저택들이 다 그렇듯이 관목 사이로 탁 트인 산책로와 좀 더 좁은 숲길이 있었고, 조림지를 구불구불 돌아 매끄러운 자갈이 깔린 길이 현관까지 이어졌다. 잔디밭에는 목재용 수목이 여기저기 서 있었고 전나무와 마가목 그리고 아카시아가 장막처럼 저택을 에워쌌으며 여러 그루의 롬바르디 포플러가 마구간과 헛간 같은 곳들을 가린 채 우뚝 서 있었다.

마리앤은 저택에 들어서면서 그곳이 바턴에서 80마일, 쿰 마그나에서는 불과 30마일밖에 떨어져 있지 않다는 사실에 감정이 북받쳐 올랐다. 그녀는 저택에 들어선 지 5분도 되지 않아 하녀장에게 아기를 보여 주는 샬럿 주위로 사람들이 몰려든 사이 저택을 빠져나와 막 아름다움을 뽐내기 시작한 구불구불한 관목 산책로를 지나 언덕을 올랐다. 그녀의 시선은 멀리 그리스식 사원에서부터 남동쪽으로 광활하게 펼쳐진 지형을 따라가다가 가장 먼 곳에서 지평선을 이루고 있는 언덕 능선에 다정하게 내려앉았다. 그녀는 저 능선에서는 쿰 마그나가 보일지도 모른다는 생각에 빠져들었다.

이토록 소중하고도 고통스러운 순간에 그녀는 고뇌의 눈물을 흘리며 클리블랜드에 와 있다는 사실에 기뻐했다. 다른 길을 따라 저택으로 돌아오면서 그녀는 혼자 자유롭게 여기저기를 누비고 다닐 수 있는 시골 생활의 행복한 특권을 만끽했고, 파머 씨 댁에서 머무는 동안 매일 거의 모든 시간을 이렇게 혼자 산책을 하며 보내리라 마음먹었다.

그녀는 일행이 저택 주변의 이곳저곳을 둘러보기 위해 막 나서던 참에 저택에 도착하여 그들과 합류했다. 정오가 되기 전까지 그들은 텃밭을 한가롭게 거닐었고 담장에 핀 꽃을 살펴보았으며 마름병 때문에 걱정이라는 정원사의 하소연을 들어 주었다. 일행과 함께 온실을 둘러보던 샬럿은 자신이 가장 아끼는 식물들이 부주의로 인해 늦서리를 맞아 얼어 죽었다는 얘기를 듣고는 웃음을 터뜨렸다. 양계장에 들른 그녀는 둥지를 버렸거나 여우에게 물려간 암탉들 때문에 낙심한 하녀를 보며 웃었고, 어린 병아리의 수가 급격히 줄어든 것을 보며 또 웃었다.

오전 날씨가 워낙 쾌청했기 때문에 마리앤은 초저녁 산책을 계획하며 클리블랜드의 변화무쌍한 날씨를 미처 예상하지 못했다. 퍼붓기 시작한 비가 만찬을 마친 뒤에도 그칠 기미가 보이지 않자 그녀는 실망했다. 그녀는 해 질 녘에 그리스식 사원과 인근의 여러 곳을 둘러볼 생각이었기 때문에 날씨가 쌀쌀하고 습한 정도였다면 산책을 포기하지 않았을 것이다. 하지만 그녀로서도 줄기차게 내리는 굵은 빗줄기를 보며 산책하기에 알맞은 날씨라고 생각할 수는 없었다.

함께 온 사람들은 많지 않았고 시간은 고요하게 흘렀다. 파머 부인은 아기를 돌봤고 제닝스 부인은 양탄자를 손봤다. 그들은 런던에 남은 벗들에 관해 이야기했고 미들턴 부인의 일정을 확인했으며 파머 씨와 브랜던 대령이 그날 밤 레딩을 통과할 수 있을지 궁금해했다. 엘리너는 그다지 관심은 없었지만 그들의 대화에 함께했고, 마리앤은 여느 때와 마찬가지로 어느 집에서나 가족들의 외면을 받는 서재를 용케 찾아내 책 한 권을 손에 넣었다.

파머 부인의 한결같은 친절은 그들이 환영받고 있다고 느끼기에 부족함이 없었다. 차분함과 우아함의 결핍으로 종종 격식을 차린 예법에는 부족함이 있었으나 그녀의 스스럼없고 따뜻한 태도는 그런 결점을 상쇄하고도 남았다. 그녀의 친절함은 예쁜 얼굴 덕분에 애교스럽게 느껴졌고, 확연하게 드러나는 우매함은 도도함이 없는 까닭에 불편하게 느껴지지 않았다. 엘리너는 웃음소리를 제외한 그녀의 모든 것을 너그러이 받아들일 수 있었다.

다음 날 늦은 만찬 시간에 도착한 두 신사의 합류로 모임의 규모가 알맞게 커졌고 낮 동안 줄기차게 내린 비로 화제가 바닥 난 그들의 대화도 풍성해졌다.

엘리너는 파머 씨를 대면할 기회가 많지 않았거니와 그나마도 자신과 동생을 대하는 그의 태도가 워낙 변화무쌍했던 까닭에 그가 자기 가족을 대할 때는 어떤 모습일지 상상이 되지 않았다. 하지만 곧 손님들을 대할 때는 완벽하게 신사다운 태도를 보이는 그가 아내와 장모에게는 간혹 무례함을 드러낸다는 사실을 발견했다. 엘리너는 유쾌한 말벗이 될 능력이 충분한 그가 그런 모습을 한결같이 보여 주지 못하는 이유는, 제닝스 부인과 샬럿에게 우월감을 느끼는 것에 그치지 않고 다른 사람들에게도 그가 비슷한 우월감을 느끼기 때문이라고 생각했다. 엘리너가 느끼기에 그의 성격과 습관의 다른 부분들은 그 나이대의 다른 남자들과 비교해서 특별히 다를 게 없었다. 그는 음식에 까다로웠고 시간관념이 부족했으며 겉으로는 무심한 척하면서도 아이들을 좋아했다. 그는 일에 전념해야 할 오전에 당구로 시간을 허비하기도 했다. 그래도 짐작했던 것보다 그는 훨씬 좋은 사람이었고, 설령 엘리너 자신의 마음에 들지 않았다고 해도 섭섭할 이유는 없었다. 그의 미식가다운 태도와 이기심 그리고 오만함을 지켜보다가 에드워드의 너그러운 품성과 소박한 취향 그리고 소심한 감정 표현을 떠올리며 절로 흐뭇함이 느껴졌다고 해도 섭섭할 이유가 없기는 마찬가지였다.

그녀는 최근 도싯셔를 다녀온 브랜던 대령으로부터 에드워드에 관해, 적어도 그의 몇 가지 근황에 관해 전해 들을 수 있었다. 대령은 그녀를 페라스 씨의 사심 없는 친구이자, 그 자신의 속내를 털어놓을 수 있는 친구로 여겼기 때문에 델라퍼드의 목사관에 대해 많은 이야기를 들려주었고, 그곳의 이런저런 결함과 그런 결함들을 자신이 어떻게 해결하려고 하는지 자세히 설명했다. 다른 이야기를 할 때와 마찬가지로 이 이야기를 하는 그의 태도는, 고작 열흘 만에 다시 만난 그녀를 유별나게 반가워하는 모습이나 늘 그녀와 이야기를 나누려 하고 그녀의 의견을 경청하려는 모습이 더해져서 제닝스 부인의 눈에 그가 엘리너를 좋아하는 것처럼 보이기에 충분했다. 엘리너 자신도 그가 처음부터 마리앤을 좋아했다는 사실을 알지 못했다면 그런 의심이 들었을지도 모른다. 하지만 사실이 그러했으므로 제닝스 부인이 은근한 암시를 흘릴 때를 제외하면 그녀는 그런 생각을 하게 되는 일이 거의 없었다. 그녀는 제닝스 부인보다 자신이 더 뛰어난 관찰자라고 확신하지 않을 수 없었다. 제닝스 부인은 그의 행동만 보았지만, 자신은 그의 눈을 관찰했기 때문이다. 마리앤이 심한 감기의 징후로 머리와 목에 통증을 느꼈을 때 그의 표정에는 수심이 가득했지만 이를 표현하지 않은 까닭에 제닝스 부인은 이를 알아채지 못했다. 그러나 엘리너는 그의 눈에서 연인의 민감한 감정과 공연한 걱정을 읽을 수 있었다.

마리앤은 그곳에서 사흘째와 나흘째 되는 날 해 질 녘에 산책에 나섰다. 그녀는 관목이 심어진 자갈길과 정원을 지나 멀리 오래된 나무들과 물기를 머금은 긴 풀숲이 야생 상태로 남아 있는 곳을 걸은 데다, 신발과 스타킹이 젖은 상태에서 앉아서 쉬는 조심성 없는 행동을 한 탓에 감기에 걸리고 말았다. 하루 이틀 정도 대수롭지 않게 여긴 감기는 점점 증상이 심해지면서 모두가 우려하고 그녀 자신도 의식할 만큼 상태가 나빠졌다. 그녀는 사람들이 저마다 쏟아내는 처방을 모두 무시했다. 고열과 몸살 기운에 기침과 인후통까지 있었지만, 그녀는 하룻밤만 푹 자면 깨끗이 나을 거라고 고집을 부렸다. 엘리너는 그냥 잠자리에 들려는 동생을 간신히 설득해서 가장 간단한 치료법 한두 가지만 써보게 했다.

43

이튿날 아침 마리앤은 평소와 같은 시각에 일어났다. 상태가 어떤지 묻는 사람들에게 그녀는 괜찮다고 대답했고, 이를 입증하기 위해 평소에 하던 대로 행동하려고 애썼다. 하지만 읽히지도 않는 책을 손에 들고 온종일 덜덜 떨며 벽난로 앞에 앉아 있는 모습이나, 축 늘어진 채 소파에 누워 있는 모습은 그녀의 상태가 나아지지 않았음을 보여 주었다. 결국 몸이 더 안 좋아진 그녀가 일찍 잠자리에 들었을 때 브랜던 대령은 언니의 침착한 모습에 놀랄 뿐이었다. 엘리너는 괜찮다고 고집을 부리는 동생을 간호하면서 약을 억지로 먹이기까지 했지만, 마리앤과 마찬가지로 충분한 수면이 가장 확실하고 효과적인 처방이라 믿으며 크게 걱정하지 않았다.

하지만 두 사람의 기대와는 달리 밤새 열은 떨어지지 않았다. 마리앤이 고집스럽게 일어났다가 제대로 앉아 있을 수조차 없음을 인정하고 다시 침대에 누웠을 때, 엘리너는 파머 씨 집안의 약제사를 부르라는 제닝스 부인의 충고를 즉시 받아들였다.

환자의 상태를 살핀 해리스 씨는 며칠 안에 회복될 거라며 대시우드 양을 안심시켰지만, 발진티푸스가 의심된다는 말과 함께 '감염'이라는 단어를 입에 올린 탓에 파머 부인은 아기에게 무슨 일이 생길까 덜컥 겁이 났다. 제닝스 부인은 처음부터 마리앤의 상태를 엘리너보다 심각하게 받아들였기 때문에 해리스 씨의 진단에 표정이 굳어졌다. 아기를 데리고 즉시 거처를 옮기라는 제닝스 부인의 권고에 샬럿의 두려움과 경계심은 더욱 커졌다. 파머 씨는 그들이 쓸데없는 걱정을 한다고 핀잔을 주었지만, 아내의 불안과 성화를 이길 방법이 없었다. 결국 샬럿과 아기는 다른 곳으로 옮겨가기로 했다. 해리스 씨가 도착하고 한 시간도 되지 않아 그녀는 아기를 데리고 유모와 함께 바스에서 몇 마일 떨어진 곳에 사는 친척 집으로 출발했다. 샬럿의 간청에 그녀의 남편도 하루 이틀 뒤에 그곳으로 가겠다고 약속했다. 그녀는 어머니에게도 같이 갈 것을 청했다. 하지만 제닝스 부인은 마리앤이 병석에 있는 한 자신은 클리블랜드에서 한 발자국도 움직이지 않을 것이며, 마리앤을 어머니로부터 데리고 온 자신이 어머니를 대신하여 그녀를 정성껏 보살필 것이라는 단호한 의지를 밝혔다. 이런 따뜻한 마음에 엘리너는 진심으로 고마움을 느꼈다. 엘리너는 모든 일에 기꺼이 도움의 손을 내밀며 궂은일에 수고를 아끼지 않는 제닝스 부인이 오랜 병간호의 경험으로 큰 도움이 될 것임을 알았다.

온몸이 아파 기력을 잃고 축 늘어진 가엾은 마리앤은 하루가 지나면 회복될 것이라는 희망을 더는 품을 수 없었다. 원래 다음 날로 예정되어 있던 일정의 아쉬움은 그녀의 병세를 더욱 악화시켰다. 이렇게 아프지만 않았다면 자매는 제닝스 부인이 붙여준 하인과 함께 집으로 출발하여 이튿날 오전에 어머니를 깜짝 놀라게 할 계획이었다. 마리앤이 병석에서 간신히 내뱉는 몇 마디의 말은 지연된 일정을 한탄하는 것뿐이었다. 엘리너는 곧 출발할 수 있을 거라는 말로 동생의 기운을 북돋아 주려고 애썼다. 그때까지만 해도 엘리너는 정말로 그렇게 믿었다.

다음 날에도 환자의 상태는 거의 또는 전혀 나아지지 않았다. 다만 더 나아지지 않은 것은 분명하되 더 나빠진 것 같지도 않았다. 저택에 머무는 사람은 이제 더 줄었다. 파머 씨도 떠난 것이었다. 그는 아내가 시키는 대로 내빼는 듯한 모습을 보이기가 싫었고 인정과 선의 때문에라도 떠나는 것을 내켜 하지 않았지만, 아내와의 약속을 지켜야 한다는 브랜던 대령의 설득에 결국 뜻을 굽혔다. 그가 떠날 채비를 하는 동안, 브랜던 대령은 전혀 내키지 않았음에도 주인이 없는 집에 더 머무를 수 없다는 뜻을 어렵게 밝혔다. 하지만 이때 친절한 제닝스 부인이 적절하게 개입했다. 사랑하는 사람이 동생 때문에 힘들어하고 있을 때 대령이 가도록 내버려 두는 것은 두 연인에게서 서로의 위안을 빼앗는 짓이라고 생각했기 때문이다. 그녀는 대령에게 자기를 위해서라도 클리블랜드에 남아 달라며, 대시우드 양이 동생의 병간호에 매달려 있는 동안 자기와 피켓 놀이나 해달라고 했다. 부인이 강력하게 요청하기도 했지만, 브랜던 대령 자신이 마음속으로 바라던 바이기도 했고 특히 파머 씨가 제닝스 부인의 간청을 열렬히 지지한 까닭에 그는 길게 거절하는 시늉조차 낼 수 없었다. 파머 씨는 혹시라도 위급한 상황이 생길 때 대시우드 양에게 도움이나 조언을 제공해 줄 수 있는 사람을 남겨두었다는 사실에 스스로 위안을 받는 것 같았다.

물론 마리앤은 이런 일이 벌어지고 있다는 사실을 전혀 몰랐다. 그녀는 이곳에 도착한 지 일주일 만에 자기가 집주인 부부를 내보낸 꼴이 되었다는 사실도 알지 못했다. 마리앤은 파머 부인이 모습을 드러내지 않는 것에 놀라지도, 신경을 쓰지도 않았기 때문에 그녀의 이름을 먼저 언급하지도 않았다.

파머 씨가 떠난 지 이틀이 지나도록 그녀의 상태는 달라지지 않았다. 해리스 씨는 매일 그녀를 살피면서 여전히 빠른 회복을 장담했고, 대시우드 양 역시 동생의 상태가 호전되리라 낙관했다. 하지만 다른 두 사람의 예상은 전혀 낙관적이지 않았다. 제닝스 부인은 발병 초기부터 마리앤이 병을 이겨내지 못할 것이라 단정했고, 제닝스 부인의 불길한 예감을 주로 들어줘야 했던 브랜던 대령은 그런 말의 위력에 저항할 수 있을 만큼 마음을 느긋하게 가질 수 없었다. 그는 이성적으로 불안을 이겨내려고 애썼다. 약제사의 말을 들어 보면 그런 불안은 터무니없는 것이었다. 하지만 매일 많은 시간을 혼자 보내면서 온갖 우울한 생각이 밀려들자 그는 마리앤을 다시 못 보게 될지도 모른다는 생각을 떨칠 수 없었다.

하지만 사흘째 오전이 되자 두 사람의 비관적인 전망은 거의 사라졌다. 환자의 상태가 상당히 호전되었다고 해리스 씨가 말했기 때문이다. 그는 환자의 맥박도 좋아졌고 모든 증상이 앞서 방문했을 때보다 나아졌다고 말했다. 엘리너는 자신의 낙관적인 기대가 확인된 것이 기쁠 따름이었다. 그녀는 전날 어머니에게 보낸 편지에서, 제닝스 부인의 생각보다 자신의 판단을 믿고 클리블랜드에서 발이 묶인 마리앤의 병을 대수롭지 않게 전하며 마리앤이 길을 나설 수 있는 시점을 거의 확정적으로 말하기를 잘했다고 생각했다.

하지만 이날 아침의 낙관적인 상황은 종일 이어지지 않았다. 저녁이 다가오면서 다시 아프기 시작한 마리앤은 이전보다 더 힘들게 뒤척거리며 불편한 기색이었다. 그래도 언니는 여전히 회복을 낙관하면서, 침대를 정리하는 동안 마리앤이 앉아 있느라 힘들었기 때문이라고만 생각했다. 그녀는 처방된 강장제를 조심스럽게 먹인 뒤 마침내 잠에 빠져드는 동생을 만족스럽게 지켜보면서 자고 일어나면 동생의 상태가 나아지리라 기대했다. 마리앤은 언니가 기대한 것만큼 편안하게 잠을 이루지는 못했지만, 그럭저럭 오랫동안 잠들어 있었다. 엘리너는 충분한 수면의 효과를 직접 확인하고 싶어 동생이 깰 때까지 곁을 지키기로 마음먹었다. 제닝스 부인은 환자의 상태가 다시 나빠졌다는 사실을 모른 채 평소보다 일찍 잠자리에 들었고, 병간호를 도운 하녀는 하녀장의 방에서 휴식을 취하고 있었기 때문에 방에는 엘리너와 마리앤 둘만 남아 있었다.

동생이 점점 심하게 뒤척거리는 모습을 주시하고 있던 엘리너는 동생의 입에서 알아들을 수 없는 헛소리가 자꾸 새어 나오는 것을 들으며 이렇게 불편한 상태로 자도록 내버려 두느니 차라리 깨우는 게 낫겠다고 생각했다. 바로 그때 집 안 어딘가에서 들린 갑작스러운 소음에 놀라 잠을 깬 마리앤이 벌떡 일어나더니 열에 들떠 흥분한 목소리로 말했다.

"엄마가 오신 거야?"

"아니야." 엘리너는 불안한 마음을 감추며 마리앤을 다시 침대에 눕혔다. "하지만 곧 오실 거야. 바턴에서 여기까지는 꽤 멀잖아."

"하지만 런던을 거쳐서 오시면 안 되는데." 마리앤이 다급하게 소리쳤다. "런던을 거쳐서 오시면 나는 엄마를 절대 못 볼 거야."

엘리너는 마리앤의 행동이 이상하다는 것을 불안한 마음으로 감지했다. 그녀는 동생을 진정시키려고 애쓰며 맥박을 짚어 보았다. 맥박은 어느 때보다도 약하고 빠르게 뛰었다. 마리앤은 여전히 흥분 상태에서 어머니를 찾았고, 엘리너의 두려움은 급속도로 커졌다. 그녀는 즉시 해리스 씨를 불러오게 하는 한편 바턴으로 사람을 보내 어머니를 모셔와야겠다고 결심했다. 이어서 어머니를 모셔 올 가장 좋은 방법이 무엇인지 브랜던 대령과 상의해야겠다는 생각이 들었다. 그녀는 자기 대신 동생 곁을 지키도록 종을 울려 하녀를 부른 뒤 서둘러 응접실로 내려갔다. 대령이 늦은 시각까지 그곳에 있다는 사실을 알고 있었기 때문이다.

머뭇거릴 때가 아니었다. 그녀는 자신의 두려움과 어려움을 그에게 털어놓았다. 하지만 그에게도 그녀의 두려움을 가라앉힐 용기와 자신감은 없었다. 그는 절망 속에서 조용히 그녀의 말을 들을 뿐이었다. 그러나 엘리너의 어려움은 즉시 해결되었다. 그는 미리 생각하고 있었다는 듯이 아무 망설임 없이 자신이 대시우드 부인을 모셔오겠다고 자청했다. 엘리너는 순순히 받아들이기 쉽지 않았으나 그의 제안을 반대하지 않았다. 그녀는 마음 깊은 곳에서 우러나는 감사의 마음을 짧게 표현했다. 그가 하인에게 해리스 씨를 부르고 역마를 신청하도록 하는 동안 그녀는 어머니에게 전할 짧은 편지를 적었다.

이런 순간에 브랜던 대령 같은 친구가 있고, 그런 사람이 어머니와 동행한다는 사실이 얼마나 위안이 되고 고마운 일인지 몰랐다. 그의 판단력과 배려와 우정은 어머니를 인도하고 안심시키며 위로할 것이었다. 이런 급작스러운 호출로 어머니가 받을 충격을 조금이라도 줄일 수 있는 것은 그의 존재, 그의 태도, 그의 도움이었다.

그의 속마음이 어떠했든, 그는 단호하면서도 침착하게 행동했고 신속하게 떠날 채비를 갖췄으며 돌아오기까지 걸릴 시간도 정확하게 계산했다. 단 한 순간도 허비되지 않았다. 예상보다 빨리 말들이 도착했고, 브랜던 대령은 엄숙한 표정으로 그녀의 손을 꼭 잡은 채 너무 낮아서 들리지도 않는 목소리로 몇 마디를 남기고는 황급히 마차에 올랐다. 거의 자정이 된 시각이었고, 그녀는 동생의 방으로 돌아가 약제사를 기다리며 동생의 곁을 지켰다. 두 사람 모두에게 고통스러운 밤이었다. 해리스 씨가 올 때까지 마리앤의 통증과 헛소리는 잦아들지 않았고, 엘리너는 가혹하기 그지없는 불안 속에서 시간을 보냈다. 한번 엄습한 두려움은 이전의 안도감을 모두 벌충하려는 듯 극심하기만 했다. 그리고 제닝스 부인을 깨우지 않고 그녀와 함께 앉아 있던 하녀는 자신이 모시는 주인이 늘 품고 있던 생각을 넌지시 비치며 엘리너를 더욱 고통스럽게 했다.

마리앤의 생각은 간헐적으로, 그리고 여전히 뒤죽박죽으로 어머니에게 고정되어 있었다. 동생이 어머니를 찾을 때마다 엘리너는 극심한 고통을 느꼈다. 동생이 그렇게 여러 날 아팠는데도 대수롭지 않게 생각했던 자신을 책망하며 당장 동생에게 해줄 게 아무것도 없다는 사실에 그녀는 참담함을 느꼈다. 그녀는 어떤 약도 이제 소용이 없을지도 모르고, 모든 것이 너무 늦어버렸을지도 모른다는 생각에 괴로웠다. 그녀는 애를 태우며 도착한 어머니가 때를 놓쳐 사랑하는 딸을 보지 못하게 되거나, 또는 정신을 놓아버린 후에나 보게 되는 광경을 상상했다.

그녀가 해리스 씨를 부르러 사람을 다시 보내거나, 그가 올 수 없는 상황이라면 다른 사람이라도 불러야겠다고 생각하고 있던 때, 해리스 씨가 도착했다. 5시가 넘은 시각이었다. 그가 내놓은 소견은 그의 늦은 도착을 어느 정도 보상해 주었다. 그는 환자의 상태가 예상치 않게 나빠진 것은 사실이지만 심각한 위험은 보이지 않으며 새로운 약을 썼으니 효과가 있을 것이라고 자신 있게 말했고, 엘리너도 그가 확신한 만큼은 아니더라도 그의 말에 어느 정도 마음이 놓였다. 그는 서너 시간 후에 다시 오겠다고 약속한 뒤 환자와 근심이 가득한 보호자를 처음보다는 진정된 상태로 남겨두고 떠났다.

이튿날 아침, 간밤에 있었던 일을 전해 들은 제닝스 부인은 크게 걱정하며 자기를 깨우지 않은 것을 여러 차례 나무랐다. 안 그래도 우려하던 일에 확실한 근거까지 생기자 그녀는 이 모든 일의 결말을 조금도 의심하지 않았다. 그녀는 엘리너에게 위로의 말을 건네려 했으나 마리앤의 위중한 상태를 확신했기 때문에 차마 희망 섞인 위로를 전할 수 없었다. 그녀는 참으로 비통했다. 마리앤처럼 젊고 사랑스러운 아가씨가 이처럼 빨리 시들어 요절하게 되었다는 사실은 가까운 사이가 아니더라도 마음이 아플 수밖에 없는 일이었다. 제닝스 부인의 연민에는 여러 가지 다른 이유도 있었다. 마리앤은 지난 석 달 동안 그녀의 보살핌 아래 함께 지낸 벗이었고, 큰 상처를 입고 불행한 나날을 보내고 있었다. 게다가 자신이 특별히 아끼는 엘리너 역시 괴로워하고 있었다. 자매의 어머니를 생각해도 마음이 아팠다. 샬럿이 자신에게 소중한 만큼 마리앤도 그녀의 어머니에게 소중할 것이라는 생각에 부인은 같은 어머니로서 큰 연민을 느꼈다.

해리스 씨는 두 번째 방문에서는 시간을 정확하게 지켰다. 하지만 앞선 방문에서 품었던 희망은 실망으로 바뀌었다. 그의 약은 듣지 않았고, 환자의 열은 떨어지지 않았다. 마리앤은 한결 조용해졌지만, 이는 상태가 좋아져서가 아니라 의식이 혼미해진 탓이었다. 엘리너는 모든 상황을 간파했고, 무엇보다도 짧은 순간 그에게 비친 두려움을 알아채고 다른 곳에 도움을 청해 보자고 제안했다. 하지만 그는 그럴 필요가 없다고 판단했다. 그는 다른 약을 써보자면서 앞선 방문에서 그랬듯 이번에도 그 효과를 확신했고, 환자의 상태가 호전될 것이라는 말을 남기고 돌아갔다. 그의 말은 대시우드 양의 귀에 닿았으나 그녀의 마음에까지 닿지는 못했다. 그녀는 어머니를 떠올릴 때를 제외하고는 평정을 잃지 않았지만, 마음속으로는 이미 희망을 잃고 있었다. 이런 상태로 정오가 될 때까지 동생의 곁을 지키며 그녀는 비통해할 가족과 주위 사람들의 모습을 하나하나 떠올려 보았다. 무엇보다도 그녀의 마음을 짓누른 것은 제닝스 부인과의 대화였다. 부인은 마리앤의 병세가 이처럼 위중해진 이유는 실연 이후 몇 주에 걸쳐 몸이 쇠약해졌기 때문이라고 단언했다. 그 말이 타당하다는 생각에 엘리너의 상념에는 새로운 슬픔이 더해졌다.

그런데 정오 무렵, 조심스럽기도 했고 다시 실망하게 될까 두렵기도 해서 제닝스 부인에게조차 알리지 않았지만, 그녀는 동생의 맥박이 조금씩 나아지고 있음을 감지하며 희망을 품기 시작했다. 그녀는 기다리고 지켜보며 거듭 맥박을 짚어 보았다. 그리고 마침내 그때까지 겉으로 드러내지 않았던 괴로움보다 더 큰 동요를 더는 감추지 못하고 자신의 희망을 조심스럽게 드러냈다. 제닝스 부인은 환자를 살핀 뒤 일시적인 호전을 인정할 수밖에 없었지만, 그녀의 젊은 벗이 이런 회복세를 계속 보이리라는 성급한 기대를 품지 않으려 애썼다. 엘리너 역시 회의적인 충고를 곱씹으며 스스로 섣부른 희망을 경계했다. 하지만 그러기에는 이미 너무 늦었다. 희망이 벌써 그녀의 마음에 들어와 있었다. 그녀는 간절한 두근거림으로 몸을 숙여 동생을 살펴보았다. 그녀 자신도 무엇을 보고자 하는지는 알 수 없었다. 반 시간이 흘렀고, 희망적인 징후는 여전히 그녀를 축복하고 있었다. 이를 확인해 주는 다른 징후들도 나타났다. 호흡이 안정되고 피부와 입술의 색깔도 회복을 알리며 엘리너를 들뜨게 했고, 마리앤은 비록 힘은 없었지만 한결 또렷해진 눈빛으로 언니를 응시했다. 불안과 희망이 똑같은 강도로 엘리너를 짓눌렀고, 오후 4시에 해리스 씨가 다시 찾아올 때까지 그녀는 잠시도 평정을 유지할 수 없었다. 예상보다 빠른 회복을 확인하며 그가 축하의 말을 건넸을 때, 비로소 엘리너는 확신과 위로 그리고 기쁨의 눈물을 흘릴 수 있었다.

마리앤의 회복세는 모든 면에서 뚜렷했고, 해리스 씨는 그녀가 위험한 상태에서 완전히 벗어났다고 선언했다. 제닝스 부인은 어쩌면 직전의 위중한 상태에서 자신의 불길한 예감이 부분적으로나마 맞아떨어진 것에 만족했기 때문인지 약제사의 판단을 기꺼이 받아들였고 진심으로 기뻐하며 더할 나위 없이 유쾌하게 완전한 회복의 가능성을 인정했다.

엘리너는 유쾌할 수 없었다. 그녀의 기쁨은 결이 다른 감정으로 이어졌다. 마리앤이 생명력과 건강을 되찾아 벗들과 그녀를 사랑하는 어머니에게 돌아왔다는 생각에 엘리너의 가슴은 강렬한 안도감과 뜨거운 감사로 채워졌다. 하지만 기쁨의 감정은 밖으로 드러나지 않았다. 그녀는 별

다른 말이나 미소조차 내비치지 않았다. 오로지 마음속에 고요하고 강렬한 만족감이 있을 뿐이었다.

엘리너는 오후 내내 병상을 지키며 동생의 불안을 잠재웠다. 마음이 약해진 동생의 모든 질문에 만족스러운 답을 해주었고 필요한 모든 도움을 주었으며 동생의 모든 표정과 숨결을 거의 놓치지 않고 살폈다. 이따금 상태가 다시 나빠질지도 모른다는 걱정이 들었지만, 그때마다 동생의 상태를 자세히 살피며 거듭해서 회복의 징후를 확인했다. 오후 6시가 되어 마리앤이 편안하고 안정된 상태로 잠드는 모습을 보면서 그녀는 모든 의심을 내려놓았다.

브랜던 대령이 돌아오기로 예정된 시각이 다가오고 있었다. 밤 10시면, 적어도 그보다 많이 늦지 않은 시각이면, 어머니는 오시는 내내 짊어졌을 그 끔찍한 불안을 벗어던질 수 있을 것이었다. 대령 또한 마찬가지였다. 어쩌면 그가 어머니보다 더 딱한 사람인지도 몰랐다. 아, 아무것도 모르고 있을 그들에게 시간은 더디 흘러가고만 있었다!

저녁 7시, 여전히 깊은 잠에 빠져 있는 마리앤을 남겨두고 엘리너는 제닝스 부인과 함께 응접실에서 간단한 다과를 들었다. 조찬은 불안감 때문에 걸렀고, 만찬은 마리앤의 갑작스러운 호전으로 제대로 먹지 못한 탓에 그녀는 이처럼 홀가분한 마음으로 받아든 다과가 반갑기만 했다. 제닝스 부인은 엘리너에게 어머니가 도착할 때까지 잠시 쉴 것을 권유하며 그동안 자기가 마리앤의 곁에 있겠다고 말했다. 하지만 엘리너는 피로를 느끼지도, 잠을 잘 수 있을 것 같지도 않았고, 한시라도 동생의 곁에서 떨어질 생각 또한 없었다. 제닝스 부인은 엘리너와 함께 마리앤의 병상에 들러 그녀의 상태가 괜찮다는 것을 만족스럽게 확인한 후 엘리너에게 병간호를 맡기고 자신의 방으로 돌아가 편지를 쓴 뒤 잠자리에 들었다.

그날 밤은 쌀쌀하고 폭풍우가 몰아쳤다. 밖에는 거친 바람 소리가 들렸고 빗줄기가 연신 창문을 때렸다. 그러나 엘리너의 마음은 날씨에 아랑곳없이 행복감으로 충만했다. 거친 바람에도 마리앤은 깊이 잠들어 있었고, 이곳을 향해 달려오는 이들에게는 그 모든 불편에 대한 값진 보상이 준비되어 있었다.

괘종시계가 여덟 번 울렸다. 그것이 여덟 번이 아니라 열 번이었다면 엘리너는 밖에서 마차 소리가 들렸다고 확신했을 것이다. 그들이 벌써 도착했을 가능성이 희박했음에도 그녀는 마차 소리를 분명히 들은 것 같아 바로 옆 옷방으로 가서 창의 덧문을 열고 밖을 내다보았다. 그녀가 잘못 들은 게 아니었다. 마차의 등불이 눈에 들어왔다. 불빛만으로는 확실히 알 수 없었지만, 네 필의 말이 끄는 마차라는 것은 식별할 수 있었다. 이는 가엾은 어머니가 얼마나 놀랐는지 말해 주는 동시에 예상보다 빠른 도착의 이유를 설명해 주는 것이었다.

엘리너는 그 순간만큼 침착하기 어려웠던 적이 없었다. 마차가 저택 앞에 멈추는 순간 어머니가 느낄 의심, 두려움 그리고 절망을, 거기에 자신이 전해야 할 소식을 모두 머릿속에 그리며 그녀는 도저히 침착할 수가 없었다. 서둘러야 했다. 그녀는 제닝스 부인의 하녀를 불러 동생을 맡기고는 급히 계단을 내려갔다.

계단을 다 내려왔을 때 현관에서 들리는 소리는 그들이 이미 집 안에 들어와 있음을 알려주었다. 그녀는 응접실을 향해 달려갔다. 그리고는 안으로 들어섰다. 그곳에 윌러비가 혼자 있었다.

44

엘리너는 그를 보자마자 소름이 끼쳐 뒷걸음질을 치며 두 번 생각할 것도 없이 방에서 나오려 했다. 그녀의 손이 문고리를 잡았을 때 그가 황급히 다가왔고, 애원이라기보다는 명령에 가까운 그의 목소리에 엘리너는 멈칫했다.

"대시우드 양, 30분만, 아니, 10분만 내주십시오."

"아니요." 그녀가 단호하게 대답했다. "그럴 생각 없습니다. 저에게는 볼일이 없으실 텐데요. 아마 하인들이 말씀드려야 한다는 것을 잊었나 본데, 파머 씨는 집에 안 계십니다."

"하인들이 저에게," 그가 격한 목소리로 말했다. "파머 씨와 일가친척이 한 사람도 집에 없다고 했어도 저는 돌아가지 않았을 겁니다. 저는 당신을, 오로지 당신을 만나러 왔습니다."

"저를요?" 엘리너가 놀라서 말했다. "그렇다면 용건만 빨리 말씀하세요. 흥분을 가라앉히시고요."

"일단 앉으시죠. 말씀하신 두 가지 다 따르겠습니다."

그녀는 망설였다. 어떻게 행동해야 좋을지 판단이 서지 않았다. 브랜던 대령이 도착해서 그와 마주칠 수도 있겠다는 생각이 머리를 스쳤다. 하지만 그의 이야기를 듣겠다고 이미 약속한 데다, 신의 못지않게 호기심도 생겼다. 그녀는 서둘러 이야기를 마치는 것이 필요하며 그러기 위해서는 그의 요청에 따르는 것이 최선이라는 결론을 내리고 말없이 탁자 쪽으로 걸어가 자리에 앉았다. 그는 맞은편 의자에 앉았고, 두 사람은 30초 동안 아무 말도 하지 않았다.

"빨리 말씀하세요." 엘리너가 마음을 졸이며 말했다. "시간이 많지 않아서요."

그는 깊은 생각에 빠진 채 앉아 있었고, 그녀의 말을 듣지 못한 것 같았다.

"동생분은," 잠시 후 그가 불쑥 말을 꺼냈다. "위험한 상황은 넘기셨다고요. 하인에게 들었습니다. 정말 다행입니다. 그런데 사실이죠? 정말 위험한 상황은 넘기신 거죠?"

엘리너는 대답하고 싶지 않았다. 그는 애가 타서 다시 물었다.

"제발 말씀해 주십시오. 동생분이 위험한 상황을 넘기신 거죠, 아닌가요?"

"그렇기를 바라고 있어요."

그는 자리에서 일어나 반대편 벽 쪽으로 걸어갔다.

"그런 일이 있었다는 것을 30분 전에만 알았더라면, 하지만 이미 와버렸으니," 그는 다시 자리에 앉으면서 애써 밝은 목소리로 말했다. "그게 뭐 중요하겠습니까? 대시우드 양, 딱 한 번입니다. 이게 아마 마지막이 될 듯합니다. 그러니 유쾌하게 이야기합시다. 제 기분은 좋은 상태입니다. 그러니 솔직하게 말씀해 주시죠." 그의 얼굴이 더욱 빨개졌다. "제가 파렴치한으로 보이시나요, 아니면 바보로 보이시나요?"

엘리너는 너무나 놀라 그를 바라보았다. 그가 술에 취한 것이 틀림없다는 생각이 들었다. 이렇게 찾아와서 이런 태도를 보이는 것을 다른 식으로는 이해할 수 없었다. 이런 느낌이 들자 그녀는 즉시 자리에서 일어나 말했다.

"윌러비 씨, 그만 돌아가시죠. 제가 이러고 있을 만큼 한가하지 못해서요. 저에게 무슨 볼일이 있으신지 모르겠지만, 내일 좀 더 차분하게 생각을 정리해서 말씀하시죠."

"무슨 말씀이신지 압니다." 그가 알 수 없는 미소를 지으며 차분한 목소리로 대답했다. "네, 저는 취했습니다. 말버러에서 차가운 쇠고기에 흑맥주를 한잔 마셨더니 좀 오락가락하네요."

"말버러라고요?" 엘리너가 소리쳤다. 그가 무슨 말을 하고 싶은 건지 점점 갈피를 잡을 수 없었다.

"네, 오늘 아침 8시에 런던에서 출발했는데, 마차에서 내려 땅을 밟아본 시간이라고는 말버러에서 간단하게 요기를 하느라 보낸 10분이 전부입니다."

흐트러짐 없는 그의 태도와 또렷한 눈빛으로 판단컨대, 그가 어떤 용서할 수 없는 어리석음으로 클리블랜드까지 왔는지는 알 수 없었지만 적어도 술김에 온 것이 아니라는 점은 분명했다. 그녀는 마음을 다잡고 말했다.

"윌러비 씨도 아실 테고 저도 압니다만, 그런 일이 있었는데 이런 식으로 찾아오셔서 저를 보자고 하셨을 때는 특별한 용건이 있으실 텐데요. 이러시는 의도가 뭐죠?"

"제 의도는," 그가 진지하게 힘을 주어 말했다. "할 수만 있다면, 대시우드 양이 지금보다 저를 조금이라도 덜 혐오하시게 만드는 겁니다. 그러니까 지난 일에 대한 설명을, 해명을 드리고 싶습니다. 저의 속 얘기를 털어놓고, 비록 제가 늘 멍청하기는 하지만 늘 파렴치하지는 않았다는 사실을 말씀드려서 마리, 아니, 동생분께 용서 비슷한 것이라도 받았으면 하는 마음입니다."

"여기를 찾아오신 진짜 이유가 그거예요?"

"맹세코 그렇습니다." 그가 대답했다. 예전의 윌러비가 보여 주던 열정이 고스란히 느껴지는 그의 대답에서 엘리너는 자기도 모르게 그의 진지함을 받아들이게 되었다.

"만일 그게 전부라면 윌러비 씨는 이미 뜻을 이루셨어요. 마리앤은 벌써 윌러비 씨를 용서했으니까요."

"저를 용서하셨다고요?" 그가 변함없는 어조로 되물었다. "그렇다면 용서하셔야 할 때가 아닌데 먼저 그리하신 겁니다. 동생분은 좀 더 합당한 이유로 저를 다시 용서하시게 될 겁니다. 이제 제 이야기를 들어주시겠습니까?"

그녀는 동의의 뜻으로 고개를 끄덕였다.

"잘 모르겠습니다." 그녀로서는 무슨 말이 이어질지 기다리는, 그에게는 생각을 가다듬는 짧은 침묵이 흐른 뒤 그가 말했다. "대시우드 양께서 동생분에 대한 저의 행동을 어떻게 받아들이셨을지, 저에게 어떤 사악한 동기가 있었다고 생각하실지 저는 잘 모르겠습니다. 저의 이야기를 들으신다고 해서 저를 더 좋게 생각하시지는 않겠지만, 그래도 저로서는 모든 것을 말씀드리고 싶습니다. 처음 대시우드 양의 가족분들과 가까워졌을 때 저에게 무슨 의도 같은 것은 없었습니다. 그저 데번셔에 머무는 동안 이전보다 즐겁게 시간을 보내자는 생각이 전부였습니다. 저는 동생분의 사랑스러운 모습과 매력적인 태도가 그저 좋았습니다. 처음부터 저에 대한 동생분의 태도도 비슷했습니다. 그런 감정이 무엇이었는지, 동생분이 어떤 사람이었는지 돌이켜 보면 제가 그렇게 무감각할 수 있었다는 사실이 믿기지 않을 뿐입니다. 하지만 먼저 말씀드리자면, 저는 그런 관계에서 허영심만 높아졌습니다. 동생분의 행복이야 어찌 되건 저의 즐거움만 생각하면서 제가 습관적으로 탐닉하던 그런 감정에 빠져 동생분의 감정에 답해야 한다는 생각은 조금도 하지 않고 그저 어떻게든 잘 보이려고만 했습니다."

여기에서 대시우드 양은 그에게 강한 분노와 경멸의 눈빛을 보내며 말을 끊었다.

"윌러비 씨, 더 말씀하실 필요도 없고 제가 더 들을 가치도 없을 것 같네요. 이 정도 들은 것만으로도 무슨 말씀을 더 하실지 알겠어요. 이 문제에 대해 더 들어봐야 제 마음만 아프니 그만하시지요."

"끝까지 들으셔야 합니다." 그가 대답했다. "저는 재산이 많지도 않으면서 늘 사치스러운 생활을 했고 항상 저보다 수입이 많은 이들과 어울렸습니다. 성인이 된 이후로, 어쩌면 그 이전부터, 부채는 매년 늘어났습니다. 연로하신 친척인 스미스 부인이 돌아가시면 상속받은 재산으로 부채를 해결할 수 있겠지만, 그게 언제가 될지 불확실했고 어쩌면 아주 먼 훗날이 될 수도 있었기 때문에 저는 재산이 많은 여자와 결혼해서 이런 상황에서 벗어나려고 했습니다. 그런 까닭에 동생분에게 특별한 감정을 갖는다는 것은 생각할 수도 없는 일이었습니다. 제가 그토록 야비하고 이기적이며 잔인했으니, 대시우드 양께서 저에게 어떤 분노와 경멸의 시선을 보내신다고 해도 저를 책망하기에는 충분치 않으실 겁니다. 저는 그런 식으로 행동하면서 동생분의 환심을 사려고 했지만, 그 마음에 보답할 생각은 전혀 없었습니다. 하지만 한 가지 변명을 드리자면, 그렇게 끔찍할 정도로 이기적인 허영심에 들떠 있던 저로서는 동생분이 받으실 상처가 얼마나 클지 그때는 헤아리지 못했습니다. 그때는 사랑이라는 게 뭔지도 몰랐으니까요. 그러면 이후라도 알게 되었냐고요? 당연히 의심하시겠죠. 하지만 제가 그때 진정한 사랑을 알았다면 저의 감정을, 무엇보다 동생분의 감정을 허영심이나 탐욕 따위와 맞바꿀 생각을 했겠습니까? 하지만 저는 그런 짓을 저질렀습니다. 상대적인 빈곤을 피해 부를 얻겠답시고 저는 가난조차 축복으로 만들어 줄 수 있는 모든 것을 잃고 말

있습니다. 동생분의 사랑과 함께했다면 그런 두려움쯤이야 아무것도 아니었을 텐데 말입니다."

"그렇다면," 엘리너가 조금 누그러진 목소리로 말했다. "한때는 제 동생에게 애정을 가지셨다는 말씀이군요."

"그런 매력을 뿌리치고 그런 다정함을 거부할 수 있는 남자는 세상에 없을 겁니다. 그렇습니다. 저도 의식하지 못하는 사이에 조금씩 진정으로 동생분을 좋아하게 되었습니다. 제 인생에서 가장 행복했던 시간은 동생분과 함께한 순간들이었습니다. 제 의도가 철저히 명예롭고 제 감정이 떳떳하게 느껴질 때였습니다. 하지만 약혼을 마음먹은 그때조차 저는 어처구니없게도 그것을 실행에 옮길 날을 하루하루 미루었습니다. 저의 궁색한 처지에 약혼이 가당키나 한 일인가 하는 생각이 든 겁니다. 이 자리에서 변명은 하지 않겠습니다. 결혼을 약속하는 것이 명예로운 일이었음에도 그것을 주저한 저의 어리석음을, 아니, 어리석음보다 더한 저의 태도를 대시우드 양께서 따지신다고 해도 듣지 않겠습니다. 제가 교활한 바보였다는 사실은, 영원히 경멸받을 비참한 인간이 되는 일은 어떻게든 피해 보려고 제가 대비했다는 점에서 이미 입증이 되었으니까요. 하지만 마침내 저는 결단을 내렸고, 동생분과 단둘이 있을 기회가 생기는 대로 그때까지 제가 보인 관심이 거짓이 아니었음을 증명하고 제가 드러냈던 애정을 공개적으로 확인시켜 드리겠다고 마음을 먹었습니다. 그런데 그 사이에, 단둘이 이야기할 기회를 불과 몇 시간 앞두고, 일이 생겼습니다. 저의 모든 다짐과 저에게 위로가 되는 모든 것을 무너뜨린 불운이 덮친 겁니다. 과거에 있었던 저의 불미스러운 일을," 그는 말을 멈추고 시선을 아래로 향했다. "스미스 부인께서 아시게 되었습니다. 부인과 저를 이간질하려는 어떤 친척의 농간이 아니었나 생각됩니다만, 그 일에 대해서는

351

제가 더 설명해 드리지 않아도 될 듯합니다." 그는 상기된 얼굴과 뭔가를 묻는 듯한 눈빛으로 그녀를 바라보며 말했다. "대시우드 양과 아주 가까운 분에게서 이미 다 들으셨을 테니까요."

"네, 들었어요." 그녀 역시 상기된 얼굴로 그에게 생기려던 동정심을 거두고 마음을 단단히 고쳐먹었다. "전부 다 들었습니다. 당신이 저지른 그 끔찍한 잘못을 어떻게 설명하실지 모르겠습니다."

"유념하실 점은," 윌러비가 소리쳤다. "그 얘기를 누구한테 들으셨느냐는 것입니다. 그분이 객관적으로 말씀하실 수 있었을까요? 그녀의 처지와 인격이 존중받아야 했다는 점은 인정합니다. 저의 행동을 정당화하려는 것은 아니지만, 그렇다고 저에게 변명의 여지조차 없다고 생각하지는 말아 주십시오. 그녀가 상처를 받은 사람이니 잘못이 있을 리 없다거나, 제가 방탕한 사람이니 그녀는 성녀일 거라는 논리가 성립되는 건 아닙니다. 그녀의 격렬한 감정과 부족한 분별력이, 아닙니다, 변명을 하려는 건 아닙니다. 저에 대한 그녀의 애정은 존중받아야 마땅했습니다. 아주 짧은 기간이나마 끌리지 않을 수 없었던 그녀의 다정함을 생각하면 자책감이 많이 듭니다. 그러지 않았으면 좋았을 텐데, 정말 그러지 않았으면 좋았을 텐데. 하지만 저는 그녀에게만 상처를 준 게 아닙니다. 저를 향한 마음이 그녀 못지않게 뜨거웠고 정신적으로는 한없이 우월했던 또 다른 사람에게도 상처를 주고 말았습니다."

"하지만 그 불행한 아가씨에게 그토록 무관심했다는 것은, 이 얘기를 꺼내는 것 자체가 불쾌하지만, 이 말씀은 꼭 드려야겠습니다, 그런 무관심이 그녀를 잔인하게 방치한 행동을 정당화하지는 못합니다. 설령 그 아가씨에게 어떤 결점이 있었고 분별력이 부족했다고 해도, 당신의 명백한 무책임과 잔인함이 용서받을 수 있다고 생각하지는 마세요. 당신이 데번셔에서 새로운 계획을 좇아 줄곧 즐겁고 행복한 시간을 보내는 동안 그 아가씨는 극심한 빈곤으로 고통받고 있었다는 사실을 알고 계셨을 테니까요."

"맹세컨대 저는 그런 사실을 몰랐습니다." 그가 격한 어조로 대답했다. "그녀에게 제 주소를 알려주지 않았다는 사실조차 생각하지 못하고 있었습니다. 주소쯤이야 마음만 먹으면 알아낼 수 있는 것이었으니까요."

"스미스 부인께서는 뭐라고 하셨죠?"

"곧바로 저를 질책하셨습니다. 제가 얼마나 혼란스러웠을지는 짐작하실 수 있을 겁니다. 평생을 반듯하게 사셨고 격식을 중요하게 여기시는 데다 세상 물정은 잘 모르시는 분이니 저와는 모든 것이 반대이셨죠. 그 일 자체를 부인할 수는 없었고, 어떻게든 무마해보려는 노력은 아무 소용이 없었습니다. 아마도 부인께서는 전부터 저의 도덕성을 전반적으로 의심하고 계셨던 것 같고, 그곳에 머무르는 동안 제가 부인께는 거의 관심을 기울이지 않고 시간도 거의 할애하지 않은 것을 불만스럽게 생각하셨던 것 같습니다. 결론적으로 부인께서는 저와의 연을 완전히 끊으셨습니다. 제가 구제받을 방법은 하나였습니다. 그분은 도덕성이 높은 훌륭한 여성이시라, 만일 제가 일라이자와 결혼하면 과거를 용서하겠다고 하신 겁니다. 하지만 그럴 수는 없었습니다. 그래서 저는 상속권을 공식적으로 박탈당하고 그분 댁에서 쫓겨나게 되었습니다. 그날 밤, 이튿날 아침이면 그 집을 영원히 떠나야 했던 저는 미래를 고민했습니다. 고통스러웠지만 고민은 금세 끝났습니다. 저는 마리앤에 대한 애정이 있었고 저에 대한 그녀의 애정을 확신하기도 했지만, 그 모든 것도 가난에 대한 두려움을 떨치거나 부의 필요성에 대한 그릇된 관념을 넘어서기에는 충분하지 않았습니다. 저는 본래 그런 성향을 가지고 있었던 데다 사치스러운 생활로 인해 그런 성향이 더욱 강해진 겁니다. 현재의 제 아내에게는 청혼만 하면 결혼이 성사될 거라는 확신이 있었고 아무리 생각해도 저에게 남아 있는 선택은 그것밖에 없는 것 같았습니다. 그런데 데번셔를 떠나기 전에 한 가지 힘든 일이 저를 기다리고 있었습니다. 바로 그날 대시우드 양의 가족분들과 정찬이 약속되어 있었습니다. 약속을 지키지 못하게 되었으니 사과를 드려야 했는데, 그것을 편지로 해야 할지 아니면 직접 찾아가서 말씀을 드려야 할지 한참을 고민했습니다. 마리앤을 대면하기가 두려웠고, 그녀를 만나도 제 마음이 흔들리지 않을 거라는 자신이 없었습니다. 하지만 결과가 말해 주듯 저는 제 담대함을 과소평가하고 있었습니다. 가서 그녀를 만났고, 그녀가 비참해하는 모습을 보았으며 그녀가 비참해하는 모습을 뒤로하고 다시는 만나지 않기를 바라며 떠났으니까요."

"윌러비 씨, 그러면 그때 왜 찾아오셨나요?" 엘리너가 책망하듯 말했다. "편지를 써도 충분했을 것을 왜 굳이 찾아오셨어요?"

"자존심 때문이었습니다. 제가 그냥 떠나면 대시우드 양의 가족분들이나 다른 이웃들이 스미스 부인과 저 사이에 있었던 일을 눈치챌 것 같았죠. 그래서 호니턴으로 가는 길에 코티지에 들르기로 마음먹은 겁니다. 하지만 동생분을 마주하자 정말 두려웠습니다. 게다가 다른 가족분들은 다 어딜 가셨는지 동생분 혼자 있었습니다. 바로 전날 저녁 코티지를 나설 때만 해도 저는 옳은 일을 하자고 마음속으로 단단히 다짐했습니다. 다음 날 아침이면 그녀와 영원히 맺어질 수 있다는 생각에 코티지에서 앨런햄으로 돌아가는 길이 얼마나 행복하고 즐거웠는지 지금도 기억이 생생합니다. 저 자신이 대견하고 세상이 다 아름답게 느껴졌습니다. 그랬던 제가 그 마지막 조우에서 죄책감 때문에 저의 속마음을 숨길 힘조차 잃은 채 그녀에게 다가갔습니다. 제가 데번셔를 떠나야 한다고 말했을 때 동생분에게서 본 슬픔과 낙담과 깊은 아쉬움은 영원히 잊을 수 없을 겁니다. 저를 그토록 의지하고 믿어 준 사람을, 아, 하느님, 저 같은 비정한 악당이 어디 있겠습니까!"

두 사람 사이에 침묵이 흘렀다. 잠시 후 엘리너가 입을 열었다.

"동생에게 곧 돌아오겠다고 말씀하셨나요?"

"제가 그때 무슨 말을 했는지도 모르겠습니다." 그가 당혹스러운 표정으로 대답했다. "함께한 과거에 합당한 정도에는 미치지 못했을 것이고, 함께할 수 없는 미래에 비추어 보면 많은 얘기를 했을 겁니다. 정확하게 기억나지는 않습니다. 기억이 난들 무슨 소용이 있겠습니까. 어쨌든 그러고 나서 대시우드의 양의 어머니께서 들어오셔서 더할 수 없는 친절과 신뢰로 저에게 더 큰 고통을 주셨습니다. 그렇게 큰 고통을 주셔서 정말 감사할 뿐이었습니다. 저 자신이 비참해졌으니까요. 대시우드 양께서는 제가 그때의 비참함을 떠올리면서 얼마나 큰 위안을 얻는지 모르실 겁니다. 그토록 어리석고 파렴치했던 저 자신이 너무 싫어서 그 때문에 겪은 모든 고통이 이제는 환희와 기쁨으로 느껴집니다. 그렇게 저는 떠났습니다. 사랑하는 모든 것을 남겨두고, 아무 관심도 없는 이들에게로 갔습니다. 마차를 타고 런던으로 가는 지루한 여정에서 대화를 나눌 사람도 없이 혼자 상념에 빠져 있으니 픽이나 즐겁더군요! 앞으로의 일들을 생각하니 어찌나 유쾌하고, 바턴에서의 마지막 순간을 생각하니 마음이 어찌나 편하던지요! 아주 행복하기가 그지없는 여정이었습니다!"

그는 말을 멈추었다.

"그러셨군요." 엘리너가 말했다. 그녀는 그가 안쓰러웠지만, 이젠 그가 떠나주기를 바랐다. "그게 전부인가요?"

"아닙니다. 런던에서 있었던 일은 잊으셨습니까? 그 뻔뻔한 편지, 동생분이 보여 주시던가요?"

"네, 전부 봤어요."

"동생분의 첫 번째 쪽지를 받았을 때, (제가 런던에 있었으니 바로 받을 수 있었습니다) 제가 느낀 감정은 흔히 쓰는 말로는 표현하기가 어렵습니다. 그냥 단순하게 표현한다면, 아마 너무 단순해서 아무런 느낌도 들지 않으시겠지만, 저는 너무나, 너무나 고통스러웠습니다. 만일 동생분이 이 자리에 계셨다면 그냥 넘어가지 않았을 진부한 은유로 말씀드리면, 한줄 한줄, 한 단어 한 단어가 제 심장에 비수처럼 꽂히는 것 같았습니다. 그리고 마리앤이 런던에 와 있다는 소식은 날벼락 같았습니다. 비수와 날벼락이라니, 마리앤이 이런 진부한 표현을 듣는다면 가만히 있지 않겠죠. 그녀의 감각과 생각들, 저는 그것들을 저 자신의 감각과 생각보다 더 잘 알고 있는 것 같습니다. 더 소중하기도 하고요."

엘리너의 마음은 이런 평범하지 않은 대화를 나누는 동안 많은 변화를 겪으며 이제 다시 누그러져 있었다. 하지만 그녀는 상대가 마지막 말에 내비친 그런 생각을 하지 않도록 막는 것이 자신의 의무라고 느꼈다.

"이건 옳지 않습니다, 윌러비 씨. 이미 결혼하신 몸이라는 걸 기억하셔야죠. 양심에 비추어 제가 꼭 들어야 한다고 생각하시는 이야기만 들려주세요."

"마리앤의 쪽지에는 예전처럼 제가 여전히 그녀에게 소중한 사람이며, 비록 몇 주 동안 떨어져 있었음에도 그녀의 감정은 한결같고 저의 마음 또한 변하지 않았으리라는 확신이 담겨 있었습니다. 그게 새삼 저의 양심을 일깨웠습니다. 제가 새삼 일깨웠다고 말씀드리는 이유는, 그동안 런던에서 지내며 일과 유흥 덕분에 그녀를 어느 정도 잊었고, 저 스스로 그녀에게 무관심해지면서 그녀 또한 저에게 무관심해졌을 거라고 상상하는 뻔뻔한 악당이 되어가고 있었기 때문입니다. 지난날 우리의 감정은 그저 하찮은 것에 불과했다고 혼자 생각하면서, 그렇다는 증거로 어깨를 한 번 으쓱하며 '그녀가 좋은 짝을 만나 결혼했다는 소식이 들리면 진심으로 기쁠 거야.'라고 혼잣말을 하는 정도로 모든 비난을 잠재우고 모든 가책을 극복하고 있었던 거죠. 그런데 그 쪽지로 인해 저 자신을 더 잘 알게 되었습니다. 그녀가 이 세상 어떤 여자보다도 저에게 소중한 사람이고, 그런 사람에게 제가 몹쓸 짓을 하고 있다는 것을 깨달은 것입니다. 하지만 그때는 그레이 양과의 결혼이 이미 결정되어 있을 때였습니다. 되돌리기가 불가능한 상황이었죠. 제가 할 수 있는 일이라고는 두 분을 피하는 것밖에 없었습니다. 저는 마리앤에게 답장을 보내지 않았고, 그렇게 함으로써 그녀의 관심에서 벗어나려고 했습니다. 한동안은 버클리가를 방문하지 않겠다는 다짐도 했습니다. 하지만 평범한 지인처럼 태연하게 행동하는 것이 오히려 더 현명하겠다는 생각에, 어느 날 아침 두 분 모두 외출하는 것을 지켜본 뒤에 제 카드를 남기고 나온 것입니다."

"저희가 집에서 나서는 걸 지켜보셨다고요!"

"그뿐이겠습니까. 제가 두 분을 얼마나 자주 지켜보았는지, 얼마나 자주 두 분과 마주칠 뻔했는지 들으시면 놀라실 겁니다. 두 분이 탄 마차가 지나갈 때 눈에 띄지 않으려고 아무 상점에나 들어간 적도 많습니다. 제 거처가 본드가에 있었기 때문에, 두 분 가운데 한 분이라도 보지 않은 날이 거의 없었습니다. 제가 항상 조심했고 두 분의 눈에 띄고 싶지 않다는 마음이 강했기 때문에 그토록 오랜 기간 서로 마주치지 않았던 것입니다. 저는 미들턴 부인도 가능한 한 피했고, 우리가 함께 알 만한 모든 사람을 피했습니다. 그러던 어느 날 존 경과 우연히 마주친 겁니다. 저는 그분이 런던에 와 계신 줄은 모르고 있었습니다. 아마 그분이 런던에 도착한 당일이었을 것이고, 제가 제닝스 부인 댁에 카드를 놓고 나온 다음 날이었을 겁니다. 그날 저녁 그분 댁에서 열리는 무도회에 그분이 저를 초대하셨습니다. 대시우드 양과 동생분도 참석할 거라는 얘기를 그분이 굳이 하지 않았다고 해도, 저는 당연히 그럴 거라고 알고 있었기 때문에 그 자리에 참석할 생각이 없었습니다. 다음 날 아침 마리앤에게서 두 번째 쪽지가 왔습니다. 여전히 다정하고 솔직하며 꾸밈없이 저에 대한 믿음을 드러낸 그 쪽지는 제가 저의 행동을 혐오하게 만들기에 충분했습니다. 저는 답장을 쓸 수 없었습니다. 써보려 했지만 단 한 문장도 완성할 수 없었습니다. 그러면서도 그녀를 생각했습니다. 온종일 그녀를 생각했습니다. 혹시라도 저를 불쌍히 여겨주실 수 있다면, 대시우드 양, 당시의 제 상황을 불쌍히 여겨 주십시오. 머리와 가슴에는 오로지 동생분만 있는데도 저는 다른 사람의 행복한 연인 노릇을 해야만 했습니다. 그 서너 주 동안은 최악이었습니다. 그러다 결국, 말씀드릴 필요도 없겠지만, 두 분을 맞닥뜨리게 된 겁니다. 제 모습이 참으로 볼 만했겠죠. 그날 저녁은 그저 고통스러울 뿐이었습니다. 한쪽에서는 천사처럼 아름다운 마리앤이 저에게 손을 뻗으며 그 고운 목소리로 제 이름을 부르고, 아, 하느님! 그 매혹적인 두 눈은 근심이 어린 채 저를 바라보며 그 상황을 설명해 달라고 말하고 있었습니다. 그리고 다른 한쪽에서는 소피아가 악마처럼 질투심에 사로잡혀 그 모든 것을 지켜보고 있었습니다. 뭐, 이제는 아무 의미 없는 일입니다. 다 끝났으니까요. 참 대단한 저녁이었죠! 저는 도망치듯 그곳을 빠져나왔습니다. 하지만 그 직전에 마리앤의 고운 얼굴이 죽은 사람처럼 하얗게 질리는 것을 보았습니다. 그것이 마지막으로, 제가 마지막으로 본 그녀의 모습이었습니다. 차마 똑바로 보기 힘든 모습이었죠. 그래도 오늘 그녀가 정말로 죽어가고 있다고 생각했을 때, 마지막 순간을 지켜볼 사람들의 눈에 그녀의 모습이 어떨지 저는 분명히 알고 있다는 사실이 하나의 위안이 되기는 했습니다. 이곳으로 오는 동안에도 그녀는 그 표정과 안색으로 제 앞에, 끊임없이 제 앞에 나타났습니다."

두 사람 다 생각에 잠겨 잠시 침묵이 이어졌다. 윌러비가 먼저 마음을 추스르고 입을 뗐다.

"자, 이제 저는 그만 가 봐야겠습니다. 동생분은 나아지신 게 분명하죠? 이제 위험한 상태에서 벗어난 게 확실하죠?"

"저희는 그렇게 믿고 있습니다."

"대시우드 부인이 걱정됩니다. 따님을 그렇게 아끼시는데."

"하지만 윌러비 씨, 편지는요, 당신의 편지에 대해서는 하실 말씀이 없으신가요?"

"물론 있죠. 아시다시피 동생분은 바로 다음 날 오전에 저에게 다시 편지를 보냈습니다. 어떤 내용인지는 아시리라 믿습니다. 저는 엘리슨 씨 댁에서 아침 식사를 하고 있었는데, 그 편지가 다른 우편물들과 함께 제 숙소에서 그쪽으로 전달되었습니다. 그런데 그 편지는 제가 미처 보기도 전에 소피아의 눈에 먼저 띄었습니다. 편지의 크기도 그렇고 세련된 편지지와 필체까지 곧바로 그녀의 의심을 사기에 충분했습니다. 이미 그녀는 제가 데번셔에서 어떤 아가씨에게 애정을 품고 있었다는 소문을 들었고, 전날 저녁 자기 눈앞에서 그 아가씨가 누군지도 알게 되었으니 그 어느 때보다도 질투심에 사로잡혀 있었습니다. 그래서 사랑하는 사람끼리 유쾌하게 여겨질 장난기를 가장해서 그 편지를 펼쳐 읽었습니다. 그리고 그런 무례함의 대가를 톡톡히 치렀습니다. 자기 자신이 비참해지는 내용이었으니까요. 저로서는 그녀가 비참해진 것은 견딜 수 있었지만, 그녀의 분노와 적의는 어떻게든 가라앉혀야 했습니다. 짧게 말씀드리자면, 편지에 담긴 제 아내의 문체가 어땠나요? 섬세하고 부드러우며 참으로 여성스럽지 않던가요?"

"아내라뇨, 그건 분명히 윌러비 씨의 필체였어요."

"맞습니다. 하지만 저는 서명하기조차 수치스러운 그 문장들을 비굴하게 옮겨 적었을 뿐입니다. 원문은 그녀가 쓴 것이죠. 그녀에게 어울리는 생각과 부드러운 문체로 말입니다. 제가 뭘 할 수 있었겠습니까? 약혼 상태에서 모든 준비가 다 되어 결혼식 날짜까지 거의 정해져 있었는데 말입니다. 제가 바보 같이 떠들고 있군요. 준비니, 결혼식 날짜니 하면서요. 솔직히 말해서 저는 그녀의 돈이 필요했고, 제 처지에서는 일이 틀어지는 것을 막기 위해서라면 무슨 짓이든 해야 했습니다. 그리고 제가 답장에 어떤 표현을 썼는지가 뭐 그리 중요하겠습니까. 어떻게 되었든 마리앤과 주변 분들의 저에 관한 생각은 달라지지 않았을 테니까요. 그 편지의 목적은 딱 하나였습니다. 제가 할 일은 저 자신을 악당이라고 선언하는 것이었고, 그걸 점잖게 하느냐 아니면 무례하게 하느냐는 중요하지 않았습니다. '그분들에게 나는 영영 몹쓸 놈이 되겠구나. 그분들과 두 번 다시 함께할 수 없겠지. 이미 나를 파렴치한 놈으로 여기고 있을 텐데, 이 편지로 인해 이제 나는 완전히 악당이 된 거야.' 될 대로 되라는 식의 그런 자포자기에 빠져 저는 아내의 글을 그대로 옮겨 적었고, 마리앤의 마지막 흔적들을 돌려보냈습니다. 그 일만 아니었다면 영원히 간직했을 그녀의 쪽지 세 장은 저의 지갑 속에 들어 있었습니다. 하지만 아내가 그 쪽지의 존재를 알게 된 이상 저는 마지막 입맞춤도 하지 못한 채 그것들을 모두 내놓아야 했습니다. 지갑에 늘 넣고 다니던 그녀의 머리카락도 알랑거리는 귀부인께서 결국에는 악착같이 찾아내고야 말았습니다. 그렇게 해서 저는 그 소중한 머리카락과 다른 모든 추억거리를 빼앗기게 되었습니다."

"그건 윌러비 씨가 잘못하신 거예요. 정말 비난받을 행동이라고요." 엘리너는 이렇게 말했지만, 그녀의 목소리에는 연민이 묻어 있었다. "부인이나 제 동생에 대해 이런 식으로 말씀하시면 안 됩니다. 이 모든 건 윌러비 씨의 선택이었어요. 누구도 강요하지 않았어요. 부인께서는 윌러비 씨에게 예의와 존중을 요구하실 자격이 있습니다. 틀림없이 그분은 윌러비 씨에게 애정이 있을 겁니다. 그렇지 않았다면 결혼을 하지 않으셨겠죠. 그분을 매정하게 대하고 모욕적 언사를 내뱉는다고 해서 그것이 마리앤에 대한 속죄가 되지는 않습니다. 윌러비 씨의 양심에 위안이 되지도 않을 거고요."

"제 아내에 관한 얘기는 하지 마십시오." 그가 무거운 한숨을 내쉬며 말했다. "당신의 동정을 받을 가치가 있는 사람이 아니니까요. 저의 마음에 아무런 애정도 없다는 사실을 그녀는 알면서도 결혼을 했습니다. 어쨌든 그렇게 우리는 결혼했고, 행복을 찾아 쿰 마그나로 갔다가 다시 즐거움을 찾아 런던으로 돌아갔죠. 대시우드 양, 이제 제가 좀 불쌍하게 보이십니까? 제가 말씀드린 이 모든 이야기도 소용없는 것이었을까요? 아주 조금이라도 저의 잘못이 덜어졌습니까? 저의 의도가 항상 그릇된 것만은 아니었습니다. 저의 죄가 일부라도 해명이 되었을까요?"

"네, 조금은요. 전체적으로 윌러비 씨의 잘못이 제가 생각했던 것보다는 적다는 것을 증명해 주셨어요. 윌러비 씨가 제가 생각했던 것보다는 훨씬 덜 사악하다는 사실도요. 하지만 윌러비 씨가 초래한 그 고통보다 더한 고통이 과연 있을지 저는 잘 모르겠습니다." "동생분이 건강을 되찾게 되면 오늘 제가 해드린 얘기를 전해 주시겠습니까? 대시우드 양뿐만 아니라 동생분께도 제가 조금이나마 덜 나쁜 사람으로 남았으면 합니다. 동생분이 이미 저를 용서했다고 하셨죠. 제 마음을, 지금의 제 심정을 조금 더 아시게 되면 동생분이 더 자연스럽고 더 너그럽게, 그리고 더 가벼운 마음으로 저를 용서해 주실 거라고 제가 상상할 수 있게 해 주십시오. 저의 비참한 심정과 참회하는 마음을 꼭 전해 주십시오. 동생분을 향한 저의 마음은 변한 적이 없고, 그리고 괜찮으시다면, 동생분은 이전보다 지금 더 저에게 소중한 분이라는 것도 전해 주십시오."

"윌러비 씨의 행동을 정당화하는 데 필요하다고 생각되는 얘기는 다 전하겠습니다. 그런데 오늘 찾아오신 특별한 이유나, 동생의 소식을 어떻게 알게 되셨는지는 말씀하지 않으셨어요."

"어젯밤 드루어리 레인 극장 로비에서 존 미들턴 경과 마주쳤는데, 저를 알아보시고는 두 달 만에 처음으로 말을 거시더군요. 제가 결혼한 이후로는 아는 척도 하지 않으셨는데, 저로서는 그런 건 놀라거나 화낼 일도 아니었죠. 하지만 원래 성품이 온화하고 솔직하신 데다 둔감한 면도 조금 있는 분이시라, 저에 대한 분노와 대시우드 양의 동생분에 대한 걱정 때문에 그분 나름으로는 제가 듣고 괴로워할 만한 이야기를 하고 싶은 유혹을 참지 못하셨을 겁니다. 물론 그분도 제가 그 얘기를 듣고 정말 괴로워할 거라고는 생각하지 않으셨을 겁니다. 그분은 퉁명스럽게 마리앤 대시우드가 클리블랜드에서 발진티푸스로 죽어가고 있다고 말씀하셨습니다. 아침에 제닝스 부인에게서 편지를 받았는데 워낙 위험한 병이라 파머 씨 부부는 놀라서 피신하셨다는 소식도 전해 주셨습니다. 저는 둔감한 존 경의 눈조차 속일 수 없을 정도로 큰 충격을 받았습니다. 제가 괴로워하는 모습을 보고는 그분도 마음을 조금 누그러뜨리시더군요. 저에 대한 나쁜 감정도 많이 사라졌는지 헤어질 때는 제가 예전에 포인터 새끼를 드리겠다고 약속한 사실을 상기시키면서 악수까지 청하실 뻔했습니다. 동생분이 죽어가고 있으며, 저를 극악한 악당이라 믿으며 마지막 순간까지 저를 경멸하고 증오하고 있다는 얘기를 들었을 때 그저 참담한 심정이었습니다. 제가 얼마나 끔찍한 인간으로 여겨지고 있을지는 알 수 없었지만, 적어도 한 사람(윌러비는 브랜던 대령을 지목하여 그가 자신을 비난하고 있으리라 생각하고 있다-옮긴이)은 제가 무슨 짓이든 저지르고도 남을 인간이라고 떠들 거라는 사실은 알 수 있었습니다. 그래서 오늘 아침 8시에 마차에 올랐습니다. 이제 모든 걸 말씀드렸군요."

엘리너는 아무 대답도 하지 않았다. 빼어난 외모와 재능에 스스럼없고 진솔하며 감성적인 기질을 타고났음에도 너무 일찍 독립한 결과로 나태함과 유흥과 사치에 빠진 한 남자가 정신과 성격과 행복에 입은 돌이킬 수 없는 상처를 엘리너는 조용히 응시하고 있었다. 세상은 그를 사치와 허영에 빠뜨렸고, 사치와 허영은 그를 냉혹하고 이기적인 사람으로 만들었다. 허영은 타인을 희생시키며 떳떳하지 못한 성공을 추구하다가 그를 진정한 사랑에 빠지게 했고, 사치 혹은 그 산물인 궁핍은 그 사랑을 희생하도록 요구했다. 그를 악으로 이끈 이 두 가지 그릇된 성향으로 말미암아 그는 결국 벌을 받게 되었다. 명예를 저버리고 자신의 감정을 저버리고 더 우월한 모든 관계를 저버리면서까지 떨쳐낸 그 사랑이, 이제 그것이 더는 용납되지 않은 상황에서 그의 생각을 온통 사로잡고 있었다. 그리고 별다른 양심의 가책 없이 마리앤을 고통에 빠뜨리며 선택한 관계는 이제 그 자신에게 훨씬 치유하기 힘든 불행의 원천이 되었음을 증명하고 있는 것 같았다. 이런 상념에 빠져 있던 엘리너는 몇 분 뒤 그녀 못지않게 고통스러운 상념에 빠져 있던 윌러비가 자리에서 일어나 떠날 채비를 하는 모습을 보고서야 정신을 차렸다.

"이제 이곳에 더 머물 이유가 없는 것 같습니다. 그만 가봐야겠습니다."

"런던으로 돌아가시나요?"

"아니요. 쿰 마그나로 갈 겁니다. 그곳에 볼일이 있어서요. 거기서 하루나 이틀 머물다가 런던으로 가야죠. 그럼 안녕히 계십시오."

그가 악수를 청했다. 그녀는 거절할 수 없었다. 그는 다정하게 그녀의 손을 맞잡았다.

"이제는 저를 조금 더 나은 사람으로 생각하게 되셨습니까?" 그만 손을 놓고 가야 한다는 사실을 잊기라도 한 듯 그가 벽난로 선반에 몸을 기대며 말했다.

엘리너는 그렇다고 확인해 주었다. 그녀는 그에게 용서와 연민의 뜻을 밝혔고 그의 행복을 빌어주기까지 했다. 그리고 그의 행복에 도움이 될 행동에 관해 따뜻한 조언도 덧붙였다. 그의 대답은 그리 희망적이지 않았다.

"그 점에 관해서라면," 그가 말했다. "할 수 있는 한 어떻게든 헤쳐나가야겠죠. 가정의 행복은 저에게는 불가능한 꿈입니다. 다만 제가 대시우드 양과 가족분들이 저의 운명과 행동을 지켜보고 계시리라 생각해도 된다면, 저에게는 그것이 정신을 바짝 차리고 살아갈 이유가 될지 모릅니다. 적어도 살아갈 이유는 될 수 있겠죠. 이제 저는 마리앤을 영원히 잃었습니다. 만일 제가 다시 자유로운 몸이 된다면,"

엘리너는 질책과 함께 그의 말을 끊었다.

"그럼," 그가 대답했다. "이번에는 정말 작별 인사를 드려야겠습니다. 이제 제가 이곳을 떠나면 한 가지 일만 두려워하며 살게 되겠군요."

"그게 무슨 말씀이시죠?"

"동생분의 결혼 말입니다."

"정말 잘못된 생각을 하고 계시는군요. 윌러비 씨는 제 동생을 잃으셨고 앞으로 더 잃으실 건 남아 있지 않아요."

"하지만 동생분은 다른 누군가의 사람이 되겠죠. 그리고 그 누군가가 제가 가장 견딜 수 없는 그 사람이라면…. 제가 여기에 더 있다가는 남에게 상처만 주면서 정작 용서는 못 하는 꼴을 보여서 기껏 얻은 대시우드 양의 연민과 호의까지 빼앗길 것 같군요. 안녕히 계십시오. 신의 가호가 있기를!"

이 말을 남기고 그는 거의 뛰쳐나가다시피 밖으로 나갔다.

45

그가 떠나고 그의 마차 소리까지 사라진 뒤에도 엘리너는 한참 동안 이런저런 상념에 빠져 있었다. 제각기 달랐지만 하나같이 슬픔만 남기는 그런 상념들에 짓눌려 엘리너는 잠시 동생을 생각하는 것조차 잊고 있었다.

윌러비라는 사람이, 불과 반 시간 전만 해도 그녀가 세상에서 가장 무가치한 인간으로 혐오했던 그가, 그 모든 잘못에도 불구하고 고통스러워하는 모습을 지켜보며 엘리너는 어느 정도 연민을 느끼지 않을 수 없었다. 그가 그녀의 가족과 영영 남이 되었다는 생각에 애틋한 마음과 회한마저 들었는데, 이는 그녀가 곧 깨달은 것처럼 그에게 그럴 만한 가치가 있어서라기보다는 그의 간절함을 헤아렸기 때문이다. 그의 매력적인 외모, 더는 미덕이 될 수 없는 솔직하고 다정하며 활기찬 태도 그리고 이제는 죄악이라 할 마리앤을 향한 변함없이 뜨거운 애정까지, 이 모든 것은 도리상 중요하게 여겨져서는 안 될 것이었음에도 엘리너는 자신의 마음에서 그런 면모를 가진 그의 영향력이 커졌음을 느꼈다. 한참이 지나서야 그녀는 그의 영향력을 덜 느낄 수 있었다.

마침내 그녀가 아무것도 모르는 동생의 곁으로 돌아왔을 때, 마리앤은 막 잠에서 깨어나 있었는데 언니가 바라던 대로 긴 단잠을 잔 덕분에 그녀는 어느 정도 기력을 찾은 상태였다. 엘리너의 머릿속은 복잡했다. 과거, 현재, 미래, 윌러비의 방문, 마리앤의 회복 그리고 임박한 어머니의 도착까지, 이 모든 것이 그녀의 머릿속을 복잡하게 했고 이 때문에 그녀는 피로를 느낄 겨를도 없이 오로지 동생에게 자신의 복잡한 심경을 들키지 않으려는 마음뿐이었다. 하지만 이런 걱정은 오래가지 않았다. 윌러비가 떠나고 반 시간도 채 지나기 전에 그녀는 또 다른 마차 소리에 아래층으로 내려가야 했기 때문이다. 어머니의 끔찍한 불안이 잠시라도 불필요하게 연장되지 않도록 그녀는 현관으로 달려갔고, 때마침 안으로 들어서는 어머니를 부축할 수 있었다.

대시우드 부인은 도착이 가까워짐에 따라 두려운 마음에 마리앤이 살아 있지 않을 거라고 거의 확신한 나머지 마리앤의 상태를 묻지 못했을 뿐만 아니라 엘리너에게 인사를 건넬 기력조차 남아 있지 않았다. 엘리너는 인사나 질문을 기다리지 않고 즉시 기쁜 소식을 전했다. 어머니는 늘 그랬듯이 그 말에 크게 반색하며 언제 두려움을 느꼈느냐는 듯이 행복감에 들떴다. 그녀는 동행한 벗과 딸의 부축을 받아 응접실로 들어갔다. 그녀는 여전히 할 말을 잃고 그저 기쁨의 눈물을 흘리며 엘리너를 거듭 껴안았고 이따금 브랜던 대령에게 몸을 돌려 그의 손을 꼭 잡았다. 그녀의 표정에는 고마움과 함께 이 순간의 기쁨을 그도 공유하고 있으리라는 확신이 가득했다. 그는 기쁨을 공유했기는 했으나 할 말을 찾지 못하고 있는 부인보다 더 깊은 침묵을 지켰다.

대시우드 부인은 마음이 진정되자마자 마리앤을 보고 싶어 했다. 그리고 2분 뒤에 사랑하는 딸과 마주했다. 그동안의 부재와 불행과 위험 때문에 더더욱 소중해진 딸이었다. 엘리너는 어머니와 동생의 재회를 기쁜 마음으로 지켜보았지만, 동생이 잠을 더 청하지 못할까 걱정했다. 하지만 대시우드 부인은 딸의 생명이 위태로운 때인 만큼 차분해진 것은 물론이고 신중해지기까지 했다. 마리앤 역시 어머니가 가까이 있다는 사실만으로도 충분히 만족했고 자신의 상태가 아직 대화를 나눌 정도가 아님을 알았기 때문에 조용히 안정을 취해야 한다는 권유에 순순히 따랐다. 대시우드 부인은 아침까지 마리앤의 곁을 지키겠다고 했고, 엘리너는 어머니의 간곡한 부탁에 따라 잠자리에 들었다. 엘리너는 전날 밤을 꼬박 새운 데다 여러 시간을 극도의 불안감 속에 보낸 탓에 휴식이 꼭 필요했지만 혼란스러운 마음에 잠을 이루지 못했다. 윌러비가, 이제 '불쌍한 윌러비'라고 부르고 싶은 그가 머릿속을 떠나지 않았다. 그의 변명 따위는 전혀 들어줄 생각이 없었는데, 이제는 그를 너무나 가혹하게 평가했던 자신을 탓하는 마음이 들었고 그러다가 다시 그럴 수밖에 없었던 자신을 옹호하는 마음도 들었다. 하지만 동생에게 이야기를 전하겠다고 약속한 이상 그녀의 마음은 내내 고통스러웠다. 이야기를 전하는 것 자체도 두려웠고 그것이 마리앤에게 끼칠 영향도 두려웠다. 마리앤이 그런 해명을 듣고도 다른 사람을 만나 행복하게 살 수 있을지 걱정이었고, 심지어 윌러비가 아내와 사별했으면 좋겠다는 생각이 잠시 들기까지 했다. 그러다가 브랜던 대령을 떠올리고는 그녀 자신을 꾸짖으며 그의 고통과 변치 않은 마음이야말로 동생의 보답을 받아 마땅하다고 생각했고 윌러비 부인의 죽음을 바라는 따위의 생각은 더 하지 않게 되었다.

브랜던 대령이 바턴에 도착해 전한 소식에도 대시우드 부인의 충격이 그나마 덜했던 것은 그녀가 이미 불안에 떨고 있었기 때문이다. 마리앤의 상태를 크게 염려한 부인은 안 그래도 더 기다리지 않고 그날 클리블랜드를 향해 출발할 계획이었다. 부인은 대령이 도착하기 전에 이미 떠날 채비를 마치고, 감염의 위험 때문에 데리고 가는 것이 꺼려진 막내 마거릿을 캐리 부부에게 맡기기로 하고 그들이 도착하기를 기다리고 있던 참이었다.

마리앤의 상태는 하루가 다르게 좋아졌고, 대시우드 부인의 환한 표정과 유쾌한 기분은 스스로 거듭 선언한 것처럼 이 세상에서 가장 행복한 여인이 그녀 자신임을 증명하고 있었다. 엘리너는 이따금 그런 어머니의 모습을 지켜보면서 과연 어머니의 기억 속에 에드워드가 남아 있기는 한지 궁금해졌다. 하지만 엘리너가 낙담한 마음을 절제된 표현으로 적어 보낸 편지를 곧이곧대로 받아들인 대시우드 부인은 오로지 마리앤의 회복으로 넘치는 기쁨을 더욱 키우는 데에만 전념했다. 돌이켜 보면 윌러비와의 불행한 애정을 부추긴 자신의 그릇된 판단 때문에 위험에 처했던 마리앤이 이제 회복하고 있는 것이었다. 그녀가 딸의 회복에 기뻐한 데에는 엘리너가 미처 생각하지 못한 또 다른 이유가 있었다. 단둘이 대화할 기회가 생기자마자 그 이유가 밝혀졌다.

"이제야 우리 둘만의 시간이 생겼구나. 애야, 넌 엄마가 왜 이리 행복한지 모를 거다. 브랜던 대령이 마리앤을 사랑한단다. 대령이 나한테 직접 얘기한 거야."

마음속으로 기쁨과 고통이, 놀라움과 덤덤함이 교차하는 가운데 엘리너는 어머니의 말을 차분히 듣고 있었다.

"애야, 네 성격이 엄마와 다르다는 걸 아니까 망정이지 그러지 않았으면 네가 이렇게 덤덤한 게 이상하게 느껴졌을 것 같구나. 만일 엄마가 가만히 앉아서 우리 가족을 위해 소원을 빌었다면, 브랜던 대령이 너희 둘 중 하나와 결혼하는 걸 가장 큰 소원으로 빌었을 거다. 그런데 엄마 생각에는 둘 중에 마리앤이 대령과 더 행복하게 살 것 같구나."

엘리너는 어머니가 그렇게 생각하는 이유를 물어보고 싶은 생각이 살짝 들었다. 나이나 기질 또는 감정적 특성을 객관적으로 고려하면 그렇게 생각할 근거가 없었기 때문이다. 하지만 어머니는 어떤 주제에 마음이 끌리면 늘 상상에 빠진다는 것을 잘 알고 있는 딸은 질문 대신 미소로 넘어갔다.

"어제 이곳에 오는 길에 대령이 자기 속마음을 털어놓더구나. 어쩌다 그런 얘기가 나왔는지는 모르겠지만, 너도 짐작하다시피 어제 같은 상황에서 엄마는 마리앤 얘기 말고는 할 얘기가 없었단다. 그런데 대령이 침통한 기색을 감추지 못하더구나. 거의 나만큼이나 비통해하는 게 눈에 보였지. 흔히 말하는 우정만으로는 그렇게 뜨거운 연민을 설명할 수 없다는 걸 대령도 느꼈는지, 아니면 아무 생각도 할 수 없는 지경이었는지, 대령이 감정을 주체하지 못하고 마리앤을 향한 간절하고 애틋하고 변함없는 애정을 털어놓더구나. 그 애를 처음 본 순간부터 사랑했다면서 말이야."

하지만 엘리너는 그런 표현이나 고백이 대령에게서 나온 것이 아니며, 모든 것이 어머니의 풍부한 상상력에서 자연스럽게 윤색된 것임을 알아차렸다.

"마리앤을 사랑하는 대령의 마음은 윌러비가 느끼거나 느끼는 척했던 것과는 비교가 안 될 정도로 크고 뜨겁고 진실하고, 또 뭐랄까, 한결같다고 해야 하나, 우리 마리앤이 불행하게도 그 형편없는 인간한테 빠져 있는 동안에도 변함이 없었던 거지. 대령은 자기한테 아무런 이익이나 희망이 없어도 마리앤이 다른 사람과 행복하게 지내는 모습을 그냥 지켜봤을 사람이야. 그렇게 고결하고 너그럽고 진실한 사람이니 누군가를 속일 줄도 모를 거다."

"성품이 훌륭하고 늘 한결같은 분이시죠."

"나도 안다." 어머니가 진지하게 말했다. "안 그랬으면 마리앤이 얼마 전 그렇게 힘든 일을 겪었는데, 내가 대령에게 잘해보라고 격려를 했을리가 없지. 대령의 고백에 반가운 마음이 들었을 리도 없고. 대령이 나를 여기에 데리고 오겠다고 그렇게 적극적으로 나선 것만 봐도 그 사람의 성품은 충분히 알 수 있지."

"평소에도 다른 사람을 잘 도와주시는 분이라," 엘리너가 말했다. "이번에는 마리앤에 대한 애정에서 그렇게 하셨겠지만, 그분의 인품은 그런 친절한 행위 하나에서만 드러나는 게 아니에요. 브랜던 대령님과 오래전부터 알고 지내신 제닝스 부인이나 미들턴 씨 내외분도 그분을 무척 좋아하고 존경하세요. 저도 그분을 잘 알게 된 것은 최근의 일이지만, 그분을 무척 존경하고 높이 평가하기 때문에 만일 마리앤이 그분과 행복해질 수만 있다면 어머니와 마찬가지로 이 인연을 우리에게 주어진 가장 큰 축복으로 여길 거예요. 그래서 그분께 뭐라고 답해 주셨어요? 그분이 희망을 품게끔 하셨어요?"

"아, 애야, 그 상황에서는 그 사람도 나도 희망을 이야기할 수 없었지. 그 순간에 우리 마리앤은 죽어가고 있는지도 모르는데. 그 사람도 희망이나 격려를 기대했던 게 아니라, 그저 마음을 달래주는 친구에게 얘기하듯 자기의 속마음을 털어놓았을 뿐이야. 그런데 처음에는 나도 너무 경황이 없어서 아무 말도 못 했지만, 시간이 조금 지나고는 만일 마리앤이 살아남으면 두 사람의 결혼을 성사시키는 일이 내게 가장 큰 행복이 될 거라는 말은 했단다. 그리고 여기에 도착해서 마리앤이 괜찮다는 걸 확인한 후에 여러 차례 격려의 말을 해줬어. 시간이 조금만 지나면 모든 게 다 잘 풀릴 것이고, 마리앤의 마음이 윌러비 같은 사람에게 영원히 머물 리는 없다고 말이다. 대령의 미덕이 곧 그 애의 마음을 얻게 될 거다."

"하지만 그분의 표정을 보아서는 아직 어머니만큼 낙관적인 것 같지는 않아요."

"그래. 그 사람은 마리앤의 감정이 너무 깊었기 때문에 꽤 오랜 시간이 지나도 바뀌지 않을 것으로 생각하고 있어. 게다가 너무 소심해서 설령 마리앤의 마음이 바뀐다고 해도 나이나 성격의 차이 때문에 과연 자기가 그 애의 마음을 얻을 수 있을까 자신이 없는 거야. 그런데 그건 대령이 잘못 생각하고 있는 거라고. 마리앤보다 나이가 많기는 해도 그건 오히려 장점이거든. 성격도 안정되고 다른 데 한눈을 팔지도 않을 테니 말이야. 내가 확신하는데, 그 사람의 성격은 네 동생을 행복하게 만들어 주기에 딱 맞아. 외모나 품행도 마음에 들고. 대령이 마음에 든다고 해서 내가 눈까지 멀지는 않았단다. 물론 외모야 윌러비보다 못하지만, 그 사람 표정에는 뭔가 기분을 좋게 해주는 그런 게 있거든. 너도 기억하겠지만, 윌러비의 눈을 보면 뭔가 마음에 안 드는 구석이 항상 있었잖니."

엘리너는 그런 기억이 없었다. 하지만 어머니는 딸의 동의를 기다리지 않고 말을 이었다.

"품행만 봐도 그렇다. 윌러비보다 대령이 훨씬 내 마음에 들 뿐만 아니라 마리앤에게도 더 잘 맞을 거야. 온화한 데다 다른 사람들을 진정으로 배려할 줄도 알고 꾸밈이 없는 남자다운 태도를 보면, 어딘가 모르게 인위적이고 눈치도 없이 마냥 활달하기만 했던 윌러비보다 마리앤의 진짜 성격에 훨씬 더 잘 어울리지. 내가 확신하는데, 설령 윌러비가 실제로 괜찮은 사람이었다고 해도 마리앤은 그쪽보다는 브랜던 대령과 훨씬 더 행복하게 살 수 있을 거야.”

그녀는 잠시 말을 멈췄다. 딸은 어머니의 생각에 그다지 동의하지 않았지만, 자신의 의견을 말함으로써 어머니의 기분을 상하게 하지는 않았다.

“마리앤이 델라퍼드에 살게 되면,” 대시우드 부인이 덧붙여 말했다. “내가 바턴에 그대로 산다고 해도 꽤 가까운 거리지. 그리고 듣기로는 델라퍼드가 꽤 큰 마을이라고 하니 분명히 근처에 우리가 살기에 알맞은 작은 집이나 코티지가 있을 거다.”

가엾은 엘리너! 이 새로운 계획은 그녀를 델라퍼드로 데리고 가려는 것이 아닌가! 하지만 어머니의 의지는 확고했다.

“대령은 재산도 많잖니. 너도 알겠지만, 엄마 나이가 되면 말이야, 그런 것에도 신경을 쓰게 되거든. 대령의 재산이 정확하게 얼마나 되는지 알지도 못하고 알고 싶지도 않지만, 꽤 많을 거라는 건 분명해.”

이때 다른 사람이 들어오면서 그들의 대화는 중단되었고, 엘리너는 물러나서 혼자 이 문제에 대해 생각해 보았다. 그녀는 벗의 성공을 빌었지만, 그러면서도 윌러비에게 안타까운 마음이 드는 것은 어쩔 수 없었다.

46

마리앤은 비록 쇠약해지기는 했지만, 회복까지 오랜 시간이 걸리지는 않았다. 젊음과 타고난 건강 그리고 어머니의 보살핌 덕분에 회복세는 이어졌고, 어머니가 도착한 지 나흘 만에 그녀는 파머 부인의 옷방까지 움직일 정도가 되었다. 그녀는 어머니를 모시고 온 브랜던 대령에게 감사의 인사를 전하기 위해 그곳에서 그를 만나고 싶다는 뜻을 전달했다.

방에 들어서면서 마리앤의 달라진 모습을 본 그는 그녀가 내미는 핏기 없는 손을 잡았다. 엘리너는 그의 표정에서 단순히 마리앤을 향한 애정이나 다른 사람들에게 그의 감정이 알려졌음을 의식하는 데서 비롯된 것과는 다른 뭔가를 발견했다. 그녀는 동생을 바라보는 그의 우울한 눈빛과 표정의 변화에서, 그 자신이 예전에 인정했듯 마리앤과 일라이자의 닮은 모습으로 인해 그가 고통스러운 과거를 떠올리고 있음을 알아챘다. 퀭한 눈, 창백한 낯빛, 힘없이 뒤로 기댄 자세 그리고 큰 신세를 졌다며 감사를 전하는 그녀의 모습에서 그는 과거의 기억을 더욱 강렬하게 떠올리고 있었으리라.

엘리너와 마찬가지로 대시우드 부인도 이 상황을 유심히 관찰했으나 그녀의 판단은 전혀 달랐다. 그녀는 대령의 행동에서 더없이 솔직하고 확연한 감동을 보았고, 마리앤의 행동과 말에서는 단순한 감사 이상의 감정이 싹트고 있다고 확신했다.

하루 이틀이 더 지나면서 마리앤은 아침과 저녁이 다를 정도로 기력을 회복했고, 대시우드 부인은 자신과 딸들의 똑같은 바람에 따라 바턴으로 돌아가겠다는 뜻을 밝혔다. 다른 두 방문객의 거취도 그녀의 결정에 영향을 받았다. 제닝스 부인은 대시우드 부인이 딸들을 데리고 떠난다면 자신도 클리블랜드를 떠날 생각이었고, 대시우드 부인과 제닝스 부인의 간청으로 클리블랜드에 머물고 있던 브랜던 대령 역시 꼭 그래야 하는 것은 아니었지만 그곳에서의 체류를 다른 사람들과 같이 마치고자 했다. 이번에는 대령과 제닝스 부인의 간청으로, 대시우드 부인은 아픈 딸의 편의를 위해 집으로 돌아가는 길에 그의 마차를 사용하기로 했다. 다른 집의 손님 초대까지 발 벗고 나선 성격 좋고 오지랖 넓은 제닝스 부인과 대시우드 부인의 초대를 받은 대령은 몇 주 내로 코티지를 방문하여 마차를 찾아가기로 기꺼이 약속했다.

작별과 출발의 날이 밝았다. 마리앤은 제닝스 부인에게 특별하고 긴 작별 인사를 건넸다. 지난날의 무심함을 인정하는 마음에서 비롯된 진심 어린 감사와 존경과 따뜻한 기원이 담긴 인사였다. 그녀는 브랜던 대령에게도 따뜻한 우정을 담아 작별을 고한 뒤 그의 조심스러운 부축을 받아 마차에 올랐다. 그는 그녀가 마차의 공간을 적어도 절반은 차지했으면 하는 기색이었다. 이어서 대시우드 부인과 엘리너도 마차에 올랐다. 남은 두 사람이 떠난 이들에 대해 이야기를 나누며 지루함을 달래고 있었을 때, 제닝스 부인의 이륜마차가 도착했다. 부인은 하녀와 이런저런 잡담을 나누며 두 젊은 벗을 보낸 허전함을 달랬다. 브랜던 대령도 곧바로 델라퍼드를 향해 혼자 길을 떠났다.

바턴으로 돌아가는 이틀간의 여정을 마리앤은 큰 피로감 없이 잘 견뎠다. 그녀가 편안하게 갈 수 있도록 극진한 애정으로 세심하게 보살피는 것이 부인과 엘리너의 역할이었고, 마리앤이 육체적으로 편안하고 정신적으로도 평온한 것을 확인함으로써 두 사람은 보람을 느꼈다. 엘리너는 동생이 정신적 안정을 찾은 것이 특히나 고마웠다. 말로 표현할 용기도, 속으로 감출 의연함도 없이 몇 주 동안 마음의 고통을 앓던 동생이 이제 눈에 띌 정도로 평정을 되찾은 모습에 그녀는 누구도 공유할 수 없는 기쁨을 느꼈고, 진지한 성찰 끝에 얻은 그런 평정심은 궁극적으로 동생에게 행복감과 활력을 가져다줄 것이라고 믿었다.

바턴이 가까워지면서 들판과 나무 한 그루 한 그루가 모두 특별하면서도 고통스러운 기억을 불러일으키는 풍경이 눈에 들어오자 마리앤은 말수가 줄어들며 깊은 생각에 잠겼고 굳은 표정으로 시선을 피해 창밖만 내다보았다. 하지만 엘리너는 그것을 이상하게 여기지도, 탓하지도 않았다. 마차에서 내리는 마리앤을 부축하다가 그녀가 조용히 울고 있었음을 알아차렸을 때도 그런 감정을 지극히 자연스러운 것으로 생각한 엘리너는 연민을 느꼈을 뿐, 감정을 드러내지 않으려 노력한 동생이 대견하기까지 했다. 이후에도 마리앤은 일관되게 이성적으로 행동하려는 노력을 기울였다. 그녀는 응접실에 들어서자마자 윌러비의 기억과 관련된 모든 사물을 마주하는 것에 곧바로 익숙해지기로 마음먹은 듯 결연한 표정으로 주위를 둘러보았다. 말수는 적었지만 입을 떼면 유쾌한 어조로 말했고, 이따금 한숨을 내쉴 때도 이내 미소를 지어 보였다. 저녁 식사를 마친 뒤 그녀는 피아노 앞으로 다가갔다. 윌러비가 구해다 준 악보가 제일 먼저 눈에 들어왔다. 그 악보에는 두 사람이 이중창으로 즐겨 부르던 노래들이 수록되어 있었고, 표지에는 그의 필체로 그녀의 이름이 적혀 있었다. 그건 의연하게 넘기기 힘들었다. 그녀는 고개를 가로저으며 악보를 옆으로 치우고 잠시 건반을 두드렸으나 손가락에 힘이 안 들어간다며 피아노를 다시 닫았고, 그러면서 앞으로 연습을 많이 하겠다는 다짐을 밝혔다.

다음 날 아침에도 이런 행복한 징후는 줄어들지 않았다. 휴식을 얻은 몸과 마음은 더 건강해졌고 표정과 목소리에는 힘이 넘쳤다. 그녀는 마거릿이 돌아오기를 고대하며 가족이 모두 모여 즐겁게 지냈으면 하는 소망이야말로 유일하게 바랄 가치가 있다고 말했다.

"날씨가 좋아지고 기력이 생기면," 마리앤이 말했다. "언니와 매일 멀리까지 산책하러 나가고 싶어. 목초지 건너편의 농장까지 걸어가서 그곳의 아이들이 얼마나 컸는지도 보고 말이야. 바턴 크로스에 있는 존 경의 새 조림지와 애비랜드도 보고 싶어. 그리고 수도원 터에 가서 예전에 있었다는 수도원의 경계가 어디까지였는지도 살펴보는 거야. 정말 즐거울 것 같아. 그렇게 여름을 행복하게 보낼 거야. 나는 매일 6시 전에 일어나서 아침 식사 시간이 될 때까지 음악과 독서에 시간을 촘촘하게 쓸 거야. 이미 계획도 다 세워놓았고 정말 제대로 된 공부를 하려고 해. 우리 집 서재에 있는 책들은 다 익숙해서 그냥 기분 전환 삼아 읽을 정도밖에 안 되지만 파크에 가면 읽을 만한 책들이 꽤 있잖아. 최근에 나온 책들은 브랜던 대령님한테 빌려서 읽을 수 있을 테고. 하루에 여섯 시간씩 앞으로 열두 달을 읽으면 지금 나한테 부족하다고 생각되는 지식을 꽤 얻을 수 있겠지.”

엘리너는 이와 같은 동생의 고상한 계획을 존중했지만, 극단적인 안일함과 자기중심적인 푸념으로 이어지던 동생의 그 변덕스러운 열정이 이제는 이성적인 활동과 고결한 자제심의 과잉이라 할 만한 계획으로 이어지는 모습에 미소를 짓지 않을 수 없었다. 그러나 윌러비와의 약속을 아직 지키지 못했다는 생각에 그녀의 미소는 한숨으로 변했다. 그녀는 마리앤의 마음을 다시 흔들어놓을지도 모를 이야기가 모처럼 찾아온 평온함을 한동안 깨뜨리지 않을까 두려웠다. 그녀는 그런 불행한 시간을 늦추고 싶었다. 그래서 동생의 몸 상태가 좀 더 안정될 때까지 기다리기로 했다. 하지만 그런 결심은 깨지고 말았다.

집에 돌아온 지 이삼일이 지나도록 마리앤 같은 환자가 외출을 할 수 있을 만큼 날씨가 좋지는 않았다. 그러다가 드디어 딸의 바람과 어머니의 확신을 부추길 만큼 쾌청하고 온화한 아침이 밝았다. 마리앤은 피곤해지지 않을 정도로만 걸으라는 허락을 얻어 엘리너의 팔에 의지한 채 집 앞의 작은 길로 나섰다.

몸이 아픈 뒤로 마리앤이 이 정도의 운동을 하는 것은 처음이었기 때문에 두 자매는 느린 걸음으로 출발했다. 그들이 집 뒤편에 있는, 그냥 지나칠 수 없는 바로 그 언덕이 한눈에 보이는 곳에 이르렀을 때 마리앤이 걸음을 멈추고 그쪽을 바라보며 조용히 말했다.

"저기였어. 바로 저기." 그녀가 손을 들어 가리키며 말을 이었다. "저기 툭 튀어나온 데 있잖아, 내가 저기에서 넘어졌어. 그리고 윌러비 씨를 처음 보게 됐지."

그 이름을 내뱉으며 목소리가 잠겼지만, 그녀는 이내 기운을 차렸다.

"저기를 봐도 고통스럽지 않은 게 감사해. 언니, 그 얘기를 꺼내도 될까?" 그녀가 머뭇거리며 말했다. "그래서는 안 되는 걸까? 이제는 얘기할 수 있을 것 같은데, 차분하게 말이야."

엘리너는 조심스럽게 동생이 이야기를 시작해보도록 했다.

"적어도 그 사람에 대해서는," 마리앤이 말했다. "이제 미련 같은 건 없어. 나는 그에 대한 내 과거의 감정을 얘기하려는 게 아니라 지금의 내 감정이 어떤지 말하려는 거야. 이제는 그 사람이 줄곧 연극을 한 건 아니었다고, 늘 나를 속이기만 한 건 아니었다고 생각할 수만 있어도 더 바랄 게 없을 것 같아. 무엇보다 그가 그렇게 사악한 사람이 아니었다고 확신할 수만 있어도 좋겠어. 그 불쌍한 소녀의 이야기를 들은 뒤로 그가 그런 사람이라는 두려운 마음이 종종 들거든."

그녀는 말을 멈추었다. 동생의 말이 내심 반가웠던 엘리너가 말했다.

"그런 확신을 얻을 수 있다면 네 마음이 정말 편해질 것 같니?"

"응. 그런 확신은 내 마음의 평화와 이중으로 연결되어 있어. 내가 알고 있던 그 사람에게 그런 속셈이 있었으리라 의심하는 것도 끔찍한 일이지만, 나 자신은 또 어떻게 됐겠어? 창피할 정도로 경솔하게 사랑에 빠진 내가 과연 어떤 상황을 맞닥뜨리게 되었을까 하는 생각이 들어."

"그렇다면," 엘리너가 물었다. "너는 그의 행동을 어떻게 받아들이고 있니?"

"나는 그 사람이, 아, 그냥 마음이 변한 거라고, 아주 쉽게 마음이 변했을 뿐이라고 믿을 수만 있어도 좋겠어."

엘리너는 아무 말도 하지 않았다. 그녀는 바로 이야기를 꺼내는 게 좋을지, 아니면 마리앤의 몸 상태가 더 좋아질 때까지 기다리는 게 좋을지 갈등했다. 두 사람은 몇 분간 말없이 천천히 걸었다.

"그 사람에게 대단한 걸 빌어주는 건 아니야." 침묵을 깬 마리앤이 한숨을 쉬며 말했다. "그저 그가 지난 일을 돌이킬 때 나만큼 불편하지 않기를 바랄 뿐이야. 그런 생각을 하는 것만으로도 충분히 괴로울 테니까."

"너와 그 사람의 행동이 비교된다는 건 아니?"

"내가 했던 행동과 해야 했던 행동을 비교하고 싶을 뿐이야. 나와 언니의 행동을 비교한다는 얘기야."

"우리 둘의 상황은 비슷하지 않았어."

"우리 둘의 행동이 비슷하지 않았겠지. 언니, 당연히 질책해야 할 일을 나를 위해서 옹호하지는 마. 병이 나를 성찰하게 해준 것 같아. 몸이 아프면서 차분하고 진지하게 생각할 여유가 생겼다고나 할까. 대화를 나눌 정도로 회복되기 훨씬 전부터 나도 생각은 온전히 할 수 있었어. 지난 일을 돌아보면서 내 행동을 직시하게 되었는데, 지난가을 그 사람을 처음 만난 이후 나 자신에게는 한없이 경솔했고 다른 사람들에게는 퉁명스럽기만 했던 것 같아. 나 자신의 감정이 고통을 불러들인 건데 그걸 의연하게 이겨낼 힘은 없으니 그게 나를 거의 무덤으로 끌고 갈 뻔했던 거야. 그래서는 안 된다고 생각하면서도 나는 건강을 살피지 않았고 그래서 병을 자초했다는 것도 알고 있었어. 내가 만일 죽음을 맞게 됐다면 그건 자살이나 다름없었을 거야. 나는 위험이 사라질 때까지 내가 얼마나 위험한 상황에 있는지도 모르고 있었어. 이런 성찰을 얻은 지금은 내가 회복되었는 게 놀랍기만 해. 살고 싶다는 간절함, 하느님과 다른 모든 이들에게 속죄할 시간을 얻고 싶다는 간절함이 나를 살게 한 것 같아. 내가 만일 죽었다면 내 간병인이자 친구인 언니에게 얼마나 큰 고통을 안겨 주었을까! 언니는 내 마지막 날들의 까칠하고 이기적인 모습을 다 보았고 온갖 불평불만을 다 들어준 사람이니까. 만일 그랬다면 언니의 기억 속에 나는 어떤 모습으로 남게 되었을까! 엄마에게도 마찬가지야. 그런 엄마를 언니가 어떻게 위로할 수 있었을까! 나 자신이 얼마나 혐오스러운지 모르겠어. 과거를 돌이킬 때마다 내가 소홀히 한 의무나 제멋대로였던 잘못이 보여. 모든 사람이 나로 인해 상처를 받았어. 제닝스 부인이 베푼 친절에, 그 끝없는 친절에 나는 배은망덕하게도 경멸을 돌려드렸고 미들턴 부부, 파머 부부, 스틸 자매 그리고 내가 아는 모든 사람에게 무례하고 부당한 태도를 보였어. 그분들의 장점에는 마음을 닫고 그분들이 내게 보이는 관심에는 짜증만 냈지. 오빠와 올케언니는 그럴 자격도 없지만 나는 두 사람에게 최소한의 예우조차 해주지 않았어. 하지만 나는 누구보다도 언니에게, 엄마한테보다도 언니에게 큰 잘못을 저질렀어. 언니의 마음과 슬픔을 아는 사람은 나밖에 없었는데, 나는 조금도 달라지지 않았잖아. 언니나 나 자신을 측은하게 여기는 마음도 없었고, 언니가 내 앞에서 본보기가 되어주는데도 그런 것에는 아랑곳하지도 않았어. 언니의 마음을 조금이나마 편하게 해주려는 배려도 없었어. 언니의 인내심을 흉내 내려고 하지도 않았고, 예법과 감사의 의무는 언니에게 전부 떠맡긴 채 그걸 조금이라도 나눠서 지려고 하지도 않았어. 언니의 마음이 힘든 줄 알았을 때도 나는 다른 때와 다름없이 의무나 우애를 도외시했어. 슬픔은 오로지 혼자만의 것인 양 행동하면서 나를 저버린 그 마음만 원망하고, 정작 언니에게는 사랑한다고 말하면서도 언니가 나 때문에 괴로워하도록 내버려 두고 있었던 거야."

쉴새 없이 쏟아지던 그녀의 자책은 여기에서 멈췄다. 엘리너는 마음에 없는 칭찬을 하지 못하는 성격이었지만 마리앤의 근심을 덜어주고자 동생의 솔직한 뉘우침에 합당한 찬사와 응원의 말을 건넸다. 마리앤은 언니의 손을 꼭 쥐며 말했다.

"언니, 정말 고마워. 내가 앞으로는 행동으로 증명할게. 계획은 이미 다 세웠고 그 계획을 잘 지킬 수 있으면 좋겠어. 이제는 감정을 절제하고 성격도 고치려고 해. 내 감정 때문에 다른 사람들을 걱정하게 하거나 나 자신을 괴롭히는 일은 없을 거야. 이제는 우리 가족만을 위해 살겠어. 언니와 엄마와 마거릿이 나의 전부야. 내 모든 애정은 오로지 우리 가족끼리만 나눌 거라고. 우리 가족을, 우리 집을 떠나겠다는 생각은 두 번 다시 하지 않겠어. 만일 내가 다른 사람들과 어울리게 된다면 그건 순전히 내가 겸손해졌고 마음가짐이 달라졌다는 것을 보여 주기 위해서이고, 다소 곳하고 참을성 있게 예법과 의무를 실천에 옮길 수 있다는 것을 보여 주기 위해서일 거야. 윌러비에 대해서는, 내가 그 사람을 당장 잊겠다거나 영영 잊겠다고 말하는 게 별 의미가 없을 것 같아. 상황이나 생각이 바뀌었다고 해서 그의 기억이 사라지지는 않을 테니까. 다만 신앙과 이성의 힘으로, 그리고 끊임없이 뭔가를 하면서 그 기억을 다스릴 거야."

그녀는 잠시 말을 멈췄다가 낮은 목소리로 이렇게 덧붙였다. "그 사람의 속마음을 알 수만 있다면 모든 게 수월해질 텐데."

빨리 이야기해 버리는 편이 나을지 한참을 고민했으나 여전히 결론을 내리지 못하고 있던 엘리너는 이 말을 들은 뒤 고민한다고 해결될 일이 아니라면 결단을 내릴 수밖에 없다고 생각했고, 곧바로 사실을 이야기했다.

그녀는 줄곧 속으로 생각하던 대로 막힘 없이 이야기를 풀어놓았다. 안절부절못하는 동생에게 먼저 마음의 준비를 시킨 뒤 그녀는 윌러비가 해명의 근거로 삼았던 이야기의 요지를 간단하고 솔직하게 들려주었고 그의 후회를 있는 그대로 전했으며 다만 그가 여전히 품고 있는 애정에 관해서는 축소해서 이야기했다. 마리앤은 아무 말도 하지 않았다. 시선은 땅바닥에 고정된 채, 그리고 입술은 아팠을 때보다 더 하얗게 변한 채 그녀는 떨고 있었다. 마음에는 무수히 많은 질문이 떠올랐지만, 단 하나의 질문도 입 밖에 꺼낼 엄두가 나지 않았다. 그녀는 언니가 전하는 말 한마디 한마디를 힘겹게 마음으로 붙들었다. 자신도 모르게 그녀는 언니의 손을 쥐었고 눈물이 그녀의 뺨을 적시고 있었다.

엘리너는 탈진이 염려되는 동생을 데리고 집으로 발걸음을 돌렸다. 비록 묻지는 않아도 동생이 얼마나 속을 태우며 궁금해할지 짐작할 수 있었던 엘리너는 집 앞에 도착할 때까지 오로지 윌러비와 나눈 대화에 관해서만 이야기했고 상세하게 전해도 괜찮을 만한 부분에서는 그의 말과 표정에 대한 묘사까지 세세하고 조심스럽게 전달했다. 집 안에 들어서자마자 마리앤은 언니에게 고마움의 입맞춤과 함께 "엄마한테도 말씀드려."라는 말만 남긴 채 눈물을 흘리며 계단을 올라갔다. 엘리너는 혼자 있고 싶어 할 동생을 방해하고 싶지 않았다. 그리고 어떤 반응을 얻게 될지 불안한 마음 한편으로 마리앤이 할 수 없다면 자신이 그 이야기를 처음부터 다시 할 수밖에 없다고 다짐하며 동생이 맡긴 일을 하기 위해 응접실을 향했다.

47

대시우드 부인은 한때 총애했던 사람의 해명을 전해 듣고 마음이 흔들리지 않을 수 없었다. 그녀는 그의 잘못이 부분적으로나마 씻겨져서 기뻤고 그에게 딱한 마음이 들기도 했다. 그녀는 그의 행복을 기원했다. 하지만 그에 대한 예전의 감정을 되찾을 수는 없었다. 그가 믿음을 저버리지 않은 사람으로, 인격에 흠을 입지 않은 사람으로 마리앤에게 돌아올 길은 없었다. 어떤 것도 마리앤이 그로 인해 받은 고통의 기억을 지울 수는 없었으며, 그가 일라이자에게 저지른 잘못을 사라지게 할 수도 없었다. 그러므로 어떤 것도 지난날 그가 그녀로부터 받은 호의적인 평가를 돌려줄 수는 없었고 브랜던 대령에 대한 부인의 호감에 손상을 입힐 수도 없었다.

만일 대시우드 부인이 엘리너처럼 윌러비의 이야기를 직접 들었다면, 그래서 그가 괴로워하는 모습을 눈앞에서 지켜보고 그의 표정과 태도에 영향을 받게 되었다면, 아마도 그녀의 연민은 더욱 커졌을 것이다. 하지만 그 얘기를 들었을 때 자신의 마음에 일어난 감정을 다른 사람에게 똑같이 불러일으키는 것은 엘리너가 할 수도, 하고 싶지도 않은 일이었다. 그녀는 숙고 끝에 냉철한 판단을 내렸고 윌러비가 치르게 된 대가를 냉정하게 바라보았다. 그래서 그녀는 있는 그대로의 사실만 전하고자 했으며, 안쓰러운 마음에 이야기를 윤색하여 엉뚱한 상상을 일으키지 않도록 그의 인격에 합당한 진실만 드러내고자 했다.

저녁에 세 모녀가 한자리에 모였을 때 마리앤은 스스로 그 이야기를 꺼냈다. 하지만 어쩔 줄을 모르며 한참을 초조한 표정으로 앉아 있던 모습이나 말을 하는 동안 얼굴이 달아오르고 목소리가 떨리는 모습에서 드러났듯이, 그것은 그녀에게 적지 않은 노력이 필요한 일이었다.

"엄마와 언니가 나에게 기대하는 것과," 마리앤이 말했다. "내 생각이 다르지 않으니까 다들 안심했으면 좋겠어."

동생의 솔직한 마음을 듣고 싶었던 엘리너가 어머니에게 아무 말도 하지 말라는 눈빛을 보내지 않았다면, 대시우드 부인은 마리앤의 말을 듣기도 전에 위로의 말부터 건넸을 것이다.

"오늘 아침 언니가 해준 얘기에 마음이 한결 가벼워졌어. 내가 듣고 싶었던 얘기가 바로 그거였으니까." 잠시 그녀의 목소리가 잠겼다. 하지만 곧 차분함을 되찾고 그녀가 말을 이었다. "이제는 정말 마음이 편해. 달라지기를 바라는 것도 없어. 결국에는 알게 되었겠지만, 그게 언제이든 이 모든 걸 알게 된 순간 어차피 그와는 행복할 수 없었을 거야. 어떤 믿음도, 어떤 존경심도 남아 있지 않았을 테니까. 어떤 식으로도 그 일이 내 마음에서 지워지지는 않았을 거야."

"안다, 알아." 어머니가 말했다. "그렇게 행실이 나쁜 남자와 행복하게 지낸다는 건 말이 안 되지! 우리의 가장 소중한 벗이자 훌륭하기가 이를 데 없는 그분의 마음에 상처를 준 인간과 행복이라니! 우리 마리앤이 그런 인간과 행복해진다는 건 있을 수 없는 일이야. 마리앤, 너처럼 예민한 양심을 가진 사람이라면 남편이 느껴야 할 가책을 혼자 다 짊어지고 있었을 거다."

마리앤은 한숨을 쉬며 같은 말을 반복했다. "달라지기를 바라는 건 없어요."

"올바른 정신과 건전한 분별력을 지닌 사람들은 다 너처럼 생각할 거야." 엘리너가 말했다. "이 문제에서뿐만 아니라 다른 많은 상황에서도 그와의 결혼이 여러모로 근심과 실망을 안겨다 주었을 것이고 그의 애정이 불확실한 이상 네가 의지할 데가 없었으리라는 것은 너도 나처럼 충분히 짐작할 수 있을 거야. 그 사람과 결혼했다면 너는 평생 궁핍한 생활에서 헤어나지 못했을 게 분명해. 그의 낭비벽은 그 자신도 인정한 사실이고, 그동안의 행동을 보면 절제라는 걸 아예 모르는 사람 같으니 말이야. 수입은 정말 적은데 그는 원하는 게 많고 너는 살림의 경험이 없으니 궁핍은 피할 방법이 없을 것이고, 알지도 못하고 생각해 본 적도 없는 그런 궁핍에 네가 느끼는 고통은 더욱 커졌겠지. 너는 명예와 성실을 중요하게 여기니까 네가 처한 상황에서 가능한 모든 방법을 동원해서 최대한 절약해 보려고 할 거야. 만일 너 자신을 위한 지출을 줄여서 그럭저럭 살 수만 있어도 너는 그런 고생을 감수하겠지만, 그 정도로 감당이 될 상황이 아니라면 혼자 힘으로 어떻게 결혼 전부터 예정된 것이나 다름없는 파산을 막아내겠니? 게다가 만일 네가 그의 유흥비를 줄이겠다고 한다면 설령 그게 합리적인 얘기라고 해도 그렇게 이기적인 사람이라면 네 말에 동의하는 대신 오히려 마음이 멀어져서 자기를 불편하게 만든 결혼을 후회하지 않을까?"

마리앤은 입술을 파르르 떨며 "이기적인 사람?"이라고 되물었는데, 그 어조는 마치 "정말 그가 이기적인 사람이라고 생각해?"라고 묻는 것 같았다.

"이번 일에서," 엘리너가 대답했다. "그의 행동은 처음부터 끝까지 이기적이었어. 처음에 너의 감정을 농락한 것도, 나중에 그의 마음에 애정이 생겼을 때 그 고백을 미룬 것도, 마지막에 바턴을 떠나버린 것도 모두 이기적이었어. 자신의 즐거움, 자신의 편안함이 모든 면에서 그를 지배한 원리였어."

"맞아. 내 행복은 결코 그의 목표가 아니었어."

"지금," 엘리너가 말을 이었다. "그는 자신의 행동을 후회하고 있어. 왜일까? 자신의 목표가 이루어지지 않았기 때문이야. 행복하지 않은 거지. 이제 금전적으로는 어렵지 않아. 그런데 자신이 결혼한 여자가 너처럼 다정다감하지 않다는 생각이 드는 거야. 그렇다면 너와 결혼했으면 그가 행복했을까? 그랬다면 다른 불편함이 따랐겠지. 지금은 해결되었으니 아무것도 아닌 것처럼 여겨지는 금전적인 어려움이 닥쳤을 거야. 성격이 흠잡을 데 없는 아내를 얻은 대신에 늘 쪼들리고 궁핍하게 되었을 거라고. 그는 곧 가정의 행복을 위해서는 아내의 성격보다 저당 잡히지 않은 부동산과 넉넉한 수입이 가져다주는 안락함이 훨씬 중요하다고 생각하게 되었을 거야."

"그랬겠지." 마리앤이 말했다. "후회되는 건 없어. 내가 어리석었다는 것만 빼고."

"애야, 엄마의 경솔함을 탓하려무나." 대시우드 부인이 말했다. "다 내 탓이다."

마리앤은 어머니가 자책하도록 내버려 두지 않았다. 엘리너는 어머니와 동생이 각자의 실수를 자각한 것에 만족했고 과거의 잘못을 들춰서 동생을 의기소침하게 만들고 싶지 않았다. 그녀는 원래의 화제로 돌아갔다.

"이번 일을 돌아볼 때 한 가지 사실은 분명해. 윌러비가 겪고 있는 모든 어려움은 그가 일라이자에게 행한 최초의 악행에서 비롯되었다는 거야. 그 잘못이 그보다 덜한 다른 잘못들과 지금 그가 가지고 있는 모든 불만의 원인이 된 거지."

마리앤은 이 말에 진지하게 동의했다. 그리고 어머니는 이 말을 구실 삼아 브랜던 대령이 입은 상처와 그의 미덕을 나열했는데 그 우호적인 태도에는 선의와 함께 다른 속내도 있었다. 하지만 마리앤은 어머니의 말에 그다지 귀를 기울이는 것 같지 않았다.

엘리너가 예상한 대로 이후 이삼일 동안 마리앤의 빠른 회복세는 잠시 주춤했다. 하지만 다짐을 꺾지 않고 계속해서 밝고 느긋하게 보이려고 노력하는 마리앤의 모습에 언니는 시간이 지나면 동생이 건강을 완전히 회복하리라 확신했다.

마거릿이 돌아오면서 모두 모이게 된 가족은 다시 예전의 조용한 생활로 돌아갔다. 그들은 각자 노력을 기울이는 일에 처음 바턴에 왔을 때만큼 열성적이지는 않았지만, 적어도 앞으로 열심히 하겠다는 계획은 세워놓고 있었다.

엘리너는 에드워드의 소식이 점점 궁금해졌다. 그녀는 런던을 떠난 이후 전혀 그의 소식을 듣지 못했고 그의 장래 계획은커녕 현재 그가 어디에 머물고 있는지도 모르고 있었다. 그녀는 마리앤의 병중에 오빠와 몇 통의 편지를 주고받은 적이 있었다. 존이 보낸 첫 번째 편지에는 이런 구절이 있었다. "우리는 딱한 에드워드의 근황을 전혀 모르고 있다. 금기시된 주제라 누구한테 물어보지도 못하고 있지만, 아직 옥스퍼드에 있을 것으로 생각한다." 서신 왕래로 알게 된 에드워드의 소식은 이것이 전부였다. 그 뒤에 도착한 편지에서는 그의 이름조차 언급되지 않았다. 하지만 그녀는 그의 소식을 오랫동안 모르고 있을 운명이 아니었다.

어느 날 아침 그들의 하인이 엑서터에 심부름을 다녀왔다. 바턴에 돌아온 그는 식탁에서 시중을 들며 심부름 보낸 일에 관해 대시우드 부인이 묻는 말에 대답한 뒤 묻지도 않은 소식을 전했다.

"알고 계실 것으로 생각합니다만, 페라스 씨가 결혼하셨답니다."

마리앤은 깜짝 놀라 엘리너에게 시선을 고정했고 창백해진 언니의 얼굴을 보며 의자 등받이에 몸을 털썩 기댔다. 대시우드 부인은 하인과 이야기를 주고받으면서도 시선은 마리앤과 같은 방향을 향하고 있었다. 고통에 일그러진 엘리너의 표정에 충격을 받은 부인은 이내 마리앤의 상태도 심상치 않음을 깨닫고는 어느 딸부터 살펴야 할지 판단이 서지 않았다.

하인은 마리앤 양의 상태가 안 좋은 것을 발견하고는 급히 하녀를 불렀고, 하녀는 대시우드 부인과 함께 그녀를 부축해서 다른 방으로 데려갔다. 잠시 후 어머니는 상태가 나아진 마리앤을 마거릿과 하녀에게 부탁한 한 뒤 엘리너에게 돌아왔다. 엘리너는 여전히 혼란스럽기는 했지만, 이성을 찾고 목소리를 가다듬으며 토머스에게 그 소식을 누구에게 들었는지 물어보려는 참이었다. 이때 대시우드 부인이 들어와서 그 질문을 대신 한 덕분에 엘리너는 애쓸 필요 없이 그 대답을 들을 수 있다.

"페라스 씨가 결혼했다고 누가 그러던가, 토머스?"

"오늘 아침에 제가 엑서터에서 페라스 씨를 우연히 뵈었습니다. 그분의 부인도 함께 계셨습니다. 결혼하시기 전에는 스틸 양이었죠. 두 분은 뉴 런던 여관 앞에 세워진 마차에 타고 계셨습니다. 저는 파크에 있는 샐리가 마부로 일하는 남동생에게 전해달라고 저에게 부탁한 편지를 들고 그곳에 들른 참이었습니다. 마차 옆을 지나면서 우연히 고개를 돌렸는데 작은 스틸 양이 그 마차에 타고 계시는 겁니다. 그래서 모자를 벗고 인사를 올렸는데, 그분이 저를 알아보시고는 마님과 아가씨들, 특히 마리앤 아가씨의 안부를 물으셨습니다. 그러고는 페라스 씨 부부가 감사의 인사를 전하더라고 꼭 말씀드리라는 당부를 남기셨습니다. 시간이 없어서 직접 찾아뵙지 못해 죄송하다면서 갈 길이 바빠 이번에는 그냥 가지만 돌아오는 길에는 마님을 꼭 찾아뵙겠다고 하셨습니다."

"결혼했다는 말을 본인의 입으로 하던가, 토머스?"

"네, 마님. 그분이 자신의 성(姓)이 바뀌어서 엑서터를 오게 되었다며 미소를 지으셨습니다. 아주 상냥하고 스스럼없이 말씀하셨고 행동도 정중하셨습니다. 그래서 저도 기꺼이 축하의 말씀을 올렸습니다."

"페라스 씨도 마차에 같이 타고 있던가?"

"네, 마님. 몸을 뒤로 기댄 채 고개를 숙이고 계셨습니다. 원래 말씀을 많이 안 하시는 분이잖습니까."

엘리너는 그가 나서지 않은 이유를 쉽게 이해할 수 있었고, 대시우드 부인도 같은 생각을 하는 것 같았다.

"마차 안에 다른 사람은 없었고?"

"네, 두 분만 타고 계셨습니다."

"어디에서 오는 길이라고 얘기하지는 않던가?"

"런던에서 바로 오시는 길이라고 루시 양이, 아니, 페라스 부인께서 말씀하셨습니다."

"그러면 서쪽으로 더 갈 예정이라는 거네."

"네, 마님. 하지만 그리 멀리 가는 건 아니고 곧 돌아오실 거라고 하셨습니다. 그때 이곳을 꼭 들르겠다고 하셨습니다."

대시우드 부인은 딸을 바라보았다. 하지만 엘리너는 그들이 오지 않을 것임을 알고 있었다. 그녀는 토머스를 통해 루시가 정말로 말하고자 했던 것이 무엇인지 알아차렸고, 에드워드가 그들을 찾아오는 일은 없으리라 확신했다. 그녀는 어머니에게 그들 부부가 플리머스 근처의 프랫 씨 댁을 향하는 것 같다고 낮은 목소리로 말했다.

토머스가 전할 이야기는 그게 전부인 듯했으나 엘리너는 더 들을 이야기가 있었으면 하는 표정이었다.

"그분들이 떠나는 것을 보고 왔는가?"

"아닙니다, 마님. 저는 마차를 끌 말들이 밖으로 나오는 것까지만 봤고, 늦을까 봐 그곳에서 더 꾸물거릴 수 없었습니다."

"페라스 부인은 좋아 보이던가?"

"네, 마님. 아주 잘 지낸다고 하셨습니다. 언제 봐도 참 예쁜 숙녀분이신 것 같습니다. 굉장히 만족스러워하는 표정이셨고요."

대시우드 부인은 더 물어볼 것이 없었다. 그녀는 토머스를 물러나도록 했고 식탁도 치우게 했다. 마리앤은 이미 아무것도 먹고 싶지 않다고 했고, 대시우드 부인과 엘리너 역시 식욕을 잃었기 때문이다. 마거릿은 최근에 언니들이 걱정도 많았고 끼니를 거를 이유도 많았다는 점에 비추어 식사를 한 번도 거를 일이 없었던 자신은 행복하다고 생각했을지도 모른다.

후식과 포도주가 준비되었을 때, 대시우드 부인과 엘리너는 비슷한 생각을 하며 한참 동안 침묵을 지켰다. 대시우드 부인은 어떤 말도 꺼내기가 두려웠고 위로의 말을 건넬 엄두조차 내지 못했다. 그녀는 그제야 엘리너의 말을 곧이곧대로 믿었던 것이 잘못이었음을 깨달았다. 마리앤 때문에 고통받고 있는 그녀에게 또 다른 고통을 안기지 않기 위해 엘리너가 자신의 상황을 별것 아닌 것처럼 이야기했다는 사실을 새삼 깨달은 것이다. 그녀는 딸의 세심하고 속 깊은 배려를 헤아리지 못한 채 자신이 그토록 잘 안다고 생각했던 딸의 연정을 너무나 가벼이 여기고 있었다. 그녀는 자신이 엘리너에게 불공평했고 무심했으며 거의 몰인정하기

389

까지 했다는 생각이 들었다. 마리앤의 고통은 더 잘 드러나 있고 바로 눈앞에 보인다는 이유로 자신의 관심은 온통 둘째 딸에게만 쏠려 있었고, 똑같이 괴로움을 겪고 있던 엘리너는 겉으로 드러내지 않고 꿋꿋하게 견디고 있다는 이유로 아무런 관심을 기울이지 않았다는 생각이 어머니의 마음을 아프게 했다.

48

엘리너는 설령 어떤 일이 확실시된다고 해도 그것을 예상하는 것과 현실로 확인하는 것은 엄연히 다르다는 사실을 깨달았다. 그녀는 에드워드가 미혼인 한에는 그가 모종의 결단을 내리거나 주위 사람들이 중재에 나섬으로써, 혹은 여자 쪽에서 더 나은 혼처를 찾아냄으로써 그와 루시의 결혼이 무산될 수도 있다는 희망을 자기도 모르게 품고 있었음을 깨달았다. 그러나 그는 이제 기혼자가 되었고, 그녀는 그런 희망을 숨기고 있던 자신의 마음을 책망했다. 그런 헛된 희망 때문에 그 소식을 접한 뒤의 고통은 더욱 컸다.

처음에는 그가 서품을 받기도 전에, 따라서 교구 목사직을 얻지도 못한 상태에서 결혼을 서두르는 것이 조금 의아했다. 하지만 이내 루시의 치밀함이라면 그를 얻기 위해 결혼을 미루는 위험을 감수하기보다 다른 것들을 무시하는 쪽을 택했으리라는 생각이 들었다. 그들은 이제 부부였다. 그들은 런던에서 결혼식을 마치고 그녀의 외삼촌 댁으로 가는 중이었을 것이다. 바턴에서 4마일밖에 떨어지지 않은 곳에서 우연히 마주친 어머니의 하인에게 루시가 전하는 이야기를 가만히 듣고 있을 수밖에 없었을 에드워드의 심정은 어땠을까!

그녀는 그들이 곧 델라퍼드에 정착할 것이라 예상했다. 델라퍼드, 많은 일이 얽히고설킨 그곳은 그녀가 알고 싶었던 만큼이나 피하고 싶은 곳이기도 했다. 그녀의 머릿속에 그곳의 목사관에 있는 그들의 모습이 그려졌다. 활기차고 알뜰한 살림꾼이 된 루시가 근사해 보이고 싶은 욕망과 극단적인 절약을 양립시키는 한편 넉넉지 못한 생활을 남들에게 들킬까 부끄러워하는 모습과 모든 일에 자신의 손익을 따지며 브랜던 대령과 제닝스 부인 그리고 부유한 벗들의 환심을 사려고 애쓰는 모습도 그려졌다. 에드워드의 모습은 그려지지 않았다. 보고 싶은 그의 모습이 어떤 것인지 그녀 자신도 알 수 없었다. 그의 행복한 모습도, 불행한 모습도 그녀의 마음을 기쁘게 해주지 않았다. 그녀는 그의 모습을 그려보는 것을 포기했다.

엘리너는 런던의 지인들 가운데 누군가가 이 일에 관한 소식을 편지로 상세하게 알려주리라 기대했다. 하지만 며칠이 지나도록 편지는 물론이고 들리는 소식도 없었다. 누구를 탓해야 할지 알 수 없었으나 지인들이 모두 원망스러웠다. 다들 무심하고 게으르기만 했다.

"어머니, 브랜던 대령에게 언제 편지를 쓰실 건가요?" 상황이 어떻게 돌아가고 있는지 알고 싶은 마음에 불쑥 그런 질문이 튀어나왔다.

"안 그래도 지난주에 한 통 써서 보냈단다. 그리고 답장보다는 직접 만날 수 있겠거니 하고 기대하는 중이다. 한번 찾아오라고 간곡히 청했으니 당장 오늘이나 내일 찾아온다고 해도 놀랄 일이 아닐 것 같구나."

소득이 있었다. 그의 방문은 기대해봄 직했다. 브랜던 대령이라면 그녀에게 들려줄 소식을 틀림없이 가지고 있을 것이었다.

그녀가 이런 생각을 하고 있었을 때 창문 너머로 말 위에 앉아 있는 어떤 남자의 모습이 눈에 들어왔다. 그는 정원 밖 출입문 앞에서 말을 멈춰 세웠다. 브랜던 대령이었다. 이제 궁금한 소식을 들을 수 있게 되었다. 기대감에 그녀의 몸이 떨렸다. 그런데 그 신사는 브랜던 대령이 아니었다. 그의 풍채, 그의 키가 아니었다. 그게 가능한 일인지 모르겠지만, 그는 에드워드가 틀림없었다. 그녀는 다시 한번 밖을 내다보았다. 그가 말에서 내렸다. 잘못 본 게 아니었다. 에드워드였다. 그녀는 창가에서 물러나 자리에 앉았다. '프랫 씨 댁에서 우리를 보러 온 거야. 침착해야 해. 정신을 차려야 해.'

그녀는 다른 식구들도 처음에는 그를 브랜던 대령으로 착각했음을 알아차렸다. 어머니와 마리앤의 안색이 일순간에 변하는 모습이 보였다. 두 사람이 엘리너를 바라보며 귓속말을 몇 마디 주고받는 모습도 보였다. 그녀는 그를 쌀쌀맞고 무례하게 대하지 않았으면 하는 마음을 식구들에게 전달하고 싶었다. 하지만 입에서 말이 나오지 않았다. 각자의 분별력에 모든 것을 맡길 수밖에 없었다. 단 한마디의 말도 오가지 않았다. 다들 말없이 방문객이 나타나기를 기다리고 있었다. 자갈이 깔린 길을 걸어오는 그의 발걸음 소리가 들렸다. 잠시 후 그가 집 안에 들어섰고 다음 순간 그들 앞에 그가 서 있었다.

응접실에 들어서는 그의 표정은 엘리너의 눈에도 행복해 보이지 않았다. 동요하는 듯한 얼굴은 하얗게 질려 있었고 자신이 어떻게 받아들여질지 두려워하며 스스로 따뜻한 환영을 받을 자격이 없다고 생각하는 표정이었다. 대시우드 부인은 딸의 바람이라고 믿는 바대로 행동했다. 그녀는 애써 반가운 표정을 지으며 그를 맞아들인 뒤 악수를 청하며 축하의 인사를 건넸다.

그는 얼굴을 붉히며 몇 마디 알아듣기 힘든 대답을 했다. 어머니와 마찬가지로 엘리너도 그에게 의례적인 인사를 건넸는데, 그 순간이 지난 뒤에는 자신도 악수를 청했으면 좋았겠다고 생각했다. 하지만 그러기에는 이미 늦은 탓에 그녀는 아무렇지 않은 듯 다시 자리에 앉아 날씨 이야기를 꺼냈다.

마리앤은 괴로운 마음을 숨기려고 가능한 한 눈에 띄지 않는 자리에 물러나 앉아 있었다. 마거릿은 전부는 아니더라도 어느 정도는 상황을 알고 있어서 자신도 품위를 지켜야 한다는 생각에 멀리 떨어져 앉아 입을 다물고 있었다.

엘리너가 쾌청한 날씨의 즐거움을 이야기한 뒤 끔찍한 침묵이 흘렀다. 대시우드 부인이 침묵을 깨며 예의상 페라스 부인이 잘 지내고 있는지를 물었다. 그는 당황스러운 표정으로 그렇다고 대답했다.

다시 침묵이 흘렀다.

엘리너는 자신의 목소리가 떨리지 않을까 두려워하면서도 기운을 내서 말했다.

"페라스 부인께서는 롱스테이플에 계신가요?"

"롱스테이플이요?" 그가 어리둥절한 표정으로 되물었다. "어머니께서는 런던에 계십니다."

"저는," 엘리너가 탁자에서 바느질감을 집어 들며 말했다. "에드워드 페라스 부인을 가리키는 겁니다."

그녀는 차마 고개를 들 수 없었다. 하지만 어머니와 마리앤의 시선은 그를 향하고 있었다. 얼굴이 빨개진 그는 잠시 당혹스러운 표정을 짓더니 머뭇거리며 말했다.

"아마 제 동생을, 그러니까, 로버트 페라스 부인을 말씀하시나 봅니다."

"로버트 페라스 부인?" 마리앤과 어머니가 깜짝 놀라 되물었다. 엘리너 역시 말문이 막힌 채 놀라움과 조바심으로 그에게 시선을 고정했다. 그는 어쩔 줄 몰라 하며 자리에서 일어나 창가로 다가갔다. 그는 그곳에 놓여 있던 가위를 집어 들고 달뜬 목소리로 대답하며 가위집을 아무렇게나 잘라 가위와 가위집을 둘 다 못 쓰게 만들었다.

"모르고들 계셨군요. 최근에 제 동생이 결혼했다는 소식을 못 들으셨나 봅니다. 동생이 루시 스틸 양과 결혼했습니다."

모두 놀라서 아무 말도 하지 못하는 가운데 엘리너는 바느질감 위로 고개를 숙인 채 자신이 어디에 있는지조차 알 수 없을 정도로 동요한 상태로 앉아 있었다.

"그렇게 됐습니다." 그가 말했다. "두 사람은 지난주에 결혼했고, 지금은 돌리시에 있습니다."

엘리너는 그 자리에 더 앉아 있을 수 없었다. 그녀는 거의 뛰쳐나가다시피 응접실을 나가 문이 닫히자마자 기쁨의 눈물을 흘렸다. 처음에는 눈물이 영원히 멈출 것 같지 않았다. 그때까지 시선을 다른 데 두고 있던 에드워드는 그녀가 황급히 나가는 모습을 보았고, 어쩌면 그녀의 격앙된 감정을 눈으로, 그리고 귀로 확인했는지도 몰랐다. 그는 대시우드 부인이 다정하게 건네는 말도 들리지 않는 듯 깊은 상념에 빠져 있더니 마침내 한마디 말도 없이 응접실에서 나가 마을 쪽으로 발걸음을 옮겼다. 뒤에 남은 이들은 너무나 갑자기 바뀌어버린 그의 상황 탓에 가라앉지 않는 놀라움과 혼란 속에서 도대체 무슨 일이 있었는지 종잡을 수 없는 추측만 할 뿐이었다.

49

에드워드가 약혼 상태에서 어떻게 벗어났는지는 알 수 없었지만, 그가 자유로운 몸이 되었다는 것만은 분명했다. 그리고 그 자유가 어떤 목적으로 쓰일지는 모든 이가 쉽게 짐작할 수 있었다. 어머니가 동의하지 않은 경솔한 약혼에 어떤 축복이 따르는지 이미 4년간 경험한 그로서는 그러한 실패 이후 다른 사람과 약혼하는 것보다 더 기대되는 것이 없었다.

사실 그가 바턴에 온 이유는 단순했다. 바로 엘리너에게 청혼하기 위함이었다. 그런 일에 경험이 없지 않다는 점을 고려하면, 그가 청혼할 용기를 얻기 위해 신선한 공기를 쐬어야 했을 만큼 안절부절못한 것이 이상했을 수도 있다.

하지만 그가 마음을 굳히기까지 얼마나 걸어야 했고 그런 결심을 얼마나 빨리 밝혔으며 그의 마음을 어떤 식으로 표현했는지, 그리고 그것이 어떻게 받아들여졌는지는 상세히 이야기할 필요가 없을 것 같다. 이것만 이야기하면 될 듯하다. 그가 도착한 지 세 시간쯤 뒤인 오후 4시에 모두가 식탁에 둘러앉은 자리에서 그는 사랑하는 사람의 마음을 얻었고 그녀의 어머니로부터 승낙도 받았다. 그는 기쁨을 주체할 수 없는 연인이 되었을 뿐만 아니라, 이성과 사실의 측면에서 보더라도 세상에서 가장 행복한 남자 중 하나가 되었다. 실제로 그는 사랑을 얻어 가슴이 부풀고 기분이 들뜨는 그런 평범한 기쁨 이상의 감정을 느꼈다. 그는 오랫동안 그를 비참하게 만든 속박으로부터, 오래전부터 사랑하지 않았던 여자로부터 비난받을 짓이라고는 조금도 하지 않은 채 풀려났고 연모의 마음을 품을 새도 없이 거의 절망적으로 포기해야만 했던 인연을 되찾게 된 것이었다. 그는 불확실성이나 불안이 아닌 불행에서부터 행복으로 넘어오게 되었다. 그런 변화는 그의 벗들이 그때까지 한 번도 보지 못했던, 진정성과 감사가 넘치는 그의 유쾌함에서 그대로 드러났다. 그는 이제 엘리너에게 자신의 속마음을 숨김없이 털어놓았다. 자신의 약점과 잘못을 고백했고, 미성숙했던 시절 루시에게 품었던 감정에 대해서도 스물네 살의 이성과 품위로 이야기했다.

"제가 어리석고 게을렀기 때문입니다." 그가 말했다. "세상을 몰랐고 몰두할 일이 없었던 탓이죠. 열여덟 살에 프랫 씨의 지도를 다 받았을 때 어머니께서 저에게 뭔가 활동적인 일을 하도록 허락하셨다면 아마도, 아니, 분명히 그런 일은 일어나지 않았을 겁니다. 롱스테이플을 떠나던 당시에는 그분의 조카딸에게 억누를 수 없는 애정을 느끼고 있다고 생각했습니다. 하지만 그때 저에게 뭐라도 할 일이, 몇 달 동안이라도 그녀와 거리를 두고 할 일이 있었다면 그런 애정에 대한 환상에서 곧 벗어났을 겁니다. 무엇보다도 다양한 사람들과 어울릴 기회가 있었다면 틀림없이 그렇게 되었겠죠. 하지만 저는 딱히 할 일이 없었고, 어머니께서는 저에게 직업을 골라 주시거나 제가 스스로 고를 기회를 주시지 않았기 때문에 저는 집에 돌아와서 완전히 나태한 생활을 하게 되었습니다. 대학에라도 들어갔으면 뭐라도 할 일이 있었겠지만, 옥스퍼드에 입학한 건 그로부터 1년 후의 일이었으니 그동안 저는 스스로 사랑에 빠져 있다고 상상하는 것 이외에는 아무 할 일이 없었습니다. 거기에다 어머니께서는 모든 면에서 집을 편안한 곳으로 만들어 주시지 않았는데, 저는 친구도 없고 동생과 친밀하지도 않은 데다 새로 친구를 사귀는 것도 좋아하지 않았으니 롱스테이플을 자주 찾아간 것이 부자연스러운 일은 아니었습니다. 그곳에 가면 마음이 편했고 언제나 환영받는다고 느꼈으니까요.

열아홉 살이 되기까지 1년 동안 저는 많은 시간을 그곳에서 보냈습니다. 루시는 너무나 붙임성 있고 친절했습니다. 예쁘기도 했죠. 적어도 그때는 그렇게 보였습니다. 그때까지 저는 다른 여성을 볼 기회가 거의 없었기 때문에 비교할 대상이 없었고 그러다 보니 그녀의 단점도 보이지 않았습니다. 어느 모로 보나 그 약혼은 어리석었고 이후에 그것이 고스란히 증명되기도 했지만, 당시로서는 그렇게 부자연스럽거나 용납할 수 없을 정도로 어리석은 짓이 아니었습니다."

불과 몇 시간 사이에 대시우드 가족의 마음에 일어난 행복한 변화는 그들 모두에게 행복감으로 잠 못 이룰 밤을 약속했다. 대시우드 부인은 진정되지 않는 행복감에 그저 에드워드가 사랑스럽고 엘리너가 기특하기만 했다. 그녀는 에드워드의 섬세한 마음이 다치지 않은 채 자유를 얻게 된 것이 감사했고, 두 사람에게 마음껏 대화를 나눌 시간을 주는 동시에 그 둘이 함께 있는 모습을 흐뭇하게 지켜볼 방법이 무엇인지 알고 싶었다.

마리앤은 오로지 눈물로만 행복을 표현할 수 있었다. 자신의 상황과 비교가 되어 회한이 생길 것 같기도 했다. 그녀는 언니를 사랑하는 만큼 진정으로 기뻤지만, 그 기쁨은 말문을 트이게 하거나 기분을 들뜨게 하는 것은 아니었다.

하지만 엘리너의 감정은 어떻게 묘사해야 할까? 그녀는 루시가 다른 사람과 결혼함으로써 에드워드가 자유로워졌다는 사실을 알게 된 순간부터 그가 곧바로 새로운 희망을 보증해준 그 순간까지 만감이 교차하는 가운데 평정심을 유지할 수 없었다. 하지만 그 순간이 지나고 모든 의혹과 근심이 사라지자 그녀는 불과 얼마 전과 지금의 상황을 비교할 수 있게 되었다. 그가 이전의 약혼으로부터 명예롭게 풀려나 자유의 몸이 되자마자 청혼과 함께 변함없는 사랑을 맹세했을 때 그녀는 행복감에 압도당하고 말았다. 본래 인간의 마음은 더 좋은 쪽으로의 변화에 쉽게 익숙해지는 경향이 있지만, 그녀가 들뜬 기분을 가라앉히고 조금이나마 마음의 평정을 되찾기까지는 몇 시간이 더 지나야 했다.

에드워드는 코티지에서 최소한 일주일은 머물기로 했다. 다른 일이 생긴다고 해도 엘리너와 함께하는 즐거움을 그보다 짧게 누린다는 것은 있을 수 없는 일이었고 그들의 과거와 현재 그리고 미래에 관한 이야기를 나누기에는 그 정도의 시간도 충분하지 않았다. 몇 시간 동안 쉬지 않고 이야기를 나누다 보면 공통의 화제가 바닥나는 것이 이성적인 사람들 사이에는 흔한 일이지만, 연인끼리라면 사정은 달라진다. 연인들은 한 가지 이야깃거리를 놓고 적어도 스무 번은 이야기를 반복해야 제대로 대화를 했다고 생각하는 법이다.

루시의 결혼은 그중에서도 가장 놀라운 이야깃거리였고, 자연스럽게 그 일은 두 연인의 대화에 가장 먼저 화제로 올랐다. 두 사람 모두를 알고 있던 엘리너에게 그들의 결혼은 어느 모로 보나 그녀가 들어 본 가장 특이하고도 설명이 안 되는 사건이었다. 로버트에게 루시는 한때 형의 약혼녀였으며 그 약혼 때문에 형이 가족으로부터 쫓겨나기까지 했는데, 더군다나 그녀를 가리켜 외모조차 봐줄 게 없는 시골뜨기라고 평했던 로버트 자신이 그녀의 어떤 매력에 이끌려 결혼까지 하게 되었는지 엘리너로서는 이해할 수가 없었다. 재미있다는 느낌이 들었고 상상해 보면 우스꽝스럽기까지 했지만, 이성적으로 판단하면 그것은 완전히 수수께끼 같은 일이었다.

에드워드도 그들의 결혼에 관해서는 추측만 할 수 있을 뿐이었다. 둘이 처음에는 우연히 만났다가 한 사람의 허영심과 다른 사람의 알랑거림이 잘 맞아서 이후에는 일사천리로 일이 진행되지 않았겠느냐는 것이 그의 추측이었다. 엘리너는 할리가에서 로버트를 만났을 때, 형의 일을 조금만 더 일찍 알고 개입했더라면 결과가 달라졌을 거라던 그의 말이 떠올랐다. 그녀는 그가 했던 말을 에드워드에게 들려주었다.

"딱 로버트답네요." 그가 말했다. "두 사람이 처음 만났을 때도 로버트의 머릿속에는 그런 생각이 있었을 겁니다. 루시도 처음에는 저를 위해 동생의 호의를 얻어야겠다는 생각이 있었을 겁니다. 다른 계획들은 이후에 생겼겠죠."

하지만 둘 사이에 얼마나 오랫동안 일이 진행되었는지는 그 역시 알지 못했다. 그는 런던을 떠나 옥스퍼드에 머무는 동안 루시가 알려주지 않는 한 그녀의 소식을 들을 길이 없었는데, 그녀가 보내는 편지의 횟수는 마지막 순간까지 줄어들지 않았고 애정의 표현도 이전과 다르지 않았다. 그런 까닭에 그는 이후에 벌어질 일에 대한 의심이나 마음의 준비를 조금도 할 수 없었다. 그러다 마침내 루시의 편지로 그 일을 알게 되었을 때 그는 놀라움과 경악 그리고 해방의 기쁨이 뒤섞인 채로 한동안 얼이 빠져 있었다. 그는 그 편지를 엘리너의 손에 건넸다.

친애하는 페라스 씨께,

저는 이미 오래전에 당신의 애정을 잃었음을 확신하기에 저 역시 다른 이에게 마음을 주어도 된다고 생각했고, 이분과 함께라면 틀림없이 행복해질 수 있다고 믿습니다. 한때는 당신과 함께 그런 행복을 누리길 기대했지만, 마음이 다른 사람에게 가 있는 당신의 손을 잡는다는 것이 저로서는 수치스럽기 그지없습니다. 당신이 선택한 길에서 행복하시길 진심으로 바라며, 이제 인척이 되었으니 좋은 관계를 유지해야겠지만 혹시 그렇게 되지 않더라도 그게 저의 잘못은 아닐 것입니다. 당신에 대해 나쁜 감정은 전혀 없으니 당신도 너그러운 마음으로 우리를 홀대하지 않으시리라 믿습니다. 당신의 동생이 온전히 저의 마음을 차지했고 서로가 없이는 살 수 없는 저희는 방금 교회 제단 앞에서 돌아와 몇 주 동안 돌리시에 가 있으려고 합니다. 당신이 사랑하는 동생은 돌리시에 속히 가고 싶어 안달이 났지만 저는 먼저 당신께 몇 줄 남겨야겠다고 생각했습니다.

진심으로 당신의 행복을 기원하며,
벗이자 제수인 루시 페라스

추신: 당신의 편지는 모두 태워버렸고 초상화는 기회가 되는 대로 돌려 드리겠습니다. 제 편지도 모두 없애 주시되, 제 머리카락이 들어 있는 반지는 간직하셔도 괜찮습니다.

엘리너는 다 읽은 편지를 아무 말 없이 돌려주었다.
"잘 쓰인 글이라고 생각하시는지 여쭙지는 않겠습니다." 에드워드가 말했다. "예전 같았으면 그녀의 편지를 당신에게 보여 드리지 않았을 겁니다. 제수씨가 쓴 편지라고 해도 봐주기가 어려운데 만일 아내가 될 사람이 이렇게 글을 쓴다면 어찌해야 했을까요! 그녀가 쓴 편지를 읽을 때마다 늘 얼굴이 화끈거렸습니다. 그래도 그런 어리석은 일이 처음 있고 반년이 지난 뒤부터 지금까지 그녀에게서 받은 편지들 가운데 문체의 결함에도 불구하고 그나마 내용에 위안을 받은 것은 이 편지가 유일한 것 같습니다."

"사정이 어찌 되었든," 잠시 후 엘리너가 말했다. "그분들이 결혼한 것은 확실하네요. 어머님으로서는 자업자득이 된 셈이에요. 큰아들에 대한 분노로 작은아들에게 경제적 독립을 안겨 주었는데 결국 그 결정 때문에 작은아들이 신부를 자기 마음대로 선택할 수 있었으니까요. 한 아들의 상속권을 박탈하면서까지 말리려고 한 행동을 다른 아들에게는 매년 1천 파운드씩 줘가면서 부추긴 셈이죠. 당신이 루시와 결혼했다고 해도 어머님께서는 상심이 크셨겠지만, 동생분이 그녀와 결혼한 지금이라고 더 나을 것 같지는 않네요."

"어쩌면 상심이 더 크실지도 모릅니다. 저보다 로버트를 더 아끼시니까요. 다만 같은 이유로 더 빨리 용서하실 수도 있을 겁니다."

에드워드는 가족들과 연락을 하고 있지 않았기 때문에 그들이 어떤 상태인지 알 방법이 없었다. 그는 루시의 편지를 받고 하루가 채 지나기도 전에 옥스퍼드에서 출발하여 가장 빠른 길로 바턴에 오겠다는 한 가지 목표만 생각하고 있었기 때문에 이와 직접적인 관련이 없는 다른 일은 생각할 틈이 없었다. 그는 자신과 대시우드 양의 운명이 어떻게 될 것인지 확인하기 전에는 아무것도 할 수 없었다. 그리고 그 운명을 찾아 이처럼 황급히 달려왔다는 사실에 비추어, 한때 브랜던 대령에게 질투를 품고 있었고 자신을 낮추는 겸양과 청혼의 예법에 따라 어떤 대답을 들을지 자신이 없다고 말하기는 했으나 이곳에서 냉대를 받을 것으로 생각하지는 않았던 것 같다. 어쨌든 그렇게 말하는 것은 그가 마땅히 따라야 할 예법이었고, 그는 그 일을 근사하게 해냈다. 열두 달 후에 그가 이 일을 어떤 식으로 언급할지는 결혼한 남편과 아내들의 상상에 맡겨야겠다.

엘리너는 루시가 토머스를 통해 잠깐이나마 자신을 속이고 에드워드에게 독기를 뿜으려는 의도가 있었다고 생각했다. 에드워드 역시 루시의 성격을 완전히 알게 된 이상 그녀가 이유 없이 심술을 부리고도 남을 만큼 지극히 천박하다고 믿게 된 것에 대해 아무런 가책을 느끼지 않았다. 이미 오래전부터, 심지어 엘리너와의 친분이 생기기 전부터 그는 루시의 무지와 너그럽지 못한 면모를 발견할 때가 있었으나 그것을 그저 교육을 잘 받지 못한 탓으로만 돌렸다. 그래서 그녀의 마지막 편지를 받기 전까지만 해도 늘 그녀가 착하고 마음씨 고우며 자신만을 바라보는 사람이라고 믿었다. 그런 믿음이 있었기 때문에 약혼을 알게 된 어머니의 분노를 사기 훨씬 전부터 끊임없는 불안과 후회의 근원이었던 그 약혼 관계를 정리하지 못한 것이었다.

"제 감정이야 어떠했든," 그가 말했다. "어머니로부터 내쳐지고 온 세상에 저를 도와줄 친구 하나 없는 상황에서 저는 약혼 관계를 유지해야 하느냐 마느냐의 선택을 그녀에게 맡기는 것이 도리라고 생각했습니다. 사람의 탐욕이나 허영을 자극할 만한 게 하나도 없는 그런 상황에서 어떤 운명을 맞든 저와 함께하겠다고 고집하는 그녀에게 사심 없는 애정 이외에 무슨 다른 동기가 있으리라 생각했겠습니까? 지금도 그녀가 무슨 동기로 그랬는지, 사랑하지도 않고 재산이라고는 2천 파운드가 전부인 그런 남자에게 매여 있는 것이 자신에게 무슨 이익이 될 것으로 생각했는지 이해가 되지 않습니다. 그때는 브랜던 대령이 저에게 교구 목사직을 줄 거라는 것도 예상할 수 없었는데 말입니다."

"그래요. 하지만 상황이 당신에게 유리하게 펼쳐질 가능성을 생각했겠죠. 시간이 지나면 가족분들이 누그러질지도 모른다고 말이죠. 그리고 약혼 관계를 유지한다고 해도 그녀로서는 잃을 게 없었어요. 어차피 그런 관계에 그녀의 성향이나 행동이 얽매이지도 않았으니까요. 확실히 괜찮은 집안과 연을 맺고 있다는 사실만으로도 주위 사람들에게는 인정을 받을 수 있었을 거예요. 설령 더 유리한 상황이 생기지 않는다고 해도 독신으로 사는 것보다는 당신과 결혼하는 것이 그녀로서는 더 나았겠죠."

에드워드도 루시의 행동을 그보다 더 자연스럽고 확실하게 설명할 수 있는 동기는 찾을 수 없을 것임을 인정했다.

숙녀들이 늘 그들에게 찬사를 보내는 사람들의 경솔함을 나무라듯, 엘리너는 에드워드의 마음이 흔들리고 있었을 그 시기에 그가 놀런드에서 자신의 가족과 그렇게 오랜 시간을 보낸 것을 질책했다.

"그건 정말 잘못된 행동이었어요." 그녀가 말했다. "그때 당신의 상황에서는 절대로 불가능한 일을 저는 물론이고 우리 가족 모두가 상상하고 기대하도록 만드셨으니까요."

그는 자신의 마음을 알지 못했고 약혼의 힘을 과신하고 있었다는 변명을 할 수 있을 뿐이었다.

"저는 다른 사람에게 이미 믿음의 언약을 바쳤으니 당신과 함께 있어도 위험할 게 없다고 단순하게 생각했습니다. 스스로 약혼했다는 사실을 의식하고 있으면 제 마음과 명예가 안전하고 신성하게 지켜지리라 생각한 겁니다. 당신에게 흠모의 마음을 느꼈지만 그건 우정일 뿐이라고 생각했습니다. 그러다 당신과 루시를 비교하기 시작하면서 비로소 제가 얼마나 멀리까지 와버렸는지 깨달았습니다. 그런데도 서식스에 그렇게 오래 머물렀던 것은 잘못이었다고 생각합니다. 다만 스스로 편리하게 내세운 핑계는, 위험은 저만의 몫이고 상처 입을 사람도 저밖에 없다는 것이었지요."

엘리너는 미소를 지으며 고개를 가로저었다.

에드워드는 브랜던 대령이 코티지에 올 예정이라는 말에 반색했다.

그와 진심으로 가까워지고 싶었을 뿐만 아니라 델라퍼드 교구 목사직을 마련해 준 것을 더는 원망하지 않는다는 말을 꼭 전하고 싶었기 때문이다. "그때는 감사 인사를 그렇게 불손하게 드렸으니," 그가 말했다. "그분은 제가 그런 자리를 제안받아서 지금도 화가 나 있다고 생각하실 겁니다."

그는 자신이 그곳에 가본 적이 없다는 사실을 새삼 깨달았다. 그동안 그 문제에 거의 관심이 없었던 탓에 그는 목사관, 정원, 부속 농지, 교구의 관할 지역, 지역의 사정, 십일조를 봉헌하는 신자의 비율 등에 관한 정보를 모두 엘리너에게 들어야 했다. 그녀는 브랜던 대령으로부터 많은 이야기를 매우 주의 깊게 들었기 때문에 이와 관련된 정보를 잘 알고 있었다.

이제 그들 사이에 결정되지 않은 문제이자 극복해야 할 어려움은 단한 가지였다. 그들은 서로를 향한 애정으로 하나가 되었고 가족의 열렬한 동의도 받았으며 서로를 너무나 잘 아는 만큼 앞으로의 행복은 확실해 보였다. 다만 한 가지, 생계를 꾸리기 위한 뭔가가 부족했다. 에드워드에게 2천 파운드, 엘리너에게 1천 파운드가 있었으니 여기에 교구 목사직에서 나오는 수입이 그들의 전 재산이라고 할 수 있었다. 대시우드 부인의 지원은 기대할 수 없었고, 두 사람 모두 연간 350파운드의 수입으로 안락한 생활이 가능하다고 생각할 만큼 사랑에 맹목적인 사람들이 아니었다.

에드워드는 어머니가 마음을 누그러뜨릴 것이라는 희망을 완전히 버리지 않았기 때문에 부족한 수입에 대한 기대를 거기에서 찾았다. 하지만 엘리너는 그런 기대를 하지 않았다. 에드워드가 모턴 양과 결혼하지 못하게 된 상황에서 그가 자신을 선택한 것은 페라스 부인의 황송한 표현을 빌리더라도 루시보다 덜 싫은 쪽을 택한 것에 불과하니 로버트의 괘씸한 거역으로 부인의 재산은 결국 패니의 차지가 될 것으로 보였다.

에드워드가 온 지 나흘이 지나 브랜던 대령이 도착하면서 대시우드 부인은 완전히 만족스러운 상태가 되었을 뿐만 아니라 바턴에 살게 된 이후 처음으로 한꺼번에 두 명의 손님을 맞아 방을 다 내주지 못하게 되는 영광을 누렸다. 에드워드가 먼저 온 손님의 특권을 누리게 되었고, 브랜던 대령은 매일 밤 파크의 옛 거처로 돌아갔다가 아침이면 두 연인이 일어나 처음으로 마주하는 자리를 방해할 정도로 일찍 돌아오곤 했다.

대령이 3주간 머물렀던 델라퍼드에서는 저녁에 서른여섯과 열일곱이라는 나이의 불균형을 따져보는 것 이외에는 달리 할 일이 없었기 때문에 바턴에서 그의 기분이 좋아지기 위해서는 건강해진 마리앤의 모습과 그녀의 따뜻한 환대와 그녀의 어머니가 건네는 격려가 모두 필요했다. 좋은 벗들과 함께하는 가운데 그들로부터 듣기 좋은 칭찬을 들으면서 그는 실제로 활기를 되찾았다. 루시의 결혼 소식이 금시초문이었던 그는 도착한 후 몇 시간 동안 그 얘기를 듣고 놀라지 않을 수 없었다. 대시우드 부인으로부터 자초지종을 들은 그는 자신이 페라스 씨에게 호의를 베푼 것에 대해 기뻐할 새로운 이유를 찾았다. 결과적으로 그것이 엘리너를 위하는 일이 되었기 때문이다.

두 신사가 서로를 더 알게 될수록 상대방을 더 좋게 여기게 되었다는 것은 굳이 말할 필요가 없겠다. 그럴 수밖에 없었으니 말이다. 도리와 분별을 아는 두 사람은 성격과 사고방식까지 비슷했으니 그것만으로도 우정을 맺기에 충분했을 텐데, 두 사람이 각자 사랑하는 이가 자매지간이고 그 자매들 역시 우애가 좋았으니 다른 상황에서라면 시간을 두고 판단해야 했을 상호 간의 호감이 그들 사이에는 필연적이고 즉각적으로 생길 수밖에 없었다.

런던에서 온 편지들은 불과 며칠 전만 해도 기쁨으로 온 신경을 전율하게 했겠지만, 이제 엘리너는 그 편지들을 차분한 마음으로 읽을 수 있었다. 제닝스 부인은 그 놀라운 소식을 전하며 약혼자를 버린 여자를 향해 분노를 감추지 않았고, 형편없는 바람둥이 아가씨에게 홀려 있다가 지금쯤 옥스퍼드에서 비탄에 빠져 있을 에드워드 씨를 향해서는 연민을 쏟아냈다. "정말이지 나는," 그녀는 편지에서 이렇게 덧붙였다. "사람이 이렇게 교활하게 행동하는 꼴은 처음 본다오. 루시는 불과 이틀 전만 해도 여기에 들러서 아무 일도 없다는 듯 나와 함께 두어 시간을 보냈지 뭐요. 그런데 그때만 해도 그걸 눈치챈 사람이 아무도 없었고 심지어 낸시조차 모르고 있었다오. 낸시만 딱하게 됐지. 다음 날 낸시가 울면서 나를 찾아왔는데, 페라스 부인이 너무 무섭다면서 자기는 이제 프리머스로 어떻게 돌아가야 할지도 모르겠다고 합디다. 내 짐작으로는 루시가 결혼해서 내빼기 전에 낸시의 돈을 몽땅 빌린 것 같은데 아마 그 돈은 몸치장하는 데 다 써버렸겠지. 불쌍한 낸시가 수중에 7실링밖에 없다기에 내가 엑서터까지 가라고 흔쾌히 5기니를 내주었는데, 낸시는 그곳에 가서 버제스 부인과 서너 주 지내며 내가 시킨 대로 그 박사와 다시 한번 어떻게 해볼 생각이라오. 루시가 마차에 자기 언니를 태우고 가지 않았다니 그런 고약한 심보가 무엇보다도 괘씸하지 뭐요. 에드워드 씨가 불쌍해서 어쩌면 좋답니까! 머릿속에서 그 사람 생각이 지워지지 않는다오. 아무래도 대시우드 양이 에드워드 씨를 바턴으로 초대해서 마리앤 양더러 위로를 좀 해주라고 시키는 게 좋을 것 같구려."

대시우드 씨가 보낸 편지글의 분위기는 한층 무거웠다. 편지 내용에 따르면 페라스 부인은 세상에서 가장 불행한 여인이었고 가엾은 패니는 극심한 심적 고통을 겪은 탓에 이 두 사람이 그런 충격을 받고도 살아있는 것을 그는 감사하게 여기고 있었다. 로버트도 용서할 수 없는 잘못을 저질렀지만, 루시가 한 짓은 그보다 훨씬 끔찍했다. 앞으로 페라스 부인 앞에서 이 두 사람의 이름이 언급되는 일은 없을 것이었다. 페라스 부인은 혹시 나중에라도 아들을 용서할 수 있을지는 모르겠지만 그의 아내를 며느리로 인정할 생각은 전혀 없었으며 그녀가 눈앞에 나타나는 꼴도 보지 않을 작정이었다. 두 사람이 모든 일을 비밀리에 꾸몄다는 사실이 그들의 죄를 더 키웠는데, 이는 가족 중의 누군가가 눈치를 챘다면 그 결혼을 막기 위해 적절한 행동을 취했을 것이기 때문이다. 대시우드 씨는 루시가 온 집안에 불행을 퍼뜨리는 매개체가 될 줄 알았다면 차라리 그녀가 에드워드와 결혼하는 편이 나았을 거라며 이에 대해 엘리너의 동의를 구했다. 그의 편지는 이렇게 이어졌다.

"페라스 부인께서는 지금껏 에드워드의 이름을 한 번도 입에 올리지 않으셨는데, 그건 별로 놀랄 일이 아니다. 정말 놀랄 일은 처남에게서 편지 한 통도 오지 않고 있다는 거다. 어쩌면 처남은 장모님이 더 노하실까 봐 침묵을 지키고 있는지도 모르겠는데, 내가 옥스퍼드에 짤막한 편지를 보내서 무조건 납작 엎드려 비는 내용의 편지를 올리라고 조언을 할까 한다. 패니와 내가 그 편지를 받아서 장모님께 전해 드리면 적어도 화를 내지는 않으시겠지. 알다시피 페라스 부인은 마음이 너그러우시고 자식들과 화목하게 지내는 것 말고는 다른 걸 바라는 분이 아니시니까."

이 대목은 에드워드의 장래와 처신에 중요한 의미가 있었다. 비록 매형과 누나가 제안한 방식은 아닐지라도 에드워드가 화해를 시도해 보겠다고 마음을 먹는 계기가 되었기 때문이다.

"납작 엎드려 빌라고 하시네요." 그가 중얼거리듯 말했다. "어머니의 은혜와 저에 대한 신의를 저버린 것은 로버트인데, 용서는 제가 빌어야 한다는 겁니다. 저는 엎드려 빌 생각이 없습니다. 그동안의 일을 반성하거나 후회하지 않으니까요. 저는 지금 행복해요. 그분들은 이런 것에는 관심도 없으시겠지만, 저는 엎드려 빌어야 할 이유를 모르겠습니다."

"용서를 구하시는 게 좋을 듯해요." 엘리너가 말했다. "어머니의 심기를 불편하게 해드린 것은 사실이니까요. 이제는 어머니를 노하시게 만든 그 약혼에 대해 뭐라고 말씀을 드려야 한다고 생각해요."

그는 그렇게 하겠다고 대답했다.

"그리고 어머니께서 용서하신다면 두 번째 약혼에 대해 말씀드릴 때는 몸을 조금 낮추시는 게 좋을 거예요. 어머니께서 보시기에는 첫 번째 약혼만큼이나 경솔해 보일 테니까요."

그는 엘리너의 말에 반대하지 않았지만, 엎드려 비는 내용의 편지를 드리는 것에는 여전히 거부감을 느꼈다. 그는 어차피 머리를 숙이고 들어가야 한다면 편지를 드리기보다 차라리 직접 찾아뵙겠다는 뜻을 밝혔고, 편지를 쓰는 대신 런던으로 가서 누나에게 중재를 부탁하기로 했다. "만일 오빠와 올케언니가 진정으로 중재에 마음을 써준다면," 곁에 있던 마리앤이 평소답지 않게 편견 없는 태도로 말했다. "저는 오빠 내외 같은 사람들도 미덕이 아예 없는 것은 아니라고 생각하게 될 거예요."

브랜던 대령으로서는 겨우 사나흘만 머문 시점에 두 신사는 함께 바턴을 떠났다. 그들은 곧장 델라퍼드로 갈 예정이었고, 에드워드는 그곳에서 그가 앞으로 살게 될 집을 둘러보고 그의 후원자이자 친구인 브랜던 대령을 도와 목사관을 어떻게 수리할 것인지 결정하기로 했다. 그곳에서 이틀을 지낸 뒤 에드워드는 다시 런던으로 출발할 예정이었다.

50

성격이 부드럽다는 평판을 늘 비난처럼 두려워한 페라스 부인은 그런 비난을 듣지 않을 만큼만 적당하고 완강하게 거부한 뒤 결국 에드워드를 대면했고, 이 자리에서 에드워드는 다시 그녀의 아들로 선언되었다.

최근 그녀의 가족 구성에는 큰 변동이 있었다. 오랜 세월 동안 그녀에게는 아들이 둘 있었다. 하지만 몇 주 전에 큰아들이 죄를 지어 아들의 지위를 박탈당했고, 이어서 둘째 아들도 비슷하게 지위를 잃음으로써 2주 동안 그녀에게는 아들이 하나도 없었다. 그러다 에드워드의 부활로 그녀는 다시 아들을 하나 두게 되었다.

하지만 새로운 생명을 허락받았음에도 에드워드는 그의 생명이 지속될지 확신할 수 없었다. 새로운 약혼 소식을 밝히는 순간 그의 지위에 다시 갑작스러운 변동이 생겨 이전의 상태로 돌아갈 수 있었기 때문이다. 그가 불안한 마음으로 조심스럽게 사실을 털어놓았을 때 뜻밖에도 부인의 반응은 차분했다. 물론 페라스 부인도 처음에는 온갖 타당한 근거를 제시하며 대시우드 양과의 결혼을 단념시키려고 애썼다. 모턴 양과 결혼하면 신분도 더 높고 재산도 더 많은 아내를 얻는 것이라며, 모턴 양이 3만 파운드의 재산을 가진 귀족의 딸이라면 대시우드 양은 가진 돈이 3천 파운드도 안 되는 평범한 신사의 딸에 불과하다는 주장을 펼쳤다. 그러나 아들이 어머니의 말을 전적으로 수긍하면서도 그 뜻에 따를 생각이 전혀 없음을 알게 되자, 그녀는 이전의 경험을 토대로 자신이 뜻을 굽히는 것이 현명하겠다는 판단을 내렸다. 그녀는 체면을 지키고 성격이 너무 부드럽다는 의심을 피하기에 충분할 만큼 냉랭하게 시간을 끈 뒤, 마침내 에드워드와 엘리너의 결혼을 승낙한다고 선언했다.

이어서 그들의 수입을 늘려 주기 위해 그녀가 무엇을 할 것인지가 마땅히 고려되었어야 했다. 하지만 에드워드를 유일한 아들이라 칭하면서도 그에게 장남의 권리까지 부여한 것은 아님이 여기에서 분명히 드러났다. 그녀는 로버트에게 매년 1천 파운드를 지급하기로 한 약속은 불가피한 것으로 여기면서도, 에드워드가 기껏해야 250파운드를 받기 위해 성직에 오르는 것에는 아무런 이의를 달지 않았기 때문이다. 에드워드에게는 이미 패니와 함께 받기로 되어 있는 1만 파운드 이외에는 현재나 미래에 다른 약속이 주어지지 않았다.

하지만 에드워드와 엘리너로서는 이 정도만 해도 기대한 것 이상이었다. 그녀가 더 많은 것을 내주지 않은 것에 놀란 사람은 이런저런 변명을 늘어놓은 페라스 부인 자신밖에 없는 듯했다.

이렇게 해서 필요한 수입이 충분히 확보되자 에드워드는 목사직에 오른 후 목사관의 수리가 끝나기를 기다리기만 하면 되었다. 브랜던 대령은 엘리너의 편의를 위해 목사관을 대대적으로 개조하고 있었다. 그리고 늘 그렇듯이 일꾼들이 이유 없이 늑장을 부리는 탓에 계속 지연된 공사에 줄곧 실망한 그녀는 마침내 모든 것이 준비될 때까지 결혼을 미루겠다는 애초의 굳은 다짐을 깨고 초가을에 바턴 교회에서 예식을 올렸다.

결혼한 후 첫 한 달을 대령의 저택에서 지낸 그들은 목사관의 공사를 직접 감독하면서 모든 것을 원하는 방식으로 현장에서 지시할 수 있었다. 그들은 벽지를 골랐고 관목 정원과 마차 진입로의 곡선도 직접 설계했다. 이로써 제닝스 부인의 예언은 다소 뒤죽박죽이기는 했지만 대체로 적중했다. 성 미카엘 축일이 되기 전에 에드워드와 그의 아내를 방문할 수 있었고, 늘 믿던 바대로 엘리너와 그의 남편이 세상에서 가장 행복한 부부임을 확인할 수 있었기 때문이다. 이제 그들은 브랜던 대령이 마리앤과 결혼하는 것과 젖소를 키울 괜찮은 목초지를 갖는 것 말고는 더 바랄 것이 없었다.

거의 모든 친지가 그들이 신혼살림을 차린 목사관을 방문했다. 결혼을 승낙하면서 거의 체면을 구겼다고 생각한 페라스 부인도 그들의 행복을 시찰하기 위해 찾아왔고, 대시우드 부부조차 그들의 위신을 세워주기 위해 서식스에서부터 찾아오는 수고를 아끼지 않았다.

"엘리너, 차마 실망했다고 말하지는 않으마." 어느 날 아침 델라퍼드 하우스의 정문 앞을 함께 걸으며 존이 말했다. "그렇게 말하면 너무 심한 것 같아서 말이야. 물론 너는 지금도 세상에서 가장 운이 좋은 여성이라고 할 수 있어. 하지만 솔직히 말해서 내가 브랜던 대령을 매제라고 부를 수 있었다면 얼마나 좋았을까 하는 생각이 든다. 그 많은 재산에, 토지에, 저택까지 모든 게 훌륭하잖니. 소유한 숲도 대단하구나. 도싯서 어디에서도 델라퍼드 숲에서 나오는 것 같은 좋은 목재는 찾아볼 수 없으니까. 그래서 말인데, 대령이 딱히 마리앤에게 끌릴 것 같지는 않지만 그래도 네가 그 둘이 함께하는 자리를 자주 마련했으면 한다. 브랜던 대령은 집에 머무는 시간이 많은 것 같던데 둘이 자주 어울리다 보면 어떻게 될지 누가 알겠니. 사람은 원래 같이 붙어 있으면서 다른 사람을 만날 기회가 없다 보면, 뭐, 다 그렇게 되더라. 마리앤을 돋보이게 하는 건 네가 충분히 할 수 있는 일이니까, 요약하자면, 네가 동생에게 기회를 만들어 주라는 얘기야. 무슨 말인지 알 거다."

에드워드와 엘리너는 페라스 부인이 그들을 찾아와 겉으로는 다정한 태도를 보이면서도 정작 아끼고 좋아하는 사람은 따로 있다는 사실에 전혀 모욕감을 느끼지 않았다. 페라스 부인의 총애는 어리석은 로버트와 영리한 루시의 몫이었다. 그들은 몇 달이 지나기도 전에 부인의 사랑을 되찾았다. 이전에는 로버트를 곤경에 빠뜨렸던 루시의 이기적인 영민함이 이번에는 그를 곤경에서 구해내는 수단이 되었다. 상대를 높이고 자기를 낮추는 특유의 태도와 주도면밀한 친절함 그리고 끝없는 아부는 약간의 틈을 보인 페라스 부인을 파고들었다. 그리고 마침내 페라스 부인은 그의 선택을 수용하며 자신의 총애를 받는 아들의 지위를 그에게 돌려주었다.

루시가 보여 준 모든 행동과 그로 인해 얻어낸 성공은, 사람이 시간과 양심을 희생해서라도 자신의 이익을 위해 끊임없이 열의를 바친다면 설령 장애물을 만날지라도 궁극적으로 모든 금전적 이득을 얻을 수 있다는 것을 보여 주는 매우 고무적인 사례라 하겠다. 로버트가 처음 그녀를 만나기 위해 바틀릿츠 빌딩스를 찾아갔을 때만 해도 그에게는 형이 추측한 그런 목적밖에 없었다. 그는 단지 약혼을 단념하라고 그녀를 설득할 생각이었다. 그는 두 사람의 애정 이외에는 처리해야 할 다른 문제가 없다는 생각에 그녀와 한두 번 만나서 이야기하면 문제가 해결되리라 예상했다. 하지만 그것은 그의 착각이었다. 루시는 그의 능변에 곧 설득될 것만 같은 희망을 주면서도 확실한 설득을 위해서는 한 번 더 만나 이야기를 나눌 필요가 있다는 생각을 그에게 계속 불러일으켰다. 그녀는 헤어질 때마다 여전히 뭔가 께름칙한 것이 남아 있다고 했고, 그는 그것을 없애기 위해 다시 그녀를 만나 반 시간 정도 이야기를 나누는 수밖에 없었다. 이런 식으로 해서 그녀는 그와 만날 핑계를 얻었고 나머지 일들은 순조롭게 진행됐다. 그들의 대화 주제는 에드워드 대신 점차 로버트가 되었는데, 그 주제에 대해서라면 로버트는 언제나 할 말이 많았고 그녀도 그에 못지않은 관심을 드러냈다. 곧 그가 형을 완전히 밀어냈다는 사실이 두 사람 모두에게 명백해졌다. 그는 자신의 정복이 자랑스러웠고 형을 속이는 것이 자랑스러웠으며 어머니의 허락 없이 비밀 결혼을 하게 된 것이 무척 자랑스러웠다. 이후의 일들은 모두가 아는 바와 같다. 그들은 돌리시에서 몇 달간 행복한 시간을 보냈다. 그녀는 많은 친척과 옛 지인들에게서 벗어나고 싶었고, 그는 화려한 코티지의 설계도를 여러 장 그리느라 바빴기 때문이다. 이후 런던에 돌아온 그들은 루시의 주도로 무조건 용서를 비는 방식을 택했고, 그렇게 해서 페라스 부인의 용서를 받아냈다. 물론 처음에는 로버트만 용서받았다. 루시는 애초에 그의 어머니에게 이행할 의무가 없었고 따라서 지키지 못한 의무도 없었지만, 어쨌든 몇 주를 더 용서받지 못한 채로 지냈다. 하지만 행동과 편지로 낮은 자세를 취하고 로버트의 잘못을 모두 자기 탓으로 돌리며 쌀쌀맞은 대우에도 줄곧 감사하는 태도를 보이자 마침내 페라스 부인도 그녀에게 내키지 않는 눈길을 주었다. 그런 부인의 자비에 루시는 몸 둘 바를 몰랐고 이후 빠른 속도로 최고의 애정과 영향력을 얻어내고야 말았다. 이렇게 해서 페라스 부인에게 루시는 로버트나 패니 못지않게 꼭 필요한 존재가 되었다. 에드워드는 여전히 루시와 결혼하려 했던 죄를 진정으로 용서받지 못했고, 재산이나 신분으로 따지면 루시보다 우월했음에도 엘리너는 여전히 침입자로 여겨졌던 반면에, 루시는 모든 면에서 총애받는 며느리였고 이는 늘 공개적으로 인정되었다. 그들은 런던에 정착해서 페라스 부인의 후한 도움을 받았으며 대시우드 부부와도 최상의 관계를 유지했다. 패니와 루시 사이에 끊임없이 시기와 악감정이 잠복해 있었고 남편들도 여기에 가담했으며 로버트와 루시 사이에도 불화가 잦았다는 사실만 제외하면 그들은 더할 나위 없이 화목하게 지냈다.

사람들은 에드워드가 무슨 짓을 저질렀기에 장남의 권리를 박탈당했는지 궁금해했다. 그리고 로버트가 뭘 잘했기에 그 권리를 물려받았는지는 더욱 궁금해했다. 하지만 설명이 필요한 것은 그 이유가 아니라 결과라고 하겠다. 로버트의 생활 방식이나 그가 하는 말로 판단컨대, 그는 형에게 주어진 재산이 너무 적고 자신에게는 너무 많은 재산이 돌아온 것에 대해 전혀 유감의 뜻이 없는 것 같았다. 한편 에드워드는 모든 면에서 자신에게 맡겨진 의무를 기꺼이 이행했고 아내와 가정에 대한 애착이 날로 커졌으며 늘 유쾌한 기분을 유지했다는 점에서 동생만큼이나 자신의 운명에 만족했고 그런 운명을 동생과 바꿀 생각은 전혀 없어 보였다.

엘리너가 결혼한 후에도 가족들은 그녀와 떨어져 있는 시간이 많지 않았기 때문에 바턴의 코티지는 그 쓸모를 간신히 유지하고 있었다. 어머니와 동생들이 한 달의 절반이 훨씬 넘는 시간을 그녀와 함께 보냈기 때문이다. 대시우드 부인이 델라퍼드를 자주 방문한 데에는 즐거움을 얻는 것만큼이나 다른 속셈도 있었다. 마리앤과 브랜던 대령을 맺어주고 싶은 그녀의 바람은 앞서 존이 드러낸 것 같은 현실적인 동기는 덜했지만, 열의만큼은 그에 못지않았다. 그것은 이제 그녀의 가장 소중한 목표가 되었다. 둘째 딸과 함께 보내는 시간이 소중하기는 했지만, 그 한없는 즐거움을 귀한 벗에게 넘겨주는 것이야말로 그녀가 가장 바라는 것이었다. 마리앤이 델라퍼드 저택에서 살게 되는 모습을 보고 싶은 마음은 에드워드와 엘리너도 다르지 않았다. 그들은 대령의 불행을 알고 있었고 각자 그에게 보은하고 싶은 마음이 있었기 때문에 마리앤이 이 모든 것에 대한 보상이 될 것이라는 데에 생각을 같이했다.

그녀를 위한 이런 동맹이 있었을 뿐만 아니라 그녀 자신도 그의 선량함은 워낙 잘 알고 있었는데 여기에 오래전부터 남들의 눈에는 뻔히 보이던 그의 애정을 마침내 그녀도 깨닫게 되었으니 그녀가 할 수 있는 일이 무엇이었겠는가?

마리앤 대시우드는 남다른 운명을 가지고 태어났다. 그녀는 자기 생각이 틀렸음을 깨닫고 행동으로 자신의 좌우명을 부정해야 할 운명이었다. 그녀는 열일곱의 나이에 찾아온 사랑을 극복하고, 확고한 존경심과 따뜻한 우정 이상의 감정은 없었던 다른 사람에게 자발적으로 손을 내밀 운명이었다. 그리고 그 상대는 지난날의 사랑 때문에 그녀 못지않은 고통을 경험한 사람이었고, 불과 2년 전만 해도 결혼하기에는 나이가 너무 많다고 여겨진 사람이었으며, 여전히 플란넬 조끼로 몸을 챙기는 사람이었다.

하지만 일은 그렇게 되었다. 그녀는 오래전 꿈꾸었던 것처럼 억누를 수 없는 열정의 가련한 희생양이 되는 대신에, 그리고 시간이 지나 좀 더 차분하고 진지하게 다짐했던 것처럼 영원히 어머니 곁에 머물며 은둔과 학문에서 즐거움을 찾는 대신에, 열아홉의 나이에 새로운 사랑에 굴복하여 새로운 가정에서 새로운 의무를 맡게 되었다. 한 남자의 아내이자 한 가정의 안주인이며 교구의 성직 임명권자의 반려자가 된 것이다.

이제 브랜던 대령은 그를 사랑하는 모든 이들이 그에게 합당하다고 믿는 행복을 누렸다. 그는 마리앤을 통해 지난날의 모든 고통을 위로받았고, 그녀의 사랑 속에서 활력과 쾌활함을 되찾았다. 그리고 그를 행복하게 해주는 데서 자신의 행복을 찾는 마리앤의 모습은 그들을 지켜보는 모든 이들에게 기쁨을 주었다. 마리앤은 반쪽짜리 사랑을 할 수 없는 사람이었다. 그녀는 한때 윌러비에게 그랬던 것처럼 남편에게 온 마음을 바쳤다.

윌러비는 그녀의 결혼 소식을 듣고 큰 고통을 느꼈다. 그리고 얼마 지나지 않아 스미스 부인의 용서로 그의 벌은 완성되었다. 부인은 그가 덕

이 있는 여성과 결혼했으니 용서를 베풀겠다고 했는데, 이에 윌러비는
자신이 마리앤에게 신의를 지켰다면 행복과 부를 모두 얻을 수도 있었
음을 뒤늦게 깨달았다. 그런 벌을 받으며 그가 자신의 행동을 진심으로
뉘우쳤고, 오랫동안 브랜던 대령을 부러워하며 마리앤에 대한 아쉬움을
품고 살았다는 사실은 의심의 여지가 없다. 하지만 그가 영원히 슬픔에
잠겨 사람들과의 교류를 피했다거나, 성격이 우울하게 변했다거나, 깊은
상심을 이기지 못하고 죽었다는 소문은 믿을 게 못 되었다. 그런 일은 일
어나지 않았기 때문이다. 그는 씩씩하게 살았고 자주 즐거움도 누렸다.
그의 아내도 항상 기분이 가라앉아 있지는 않았고, 그의 집도 항상 불편
하지만은 않았다. 그는 말과 개를 여러 마리 키웠고 온갖 것을 즐기면서
가정에서 얻을 수 있는 행복 또한 누렸다.

그는 그녀를 잃고도 염치없이 잘 살았지만 늘 그녀를 향한 호의를 간
직한 채 그녀에게 일어나는 모든 일에 촉각을 곤두세웠다. 그의 마음속
에는 마리앤이 완벽한 여성의 기준이었고, 이후 새로 나타난 많은 미인
도 브랜던 부인에게는 비할 바가 못 된다며 그에게 무시를 당했다.

대시우드 부인은 델라퍼드로 이사하는 것을 고려하지 않고 그냥 코티
지에 머물기로 했다. 존 경과 제닝스 부인에게도 다행스러운 일이 있었
다. 마리앤은 그들 곁을 떠났지만, 어느새 마거릿이 무도회에 나오기에
적당한, 연인이 생겨도 그리 부적절하지 않은 나이가 된 것이다.

바턴과 델라퍼드 사이에는 끈끈한 가족애와 그에 자연스럽게 따라오
는 끊임없는 교류가 있었다. 두 자매가 지척에 살면서도 서로 아무런 불
화가 없었고 남편들도 좋은 관계를 유지했다는 사실은 엘리너와 마리앤
의 미덕과 행복 가운데 결코 사소하게 다루어져서는 안 될 것이었다.